BRENNPUNKT-SERIE

FEUERSTURM

RACHEL GRANT

USA TODAY BESTSELLER-AUTORIN

Bücher von Rachel Grant

BRENNPUNKT-SERIE

PULVERFASS (#1)
AUSLÖSER (#2)
FEUERSTURM (#3)
INFERNO (#4)

Glossar

ACU - Army Combat Uniform - Wüstentarnung

AWOL - Absent without Leave - Unerlaubt anbwesend

CLU - Containerized Living Unit - Wohneinheit

FOS- Forward Operating Site - ein Militärstützpunkt außerhalb des Mutterlandes.

HUMINT - human intelligence - menschliche Informanten

INSCOM - Intelligence and Security Command - Geheimdienst und Sicherheitskommando

SDR - Surveillance Detection Route- Überwachungserkennungsroute

SIGINT - Signal Intelligence - digitale Informationen

SOCOM - Special Operations Command - Oberkommando für Sondereinsätze

TANGO - T steht für Target, im phonetischen Alphabet des Militär mit „Tango" abgekürzt. Target oder Enemy - die Zielperson oder der Feind.

TDY - Temporary Duty assignment - temporärer Einsatz

XO - executive Officer - ausführender Offizier

Kapitel Eins

Camp Citron, Dschibuti
Ende Mai

Savannah James machte sich gar nicht erst die Mühe, von ihrem Computerbildschirm aufzuschauen, um zu sehen, wer ihr Büro – ohne anzuklopfen – betreten hatte. Ein Kribbeln in ihrem Nacken sagte ihr, dass es Sergeant First Class Cassius Callahan war. Die körperliche Reaktion wurde von etwas Unterschwelligem und Unbekanntem ausgelöst. Seinem Duft? Dem Klang seiner Schritte?

Was immer es verursachte, die Reaktion irritierte sie. „Ich nehme an, dass Sie mit Ihrem Boss gesprochen haben, Sergeant. Damit das klar ist, Sie waren nicht meine erste Wahl, also beschweren Sie sich nicht bei mir."

Er zog den Besucherstuhl zurück und ließ sich darauf fallen. Dann legte er seine Füße auf ihren Schreibtisch hoch – eine klare Demonstration seiner Respektlosigkeit.

Wunderbar. Es würde eine wahre Freude sein, mit ihm zusammen zu arbeiten.

Sie schloss ihren Laptop und begegnete endlich seinem Blick. Und da war wieder dieses kleine irritierende Flattern in ihrem Bauch, das immer dem Kribbeln in ihrem Nacken folgte. Er war der allerschönste Mann, dem sie je begegnet war. Er hatte die tiefbraune Haut seiner kongolesischen Mutter, kombiniert mit der hochgewachsenen, kraftvollen Figur seines irisch-amerikanischen Vaters. Schwere Augenbrauen lagen über warmen braunen Augen. Seine breite Nase und der kantige Kiefer konnten es leicht mit so einigen Hollywood-Schwärmen aufnehmen.

„Ihr Spione könnt das Lügen einfach nicht lassen, was?!" Er hielt ihrem Blick stand. „Laut meinem XO haben Sie speziell mich verlangt."

Sie lächelte. Sie war eine professionelle Lügnerin für die amerikanische Regierung und würde sich niemals dafür entschuldigen. Er konnte sie nicht damit reizen, indem er sie als das bezeichnete, was sie war. Aber in diesem Fall hatte sie die Wahrheit gesagt. Es wäre einfacher, mit einem CIA-Agenten zusammen zu arbeiten, als mit diesem gutaussehenden Sergeant, der auf dieser verdammten Basis allen gegenüber angenehm und charmant war – bis auf sie.

„Ich habe in der CIA nachgefragt, ob man mir einen paramilitärischen Agenten der Special Activities Division schicken könnte, aber bei der SAD ist kurzfristig niemand verfügbar, und das Timing ist wichtig, also war ich gezwungen, mir jemanden aus Camp Citrons Katalog von Spezialeinheits-Soldaten auszusuchen."

„Soll ich das so verstehen, dass ich in Sachen richtige Farbe und Geschlecht punkte?" Seine Stimme enthielt eine gewisse Schärfe.

„Ganz genau. Außerdem sprechen Sie Französisch und Lingala."

Seine Augen wurden schmal, wodurch er seine dichten Augenbrauen senkte. Sein Kopf war kahlgeschoren, und er trug einen gepflegten Bart. Er strahlte mit Leichtigkeit absolute maskuline Energie aus, die einen Hunger in ihr erweckte, den sie nicht tief genug vergraben konnte, egal, wie sehr sie sich auch anstrengte. Er war ihre einzige Option. Er war hier, sprach Lingala, und SOCOM hatte zugestimmt, dass sie ihn haben konnte, solange er dieser Mission zustimmte.

„Ich bin nicht der Einzige im Camp Citron, der fließend

Lingala spricht. Ich kann Ihnen spontan zwei andere Männer nennen, die es sprechen, und einer von ihnen spricht sogar Swahili, was Sie in der Demokratischen Republik Kongo ebenfalls gebrauchen könnten, vorausgesetzt, dass Ihre Mission Sie dort hinführen wird."

Gott, sie hoffte, dass sie nicht in die Demokratische Republik Kongo gehen mussten. „Aber sie sind beide Geheimagenten. Nichts Besseres als Übersetzer. Ich brauche einen Soldaten."

Seine volle Unterlippe zog ihre Aufmerksamkeit auf sich. Er ließ sie wissen, dass er ihr Starren bemerkt hatte, indem er perfekte weiße Zähne aufblitzen ließ. „Wollen Sie damit sagen, dass Sie einen richtigen Mann brauchen, Savvy?"

Sie rollte mit ihren Augen, obwohl ihr Magen Purzelbäume schlug, als er ihren Spitznamen benutzte. Sie ignorierte diese lächerliche Reaktion. Es war ja nicht so, dass Savannah ihr richtiger Name war, somit sollte sich der Spitzname gar nicht so intim anfühlen. „Ich brauche einen Soldaten, der die Sprache der Einheimischen fließend beherrscht."

Er ließ seine Stiefel auf den Boden fallen, und sein Grinsen saß immer noch fest an seinem Platz. Er wusste ganz offensichtlich, wie gutaussehend er war, und dass selbst sie – die kaltherzige Spionin, die sie war – nicht immun gegen ihn war. Allerdings hatte es ihm nie an seinem Ego gemangelt.

Sie starrte auf sein perfektes Lächeln, und die Zuversicht in ihren Plan schwand dahin. Er würde die Rolle niemals überzeugend verkörpern. Seine Zähne würden ihn verraten. Zu viel Orthodontie, zu wenig Khat. „Sie werden Ihren Bart länger wachsen lassen müssen. Sie werden weniger wie ein gedankenvoller, attraktiver Luke Cage und mehr wie ein ungepflegter, feindseliger Drogenboss aussehen müssen, der sich in den Diamantenhandel einschleusen will."

„Wahrscheinlich wird mich meine Körperpanzerung – nicht mein Bart – verraten."

„Wo wir hingehen, wird es keine Körperpanzerung und keine Armeeuniform geben. Sie werden als Wolf im Schafspelz agieren und Ihre M4 gegen eine Kalaschnikow eintauschen."

„Wenn Sie einen Undercover Agenten wollen, dann holen Sie sich einen Typen vom Delta."

Sie stand auf, ging um ihren Schreibtisch herum, und schloss die Tür zu ihrem Büro. Es war an der Zeit, ihm zu sagen, was viele auf der Basis möglicherweise vermuteten, aber nur die Wenigsten im Camp Citron mit Sicherheit wussten.

„Was ich Ihnen jetzt mitteilen werde, ist streng geheim. Ich bin weder eine CIA-Sachbearbeiterin noch eine Analytikerin."

Er schnaubte. „Was Sie nicht sagen."

Sie konnte sich ein Lächeln nicht verkneifen. Sie hatte sich nicht allzu sehr darum bemüht, dieses Geheimnis vor dem Kommando der Spezialeinheit zu verbergen. Es war weder möglich noch notwendig gewesen. Sie kehrte hinter ihren Schreibtisch zurück. „Ich habe als Analytikerin angefangen, habe dann das Training zum Führungsoffizier absolviert und war das für eine Weile auch. Wenn ich jemanden finde, von dem ich glaube, dass er oder sie einen guten Agenten abgeben würde, lasse ich das den Führungsoffizier in der Botschaft wissen."

„Das wäre Kaylea Halpert, richtig?"

Sie zögerte nicht und rollte mit den Augen. „Glauben Sie wirklich, Sie sind der Erste, der dieses Ratespiel an mir ausprobiert?" Das war er nicht, aber er war der Erste, der es sofort beim ersten Versuch erraten hatte. Die meisten nahmen an, dass der Führungsoffizier ein Mann war. Wenige Soldaten sahen Kaylea und dachten, dass sie für die CIA arbeitete. Normalerweise waren sie zu sehr von den Kurven der wunderschönen schwarzen Frau abgelenkt.

Anders als Kaylea, deren wahrer Job durch ihre Anstellung in der Botschaft getarnt wurde, arbeitete Savvy direkt mit SOCOM zusammen und war – wie der Soldat, der vor ihr saß – jederzeit dazu bereit, Spezialeinsätze allein oder mit einem Team anzunehmen.

Savannah James' offizielle Tarnung war, dass sie als Liaisons-Beamtin für öffentliche Arbeiten durch Zivilisten für Camp Citron verantwortlich war, wodurch sie Zugang zu den Ministern von Dschibuti und das Recht hatte, auf der Basis zu kommen und zu gehen, wie sie wollte. Aber sie war nicht

Savannah James, und sie war auch kaum eine öffentliche Liaisons-Beamtin. Sie arbeitete mit einer gewissen Selbstständigkeit, was in der Geheimdienst-Community nur sehr selten vorkam, aber vollkommen notwendig war, wenn es darum ging, schnell reagieren zu können, wann immer sich die Gelegenheit ergab, Intel zu bestimmten Individuen oder Organisationen zu sammeln.

„Ich organisiere keine Spione, aber ich habe Zugriff auf das Intel, das sie zur Verfügung stellen. Ich bin für streng geheime Technologien wie die subdermalen Tracker verantwortlich, aber auch das ist nicht mein Hauptjob. Mein wirklicher Jobtitel ist ,Paramilitary operations officer for the Special Operations Group within SAD'.“

Cal sah skeptisch aus. „Ich dachte, SOG-Offiziere würden vom Militär rekrutiert? Spezialeinheiten, SEALs, Delta. Sie gehören nicht zum Militär.“

Das tat sie nicht, während er durch und durch US-Militär war. Er blutete wahrscheinlich Armeegrün. Schlimmer noch, Sergeant Callahan hatte es mehr als klargestellt, dass er kein Fan der CIA war.

„Die meisten kommen vom Militär, aber ein paar werden innerhalb der CIA rekrutiert – besonders die Frauen.“ Sie ließ ein Lächeln aufblitzen. „Spezialeinheiten sind nicht gerade eine Bastion für Gleichberechtigung, und für einige Jobs – wie diesen hier – braucht es eine Frau.“

Sie räusperte sich. „Anders als andere Sondereinheiten, werden SAD/SOG Operative dazu trainiert, mit begrenzter oder gar ohne jede Unterstützung zu agieren. Wenn ich an einer Geheimoperation arbeite, trage ich absolut nichts, was mich mit der CIA oder der amerikanischen Regierung in Verbindung bringen könnte. Falls ich in Gefahr geraten sollte, wird die amerikanische Regierung jegliche Kenntnis meiner Existenz verleugnen.“

Die Special Operations Group wurde als die geheimste Streitkraft für Spezialeinsätze der amerikanischen Regierung angesehen – aus gutem Grund. Ihre Missionen, egal, ob sie im Team oder allein durchgeführt wurden, beinhalteten Razzien,

Sabotage und sogar gezielte Attentate, was wiederum erklärte, warum die USA die Möglichkeit haben mussten, jegliches Wissen zu den Geheimagenten und deren Aktionen verleugnen zu können.

Sie legte ihre Hände auf ihren Schreibtisch. „Ich werde Sie nicht dazu zwingen, mir bei dieser Mission zu helfen. Sie können nein sagen und wieder zu Ihrem A-Team zurückkehren. Aber ich will, dass Sie wissen, dass ich Sie nicht um Ihre Mithilfe bitten würde, wenn dies nicht so wichtig wäre. Das Intel, das wir über Nikolai Drugovs Operation erhalten haben, ist zeitlich begrenzt. Wir haben die Chance, für das Team Demokratie einen wichtigen Sieg zu erringen und dabei die Kleptokraten und Kriegsherren hochzunehmen, die es schon immer auf die Demokratische Republik Kongo abgesehen hatten, sogar noch bevor Mobutu den Namen zu Zaire änderte."

Dieser Teil machte sie nervös. Falls Cal nein sagen sollte, wäre sie geliefert. Er konnte sie nicht leiden, aber seine Mutter kam aus der Demokratischen Republik Kongo. Sie war aus dem Land geflohen, als es noch Zaire geheißen und unter der Herrschaft von Mobutu Sese Seko gestanden hatte. Für Cal könnte dies etwas Persönliches sein, was sie in ihm ansprechen wollte.

Sein langanhaltendes Schweigen brachte sie zum Schwitzen, obwohl sie ihre Klimaanlage auf eiskalt eingestellt hatte.

Schließlich sagte er: „Wie es aussieht, sollte ich zuerst wissen, auf was ich mich einlasse, bevor ich zustimme."

Sie nickte. „Ich habe Intel von Drugovs Yacht gesammelt und Informationen darüber gefunden, dass ein anderer russischer Oligarch, Radimir Gorev − ein Rivale von Drugov, aber gleichzeitig ein Geschäftspartner − am nächsten Freitag in Daressalam ein Event auf *seiner* Yacht veranstaltet. Eine Versammlung von Kriegsherren, Drogenschmugglern, korrupten Regierungsoffiziellen und Möchtegern-Oligarchen. Eine fiese, altmodische Kabale. Drugov hat ziemlich viele Informationen zu den anderen Gästen gesammelt − inklusive der Tatsache, dass Jean Paul Lubanga dort sein wird."

„Wer ist das?"

„Meiner Meinung nach ist er die größte Bedrohung des relativen Friedens in der DRK, also der Demokratischen Republik Kongo.“

„Warum habe ich dann noch nie etwas von ihm gehört?“

„Lubanga ist still. Verstohlen. Und gerissen. Nachdem er die Fehler Mobutus gesehen hat, tut er nun sein Bestes, keine unnötige Aufmerksamkeit auf sich zu ziehen.“ Sie schnappte sich eine Akte vom Tisch und zog das Foto eines Mannes heraus. „Derzeit ist er ein Regierungsminister und die ultimative Macht der gewaltigen Minen und Mineralrechte-Industrie in DRK. Analytiker glauben, dass er darauf hinarbeitet, die Loyalität des Militärs zu gewinnen, und sobald er die hat …“

„Wird er einen Coup planen?“

„Es ist unsere Aufgabe – *mein* Job – das herauszufinden. Ich glaube, dass Drugov gehofft hatte, Lubanga aus der Tasche seines Rivalen Gorev zu locken und ihn sich selbst zu sichern. Der Oligarch, der Russland die Reichtümer der Demokratischen Republik Kongo bringen würde, wäre nach dem Präsidenten der machtvollste Mann im Land.“

„Und wozu brauchen Sie mich?“

„Sie sind mein Ticket, auf Gorevs Yacht zu gelangen. In das Herz der Kabale. Es ist ein Abend voller Geschäftsverhandlungen, Sex und Drogen. Der Sex und die Drogen geben ihm ausreichend kompromittierendes Material, das er braucht, um seine Partner in Schach zu halten, während die Business-Deals allen Wohlstand bringen.“

„Und wo wollen Sie Sitze in der ersten Reihe zu diesem Affenzirkus herbekommen? Nur, weil ich davon ausgehe, dass Sie sich diese Spielchen nicht von der Seitenlinie anschauen wollen.“

„Kriegsherren und Oligarchen werden niemals eine Frau an ihrem Tisch akzeptieren, es sei denn, sie ist als Spielzeug dort.“ Ihr Blick wanderte kurz über Cals perfekten Soldatenkörper. „Du wirst der Geschäftsmann sein. Ich dein Sexspielzeug.“

Savannah James als sein Sexspielzeug. Das war ein Gedanke, bei dem es Cal eiskalt über den Rücken laufen *sollte*. *Sollte* war hier das entscheidende Wort.

Er betrachtete die Frau, und es fiel ihm viel zu leicht, sie sich in nichts als perversen Lederstreifen vorzustellen. Er hatte nicht das geringste Interesse an Sadomasochismus, aber er musste zugeben, dass die Ausrüstung äußerst sexy war, und an Savvy wäre solch ein Outfit pure, heiße Sünde.

„Wie sieht die Zeitplanung aus?", fragte er und fokussierte wieder auf das, was wichtig war.

„Wir fliegen übermorgen Richtung Süden. Das Meeting ist Freitagnacht, aber bevor wir Einladungen zu dieser Party bekommen können, werden wir am Donnerstag mit ein paar von Gorevs Partnern Kontakt herstellen. Sie werden dich einladen, wenn du ihre Musterung bestehst. Falls ich nicht alles, was ich brauche, auf der Party bekommen sollte, werden wir so lange dortbleiben, wie Lubanga in Daressalam sein wird. Alles in allem sollte es eine Woche dauern."

„Hoffst du", sagte Cal.

„Ja. Das hoffe ich." Sie ließ sich wieder auf ihren Stuhl hinter ihrem Schreibtisch sinken. „Ich habe von Morgans Crew Intel zum Schwarzhandel von Artefakten erhalten." Morgan war Dr. Morgan Adler, eine Archäologin, die vor zwei Monaten im Camp Citron Schutz gesucht hatte. Cal hatte sie kennengelernt, als ihr Fahrzeug zwei Meilen vom Haupttor entfernt in die Luft geflogen war.

„Was hat Morgan mit dem hier zu tun?", fragte er.

„Wir werden den Schwarzhandel von Artefakten dazu benutzen, eine Einladung zu bekommen. Gorev hat eine Schwäche für Antiquitäten. Du hast Waren zu verkaufen und willst sie als dein Eintrittsticket zur großen Show benutzen, weil das richtige Geld in Edelmetallen und Diamanten zu holen ist."

Er neigte seinen Kopf zur Seite. „Du hast Artefakte, die du verkaufen willst? Von Morgans Projekt?"

Sie gab ein scharfes Nicken. „Und einer anderen Quelle."

„Das wird Morgan nicht gefallen."

Ihr Blick wurde ausdruckslos. „Morgan wird es nie erfahren."

Das stimmte. Zumindest würde sie es nicht von ihm hören. „War Nikolai Drugov ebenfalls in den Schwarzhandel mit Artefakten verwickelt?"

„Ich hatte bisher noch keine Gelegenheit, das weiter zu verfolgen. Alle Punkte miteinander zu verbinden dauert seine Zeit."

Wenn Savvy anfing, Punkte miteinander zu verbinden, zeichnete sie ganze Wandgemälde. Wenn Cal dieselben Punkte verbinden würde, käme dabei jedes Mal ein Strichmännchen heraus.

„Ich brauche dich, Cal. Diese Männer sind nicht gerade Feministen. Eine amerikanische Frau, die in den Schwarzhandel von Edelmetallen und Artefakten verwickelt ist, würde sehr viel mehr auffallen als eine unterwürfige Sexsklavin."

Er schnaubte. „Ich bezweifle, dass du die Unterwürfige überzeugend spielen kannst."

Sie schüttelte ihren Kopf, und ihre Enttäuschung war offensichtlich, als sie abweisend mit der Zunge schnalzte. „Typischer chauvinistischer Militär-Arschloch-Bullshit."

„Typische Spionin." Sie hatte keinen Respekt für das Militärpersonal, das den Job erledigte. Er stand auf. „Finde jemand anderen, der deinen Meister spielen kann. Ich arbeite nur mit trainierten Soldaten."

Wieder schnalzte sie mit der Zunge. „Du sammelst schon bei der kleinsten Beleidigung deine Spielzeuge ein und gehst nach Hause? Ich hatte mehr von dir erwartet. Du beleidigst mich ständig – du und jeder andere auf dieser verdammten Basis – aber ich heule deswegen nicht rum. Und nur damit das klar ist, ich hatte genauso viel Training wie du. Das, und ich bin dazu ausgebildet, auch allein klarzukommen."

Sie stand auf und lehnte sich auf ihren Schreibtisch. „Ich kenne mich mit Spezialwaffen und Taktiken aus. Ich kann kämpfen und unbewaffnet morden. Aber anders als von dir, erwartet man von mir, dass ich zum Schutz meiner Tarnung ficke. Und wenn ich das nicht tue, und meine Tarnung auffliegt, wird unsere Regierung mich verleugnen." Ihre Augen wurden hart. „Also ja. Ich kann *schauspielern*. Mein verdammtes Leben hängt von dieser Fähigkeit ab. Es spielt keine Rolle, ob ich wie die Spezialeinheiten zehn Meilen weit rennend Steine schleppen kann, wenn sich mein Schicksal aufgrund einer einzigen schlecht gelieferten Lüge wenden kann."

Sie ging um ihren Schreibtisch herum. „Ich kann alles tun, was du tun kannst, Sergeant. Rückwärts und in High-Heels. Du kannst dir dein chauvinistisches Gehabe also gerne sonst wo hinstecken."

Vor ihm stand eine leidenschaftliche Frau, die sich hinter einer kalten Fassade versteckte. Da war so viel mehr an Savannah James, als er es sich vorgestellt hatte. Und er konnte – und hatte – sich sehr viel vorgestellt.

Die Frau war höllisch sexy, und sie hatte alle Attribute, die ihn scharf machten. Sie war Gefahr und Verlangen in einem beängstigenden, hübschen Paket. „Wenn wir uns in der Öffentlichkeit befinden, wirst du kleinlaut und unterwürfig sein?", fragte er.

„Ich falle nie aus der Rolle."

„Und wenn wir allein sind?"

Sie ließ ihre Fingerspitze an seiner Brust herabgleiten. Ihre Augen wurden vor lauter Leidenschaft zu flüssiger Lava. Und er wollte verdammt sein, wenn sein Herz nicht darauf reagierte.

„Wenn ich glaube, dass wir überwacht werden, werde ich meine Rolle beibehalten." Sie strich aufwärts über sein Kinn, vom Adamsapfel zum Kinn zur Unterlippe und ihr Fingernagel fand die Haut unter seinem kurzen Bart. „Ich werde tun, was immer notwendig ist, um den Job zu erledigen." Sie lehnte sich dicht an ihn heran und brachte ihren Mund um eine Haaresbreite an seinen heran. Ihr Duft war sanft, sinnlich. Sexy. „Mein Job ist alles für mich. Mein Grund zu leben. Und ich beschütze ihn – koste es was es wolle."

Erst jetzt, als sie so nahe bei ihm stand, sah er die wahre Emotion in ihren Augen. Die Lüge dieser Verführerin mit ihrer heiseren Stimme. Sie zeigte ihm eine Facette ihrer Schauspielkünste, und er fragte sich, ob die verstohlenen Blicke, die sie ihm während ihrer gemeinsamen Monate in Dschibuti zugeworfen hatte, ebenfalls nur vorgespielt waren.

Er hatte egoistischerweise geglaubt, dass Savannah James ihn attraktiv fand, doch jetzt konnte er nicht anders, als sich fragen, ob sie ihm die ganze Zeit etwas vorgespielt hatte. Um ihn in die Falle zu locken.

Aber warum? Das hatte nicht für diese Mission hier sein können. Savvy hatte auf keinen Fall den Pfad vorhersehen können, der sie beide hierhergeführt hatte.

Bis auf die Tatsache, dass sie eine Spionin war, und es gruselig war, wie sie Intel zusammenfügte. Und in Drugovs Fall hatte sie absolut richtiggelegen. Savvy war die unbesungene Heldin der Mission. Sie hatte Drugov als jemanden identifiziert, den man im Auge behalten sollte. Sie hatte SOCOM überredet, einen von Cals Teamgefährten nach Marokko zu schicken, um den Mann in die Falle zu locken. Niemand würde ihr das je anerkennen, aber ihre Arbeit hatte einen Völkermord verhindert.

Und sie hatte all das getan, ohne Camp Citron zu verlassen.

„Also? Cal, wirst du …" – sie ließ ein leises, kehliges Lachen hören – „… es tun?" Ihre Betthäschen-Stimme zusammen mit ihrem Duft würde ihn heute Nacht um den Schlaf bringen. Ihr Finger zog eine gerade Linie über seine Brust, über sein Herz, weiter nach unten und hielt nur kurz oberhalb seines Gürtels an.

Er konnte es sich so leicht vorstellen, wie sie auf dem Weg nach unten die Knöpfe seiner Kampfuniform öffnete. Seine Erektion wölbte seine Hose.

Sie spielte ihm nur etwas vor. Er tat es eindeutig nicht.

In einer einzigen schnellen Bewegung hob er sie hoch und setzte sie auf den Schreibtisch, wobei er sich zwischen ihre gespreizten Beine drängte. Er schob eine Hand hinter ihren Nacken. Ihr Atem wärmte seine Lippen, während er zwischen ihren Oberschenkeln gegen sie ruckte. Seine Erektion streifte gegen sie und ihr stockte der Atem, was ihm genau das sagte, was er wissen wollte. Das Geräusch, die aufblitzende Hitze in ihren Augen – das war echt. Wenn überhaupt, würde sie nicht wollen, dass er wusste, wie erregt sie war. Sie hätte es verborgen, wenn sie es gekonnt hätte.

Doch der Königin der Kontrolle war es nicht gelungen, diese Reaktion zu verstecken.

Befriedigt ließ er sie los und trat zurück. Sie waren beide gleichermaßen entblößt. Verletzlich. Aufgeheizt.

Ein ausgeglichenes Spielfeld für ein Spiel, in dem sie mit Sicherheit fast immer die Oberhand haben würde. Sie war die Spionin. Er war ein einfacher Soldat.

Wie für sie, war auch sein Job sein Leben, sein Leben sein Job. Und genauso wie für sie bedeuteten Fehler den Tod – für ihn oder seine Kriegskameraden.

„Ich bin dabei." Und das war er, ohne zu zögern. Allerdings war er von vornherein dabei gewesen, und das hatte rein gar nichts mit Savvys sexy Bitte zu tun. Sein XO hatte ihm klargemacht, dass er diesen Einsatz nicht ablehnen *konnte* – jedenfalls nicht, ohne seine Vorgesetzten extrem zu verärgern. SOCOM wollte Augen und Ohren in Savvys Mission. Sie wollten wissen, was zur Hölle sie vorhatte, und warum sie ohne Einschränkung durch ihre Vorgesetzten in der CIA operierte.

Als Savvy um Cals Hilfe gebeten hatte, hatte sie ihn damit unwissentlich für diesen Job ausgewählt. Sie war eine Spionin der CIA. Er war ein Spion für das Kommando der US-Spezialeinheit.

Kapitel Zwei

„**T**ue einfach so, als ob ich einer deiner Jungs vom A-Team bin, Sergeant. Zeig es mir." Savvy umkreiste Cal mit hochgehaltenen Fäusten auf der Sparring-Matte und suchte nach einer Lücke in seiner Abwehr. Er parierte gut, hielt sich aber mit seinen Hieben zurück. Schonte sie. Das würde sie nie akzeptieren.

Die Mission würde scheitern, wenn er sie in ihren Fähigkeiten nicht als ebenbürtig ansah. Er durfte ihr gegenüber keinerlei Zurückhaltung zeigen. Er hatte seine Zweifel bezüglich ihrer schauspielerischen Fähigkeiten angesprochen, dabei waren es *seine*, die hier ein Problem darstellten. Er würde sie als sein Eigentum behandeln müssen – das er missbrauchte und benutzte – und Nachgiebigkeit ihr gegenüber könnte sie beide in tödliche Gefahr bringen.

Er holte nach ihr aus, und sie ließ ihre Deckung absichtlich fallen. Sie fing den Schlag seiner unbehandschuhten Hand am Kinn auf.

„Verdammt, Savvy?" Seine Worte klangen wie ein zorniges Knurren. Wenigstens war Wut besser als Sorge.

„Sieh dir das nur an – ich bestehe nicht aus Glas. Ich bin nicht zersplittert. *Zeig es mir*, Cal." Sie verdeutlichte es, indem sie ihm einen Hieb ins Gesicht verpasste, den er blockierte, dem er dann aber keinen Gegenschlag folgen ließ.

Sie holte aus und zielte erneut auf seinen Kopf. Er duckte sich, kam wieder hoch und zog mit seinem Fuß ihre Beine unter ihr weg. Doch selbst als sie fiel, fing er sie auf und landete mit ihr zusammen auf der Matte, wobei er ihren Sturz auffing.

„Verdammt nochmal, Cal. *Kämpfe mit mir.*" Sie stieß gegen seine Brust, als er neben ihr auf dem Boden lag, und sie war froh, dass sie das Fitnessstudio für ihr privates Training kommandiert hatte. Mit Zuschauern wäre ihm diese Sache noch schwerer gefallen.

„Was bringt das? Ich weiß, dass du kämpfen kannst. Du weißt, dass ich kämpfen kann. Es gibt keinen Grund für uns, das hier zu tun."

„Um die Deckung nicht auffliegen zu lassen, wirst du mich vielleicht schlagen müssen."

Sein Blick wurde hart. „Du willst, dass ich dich schlage? Das ist eine ziemlich durchgeknallte Bitte an einen Mann."

Sie zog ihre Knie unter sich und setzte sich auf. Er würde das hier hassen, und sie nahm es ihm nicht übel. Sie hob seine Faust von der Matte und führte sie an ihr Kinn. „Mich ins Gesicht zu schlagen ist nicht einmal das Schlimmste von dem, was du vielleicht tun musst."

Seine Faust öffnete sich und er umschloss ihr Kinn, bevor er seine Hand fallen ließ, als hätte er sich an ihrer Haut verbrannt. Auch wenn er sie nicht mochte, fand er sie doch attraktiv, und sie zählte darauf, dass sie das während ihrer Mission zu ihrem Vorteil nutzen konnten.

„Du wirst mich berühren müssen, mich küssen", fuhr sie fort. „Und manchmal werde ich unwillig erscheinen. Dann wirst du mich grob behandeln müssen, um den anderen zu zeigen, dass du mir eine Lektion erteilst. Du musst mich wie ein Objekt behandeln. Nicht wie eine Person."

Sie sah den Augenblick, in dem ihm die Bedeutung ihrer Worte klar wurde. In seinen dunklen Augen entflammte ein hartes, zorniges Feuer.

„Das ist kein Spiel, Cal. Ich rede hier nicht von einer Runde SM oder Bondage nur zum Spaß. Ich spreche davon, unsere Deckung nicht auffliegen zu lassen, um unser Leben zu retten."

„Du willst damit sagen, dass ich dich vielleicht vergewaltigen muss."

„Keine Vergewaltigung. Ich gebe dir hiermit meine Erlaubnis zu tun, was du tun musst. Es wäre also keine Vergewaltigung. Jedenfalls nicht für mich." Aber was wäre das für ihn? Sie wollte nicht, dass er blauäugig und unwissend darüber, was ihnen bevorstand, in diese Mission marschierte. Darüber, was sie vielleicht zu tun gezwungen wären.

Seine Rolle beinhaltete, dass er einen barbarischen Rohling spielen musste. Brutal bis in seinen Kern. Das war Cal nicht. Er war ein freundlicher Kerl oder ein knallharter Soldat der Spezialeinheit, aber niemals grausam. Für diese Mission musste er seine dunkle Seite erkunden. Glücklicherweise neigte sie dazu, das Schlimmste in ihm zum Vorschein zu bringen.

Er sprang auf die Füße und wanderte einen großen Kreis auf der Matte. „Das ist sowas von abgefuckt."

„Hoffentlich wird es nicht soweit kommen. Aber die sexuelle Natur unserer Tarnung wird uns bis an unsere Grenzen treiben. Dies sind Nikolai Drugovs Partner. Diese Veranstaltung wird eine Sexparty mit dem Anreiz von erzwungenem Sex und Drogen für alle Gäste beinhalten. Drogen kommen nicht in Frage, also werden wir den Sex benutzen. Und weil du kein Fan davon bist, wahllose Sexarbeiterinnen zu ficken oder zu teilen, hast du dir deine eigene mitgebracht. Das wird deine Ausrede sein, dich nicht an Gorevs Angeboten zu beteiligen, und es beschützt mich. Ich bin dein Eigentum."

„Und du gehst wirklich davon aus, dass dich niemand ergreifen wird, sobald ich dir den Rücken zugekehrt habe?"

Sie kam auf ihre Füße und zuckte leicht mit ihrer Schulter, weil sie nicht wollte, dass Cal wusste, wie sehr sie sich davor fürchtete. „Dann drehe mir eben nicht deinen Rücken zu."

„Was du verlangst, ist unmöglich." Er kam direkt auf sie zu und sein hübsches Gesicht war eine harte zornige Maske.

Sie trat einen Schritt nach hinten, wich vor ihm zurück, bevor sie eine Chance hatte, darüber nachzudenken.

Er kam weiter auf sie zu, trieb sie bis an die Wand zurück. Ihr Puls sprang in die Höhe, als er eine Locke ihres Haares aufhob und sie zwischen seinen Fingern rollte. „Glaubst du wirklich, dass sie auch nur einen Blick auf dich werfen, mit deinem weichen, seidigen Haar und diesen großen braunen Augen, und dich nicht für sich selbst haben wollen?" Er ließ seinen Daumen an ihrem Kiefer entlang und über ihre Lippen gleiten. „Glaubst du wirklich, dass sie einen Blick auf deine vollen Lippen werfen und keine schmutzigen Fantasien darüber haben werden, was sie alles mit deinem Mund anstellen könnten? Fuck, Savvy. Du bist eine der sexysten Frauen, die ich je gesehen habe, und jetzt willst du in eine Höhle voller verbrecherischer Scheißkerle hineinmarschieren und dich ihnen als meine Hure präsentieren. Du wirst einen Magnet für Übergriffe abgeben."

Ihr Herz raste wild von dem Moment an, als sein Daumen ihre Lippe berührte. Es war möglich, dass sie sich verkalkuliert hatte, als sie Cal wählte. Sie war davon ausgegangen, dass die Anziehungskraft zwischen ihnen es ihr einfacher machen würde, ihm nahe zu sein, wie es dieser Job verlangte. Aber sie hatte dabei nicht in Betracht gezogen, dass ihr Fokus mit nur einer Berührung dahin war.

Sie packte sein enges Under Armour Shirt und zog ihn noch näher an sich heran, womit sie seine Waffe gegen ihn selbst richtete. „Dann wirst du einfach extrem eifersüchtig reagieren müssen, Cal. Verprügle den ersten Mann, der mich anfasst. Zeig keine Schwäche. Denn das hier" - sie nahm seine Hand und ließ sie an ihrer Seite herabgleiten, angefangen bei ihrer Brust bis zu ihrem Hintern – „gehört dir. Und nur dir."

Er packte ihr Hinterteil und zog sie an sich. Sein Mund schwebte über ihrem. „Lass mich eines klarstellen." Seine Stimme war ein tiefes Flüstern. „Was auch immer auf dieser Mission zwischen uns geschehen wird, ist gespielt. Mein Körper mag auf dich reagieren, aber ich vertraue dir nicht. Du lügst, manipulierst und zwingst Leuten deinen Willen auf. Bilde dir also nicht ein, dass es irgendetwas zu bedeuten hat, falls wir ficken sollten."

Seine Worte schossen wie Eis durch ihren Körper, und sie wusste, dass er genau das beabsichtigt hatte. „Schlag mich", verlangte sie mit harter Stimme. „Verpass mir ein blaues Auge. Je schlimmer es aussieht, desto besser. Lass meine Lippe aufplatzen, damit niemand irgendwelche Fantasien über meinen Mund haben wird." Sie ließ ein kaltes Lächeln aufblitzen. „Sollte dir nicht zu schwerfallen, da ich ja ein so hinterhältiges Miststück bin."

Er stieß sich von ihr zurück. „Verdammt nochmal. Du tust es sogar jetzt. Manipulierst mich."

„Schlag mich."

„Nein."

Mit einem scharfen Tritt zog sie seine Beine unter ihm weg. Er sah es nicht kommen und fiel zu Boden. „Dann motz hier nicht rum, dass mich irgendwelche Verbrecher haben wollen, wenn du nicht dazu bereit bist, etwas dagegen zu unternehmen."

Er packte ihren Knöchel und zog sie herunter. Er war blitzartig über ihr, pinnte ihre Arme über ihrem Kopf auf den Boden und presste seine gesamte Körperlänge gegen ihre. „Hör auf, mich zu provozieren, Savvy. Du magst super coole Fähigkeiten als Spionin haben, aber ich bin größer und stärker als du, und ich habe ein körperlich härteres Training hinter mir. Mein ganzes *Leben* besteht darin, zu trainieren."

Sie ruckte mit ihren Hüften und rieb damit gegen die wachsende Erektion, die er nicht unterdrücken konnte. „Ich kann mit Schusswaffen, Messern und mit meinen bloßen Händen töten – genauso wie du." Sie entspannte ihren Körper, sodass er weich und gefügig wurde. „Meine Hände sind meine Lieblingswaffe. Ganz nah und persönlich. Sie sehen den Tod niemals kommen."

Er ließ ihre Hände los und lachte. „Eines muss ich dir lassen, Sav, diese Mission wird nicht langweilig werden. Höllisch gefährlich bestimmt. Möglicherweise ein Selbstmordkommando. Aber dich in Aktion zu sehen, wird sicher nicht langweilig sein."

Zugegebenermaßen fantasierte sie darüber, Cal in Aktion zu sehen, aber sie würde ihm diese Befriedigung nicht geben. Sie schob ihn zur Seite und rollte auf ihre Füße. „Das Sparring ist vorbei. Geh duschen und triff mich im Büro in dreißig Minuten.

Wir müssen die Details unserer Verschleierungsgeschichte besprechen."

Er stand auf und nickte. „Jawohl, ma'am."

Wenigstens kämpfte er nicht mit ihr um die Führungsposition. Diese Mission gehörte ihr – vom Anfang bis zum Ende. Es war gut, dass er das verstand.

◆

Cal beobachtete Savannah. Sie war pure Selbstsicherheit und kühle Kontrolle, wie sie da hinter ihrem Schreibtisch saß. Was wäre nötig, um ihre eisige Selbstbeherrschung zu brechen? Im Fitnessstudio war sie erregt gewesen, als er sich dicht an sie gedrückt hatte, aber sie war nicht ein einziges Mal ins Wanken geraten, nicht einmal als er sie beleidigt hatte.

Stattdessen hatte sie seine eigene Waffe gegen ihn eingesetzt. Sie hatte während ihres Trainings die Oberhand behalten, und sie wusste genau, wie sie diese einzusetzen hatte, wie sie ihn in Rage bringen konnte. Schlimmer noch, sie hatte ihn nicht nur so zum Spaß herausgefordert. Sie hatte tatsächlich *gewollt*, dass er sie schlug. Und sie hatte damit eine Schwäche in ihm bloßgestellt, die er möglicherweise nicht überwinden konnte.

Er starrte auf ihr Gesicht – das er in den letzten paar Monaten in viel zu vielen sexuellen Fantasien vor Augen gehabt hatte – und versuchte, sich vorzustellen, ihr einen Hieb zu verpassen, der eine blau-schwarze Prellung um eines ihrer wunderschönen, intelligenten braunen Augen verursachen würde.

Bei dem Gedanken wurde ihm schlecht.

Sie war keine blonde Sexbombe wie Pax' Freundin Morgan, und ihr fehlte der Glamour und Glanz von Bastians Freundin Brie. Savannahs Schönheit war subtil. Unterschwellig. Sie versuchte, in den Hintergrund zu verschwinden, wie jeder gute Spion, aber ihre Augen und ihre vollen Lippen waren wie ein Autoalarm, der ohne Grund aufheulte und sich nicht mehr abstellen ließ.

Sie würde nie unbeachtet bleiben. Jedenfalls nicht in seinen Augen.

Falls sie Makeup trug, dann war es dezent und kaum zu sehen, und er konnte kein einziges Outfit beschreiben, das sie in den Monaten, seit er sie kannte, getragen hatte – bis auf ihre Workoutklamotten, die weder ihren vollen Busen noch ihren perfekten knackigen Arsch verbargen – denn sie kleidete sich unauffällig. Aber egal, wie sehr sie alles herunterspielte, er sah sie. Er sah ihre unterschwellige Schönheit und ihre unglaubliche Intelligenz.

Er sah die Leidenschaft für ihren Job und ihre Treue zur CIA.

Er konnte nicht leugnen, dass ihr Verstand ihm Angst einjagte. Nicht, dass er sich vor Intelligenz fürchtete – Schlauheit war immer höllisch scharf. Wovor er Angst hatte, war, wie Savvy ihren Verstand benutzte. Sie stellte Verbindungen her, die andere nicht sehen konnten, und dann benutzte sie das, was sie gesehen hatte, um Intel aus den Leuten herauszuzwingen und zu foltern. Sie hatte Bastian dazu gebracht, sich an Brie ranzumachen, ohne daran zu denken, was es für das Paar bedeuten würde, sobald Brie die Wahrheit erfuhr. Für Savvy rechtfertigte der Zweck immer die Mittel.

Egal, wie scharf er auf sie war, das war der entscheidende Punkt. Er hatte einen Großteil der vergangenen sechs Monate damit verbracht, seine Emotionen ihr gegenüber tief in sich zu verschließen. Sie sollte ihn niemals so benutzen, wie sie Bastian benutzt hatte. Und jetzt schickte SOCOM sie zusammen auf eine geheime Mission.

Total abgefuckt.

Es gab in ganz Camp Citron keine Person, die er weniger mochte, und keine Frau, die er mehr wollte.

Sie öffnete eine Akte auf ihrem Schreibtisch und enthüllte eine Fotografie von Jean Paul Lubanga, die sie ihm zuvor gezeigt hatte. „Operation Zagreus ist eine Mission zur Erfassung von Informationen und dies ist unsere Hauptzielperson."

„Zagreus?"

„Lubangas Code-Name. Zagreus war ein unbedeutender griechischer Gott der Unterwelt."

Natürlich kannte Savvy den Hintergrund. Allerdings hatte sie sich den Code-Namen wahrscheinlich selbst ausgedacht. „Komm schon. Da steckt doch sicher mehr dahinter. Zagreus ist kein allgemein bekannter Name der griechischen Mythologie."

„In Griechenland bezeichnet man einen Jäger, der lebende Tiere einfängt, als *Zagreus*. Lubanga entführt Kinder und zwingt sie dann dazu, nach Diamanten zu graben, oder er verkauft sie." Sie zuckte mit den Schultern. „Und wir haben die besser bekannten Gottheiten bereits benutzt." Sie zog einen blauen Reisepass aus der Akte und reichte ihm das Dokument. „Dein Name ist Mani Kalenga."

Er nahm den Pass entgegen, der scheinbar echt aussah. Er wusste ihre Auswahl eines allgemeinen kongolesischen Nachnamens, der mit K-A-L anfing, zu schätzen. Er vermutete, dass sie dies getan hatte, weil er nicht als Geheimagent ausgebildet worden war, was ihm nur recht sein konnte. Er lief weniger Gefahr, einen Fehler zu machen, wenn er als Kal durchgehen konnte.

„Dein Vater", fuhr Savvy fort, „hat Zaire Anfang der 80er Jahre verlassen, als er deine weiße amerikanische Mutter geheiratet hat, die in Kinshasa für ein US-Bergbauunternehmen gearbeitet hat."

Dies war beinahe eine Umkehrung seiner tatsächlichen Herkunft. Seine Mutter kam aus der Demokratischen Republik Kongo – die damals noch Zaire hieß – und sein Vater hatte sie kennengelernt, als er in der amerikanischen Botschaft in Kinshasa gearbeitet hatte. Sie hatten sich kurz vor Cals Geburt in den 80ern in den USA niedergelassen. Er quittierte dieses Cover mit einem zustimmenden Nicken. Obwohl er fließend Lingala sprechen konnte, so war er doch unmissverständlich Amerikaner. Er hatte Kinshasa und auch das Dorf, in dem seine Mutter geboren worden war, besucht, und er hatte sich die Regenwälder und Dschungel in der Gegend angesehen, aber er würde niemals als Einheimischer durchgehen.

„Du hast für Drugovs Organisation in Südsudan gearbeitet",

fuhr Savvy fort, „wo du für dessen private Sicherheit gesorgt hast, aber nachdem du von dem Tod des Oligarchen hörtest, hast du dich entschieden, seine Geschäfte zu übernehmen. Du hattest für ihn einige Male als Übersetzer ausgeholfen, wodurch du von seinen Plänen wusstest, einen Deal mit Lubanga für Bergbaurechte einer Diamantenmine abzuschließen.“

Wieder nickte er. Es gab Leute im südwestlichen Teil Südsudans, die Lingala sprachen. Falls Drugov versucht hätte, sich ins Diamantengeschäft einzuschleusen, war es durchaus glaubwürdig, dass er sich seine Handlanger, die die Sprache der Hauptstadt der Demokratischen Republik Kongo sprachen, diesbezüglich zu Nutzen machte.

„Ich bin also ein Söldner. Ehemaliges US-Militär?“

Savvy nickte. „Ja. Aber keine Spezialeinheit. Wir wollen nicht, dass irgendjemand in dieser Richtung Nachforschungen anstellt. Und sie würden dir niemals vertrauen, wenn du behaupten würdest, ein Delta zu sein. Wir belassen es dabei, dass du als Soldat unehrenhaft entlassen worden bist.“

Cal verzog eine Miene, wusste aber, dass es notwendig war. Die Person, die er spielte, war das Gegenteil von Moral und Ehrenhaftigkeit. Es war besser, wenn sie von ihm glaubten, dass er gierig genug gewesen war, um sich erwischen zu lassen – aber nicht so nachlässig, dass er Zeit im Bau verbracht hatte. Er machte sich keinen Kopf darüber, dass die Männer, mit denen er es zu tun haben würde, seinen nicht vorhandenen Patriotismus in Frage stellen könnten. Diese Männer waren nur dem Geld und der Macht treu, und es fiel ihnen leicht, diese Charakterzüge in anderen anzuerkennen.

„Okay. Dann erzähl mir jetzt von dir.“

Savvy zog einen weiteren US-Reisepass hervor. „Mein französischer Akzent klingt zu amerikanisch, also bin ich Touristin. Ich war die Begleitung eines Achtzigjährigen auf einer Safari in Tansania und Kenia. Er hatte immer davon geträumt, auf Safari zu gehen, und ich hatte immer davon geträumt, sein Geld zu erben. Leider hatten seine Kinder einen Privatdetektiv engagiert, der uns beobachtete, und dieser Privatdetektiv hat mich mit dir im Bett erwischt. Wir haben uns vor der Safari in einem Hotel in Nairobi kennengelernt. Dann bist du im Amboseli Nationalpark aufgetaucht, wo man uns zusammen im Bett erwischt hat. Mein Sugar Daddy hat mich rausgeschmissen – mit nichts weiter als meinem Reisepass und meinen Klamotten. Du hattest mir versprochen, mir ein Flugticket von Daressalam zu besorgen, aber du hältst mich hin. Ich habe niemanden und bin vollkommen auf dich angewiesen."

Er nickte. Das war glaubwürdig. „Dein Name?"

„Jamie Savage."

„Schlau. Wenn ich dich also Sav nenne, passt es trotzdem. James ebenfalls."

Sie nickte.

Er neigte seinen Kopf. „Wie ist dein richtiger Name, Sav?"

Sie antwortete ihm mit einem Blick, und er konnte nicht anders, als zu lachen. Vor zwei Wochen, als Morgan Adler Camp Citron besucht hatte, hatte er sich im *Barely North* an einem Abend zu ihr und Pax dazugesetzt. Savvy war ebenfalls dort gewesen, und Morgan hatte erzählt, dass Savvy lieber bei ihrem Spitznamen genannt wurde als Savannah, und sie dann gefragt, warum sie einen Alias gewählt hatte, den sie nicht mochte.

Savvy hatte geantwortet: *„Ich habe ihn nicht gewählt. Er wurde mir zugeordnet."* Es war einer der seltenen Momente gewesen, in denen Savvy irgendeine echte Emotion gezeigt hatte, und er hatte sich ausgerechnet, dass sie über ihren Alias verärgert war. Er hatte zu viel Zeit damit verbracht, sich zu fragen, warum. Aber es war nicht die Art von Frage, die sie beantworten würde. Jemals.

„Was ist unser nächster Schritt?"

„Morgen fliegen wir nach Nairobi. Dort kaufen wir ein Geländefahrzeug und fahren zum Park. Wir werden die Nacht dort verbringen und uns dann in Richtung Daressalam auf den Weg machen, was einen Tag oder vielleicht zwei dauern wird. Am Donnerstag treffen wir uns mit Gorevs Partnern. Freitag ist das große Event."

Cal blätterte durch seinen Reisepass und sah all die verschiedenen Stempel der Region. Savvy war gründlich. „Wo zur Hölle hast du all diese Stempel herbekommen?"

„Stempel sind einfach. Aber du musst sie dir genau anschauen und dir merken, wo du gewesen bist. Du wirst keine Stempel für Ruanda oder Uganda finden. Die könnten eine Einreise in die Demokratische Republik Kongo erschweren."

„Ich dachte, wir werden nicht in die DRK einreisen?"

Sie zuckte mit den Schultern. „Es kann nie schaden, darauf vorbereitet zu sein."

„Und wie werden wir für all das bezahlen? Ich nehme an, dass du für solche Geheimmissionen keine Kreditkarten der Regierung benutzt."

Sie lächelte. „Der amerikanische Dollar wird dem Kongo-Franc und den Tansania- und Kenia-Schillingen vorgezogen. Wir werden einige tausend Dollar in Bargeld dabeihaben, wenn wir uns auf den Weg machen. Außerdem hat Mani Kalenga ein ziemlich gut gefülltes Bankkonto in Nairobi – inklusive dazugehöriger Kreditkarte. Wir werden die benutzen, wenn wir ein Fahrzeug kaufen, sobald wir dort ankommen, und für die Hotelzimmer für die ersten paar Tage, um das Bargeld nicht zu früh zu verbrauchen."

Er hatte nie wirklich darüber nachgedacht, wie Undercover Agenten ihre Missionen finanzierten, ohne eine Spur zu hinterlassen, die direkt zur CIA führen würde. Man lernte jeden Tag etwas Neues. „Wird man uns Tracker implantieren?", fragte er und sprach damit die subdermalen Chips an, die in den vergangenen Monaten bereits einige Leben gerettet hatten.

Sie schüttelte ihren Kopf. „Nein. Auf dieser Mission sind wir komplett auf uns allein gestellt. Falls wir in Schwierigkeiten geraten, wird keine Kavallerie uns retten kommen."

Er hatte das erwartet, doch als er nun seinen Reisepass studierte und sie über ihre Reisepläne sprachen, wurde ihm die Isolation bewusst. Dies war das erste Mal, dass er auf eine Mission gehen würde, für die Vater Staat keinen militärischen Flug organisieren würde, um ihn zum Einsatzgebiet zu bringen. Himmel, er würde weder seine M4 noch seine Uniform haben. Er wäre nicht einmal mehr ein Soldat.

Das verlangte eine vollkommen andere Einstellung.

Es würde keine Kavallerie geben. Kein Team. Die Männer, denen er vertraute, dass sie ihm den Rücken deckten, würden nicht mit ihm dort sein. Savannah James würde ihm den Rücken decken und er ihren.

Er hoffte inständig, dass sie mit ihrem Training und ihren Fähigkeiten nicht übertrieben hatte.

Kapitel Drei

Es fühlte sich seltsamerweise wie eine Junggesellenparty an – diese Versammlung von Cals Team im *Barely North* in der Nacht vor der Abreise zu seiner Mission mit Savvy. Er war der Bräutigam, der mit seinen Kumpeln ausging, und die Braut war nirgendwo zu sehen. Er hätte gesagt, dass sie mit ihren Freunden unterwegs wäre, aber Morgan und Pax waren ihre einzigen Freunde, von denen er wusste, und Morgan war bereits wieder in die USA zurückgekehrt, während Pax links neben Cal saß.

Wie bei jeder guten Abschiedsparty empfing er eine kräftige Abreibung in Bezug auf die Tatsache, dass er nun tagelang mit einer Frau auf Tuchfühlung gehen würde, die die Annäherungsversuche von so ziemlich der Hälfte aller Soldaten der Spezialeinheiten – der Armee und der Navy – auf der Basis hatte abblitzen lassen. Nicht viele Männer auf der Basis mochten sie, aber das bedeutete nicht, dass sie Savannah nicht trotzdem flachlegen würden. Es passte ihm nicht, dass er nicht viel besser war als all die anderen notgeilen Arschlöcher.

Bastian und Pax schwiegen, selbst als sie einen Blick austauschten. Sie wussten beide, dass Cal einer der vielen war, der sie wollte, allerdings wussten sie im Gegensatz zu den anderen auch, dass diese Anziehung auf Gegenseitigkeit beruhte.

Cal hatte nur wenige Geheimnisse vor Pax, mit dem er sich während dieser Stationierung einen CLU teilte, und Bastian hatte ihn dazu befragt, nachdem er ein paar interessante Begegnungen zwischen ihm und Savvy beobachtet hatte.

Pax mochte Savannah James tatsächlich – allerdings hatte sie ihm auch erlaubt, während Morgans Entführung in der Kommandozentrale zu bleiben und seine Hilfe angefordert, den Mann ausfindig zu machen, der Morgen verraten hatte. Ganz zu schweigen davon, dass Savvy Pax, Bastian und Cal davor bewahrt hatte, vor das Militärgericht zitiert zu werden, nachdem sie sich eigenmächtig und unerlaubterweise auf eine Rettungsaktion begeben hatten, die schlussendlich erfolgreich gewesen war.

Pax war durch Savvys skrupellose Vorgehensweise, die jedes Mittel zum Zweck rechtfertigte, nie verletzt worden. Man konnte der CIA nicht vertrauen, das war einfach eine grundlegende Tatsache.

Was Cal nicht begreifen konnte, war Bastians Ansicht über diese Frau. Sicher, die Sache mit dem Kriegsgericht zählte zu ihren Gunsten, aber ansonsten gab es für Bastian mehr als genug Gründe, Savvy nicht leiden zu können.

Cal sprach unter dem Geschwätz der anderen etwas leiser und fragte Bastian: „Warum bist du ihretwegen nicht angepisst, Bas? Erst hat sie dich und Brie manipuliert, und dann wärt ihr beide beinahe ihretwegen umgekommen."

Bastian zuckte mit der Schulter und nahm einen Schluck von seinem Bier. „Sie hatte recht. Ich musste Brie dazu bringen, mir offen alles zu erzählen, und wir mussten Drugov ausschalten." Seine Augen wurden dunkel. „Der Dreckskerl hatte einen Völkermord geplant. Ich bin nicht gerade jemand, der wegen des Mordes an Baby Hitler Schlaf verlieren würde. Hypothesen dieser Art sind Bullshit, aber worauf es schlussendlich ankommt: falls du irgendeine Kenntnis über einen Massenmord, einen Terroranschlag oder Völkermord hast, unternimmst du etwas.

Savvy ist diejenige, die diese Art von Kenntnis herauslockt. Ihre Arbeit gibt uns die Möglichkeit, zu reagieren. Und sie hat einen höllisch scharfen Instinkt, wenn es darum geht, Informationen aus jemandem herauszubekommen. Keiner von uns wird einen Orden dafür bekommen, dass wir Destas Lager hochgenommen haben, und meine Rolle in der Drugov-Sache wird niemals anerkannt werden, aber ich werde mit dem Wissen von diesem Einsatz nach Hause gehen können, dass ich dabei geholfen habe, einen Völkermord zu verhindern. Das ist mehr als genug für mich." Bastian neigte seinen Kopf. „Ich glaube, die wirkliche Frage ist hier, warum sie dir so zu schaffen macht?"

Pax lehnte sich rüber. „Das würde ich auch gerne wissen."

Cal runzelte die Stirn. Er hatte ja unbedingt seine dumme große Klappe aufreißen müssen. Er seufzte und sagte ihnen die Wahrheit. „Sie würde jeden opfern."

Bastian nickte. „Ja. Inklusive sich selbst."

Und genau das war das Problem. Es war möglich, dass seine Gefühle Savvy gegenüber mehr mit Angst um sie zu tun hatten, und weniger mit Wut auf sie. Verlangte sie von anderen mehr als das, was sie selbst in derselben Situation tun würde? Das glaubte er nicht.

Sie hatte von ihm verlangt, sie zu schlagen, und erwartete von ihm, sogar noch Schlimmeres zu tun, sobald sie in Daressalam waren. Sie würden sich morgen zusammen auf den Weg zu einer Mission begeben, und sie könnte ihn, ohne weiter darüber nachzudenken, opfern. Oder sich selbst. Und er würde nichts dagegen tun können.

Er blickte auf, als sich die Tür zur Bar öffnete, und da war sie. Savvy sah sich im Raum um und fing seinen Blick auf.

„Scheiße. Der Spaß ist vorbei", sagte Sergeant Stockton mit kalter Stimme vom anderen Ende des Tisches. „Cals Freundin ist hier." Er sprach laut genug, dass ihn jeder hören konnte – inklusive Savvy.

„Halt die Klappe, Stock", sagte Pax. „Sei kein Arschloch."

„Zu spät", sagte Bastian. „Er ist so zur Welt gekommen."

Savvy hielt mitten im Raum inne. Ihr Blick sprang von Stockton zu Cal. Der warf Stockton einen wütenden Blick zu, bevor er Savvy dann zunickte, dass sie sich zu ihnen gesellen sollte. „Was gibt's, Sav?", fragte er und ließ seine Stimme warm klingen. Es war eine Sache, dass er seine Bedenken bezüglich Savvy hatte, aber eine ganz andere, wenn einer seiner Teamgefährten sie respektlos behandelte – ganz besonders am Abend vor einer Mission.

Savvy warf Cal einen nervösen Blick zu, als sie sich ihm gegenüber am Tisch auf den leeren Stuhl setzte. „Sergeant Callahan, es gab eine Änderung in unserem Reiseplan. Ein C-130 Transporter wird morgen Nachmittag zu unserem FOS in Kenia fliegen. Wir werden diesen Flug nehmen, anstatt kommerziell zu fliegen."

Den Zoll in Kenia zu umgehen war ideal, aber die Manda Bay Basis lag an der Küste und war isoliert. „Wie kommen wir von Manda Bay nach Nairobi?"

„Charterflug." Sie blickte die anderen Männer im Tisch an. „Tut mir leid, dass ich euren Abend störe, aber ich wollte dich nur wissen lassen, dass wir nicht gleich bei Sonnenaufgang aufbrechen müssen."

Da er davon ausging, dass er während der Mission wahrscheinlich kaum mehr als das Minimum an notwendigem Schlaf bekommen würde, begrüßte er eine letzte Nacht, in der er sich richtig ausschlafen konnte. „Danke für die Mitteilung."

Sie stand auf. „Ich wünsche euch eine gute Nacht."

„Bleib, Savvy", sagte Cal. „Genieß einen Drink. Entspann dich."

Sie warf Stockton einen Blick zu. „Ich will euch nicht den Spaß verderben."

„Mein Spaß war verdorben, sobald Stockton aufgetaucht ist", sagte Cal.

„Fick dich, Callahan", entgegnete der Soldat.

Cal zeigte ihm den Mittelfinger, ohne in seine Richtung zu sehen, und hielt seinen Blick fest auf Savvy gerichtet. Sie bemühte sich sehr, es zu verbergen, doch er konnte ihre Unsicherheit spüren. Sie konnte auf einer Mission schauspielern und innerhalb von SOCOM war sie immer kalt und kontrolliert. Aber hier, in einem sozialen Umfeld, in dem sie nur sie selbst sein sollte, scheiterte sie. Es war ihr nicht ganz unwichtig, was er und sein Team von ihr dachten.

Interessant.

Sie ließ sich wieder auf ihren Stuhl fallen und nahm Cals Drink. „Gin und Tonic?", fragte sie, nachdem sie daran gerochen hatte.

Er nickte.

Sie trank einen Schluck.

„Hey", sagte er lachend. „Ich sagte, genieß *einen* Drink. Nicht *meinen* Drink."

Sie lächelte und stellte das Glas vor ihn hin. „Ich werde nicht bleiben, und ich werde nicht trinken. Ich habe noch einen Stapel an Berichten zu lesen und muss mir einige Details einprägen, bevor wir in Daressalam ankommen."

„Die kannst du auf dem Flug lesen. Bleib." Er meinte es ernst. Er wollte sehen, dass sie entspannte. Er wollte ein paar Minuten mit der wirklichen Frau verbringen, nicht mit der Fassade, die sie allen darbot. Er wollte einen Eindruck davon bekommen, wer sie wirklich war, bevor sie sich morgen auf den Weg machten.

Er nickte dem Kellner zu, der prompt zum Tisch kam. „Kann ich Ihnen irgendetwas bringen, Miss James?"

Sie wollte gerade ablehnen, doch Cal schüttelte den Kopf, und sie gab nach. „Vodka Martini, bitte."

„Geschüttelt, nicht gerührt?", fragte Stockton spöttisch.

Diesmal war es Savvy, die ihm den Finger zeigte, denn sie hatte den James-Bond-Joke offensichtlich schon zu oft gehört.

Cal dachte darüber nach, dass sie als SAD/SOG Agentin, technisch gesehen, *tatsächlich* die Lizenz zum Töten hatte, oder zumindest konnte sie auf geheime Attentatsmissionen geschickt werden. Und sie hatte beim Sparren heute behauptet, dass sie im Namen der Regierung getötet hatte, aber das hätte genauso gut eine Lüge sein können. War ihr Nachname James ein ironischer Verweis auf 007? Allerdings hatte sie auch gesagt, dass man ihr diesen Namen zugewiesen hatte. Würde jemand im Operationsvorstand der CIA einer SAD-Agentin einen Namen geben, der auf einen fiktiven MI6-Spion und manchmal Attentäter verwies?

Hinter Savvy erschien der Schriftzug „Sondermeldung" auf dem großflächigen Fernseher, auf dem normalerweise, wenn keine großen Sportveranstaltungen stattfanden, CNN übertragen wurde, und dann tauchte das offizielle Porträt von Senator Albert Jackson auf dem Bildschirm auf. Vor etwas mehr als zwei Wochen war Jackson für eine Zeremonie auf dem Flugzeugträger USS *Dahlgren* nach Dschibuti gekommen, um die Teams der Spezialeinheiten zu ehren, die Brie Stewart – auch bekannt als Gabriella Prime – aus Südsudan gerettet hatten. Laut Bastian war Jackson Bries schmieriger „Onkel" Al, ein alter Freund ihres Vaters Jeffery Prime, und der Senator hatte diese Reise nur unternommen, um sich auf Kosten von Bries Tortur selbst etwas positive PR zu verschaffen.

Als das Flugdeck der *Dahlgren* auf dem Bildschirm erschien – mit einem Video der Zeremonie – rief Cal in Richtung Bar: „Macht den Fernseher lauter."

Die Nachrichten, die das nahegelegene Schiff zeigten, hatten die Aufmerksamkeit mehrerer anwesender Gäste auf sich gezogen, und der Raum wurde still, während der Ton hochgedreht wurde. Savvy und die anderen, die mit dem Rücken zum Fernseher saßen, drehten sich auf ihren Stühlen um. Im Schriftzug am unteren Bildschirmrand stand: „Senator Albert Jackson in Ölpreisskandal mit Amerikas Prime Energy und Russlands Druneft verwickelt."

Die Kamera zoomte näher an Brie Stewart heran, wie sie ihre Rede auf dem Flugdeck hielt. Bastian stand zu ihrer Linken mit einer Gruppe von Matrosen hinter ihr. Der Senator stand hinter ihr zu ihrer Rechten, zusammen mit dem Admiral der Schiffsflotte und dem Kapitän des Schiffes. Bastians Blick war auf Brie fixiert und jeder, der ihn kannte, wusste, dass es ihn mit dieser Frau schwer erwischt hatte.

Glücklicherweise beruhten die Gefühle zwischen den beiden auf Gegenseitigkeit. Vor zwei Tagen war Brie abgereist und in die USA zurückgeflogen. Und wahrscheinlich verbrachte sie gerade jetzt ihre Zeit damit, sich in Bastians Apartment in der Nähe von Fort Campbell einzurichten.

Ein Matrose, der mitten im Raum saß und ganz offensichtlich weder von der Beziehung zwischen Bastian und der ehemaligen Öl-Erbin wusste, noch sich bewusst war, dass der Soldat anwesend war, pfiff dem Fernseher zu und sagte: „Ich habe gehört, dass man aus ihren Prinzessin-Prime-Tagen online noch Sexvideos finden kann. Die verdammten Firewalls auf der Basis. Ich würde die reiche Schlampe zu gern auf den Knien sehen."

Bastian war von seinem Stuhl aufgesprungen, bevor Cal ihn zurückhalten konnte, aber glücklicherweise hatte sich Espinosa vor Bastian aufgebaut und packte ihn bei seinen Schultern. „Das Arschloch ist es nicht wert, im Knast zu landen."

Nachdem es ein paar Vorfälle gegeben hatte, in denen Spezialeinheiten – von der Armee und der Navy – mit Matrosen und Marines aneinandergeraten waren, hatte der Kommandant der Basis eine Nulltoleranzregel für Schlägereien unter den Truppen eingeführt. Die Umstände spielten keine Rolle. Die Tatsache, dass Bastian vor weniger als einer Woche geholfen hatte, einen Völkermord aufzuhalten, spielte keine Rolle. Falls er dem Kerl einen Schlag verpasste, würde er im Knast landen – wie jeder andere auch.

Bastian wehrte sich gegen Espis Griff.

Der ernsthaft dumme Matrose drehte sich um, als er die Aufregung hinter sich bemerkte, blickte dann wieder zum Fernseher zurück und musste Bastian als den Soldaten auf dem Bildschirm in seiner sauberen Kampfuniform und seinem Green Beret erkannt haben. Er lachte und fühlte sich seiner offensichtlich sicher – dank der neuen Police des Skippers und Espis Griff um Bastian. Wahrscheinlich wollte er vor seinen Freunden wie ein Teufelskerl dastehen, der einen Green Beret herausfordern konnte, und sagte: „Du bist der Kerl, der Prinzessin Prime gerettet hat? Hast du sie gevögelt? Ich habe gehört, dass sie einen wirklich scharfen Arsch hat." Er lachte über seinen eigenen Mut.

Einen Augenblick später schlug das Gesicht des Mannes auf den Tisch auf und seine Füße wurden unter ihm weggezogen.

Er fiel auf den Boden, und Savvy pinnte ihn auf seinem Bauch fest, während sie seinen Arm auf den Rücken verdrehte. „Halt die Klappe", sagte sie zu dem stöhnenden Matrosen. „Ich versuche, mir die Nachrichten anzusehen." Sie bog seinen Arm höher, lehnte sich dann zu ihm herunter und sagte gerade laut genug, dass jeder es in dem nun stillen Raum hören konnte: „Ich bin nicht Teil der Befehlskette des Skippers. Ich kann tun und lassen, was ich will. Halte also endlich deine verdammte Fresse, bevor ich den Frauen auf diesem Planeten einen Gefallen tue und dir die Eier abschneide."

Der Matrose wurde still, und Savvy wandte sich wieder dem Fernseher zu, vollkommen desinteressiert an dem Mann unter ihrem Knie. „Spielt das nochmal von Anfang an ab", befahl sie, und der Barkeeper mit der Fernbedienung tat genau das. Verdammt, Cal wusste nicht einmal, dass der große Fernseher in der Bar einen digitalen Videorekorder hatte. Oder vielleicht hatte Savvys befehlender Ton ihn schlichtweg heraufbeschworen.

In dem CNN-Bericht wurde die enge Verbindung von Senator Jackson zur Prime-Familie erwähnt, was zu seinem kürzlichen Trip zu dem Flugzeugträger geführt hatte, um dem Militär für Bries Rettung zu danken. Danach wurden im Detail seine Verbindungen zu dem erst kürzlich verstorbenen Nikolai Drugov dargelegt. Die Nachrichten berichteten von der offiziellen Version seines Todes: vor sieben Tagen war der Oligarch während einer Bootsfahrt vor der Küste von Marokko von einem Mitglied seiner eigenen Mannschaft erschossen worden. Die nachfolgenden Untersuchungen hatte mehrere Vorfälle offengelegt, in denen Drugov mit dem ebenfalls erst kürzlich verstorbenen Jeffery Prime – der Öl-Tycoon war vor drei Tagen den Komplikationen eines Schlaganfalls erlegen – verwickelt gewesen war, um die Ölpreise zu kontrollieren. Nun schien es so, dass auch Senator Jackson in diese Sache verwickelt war, und er als ehemaliger CEO eines Öl-Unternehmens mit Sitz in Texas ebenfalls in der Preisfestsetzung mitgewirkt hatte, bevor er in die Politik eingestiegen war.

Es war gerade mal eine Woche her, und die Drugov-

Dominos fielen bereits der Reihe nach um. Und es war die Frau, die soeben einen Matrosen außer Gefecht gesetzt hatte, ohne dabei ins Schwitzen zu kommen, die diese Untersuchung in die Wege geleitet hatte.

Er schuldete Savvy Respekt. Sie war brillant, was ihren Job anging. Es war nicht ihr Fehler, dass er ihren Job und die Organisation, für die sie arbeitete, nicht ausstehen konnte. Zudem kam noch hinzu, dass sie ihre Fähigkeiten größtenteils für gute Zwecke einsetzte. Der Bericht wechselte zu einem evangelischen Televangelisten, dessen Geschäfte mit Drugov in den vergangenen vierundzwanzig Stunden aufgedeckt worden waren. Die Nachrichten hielten mit, während alle von Drugovs Deals langsam ans Licht kamen.

Pastor Abel Fitzsimmons – ein Mann, von dem Cal noch nie zuvor etwas gehört hatte, der aber angeblich eine riesige Anhängerschaft im amerikanischen Bibel Belt besaß – hatte Spendengelder dafür benutzt, in Drugovs Operation in Südsudan zu investieren. Der Mann wollte ins Ölgeschäft einsteigen? In Südsudan?

Der Pastor hatte in einer Aussage angegeben, dass alle Spendengelder, die an Drugov bezahlt worden waren, zugunsten eines guten Zwecks bezüglich Mädchen und ihrer Hygiene gespendet worden seien. Was zur Hölle? Es hörte sich an, als ob Fitzsimmons in Bries Menstruationsunterwäsche investiert hatte. Er würde Savvy bei der erstbesten Gelegenheit dazu fragen.

Aber es war der nächste Teil des Berichts, der seine volle Aufmerksamkeit auf sich zog. Es kamen Fragen auf, ob der Evangelist Geld in die Demokratische Republik Kongo geschickt hatte – angeblich für eine Schule – aber ein Reporter, der diese Geschichte etwas genauer unter die Lupe nahm, hatte keinerlei Beweise dafür finden können, dass diese Missionsschule gebaut worden war. Das erinnerte Cal an die Anschuldigungen gegen Pat Robertson gegen Ende der 90er Jahre, welche dann nochmals mit der Veröffentlichung des Dokumentarfilms *Mission Congo* im Jahr 2013 aufgeworfen wurden. Der Televangelist war beschuldigt worden, Spendengelder, die für die Unterstützung von Flüchtlingen des Völkermordes in Ruanda vorgesehen waren, stattdessen für den Bergbau von Diamanten missbraucht zu haben. Auch da war von dem Bau einer Schule die Rede gewesen, aber die Dokumentation hatte Beweise vorgebracht, dass diese Schule niemals jemanden unterrichtet hatte. Hatte Fitzsimmons etwas Ähnliches versucht?

Hatte dies irgendetwas mit der Spur zu tun, der sie nach Daressalam folgten? Jean Paul Lubanga hatte die Kontrolle über die Bergbauindustrie in Kongo, und alle Bergbaurechte liefen über ihn. Es wäre typisch für Savvy, Cal nur einen Teil ihrer Mission zu verraten und das wahre Ziel ihrer Informationserfassung zu verschweigen.

Allerdings war Abel Fitzsimmons ein Amerikaner. Die CIA würde ihn nicht untersuchen. Das war der Job des FBIs.

So sehr er die CIA und deren Methoden hasste, so musste er doch zugeben, dass er voll und ganz dahinterstand, falls das Hauptziel die Untersuchung von Fitzsimmons war. Jeder, der die Verzweiflung und Not der Menschen im Kongo ausnutzen wollte, hatte es verdient, in der Hölle zu schmoren.

Seine Mutter kam aus der Demokratischen Republik Kongo. Er hatte seine Familie dort besucht und Zeit mit seinen Tanten, Onkeln und Cousins verbracht, die den Alptraum überlebt hatten, der mit dem ruandischen Völkermord 1994 begonnen hatte. Er hatte Cousins, die in einem Massaker in einem kleinen Dorf umgekommen waren, noch bevor Mobutu im ersten Krieg im Kongo abgesetzt worden war. Andere waren vergewaltigt worden und dann später verhungert oder durch Krankheiten während des zweiten Krieges im Kongo gestorben. Und zwei waren noch als Kinder dazu verpflichtet worden, zu kämpfen. Er wusste immer noch nicht, was mit den Söhnen seiner Tante geschehen war. Jungen, die ein paar Jahre jünger waren als er selbst.

Die Nachrichten wechselten dann zu einem Bericht über die Polizei, die einen unbewaffneten schwarzen Mann erschossen hatten, den sie wegen eines kaputten Bremslichts angehalten hatten. Sein Magen verkrampfte sich auf eine andere Weise. Er war ein solcher Fahrer gewesen und würde es wieder sein, wenn er in die USA zurückkehrte. Die Tatsache, dass er ein Soldat war, der seinem Land diente, machte keinen Unterschied, außer dass seine Statur Polizisten mehr Angst einjagte und sie schießfreudiger machte. Er hielt sich mit einer Präzision an die Verkehrsregeln, die seine weißen Freunde niemals verstehen würden. Und es spielte keine Rolle, denn er wurde trotzdem mit Behauptungen angehalten, wie zum Beispiel der, dass er sein Handy beim Fahren benutzt hätte, oder irgendwelchen anderen ausgedachten Gründen.

Er konnte es kaum erwarten, dass sein Einsatz hier zu Ende war und er seine Eltern in Washington DC besuchen konnte, aber gleichzeitig wusste er es zu schätzen, sich nicht jeden Tag der Engstirnigkeit in Amerika ausgesetzt zu sehen.

Savvy ließ den idiotischen Matrosen los, stand auf und klopfte sich ihre Hose ab, dann überprüfte sie demonstrativ ihre langen roten Fingernägel auf Absplitterungen. Als sie keine fand, strahlte sie den Matrosen an, der sich auf dem Boden zur Seite gerollt hatte und sie von dort unten finster anstarrte. „Lass mich nicht noch einmal hören, dass du eine Frau beleidigst, Rudolph. Nächstes Mal werde ich nicht annähernd so nett sein, wie ich es heute war."

Sie kannte den Namen des Matrosen? Cal würde jede Wette eingehen, dass Rudolph sich soeben fast in die Hose geschissen hatte. Er erweckte den Eindruck, als ob er sie beleidigen wollte, doch er bewies, dass er wenigstens ein winziges bisschen Grips besaß und sagte nichts, als er auf die Füße kam und aus der Bar marschierte.

Savvy kehrte zu ihrem Tisch zurück und setzte sich auf ihren Platz. Einige der Männer – inklusive Stockton – starrten sie mit vor Schock offenen Mündern an.

Der Kellner stellte ihren Drink vor sie hin und Bastian sagte: „Der geht auf mich."

„Nope", antwortete der Kellner. „Der geht aufs Haus."

Sie bedankte sich bei dem Mann, nahm einen Schluck, lächelte dann und lehnte sich auf ihrem Stuhl zurück.

„Danke, Sav", sagte Bastian. „Obwohl ich ein bisschen eifersüchtig bin, dass du seine Fresse auf den Tisch schlagen konntest."

„Woher kanntest du seinen Namen?", fragte Cal.

Sie schüttelte ihren Kopf. „Ich kannte ihn nicht. Einer seiner Freunde hatte ihn erwähnt, als er ihm sagte, dass er seinen Mund halten sollte."

Cal hatte diesen Kommentar verpasst, allerdings war er von der Geschwindigkeit, mit der sie den Matrosen zu Boden geworfen hatte, fasziniert gewesen und hatte nicht weiter aufgepasst. Angesichts der Tatsache, dass Rudolph leichenblass geworden war, hatte der wohl auch nicht gehört, wie sein Freund seinen Namen gesagt hatte.

„Wie steht es mit dem Senator, Sav?", fragte Bastian. „Wird die Presse Brie nun hinterherjagen?"

„Das würden sie, wenn sie wüssten, wo sie ist, aber da dein Name der Presse vorenthalten wurde, sollte sie in Kentucky sicher und anonym sein."

„Du hast Intel über Jackson", sagte Bastian. „Was ist mit Bries Bruder JJ?"

„Du weißt, dass ich das nicht beantworten kann."

Hinter Savvy öffnete sich die Tür. Zwei Männer – einer um die dreißig Jahre alt, der andere eher fünfzig – hielten im Eingang inne und musterten die kleine Bar. Der Blick des Älteren fiel auf Savvy, und er stieß den jüngeren Mann an.

Mist. Würde sie vielleicht doch mit dem Skipper Ärger bekommen? Allerdings waren diese beiden keine MPs. Tatsächlich hatten sie ein gewisses Auftreten an sich, das geradezu CIA schrie. Cal nickte zur Tür hin. „Du hast Besuch, Sav."

Sie drehte sich um, und ihre Wirbelsäule wurde stocksteif. Dann sprang sie auf. „Seth! Harrison. Was macht ihr denn hier?"

Der ältere Mann nahm ihre beiden Hände in seine und hielt sie fest – ein Ersatz für eine Umarmung zwischen zwei Profis „Wir sind hergeflogen, sobald wir es einrichten konnten. Das Directorate of Operations hat uns persönlich hergeschickt, um dir zu deiner Arbeit hier zu gratulieren."

Dann drehte Savvy ihren Kopf zum ersten Mal zu dem jüngeren der beiden Männer und Cal konnte die Anspannung in ihrem Körper erkennen. Er wünschte, er könnte ihren

Gesichtsausdruck sehen. Rührte diese Anspannung von Freude oder Nervosität?

Der jüngere Mann musterte sie mit einem verdeckten und doch hungrigen Ausdruck. Cal erkannte diesen Blick, weil er sich ziemlich sicher war, dass er Savvy auf dieselbe Art ansah, wenn niemand in der Nähe war.

„Das Directorate of Operations? Wirklich? Ich fühle mich geehrt, aber es war ein bisschen übertrieben, zwei von euch zu schicken. Besonders, da ich morgen abreisen werde."

„Aber das ist einer der Gründe, warum wir hier sind. Oder zumindest, warum Harry mitkam. Er wird dich begleiten. Er wird die Rolle des Geschäftsmannes übernehmen."

Allem Anschein nach hatte die SAD also doch noch einen Agenten geschickt. Cal wollte diese Mission ja nicht einmal, aber trotzdem wurmte ihn die Tatsache, von diesem weißen, sauber geschnittenen Schönling ersetzt zu werden.

„Harry wird niemals als Kriegsherr durchgehen." Anhand ihres Tonfalls konnte er erahnen, dass Savvy von diesem Vorschlag genauso wenig begeistert war. Vielleicht war Cal von vornherein ihre erste Wahl gewesen. Wenn überhaupt, lag dieser Typ in der Auswahl zumindest hinter Cal.

„Mein Russisch ist einwandfrei, Savannah." Ihr Name rollte nicht so locker von der Zunge dieses Typen und Cal wurde bewusst, dass dieser Bastard ihren wirklichen Namen kannte. Das war ein kleinlicher Grund, den Mann nicht zu mögen, aber es war alles, was er hatte. „Ich bin einer von Drugovs Geschäfts-partnern, kein afrikanischer Drogendealer."

Savvys Wirbelsäule versteifte sich noch mehr – etwas, von dem er nicht geglaubt hatte, dass es möglich war. „Das wird nicht funktionieren ..."

„Lass uns zu deinem Büro gehen und es dort diskutieren", schlug Seth vor.

Savvy antwortete mit einem scharfen Nicken. „Selbstver-ständlich." Sie blickte nicht einmal zum Tisch zurück und sagte weder ‚Danke' noch ‚Auf Wiedersehen' zu Cal und seinem Team. Sie ging zur Tür, als ob sie nicht existierten.

Er griff über den Tisch und nahm ihr kaum berührtes Glas.

Er mochte keine Martinis, aber das war ihm jetzt egal. Er trank es in einem Schluck leer und stellte das Glas auf den Tisch zurück.

Die Braut hatte ihn auf seiner eigenen Junggesellenparty sitzengelassen.

Kapitel Vier

Savvy konnte Cal nicht ansehen, als sie die Bar verließ. Sie wollte nicht, dass ihr Boss wusste, dass Cal ihr Partner in dieser Mission war. Noch nicht. Sie wusste, wie der Verstand dieses Mannes funktionierte, und sie musste ihr Argument langsam und methodisch aufbauen, wenn sie irgendeine Chance haben wollte, Harry aus dieser Mission heraus zu manövrieren.

Aufgrund ihrer Vergangenheit mit Harrison Evers würde Seth Olsen ihre Einwände als emotional abschreiben wollen, es sei denn, sie konnte ihren Standpunkt mit gutüberlegter Logik untermauern.

Sie bereute, dass sie Seth davon erzählt hatte, was in dem Motelzimmer geschehen war. Er war entsetzt gewesen, und er hatte sie zurecht davor gewarnt, dass sie, falls sie sich dazu entschied, zu schweigen und nicht gerichtlich gegen ihn vorzugehen, weiter mit Harry würde zusammenarbeiten müssen. Er hatte sie auch davor gewarnt, dass sollte es dazu kommen, dass seine Aussage gegen ihre stand, eher dem Mann geglaubt werden würde, der bereits viel länger in der Agentur gearbeitet hatte.

Seit dem Vorfall waren fünf Jahre vergangen und zwei Jahre, seit Harry sich ihrer Arbeitsgruppe in der SAD angeschlossen hatte, wodurch sie gezwungen war, ihm täglich gegenüberzutreten. Dieser Einsatz in Dschibuti war ihre Flucht vor jenem Alptraum gewesen. Sie hatte sich ausgerechnet, dass sie erst wieder Gefahr laufen würde, mit ihm zusammen auf eine Mission geschickt zu werden, wenn sie wieder in den Staaten war. Doch jetzt war er hier in Dschibuti und anscheinend ganz versessen darauf, mit ihr zusammen auf eine Mission geschickt zu werden, auf der von ihr verlangt wurde, als sein Sexspielzeug zu agieren.

Nicht nur nein, sondern *Auf-gar-keinen-Fall*-Nein.

Als sie bei der SAD einen Agenten beantragt hatte, hatte sie Harrys Namen absichtlich auf der Liste potenzieller Partner ausgelassen. Seth wusste, warum.

So gesehen – *waren* ihre Einwände emotionell. Harry könnte sich durchaus als die bessere Wahl über Cal herausstellen, allerdings würde sie es niemals wieder zulassen, dass er sie noch einmal berührte – auch nicht unter dem Vorwand einer Mission.

„Es ist wirklich sehr freundlich von dir, dass du so weit gereist bist, um mich zu sehen, Seth."

„Die Freude ist ganz meinerseits, Savannah." Der Name klang auch auf seinen Lippen steif, aber es war ja auch nicht der Name, bei dem er sie normalerweise nannte. Allerdings befanden sie sich in der Öffentlichkeit, und Seth war schon immer jemand gewesen, der sich strikt an die Regeln hielt.

„Ich habe die Berichte gesehen, die du zu Drugov eingereicht hast", sagte Harry. „Gute Arbeit."

Sein Lob bedeutete ihr nichts. Nun – bis auf die Tatsache, dass sie eine Gänsehaut bekam. Sie ignorierte ihn und sprach stattdessen mit Seth. „Wie lang wirst du hier sein?"

„Ich werde Dienstagmorgen zurückfliegen. Morgen treffe ich mich mit dem Agentur-Personal in der Botschaft."

„Der Führungsoffizier leistet großartige Arbeit." Sie vermied es, Kayleas Namen oder den weiblichen Titel zu erwähnen, denn sie hielt sich genauso strikt an die Regeln wie Seth.

„Freut mich, das zu hören."

Sie erreichten das temporäre Gebäude, in dem SOCOM untergebracht war. Savvy hatte ein winziges Büro im hinteren

Teil. Kein Name an der Tür, keinen Titel. Aber dies war ja auch nicht ihr wirklicher Name. Sie war auf den kleinen, fensterlosen Raum zutiefst stolz, denn sie hatte sich ihr Büro und ihre undefinierte Rolle bei SOCOM durch jahrelange harte Arbeit verdient. Sie stellte sicher, dass sie immer die am besten informierte Person im Raum war. Sie verbrachte ihre Abende damit, sich Karten und politische Allianzen einzuprägen, und Kriegsherren und deren Ziele zu studieren. Sie verfolgte Hinweise auf Intel von relativ unbekannten Männern, die an die große Macht kommen wollten.

Männer wie Lubanga, auf den sie ein Auge geworfen hatte, sobald sie afrikanischen Boden betreten hatte.

Sie verbrachte ihren morgendlichen Fünf-Meilen-Lauf damit, sich die täglichen detaillierten Nachrichten-Podcasts anzuhören. Sie war die erste Person, die zu den morgendlichen SOCOM-Meetings am Tisch erschien und jede Nacht die letzte, die das Gebäude verließ, wenn sie nach einem normalen Geschäftsstundenplan arbeiteten. Wenn Teams auf Einsätze geschickt wurden, wie das vor ein paar Wochen der Fall gewesen war, als sie eins nach Südsudan geschickt hatten, sah sie kaum das Bett in ihrem Wohncontainer. Sie könnte genauso gut ihren privaten CLU mit Nasszelle aufgeben und in ihr Büro ziehen.

Savvy führte ihren Boss und ihren Erzfeind stolz in ihr Büro und setzte sich hinter ihren Schreibtisch. Sie hätte ihren Platz ohne weiteres aufgegeben, wenn Seth ihr einziger Besucher gewesen wäre.

Auf der gegenüberliegenden Wand hing ein Bild der Gedenkwand am Hauptquartier der CIA in Langley, Virginia. Die anonymen Sterne gefallener Agenten. Sie betrachtete den Teil, der knapp über Harrys Schulter hinweg sichtbar war. Onkel James wurde von einem dieser Sterne repräsentiert. Sie hatte James Lange, den Bruder ihres Vaters, nie kennengelernt, da er wenige Monate vor ihrer Geburt gestorben war, aber sie hoffte, dass ihre Arbeit für die Organisation, für die er sein Leben geopfert hatte, ihn trotzdem stolz machte.

„Ich wünschte, wir hätten irgendeine Art von Zeremonie, um deine Erfolge zu ehren, Freya, aber du kennst ja die Regeln der Agency", sagte Seth, der jetzt, da sie allein in ihrem Büro waren, ihren wirklichen Namen benutzte.

Es war seltsam, Freya zu hören, nachdem sie monatelang Savannah gewesen war. Sie hasste den Namen Savannah, aber sie verstand, warum Seth ihn gewählt hatte.

Was uns nicht umbringt, macht uns stärker.

Der Name war eine ständige Ermahnung daran, dass sie hier auf sich allein gestellt war. Niemand deckte ihr den Rücken. Sie musste mit den Entscheidungen klarkommen, die sie traf.

Aber für Seth und Harry war sie Freya, und ihr wirklicher Name hatte seine ganz eigene Stärke und Erinnerungen. Ihren Namen von den Lippen ihres Mentors zu hören, erinnerte sie an ihren Vater. Es war fünfzehn Jahre her, seit sie ihren Vater gehört hatte, wie er ihren Namen aussprach. Fünfzehn Jahre, seit sie das letzte Mal eine Familie gehabt hatte. Es tat heute immer noch genauso weh wie damals, als sie mit einundzwanzig ihren Abschluss von der American University bekommen hatte, und nicht ein einziger ihrer Verwandten dort gewesen war, um diesem Augenblick beizuwohnen.

Für ihre verbliebene Tante und Onkel war es zu weit weg gewesen. Aber sie hatten sich ohnehin nie besonders nahegestanden. Hatten nicht gewusst, wie sie mit ihrer nicht enden wollenden Trauer umgehen sollten.

Sie schlug den Deckel zu und verschloss damit ihre emotionelle Quelle. Diese Konversation würde ohnehin schon schwer genug werden, ohne den Tod von all denjenigen, die ihr wichtig waren, in das emotionelle Chaos miteinzubringen.

Sie konzentrierte sich auf Seths Worte, bevor sie davon abgelenkt worden war, ihren Namen zu hören. Die Agentur würde ihre Rolle in der Verhaftung von Drugov nicht anerkennen. Genauso, wie die anonymen Sterne für die Toten, war Lob für die Lebenden strengstens geheim.

Aber SOCOM wusste von ihrer Rolle, und Leiter der CIA wussten davon. Das reichte ihr. Sie machte diesen Job nicht für Ehre oder Orden. Sie war hier, um etwas zu bewirken. Wie ihr Onkel.

Sie war hier, damit nicht noch mehr junge Mädchen ihre Familien verlieren würden, so wie es ihr geschehen war. Jeden, der wichtig war, auf einen Schlag zu verlieren, veränderte eine Person. Nur wenige Wochen vor ihrem achtzehnten Geburtstag hatte sie sich von einer typischen, selbstsüchtigen und beliebten Oberstufenschülerin in jemanden verwandelt, der vollkommen allein war. Seither hatte ihre Arbeit solche Attacken, wie die, die ihre Eltern und ihren Bruder umgebracht hatten, vermeiden sollen – und hatte das wahrscheinlich auch getan.

„Ich brauche keine Zeremonie", sagte sie. „Was ich brauche, ist die Zustimmung, Gorev und Lubanga wie geplant verfolgen zu dürfen – mit dem Partner, den ich ausgewählt habe. Ich habe gründliche Nachforschungen angestellt. Ich habe die besten Männer für diese Mission aufgelistet, aber Harry gehört nicht dazu."

Sie sah Harry nicht einmal an, als sie das sagte. Seine Reaktion war irrelevant für sie. Nur Seth zählte hier.

„Ich bin fünf Jahre länger als du in der Agentur, Freya", sagte Harry. „Ich glaube, ich habe ein etwas umfangreicheres Wissen als du, wie solche geheimen Operationen ablaufen sollten."

„Du magst die Erfahrung haben, aber du kennst diese Männer nicht so gut, wie ich das tue. Kannst du die Namen von Jean Paul Lubangas drei Frauen und elf Kindern benennen? Kannst du mir das genaue Jahr sagen, wann er sich zum ersten Mal mit Mobutu Sese Seko getroffen hat?"

Harry starrte sie einfach nur an.

„Erlaube mir, dich aufzuklären", sagte sie. „Als Mobutu quer durch Zaire reiste, hat er sich das *Droit de Cuissage* angeeignet – das Recht der Entjungferung – für Jungfrauen, die ihm von den einheimischen Stammes-Chiefs angeboten wurden. 1995 hatte Lubanga Mobutu seine Tochter angeboten, weil er hoffte, dadurch ein Enkelkind zu erhalten, das entweder Sohn oder Tochter des Diktators wäre. Aber die Tochter war erst dreizehn Jahre alt, und sie hatte verständlicherweise Todesangst. Sie weigerte sich und floh aus dem Dorf. Um seine Allianz mit Mobutu unter Beweis zu stellen, ließ Lubanga sie einfangen und umbringen. Dann gab er Mobutu seine elfjährige Tochter. Sie war ebenfalls noch Jungfrau, aber sie hatte noch nicht mit ihrer Menstruation begonnen, somit gab es keine Hoffnung darauf, dass Mobutu mit ihr Kinder zeugen konnte."

„Woher könntest du so etwas überhaupt wissen?", fragte Harry.

„Ich mache meine Hausaufgaben", sagte sie. Sie würde ihm nicht verraten, dass sie die nun dreiunddreißigjährige Frau befragt hatte, die als vorpubertierendes Kind auf Geheiß ihres Vaters von dem Führer ihres Landes vergewaltigt worden war. Harry würde verlangen, Zola ebenfalls interviewen zu dürfen, aber sie würde die Frau, die nun kurz hinter der Grenze in Äthiopien lebte, um jeden Preis vor Harry schützen.

Die CIA hatte sie nach Dschibuti geschickt, um Intel zu einer ganzen Reihe von Männern im Osten und in Zentralafrika zu sammeln, die sich langsam immer mehr Macht aneigneten. Jean Paul Lubanga hatte auf ihrer Liste ganz oben gestanden, und sie war in ihren Untersuchungen übergründlich vorgegangen. Savvy hatte nach ihrer Ankunft in Dschibuti innerhalb von nur zwei Monaten seine Tochter gefunden und befragt. Und sie hatte Zola versteckt – weil man sie viel zu leicht hatte finden können – um sie zu beschützen, falls Lubanga es schaffen sollte, in der Demokratischen Republik Kongo die volle Macht an sich zu reißen.

Es war regelrecht ein Geschenk gewesen, in dem Berg von Intel, das von Drugovs Yacht eingesammelt worden war, die Information über dieses geplante Treffen zu entdecken. Jetzt hatte sie die Chance, sich Lubangas Dateien zu schnappen. Sie konnte nur hoffen, dass dieser geheime Einsatz, den sie geplant hatte, ihr genug Intel verschaffen würde, damit Team USA ausreichendes Material in der Hand hatte, um gegen Lubanga vorgehen zu können.

Die CIA war nicht politisch und legte keine Regeln fest. Geheimagenten wie sie sammelten Informationen, wofür sie manchmal einbrechen und Dokumente kopieren mussten. Führungsoffiziere stellten Verbindungen zu HUMINT – menschlichen Informanten – her. Die NSA sammelte und analysierte SIGINT – digitale Informationen – und leitete dieses Intel an die CIA weiter. CIA-Analytiker benutzten dann diese Kombination von Informationsdaten dazu, sich ein Bild zu den Handlungen von Individuen, Regierungen und Terroristenorganisationen zu machen, um Meinungen zu formen, wie ihre jeweils nächsten Schritte aussehen könnten. Diese Analysen wurden dann an Exekutive und Legislative weitergeleitet, die wiederum diese fundierten Meinungen benutzten, um entsprechende Strategien und Entscheidungen einzuleiten.

Die Politik war der letzte Schritt, und der passierte außerhalb der Wände der CIA. Es hatte im Laufe der Jahre diesbezüglich hin und wieder Fehler gegeben, aber größtenteils arbeitete die Agentur sehr hart daran, das Sammeln von Informationen und die Politik voneinander zu trennen.

Geheimagenten und Führungsoffiziere formten das erste Zahnrad in der Maschine des Geheimdienstes. Aber dieses erste Zahnrad war lebenswichtig. Ohne sie würde sich kein anderes Rad drehen. Ohne sie gäbe es kein Intel, nichts zu Analysieren. Keine Möglichkeit, irgendwelche fundierten Strategien zu entwerfen.

Sie erwiderte Seths Blick. „Ich schaffe das, aber ich brauche jemanden, der Lingala sprechen kann. Ich habe jemanden, der es fließend beherrscht. Er ist Soldat der US-Spezialeinheit. Er weiß, wie er mit seiner Umgebung verschmelzen muss, und er ist ein erstklassiger Soldat mit Charisma im Übermaß. Lubanga wird ihn als einen Verbündeten sehen. Außerdem würde Gorev einen anderen Russen nur als Rivalen empfinden und sofort damit anfangen, Harrys Identität zu überprüfen."

Seth lehnte sich auf seinem Stuhl zurück und verschränkte seine Arme. „Dein Argument ist gut, Freya – bis auf einen Punkt."

Sie neigte erwartungsvoll den Kopf.

„Es ist unwichtig, ob Lubanga deinen Soldaten als Verbündeten ansieht, und Harrys Identität muss nicht allzu lange standhalten. Die Anweisungen für diese Mission wurden noch einmal überarbeitet. Lubanga ist eine zu große Bedrohung, die entfernt werden muss, und wer weiß schon, wann wir eine weitere Gelegenheit wie diese bekommen werden, wenn der Mann sich außerhalb des Kongo befindet."

„Was willst du damit sagen?"

„Lubanga soll auf eine Weise ermordet werden, die es so aussehen lässt, als wäre Gorev für seinen Tod verantwortlich. Operation Zagreus ist eine Attentatsmission."

Kapitel Fünf

Savvy machte sich auf den Weg zurück zu ihrem CLU, und ihr war kotzübel. Es gab keine Möglichkeit, Harry von dieser Mission fernzuhalten, und es gab absolut keinen Weg, wie sie Cal hineinziehen könnte. Man nahm nun mal keine Spezialeinheit zu Geheimoperationen mit. Es durfte keine Verbindungen zur CIA oder der amerikanischen Regierung geben. Falls die Dinge schieflaufen sollten, falls man sie gefangen nahm und einsperrte, würde es keinerlei Verhandlungen über ihre Freilassung geben. Man würde sie verleugnen.

Cal hatte sich nie freiwillig für so etwas gemeldet. Er hatte eine Zukunft in der Armee und darüber hinaus. Sie blickte auf ihre Uhr. Es war spät, aber vielleicht war er immer noch im *Barely North*. Sie könnte es ihm jetzt sagen. Sie wechselte die Richtung und ging zur Bar.

Sie öffnete die Tür zur kalten Luft der Klimaanlage in dieser schwülen Nacht. Ein kurzer Scan des Raumes zeigte, dass die Tische, die man zuvor für einen Großteil von Cals A-Team zusammengeschoben hatte, nun leer waren. Sie drehte sich um und wollte gehen, als sie Seth auf sich zukommen sah. Allein.

Er lächelte. „Ich hatte gehofft, dich hier zu finden. Ich wollte mit dir sprechen, ohne Harry.“

Sie nickte. Sie hätte das gleich von Anfang an bevorzugt. „Wir können zu meinem Büro zurückgehen.“

Er schüttelte seinen Kopf. „Ich könnte einen Drink gebrauchen."

Okay, demnach würden sie also nicht über die Mission oder andere Dinge sprechen, die nicht in der Öffentlichkeit diskutiert werden konnten. Sie verspürte eine Welle der Enttäuschung, hatte aber Verständnis. Sie und Seth waren Freunde, und das schon seit sie vor ihrem Schulabschluss an der American University mit ihrer CIA Ausbildung angefangen hatte. Er hatte sie als Mentor unter seine Fittiche genommen, und sie hatte verzweifelt nach einer Vaterfigur gesucht. Zusammen einen Drink zu genießen, würde ihnen die Chance geben, ihre Bindung außerhalb des Jobs zu erneuern.

Ehrlich gesagt brauchte sie das. Seit ihrer Ankunft im Camp Citron hatte sie nicht gerade viele Freunde gefunden, und so sehr sie auch vorgeben wollte, dass sie nicht einsam war, dass sie sich nicht wirklich nach freundlichen Interaktionen mit anderen Menschen sehnte, so war es doch eine Lüge. So oft es ihr möglich war, entfloh sie der Basis und verbrachte Zeit mit Kaylea in Dschibuti City, aber das geschah nicht sehr oft. Die Führungsoffizierin hatte genauso viel zu tun wie Savvy – vor allen Dingen, weil sie zusätzlich zu ihrem Vollzeitjob an der Botschaft auch noch ihren Job im Geheimdienst zu bewältigen hatte.

Savvy führte Seth zum Tisch, der vom A-Team verlassen worden war und setzte sich. Dieses Mal bestellte sie sich ein Glas Weißwein. Seth bestellte sich ein Bier, und sie konnte sehen, wie sich die müden Falten auf seinem Gesicht entspannten, als er sich auf seinen Stuhl setzte.

„Wie geht es Tante Kim?", fragte sie und meinte damit seine Frau. Kim Olsen hatte gleich zu Beginn ihrer Beziehung darauf bestanden, dass sie sie so nannte, und Savvy hatte ihr diesen Wunsch nur allzu gern erfüllt. Es war ja nicht so, dass ihre eigenen Tanten und Onkel ihr viel Aufmerksamkeit schenkten.

Sie wusste, dass die Trauer ihrer Verwandten beinahe genauso tief gewesen war, wie ihre eigene, und die Tatsache, dass sie nicht in der Nähe waren und so weit entfernt wohnten, verschlimmerte die Situation nur noch, doch es tat trotzdem weh. Tante Kim hatte diese Leere genauso gefüllt, wie Seth es getan hatte. Wahrscheinlich würde sie ihn Onkel Seth nennen, wenn er jetzt nicht ihr Boss wäre. Es hatte bereits Gerüchte gegeben, dass er sie bevorzugt hatte, als er ihr den populären Einsatz in Dschibuti zugeteilt hatte. Aber sie hatte sich den Hintern abgearbeitet, um es bis hierher zu schaffen, und Seth wusste, dass sie es verdient hatte.

„Es geht ihr gut, und sie sagte mir, dass ich dich von ihr drücken und dir sagen soll, wie stolz sie auf dich ist."

Savvy lächelte. „Ich habe ihr beim letzten Mal, als ich auf dem Markt in der Stadt war, einen schönen bunten Stoff gekauft. Ich hätte ihn ihr per Post zugeschickt, aber jetzt kannst du ihn ihr mit nach Hause bringen." Kim war eine Quilterin, deren Designs immer auf dem Land und der Kultur basierten, wo der Stoff herkam.

„Das wird sie sehr freuen." Seth räusperte sich. „Du weißt, dass mir diese Entscheidung nicht leichtgefallen ist, Fr–Savannah." Die Tatsache, dass er sich beinahe versprochen hatte, verdeutlichte einmal mehr, wie schwer es ihm fiel.

Sie nickte. „Das hoffe ich doch. Um ehrlich zu sein, fühle ich mich ein wenig hintergangen, Seth." Ihre eigenen Worte überraschten sie. Sie hatte noch nie zuvor auf diese Weise mit ihm gesprochen. Ihr waren die Worte herausgerutscht. Ein Zeichen dafür, dass es auch ihr schwerfiel, die Kontrolle über sich zu behalten.

Der Kellner brachte ihren Wein und sein Bier, wodurch sie gezwungen waren, ihre Unterhaltung zu unterbrechen. Sie studierte Seths Gesicht, suchte nach Wut, sah aber keine. Es sah aus, als ob er es bedauerte. Enttäuscht. Aber nicht wütend.

Er trank einen Schluck von seinem Bier, lehnte sich dann auf seinem Stuhl zurück und stieß einen schweren Seufzer aus. „Es war klar, dass es früher oder später passieren würde. Ihr arbeitet beide in derselben Abteilung."

„Du hast gesagt, dass du uns nicht zusammen auf Missionen schicken würdest. Du hast es versprochen."

„Was ich versprochen habe, war, dass ich *versuchen* würde, euch nicht denselben Auftrag zu geben. Und ich habe alles versucht. Aber bei diesem Einsatz ist er der beste Mann für den Job, und du bist die beste Frau. Glaube mir, ich bin alle Variablen durchgegangen. Harrison Evers war die einzige Option."

Nur, dass ihr bei Harry schlecht wurde. Sprichwörtlich. Ihr Magen verdrehte sich jedes Mal, wenn er in ihrer Nähe war. Er nagte an ihrer Fähigkeit, Ruhe und Kontrolle zu bewahren, und zerstörte ihr Selbstvertrauen.

Sie hatte ihre Reaktion auf ihn unter Kontrolle gehabt, als sie in Langley gearbeitet hatte, aber sie hatte während ihrer Monate hier in Dschibuti ihren geistigen Schutzwall verloren. Sie war nicht darauf vorbereitet gewesen, ihn heute Nacht zu sehen, und sie konnte dieses Arschloch nicht ansehen, ohne sich erniedrigt und beschämt zu fühlen.

Ihr Überleben hing von ihrer kühlen Zuverlässigkeit ab, ihrer unerschütterlichen, eisigen Reserve, während sie ihren Job erledigte und Amerika einen Vorteil im Krieg gegen den Terrorismus verschaffte. Aber wenn sie mit Harry zusammen war, konnte sie nicht auf ihr Training zurückgreifen. Er zerstörte ihren Fokus und ihre ruhige Zurückhaltung. Sie verspürte Widerwillen wegen ihrer eigenen Untätigkeit und machte sich um andere Frauen Sorgen, die seinetwegen hatten leiden müssen. Ihr Schweigen hatte ihm die Freiheit gelassen, andere zu quälen. Die Krux ihres Selbsthasses war die Tatsache, dass sie körperlich dazu in der Lage gewesen wäre, Harry zu überwältigen, es aber aus Angst um ihre CIA-Karriere nicht getan hatte. Sie hatte sich nicht gewehrt, weil sie nicht alles verlieren wollte, für das sie so hart gearbeitet hatte – von dem Augenblick an, als sie erfahren hatte, dass ihre Familie durch einen Selbstmordattentäter umgekommen war.

Sie wusste auch, dass sie nun nicht in Dschibuti wäre, wenn sie sich gegen Harry zur Wehr gesetzt oder seinen Angriff angezeigt und irgendjemand anderem als Seth davon erzählt hätte. Trotzdem nagte die Tatsache an ihr, dass Harry nicht dafür bezahlt hatte.

„Es tut mir leid", sagte Seth leise. „Ich habe darüber nachgedacht, dich ganz von dieser Mission abzuziehen ..."

„Nein", sagte sie scharf.

„Deshalb habe ich es nicht getan. Und jetzt sind wir hier."

Sie trank einen Schluck von ihrem Wein. „Und jetzt sind wir hier." Seth hatte recht. Cal konnte sie auf diese Art von Mission nicht begleiten.

Geheimmission. Attentat. Auslöschung. Zurücksetzung. Es gab eine ganze Handvoll von Namen und Umschreibungen, die dieser Art von Auftrag gegeben wurde, aber auf was es schlussendlich ankam, war, dass Jean Paul Lubanga eine eindeutige und aktuelle Gefahr für die zerbrechliche Stabilität im Kongo bedeutete. Das war von Köpfen entschieden worden, die weitaus erfahrener waren und ein umfangreicheres Wissen besaßen als sie selbst, und die Anordnung war von ganz oben gekommen.

Es war die perfekte Gelegenheit, da sich der Mann außerhalb der Grenzen seines Landes aufhalten würde – und mehrere Tage in der Begleitung von Kriminellen, die einer solchen Tat beschuldigt werden konnten. Und es war auch ganz gewiss nicht so, dass sie vor dieser Aufgabe zurückschreckte. Lubangas Absichten, die Macht an sich zu reißen, hatten schon vor Jahrzehnten begonnen, als er seine elfjährige Tochter dazu missbraucht hatte, sich die Gunst des Diktators zu erkaufen.

Seth lehnte sich über den Tisch, ergriff ihre Hand und drückte sie. „Du schaffst das schon. Samstagmorgen wirst du wieder hierher zurückfliegen, und Harry wird sich auf dem Weg zurück in die USA befinden."

Sie lächelte ihn an und nickte. Sie könnte es schaffen. Noch wichtiger – sie *würde* es schaffen. Sie nippte an ihrem Wein, und er trank sein Bier, und sie versanken in die leichte Konversation von alten Freunden, die sich seit Monaten nicht gesehen hatten. Er erzählte ihr die neuesten Bürogerüchte, die sie verpasst hatte, Pensionierungen, Hochzeiten, Geburten, Scheidungen. Es hatte einige Scheidungen gegeben. Dieser Job war hart für Beziehungen.

Seth konnte sich glücklich schätzen, dass er Kim gefunden hatte, die mit den langen Stunden und der Geheimhaltung zurechtkam. Savvy hatte sich nie die Mühe gemacht, jemanden zu finden, der mit dem Stress hätte umgehen können, den es mit sich brachte, mit einer Geheimagentin verheiratet zu sein.

Es war beinahe Mitternacht, als sie und Seth sich eine gute Nacht wünschten und sie zu ihrem CLU zurückkehrte. Es war zu spät, um an Cals CLU anzuklopfen und ihm die offizielle Entscheidung mitzuteilen. Er hatte Seths Worte im *Barely North* gehört. Die Details konnten bis zum Morgen warten. Ganz besonders, weil sie ihm keine Details nennen konnte.

Es war besser, ihn und Pax schlafen zu lassen. Sie würden für ihren normalen Job, Dschibutier auszubilden, früh aufstehen müssen. Außerdem war sie zu müde und emotionell zu ausgelaugt, um heute Nacht noch eine weitere Hürde zu nehmen.

Sie fühlte sich etwas besser, nachdem sie Zeit mit Seth verbracht hatte. Es war ein beruhigendes Gespräch mit einer Person gewesen, die sie wirklich kannte. Und nicht nur das, er war auch die einzige Person, die wusste, warum sie so aufgebracht darüber gewesen war, dass man sie mit Harry zusammen auf diese Mission schickte.

Sie erreichte ihren CLU und schloss die Tür auf. Sie brauchte Schlaf, wusste aber auch, dass sie den kaum finden würde. Morgen würde sie nach Kenia aufbrechen – auf eine Mission, um einen hochrangigen kongolesischen Minister zu ermorden, wobei sie in der Rolle eines Sexspielzeugs feststeckte, während ihr Vergewaltiger ihren Meister spielte.

Cal durchquerte das CLU-Dorf und war auf dem Weg zu Savvys Wohneinheit am Ende einer Reihe von einstöckigen Wohncontainern. Er kam um die Ecke und hielt abrupt an. Dieser Typ – Harrison – näherte sich Savvys CLU von der anderen Seite. Cal trat hinter ein Fahrzeug, das vor der Reihe der Wohncontainer geparkt war. Falls Savvy diesen Agenten in ihren CLU einlud, würde Cal zu seinem eigenen zurückkehren und morgen früh mit ihr sprechen.

Es wurmte ihn, dass sie es nicht für nötig befunden hatte, ihm heute Abend ein Update zu geben, aber das bedeutete nicht, dass er herumstehen und warten würde, während sie mit ihrem Kollegen ein Nümmerchen schob. Warum sonst würde dieser Typ – allein und nach Mitternacht – zu ihrem CLU gehen?

Die Basis war still, und Cal konnte leicht das Klopfen an Savvys Tür hören. Es dauerte eine Weile, bis sie antwortete, was ihm den Eindruck vermittelte, dass sie nicht auf Harrison gewartet hatte. Das hier war also vielleicht gar nicht geplant.

Die Tür öffnete sich einen Spalt und schloss sich dann direkt vor der Nase des Typen wieder.

Cal grinste. Okay, das war schon viel besser. Er schlüpfte still zwischen die Fahrzeuge und bewegte sich näher heran, ohne dass der Kerl ihn bemerkte.

Harrison hämmerte an ihre Tür. „Freya, wir müssen uns unterhalten."

Freya?

Cal probierte den Namen im Geiste aus, testete dessen Gefühl, Rhythmus und Gewicht auf seiner Zunge. Es war absolut nicht das, was er erwartet hatte – nicht, dass er sich je im Geiste eine Liste ausgedacht hatte, aber falls er das getan hätte, wäre Freya niemals in den Top Tausend Möglichkeiten ihres richtigen Namens aufgetaucht.

Zur selben Zeit konnte er jedoch sehen, warum er passte. Falls er sich korrekt erinnerte, war Freya eine machtvolle nordische Göttin. Ehefrau von Odin? Vielleicht.

Savvy sah eher italienisch als nordisch aus, mit ihrem langen glatten dunklen Haar und diesen großen braunen Augen. Allerdings war es ja auch kein Nachname.

Freya.

Es gefiel ihm.

Savvy öffnete die Tür und trat nach draußen, wobei sie die Tür hinter sich schloss. „Himmel, Harry, hast du deine Ausbildung schon vergessen?", flüsterte sie. „Du kannst mich hier nicht so nennen."

„Es hat funktioniert, und du bist nach draußen gekommen."

„Du setzt meine verdammte Identität aufs Spiel, um einen *Punkt* zu sammeln?"

Das Arschloch zuckte mit den Achseln. „Ist ja nicht so, als

ob wir in Kinshasa wären. Wir sind auf einer Militärbasis. Hier sind alle im selben Team."

„Allein die Tatsache, dass du das sagst, zeigt mir, dass du für diese Mission zu weich geworden bist."

„So willst du das hier also abziehen, *Savannah*?"

Die Art, wie er den Namen aussprach, war irgendwie beunruhigend. Als ob dieser für ihn etwas vollkommen anderes bedeutete. Und wie sie darauf reagierte – als ob sie einen schmerzhaften elektrischen Stoß erlitten hätte. Doch sie tat und sagte nichts, was ganz und gar nicht zu der Savvy passte, die er kannte.

Es war, als ob dieser Kerl ihr die Krallen entfernt hatte. Sie war wehrlos.

„Lass uns reingehen und reden", sagte er.

„Nein. Sage, was du zu sagen hast, hier draußen."

„Was ist, wenn das, was ich zu sagen habe, streng geheim ist? Und du hast dich ja soeben darüber beschwert, dass ich hier draußen deinen Namen sage – dabei ist der nicht so geheim, wie unsere Mission."

Unsere Mission. Es war offiziell. Cal war raus. Warum zur Hölle war er enttäuscht?

„Dann kannst du es mir während des Fluges mitteilen, weil ich dich nicht in meinen CLU lassen werde."

„Während dieser Mission wirst du mein Sexspielzeug spielen – diese Tarnung war übrigens *deine* Idee – und wir werden fast eine ganze Woche lang zusammen allein sein. Du kannst mich in dein verdammtes Zimmer lassen."

Sie sagte nichts, starrte ihn nur an. Die Lampe, die an der Seite der Container montiert war, war gerade weit genug weg, dass ihr Licht ihr Gesicht im Schatten ließ. Cal wünschte sich, dass er ihre Augen sehen könnte, denn er vermutete, dass sie in diesem Augenblick nichts tat, um ihre Gefühle zu verbergen.

„Lass mich in Ruhe, Harry. Ich brauche meinen Schlaf." Sie drehte sich um und ergriff den Türknauf.

Schnell, wie ein Blitz, packte Harry ihren Arm, wirbelte sie herum und rammte ihren Rücken gegen die Metallwand des Wohncontainers.

Savvy konnte kämpfen. Was Cal schockierte war, dass sie es nicht tat. Heute Abend hatte er sie dabei beobachtet, wie sie einen Matrosen in weniger als einer Sekunde zu Boden geworfen hatte. Davor hatten sie zusammen trainiert, und die Hiebe, die sie ihm verpasst hatte, waren keine Treffer, die er ihr *erlaubt* hatte.

Trotzdem tat sie nun nichts, um sich gegen diesen Mann zu wehren, hob nicht einmal ihre Arme, als seine Hände sich um ihre Kehle legten.

„Hör gut zu, *Savannah*. Du hast gehört, wie Seth gesagt hat, dass *ich* das Sagen auf dieser Mission habe. Du stehst unter mir. Du wirst das tun, was ich dir sage, und das fängt jetzt an. Oder du kannst deinem gepolsterten Job in der SAD auf Wiedersehen sagen. Ich habe dir dabei geholfen, dass du dorthin gekommen bist, wo du heute bist, aber ich kann dich genauso einfach wieder runterreißen. Wenn ich mit dir fertig bin, kannst du dich glücklich schätzen, wenn man dir in der CIA einen Job als Klofrau anbieten wird."

Erst heute Nachmittag hatte Savvy Cal befohlen, sie zu schlagen, und war besorgt gewesen, als er es nicht hatte tun können. War das der Grund, warum man diesen Kerl hinzugeholt hatte? Was das hier eine Art abgefuckter Test? War das der Grund, warum sie sich nicht wehrte?

Ihr Kopf drehte sich nur ganz leicht und Savvy blickte direkt in Cals Richtung, und ihr Gesicht fing das indirekte Licht auf. Er konnte den Ausdruck blanken Terrors in ihren Augen sehen.

Cal sprang von seiner Position hervor und war im nächsten Augenblick über dem Mann. Er zog ihn von Savvy zurück und schleuderte einen Hieb gegen Harrys Kiefer. Sein Kopf schoss nach hinten, doch er blieb auf seinen Füßen und schlug selbst zurück, was Cal jedoch blocken konnte.

Danach wurde daraus ein Boxkampf. Harry war ein trainierter Agent und fuchsteufelswild, während Cals Beschützerinstinkt ihn antrieb.

Harry landete einige solide Schläge, doch er war Cal nicht gewachsen. Er ging zu Boden und blieb dort liegen.

„Das war verdammt dumm, Soldat", sagte Harry durch blutende Lippen. „Ich weiß nicht, wer du bist, aber du hast dich mit dem falschen Mann angelegt. Ich kann dich vors Kriegsgericht bringen."

Es war bereits zu spät, als Cal sich an die Nulltoleranz-Regel des Skippers erinnerte. Dieser Kerl war – wie Savvy – wahrscheinlich davon ausgeschlossen. Aber Cal war es nicht.

„Du hast eine Frau angegriffen. Ich habe sie verteidigt."

„Ich habe sie nicht angegriffen. Ich habe sie auf unsere Mission vorbereitet, in der ich ihr Meister und sie meine Sklavin sein wird. Das hier war alles nur zur Vorbereitung. Das stimmt doch, oder nicht, *Savannah*?"

Wieder sprach er ihren Namen in diesem seltsamen Ton aus.

Cal wandte sich an Savvy, die in dem harschen Halogenlicht wie angeschlagen aussah. Die Türen der umliegenden CLUs hatten sich geöffnet. Sie hatten ein Publikum. MPs würden jede Sekunde auftauchen. Falls Savvy ihn nicht verteidigte, könnte dies das Ende seiner militärischen Karriere bedeuten.

„Was glaubst du denn, warum sie sich nicht gewehrt hat? Glaubst du etwa, dass Savannah James sich nicht zu wehren weiß? Das kann sie durchaus. Sie hat sich dazu entschieden, es nicht zu tun."

„Savvy?", fragte Cal und sein Herz klopfte wild, während er darauf wartete, wie sie ihn den Wölfen zum Fraß vorwarf.

Ihr Blick sprang von Harry zu Cal und wieder zurück. Schließlich sagte sie: „Harrison Evers hat mich angegriffen. Und es war nicht das erste Mal."

Kapitel Sechs

Savvy wanderte draußen vor Captain O'Learys Büro auf und ab. Was hatte sie getan? Sie hatte Harry beschuldigt, sie zweimal angegriffen zu haben. Indem sie den ersten, nicht angezeigten Anschlag erwähnte, hatte sie sich nun selbst den Boden unter den Füßen weggezogen. Sie konnte bereits die Fragen hören. *„Wenn das stimmt, warum hast du ihn dann nicht vor fünf Jahren angezeigt?"*

Weil er die Kontrolle über ihre Karriere hatte.

Sie hatte es Seth berichtet, der sich zu der Zeit nicht in Harrys Befehlskette befunden hatte. Seth hatte lang mit ihr darüber diskutiert, und schlussendlich hatte er es ihr überlassen, ob sie wollte, dass dies in Harrys Akte vermerkt wurde. Es in seiner Akte zu vermerken bedeutete, ihn anzuzeigen.

Höchstwahrscheinlich hätte nur sie selbst die Konsequenzen zu spüren bekommen. Ihre Aussage gegen seine. Dass er in sie eingedrungen war, würde unangefochten unter den Tisch fallen. Harry hätte behauptet, dass sie eingewilligt hatte. Er hatte ihr gesagt, wenn sie das Training erfolgreich abschließen wollte, müsse sie beweisen, dass sie auch Sex haben würde, um während einer Mission ihre Tarnung nicht auffliegen zu lassen. Er hatte ihr gesagt, dass sie einwilligen müsse, oder sie würde die Prüfung nicht bestehen. Er hatte ihr gesagt, dass sie kein Recht hatte ‚Nein' zu sagen. Kein Recht, zu entscheiden, wem es erlaubt war, seinen Schwanz in ihren Körper zu stecken.

Sie hatte trotzdem nein gesagt. Allerdings hatte sie sich auch nicht gegen ihn gewehrt, weil sie befürchtet hatte, dass es tatsächlich zum Training gehörte, sich einer Vergewaltigung unterwerfen zu müssen, und das wirklich zu den Voraussetzungen gehörte.

Schließlich wurde sie als Geheimagentin für die Abteilung für Spezielle Operationen in der CIA ausgebildet. *Die* verlangten von ihren Agenten, alles zu tun, was notwendig war. Manchmal auch bis hin zum und inklusive Sex.

Seth hatte ihr versichert, dass Sex mit ihrem Lehrer keine Voraussetzung war, um die Ausbildung erfolgreich zu bestehen. Aber er hatte auch erklärt, dass ihr „Nein" als unklar verstanden werden könnte – da sie zwar das Wort gesagt, sich aber nicht weiter gewehrt hatte – was wiederum gegen sie wirken könnte.

Sie hatte gefragt, ob diese Anschuldigung ihre Karriere bei der CIA beenden könnte. Seth hatte gesagt, dass er das nicht glauben wolle … aber er konnte ihr in dieser Hinsicht auch nicht das Gegenteil versichern.

Und nun stand sie hier, fünf Jahre später, brachte diese Anschuldigung vor, die ihre Karriere beenden könnte – gerade als sie sich kurz vor einem Einsatz zu einer wichtigen Mission befand. Lubanga war nicht nur in ihrem Sichtfeld: Sie hatte Anweisungen, ihn zu töten.

Sie war kein Fan von Attentaten. Sie glaubte immer, dass es sehr viel mehr von Vorteil war, diesen Bastarden die Eier zu verdrehen, und sie als Werkzeuge der USA zu missbrauchen, aber gleichzeitig wusste sie auch, dass diese Vorgehensweise nur für eine gewisse Zeit machbar war. Despoten gefiel es nicht, allzu lange unter dem Deckel der USA gefangen zu sein. In diesem Fall hatte sie keine Zweifel daran, dass Lubanga bereits überfällig war, und sie würde ihre Pflicht erfüllen, ohne dass es ihr nachts den Schlaf rauben würde.

Sie würde es für Zola tun, das Mädchen, das auf Befehl ihres eigenen Vaters von Mobutu vergewaltigt worden war.

Zola, die noch am gleichen Tag ihre geliebte Schwester verloren hatte.

Sie hörte mit ihrer Wanderung auf und starrte die Wand an, sah nichts als Zolas Gesicht, als sie Savvy von ihrem Alptraum erzählt hatte. Was würde mit Lubanga geschehen, wenn Savvy von dieser Mission abgezogen wurde? Sie hatte diese Anschuldigung gemacht, um Cal zu beschützen. Außerdem war es die *Wahrheit.* Aber wenn Cal nicht in dieser riskanten Situation gesteckt hätte, hätte sie niemals auch nur ein Wort gesagt. Wenn Cal nicht eingegriffen hätte, hätte Harry sie vielleicht noch einmal vergewaltigt ... und dann behauptet, dass er es zur Vorbereitung für die Mission getan hätte. Aber dieses Mal hätte sie sich gewehrt, auch wenn sie aus Angst kein Wort darüber verloren hätte, um die Mission nicht zu kompromittieren.

Was machte das aus ihr?

Sie schob sich selbst die Schuld zu und schien nicht damit aufhören zu können.

In diesem Moment befand sich Seth in dem Büro des Kommandanten der Basis und bestätigte ihre Anschuldigung, vor fünf Jahren vergewaltigt worden zu sein. Gott sei Dank war er nun hier, um ihre Anschuldigungen zu bestätigen. Er war die einzige Person, die das konnte.

Cal und Harry saßen beide in dem kleinen temporären Gefängnis der Basis. *Was habe ich Cal angetan?*

Es hatte sie so sehr überrascht, ihn in der Dunkelheit zu sehen, und es war ihr unmöglich gewesen, ihre Furcht zu verbergen. Und als er Harry angegriffen hatte, wozu sie selbst zu schockiert gewesen war, war sie so unendlich dankbar gewesen.

Seit ihrem siebzehnten Geburtstag hatte es niemanden gegeben, der sie verteidigt hatte. Sie hatte gelernt, sich selbst zu wehren, und das war okay gewesen, bis sie einem Mann begegnet war, gegen den sie sich nicht hatte wehren können, weil sie sonst alles verloren hätte, für das sie seit dem Tag, an dem ein Selbstmordattentäter jeden getötet hatte, der ihr je wichtig gewesen war, so hart gearbeitet hatte. Als dieser Mann sie angriff, und sie hatte feststellen müssen, dass körperliche

Kraft nicht ausreichte. Nicht, solange Männer wie Harry die Macht über sie hatten.

Sie hatte sich den Arsch abgearbeitet, um in den Rängen aufzusteigen. Hier hatte sie Autonomie gefunden. Falls sie hier irgendein Mann angreifen sollte, konnte sie sich ohne Angst, ihre Karriere zu riskieren, gegen ihn wehren. Das traf nicht unbedingt auf die weiblichen Soldatinnen, Matrosinnen und Marines zu, die hier im Camp Citron stationiert waren. Sie war sich ihres Privilegs und der Vorteile, außerhalb der militärischen Hierarchie zu stehen, bewusst.

Sie hatte niemals erwartet, dass Harry hier im Camp Citron auftauchen würde. Sie hatte noch weniger erwartet, dass er ihre ganze Mission einsacken und sie dann nur wenige Stunden später draußen vor ihrem CLU erneut angreifen würde. Allerdings hatte er nie einen Grund gehabt, zu glauben, dass sie sich wehren würde. Sie hatte nicht einmal um Hilfe gerufen.

Damit hatte er gerechnet.

Er hatte nicht mit Cal gerechnet.

Ihre Emotionen waren so durcheinander, dass sie sie nicht verbergen konnte. Das war nicht sie. Sie war ruhig und raffiniert. Sie war diejenige, die andere manipulierte – genauso, wie Cal es gesagt hatte. Sie war nie diejenige, die in einen emotionalen Wirbelsturm hineingezogen wurde – zumindest nicht nach außen hin.

Doch jetzt waren all ihre Schutzwälle niedergerissen worden. Sie machte sich Sorgen um Cal. Um ihren Job. Darüber, dass sie nun niemals auf diese Mission gehen könnte. In weniger als sechs Stunden war sie von ihrer Bestform zum niedrigsten Punkt gefallen. Genauso tief wie damals, als sie sich entschlossen hatte, keine Anzeige wegen Körperverletzung gegen Harry zu erstatten.

Die Bürotür öffnete sich, und Seth und Captain O'Leary traten heraus. Der Kommandant der Basis starrte sie für einen langen Moment an, bevor er sagte: „Sergeant Callahan hat mitangesehen, was allem Anschein nach ein Angriff auf Sie war?"

Sie drückte ihren Rücken durch. „Es *erschien* nicht nur wie ein Angriff, es war einer. Harrison Evers hat mich gegen die Wand gedrückt und mich dabei gewürgt."

„Ich habe gehört, dass Sie heute Abend mit einem meiner Matrosen gekämpft haben. Wollen Sie behaupten, dass der Sie ebenfalls angegriffen hat?"

„Nein, Sir. Ich habe ihn geschlagen. Er hat etwas Widerwärtiges über Brie Stewart gesagt, und wenn ich ihn nicht zum Schweigen gebracht hätte, hätte Chief Ford das getan. Ich wollte verhindern, dass er dort landet, wo sich nun Sergeant Callahan befindet – nur weil ihn ein idiotischer Matrose herausfordern wollte."

„Sie scheinen zu glauben, dass Sie sich außerhalb meiner Befehlsreichweite befinden, aber ich kann Ihnen versichern, Miss James, dass dies *meine* Basis ist, und niemand – nicht einmal SAD CIA-Agenten – werden meine Regeln brechen."

„Ich weiß das, Sir. Aber der Matrose wusste es nicht, und das habe ich zu meinem Vorteil ausgenutzt."

„Sie haben in den vergangenen Monaten großartige Arbeit mit SOCOM geleistet, Miss James. Aus diesem Grund werden Sie mit nur einer Verwarnung und einem Vermerk in ihrer Akte für den Vorfall in der Bar davonkommen. Aber falls so etwas noch einmal passiert, werden Sie mit dem nächsten Flug nach Hause geschickt."

Sie würde also nicht im Knast landen. Somit befand sie sich demnach *doch* außerhalb seiner Reichweite. Er wollte es nur nicht zugeben. „Jawohl, Sir", sagte sie.

Er und Seth gingen weiter in Richtung Ausgang. Sie konnte sich vorstellen, dass er gern wieder zu seinem Bett zurückkehren wollte – immerhin war es bereits nach zwei Uhr morgens.

„Captain, was ist mit Sergeant Callahan?"

„Der wird freigelassen."

Erleichterung durchflutete sie. „Danke, Sir."

„Mr. Evers ebenfalls. Soweit ich es verstehe, werden Sie beide zusammen auf eine Mission geschickt."

Ihr Blick flog zu Seth. Er würde sie doch sicherlich nicht mit Harry nach Daressalam schicken – nicht nach dem, was er soeben getan hatte?

„Die Mission ist von größter Bedeutung, Savannah", sagte Seth. „Du hast mich erst gestern Abend davon überzeugt, dass du die Beste für diesen Job bist, und ich kann dich nicht allein dorthin schicken."

„Sergeant Callahan sollte ursprünglich mit mir auf diese Mission gehen. Er spricht fließend Lingala. Ich habe seinen Reisepass und Alias bereits organisiert."

„Aber die Parameter der Mission haben sich geändert", sagte Seth und erinnerte sie daran, warum sie Harry vor Stunden als ihren Partner akzeptiert hatte.

Sie würde nach Tansania gehen, um einen Regierungsoffiziellen der Demokratischen Republik Kongo zu ermorden. Dies war ein Attentat, so einfach war das. Als SAD-Agentin akzeptierte sie die Risiken. Falls sie scheiterte, falls sie gefangen genommen wurde, handelte sie allein und nicht auf Geheiß der amerikanischen Regierung. Sie würde dann wahrscheinlich in Tansania sterben oder in einem Gefängnis im Kongo landen.

Cal hatte dem nicht zugestimmt.

Sie musste es ihm sagen. Sie musste ihm eine Wahl lassen.

Falls er ablehnte, würde sie mit Harry gehen müssen. Der würde seine Rolle als ihr Meister über alle Maßen ausnutzen. Er würde regelrecht darin aufgehen, sie zu misshandeln und sie könnte sich nicht gegen ihn wehren. Nicht, ohne ihre Tarnung aufs Spiel zu setzen. Ihre Rollen wären viel zu real.

„Ich will Sergeant Callahan für diese Mission", sagte sie, obwohl es ihr das Herz zerriss, diesen Mann, der sich für sie eingesetzt hatte, mit einem unbestreitbaren Verrat zu hintergehen. Den Mann, den sie von dem Augenblick an gewollt hatte, als sie seinem Blick auf der anderen Seite des Konferenztisches begegnet war.

Sobald Cal die Wahrheit erfuhr, würde er sie hassen.

◆

Cal beobachtete Savvy, als die C-130 die Startbahn entlangschoss. Das Flugzeug transportierte ein halbes Dutzend Marines und Vorräte, die für Manda Bay bestimmt waren. Sie hatte den Sitz ihm gegenüber in der Nähe des Flugzeughecks eingenommen und sich schützende Kopfhörer aufgesetzt. Aufgrund dieser Kopfhörer und der anderen Passagiere hatten sie keine Möglichkeit, ihre Mission während des Fluges zu besprechen.

Cal war heute Morgen um 02:30 Uhr aus dem Knast entlassen worden, und man hatte ihm gesagt, dass er wie geplant mit dem Transport abreisen würde. Savvy war nicht in seinem CLU vorbeigekommen, um ihm irgendetwas zu erklären, und er hatte sich entschlossen, nicht zu ihrem zu gehen. Er brauchte Schlaf. Sie hatten Zeit, diese Dinge vor ihrer Abreise zu klären.

Doch dann brach der Tag an – ohne Kommunikation ihrerseits – und er war überrascht, allein in einem Fahrzeug zu sitzen, das ihn zur Startbahn ablieferte, die sich das US-Militär mit dem internationalen Flughafen teilte. Er hatte schon angefangen, sich zu fragen, ob die Mission abgesagt werden würde, als sie dann sieben Minuten vor dem geplanten Start ankam.

Sie hatte sich mit kaum mehr als einem Nicken in seine Richtung auf den Sitz ihm gegenüber fallen lassen, sich die Kopfhörer aufgesetzt und eine Akte geöffnet. Sie starrte auf die Papiere in ihrem Schoß, als ob diese die Bedeutung des Universums enthielten.

Sie erreichten ihre Flughöhe. Es war laut im Inneren des Flugzeuges, aber nicht so laut, dass diese Kopfhörer notwendig waren. Trotzdem behielt sie sie auf. Er hatte sie nun für zwanzig Minuten beobachtet, und ihm fiel auf, dass sie die Seite immer noch nicht umgeblättert hatte.

Er hatte sich darauf gefreut, sie zu sehen. Er wollte sich die blauen Flecken an ihrem Hals ansehen und sich versichern, dass sie okay war. Wollte herausfinden, was mit Harrison Evers geschehen war. Doch seine Sorge hatte sich in Luft aufgelöst, als sie ihn einfach so ignorierte. Als sie nicht einmal ansprach, was in der vergangenen Nacht passiert war.

Er erinnerte sich daran, dass sie angegriffen worden war. Es war falsch von ihm, von ihr zu erwarten, dass sie heute rational, cool und ruhig auftreten würde. Sie hatte gesagt, dass der Mann sie zuvor schon einmal attackiert hatte, und Evers hatte das mit seinen Worten und Handlungen noch bestätigt. Sie hatte das Recht dazu, aufgebracht zu sein.

Wenn dies eine normale Situation wäre.

Aber nichts hier war normal. Sie befanden sich auf dem Weg zu einer geheimen Mission, und er hatte so gut wie keine Ahnung, wie der Plan aussah. Schlimmer noch, er musste wissen, ob sie selbst in Bestform war oder nicht. Er brauchte Savannah James – oder Freya mit unbekanntem Nachnamen – die paramilitärische Agentin der Special Operations Gruppe innerhalb der SAD. Er brauchte die Geheimagentin, die all das tun konnte, was er tun konnte – rückwärts und in High-Heels.

Aber er wusste nicht, ob es diese Frau war, die das Flugzeug bestiegen hatte.

Flüge in C-130-Fliegern dauerten immer etwas länger, und er schätzte, dass sie sich etwa für dreieinhalb Stunden in der Luft befinden würden. Zu lang, um darauf zu warten, herauszufinden, was in ihrem komplizierten Gehirn vor sich ging.

Er löste die Schnalle seines Sicherheitsgurtes und setzte sich auf den leeren Sitz neben sie. Ihre Finger verkrampften sich um die Akte auf ihrem Schoß. Er beugte sich über sie, löste die Dokumente aus ihrem Griff und legte sie zur Seite. Er streichelte mit einer Hand an ihrem Arm entlang und nahm ihre Hand, wobei er seine Finger mit ihren umfasste. Ihre Hand war angespannt und steif, doch dann entspannte sie sich mit einem Mal und drückte seine Hand.

Nach einem Moment zog sie die schützenden Kopfhörer ab und lehnte ihren Kopf gegen seine Schulter.

Etwas in seiner Brust zog sich zusammen.

Er hielt ihre Hand, während Savvy sich an ihn lehnte, und es fühlte sich … richtig an. Gut. Als ob es etwas war, das er seit Ewigkeiten gebraucht, es aber nicht gewusst hatte.

Einige Marines saßen zu nahe, als dass sie sich hätten unterhalten können, und ein Typ, der ihnen im leeren Flugzeugrumpf gegenübersaß, beobachtete sie mit unverhohlener Neugierde. Cal war das egal.

Ihm gefiel die Art, wie sie sich an ihn lehnte. Die Art, wie sie seinen Trost akzeptierte. Die Art, wie sich ihre Hand in seiner anfühlte.

Und er war dankbar, dass man ihn nicht von dieser Mission abgezogen hatte, egal wie sehr er zu Beginn dagegen gewesen war. Der Gedanke, dass sie die Rolle eines Sexspielzeugs für irgendjemand anderen als ihn spielen könnte, ließ seinen Blutdruck in die Höhe schießen.

Es war verrückt, aber er konnte es nicht leugnen. Die Tatsache, dass ihm der Gedanke missfiel, dass irgendein anderer Mann sie berühren könnte – selbst, wenn es nur gespielt war – war ein Problem, mit dem er sich nach ihrer Rückkehr nach Camp Citron auseinandersetzen würde.

Jetzt war er ein Soldat auf dem Weg zu einer Mission, und er würde, wie er das bei jedem Einsatz tat, sein Team um jeden Preis beschützen.

◆

Einen Charterflug von Manda Bay nach Nairobi zu organisieren dauerte länger, als Savvy es gehofft hatte, da sich der Pilot auf einem anderen Flug befand. Es war früher Abend, als er zurückkehrte, und nur zehn Minuten später befanden sie sich wieder in der Luft auf ihrem kurzen Flug in Richtung Kenias Hauptstadt.

Savvy war noch nie zuvor in Kenia gewesen, aber Cal hatte das Land vor einigen Jahren besucht, als er während eines längeren Aufenthalts mit seiner Mutter durch diese Gegend gereist war. Bis sie in der Stadt ankamen, war es bereits zu spät, um sich ein Fahrzeug zu kaufen, also nahmen sie sich ein Hotelzimmer nicht weit vom Flughafen entfernt und gingen dann fürs Dinner zu einem nahegelegenen Restaurant.

Da sie sich in der Öffentlichkeit befanden, bedeutete das, dass sie immer noch nicht über die Mission sprechen konnten, also unterhielt Cal sie mit lebendigen Erzählungen von seinem vorherigen Besuch, während Savvy zuhörte und es genoss, dieses Mal die angenehme Seite von Cal erleben zu dürfen.

Er war ein Mann voller Charme, was sie gleich von Anfang

an zu ihm hingezogen hatte. Doch bisher hatte er ihr gegenüber diese Seite von sich noch nie gezeigt. Jetzt spielte er ihr entweder etwas vor – mit sehr viel mehr Schauspieltalent, als sie es vermutet hatte – oder er war nach den Ereignissen der vergangenen Nacht ihr gegenüber tatsächlich etwas milder gestimmt.

Es brach ihr das Herz, zu wissen, dass sie seine Freundlichkeit zuvor vielleicht verdient hatte, nun aber sicher nicht mehr. Sie hatte sein Vertrauen missbraucht, indem sie ihn auf diese Mission mitnahm, und ihr Betrug war aus reinem eigennützigem Selbstschutz.

Dieser Gedanke sorgte dafür, dass ihr der Appetit verging, doch sie zwang sich dazu, zu essen. Sie war eine Agentin. Sie brauchte Nahrung, um diese Mission zu überstehen. Nahrung und Schlaf.

Das Hotelzimmer hatte zwei Betten. Sie konnten für eine Nacht die Scharade umgehen, ein Liebespaar zu sein, und so viel Schlaf bekommen, wie sie beide brauchten. Cal hatte während ihres Dinners gute Arbeit geleistet, indem er ihren Alias genutzt hatte, was wiederum bewies, dass er dieser Art von Mission mit Leichtigkeit gewachsen war. Nicht, dass sie an ihm zweifelte, aber sie hatte trotzdem versucht, es ihm leicht zu machen, indem sie Namen ausgewählt hatte, die ihm bekannt vorkamen.

Zurück im Hotel, als sie allein im Zimmer waren, machte sich eine Distanz zwischen ihnen bemerkbar. Untereinander waren sie nun zwei Agenten auf einer Mission. Profis mit Grenzen. Sie mussten nur in der Öffentlichkeit so tun, als ob sie intim miteinander wären.

Sie sprang unter die Dusche und kroch dann ins Bett, als Cal duschen ging. Wie angewiesen, hatte er sich seinen Bart nicht geschnitten, allerdings sah er ihrer Meinung nach immer noch zu gepflegt aus. Zwei weitere Tage unterwegs würden Abhilfe bringen, obwohl er auch dann immer noch eher wie ein Filmstar aussehen würde, wenn sie mit Lubanga zusammentrafen.

Sie döste, während sie versuchte, sich zu überlegen, wann der beste Moment wäre, das Attentat auf den Minister zu verüben. Sie könnte – und sollte – zuerst die Dateien von seinem Laptop kopieren. Das war das ursprüngliche Vorhaben gewesen, und diese Anweisung war nicht zurückgezogen worden.

Dessen hatte sie sich versichert.

Die Daten, die sie von Lubangas Computer bekommen würde, wären für die USA sehr wertvoll, während die Demokratische Republik Kongo damit beschäftigt sein würde, das Vakuum zu füllen, das sein Tod hinterlassen würde. Vielleicht würden sie für den Präsidenten der DRK Beweise finden, dass Lubanga versucht hatte, sich die Allianz des Militärs zu sichern.

Ihr Bett bewegte sich, und sie war mit einem Mal hellwach. „Mani?", sagte sie und benutze seinen Alias sogar jetzt. Es war nie gut, die echten Namen zu benutzen, auch nicht, wenn sie allein waren. So wurden Fehler gemacht.

„Wir müssen uns unterhalten, Jamie."

Ihr gefiel, dass er diese Regel verstand und ihrem Beispiel folgte. Er könnte eine Zukunft als Agent haben, wenn er das wollte. Sie blickte sich im Zimmer um. Sie hatte es nach Mikrofonen und Kameras abgesucht. Niemand hatte einen Grund anzunehmen, dass sie hier waren. Aber trotzdem konnte man nie ganz sicher sein, denn sie hatten das Hotelzimmer gebucht und waren dann zum Dinner ausgegangen. Sie war fahrlässig gewesen. Sie hätten sich etwas zum Mitnehmen bestellen und dann zum Hotel zurückkehren sollen. Das war ein Fehler ihrerseits gewesen.

„Das Zimmer ist sauber. Du hast es durchsucht. Und ich habe es noch einmal nachgecheckt, als du geschlafen hast."

Sie nickte. Er hatte recht. Sie mussten reden. Sie mussten die Mission planen. Sie musste ihm die Wahrheit sagen.

„Erzähl mir von Harrison Evers", sagte er.

„Das kann ich nicht."

„Ich weiß, dass du nicht über CIA-Dinge sprechen kannst. Himmel, wahrscheinlich darfst du nicht einmal bestätigen, dass er in der SAD ist. Ich verstehe das. Das ist es nicht, was ich wissen will. Ich will von dir und ihm wissen. Was er getan hat. Was er dir angetan hat."

Sie schwieg für einen langen Moment. Zu lang, das wusste sie.

Schließlich sagte Cal: „Ich habe gestern Nacht zwei Stunden im Knast verbracht, weil ich dich verteidigt habe. Ich hatte jeden Grund, zu glauben, dass ich das Richtige getan hatte, und jeden Grund, zu glauben, dass ich damit gleichzeitig meine Karriere in der Spezialeinheit aufs Spiel gesetzt hatte."

Sie rollte sich im Bett herum, um ihn anzusehen. Er lag oben auf der Decke, während sie sich darunter befand. Noch etwas, was sie an ihm schätzen konnte. Er respektierte die Grenzen und ging nicht einfach davon aus, dass sie ihn in ihr Bett einladen würde, obwohl sie in der Vergangenheit angedeutet hatte, dass er dort willkommen wäre. Er richtete sich nicht nach der Vergangenheit. Er lebte in der Gegenwart. Sie streichelte seine Wange. „Du bist der schönste Mann, dem ich je begegnet bin", sagte sie, ohne nachzudenken.

Er grinste, sagte aber dann: „Wechsle nicht das Thema."

„Aber es ist so ein gutes Thema."

Er lachte. „Dagegen kann ich nichts einwenden, aber ich will nicht von mir sprechen."

„Er hat mich vergewaltigt", schoss es aus ihr heraus. „Vor fünf Jahren. Sagte, dass es zum Training gehörte. Behauptete, dass ich die Ausbildung nur bestehen könne, wenn ich beweise, dass ich ficken würde, um meine Tarnung zu beschützen. Ich hatte ihm das so weit geglaubt, dass ich mich nicht wehrte. Ich wehrte mich nicht, aber ich sagte nein. Wieder und wieder. Ich wollte nicht mit ihm Sex haben. Ich wiederholte die Worte ‚das ist Vergewaltigung' immer wieder, während er seinen Schwanz in mich hineinstieß. Er hat nur gelacht und mir gesagt, dass ich mich entspannen und es genießen sollte."

Sein Kiefer verspannte sich und er sagte: „Oh, Freya. Das tut mir so leid."

Ihre Augen füllten sich bei diesen Worten mit Tränen, weil er *sie* trösten wollte – der wahren Frau, die von ihrem Trainer vergewaltigt worden war. „Du hast letzte Nacht gehört, wie er mich so genannt hat. Ich hätte es mir denken können."

„Es ist ein wunderschöner Name. Schade, dass du ihn nicht benutzen kannst."

„Ich weiß nicht einmal mehr, wer Freya wirklich ist. Früher habe ich geglaubt, dass sie ein paar Dinge mit der machtvollen nordischen Göttin gemeinsam hatte, aber jetzt bin ich mir nicht mehr so sicher. Freya hat Entscheidungen getroffen, auf die ich nicht stolz bin."

„Freya arbeitete in einer abgefuckten Welt und tat, was sie tun musste, um zu überleben."

„Danke. Für dein Verständnis."

„Ich wünschte, ich hätte weiter zugeschlagen, anstatt aufzuhören, als er am Boden lag."

Sie zuckte mit den Schultern. „Es hat gut getan zu sehen, wie ihm jemand wehtat, aber wenn du ihn ernsthaft verletzt hättest, wärst du jetzt immer noch im Knast."

Er streifte ihr Haar von der Stirn zurück. „Das wäre es wert gewesen."

„Du bist ein guter Mann." Sie sprach danach nur noch mit einem Flüstern, als sie „Cassius" sagte und damit zum ersten Mal seinen echten Namen benutzte, wie er zuvor ihren.

Seine Lippen drückten sich auf ihre Stirn. „Schlaf jetzt. Wir können den Rest morgen besprechen."

Sie schloss ihre schmerzhaft müden Augen, rollte sich auf die andere Seite und schlief ein.

Kapitel Sieben

Frühmorgens in Nairobi. Cal lag in einem Bett, während Savannah James in dem anderen tief und fest schlief. Es war nicht nur so, dass er es nicht hasste, sondern er war froh, hier zu sein. Froh, bei ihr zu sein.

Aber dann – hatte er das nicht schon immer gewollt, tief in seinem Innersten? Nun, vielleicht das hier, aber mit einem Bett weniger. Dieser Wunsch würde noch früh genug in Erfüllung gehen. Er stand auf und zog den Vorhang zur Seite. Der Sonnenaufgang brach über die Hochhäuser. Er liebte diese Stadt. Hatte es geliebt, diesen Teil der Welt mit seinen Eltern zu besuchen, die ganz am Anfang ihrer Beziehung zusammen hierhergekommen waren, bevor sie sich in den USA niedergelassen hatten.

Seine Mutter war die ultimative Reiseführerin gewesen, und er hatte gesehen, wie sehr sie ihr Heimatland vermisste, wann immer sie zu Besuch herkamen. Es war das erste Mal gewesen, dass sie nach dem Horror in den 90ern zurückgekehrt war, der schließlich zum Sturz von Mobutu geführt hatte. Die Jahre des Konflikts, die nach Mobutus Umsturz folgten, hatten Millionen von Menschen das Leben gekostet, inklusive einer Tante und Cousins, die Cal niemals kennengelernt, deren Tod er aber trotzdem betrauert hatte.

Er hatte nicht darüber nachgedacht, was es bedeuten könnte, auf eine Mission hierher zurückzukehren. Als Soldat.

Nur, dass er kein Soldat war. Er war nun ein Söldner und dann auch noch ein verräterischer. Er war ein Drogendealer und Möchtegern-Diamantenhändler. Oder zumindest war es das, was er allen anderen präsentieren musste.

Er würde sich diese Haut für ein paar Tage überziehen. Für das allgemeine Wohl. Sie würden nach Dschibuti zurückkehren, und seine Welt würde wieder ins Gleichgewicht kommen. Und dann, eine oder zwei Wochen später, würde seine Stationierung enden, und er würde Savvy und Camp Citron verlassen und nach Hause zurückkehren. Er würde seine freie Zeit mit seinen Eltern und seinen beiden jüngeren Brüdern in Washington DC verbringen, bevor er sich im Fort Campbell in Kentucky für seine Rotation in den USA meldete.

Er blickte zurück auf die schlafende Frau. Wie lange würde sie in Camp Citron bleiben? Wie lange dauerte eine Stationierung für SAD-Offiziere, bevor sie nach Langley zurückgerufen wurden? Wohin würde sie nach ihrem Aufenthalt in Camp Citron gehen? Zurück in die Staaten oder zu einer anderen Basis?

Und warum zur Hölle kümmerte es ihn, wo sie schlussendlich landen würde?

Weil er sie wollte, wie er das schon seit Monaten getan hatte. Und er mochte sie, sehr viel mehr, als er es gegenüber Pax oder Bastian oder sich selbst eingestehen wollte. Und vielleicht, nur vielleicht, wollte er mehr als nur die Affäre, die sie während dieser Mission fast mit Sicherheit haben würden.

War es das, wovor er sich die ganze Zeit bei ihr gefürchtet hatte? Dass die Chemie zwischen ihnen ein wenig zu heiß war, um davor wegzulaufen?

Pax und Morgan waren so gewesen. Er hatte es selbst mitangesehen. Er hatte innerhalb einer Stunde, nachdem Pax Morgan getroffen hatte, gewusst, dass der Mann verloren war. Er hatte noch nie zuvor so etwas gesehen, aber trotzdem hatte er ohne Zweifel gewusst, dass diese beiden in Flammen aufgegangen wären, wenn sie nicht zusammengefunden hätten. Es war eine Erleichterung gewesen, als Morgan endlich einen Schritt unternahm, dem Pax nicht widerstehen konnte. Cal war der Meinung gewesen, dass er ein Narr war, sich überhaupt zurückzuhalten – mit oder ohne Befehle. Captain Oswalds Drohungen klangen hart, aber er hätte niemals wirkliche Schritte unternommen, wenn man Pax in Morgans Bett erwischt hätte. Pax war ein zu guter Soldat, um ihn aufzugeben, und der Captain wusste das.

Cal hatte keine solchen Befehle, die ihm eine Beziehung mit Savvy untersagten, und er wollte verdammt sein, wenn das nicht das Problem war. Er hätte jetzt gut eine solche Barriere zwischen ihnen gebrauchen können, aber er hatte nichts. Nicht einmal rechtmäßigen Ärger darüber, dass sie eine CIA-Agentin war. Er mochte die Organisation nicht ausstehen können, aber er wusste nur zu gut, dass sie ganz vorn an der Front im Kampf gegen den Terrorismus stand und die unbesungene Heldin war, die sie brauchten. Eine Frau, die willig war, alles zu riskieren, um menschliche Informationen – oder wie die CIA es eher einfallslos bezeichnete – HUMINT zu sammeln.

In ein paar Tagen würden sie mitten in eine Schlangengrube treten – kaum bewaffnet, aber bereit, es mit einer Kabale aufzunehmen, die diesen Teil der Welt, den er so liebte, zerstörte. Er trug das Erbe dieser Länder in sich und spürte eine Art von Zugehörigkeit zu diesem Teil des Kontinents, eine Art von Eigentumsrecht, das er nicht wirklich geltend machen konnte. Aber trotzdem war der Kongo ein Teil von ihm.

Und Savvy würde alles riskieren, indem sie eine bewachte Kabine auf einer Yacht betrat, während er mit den Männern herumhing, über Geschäfte sprach, trank und zockte und mit ihnen über die Größe ihrer Schwänze wetteiferte.

Ihre wunderschönen Augen flatterten auf, und genauso wie gestern, als er ihre Hand in dem Transportflugzeug gehalten hatte, zog sich etwas in seiner Brust zusammen.

Fuck. Es hatte ihn schwer erwischt. Savannah James war ihm unter die Haut gegangen.

„Guten Morgen", sagte sie mit verschlafener Stimme.

Er lächelte, denn ihm gefiel ihr heiserer Ton. Gott, wie

würde sie sich anhören, wenn sie in seinen Armen aufwachte? Was wäre, wenn er sie eng an sich heranzog und den Tag damit begann, indem er sie liebte?

Nein. Nicht liebte.

Sex. Nur Sex. Es würde mit Savannah James kein Liebemachen geben. Oder mit Freya. Himmel, er kannte ja nicht einmal ihren wirklichen Nachnamen. Er konnte unmöglich eine Frau lieben, deren Nachnamen er nicht kannte.

Aber er konnte und – wenn er ehrlich war – würde sie wahrscheinlich ficken.

Er räusperte sich. „Morgen. Willst du Kaffee? Ich wollte nach unten zum Coffee-Shop gehen." Er musste raus aus diesem Zimmer, bevor er etwas Dummes tat.

„Das wäre großartig. Danke."

Zehn Minuten später war er zurück im Zimmer mit zwei dampfenden Tassen Kaffee. Sie hatte sich angezogen und war bereit, dem Tag gegenüberzutreten. Sie saßen sich mit überkreuzten Beinen auf dem Bett gegenüber und gingen ihr Cover durch, wobei sie unwichtige Details hinzufügten, die die Story realistisch wirken ließ.

Sie flirtete und reizte, als ob sie wirklich zwei Fremde wären, die sich in einem Hotelrestaurant kennengelernt hatten, während ihr achtzigjähriger Liebhaber sich oben in seiner Hotelsuite ausruhte.

„Du musst mich jedes Mal, wenn ich in deiner Nähe bin, berühren. Zeige deinen Besitzanspruch. Ich bin dein neues Lieblingsspielzeug."

„Wo willst du, dass ich dich berühre? Womit fühlst du dich wohl?" Nachdem er ihre Geschichte letzte Nacht gehört hatte, wollte er kein Risiko eingehen. Er wollte, dass sie wusste, dass sie bei ihm sicher war. Immer.

„Egal wo. Überall. Ganz ehrlich, je frecher, desto besser. Du wirst mich *besitzen* müssen, Mani. Meine Gefühle spielen keine Rolle. Und wenn ich sage ‚meine Gefühle', meine ich damit Jamies. Sobald wir diese Welt betreten, werde ich nur noch Jamie Savage sein – genauso, wie ich von dir erwarte, dass du Mani Kalenga sein wirst."

„Du willst, dass ich dich begrapsche."

„Ja."

„Selbst nach dem, was Harrison Evers getan hat?"

Sie nickte. „Du bist nicht Harry. Du bist nicht einmal Mani. Ich habe *dich* für diese Mission ausgesucht, weil ich dir vertraue. Es ist mir recht, wenn du mich begrapschst, weil ich weiß, dass du mir nicht wehtun wirst. Nicht wirklich. Ich weiß, dass du die Situation nicht ausnutzen wirst."

„Ich werde dir niemals willentlich wehtun. Aber bei dem letzten Teil bin ich mir nicht so sicher. Ich bin ein Mann, Sav-… Jamie. Du bist eine hübsche Frau. Dich anzufassen, wird mich geil machen. Es wird uns beide scharfmachen. Was passiert dann?"

„Du wirst das ausnutzen, um in deiner Rolle zu überzeugen. Du wirst mich küssen, mich begrapschen und dich an mir reiben. Diese Männer erwarten das. Ich gehe absolut davon aus, dass es zur Unterhaltung eine Sexshow geben wird. Schließlich ist das die Art, wie Gorev sich kompromittierendes Material verschafft. Je mehr er sieht, wie wir beide aufeinander abfahren, desto abgelenkter werden sie sein. Sie werden niemals erraten, warum wir wirklich dort sind." Sie hob seine Hand von seinem Schoß und legte sie auf ihre Brust. „Du musst dir angewöhnen, mich zu berühren. Locker. Unbewusst. Als wäre es eine Art Reflex."

Er umschloss ihre Brust, drücke sie leicht und streichelte dann mit seinem Daumen über ihren steifen Nippel. Sie nahm seine freie Hand und legte diese auf ihre andere Brust. Gott, sie hatte perfekte Brüste, und er sehnte sich danach, sie zu lecken und daran zu saugen.

„Falls … falls das hier über das hinausgehen sollte, was wir beabsichtigen", sagte sie, „solltest du wissen, dass ich vor zwei Jahren eine 5-Jahres-Impfung bekommen habe. Ich werde nicht schwanger werden. Ich habe nicht einmal mehr meine Periode. Ich werde regelmäßig auf alles untersucht – selbst, wenn ich keinen Sex hatte, was seit meiner Ankunft in Camp Citron nicht mehr passiert ist. Ich bin sauber. Was ist mit dir?"

Er nickte.

Es war seltsam, diese Unterhaltung zu führen, während er sie begrapschte, wenn er sie noch nicht einmal geküsst hatte. Und jetzt fiel sein Blick auf ihre Lippen, und er verspürte den unbändigen Drang, genau das zu tun.

„Keine Angst", sagte sie. „Ich werde mich nicht irgendwelchen Fantasien hingeben, dass das hier etwas bedeutet. Ich weiß, dass das hier nicht echt ist. Ich weiß, was du von mir hältst. Was während dieser Mission geschieht … ist die Arbeit während eines Geheimauftrags. Mani und Jamie, die aufeinander scharf sind."

Und dann war der Drang, sie zu küssen, mit einem Mal wieder verschwunden. Ihm kamen die Worte, die er ihr im Fitnessstudio entgegengeschleudert hatte, wieder in den Sinn – was seine Erektion zusammenschrumpfen ließ und seine Scham vergrößerte. Er war so ein Arschloch gewesen, ihr so etwas zu sagen, aber es war nichts, was er so ohne weiteres wieder zurücknehmen konnte. Nicht, ohne eine Konversation zu erzwingen, die er nicht führen wollte. Nicht jetzt.

Er ließ seine Hände von ihren Brüsten fallen und rutschte mit einem scharfen Nicken auf dem Bett zurück. Ein Blick auf seine Uhr zeigte ihm, dass es bereits 10:30 Uhr war. „Lass uns zum Autohändler gehen und ein Fahrzeug kaufen. Mit etwas Glück werden wir dann in ein paar Stunden unterwegs sein."

◆

Der Naturpark war atemberaubend schön, und Savvy bemerkte, dass sie wie jeder andere Tourist mit offenem Mund Giraffen, Elefanten und andere Megafauna anstarrte. Sie fuhren durch diese Gegend, anstatt nach Daressalam zu fliegen, weil sie Zeit hatten, aber auch, damit Savvy es beschreiben konnte, falls man ihre Reise mit dem Achtzigjährigen in Frage stellen sollte.

Bevor sie sich auf den Weg gemacht hatten, waren sie in Nairobi einkaufen gegangen und hatten sich mehrere Wegwerfhandys besorgt. Während Cal fuhr, aktivierte sie eins davon und lud spontan ein paar Lieder herunter, um sie auf der Fahrt zu unterhalten.

Mit einem Timing, das sie nicht besser hätte planen können, wurde das Lied „Africa" von Toto in dem Moment gespielt, als sie sich dem Park näherten, und eine Herde von Elefanten in der Steppe unter ihnen herumlungerte. In der Ferne konnte man den Kilimandscharo sehen. Ein atemberaubender Hintergrund für die Herde.

Cal lachte und drehte die Musik lauter auf. Er streckte seinen Arm über die mittlere Konsole und nahm ihre Hand, bevor er sie leicht drückte.

Sie lachte mit ihm zusammen, hielt seine Hand, ihr Blick durchs Fenster auf den majestätischen Berg fixiert und dann auf einen Babyelefanten, der sich im Staub wälzte. Dieser Moment war surreal. Und seltsamerweise perfekt. Sie waren nicht zum Spaß hier oder auf einer Safari. Aber das bedeutete nicht, dass sie diesen kleinen Augenblick des Glücks nicht genießen konnten.

„Bis jetzt war mir nicht bewusst, dass mir dieses Lied gefällt", sagte sie. Sicher, sie hatte es ausgesucht, aber sie hatte ebenfalls den Soundtrack vom „König der Löwen", ein paar Songs von Paul Simons Album „Graceland" und ein paar kongolesische Rumbalieder von einem Künstler, von dem sie nie zuvor gehört hatte, heruntergeladen.

„Ich liebe dieses Lied", sagte Cal.

„Ist das nicht kitschig? Für deine Mutter?"

Er zuckte mit den Schultern. „Keine Ahnung. Ich habe sie nie gefragt. Es hat einen guten Beat. Befriedigend, wenn das irgendeinen Sinn ergibt."

Wie sie da in dem Auto saß, dem explosiven Refrain zuhörte, während sie draußen vor ihrem Fenster die schönste Aussicht genoss, die sie je gesehen hatte, klang das Wort ,befriedigend' durchaus wie etwas, dass absolut Sinn ergab.

Sie fanden ein Motel in einer touristischen Gegend zwischen dem Amboseli National Park und der Grenze zu Tansania. Sie hatten eine Aussicht auf den Kilimandscharo im Süden, der genauso beeindruckend war, wie all die wilden Tiere.

Das Motel war heruntergekommen und billig, aber es besaß den Charme eines Geschäfts, das von einer ganzen Familie geführt wurde, welcher unwiderstehlich war. Der Mann an der Rezeption kam aus Kinshasa, und er und Cal unterhielten sich für eine ganze Weile in Lingala, damit der Mann sich auch ganz sicher an sie erinnern würde. Es war zweifelhaft, dass irgendjemand ihre Reise zurückverfolgen würde, aber es konnte nie schaden, methodisch vorzugehen. Aus diesem Grund buchten sie ein Zimmer mit nur einem Bett. Es war an der Zeit, dass sie ihre Tarnung lebten.

Der Tag hatte seltsamerweise Spaß gemacht, was eine Pause von dem Stress ihres Jobs gewesen war. Es hatte sich beinahe … echt angefühlt. Nicht so, als ob sie nur ihre Rollen spielten. Sie waren in Nairobi in ein Einkaufszentrum gegangen, um sich die Handys, Kleidung und andere Kleinigkeiten zu besorgen, bevor sie den Geländewagen gekauft hatten.

Im Jahr 2013 war dieses Einkaufszentrum der Ort eines furchtbaren Terroristenanschlages gewesen. Al-Shabaab hatte behauptet, für diese Attacke verantwortlich gewesen zu sein. Savvy hatte diesen Ort, an dem mindestens sechsundsiebzig Menschen gestorben waren – bis zum heutigen Tag mehr, als bei irgendeiner Massenschießerei in den USA – und wo weitere hundertfünfundsiebzig verwundet worden waren, mit demselben Ernst betrachtet, mit dem sie die Gedenkwand am Hauptquartier der CIA ansah. Es waren Attacken wie die in diesem Einkaufszentrum, die sie vorantrieben. Ihre Arbeit könnte dabei helfen, al-Shabaab zu erledigen.

Lubanga hatte wahrscheinlich Verbindungen zu al-Shabaab. Ihn auszuschalten, wäre eine gute Tat. In den Tagen, nachdem Drugov umgekommen war, hatte sie definitive Verbindungen zwischen Drugov und Boko Haram bestätigen können. Ihre Arbeit brachte Resultate. Sie hatte vor, Cal daran zu erinnern, sobald sie ihn über das wahre Ziel ihrer Mission informierte.

Cal war während der Fahrt unterhaltsam gewesen, hatte ihr Anekdoten über die Aufträge seines A-Teams erzählt. Er hatte sie über ihr Leben in den Staaten befragt, obwohl sie kaum eine seiner Fragen beantworten konnte. Technisch gesehen durfte er nicht einmal ihren richtigen Namen wissen.

Aber sie befanden sich zusammen auf einer Mission, und er wusste bereits, dass sie in der SAD war. Sie könnte die Regeln wahrscheinlich etwas lockern, dachte aber, dass es auf lange Sicht besser wäre, wenn sie das nicht tat. Sie musste emotional von ihm Abstand halten, vor allen Dingen, weil körperlicher Abstand unmöglich war.

Sie hatten während der Fahrt eine leichte Mahlzeit gegessen, und es war schon spät, als sie schließlich ihr Gepäck zum schlichten Motelzimmer trugen. Savvy ließ Cal zuerst duschen und sie nutzte die Privatsphäre, um ihre E-Mails zu lesen. Kein Wort von Seth. Als sie abgereist war, hatte er ihr gesagt, dass er nicht wusste, ob man gegen Harry Anklage erheben würde oder nicht. Sie war nicht dort, um eine Aussage zu machen, und es wäre für alle Beteiligten einfacher, wenn er in die Staaten zurückkehrte, und sich Langley mit ihm auseinandersetzte. Was bedeutete, dass nichts geschehen würde, bis sie selbst nach Amerika zurückkehrte und gegen ihn Anzeige erstattete.

Das System war scheiße. Sie würde den besten Auftrag aufgeben müssen, den sie je bekommen hatte, wenn sie Gerechtigkeit für sich selbst und Schutz für andere Frauen, die in den Rängen der CIA aufstiegen, wollte. Harry würde damit durchkommen – schon wieder – aber wenigstens hatte er ihr dieses Mal nicht wehgetan, und Cal hatte wahrscheinlich ein paar von Harrys Zähnen gelockert.

Kleine Siege.

Sie konnte sich ebenfalls mit der Tatsache trösten, dass von nun an dieser Angriff in Harrys Akte eingetragen war. Und ihre vorherige Vergewaltigungsanschuldigung war ebenfalls verzeichnet. Seth hatte dies für sie bei O'Leary bestätigt.

Cal beendete seine Dusche, und dann war sie dran. Sie würde ihm heute Nacht die Wahrheit sagen. Bevor sie sich zu tief in der Mission befanden. Er würde die Chance haben, sich zurückzuziehen, und sie hatte genug Zeit, sich einen neuen Plan zurechtzulegen, falls er das tun sollte.

Sie trat aus der Dusche und trug das T-Shirt und eine

Yogahose, in denen sie heute Nacht schlafen wollte – mental vorbereitet und bereit, ihm die Wahrheit zu sagen. Cal lag ausgestreckt auf dem Bett und starrte auf sein Handy. Und bis auf seine Boxershorts war er nackt.

Gott, dieser Mann war schön. Von seinen dicken Oberarmen zu seinen wohlgeformten Bauchmuskeln, der schmalen Taille und seinen kraftvollen Oberschenkeln. Er sah aus wie ein Model in einer Calvin Klein Werbung, und sie wollte zwischen ihn und seine Calvins greifen.

Er lächelte, als er ihr unverhohlenes Starren bemerkte. „Siehst du irgendwas, was dir gefällt?"

Sie presste ihre Lippen in einem prüfenden Lächeln zusammen und betrachtete seinen Körper, als ob sie seine Makel abwägen würde. Nur, dass sie keine finden konnte. „Wenn du ein Bild und kein lebendiger, atmender Mann in meinem Bett wärst, würde ich davon ausgehen, dass du mit Photoshop bearbeitet worden wärst."

Sein Lächeln wurde zu einem vollen Grinsen. „Komm näher und überzeuge dich selbst."

Sie trat einen Schritt näher, während er sein Handy auf den Nachttisch legte. „Was hast du vor, Mani?"

„Nun, Jamie, ich dachte, dass wir uns daran gewöhnen sollten, uns gegenseitig zu berühren. Wenn wir beide jedes Mal, wenn ich meine Hand auf dich lege, wie ein Feuerwerk explodieren, werden die Leute glauben, dass irgendwas nicht ganz gerade läuft. Und damit meine ich nicht nur meine Rakete."

„Explodiere ich wie ein Feuerwerk, wenn du mich berührst?"

„Ja. Ich kann es spüren und jeder, der aufmerksam ist, wird es sehen."

„Was sollen wir also dagegen tun? Bis auf Sex, damit wir das endlich hinter uns bringen können."

„Ich glaube nicht, dass Sex die Lösung ist. Tatsächlich bin ich mir sogar ziemlich sicher, dass es die Sache nur noch verschlimmern würde. Ich dachte, dass eine Massage eine bessere Einführung wäre." Er stand vom Bett auf. „Zieh dein T-Shirt aus und leg dich hin. Ich werde dir den Rücken und deine

Schultern massieren, damit du dich an das Gefühl meiner Hände gewöhnen kannst."

Sie lächelte, denn ihr gefiel die Idee. „Du weißt, dass das wie eine Anmache klingt."

Er legte eine Hand hinter ihren Kopf und zog sie näher zu sich heran, wobei er ihren Kopf mit seiner großen Handfläche nach hinten beugte. „Wenn ich mich an dich ranmache, wirst du keine Zweifel daran haben, Jamie." Er starrte auf ihre Lippen, als ob er nichts lieber tun wollte, als sie zu kosten.

Sie leckte sich über ihre Lippen, eine unbeabsichtigte, unbewusste Reaktion.

Er ließ sie los, trat zurück und deutete betont auf das Bett. „Ausziehen."

Sie zog ihr T-Shirt über ihren Kopf und entblößte ihre nackten Brüste vor ihm. Das war ebenfalls etwas, an das sie sich gewöhnen mussten. Es gab keine Zweifel daran, dass sie den Körper des jeweils anderen in den kommenden Tagen sehr viel sehen würden. Die Veranstaltung war eine Art Orgie. Sie mussten auf alles vorbereitet sein.

Er starrte unverhohlen auf sie herab. Ihre Brustwarzen wurden hart, als sie sich an diesen Morgen erinnerte, als er in dem Hotelzimmer in Nairobi ihre Brüste umschlossen hatte.

„Bist du sicher, dass du nicht einfach Sex haben willst?", fragte sie. Ihre Augen flatterten zu, als sie sich vorstellte, wie er tief in sie hineinglitt.

„Lege dich aufs Bett. Auf den Bauch" Seine Stimme klang tief und ein hungriger Unterton schwang darin.

Sie tat, wie er ihr befahl, wobei sie sich ein Kissen unter ihre Brust und Schultern schob und ihre Stirn auf ein anderes legte, wodurch sie freier atmen konnte. Er rutschte rittlings bis zu ihrem Hintern, setzte sich aber nicht mit seinem Gewicht auf sie. Eine kühle Flüssigkeit traf auf ihren Rücken, und sie zuckte zusammen. „Du hast Massageöl?"

Er lehnte sich zu ihr herunter und brachte seine tiefe heisere Stimme direkt an ihr Ohr. „Ich habe es im ‚Beauty World Spa' gekauft, als du Lingerie anprobiert hast. Das Spa hat mich auf die Idee mit der Massage gebracht."

Seine warmen Hände verstrichen das Öl über ihren Rücken und ihre Schultern. Sie stieß ein leises Stöhnen aus, als die feste Berührung seiner Daumen die Verspannungen in ihren Schultern fand. „Gott, das fühlt sich gut an."

„Schhhh", sagte er leise. „Entspann dich einfach und gewöhn dich an meine Berührung."

Wie konnte sie sich jemals daran gewöhnen? Seine Hände waren das Beste, was sie je gefühlt hatte. Aber sie musste zugeben, dass da nichts Sexuelles in seiner Massage war, bis auf die Tatsache, dass sie seine Knie an ihren Hüften spürte, wo er rittlings über ihr hockte.

Sie versuchte, sich vorzustellen, dass er ein gesichtsloser Masseur war. Sie hatte sich im Laufe der Jahre so einige Massagen gegönnt – von Männern und von Frauen – und deren Berührung hatte sie nicht auf diese Weise beeinflusst. Allerdings lag sie auch nicht auf einem Massagetisch, sie waren auf einem Bett. Ein Bett, das sie heute Nacht teilen würden. Sein Schwanz war nur Zentimeter von ihrem Hintern entfernt. Aber das Allerwichtigste war, dass dies Cal war, und der würde für sie niemals gesichtslos sein.

Er bearbeitete ihre Schultern, und sie schnurrte genussvoll. Aber sie wollte mehr, sie konnte nicht anders. Sie hob ihre Hüfte vom Bett hoch und brachte ihren Hintern in Kontakt mit seinem Penis, wobei sie erfreut feststellte, dass er so hart war, wie sie das erhofft hatte.

Er drückte ihre Hüfte nach unten und hob sich höher auf seine Knie. „Böse Sav."

Sie hatten sich darauf geeinigt, dass er sie Sav und sie ihn Kal nennen konnte. Ansonsten mussten sie immer Mani und Jamie sein.

Freya war vom Tisch. So sehr es ihr auch gefallen hatte, wie sich ihr Name auf seinen Lippen angehört hatte, es wäre eine schlechte Angewohnheit, damit anzufangen. Sie war jetzt Jamie Savage.

„Ich glaube, es gefällt dir, wenn ich böse bin."

Er lachte. „Das tut es. Aber das hier soll nicht sexuell sein."

„Du hast eine ganz schön beeindruckende Latte für etwas, das nicht sexuell sein soll."

„Ich bin nicht aus Stein. Natürlich bin ich scharf. Himmel, mein Schwanz ist Zentimeter von deinem runden Hintern entfernt und du stöhnst, als ob du gleich kommen würdest. Aber die Massage selbst soll nicht zum Sex führen. Die Massage ist nicht sexuell."

Sie rollte sich auf ihren Rücken. Er zog seine Hände von ihr zurück und setzte sich aufrecht hin, blieb aber immer noch rittlings über ihr. „Berühre meine Brüste, Kal."

„Darum geht es hierbei nicht."

„Ich ändere, worum es hierbei geht. Fass mich an."

Er hielt ihrem Blick stand. Jeglicher Humor war aus seinen Augen verschwunden, als er tat, was sie von ihm verlangte. Oder besser, was sie befohlen hatte. Das hier war eine Berührung, an die sie sich ebenfalls gewöhnen mussten. Er würde sie mit Sicherheit vor allen anderen begrapschen müssen. Um damit seinen Anspruch klarzustellen.

Ihre Nippel wurden hart, und er erforschte sie, als ob sie ein faszinierendes Spielzeug wären. Cassius Callahan war also ein Tittenfan. Sie hatte es vermutet, aber jetzt war sie sich sicher. „Lecke sie", sagte sie leise. Es klang ebenfalls wie ein Befehl, war aber in Wahrheit eher ein Flehen.

Er beugte sich herunter und brachte damit seine Erektion in vollen Kontakt mit ihrem Venushügel, bevor er seine Zunge über die Spitze einer Brustwarze streichen ließ. Dann saugte er sie in seinen Mund und sie sprang durch den lustvollen Schmerz, den er damit auslöste, beinahe vom Bett.

Er bewegte sich zu ihrer anderen Brust, während sie ihre Hüfte an ihm aufwärts rieb und damit seine Erektion bis zu ihrem Kitzler brachte. Gott, wie sehr sie das hier wollte. Ihn wollte. Wie sie ihn schon seit Monaten wollte.

Er saugte an ihren Brüsten und blies dann über ihre Spitzen, beobachtete, wie ihre Nippel wieder hart wurden. Sie legte ihre Hände um sein Gesicht und zog seinen Mund zu sich hoch. Sie hatten sich noch nicht geküsst, und sie konnte es nicht mehr länger abwarten, dass sich ihre Münder endlich trafen.

Dann erstarrte er mit einem Mal, sein Körper hart und steif an ihrem. „Das ist es nicht, worum es hier geht, Sav."

Er setzte sich auf, rutschte zurück, und sein Körper zog sich von ihrem zurück. „Ich will nicht mit dir Sex haben."

Ihr Körper verwandelte sich blitzschnell von heiß zu eiskalt. Es war eine brennende Kälte, als ob man barfuß im Schnee lief. Ihr Blick richtete sich auf seine Erektion, während sie darum kämpfte, ihre Kontrolle wiederzuerlangen. Ihren Stolz. „Ich glaube, dass du lügst." Ihre Worte klangen heiser, was wohl besser war, als verletzt oder wütend zu klingen, obwohl diese beiden Gefühle in ihr aufwallten.

„Ich meine damit, nicht so. Nicht als eine Übung für eine Geheimoperation. Nicht, weil wir uns jetzt nahe sind. Sicher, mein Körper will dich ficken. Mein Schwanz ist gerade ziemlich angepisst, dass ich hier rede und nicht einfach nehme, was du mir anbietest. Aber wenn all das hier vorbei ist, will ich nicht, dass wir beide ins Camp Citron zurückkehren und uns nicht sicher sind, wie wir zueinander stehen, nur weil wir in einem heißen Moment gefickt haben. Diese Mission ist Business. Wir sollten es dabei belassen."

Seine Worte waren logisch und ergaben Sinn, aber sie konnte die Ablehnung darin nicht abschütteln. Die Ausrede.

„Deshalb wollte ich, dass wir es mit einer Massage versuchen. Damit wir uns gegenseitig an die Berührung gewöhnen können. Um uns darauf vorzubereiten, uns aneinander zu gewöhnen, *ohne* dass wir sexuell reagieren müssen. Mein Vorschlag war *wirklich* keine Anmache."

„Nein, es war ein Test. Du wolltest dich selbst testen. Deine Willenskraft." Nun baute sich die Wut in ihr auf. Es war okay für ihn, all diese Grenzen und Regeln aufzustellen – ganz besonders, weil er sie ganz nach seiner Laune wieder brechen durfte – er konnte sie anfassen und an ihren Titten saugen und dann die Bremsen anziehen, wenn es für seinen Geschmack zu intim wurde. Aber er wollte es nicht zulassen, wenn sie mehr wollte.

Wurde sie wütend, weil er nicht mit ihr schlafen wollte? Was geschah hier mit ihr?

„Nein! Der Teil war nicht geplant. Ich dachte ehrlich, dass

diese Massage … helfen würde." Er räusperte sich. „Jetzt solltest du mich massieren. Ich muss mich daran gewöhnen, wie sich deine Hände auf meiner Haut anfühlen."

Sie starrte ihn zornig an. „Über oder unter der Gürtellinie?"

„Es ist mein Ernst, Savvy."

„Jamie", korrigierte sie ihn.

„Jamie", wiederholte er. „Es ist mir ernst. Wenn du mich berührst, will ich dich festpinnen und dich so lange ficken, bis wir beide blind sind. Ich will dich so sehr, dass mir mein Kiefer schmerzt, weil ich mich ständig zurückhalten muss, und ich bin mir ziemlich sicher, dass ich ein Klingeln in den Ohren höre. Aber für diese Art von Reaktion haben wir keinen Platz, wenn wir uns auf diesem Boot befinden. Nicht, wenn ich dich wie ein wegwerfbares Spielzeug ansehen soll, und du angeblich auf der Jagd nach einem reicheren Sugar-Daddy als Mani Kalenga bist. Wir dürfen nicht den Eindruck erwecken, dass wir so *dermaßen* aufeinander stehen. Also muss ich lernen, deine Berührung hinzunehmen, ohne dich ficken zu wollen. Damit es nicht wieder dahin führt, wohin es gerade eben unterwegs war."

Seine Worte waren fair. Und vernünftig. Aber trotzdem schmerzte ein Teil von ihr. Wahrscheinlich ihre Vagina, denn − verdammt − sie wollte *jetzt* unbedingt Sex. Und wenn sie so darüber nachdachte − hatte sie ebenfalls ein Klingeln in den Ohren.

Er nahm ihren Platz auf dem Bett ein und benutzte ebenfalls ein Kissen, um seine Schultern zu stützen, damit er mit dem Gesicht nach unten atmen konnte. Sie schnappte sich das Massageöl vom Nachttisch und spritzte eine große Menge davon auf seinen Rücken.

Glatte, ebenholzfarbene Haut spannte sich über seinen muskulösen Rücken. Sein Körper war ein Kunstwerk. Sie hielt inne, bevor sie sich rittlings auf seinen Hintern setzte, und genoss einfach die Schönheit seines Anblicks. Wenn das hier eine sexuelle Massage wäre, würde sie seine Haut mit ihrer Zunge erkunden.

Sie legte ihre Hände auf die Pfütze Öl und verteilte es nach außen hin. Ihre Oberschenkel entspannten sich, und sie bereitete sich auf eine lange professionelle Massage vor. Nun ja, bis auf die Tatsache, dass sie kein Oberteil trug und rittlings auf ihm saß. Der Teil war absolut nicht professionell.

Cal stieß ein leises Seufzen aus, als sie sich an die Arbeit machte, sich auf seine Verspannungen konzentrierte und sie sanft wegmassierte. Sie fiel in einen Rhythmus, genoss diese Möglichkeit, seinen Körper streicheln zu können, die wunderschöne Haut zu berühren, und – seltsamerweise – ebbte die sexuelle Anspannung ab, während sich die Intimität verstärkte.

Er hatte recht gehabt. Verdammt, Cal. Sie mussten lernen, ihre Berührungen weniger sinnlich sein zu lassen. Mit weniger Elektrizität.

Es war klar, dass sie ihr Ziel erreicht hatte, als sich seine Muskeln im Schlaf entspannten.

Sie konnte nicht anders und musste lachen. Jetzt hatte ihre Berührung also einen einschläfernden Effekt. Nicht gerade das, was sie beabsichtigt hatte, und auch ganz bestimmt keine Bestärkung ihres Egos, aber es würde ihren Bedürfnissen dienen.

Sie kletterte vom Bett und schaltete das Nachtlicht aus. Sie ging noch einmal unter die Dusche, um sich das Öl von ihrem Rücken zu waschen, bevor sie neben ihn ins Bett kroch. Sie hatte sich wieder ihr T-Shirt und ihre Yogahose angezogen, und er schlief tief und fest auf der Bettdecke in seinen Boxershorts.

Dies war die erste Nacht, in der sie zusammen schliefen. Und er hatte sie immer noch nicht geküsst.

Kapitel Acht

Sie fuhren ohne weitere Unterbrechungen und kamen spät in der darauffolgenden Nacht in Daressalam an, wo sie sich in einem luxuriösen Hotel am Wasser ein Zimmer nahmen. Einige von Gorevs Partnern wohnten in demselben Hotel. Von jetzt an würden sie jede Minute ihre Rollen spielen müssen.

Savvy machte in der Nacht kaum ein Auge zu, weil Cal erneut beinahe nackt neben ihr lag. Sie war zu aufgedreht, zu aufgeregt über das bevorstehende Meeting, von dem sie hoffte, dass es ihnen eine Einladung zu der Party auf der Megayacht des russischen Oligarchen einbringen würde.

Radimir Gorev war genauso bösartig, wie Nikolai Drugov es gewesen war, doch er war weitaus ambitionierter. Und falls Jean Paul Lubangas von Russland abgesicherter Coup erfolgreich sein sollte, dann würde Gorev in den russischen Rängen aufsteigen, und die Zukunft des Kongo sähe umso trostloser aus.

Anders als die meisten seiner Kollegen war Lubanga technologisch geschickt. Seine Tochter hatte gesagt, dass er nicht lange nach Mobutus Besuch einen Job in Kinshasa angenommen hatte. Es war ein Job in der Unternehmensführung von Bergbaubetrieben gewesen. Dort hatte er Computer kennengelernt und erkannt, dass ihm die Technologie einen Vorteil verschaffen würde.

Er war in den Rängen aufgestiegen, indem er Codierung und Datenmanagement gelernt hatte, welche er zusätzlich zu seinem offiziellen Job in seinen illegalen Geschäften einsetzte. Damit war er so weit aufgestiegen, wie es ihm möglich war, der leitende Minister, verantwortlich für die Bergbaurechte in einem weiten mineralreichen Land. Nach außen hin war er ein enger Freund des Präsidenten. Doch hinter den Kulissen finanzierten Leute wie Gorev seinen bevorstehenden Staatsstreich.

In den Stunden, bevor sie Dschibuti verlassen hatte, hatte sie eine Besprechung mit Seth gehabt, in der er Lubangas Vereinbarung mit dem Televangelisten Pastor Abel Fitzsimmons ausführlich dargelegt hatte, der zum spirituellen Anführer der überwiegend christlichen Demokratischen Republik Kongo unter Lubangas Administration werden wollte. Savvys zynische Seite hatte gesagt, dass der Pastor nur deshalb so um die geistlichen Leben der kongolesischen Menschen besorgt war, weil sie auf Mineralbeständen im Wert von Milliarden von Dollar saßen. Und Seth hatte ihr zugestimmt. Er wollte, dass sie ihm Bericht erstattete, falls der Pastor an der Party teilnehmen würde.

Es gab nur wenige Details über Lubangas Geschäftsbeziehungen, da der Bergbauminister seine Computer genauso gut absichern konnte, wie jeder Techniker im Nachrichtendienst der CIA. Den besten Hackern der Welt war es nicht gelungen, in Lubangas System einzudringen. Zum einen ging Lubanga nie selbst online, zumindest nicht mit dem Computer, von dem aus er seine Finanzen kontrollierte. Er hatte Regierungscomputer, die online waren, aber die enthielten lediglich unwichtige Informationen. Wie Anführer von Terroristengruppen arbeitete auch er mit einem Netzwerk von Kurieren und USB-Speichern, und irgendwo in seinem Heimatland saß jemand an einem Computerterminal und schob sein Geld von einem Konto zum anderen. Aber bisher hatten sie diesen Computer oder seine Konten noch nicht gefunden. Die Überweisungen waren durch diverse Umleitungen über Offshore-Konten so gut getarnt, dass man unmöglich eine Verbindung zu ihm herstellen konnte.

Doch wie jeder eifrige Geschäftsmann reiste Lubanga

niemals ohne seinen Laptop. Er musste diese USB-Speicher einstecken können, um die Dokumente zu lesen, die man ihm auf diesen Laufwerken überbrachte. Und sein Aufenthalt auf Gorevs Yacht beinhaltete mit Sicherheit ein ganzes Universum an Informationsaustausch, wobei die Informationen von verschiedenen Quellen kommen würden.

Der ursprüngliche Plan für ihre Mission war einfach: An der Party die Kabine finden, und die Festplatte seines Laptops kopieren, während Cal ihn ablenkte und ihm seinen Pitch für seinen Einstieg ins Bergbaugeschäft vortrug. Doch der erste Schritt war, eine Einladung zu dieser Party zu bekommen.

Der Tag begann sonnig und strahlend. Sie befanden sich knapp sieben Grad unterhalb des Äquators, und die Temperatur sollte heute auf siebenundzwanzig Grad Celsius ansteigen. Sie verbrachten den Morgen in ihrem Zimmer und übten ihre Rollen. Prägten sich Details ein. Sie fragte Cal gnadenlos zu seinem Cover aus, und er tat dasselbe mit ihr.

Am späten Nachmittag sprang sie unter die Dusche und kleidete sich dann sorgsam für Mani Kalengas Treffen mit Gorevs Geschäftspartnern. Sie musste entsprechend aussehen: Sexy Kleidung, auffälliges Makeup. Hübsch, aber nicht zu hübsch. Sexy, aber nicht zu sexy.

Billig, aber … nein, billig war okay.

Wie eine gefallene Kurtisane. Eine Frau mit ausreichendem Sexappeal, um Mani Kalenga zu verführen, aber nicht schlau genug, um sich den Achtzigjährigen zu sichern, ohne es zu versauen.

Sie war ein verzweifelter Vamp, der aufs Geld aus war und soeben ihren Sugar-Daddy verloren hatte. Mani Kalenga war für den Augenblick okay, aber sie wollte ihre Chancen verbessern. Deshalb durfte sie nicht so begeistert und erregt auf jede von Cals Berührungen reagieren. Für sie war er nur ein Zwischenstopp und nicht annähernd reich genug, um ihren Bedürfnissen zu entsprechen.

Außerdem war er zu jung. Und zu gesund.

Und vollkommen perfekt.

Jamie Savage war wirklich dumm, wenn sie glaubte, dass sie etwas Besseres als Cassius Callahan finden würde. Er war ein ganz eigener Höhepunkt.

Sie drehte sich zu dem Mann um, der sich dazu bereit erklärt hatte, ihren Meister zu spielen, wodurch er sie wiederum auf der wohl gefährlichsten Mission beschützen würde, auf die sie sich jemals begeben hatte. „Wie sehe ich aus?"

Er lächelte und sagte: „Verdammt sexy. Zu sexy, wenn es nach mir ginge, vor allem in Anbetracht der Männer, die wir treffen werden. Also alles in allem, perfekt."

Sie strich sein Armanihemd glatt, stellte sich auf ihre Zehenspitzen und küsste seine Wange. „Du siehst ebenfalls verdammt perfekt aus."

Sie hatten sich darauf geeinigt, dass Mani ein Söldner war, der wusste, wie er sich zu kleiden hatte, um sich seinen Weg in die höhere Klasse zu bahnen. Sein Bart war voller, aber nicht ungepflegt, und seine Kleidung war weitaus teurer als ihre.

Glücklicherweise hatte sie für diese Mission ein recht gutgepolstertes Konto einrichten können – dank Nikolai Drugov. Es war leicht gewesen, einen dicken Anteil seines Geldes auf Konten in Manis Namen zu überweisen, und es ging schneller, als darauf zu warten, dass die Budgetabteilung der CIA ihre Ausgaben genehmigte. Seth hatte mit seiner Unterschrift dafür gesorgt, dass sie später keinen Ärger deswegen bekommen würde.

Sie hatten sich das Geld in dem Einkaufszentrum in Nairobi gut zunutze gemacht, wo sie ihm Kleidung von höchster Qualität gekauft hatten, die zu seiner Charakterrolle passte. Das Endergebnis war, dass Cal in seinem neuen Anzug höllisch scharf aussah.

Sie hatte sich in den letzten beiden Tagen den Kopf darüber zerbrochen, ob sie ihm die Wahrheit über diese Mission sagen sollte oder nicht, und war zu einem Entschluss gekommen. Sie konnte es ihm vor diesem Meeting nicht sagen, denn falls sie keine Einladung zur Party bekommen würden, wäre dieser Punkt sowieso hinfällig. Falls sie heute Nacht scheitern sollten, würde sie ihn in ein Flugzeug setzen und zurück nach Dschibuti schicken. Und dann würde sie sich Lubanga allein vornehmen.

Absolut kein Risiko für Sergeant First Class Cassius Callahan, weil er nicht annähernd in der Nähe wäre, wenn sie den kongolesischen Minister ermordete. Außerdem wäre Cals Konzentration während dieses Meetings nicht abgelenkt, weil er sich um Dinge Sorgen machte, die außerhalb seiner Kontrolle lagen.

Sie fühlte sich seltsam befreit, seit sie diese Entscheidung getroffen hatte. Sie setzte Cal keinem Risiko aus, und sie betrog die CIA damit nicht. Seth hatte ihrer Wahl zugestimmt, Cal auf diese Mission mitzunehmen, aber er hatte nie gesagt, dass sie es beide bis zum bitteren Ende durchziehen mussten.

Nur sie hatte den Befehl zum Attentat erhalten, und nur sie würde das Risiko eingehen.

„Bist du bereit?", fragte Cal.

Sie nickte. „Los geht's."

Sie betraten die große Bar und das Restaurant des Hotels und wurden zu einem privaten Raum am hinteren Ende geführt, wo zwei kongolesische Männer mit einem Russen zusammensaßen. Dort befand sich nur ein weiterer Platz am Tisch – eine Tatsache, mit der Savvy gerechnet hatte. Sie schmollte ihrem gespielten Liebhaber zu. „Mani, du hast ihnen nichts von mir gesagt?"

Sein Blick zeigt eine leichte Irritation mit einem Hauch von zurückgehaltener Autorität. „Ich habe das hier organisiert, bevor wir uns getroffen haben." Er warf den Männern einen entschuldigenden Blick zu und sprach dann in Lingala, wobei er den Männern – wie sie es vermutete – die vereinbarte Geschichte erzählte, dass sie in dem Park festgesessen hatte, nachdem sie miteinander Sex gehabt hatten, und sie daraufhin von ihrer ursprünglichen Safaritour rausgeworfen worden war. Er vertraute ihr nicht allein in seinem Hotelzimmer, also hatte er sie zu dem Meeting mitgebracht. Er war noch nicht dazu bereit, sie nach Hause fliegen zu lassen, denn sie gab immerhin äußerst gute Blowjobs.

Einer der kongolesischen Männer grinste breit, als er ihren Mund anstarrte. Sie schürzte ihre Lippen und sagte: „Mani, was erzählst du ihnen da?"

„Nur, wie glücklich ich bin, dich als meine Begleitung zu haben."

Einer der Männer stellte eine Frage in Lingala, und er beantwortete diese mit einem Negativ. Die Sprache besaß ausreichenden französischen Einfluss, dass sie das eine oder andere Grundwort verstehen konnte, aber das war alles.

Einer der Männer winkte ihr zu, dass sie sich setzen sollte, bevor er einen Kellner auf Französisch anwies, einen weiteren Platz aufzudecken. Wahrscheinlich hatte der kongolesische Mann gefragt, ob sie sie verstehen konnte. Es musste ihn zufriedengestellt haben, dass dem nicht so war, da er ihr erlaubte, ihrem Meeting beizuwohnen. Immerhin bestand immer die Möglichkeit, dass Mani sie teilen würde, und dies waren keine Männer, die einen Gratis-Blowjob ablehnen würden.

Sie setzte sich und lauschte mit einem neutralen Gesichtsausdruck. Der Russe sprach kein Lingala, aber er sprach Französisch, wie alle anderen, inklusive Cal. Savvy gab vor, diesen Teil der Konversation nicht zu verstehen und stieß hin und wieder einen schweren Seufzer aus, als ob sie die Langeweile kaum aushalten konnte. Sie schlürfte an ihrem Drink und knabberte am Brot.

Es dauerte nicht lange, bis die Männer verlangten, dass Cal ihnen ein Artefakt zeigte, was ja vordergründig der Grund für dieses Meeting war – um festzustellen, ob die Ware, die er besaß, es wert war, sie Gorev zu zeigen. Cal öffnete seinen Aktenkoffer und entfernte den falschen Boden.

Savvy kreischte auf, als ob sie noch nie zuvor so etwas gesehen hatte. „Mani! Was hast du denn da? Oh. Mein. Gott. Das ist wunderschön! Ist das … *echt*?"

„Schätzchen", seine Stimme klang irritiert, weil er unterbrochen worden war. „Keiner dieser Männer spricht Englisch." Diese Worte waren eine offenkundige Lüge, aber sie hatten sich zuvor abgesprochen, dass er es erwähnen würde, falls sich die

Gelegenheit bot, weil sie davon ausging, dass dies die Männer amüsieren würde. „Es ist unhöflich, etwas zu sagen, wenn sie es nicht verstehen."

Sie zog ihre Augenbrauen zusammen. „Aber ihr habt alle Sprachen gesprochen, die ich nicht verstehe. Heißt das dann nicht, dass ihr unhöflich wart?" Dann lächelte sie und ließ ihren Blick über den Russen gleiten. Anton befand sich weit oben in Gorevs Organisation. Er war derjenige, den sie für sich gewinnen mussten. „Glaubst du, er wäre an einem Dreier interessiert?"

Cals Augen wurden schmal. „Ich teile nicht."

Sie leckte sich die Lippen. „Aber es könnte Spaß machen."

Antons Gesicht blieb unverändert, doch als er seine Haltung änderte, wusste sie, dass sie sein Interesse geweckt hatte.

„Halte den Mund. Das hier ist ein Businessmeeting. Du kannst froh sein, dass ich dich nicht einfach in Amboseli zurückgelassen habe."

Sie sprach mit einer leiseren, fast flüsternden Stimme, als ob sie ihn schnell wieder davon überzeugen wollte, dass sie seine Zeit wert war. „Letzte Nacht hast du etwas anderes gesagt."

Er fixierte sie mit einem Blick, der irgendwie heiß und sexy und wütend war. Mani Kalenga war definitiv eine interessante Persönlichkeit. Er war kein bisschen von abgehärteten Kriegsherren eingeschüchtert, und er hatte kein Problem damit, sein aufbrausendes Spielzeug in ihre Schranken zu weisen.

Besser noch, Savvy konnte die subtilen Anzeichen sehen, dass Manis Alpha-Haltung Anton nervös machte. Anton wollte zeigen, dass er mehr war als nur ein Untergeordneter von Radimir Gorev. Und er würde vielleicht Jamie Savage dazu benutzen, genau das zu tun.

Cal spielte seine Rolle perfekt. Er reichte das Artefakt an den Russen und sagte: „Ägypten. Fünfte Dynastie, oder zumindest wurde mir das so gesagt."

Als Demonstrationsstück hatten sie sich für ein ägyptisches Artefakt entschieden, das man im CLU eines Marinesoldaten im Camp Citron gefunden hatte. Er war während eines Urlaubs nach Kairo geflogen und hatte dieses Schmuckstück irgendwie auf die Basis geschmuggelt. Er war ebenfalls verdächtigt worden, mit Drogen zu handeln, und als man seinen Wohncontainer durchsuchte, fand man eine ganze Reihe von Artefakten. Das Schmuckstück war ein Kettenanhänger aus Gold, der mit Edelsteinen verziert war. Es sah so gut aus, dass es unecht sein musste, doch Savvy war schockiert gewesen, als sie erfahren hatte, dass es tatsächlich echt war und womöglich von ISIS gestohlen und in den Schwarzmarkt eingeschleust worden war, um ihre Terroristenorganisation zu finanzieren.

Nun, jetzt wurde es dazu benutzt, gegen sie zu kämpfen.

Antons Augen weiteten sich, als das schwere Gold auf seine Handfläche traf. „Es ist wunderschön", sagte er auf Französisch, und sein Fokus wechselte von seinem Verlangen, Mani an seinen Platz zu verweisen, zu dem Schmuckstück in seiner Hand. Der Russe zog eine Lupe hervor – wie sie es erwartet hatte, schließlich waren Antiquitäten seine Spezialität – und studierte es. Er legte es auf den Tisch und fragte: „Haben Sie mehr? Wie dieses?"

„Fünf Stücke", sagte Cal. „Alle Gold. Alle aus derselben Dynastie."

Der Russe lächelte. „Gorev wird sich freuen. Sie dürfen sich uns morgen anschließen. Bringen Sie die Antiquitäten." Er blickte zu Savvy. „Und die Frau. Sie passt hervorragend zur abendlichen Unterhaltung."

Sie wäre auch ohne eine Einladung mitgegangen, aber das hier war sogar noch besser. Oh ja. Anton wollte Jamie definitiv dazu benutzen, Mani in seine Schranken zu weisen.

Cal grinste und nahm seinen Drink. Er trank ihn in einem Schluck aus und stellte das Glas auf dem Tisch ab. Er verstaute das Artefakt wieder in seinem Aktenkoffer und sagte auf Französisch: „Ausgezeichnet. Wenn mich die Herren entschuldigen würden, ich muss mir jetzt erst einmal den Mund meiner Begleitung zunutze machen."

Die Männer lachten. Einer der kongolesischen Männer klopfte ihm auf den Rücken.

Savvy setzte ihre beste ausdruckslose Miene auf und sagte: „Was hast du gesagt, Mani? Hast du ihnen gesagt, dass du mich ficken willst? Ich werde dir erst erlauben, mich zu vögeln, wenn du mich diese Kette tragen lässt. Oh mein Gott. Ich kann nicht glauben, dass du es die ganze Zeit dabeihattest und mir nie gezeigt hast."

„Du darfst sie tragen, während du mir einen bläst. Lass uns gehen. Ich will feiern."

Er zog sie von ihrem Stuhl hoch und zog sie aus dem privaten Zimmer hinten im Restaurant heraus.

Savvys Blut rauschte wie wild, weil sie diesen Sieg errungen hatten. Sie hatten ihre Einladung bekommen. Ihr Cover hatte funktioniert. Die Männer würden sie als nichts Weiteres als ein belangloses Spielzeug ansehen. Sie hätte Zugang zu Gorevs Yacht.

Morgen würde sie sich Lubangas Festplatte holen.

Im Fahrstuhl drängte sie Cal in eine Ecke, ohne weiter darüber nachzudenken, einfach nur um dem Moment zu genießen. Er schenkte ihr sein volles Lächeln, dass ihr die Knie schwach wurden, während seine Hand über ihren Hintern glitt. „Himmel, es macht Spaß, dich in Aktion zu sehen. Du schaffst es irgendwie, deine Augen leer aussehen zu lassen. Ich meine, ich weiß, wie brillant du bist, und selbst ich habe dir das Dumme-Tussi-Schauspiel abgenommen. Und ich hätte schwören können, dass du nicht ein einziges Wort Französisch sprichst."

Die Begeisterung über ihren Erfolg, zusammen mit der Hitze seiner Komplimente und seiner Hand auf ihrem Hintern, versetzte sie in ein geradezu rasendes Fieber. Aber sie würde ihn nicht küssen. Es lag an Cal, diesen Schritt zu tun. Sie drückte sich nur noch enger an ihn und sagte: „Du warst perfekt. Dieser Hauch von knallharter Gewalttätigkeit, die unter Manis ruhigem Äußeren köchelte, es war die perfekte Legt-euch-nicht-mit-mir-an-Nachricht, die du noch dazu in drei verschiedenen Sprachen vermitteln konntest. Du hast jeden einzelnen von Antons Minderwertigkeitskomplexen geweckt. Er wird über seine eigenen Füße stolpern, wenn er versucht, mich von dir wegzunehmen."

Er streichelte ihre Wange. „Falls er dich anfasst, werde ich ihn wohl umbringen müssen."

Sie hätte ihn darauf hingewiesen, dass es ihre Absicht war, dass Anton sie berührte – doch Cals Mund bedeckte ihren, womit sie jegliche Fähigkeit zu sprechen oder selbst zu denken verlor.

Seine Zunge war heiß und fordernd. Beanspruchte sie für sich.

Der Sieg fühlte sich so gut an, und er schmeckte sogar noch besser. Sie küsste ihn mit all der Leidenschaft, die sich seit Monaten in ihr aufgestaut hatte. Er hob sie hoch, drehte sich um und presste sie in die Ecke, während seine Zunge über ihre streichelte. Ihr kurzes Kleid rutschte hoch, als sie ihre Beine um seine Hüfte schlang, und er rieb sich an ihr. Setzte sie mit dem Gefühl seiner Erektion an ihrem vollkommen durchnässten Slip regelrecht in Flammen.

Sie hatte gewusst, dass es so mit Cal sein würde. Pure Hitze und Feuer und, oh Gott, seine dicke Erektion würde sie blind machen, wenn sie jetzt ihre Augen öffnete. Die Türen öffneten sich auf ihrem Stockwerk, doch er küsste sie weiter, und sie würde den Teufel tun, ihn davon abzuhalten. Nicht, solange er ihr endlich gab, was sie von ihm wollte.

Cassius Callahan – in all seiner glorreichen Leidenschaft.

Die Türen schlossen sich wieder und er hob seinen Kopf. „Wir haben unser Stockwerk verpasst."

„Wir könnten den Fahrstuhl anhalten, und ich könnte dir einen blasen." Selbst, als sie die Worte aussprach, bemerkte sie geschockt, dass sie das auch so meinte. Die Sicherheitskamera würde sie aufzeichnen, und wenn überhaupt wäre es gut für ihre Tarnung.

Aber so war sie nicht. Sie war keine Exhibitionistin.

Oder doch?

Vielleicht war ihr das egal, solange sie Cal endlich schmecken konnte. Jeden Zentimeter von ihm.

Er ruckte mit seiner Hüfte gegen sie, und sein wundervoller dicker Schwanz setzte sie in Flammen. Doch selbst als er das tat, flüsterte er in ihr Ohr: „Nicht hier. Nicht so."

Dann ließ er sie los und drehte sich um, um den Knopf für ihre Etage noch einmal zu drücken. Zunächst fuhr der Fahrstuhl nach unten zur Lobby, und sie richtete ihr Kleid, während er seine Erektion justierte, die jedem, der den Aufzug betreten würde, sofort auffallen musste. Die Türen öffneten sich in der Hotellobby, und da standen der Russe und einer der kongolesischen Männer.

Cal ließ es so aussehen, als ob er soeben den Reißverschluss an seinem Hosenschlitz zuzog und Savvy wischte sich über ihre Unterlippe, als ob sie gerade erst fertig geworden wäre. Die Männer lachten und traten ein. Der Russe sagte: *„Menage a trois?"*

Dies war ein französischer Ausdruck, den auch ihr Charakter verstehen würde. Savvys Haut war von ihrem Kuss gerötet, was für diesen Augenblick perfekt war. „Mani! Du hast gesagt, dass sie kein Englisch verstehen!"

Cal sagte auf Französisch: „Ich teile nicht. Aber Sie können sie haben, wenn ich mit ihr fertig bin."

„Ich freue mich darauf. Ich hoffe, dass Sie bald mit ihr fertig sein werden."

Cal neigte seinen Kopf. „Vielleicht werde ich schneller mit ihr fertig, wenn ich einen guten Deal von Gorev bekomme."

„Dann werde ich ein gutes Wort für Sie einlegen." Anton nickte, als sich die Türen öffneten.

Es war ihre Etage. Savvy umklammerte Cals Hand und hielt ihn davor zurück, auszusteigen. Das Letzte, was sie jetzt brauchten, war, dass der Russe wusste, wo sich ihr Zimmer befand.

„Ist das nicht Ihre Etage?", fragte Anton.

„Nein. Muss wohl den falschen Knopf gedrückt haben. Ich war ein wenig abgelenkt." Er deutete auf Savvys Mund.

„Ihre Probleme hätte ich gern", sagte der kongolesische Mann auf Französisch, als sich die Türen schlossen. Cal drückte auf den Knopf für ein höhergelegenes Stockwerk als die, welche die anderen Männer ausgewählt hatten. Der Russe stieg zuerst aus. Dann der Kongolese. Sie erreichten das oberste Stockwerk, das nicht ihres war, und stiegen aus.

Von dort nahmen sie die acht Treppenabschnitte nach

unten zu ihrer Etage. Sobald sie in ihrem Zimmer ankamen, durchsuchte Savvy es nach Mikrofonen und Kameras.

Für einen Moment hatte sie sich erlaubt, zu vergessen, was hier auf dem Spiel stand. Ihre Anziehungskraft zu Cal war gefährlich.

Sie würde nicht noch einmal so nachlässig sein.

Kapitel Neun

C al richtete seine Fliege und konnte es immer noch nicht so ganz glauben, dass er an einer vornehmen Smoking-Party auf einer Megayacht teilnehmen würde – als Spion. Wer hätte gedacht, dass dieser James Bond Kram echt war? Kabale von gemeinen Bösewichten trafen sich tatsächlich auf dieser Art von eleganten Veranstaltungen, um ihre üblen Pläne zu besprechen. Oder zumindest war dies die Art und Weise, wie die Russen sich kompromittierendes Material besorgten.

Anders als in den Bond-Filmen würde es hier kein Kasino geben. Die Frauen waren wahrscheinlich alle bezahlte Begleitungen, aber er konnte sich nicht mehr daran erinnern, ob das in den Filmen genauso war. Er hatte die Bücher nie gelesen. Savvy hatte ihn vorgewarnt, dass er sich auf eine Sexshow vorbereiten sollte, und dass einige Gäste sich wahrscheinlich der vorgeführten Show anschließen würden – woraufhin die Dinge dann durchaus grob werden könnten.

Schließlich war es das, worum es bei dem kompromittierenden Material ging. Die Grenzen so weit zu überschreiten, dass man etwas Gewalttätiges oder Beschämendes tat, was dann per Video aufgezeichnet wurde. Gorev hatte eine simple Vorgehensweise: Er lud jeden auf seine Yacht ein, gab ihnen Zugang zu Drogen und Frauen, und er ließ die Kameras rollen.

Laut Savvy hatte Drugov auf diese Weise Material über Brie Stewarts Bruder bekommen. Sobald er bemerkt hatte, dass Jeffery Prime Junior willig war, seine Spielchen mitzuspielen, war JJ geradewegs in einen Haufen verdammter Scheiße gerutscht, die ihn wahrscheinlich für den Rest seines Lebens ins Gefängnis bringen würde – falls er je gefunden wurde.

Er war am Tag nach Drugovs Tod verschwunden. Er war eine Bedrohung für Brie, was bedeutete, dass Bastian einige Gefallen eingefordert und ein paar Soldaten der Spezialeinheiten, die in Fort Campbell stationiert waren, darum gebeten hatte, solange ein Auge auf sie zu werfen, bis er in ein paar Wochen nach Hause zurückkehren würde.

Brie hatte Bastian versichert, dass JJ ein zu großer Feigling war, um ihr hinterherzujagen, aber das bedeutete nicht, dass ihr Halbbruder keine Handlanger anheuern würde. Bastian würde sich so lange um sie sorgen, bis er zuhause und an ihrer Seite war, und Cal konnte es ihm nicht verübeln.

Aber Brie hatte auch Morgan Adler, die auf sie aufpasste, und Cal würde niemals gegen diese hitzköpfige Archäologin wetten, die bewiesen hatte, dass sie härter im Nehmen war als so manche Soldaten, die er kannte. Solange Morgan ihr den Rücken deckte, hatte JJ keine Chance.

Er wandte sich an Savvy und ergriff den Knoten der Fliege. „Weißt du, wie man diese Dinger bindet, damit sie gleichmäßig sind?"

Sie lächelte und entknotete die Fliege. Sie band sie langsam, während er ihren Duft tief in seinen Körper hineinsog. Es hatte eine Ewigkeit gedauert, bis er letzte Nacht endlich eingeschlafen war. Er hätte sie niemals im Fahrstuhl küssen dürfen. Und er hätte sie mit Sicherheit nicht in die Ecke drängen und sich an ihr reiben sollen.

Aber Fuck, sie fühlte sich so gut an. Und ihr Mund war alles gewesen – Hitze und Wein und Sex – was er gebraucht hatte.

Er wollte jeden Zentimeter von ihr besitzen, mit jedem Zentimeter seines Körpers. Er wollte ihren Mund auf sich spüren. Sie schnell und hart gegen eine Wand ficken und sie dann langsam im Bett lieben. So lange ihre Möse lecken, bis sie unter ihm auseinanderfiel, und sie dann so gründlich vögeln, bis sie das Gefühl hatte, sein Schwanz wäre ein Teil von ihr.

Dieser Scheiß war so durchgeknallt.

Aber genau das war das Problem. Seine Gefühle für sie waren durchgeknallt. Unerklärlich. Er wollte sie haben, sie besitzen, und zwar auf eine Weise, die seine Urinstinkte wachrief. Intensiv.

Und so unglaublich falsch.

Er hatte noch niemals zuvor so auf eine Frau reagiert und er verstand nicht, warum er so empfand. Ganz bestimmt nicht bei Savvy. Doch er vermutete, dass sein urweltliches Verlangen nach ihr der Kern seiner ursprünglichen Abneigung gegen sie war. Sie lockte Gelüste aus ihm hervor, die er nicht fühlen wollte. Nicht für eine Spionin. Also hatte er sie beleidigt und abgewehrt. Dabei wollte er nichts weiter, als sie zu besitzen.

Er sollte sich für Sitzungen mit dem Therapeuten in Fort Campbell anmelden. Dort gab es einen guten Mann, der mit den Spezialeinheiten arbeitete. Er verstand sie gut. Er würde sich einen Termin mit Joe geben lassen, sobald er in den USA war.

Doch bevor er das konnte, musste er zunächst heute Nacht überstehen. Und morgen. Und die nächsten paar Tage.

Ihre Vorbereitung für den Abend hatte ihren Tag ausgefüllt und ihm nur wenig Zeit gelassen, darüber nachzudenken, was als Nächstes geschehen würde. Sie hatten sich einen zweiten Wagen gekauft, damit sie ein anonymes Fahrzeug hatten, in dem sie entkommen könnten, falls die Dinge mit Gorev und Lubanga schiefgehen sollten. Sie hatten alles gepackt und bereits im neuen Sedan verladen – inklusive Savvys Spionageausrüstung, Computer und die beiden Handfeuerwaffen, die sie ins Land geschmuggelt hatten. Savvy überließ nichts dem Zufall. Sie würden nicht auschecken, und sie würden nicht zu diesem Hotel zurückkehren.

Savvy band seine Fliege und ließ dann ihre Hände über seine Aufschläge herabgleiten. „Du siehst perfekt aus. Ich wünschte, das hier wäre eine Ausgangsuniform. Aber du siehst trotzdem megascharf aus.“

Sie trat zurück und drehte sich vor ihm im Kreis. Ihr Kleid bestand von Kopf bis Fuß aus Goldpailletten und blitzte im Licht auf, was ihn sprichwörtlich blendete. „Wie sehe ich aus?"

„Wie ein Blitz in einem Sturm. Elektrisch. Kraftvoll. Wunderschön."

Sie lächelte ihn auf eine Weise an, bei der sich sein Herz zusammenzog. Vielleicht war da zwischen ihnen doch mehr als nur körperliche Anziehungskraft, aber damit wollte er sich jetzt nicht näher befassen. Nicht, wenn sie kurz davor waren, sich in die Höhle des Löwen zu wagen, und sie alles riskieren würde, indem sie sich in Lubangas Kabine schlich.

Man könnte sie heute Nacht töten. Sie könnte in Langley zu einem der Sterne werden, und niemand außerhalb der Agentur würde ihren Namen oder ihr Opfer kennen.

Für ihn war es anders. Falls er den ultimativen Preis bezahlte und sein Leben opferte, würde sein Name in den Zeitungen in ganz Amerika veröffentlicht werden. Es wäre gut möglich, dass seine Eltern einen Anruf vom Präsidenten persönlich erhalten würden. Nicht, dass er diese Dinge wollte, aber es war ein krasser Unterschied zwischen seinem Tod, den man ehren würde, und ihrem, der unter den Teppich gekehrt würde.

Er legte ihr von hinten einen leichten Schal um die Schultern und konnte es sich nicht verkneifen, ihr einen Kuss auf den Nacken zu drücken. „Showtime", sagte er.

Sie atmete tief ein. „Cal?"

„Ja?", fragte er neugierig. Sie klang so, als ob sie etwas Schwerwiegendes zu sagen hätte.

Sie hielt seinen Blick für eine sehr lange Zeit gefangen, bis sie dann schlussendlich ihren Kopf schüttelte und sagte: „Danke. Dass du mit mir auf diese Mission gekommen bist. Ohne dich wäre ich niemals so weit gekommen."

„Ich bin froh, dass ich daran teilnehmen darf. Ich will diese Dreckskerle erledigen."

„Dann lass uns genau das tun."

Der Drang, es Cal zu sagen, hatte sie beinahe überwältigt, doch sie hatte sich gerade noch rechtzeitig stoppen können. Es ihm jetzt zu sagen, würde nur seinen Fokus ruinieren, nachdem sie die Entscheidung getroffen hatte, dass es unnötig war, es ihm überhaupt zu sagen.

Sie hatte keinerlei Absicht, Lubanga heute Nacht zu töten. Wahrscheinlich wäre es ohnehin unmöglich, wenn man die Sicherheitsleute auf der Yacht in Betracht zog, und sie wollte Cal nicht auf diese Weise in Gefahr bringen. Es gab keinen Grund, warum er an dem Attentat teilnehmen sollte. Das war ihr Job – nicht seiner – und sie wollte ihn beschützen.

Er tat, was seine Rolle von ihm verlangte. Er brachte sie zu der Party, wo sie Lubangas Dateien kopieren würde, wie es ihre ursprüngliche Mission vorgesehen hatte. Dann würde sie ihn wieder nach Camp Citron zurückschicken, bevor sie ihren Auftrag von der CIA letztendlich erfüllte.

Cal hatte keine Rolle in dem Attentat. Stattdessen wäre er auf der Basis mit Hunderten von Zeugen. Und falls Savvy scheitern sollte, würde sie die Niederlage allein tragen.

Das war die richtige Entscheidung. Sie hatte das weder mit Seth noch mit irgendjemand anderem in der CIA abgesprochen, aber sie war in dieser Sache allein, somit konnte sie ihre eigenen Entscheidungen treffen, wie sie den Auftrag am besten erledigen würde.

Sie lächelte, lehnte sich zu ihm rüber und küsste seine Wange, während sie zum Yachthafen fuhren, wo die Megayacht angedockt war.

„Womit habe ich das verdient?", fragte er.

„Ich mag dich einfach. Das ist alles."

Er lächelte. Er erweckte den Eindruck, als ob er etwas sagen wollte, doch dann ließ er nur eine Hand auf ihr Knie fallen und drückte es.

Das reichte ihr.

Sie erreichten den Yachthafen, und eine kühle Ruhe breitete sich in Savvy aus. Sie war für das hier trainiert worden. Was noch wichtiger war – ihr Glaube an die Notwendigkeit ihrer

Arbeit reichte ihr bis tief ins Mark. Sie war die erste Linie der Abwehr für eine gerechte und freie Welt. Ihre Arbeit gab missbrauchten und vergessenen Massen eine Chance, indem sie die korrupten Personen entblößte, die für Macht und Geld vergewaltigten und plünderten.

Der tote Drugov hatte netterweise die Blaupausen von Gorevs Yacht hinterlassen, die Savvy eingehend studiert hatte. Sie vermutete, dass Drugov für heute Nacht eine fiese Überraschung für seinen Rivalen, den Oligarchen, geplant hatte, aber er war von Sicherheitseinheiten und SEALs getötet worden. Zu schade. Nicht traurig.

Savvys Schritte in ihren fast zehn Zentimeter hohen Absätzen waren vorsichtig und bedachtsam, als sie den Hauptsalon an Cals Arm betrat. Der Salon war ausladend und offen – er glich eher einem Ballsaal – und war der Raum, in dem ein Großteil der Unterhaltung heute Abend stattfinden würde.

Die Frauen, die für die Unterhaltung gebucht worden waren, trugen verschiedene Arten von Lingerie. Einige bewegten sich mit Tabletts voller Getränke durch den Raum, fungierten als Kellnerinnen, während andere einfach in verführerischen Posen herumsaßen und auf die Gäste warteten, die sich ihrer Waren bedienen wollten. Sie war die einzige anwesende Frau, die ein Abendkleid trug. Das Kleid war ein Zeichen, dass sie nicht zur gebuchten Unterhaltung gehörte. Wer sie anfasste, würde Manis Zorn zu spüren bekommen.

Zwei Frauen – eine mit dunkler, die andere mit heller Haut – saßen in der Mitte des Raumes auf einer Chaiselongue und zogen eine Sexshow für interessierte Partygäste ab. Savvy merkte sich, welche der Männer dieses Schauspiel mit großem Interesse verfolgten, und welche darauf eher gleichgültig reagierten. Lubanga und Gorev befanden sich unter den Gleichgültigen – was nicht überraschte, denn sie waren diejenigen, die diese Unterhaltung arrangiert hatten. Für sie ging es bei diesem Abend nur ums Geschäft.

Cal spielte seine Rolle und richtete seinen Blick auf die beiden Frauen. Savvy präsentierte ihm ein eifersüchtiges Schmollen. „Mani!", schimpfte sie. „Ich habe Durst." Sie nahm seinen Arm, drehte ihn von der Show weg und ging in Richtung Bar.

Seine Hand glitt über ihren Hintern und drückte ihn. „Vergiss die Drinks und lass uns ein Zimmer finden."

Sie schlug seine Hand zur Seite. „Wir sind eben erst angekommen. Ich will unseren Gastgeber kennenlernen." Sie sah sich in dem luxuriösen Raum um. „Ich wette, dass der sogar noch reicher ist als Stanley", sagte sie, womit sie den Namen ihres fiktiven achtzigjährigen Liebhabers nannte.

„Ach, Schätzchen", sagte Cal. „wenn Stanley dein Maßstab für Reichtum ist, dann wird dich das hier heute von den Socken reißen."

„Wer ist der reichste Mann hier?", fragte sie und scannte den Raum.

„Wahrscheinlich die beiden Kerle an dem Tisch da drüben", sagte er und nickte zu Gorev und Lubanga.

„Gut zu wissen." Sie drehte sich zum Barkeeper um und bestellte sich Wein – sie wählte dieselbe erlesene Sorte, die sie zuvor auf dem Weg zur Bar bemerkt hatte, als der Barmann einem männlichen Gast ein Glas davon einschenkte.

Er griff nach einer zweiten Flasche derselben Art, und sie schüttelte ihren Kopf, bevor sie auf die andere zeigte. „Nein. Diese."

Der Barkeeper zwinkerte ihr zu. „Verstanden", sagte er.

Sie beobachtete ihn, während er ihr einschenkte, um sicherzugehen, dass er keine Drogen ins Glas gab. Hier wurde erwartet, dass Alkohol getrunken wurde. Es würde auffallen, wenn sie gar nichts trank. Sie und Cal würden zur extra Vorsicht nur kleine Schlückchen trinken.

Anton, der Russe, den sie gestern kennengelernt hatten, näherte sich ihnen und versuchte, Savvy von Cal wegzuziehen, doch der schlang einen Arm um ihre Taille und hielt sie fest an sich gepresst. „Finden Sie Ihre eigene Frau, Anton", sagte Cal auf Englisch, womit er jeglichen Schein, dass der Russe die Sprache nicht verstand, aufgab.

Obwohl es nicht die offizielle Sprache war – Tansania hatte keine – war Englisch die Sprache der Geschäftswelt und der höher Ausgebildeten, wobei es in den Schulen mehr und mehr durch Swahili, die Nationalsprache des Landes, ersetzt wurde. Und obwohl man mindestens ein Dutzend Sprachen im ganzen Raum hören konnte, so war die vorrangige Englisch.

Anton lächelte angespannt. „Ich wollte ihr nur ein wenig Gesellschaft leisten, während Sie unseren Gastgeber kennenlernen. Er würde gern den Anhänger sehen." Er winkte in Richtung Gorev, der beobachtete, wie einer der Gäste den Sex auf der Chaiselongue unterbrach und die schwarze Frau in eins der vielen Privatzimmer zog, die vom Hauptsalon ausgingen.

Gorev nickte einer dünnen Frau mit brauner Haut zu, deren Augen von Drogen glasig waren, die ihre Furcht maskierten. Sie näherte sich der weißen Frau, die auf der Chaiselongue sitzen geblieben war.

Die weiße Frau spreizte ihre Beine und zog die verängstigte Frau herunter, damit sie sich zwischen ihre Oberschenkel setzte – den Zuschauenden zugewandt. Die weiße Frau streichelte die Brüste der dunkelhäutigen Frau, bevor sie ihre Finger zwischen deren Schenkel tauchte.

Die verängstigte Frau versteifte sich und zuckte zusammen. Selbst unter Drogen wehrte sie sich.

„Schhhh. Es wird dir gefallen." Die weiße Frau flüsterte ihr hörbar zu, aber sie war die einzige, die eine Show abzog. Die furchtbare Angst der anderen Frau war nicht gespielt, auch wenn die Drogen sie dazu zwangen, zu gehorchen.

Die ältere Frau – eine Art von Zuhälterin? – traf Gorevs Blick. „Die hier ist eine Jungfrau. Ich habe sie für heute Abend aufbewahrt." Sie zog die Beine der unwilligen Frau auseinander und streichelte ihre Innenschenkel. „Willst du sie für dich selbst, oder willst du sie einem Gast überlassen?" Sie sprach Englisch mit einem südafrikanischen Akzent.

Savvys Magen rebellierte. Das hier war wohl so, wie Bastian sich auf dem Sklavenmarkt gefühlt hatte, als er all die Kinder sah, die versteigert werden sollten, und wusste, dass er dort war, um Brie zu retten – und nur Brie. Während sein Team von Green Berets – inklusive Cal – einen Weg gefunden hatten, dieses Problem zu umgehen und alle Kinder zu retten, würde es für diese junge Frau auf der Chaiselongue keine solche Rettung geben. Savvy und Cal konnten ihre Tarnung nicht aufgeben, um die Vergewaltigung zu verhindern.

Himmel, sie könnten ihre Tarnung nicht einmal aufgeben, wenn sie zusehen müssten, wie man sie ermordete. Auf dieser Yacht konnte heute Nacht absolut alles passieren – und sie würden nichts tun können, um es aufzuhalten.

Stattdessen mussten sie zusehen und so tun, als ob ihnen dieses Spektakel gefiel.

Gorevs Blick fiel auf Cal. Sie lehnte sich an ihn an, präsentierte ihre verwaiste Position als Sexspielzeug und ließ ihre Hand über seine Brust gleiten. „Vielleicht *sollten* wir einen privaten Raum finden, Mani-Baby", sagte sie mit der verführerischen Stimme einer Frau, die befürchtete, ihren Sugar-Daddy zu verlieren.

Seine Augen wurden schmal, als ob er irritiert wäre. „Und unseren Gastgeber beleidigen?"

Sie konnte die Anspannung in seinem Körper spüren. Sie hatten das hier geplant, aber er war kein Schauspieler, und er war kein Geheimagent. Er musste seine Abscheu versteckt halten. Bisher erledigte er seine Aufgabe sehr gut. Aber verdammt – falls Gorev ihm dieses arme Mädchen auf der Chaiselongue anbieten sollte, würde er vielleicht zustimmen, damit er ihr helfen könnte, unberührt zu fliehen, und das könnte den Tod für sie beide bedeuten.

Nein. Cal war kein Narr. Er wusste, was auf dem Spiel stand. Sie musste ihm vertrauen.

Sie *vertraute* ihm.

Gorev nickte einem Mann zu Cals Rechten zu. „Du. Prime. Du magst Jungfrauen, ja?"

Savvy tat so, als würde sie an ihrem Drink schlürfen, während sie einen Blick über Cals Schulter warf. Und dort entdeckte sie den Mann, den Gorev angesprochen hatte.

Heilige Scheiße.

Jeffery Prime Junior, besser bekannt als JJ. Bries Bruder. Derjenige, den Drugov tief in die Scheiße geritten hatte. Derjenige, der einen Tag nach Drugovs Tod aus Marokko geflohen war. Derjenige, der seine Schwester verraten und verkauft hatte, um einen Deal mit dem Oligarchen abzuschließen.

Und jetzt war er hier, weil er wahrscheinlich Asyl bei einem anderen Oligarchen suchte.

JJ trat vor, und sein Blick wanderte über die verängstigte Frau. „Für mich, Gorev? Ich fühle mich geehrt.“

„Weil du so gut warst, Drugov für mich im Auge zu behalten. Aber gehe vorsichtig mit ihr um, Prime. Andere werden sie auch haben wollen.“

Savvy behielt ihr gleichmütiges Lächeln bei, obwohl ihr kotzübel wurde. Gorev erinnerte JJ an die Vierzehnjährige, die er vor einem Jahr in Moskau erwürgt hatte, während er sie vergewaltigte. Drugov hatte Brie gesagt, dass er das Video dazu hatte. Savvy hatte es nicht in dem Material gefunden, das man auf Drugovs Yacht sichergestellt hatte, aber sie hatte es bisher nicht geschafft, sich jede Stunde der Videos anzusehen, die sie hatten sichern können.

Sie wünschte sich, dass sie mehr Zeit gehabt hätte, Drugovs Dateien zu bearbeiten. Aber sobald sie von dieser Party erfahren hatte, war sie darauf konzentriert gewesen. Sie hatte nicht genug Zeit gehabt, etwas anderes als Gorev und Lubanga zu recherchieren.

JJ trat vor, schnappte sich das Mädchen und zerrte sie in eins der Privatzimmer – das zweifelsohne mit Kameras ausgestattet war, um alles, was darin vorging, aufzuzeichnen. Diese Zimmer waren der Grund, warum Savvy Cal davor gewarnt hatte, dass sie vielleicht intim werden mussten, um ihre Tarnung nicht auffliegen zu lassen.

Es war besser, mit Cal in einem der Räume zu landen, als mit irgendjemand anderem. Wenn er in der Nacht in Camp Citron nicht eingegriffen hätte, wäre sie jetzt mit Harry hier.

„Du. Kalenga“, sagte Lubanga. Dann sagte er etwas in schnellem Lingala.

Cal antwortete ihm in derselben Sprache und zog Savvy mit sich, als er sich dem Macht-Tisch näherte. Anhand seiner Gesten wusste Savvy, dass er sie als eine Unterhaltung, aber auch als Nervensäge vorstellte. Sie schenkte Lubanga ein gewinnendes Lächeln, das er ignorierte. Sie wandte sich an Gorev, der sehr viel aufgeschlossener schien.

Lubanga beobachtete Gorevs Reaktion und sagte etwas zu Cal. Cal antwortete damit, dass er seine Hand auf ihren Hintern legte und ihn drückte. Sie rollte mit ihren Augen und schlug halbherzig seine Hand zur Seite. „Nicht vor den anderen, Mani."

Cal hielt sie mit seinem Blick gefangen. „Wann und wo ich es will, Jamie. Du kennst die Regeln."

Sie schmollte. „Du bist schlimmer als Stanley."

„Ich glaube, was du wirklich sagen willst, ist besser. Viel, viel besser – was der Grund dafür ist, warum du überhaupt in dieser Situation gelandet bist." Er setzte sich auf einen freien Stuhl an den Tisch.

Sie ließ sich auf seinen Schoß fallen. Er schob eine Hand zwischen ihre Oberschenkel und streifte ihren Kitzler mit einer Fingerspitze unter dem Rock ihres Kleides. Sie stieß ein leises wohliges Geräusch aus. „Oh ja", schnurrte sie. „Sehr viel befriedigender als der alte Sack."

Er schenkte ihr ein arrogantes Lächeln und schob sie dann so weit an den Rand seines Schoß', dass sie beinahe herunterfiel. „Lass uns allein. Wir haben Geschäftliches zu besprechen."

„Kommen Sie mit mir, meine Liebe", sagte Anton. „Ich werde Ihnen die Yacht zeigen."

Cal starrte ihn finster an. „Sie gehört mir", sagte er auf Französisch.

„Das kann sie entscheiden", antwortete der Russe bestimmt, ebenfalls auf Französisch.

„Nicht, bis ich nicht mit ihr fertig bin." Cals Blick war hart und kalt.

Der Russe starrte genauso hart zurück.

Savvy spielte ihre Rolle des Dummerchens. „Worüber streitet ihr euch, Mani?"

„Wem dein Mund gehört", sagte Cal.

Ihre Augen wurden schmal und sie betrachtete den Russen. Sie leckte sich über ihre Lippen und sah Cal an. „Ich glaube, dass mein Mund mir gehört, und mir allein."

„Nicht, solange ich deine Rechnungen bezahle, Schätzchen.“

Sie schmollte wieder. „Du hast mir Diamanten versprochen.“

Er sah die anderen Männer am Tisch an. „Und deshalb sind wir hier.“ Er lächelte. „Wenn du mir das nächste Mal einen bläst, wirst du eine ganze Kette davon tragen und sonst nichts.“

Sie schürzte ihre Lippen und setzte einen Entenlippen-schmollmund auf, der niemals so sexy aussah, wie die Mädels sich das erhofften, und zog einen Finger über die Knöpfe an seinem Hemd. „Du weißt, dass es höflich wäre, sich dabei abzu-wechseln.“

Er warf seinen Kopf in den Nacken und lachte. „Wie kommst du darauf, dass ich jemals höflich wäre?“

Sie stand von seinem Schoß auf und nahm Antons Arm. „Zeigen Sie mir den Weg, Anton. Ich möchte gern mehr von dieser riesigen Yacht sehen.“ Sie blickte zu den privaten Zimmern hin. „Und vielleicht sollten wir eins von denen erkunden.“

„Keine Diamanten und kein Flugticket für dich, wenn du ohne mich in einem dieser Zimmer verschwindest“, sagte Cal, als sie und Anton davonschlenderten.

Sie drehte sich zu ihm um und warf ihm eine Kusshand zu. „Wie du willst, mein Liebling.“

Als sie sich außer Hörweite befanden, sagte Anton: „Ich glaube, dass Sie ihn mehr unter Kontrolle haben, als Kalenga es weiß.“

Sie schenkte ihm ein raffiniertes Grinsen. „Er glaubt, dass er mich trainiert hat, aber ich weiß, wie man diese Spielchen spielt.“ Sie lächelte dem Mann zu und zwinkerte. „Und ich habe es auf größere Fische abgesehen.“

„Sie sind eine kluge Frau.“

Sie presste ihre Hand auf ihre Brust. „Sie schmeicheln mir.“ Dieser Typ glaubte eindeutig, dass er ihr das größte Kompli-ment gemacht hatte. In dieser Welt waren Frauen Objekte und nichts weiter. Intelligenz spielte hier nie eine Rolle. Dabei wusste sie, wer hier der Idiot war, und sie wollte ihm so heftig in die Eier treten, dass sie mit seinem Gehirn kollidierten und seinen ohnehin kaum bestehenden Intellekt noch weiter schädigten. Aber das tat sie nicht. Noch nicht. Er war ein Werkzeug – eine einfache, langweilige Brechstange. Schwer und tödlich, aber am effektivsten, wenn man sie mit strategischer Gewalt schwang. Sie würde ihn dazu benutzen, den Ausgang aufzubrechen und die Korridore zu öffnen, wo sich die Kabinen der Gäste befanden.

„Warum tragen die meisten Frauen hier nur Lingerie?" Sie runzelte ihre Nase. „Das habe ich nicht erwartet."

Er räusperte sich. „Es ist … ungewöhnlich, eine Verabredung mitzubringen. Wir haben es Kalenga nur erlaubt, weil Sie so charmant sind."

„Mani … er kann manchmal richtig gemein werden. Wenn ich die Dinge nicht genau richtig tue." Strategischer Schritt Nummer Eins: Ihn glauben zu lassen, dass sie Mani nur allzu gern eintauschen würde.

Der Russe legte seinen Arm um sie, als sie in den Korridor traten. „Erzählen Sie mir davon, meine Liebe. Ich bin ein guter Zuhörer."

Schritt Nummer Zwei: Ihn aus dem Gleichgewicht bringen und gleichzeitig davon überzeugen, dass sie ein Dummkopf war. „Nun ja, zum einen ist sein Schwanz so groß, und es fällt mir schwer, ihn ganz in den Mund zu nehmen. Bei Ihnen hätte ich das Problem sicherlich nicht." Ihre Augen weiteten sich. „Ich meine, ich bin mir sicher, dass Sie … genau richtig groß sind. Nur nicht wie Mani." Sie ließ ein leises Schnurren hören und sagte flüsternd: „Aber er weiß genau, wie er ihn benutzen muss." Dann runzelte sie ihre Stirn. „Er hat diese Angewohnheit – wenn er kommt. Ich habe es so satt, dass er mir immer in mein Haar wichsen muss."

Der Blick, den der Russe ihr zuwarf, sah gequält aus.

Sie musste sich anstrengen, nicht zu grinsen. Die Rolle der Jamie Savage machte ihr auf eine absurde, lächerliche Weise Spaß. „Oh! Wahrscheinlich kennen Sie dieses Wort nicht. Wichse ist … *Sperma*." Sie hob ihre Stimme an, als ob er Schwierigkeiten mit seinem Gehör hatte. „Ähm, … Samen? Das Zeugs, das rauskommt, wenn ein Mann … Sie wissen schon … kommt. Ihnen muss eins dieser Worte bekannt sein.“

„Ich kann Ihnen versichern, dass ich die Worte kenne.“

„Oh! Gut! Es wäre mir unangenehm, wenn Sie es missverstehen würden.“

„Ich verstehe Sie laut und deutlich, Miss … Wie ist Ihr Nachname?“

„Savage. Jamie Savage.“

„Sie sind die hübscheste Frau hier, Miss Savage. Und eine entzückende Gesprächspartnerin.“

„LOL.“ Sie konnte nicht anders und kicherte über die Tatsache, dass sie soeben LOL *gesagt* hatte, anstatt zu lachen. „Mani sagt, dass es bessere Nutzen für meinen Mund gibt, als zu reden.“

„Ich bin geneigt, diese Theorie zu testen.“

Sie stieß ihn hart gegen seine Schulter. „Ach, Sie! Sie sind so witzig!“

Sie ließ ein Lächeln aufblitzen, als sie an einem Salon vorbeikamen, in dem sich eine Handvoll von Männern eine weitere Sexshow ansahen – diesmal mit einer Frau und einem Mann. „Ich bin noch nie zuvor auf so einer großen Yacht gewesen!“

Er legte seine Hand auf die Kurve in ihrem Rücken und führte sie weiter den Korridor entlang. „Es gibt viele Räume, die man sehen sollte.“

Sie eilten durch all die öffentlichen Räume, während er sie in die Richtung der Kabinen unter Deck steuerte. Sie gab vor, ihm zu widerstehen, und behauptete, dass sie all die elegant ausgestatteten Räume sehen wollte, während sie ihn gleichzeitig mit ihren Kommentaren dazu antrieb, sich zu beeilen.

Anton arbeitete für Gorev. Er war wichtig genug, dass er für die Nacht seine eigene Kabine hatte, aber nicht so wichtig, dass er die ganze Woche auf der Yacht verbringen durfte, wie Lubanga das tat. Antons Kabine befand sich auf der dritten Ebene der Gastkabinen. Lubangas befand sich auf der zweiten Ebene. Nur Gorev bewohnte das erste Deck. Sie musste Anton loswerden und dann eine Treppe zum oberen Deck nehmen.

Dank Antons eiligen Tempos dauerte es nicht lange, bis sie seine Kabine erreichten. Er zog sie hinein und steckte ihr sofort seine Zunge in den Mund. Sie erwiderte seinen Kuss, zog sich dann aber zurück, als ob sie es bereute. Dieser Teil ihres Jobs war der absolut widerlichste. „Ich kann nicht. Mani wird wütend sein."

„Bist du sein Eigentum?", fragte er, nun informell.

Dies war eine ernste Frage. Aber ihrem Charakter würde das nicht auffallen. Jamie Savage benutzte ihren Körper als Mittel zum Zweck, was jedoch immer auf Vereinbarungen und Zustimmung basierte. Sie sah sich selbst nicht als eine Prostituierte und besaß absolut keine Kenntnis über die Realität der Sexsklaverei. „Du bist zu lustig! Natürlich tut er das nicht. Die Sklaverei wurde …" Sie hielt inne und schürzte ihre Lippen, um ihre Konzentration zu untermauern – „… schon vor Ewigkeiten abgeschafft. Man kann keine andere Person besitzen, außer man heiratet sie." Sie runzelte ihre Stirn. „Mani ist ein scharfer Typ, aber er ist nicht annähernd reich genug, dass ich ihn heiraten würde."

Der Russe warf ihr einen spekulativen Blick zu. „Warum bist du bei ihm?"

„Wir hatten … Theater mit meinem … Ex. Es gefiel ihm nicht, dass ich mich Mani traf. Wir waren zusammen im Urlaub – auf einer Safari durch Kenia und Tansania – und er hat mich im Nationalpark einfach sitzengelassen, nur mit meinem Reisepass und einem Koffer. Ich habe kein Geld, um nach Hause zu fliegen. Mani hat gesagt, dass er mir ein Flugticket nach Hause kaufen würde, sobald wir in Daressalam ankommen. Aber jetzt sind wir hier, und er hat mir immer noch kein Ticket gekauft. Ich stecke bei ihm fest, bis er das tut."

„Wo bist du zu Hause?"

„Amerika, in Hershey in Pennsylvania. Der Ort, wo all die Schokoladenriegel hergestellt werden."

„Das ist wohl der Grund, warum du so süß bist." Er lehnte sich herunter, als ob er sie erneut küssen wollte, und sie duckte sich weg. Wenigstens gab ihre Rolle ihr eine Ausrede, warum sie seinen Zigarrenatem-Küssen auswich. „Mani teilt nicht gern",

sagte sie und ließ ein nervöses Zittern in ihrer Stimme durch-
klingen.

„Was ist, wenn ich dir dieses Flugticket kaufe?"

Sie betrachtete ihn mit einem gedankenvollen Schmoll-
mund. „Aber all meine Sachen sind in Manis Hotelzimmer. Er
wollte mir keinen Schlüssel geben. Ich darf ja nicht mal allein
im Zimmer bleiben. Deshalb hat er mich zu eurem dummen,
langweiligen Meeting mitgenommen."

„Gib mir eure Zimmernummer. Ich werde einen meiner
Männer hinschicken, um deine Sachen zu holen."

Sie neigte ihren Kopf zur Seite. „*Meine* Sachen oder die
Artefakte?"

Er streichelte mit einem Finger über ihre Wange. „Wenn
alles glatt geht, beides."

Sie presste ihre Lippen aufeinander und senkte mit einem
leichten verführerischen Lächeln ihren Blick. Sie befeuchtete
ihre Lippen, wobei sie nur ihre Zungenspitze zeigte, bevor sie sie
wieder zurückzog. „Bekomme ich dann … einen Anteil?"

Er presste ihren Rücken gegen die Wand, hielt ihre Handgelenke über ihren Kopf und rammte seine Erektion gegen ihren
Bauch. „Nur, wenn ich *meinen* Anteil bekomme." Sein Mund
zielte auf ihren.

Sie drehte ihren Kopf weg und wehrte sich gegen seinen
Griff an ihren Handgelenken. Sie lächelte, als ob es ihr noch
nicht in den Sinn gekommen war, dass sie sich in Gefahr
befinden könnte. „Hast du je die Geschichte gehört, wo man
Milch umsonst weggibt? Ich bin kein Dummkopf."

„Ich helfe dir nicht, wenn du mir nicht entgegenkommst."

Sie entschlüpfte seinem Griff und duckte sich unter seinem
Arm hindurch. „Das ist keine gute Idee. Mani kann richtig
gemein werden." Sie blickte sich in seiner kleinen Kabine um.
„Und ehrlich gesagt bist du nicht reich genug, um das Risiko
einzugehen, ihn zu verlieren."

„Du Schlampe!" Er stürzte sich auf sie und stieß sie wieder
zurück an die Wand. „Wenn du es mir nicht besorgen willst,
werde ich es mir nehmen." Er griff in ihren Schritt.

Die Seite ihrer Hand schoss vor und zielte auf den Vagusnerv in seinem Hals. Der scharfe Fall des Blutdrucks sorgte dafür, dass seine Augen in seinen Kopf zurückrollten. Er sackte zu Boden. Er würde nur etwa eine Minute ohnmächtig bleiben, doch wenn er wieder aufwachte, würde ihm schwindelig und übel sein. Die meisten Menschen, denen man einen scharfen Hieb auf den Vagusnerv verpasst hatte, waren unfähig zu laufen und verspürten oft den Drang, sich zu übergeben. Diese Nachwirkungen konnten zwanzig Minuten andauern, was ihr ausreichend Zeit gab, in Lubangas Kabine zu verschwinden.

Glücklicherweise hatte Drugov notiert, in welcher Kabine Lubanga normalerweise übernachtete. Anscheinend fanden diese Partys zweimal im Jahr statt, und Lubanga war ein regelmäßiger Ehrengast. Seine Allianz mit Gorev war solide. Drugovs einzige Hoffnung wäre gewesen, seinen Rivalen zu töten.

Sie rannte die Treppe hinauf. Falls sie auf einen Diener oder Gast treffen sollte, würde sie sagen, dass sie vor Anton davongelaufen wäre, was er schlussendlich nur bestätigen würde, indem er ihr nachjagte.

Glücklicherweise schaffte sie es bis zu Lubangas Unterkünften, ohne irgendjemandem über den Weg zu laufen. Sie zog sich einen Dietrich aus ihrem Haar und hatte sich innerhalb von Sekunden Zutritt verschafft. Gorev benutzte billige Schlösser an allen Türen, bis auf seine eigene. Allerdings hatte er wahrscheinlich Wachmänner vor seiner Kabine aufgestellt. Wie gut, dass er nicht ihre Zielperson war.

Im Inneren der Kabine ging sie schnurstracks zum Laptopcomputer auf dem Schreibtisch unterhalb des Bullauges. Es war ein modernes Gerät, genau wie sie es erwartet hatte. Sie öffnete den Deckel. Der Homescreen verlangte nach einem Kennwort.

Sie zog sich einen Lippenstift aus ihrem BH – sie hatte sich nicht die Mühe gemacht, an diesem Abend eine Handtasche mitzunehmen – und zog einen Mini-USB-Speicher aus dessen Basis. Sie steckte ihn in den Anschluss und sprach ein stummes Dankgebet an das technische Team der CIA, das dieses kleine Wunder kreiert hatte.

Das winzige Gerät erledigte seine Aufgabe und umging die

Sicherheitsmaßnahmen. Es diente gleichzeitig als ein blitzschnelles Modem für Laptops, die keine Internetverbindung hatten. Innerhalb von Sekunden fing die Festplatte an, die Dateien in den Cloudspeicher hochzuladen, den sie vor ihrer Abreise von Camp Citron eingerichtet hatte. Während die Dateien kopiert wurden, scannte sie die Liste der Dateinamen. Einer fiel ihr auf und raubte ihr augenblicklich den Atem.

Zagreus.

Wie viele Leute wussten von Lubangas Codenamen? Cal und seine Vorgesetzten in SOCOM. Seth und Harry. Einige wenige weiter oberhalb der Befehlskette innerhalb der CIA. Es wäre dabei geblieben, allerdings war dies eine Attentatsmission. Befehle wie diese kamen immer von ganz oben. Aber würde das Directorate of Operations den Codenamen kennen?

Zagreus war eine relativ unbekannte Figur in der griechischen Mythologie. Dass nun eine Datei auf Lubangas Computer so hieß, konnte nur eines bedeuten: Sie hatten einen Verräter in ihrer Mitte.

Kapitel Zehn

Dieser Ort war die Hölle auf Erden. Cal saß mit einem russischen Oligarchen zusammen, der gestohlene Antiquitäten kaufen wollte, während Cal sein Bestes tat, einen möglichen kongolesischen Despoten dazu zu bewegen, ihm Rechte zum Abbau von Diamanten an einem Fluss im Geburtsland seiner Mutter zu garantieren, und sich in der Zwischenzeit eine Sexshow ansehen musste, die von Frauen vorgeführt wurde – von denen mindestens eine unwillig war.

Man hatte ihm schon zweimal angeboten, sich der Ware auf der Chaiselongue zu bedienen. Er hatte es mit dem Grund abgelehnt, dass er Jamies exzellente Blowjobs den Jungfrauen vorzog, und er hoffte inständig, dass man endlich damit aufhörte, ihn zu fragen. Er hoffte auch, dass sie die Tatsache, dass Jamie schon viel zu lange mit Anton verschwunden war, als dass ein so eifersüchtiger Mann wie Mani damit klarkommen würde, nicht weiter kommentieren würden.

Doch er spielte seine Rolle, weil ihrer beider Leben davon abhingen. Er wollte, dass all diese Bastarde in einem auf sie niederregnenden Höllenfeuer brannten. Um das möglich zu machen, musste Savvy ihren Job erledigen.

„Diamantenbergbau ist harte Arbeit", sagte Gorev auf Englisch. Die lange Konversation, die er nicht verstehen konnte, hatte angefangen, ihn zu irritieren, aber Cal nahm an, dass

Lubanga seine sprachlichen Fähigkeiten testen wollte, um zu sehen, ob er tatsächliche Verbindungen zum Kongo hatte.

„Ich habe willige Arbeitskräfte", antwortete Cal.

„Es ist schwer, die Arbeiter zu motivieren", sagte Gorev.

Cal hielt dem Blick des Russen stand. „Ich weiß von einhundert Frauen und Kindern in Südsudan, die am Verhungern sind. Ich brauche ihnen nicht einmal viel zu bezahlen, und sie werden mir dafür danken."

„Du wirst Wachen brauchen", sagte einer von Gorevs Partnern. „Sie werden deine Diamanten stehlen."

„Ich war im amerikanischen Militär. Ich kenne ein paar Typen. Knallhart. Von der Welt angepisst. Niemand legt sich mit meinen Männern an."

„Ich habe einen Mann, der deine Operation überwachen wird. Deine Wachmänner leiten wird", sagte Lubanga. „Er wird jeden Diamanten inspizieren. Ich bekomme die Hälfte der Karate, die aus dem Fluss gezogen werden."

„Ein Drittel", sagte Cal, da er wusste, dass Lubanga Widerstand erwartete.

„Die Hälfte. Oder du bekommst gar nichts."

„Ich bin derjenige, der die Arbeiter bezahlt. Und die Wachmänner. Ich gehe die Risiken ein. Ohne meine Arbeiter hast du die Hälfte von Nichts."

„Es sind heute Abend ein Dutzend Männer hier, die diese Bergbaurechte haben wollen. Sie werden mir die Hälfte geben", argumentierte Lubanga.

Cal scannte den Raum. Die Männer hier betranken sich und schauten sich die Sexshow an oder fickten in den privaten Zimmern. „Diese Männer lassen sich leicht ablenken. Denen fehlt Motivation. Ich würde von denen nicht einmal erwarten, einen Haufen Hundescheiße abzuliefern. Ein Drittel."

„Sechzig/vierzig."

„Fünfundsechzig/fünfunddreißig", konterte Cal.

Lubanga starrte ihn an. Schließlich lehnte er sich zurück und sagte. „Deal."

Cal war überrascht, dass er zustimmte, allerdings scherte Cal sich einen Dreck um die Konditionen. Er wollte die Unterhaltung nur weiter in die Länge ziehen. Es wurde Zeit, dass Savvy zurückkehrte, denn nun, da dieser Teil der Geschäfte geklärt war, musste er seine Irritation über ihre lange Abwesenheit zeigen.

Gorev griff nach dem ägyptischen Anhänger, von dem Cal sich geweigert hatte, ihn zu verkaufen, solange die Genehmigungen für den Diamantenabbau nicht geklärt waren. „Wo hast du das her?", fragte er.

Cal schüttelte leicht seinen Kopf. „Damit du direkt zu meiner Quelle gehen kannst? Wohl kaum."

„Ich werde dir fünfzigtausend dafür geben."

„Es ist fünf Mal so viel wert." Er entschuldigte sich im Geiste bei Morgan, die ausflippen würde, wenn sie wüsste, dass er Artefakten Geldwerte zuordnete.

„Sicher, wenn dies ein legaler Verkauf bei *Christies* wäre", sagte Gorev. „Du bist neu im Antiquitätenmarkt. Du wirst niemals so viel bekommen."

Wie bei den Bergbaurechten war Cal dieser Verkauf egal. Er wollte nur die Verhandlungen in die Länge ziehen, damit Savvy genug Zeit hatte. „Einhundertundfünfzig Tausend."

„Einhundert", sagte Gorev. „Und auch nur, wenn du mir die Frau überlässt."

A uf Savvys Augenbraue brach Schweiß aus. Das Gerät hatte es geschafft, Lubangas Kennwort zu umgehen und die Dateien in ihren Cloudspeicher hochzuladen, aber sie konnte diese Dateien nicht *lesen*. Nicht, solange sie nicht vollständig hochgeladen waren und sie an ihrem eigenen Computer saß. Alles, was sie sehen konnte, war die Liste der Dateien, die hochgeladen wurden.

Sie hatte keine Ahnung, was in der Datei stand. Hatte irgendjemand in der CIA Lubanga einen Tipp gegeben? Wusste er, dass Cal ein Green Beret war? Dass sie eine SAD-Agentin war?

Wertvolle Sekunden vergingen, während sich ihre Gedanken

mit all den Möglichkeiten überschlugen. Falls Lubanga ihre Aliasse kannte, waren sie so gut wie tot.

Mist. Sie und Cal mussten von hier verschwinden. Jetzt sofort.

Ein Geräusch ertönte im Korridor. Schritte?

Es gab nur eine einzige Ausrede, die sie dafür benutzen konnte, warum sie sich in dieser Kabine befand. Sie zog sich ihr Kleid über ihren Kopf und ließ es auf den Boden fallen.

Bisher waren nur fünfundsiebzig Prozent der Festplatte in ihren Cloudspeicher hochgeladen worden. Das würde reichen müssen. Sie schloss den Laptop und zog das Minigerät aus dem USB-Anschluss, bevor sie es durch das Bullauge nach draußen warf, auf das Bett kletterte und sich selbst verführerisch dort drapierte. Sie trug nichts weiter als die teure Lingerie, die sie vor ein paar Tagen in Nairobi gekauft hatte.

Fünfzehn Sekunden, nachdem sie sich in Position gebracht hatte, wurde die Tür aufgestoßen.

Sie ließ ein verführerisches Lächeln aufblitzen, weil sie erwartete, Lubanga zu sehen. Doch dann schmollte sie, als es nur einer von Gorevs Sicherheitsleuten war. „Wo ist Jean Paul? Ich warte schon seit einer *Ewigkeit*?"

Die Augen des Mannes wurden schmal. „Was tun Sie hier?"

„Ich warte auf Jean Paul. Er hat mir gesagt, dass ich hierherkommen soll."

„Mr. Lubanga vögelt keine Huren."

„Ich bin keine Hure!" Sie lächelte und spreizte ihre Beine vor ihm auseinander. „Ich bin eine Kurtisane."

Er zerrte an ihrem Arm und zog sie vom Bett. „Mr. Lubanga wird entscheiden, was er mit dir tun will." Er zerrte sie zur Tür.

◇

Ein Aufschrei im Gang zog die Aufmerksamkeit aller Anwesenden auf sich. Grauen schoss durch Cals Wirbelsäule. Man hatte Savvy erwischt.

Er blickte zum gewölbten Durchgang, sein Blick war kühl

und ausdruckslos. Neugierig. Ein Wachmann zerrte sie in den Salon.

Er sprang auf die Füße. *Fuck.* Sie trug nichts weiter als ein winziges Dreieck aus Spitze über ihrem Schritt und einen passenden BH, den ihre perfekten Brüste ausfüllten. Sie hatte eine athletische Figur, ihre Bauchmuskeln waren kaum sichtbar definiert. Sie war eher ein Model für *Sports Illustrated* als „Victoria's Secret". Kraft und Schönheit. Er hoffte, dass jeder genug von ihren runden Brüsten und ihrem Hintern abgelenkt war und sie nicht als eine Bedrohung ansah.

„Was zum Teufel ist hier los?", fragte er und stieß den Wachmann an, der sie so grob behandelte. Der bewegte sich keinen Zentimeter vom Fleck.

Cal rammte ihm seinen Ellenbogen ins Gesicht. Es war nur ein kurzer schneller Hieb, um zu zeigen, dass es ihm ernst war. „Sie gehört mir."

Der Wachmann fiel zurück und ließ sie los.

Befreit konnte Savvy davonkriechen. Sie stieß einen überzeugenden Schluchzer aus, als sie sich duckte – nicht vor dem Wachmann, sondern vor Cal. „Es tut mir leid, Mani."

Es war lebenswichtig, dass er in seiner Rolle blieb. Er verengte seine Augen und türmte über ihr. „Was zur Hölle hast du getan, Jamie?"

Blut tropfte aus der Nase des Wachmanns. „Ich habe diese Schlampe in Mr. Lubangas Kabine gefunden. In seinem Bett."

Sein Blick schoss zurück zu Savvy. „In seinem *Bett*?" Seine Stimme klang tief und zornig. „In seinem verdammten Bett?" Er packte ihr Haar und zog sie vor sich hoch auf ihre Knie. „Wolltest du mich austauschen?"

„Nein! Ich habe nur gedacht …" Sie senkte ihren Blick und schluchzte laut auf. „Es tut mir leid …"

Hier gab es keinen Raum für Sanftheit. Im Salon war es still geworden. Sogar die Sexshow hatte aufgehört. Alle Augen waren auf ihn und Savvy gerichtet. Mani Kalenga war skrupellos. Gemein. Und gewalttätig.

„Du undankbare Hure." Er hob seinen Arm und schlug ihr mit seinem Handrücken quer übers Gesicht. Mit voller Wucht.

Der dicke protzige Ring an seinem Finger prallte auf ihren Wangenknochen.

Das Schlagen von Haut auf Haut war furchtbar. Ein Geräusch, von dem er wusste, dass er es bis ans Ende seiner Tage in seinen Alpträumen immer wieder neu durchleben musste.

Ihr Kopf flog zurück und sie fiel wieder zu Boden. Sie starrte wie benebelt an die Decke. Er war sich nicht sicher, ob ihre Reaktion echt war oder nicht.

Seine Hand brannte von dem Schlag, und er schüttelte sie aus, als er zusah, wie ihr eine Träne aus dem Auge rollte. Sie hielt sich die Wange, dann wurde ihr Blick augenblicklich wieder klar, und sie versuchte, rückwärts zu krabbeln, auf ihrem Rücken, als wäre sie ein verdrehtes Monster in einem Horrorfilm.

Sie versuchte, von dem brutalen Mann wegzukommen, der sie geschlagen hatte. Von ihm. Und Mani würde sie niemals mit so etwas davonkommen lassen.

Er ergriff ihr Haar und zerrte sie auf die Füße. „Du wertlose Hure." Er stieß diese Worte mit einem kalten tiefen Ton aus – dem Ton, die dieses Arschloch von einem Onkel benutzt hatte, wenn er wieder sturzbesoffen gewesen war und gewalttätig wurde. Wenn der auf dem Rasen vor Cals Haus stand und von seiner Frau und seinen Kindern verlangte, sich nicht länger darin zu verstecken und endlich Heim zu kommen, und der nur dann gehen würde, wenn Cals Vater mit einem Gewehr auf die Veranda hinaustrat und dem Ehemann seiner Schwester drohte, dass er verdammt nochmal von seinem Grundstück verschwinden sollte.

Heute Nacht würde Cal seinen inneren Onkel George heraufbeschwören müssen.

„Glaubst du etwa, dass du mich einfach für einen reicheren Kerl stehenlassen kannst? Glaubst du wirklich, dass ich dich so leicht davonkommen lasse?" Er packte ihren Hintern und zog sie brutal an sich heran. „Du gehörst mir, bis ich mit dir fertig bin."

Sein Arm lag wie ein Schraubstock um ihren Rücken. Mit

seiner anderen Hand umschloss er ihren Hinterkopf und bestrafte sie nun mit einem ebenfalls brutalen, wütenden und erzwungenen Kuss.

Sie wehrte sich gegen ihn, doch er hielt sie fest und küsste sie so gewaltsam, dass er sie nicht noch einmal würde schlagen müssen. Entweder, oder – weitere Hiebe oder brutale Küsse.

Ihr Widerstand ebbte ab und verwandelte sich dann in etwas anderes. Sie ergriff den Aufschlag seiner Anzugsjacke und erwiderte seinen Kuss. Ihre Zunge war heiß und fordernd in seinem Mund.

Spielte sie das nur vor? Es fühlte sich nicht wie ein Schauspiel an. Schmeckte nicht unecht. Ihr Mund war süß und fordernd auf seinem – und zu seinem Horror bekam er eine steinharte Erektion.

Sie ließ seinen Aufschlag los und umschlang seinen Nacken. Sie rieb ihren Körper an seinem, und er wollte sich nackt ausziehen, um ihre Haut an seiner zu spüren.

Himmel. Er musste aus diesem Ballsaal verschwinden. Von diesem Schiff runter. Er zerrte sie zu einem der Privatzimmer – begleitet von den enttäuschten Rufen einiger Männer im Raum. Er schob sie durch die Tür, schlug sie zu, und schloss sie ab.

Verdammt, das hier war kein Zufluchtsort. Es war kaum mehr als eine Zelle. Mit Kameras. Eine Sackgasse.

War ihr einziger Ausweg nun, dass sie vor diesen Kameras Sex hatten? Er wollte in ihr sein. Verdammt! Ja, er wollte sie. Aber nicht so. Nicht, damit andere sich daran aufgeilen konnten. Nicht, wenn sie eine Rolle spielten.

Cassius wollte Sex mit Freya haben. Nicht Mani und Jamie. Nicht einmal Cassius und Savvy. Er wollte Freya. Und Freya befand sich nicht in diesem Zimmer. Genauso wenig wie Cassius.

Er presste seinen Mund an ihren Hals und drängte sie rückwärts gegen die Wand. Er hob sie hoch und sie umschlang seine Hüften mit ihren Beinen. Seine Erektion fand ihren Platz zwischen ihren Oberschenkeln. Er ruckte seine Hüfte gegen sie und die Reibung fühlte sich für sie beide gut an.

Sie stieß ein leises Geräusch aus, das von tief in ihrer Kehle kam.

„Ich will dich", flüsterte er, als er ihren Hals küsste und an ihrem Ohrläppchen saugte. „Aber nicht so."

„Ich weiß."

„Was sollen wir tun?" Er bedeckte ihren Mund mit seinem. Kameras. Er durfte die Kameras nicht vergessen. Er durfte es nicht zu offensichtlich aussehen lassen, dass sie miteinander sprachen.

Ihre Zunge streichelte seine, und seine Erektion presste sich gegen ihre Klitoris.

Himmel. Sie zu küssen war intensiv. Sie zu berühren war sogar noch besser.

„Vortäuschen?", flüsterte sie. „Oder … ich könnte dir einen blasen."

Er stöhnte. Er wollte das. Hatte seit Monaten darüber fantasiert. Aber nicht so. Niemals so.

Er küsste sie wieder. Er würde es einfach riskieren, sie aus diesem Zimmer zu zerren und von der Yacht zu schleppen. Dies war die einzige Lösung, die er nicht bereuen würde. Falls sie lange genug leben würden, um auf diesen Abend zurückblicken zu können.

Sie schob ihre Hand zwischen sie beide und in seine Hose. Ihre Finger umschlangen seinen Schwanz, und er dachte, dass seine Augen in seinen Kopf zurückrollen würden. Er wusste, dass sie versuchte, es ihm leichter zu machen. Sein Körper blockte die Kameras. Niemand konnte ihre Hand an seinem Schwanz sehen.

„Lass mich dir einen blasen, Mani", sagte sie laut genug, dass die Mikrofone der Aufzeichnungsgeräte es auffangen würden. „Lass es mich wiedergutmachen."

Ihre Hand fühlte sich so gut an, und diese Situation war so verdammt durchgedreht.

Hinter ihm flog die Tür auf. Verdammte billige Schlösser.

Bevor er Savvy absetzen konnte, wurde er zurückgezerrt und Savvy aus seinen Armen gerissen. Sie fiel zu Boden.

Anton. *Fuck*. Er hatte Anton ganz vergessen. Sie musste

etwas getan haben, um ihn loszuwerden. Der Wachmann, dem er seinen Ellenbogen ins Gesicht gerammt hatte, war nur zu glücklich darüber, Cal eine zu verpassen, während Anton sich Savvy schnappte.

„Du verdammte Schlampe!", schrie Anton, während er ihr mit seinem Handrücken ins Gesicht schlug.

Weißglühende Rage schoss durch Cal hindurch. Und Abscheu. Erst vor wenigen Minuten hatte er dasselbe getan. Er stürzte sich auf Anton, doch der Wachmann schlug ihn in seinen Magen und stieß ihn zurück.

„Ich werde dich ficken, während dein Amerikaner zusieht." Anton zerrte ihren Kopf zurück und entblößte ihre Kehle. „Und dann werde ich dich genau hier aufschneiden."

Cal rammte dem Wachmann seinen Ellenbogen in den Bauch und schlug dann dessen Kopf gegen die Wand. Der Wachmann sackte bewusstlos zusammen und machte den Weg für Anton frei.

Antons Hände fummelten an seinem Hosenschlitz herum, als Cal sich auf ihn stürzte. Cal zerrte ihn von Savvy weg und packte ihn am Hals. Er schlug ihn gegen die Wand zurück. „Fass sie noch einmal an, und ich werde dir die verdammte Kehle rausreißen."

Ein Messer blitzte in Antons Hand auf. Er zielte auf Cals Magen. Cal drehte die Klinge herum und stieß zu, wobei seine Hand Antons umschloss, mit der dieser das Messer hielt. Die lang scharfe Klinge stach mit Leichtigkeit in Antons Eingeweide.

„Ich habe dir gesagt, dass sie mir gehört." Er zerrte an den Handgelenken des Russen, womit er sicherstellte, dass das Messer eine breite Schneise durch seinen Bauch schnitt. Blut floss über Cals Hand, saugte sich in seinen Ärmel und spritzte auf sein Hemd und seine Anzugjacke.

Anton sackte nach vorn, seinen Mund vor Schock weit aufgerissen. Er sank langsam zu Boden.

Cal nahm Savvys Hand. „Zeit zu gehen."

Sie nickte. Ihre Augen hatten den glasierten Ausdruck von Schock, sogar Horror angenommen. Er würde wetten, dass es gespielt war. Aber verdammt, konnte sie das gut. Sie nickte langsam, als wäre sie wie gelähmt, und folgte ihm durch die Tür, wobei ihre Hand seine fest umklammerte.

Alle Augen folgten ihnen quer durch den Raum, als sie sich dem Gastgeber näherten. Er hielt immer noch Savvys Hand, hob den goldenen Anhänger mit seiner anderen Hand auf und beschmierte ihn mit Antons Blut. „Einhundertzehn. Und die Frau gehört mir.“

Der Russe nickte. „Deal. Lass den Anhänger hier. Das Geld wird in eurem Hotel abgeliefert.“

„Nein. Ich will das Geld jetzt.“ Er ließ das Schmuckstück in eine blutverschmierte Jackentasche gleiten und wandte sich der Tür zu.

„Also gut“, sagte Gorev. „Du bekommst es jetzt.“

Cal drehte sich um und sah, wie Gorev einem Diener zunickte.

Wertvolle Minuten vergingen, während sie warteten. Er hätte das Artefakt hierlassen und es zulassen sollen, dass man ihm das Geld lieferte. Er hatte es nicht getan, weil es sonst verdächtig ausgesehen hätte. Dasselbe galt, wenn er einfach nur gegangen wäre und das Artefakt zurückgelassen hätte.

Savvy stand kleinlaut an seiner Seite und lehnte sich an ihn. Er schlang einen Arm um ihre Taille, was ihn daran erinnerte, dass sie beinahe nackt war. „Sie braucht ihr Kleid.“

Lubanga schwieg für einen langen Moment und sagte dann: „Nein. Wenn es sich in meiner Kabine befindet, gehört es mir.“

Diesen Punkt konnte er nicht bestreiten.

Ein Bediensteter erschien mit Stapeln von Hundert-Dollar-Banknoten in einem Aktenkoffer. Gorev zählte elf dieser Stapel heraus. Cal ließ seinen Finger durch die Noten gleiten, um sicherzugehen, dass es alle Hunderter waren, und warf sie dann in einen Stoffbeutel, den der Bedienstete ihm reichte. Danach legte Cal den Anhänger auf den Tisch. Transaktion abgeschlossen, drehten sie sich zum Gehen um.

„Wir haben die anderen Artefakte noch nicht besprochen“, sagte Gorev.

Cal machte sich nicht die Mühe, sich umzudrehen. „Ich werde mich melden."

„Treffen wir uns nächste Woche in Kinshasa, Mr. Kalenga", sagte Lubanga. „Ich werde die Papiere für Ihre Bergbaurechte vorbereiten, dann brauchen Sie nur zu unterschreiben."

Cal nickte scharf. Er und Savvy entkamen endlich dem Ballsaal.

Kapitel Elf

Savvy atmete erst tief ein, als sie endlich in ihrem Geländewagen saßen und das Dock hinter sich ließen. Sie konnten nicht sprechen, denn die Chancen standen gut, dass man dort Wanzen versteckt hatte, während sie auf der Party gewesen waren. Das war ein Risiko gewesen, dass sie nicht hatten vermeiden können.

Sie konnten keine Zeit damit verschwenden, nach irgendwelchen Wanzen zu suchen, wenn sie sich von der Yacht distanzieren mussten. Cal war es sicherlich zutiefst zuwider, dass er sie geschlagen hatte. Nicht zu vergessen, dass er einen Mann umgebracht hatte.

Nun, Anton könnte überleben, aber niemand beeilte sich, ärztliche Nothilfe zu leisten, somit bestand die Chance, dass er bereits tot war.

Nicht, dass Cal wegen des Todes beunruhigt wäre. Sie wusste mit Sicherheit, dass er während seiner Einsätze getötet hatte. Aber das hier war sein erster Mord als Teil einer Geheimoperation. Das hier war kein Krieg mit klar definierten feindlichen Linien. Es war etwas anderes, wenn eine Täuschung im Spiel war.

Sie hatte Anton in die Falle gelockt. Sie hatte ihn dazu benutzt, dem Salon zu entkommen, und ihn dann damit in Rage gebracht, dass sie ihn erniedrigt hatte. Es war ihre Schuld,

dass Cal Anton getötet hatte. Ihre Schuld, dass Anton tot war –
unabhängig davon, wie ekelhaft er als Mensch war.

Cal hatte seine Rolle als Mani ausgezeichnet gespielt, war
selbst dann seinem Charakter treu geblieben, als alles schief zu
laufen schien. Sie hatte befürchtet, dass seine schauspielerischen
Fähigkeiten nicht standhalten würden, aber er hatte eine makellose Performance geliefert.

So gut, dass sie sich nicht sicher war, ob es Mani oder Cal
gewesen war, der sie mit solcher Intensität geküsst hatte.

Es würde eine Weile dauern, bis sie den japanischen Sedan
erreichten, den sie am Morgen gekauft und dann in der Nähe
eines Strandes geparkt hatten. Sie würden den Geländewagen
zurücklassen und sich ein neues Hotel suchen. Das würde ihnen
etwas Zeit verschaffen, um sich zu sammeln und ihre nächsten
Schritte zu planen.

Sie musste Cal von Zagreus erzählen.

Und der Tatsache, dass dies eine Attentatsmission war –
außer dass sie Lubanga nun nicht töten würde. Nicht, solange
sie nicht wusste, wer in der CIA der Zielperson von dieser
Operation verraten hatte.

◆

Cal fuhr und nahm die lange, langsame Route zur
Überwachungserkennung durch die Stadt, um mögliche
Verfolger aufzudecken. Falls der Wagen mit Wanzen oder
Trackern versehen war, würde man sie ohnehin verfolgen, aber
wenigstens gewannen sie so einige Minuten Zeit, die Fahrzeuge
zu wechseln. Der Sedan konnte kaum verwanzt worden sein –
niemand wusste, dass er überhaupt existierte – und sie würden
noch eine weitere Route zur Überwachungserkennung nehmen,
bevor sie zu ihrem nächsten Hotel fuhren.

Es war schwer zu glauben, dass es gerade mal kurz nach
neun Uhr abends war. Sie waren eine knappe Stunde auf der
Party gewesen. All die Vorbereitungen und die tagelange Reise
für eine intensive, furchtbare Stunde, und die Sache war erledigt. Zumindest hofften sie, dass es so war.

Selbst falls Savvy es nicht geschafft haben sollte, Lubangas Dateien zu kopieren, konnte er sich keinen Weg vorstellen, wie sie wieder zur Yacht zurückkehren könnten. Ihre Finte, dass sie sich einen neuen Sugar-Daddy suchen wollte, würde nicht noch einmal funktionieren. Die CIA würde jemand anderen schicken müssen.

Morgen würden sie im Flugzeug ins Camp Citron zurückfliegen, und er wäre wieder Sergeant First Class Cassius Callahan. Sie wäre wieder Savannah James. Wenn er in einer Woche in die USA zurückkehrte, würden sich ihre Wege trennen. Vielleicht würden sich ihre Pfade in einem anderen Land kreuzen, bei einem anderen Einsatz, aber es war wahrscheinlicher, dass er sie nie wiedersehen würde.

Das war teilweise der Grund gewesen, warum er ihr Angebot für Sex in jener Nacht abgelehnt hatte. Er wollte sich am Ende ihrer Mission mit einem klaren Gewissen von ihr trennen können. Aber war das nach heute Nacht überhaupt möglich?

Er umklammerte das Lenkrad fest. Er hatte sie mit seinem Handrücken geschlagen und dann brutal geküsst. Gewaltsam. Aber das Schlimmste daran war, dass er während alledem eine verdammte Latte bekommen hatte.

Sie zitterte und drehte die Heizung hoch. Sie trug immer noch nichts als ihre Unterwäsche. Er hatte ihr seine Anzugjacke angeboten, doch die war mit Antons Blut vollgesogen, und sie hatte abgelehnt. Stattdessen hatte sie die Stapel Banknoten in die Jacke gestopft und den Beutel aus dem Fenster geworfen. Sehr schlau. Wahrscheinlich war auch der Beutel mit einer Wanze versehen.

Er streckte seinen Arm nach ihr aus und legte ihn um ihre Schultern, während er sie an seine Seite zog, um sie mit seinem Körper zu wärmen. Sie kuschelte sich an ihn, während er durch die dunklen Straßen von Daressalam fuhr.

Er hielt an einer roten Ampel an, und sie umschloss sein Gesicht mit ihrer Hand. Sie drehte es zu sich und seinen Mund zu sich herunter. Sie küsste ihn, tief und mit offenem Mund. Eine Verbindung, die er infolge dieses erzwungenen Schweigens brauchte. Ihre Zunge strich gegen seine, gebend und nehmend. Er erwiderte den Kuss.

Ein Wagen hinter ihnen hupte, er hob seinen Kopf und sah, dass die Ampel auf Grün umgesprungen war. Er gab Gas, hielt sie weiterhin eng an sich gedrückt, doch nun war sein Fokus wieder auf die Straße und die Überwachungserkennung gerichtet. Sie mussten ihre Augen nach Verfolgern offenhalten. Jegliches Anzeichen einer Verfolgung würde bedeuten, dass sie sie zuerst abschütteln mussten, bevor sie zum Sedan fuhren, oder sie würden auch den Sedan zurücklassen müssen – in dem sich all ihre Sachen und Vorräte befanden.

Mit den einhundertundzehntausend Dollar würden sie durchkommen, aber es wäre besser, wenn sie Zugriff auf Savvy Equipment hätten. Nach einer Stunde, in der sie scheinbar ziellos herumgefahren waren, gab Savvy ihm die Zustimmung. Es war sicher genug, dass sie nun zum Sedan zurückkehren konnten. Es hatte keine Anzeichen gegeben, dass man ihnen folgte.

Zwanzig Minuten später fuhren sie auf den Parkplatz nahe des Ozeans. Der Sedan war auf der anderen Straßenseite neben einem Marktplatz geparkt, der um diese Uhrzeit aus nichts als kahlen Ständen bestand.

Er knöpfte sein Hemd auf und reichte es ihr. Wenigstens war das Blut nun getrocknet und würde nicht auf ihrer Haut kleben. Da der Markt geschlossen war, waren nicht viele Menschen unterwegs, aber sie würde trotzdem Aufmerksamkeit auf sich ziehen, wenn sie nur in ihrer Unterwäsche und im BH die Straße überquerte. So nahe am Wasser sahen sie aus wie ein Paar, das nackt im Ozean schwimmen gegangen war. Und weil ihre Kleidung in einer Welle weggewaschen wurde, teilten sie nun seine.

Das war nicht etwas, was man in Tansania billigen würde, wo öffentliche Liebesbekundungen nicht gern gesehen waren, aber immer noch besser als die Alternative – als ausländische Agenten verhaftet zu werden.

Sie konnten nur hoffen, dass es zu dunkel war, um das Blut auf dem weißen Hemd zu bemerken. Sie zog es sich an und knöpfte es zu. Er schnappte sich die Jacke, die um das Geld gewickelt war, und sie überquerten die Straße zusammen. Sie erreichten den Sedan ohne Zwischenfall, und innerhalb von einer Minute waren sie wieder unterwegs. Savvy scannte den Wagen mit ihrem Detektorgerät nach Wanzen ab, fand aber wie erwartet keine. Sie überprüfte auch das Bargeld, nur für den Fall. Es war sauber.

„Was geschieht damit? Mit dem Geld?", fragte er.

„Es wird weitere Missionen wie diese finanzieren. Ein kleiner Anteil von Drugovs Geld wurde dazu benutzt, um Mani Kalengas Bankkonten zu füllen. Das ging schneller, als wenn ich darauf gewartet hätte, bis all die korrekten Dokumente unterzeichnet wären. Nicht jedes Projekt verlangt, dass Autos gekauft und Flüge gechartert werden, aber es ist gut, das Geld zur Verfügung zu haben, wenn man es braucht. Sobald wir zurück sind, werden du und ich Formulare in dreifacher Ausführung unterschreiben müssen, auf denen alle Ausgaben bis zum letzten Dollar sowie die Herkunft dieses Geldes verzeichnet sind."

Sie kletterte auf den Rücksitz. Ein Blick in den Rückspiegel zeigte, dass sie sich ein T-Shirt und Jogginghosen anzog, die sie aus ihrem Koffer zog, nachdem sie die Rückenlehne heruntergeklappt hatte, um ihr Gepäck im Kofferraum zu erreichen.

„Kannst du mir auch ein T-Shirt holen?", fragte er.

Sie tat es, und er zog es sich an der nächsten roten Ampel über. Sie verfielen wieder ins Schweigen, während er durch Seitenstraßen und über die Hauptadern durch die Stadt fuhr. Er war noch nicht dazu bereit, mit ihr darüber zu sprechen, was auf der Yacht vorgefallen war. Nicht, solange er ihr nicht in die Augen sehen konnte, während er sich für alles, was er gesagt und getan hatte, bei ihr entschuldigte.

Dinge, die er über ihren Mund und ihren Körper gesagt hatte und die Art, wie er sie wie ein Objekt behandelt hatte. Es war die Rolle, die sie sich selbst auferlegt hatte, aber das bedeutete nicht, dass es sie nicht doch beide getroffen hatte, diese Rollen vor diesen Männern spielen zu müssen, die sie als einen Besitz ansahen.

Nach dreißig Minuten Fahrt sagte Savvy: „Wir können nicht zu dem Hotel fahren, das ich im Camp Citron ausgesucht habe."

„Warum nicht?"

„Wir müssen untertauchen, bis ich mir die Dateien von Lubangas Computer angesehen habe."

„Du bist reingekommen?" Er hatte vermutet, dass sie es geschafft hatte, sonst hätte sie einen Weg gefunden, ihm zu signalisieren, dass ihre Bemühungen umsonst gewesen wären. Aber es war trotzdem eine Erleichterung.

„Ja, ich habe etwa fünfundsiebzig Prozent seiner Dateien hochladen können. Das sollte ausreichen."

„Und warum müssen wir untertauchen?"

„Ich glaube, dass wir kompromittiert wurden – von jemandem in der Agentur."

Sie ging nicht weiter darauf ein und er drängte nicht weiter. Sie würden genug Zeit haben, alles zu besprechen, sobald sie aus diesem Auto und sicher in einem anonymen Hotelzimmer verschwunden waren. Er fühlte sich hier draußen entblößt – obwohl sie die Fahrzeuge ausgewechselt und dieses nach Wanzen durchsucht hatten. „Wohin sollen wir dann fahren?"

Sie zog eines der Handys, die sie in Nairobi gekauft hatten, aus dem Handschuhfach. Sie tippte auf den Bildschirm. Nach ein paar Minuten sagte sie: „Ich habe uns ein Airbnb besorgt. Ein Schlafzimmer, ein Bad. Es ist ein Poolhaus auf einem großen eingezäunten Grundstück in einer ruhigen Nachbarschaft. Der Besitzer erwartet uns in dreißig Minuten."

„So schnell, noch so spät am Abend?"

„Jep. Ich habe ihm einen Hundert-Dollar-Bonus versprochen."

Wenn man bedachte, dass Hotelzimmer hier sehr günstig sein konnten – manche verlangten nur fünfzehn Dollar pro Nacht – war dies eine extravagante Bezahlung für eine späte Ankunft, aber in Anbetracht der Stapel von Banknoten hinten im Wagen war das nicht gerade ein Problem. Er machte sich eher Gedanken darüber, unschuldige Menschen in Gefahr zu bringen, aber das ließ sich nicht vermeiden. Wenigstens wusste niemand, wo sie waren.

„Wie hast du so schnell ein Airbnb-Konto einrichten können?"

„Das habe ich schon gemacht, als wir in Kenia waren. Nur für den Fall. Ich hatte bereits die Listen angesehen und ein paar Angebote geprüft, entschied mich aber dann für dasselbe Hotel, in dem Anton wohnte." Sie räusperte sich.

Anton, der wahrscheinlich tot war.

Nicht, dass Cal um dieses Schwein trauerte. Er war kurz davor gewesen, Savvy zu vergewaltigen. Er fragte sich nur, ob man seinen Körper bereits über Bord geworfen hatte, oder ob Gorev warten würde, bis er auf See war.

Die Navigations-App im Handy gab ihnen die Anweisung und er folgte der Stimme, wobei er absichtlich ein paar Mal falsch abbog, weil er immer noch nach Verfolgern Ausschau hielt. Savvy hatte ihn gewarnt, er solle niemals direkt zu ihrem Ziel fahren. Die Navigations-App würde ihre Route neu kalkulieren.

„Was ist unser Cover?", fragte er. „Der Vermieter wird wissen wollen, warum wir zu so später Stunde in allerletzter Minute auftauchen."

„Wir sind heute in Dar angekommen, haben ins Hotel eingecheckt und sind dann zum Strand gegangen, danach zum Dinner. Während wir draußen waren, wurde unser Hotelzimmer ausgeraubt, und mein Schmuck wurde gestohlen. Wir haben uns gerade fürs Bett fertiggemacht, als mir der Diebstahl auffiel. Das Hotel hat mich beschuldigt, dass ich in Bezug auf den Diebstahl meines Schmucks lüge, da sonst nichts gefehlt hat. Ich fühlte mich dort nicht mehr sicher und habe darauf bestanden, dass wir abreisen."

„Solide."

„Danke."

„Du bist ziemlich gut in dieser Spionagesache."

„Danke. Du bist ziemlich gut in dieser Soldatensache. Und du warst heute Abend großartig."

„Heute Abend war ich furchtbar", sagte er.

„Nun, du warst großartig im Furchtbarsein."

Wieder umklammerte er mit seinen Fingern das Lenkrad fester. „Ja. Das ist, was ich befürchte."

Die Navigations-App meldete eine weitere Richtungsänderung, die er ignorierte. Sie waren nur fünfzehn Minuten von dem Haus entfernt gewesen, als Savvy die Unterkunft gebucht hatte, aber es dauerte die vollen dreißig Minuten und extra, bevor sie dort ankamen. Während er fuhr, trug Savvy Makeup auf und verdeckte ihre blauen Flecken.

Als sie endlich an dem eingezäunten Grundstück ankamen, gab er den Sicherheitscode ein, den Savvy ihm vorlas. Der Vermieter traf sie vor dem Poolhaus, das von dem Haupthaus durch eine separate Einfahrt und einen Garten getrennt war. Der Swimmingpool lag zwischen den Gebäuden im hinteren Teil des Grundstücks. „Wie teuer ist dieser Unterkunft pro Nacht?", fragte er.

„Fünfundsechzig Dollar."

In den USA würde ein solches Haus leicht einige Hundert Dollar pro Nacht kosten. Er hatte das Gefühl, als würden sie ihren Vermieter ausbeuten, aber viele Faktoren führten zu den günstigen Unterkünften in Tansania. Unter anderem zählten die Nachwirkungen des Ruanda-Völkermords und der langanhaltende Krieg, der in Zaire / der Demokratischen Republik Kongo herrschte, zu den Hauptgründen.

Ihr Vermieter war freundlich und effizient und zeigte ihnen umgehend das kleine Haus. Er bekundete sein Verständnis bezüglich ihrer Situation mit dem Hotel und versprach ihnen, dass sie auf seinem Grundstück so sicher wie möglich waren. Er gab jedem Gast einen neuen Sicherheitscode für das Tor, welcher nur für die Dauer des jeweiligen Aufenthalts gültig war. Sie bezahlten bar für eine ganze Woche im Voraus. Was Airbnb nicht wusste, konnte ihnen nicht wehtun.

Der Eigentümer überließ sie sich selbst, und dann waren sie endlich allein. In Sicherheit und anonym.

Nachdem er ihr Gepäck reingetragen hatte, schloss und verriegelte er die Tür, bevor er sich dagegen lehnte. Savvy ging schnurstracks zum Tiefkühlfach und zog eine Eiswürfelschale hervor. Sie warf eine Handvoll Eis in ein Handtuch und hielt sich dieses an ihre Wange.

Die Wange, die er geschlagen hatte.

Fuck. Sie waren Stunden herumgefahren und sie hatte Eis für ihre Wunden gebraucht. Er hatte ihr nicht einmal ein Ibuprofen angeboten. Er durchquerte den kleinen Raum, bis er nur wenige Zentimetern vor ihr stehenblieb. Er studierte ihren Gesichtsausdruck, fasste sie aber nicht an. „Tut es weh?"

„Nicht so schlimm."

Er hob das Eispack von ihrer Wange, um die Prellung im vollen Küchenlicht zu untersuchen. Das Makeup bedeckte es gut, aber er konnte die Schwellung erkennen. Er drückte vorsichtig seine Lippen auf den Striemen entlang ihres Knochens.

„Es tut mir so leid", flüsterte er.

Sie hielt seinem Blick stand. „Mir nicht. Du hast getan, was du tun musstest." Sie lehnte ihre Stirn an seine Brust. „Aber es tut mir leid, dass ich dich in diese Position gedrängt habe. Es tut mir leid, dass du dazu gezwungen warst, es zu tun."

Er hielt vorsichtig ihren Kopf zwischen seinen Handflächen und hob ihr Gesicht sanft zu ihm hoch, damit sie in seine Augen sehen konnte. „Ich bin froh, dass ich es war, und nicht jemand anderer von Camp Citron. Nicht Harry. Es bedeutet mir viel, dass du mir in dieser Rolle vertraut hast."

„Du bist der Einzige, dem ich für diese Mission vertraut habe." Sie presste das Eispack wieder gegen ihre Wange.

Er räusperte sich. Dies war der härteste Teil von dem, was er zu sagen hatte. Aber er musste es erwähnen. „Als ich … als ich eine Erektion bekommen habe … Das … das war nicht, weil ich dich geschlagen habe. Das war es nicht, was mich scharfge-macht hat."

Ihre Nasenflügel bebten und sie blinzelte. „Ich weiß." Sie atmete tief ein. „Es war ein intensiver Moment. Du hast perfekt reagiert, als du mich auf diese Weise geküsst hast. Du hast uns beide damit gerettet, als du die Gewalt hast sexuell werden lassen."

Und er hätte sie in dem Raum ficken können, während die

Kameras alles aufzeichneten. Er war hart und begierig gewesen. Es wäre so einfach gewesen. Und wenn Anton sie nicht unterbrochen hätte, wäre es vielleicht sogar passiert.

Sie trat vor ihm zurück. „Willst du duschen gehen? Ich mache uns Tee."

Er verstand es so, dass sie Abstand brauchte. Den konnte er ihr geben. „Sicher. Hast du vor, heute Abend zu arbeiten?"

Sie schüttelte ihren Kopf. „Die Dateien sind wahrscheinlich verschlüsselt. Mein Gehirn ist heute Nacht zu durchgebrannt, um mich damit zu beschäftigen. Ich werde etwas Tee trinken. Unter die Dusche springen. Dann versuche ich, etwas zu schlafen."

Er wollte sie einladen, die Dusche mit ihm zu teilen, aber das fühlte sich nicht richtig an. Nicht, nachdem er sie geschlagen und dann so brutal geküsst hatte.

Der nächste Schritt musste von ihr kommen.

In dem kleinen Badezimmer befand sich eine quadratische gefliese Duschkabine. Klein, aber er brauchte keinen Luxus. Er wollte nichts weiter, als sich den Geruch von Antons Blut von der Haut zu waschen. Das Wasser wurde sehr schnell heiß, und in nur wenigen Sekunden war er von Kopf bis Fuß eingeseift – er war durch die Drei-Minuten-Duschen in Camp Citron gut konditioniert. Er war in etwas mehr als einer Minute fertig gewaschen. Er stand in dem heißen Wasserstrahl und dachte an all die Dinge, die er zu Savvy sagen wollte, aber nicht wusste wie.

Er bewunderte sie. Die Art, wie sie jeden Teil von sich ihrem Job opferte. Es war eine Art von Patriotismus, die über seine eigene Vorstellungskraft hinausging. Er riskierte sein Leben und seine Gesundheit für sein Land bei jeder Mission. Er verstand das.

Aber sie riskierte ihren Körper. Riskierte Erniedrigung. Sie erlaubte es, dass man sie – zusätzlich zur Bedrohung ihres Lebens – wie ein Objekt behandelte. Sie riskierte Vergewaltigung und Folter. Und falls man sie gefangen nahm, würde die amerikanische Regierung jegliche Kenntnis von ihr verleugnen. Es würde für sie keine Rettungsaktion gestartet.

Keine Hoffnung. Keine Gerechtigkeit.

Er hatte das Ausmaß der Risiken, die sie einging, erst dann richtig zu schätzen gelernt, als er in einem Raum voller Männer gesessen hatte, die sie ohne einen weiteren Gedanken zu verschwenden benutzen, missbrauchen und wegwerfen würden. Und sie hatte diesen Raum ohne Angst betreten und sich selbst als eine Hure präsentiert, um den Job zu erledigen.

In den vergangenen Monaten, seit denen er sie kannte, war er ihr gegenüber so ein Arschloch gewesen. Er hatte ihr nie den Respekt entgegengebracht, den sie verdiente. Er hatte sie öffentlich runtergemacht, weil ihr Job verlangte, dass sie log, manipulierte und das Leben anderer riskierte. Aber das war nichts im Vergleich zu dem, was sie selbst freiwillig tun würde. Sie verlangte nichts, was sie nicht selbst tun würde.

Sie hatte einen Schlag ins Gesicht hingenommen, ohne sich zu beschweren, und sich dann bei ihm dafür bedankt, dass er sie geohrfeigt hatte.

Er war monatelang notgeil auf sie gewesen, doch jetzt bewunderte er sie.

Die Tür zum Badezimmer öffnete sich. Er erstarrte in dem heißen Wasserstrahl. Sein Herz fing wie wild an zu pochen. Er hielt den Atem an und wartete darauf, ob sie etwas sagen, sich zu ihm gesellen oder wieder gehen würde.

Nach einem langen Augenblick sagte sie: „Ich habe meine Meinung wegen dem Tee geändert. Habe beschlossen, dass ich stattdessen eine Dusche brauche. Darf ich sie mit dir teilen?“

Sein Schwanz wurde schneller hart als er „Ja“ sagen konnte.

Der Vorhang schwang zur Seite und sie stieg in die kleine Duschkabine. Ihr perfekter athletischer Körper war so nackt wie seiner. Er lehnte sich an die Wand zurück, um ihr Platz zu machen, während sie sich unter den Wasserstrahl stellte. Sie lehnte ihren Kopf zurück, um ihr Haar nass zu machen und das Wasser an ihrem wunderschönen Körper herabfließen zu lassen.

Er wollte sie berühren, seine Hände über ihre nassen Brüste gleiten lassen. Er wollte ihren Hintern umfassen und sie küssen, während das dampfende Wasser auf sie niederprasselte. Die Tatsache, dass sie nackt zu ihm unter die Dusche getreten war,

war ein eindeutiger Hinweis darauf, dass sie seine Berührung wünschte, doch trotzdem brauchte er zuerst ihre Erlaubnis. Direkt und unmissverständlich.

Er wollte, dass sie *ihn* wollte. Und nicht nur als Reaktion auf einen traumatischen Abend.

Sie ließ ihre Finger durch ihr langes dunkles Haar gleiten und schloss ihre Augen, während heißes Wasser über ihre Haut strömte. Ihre Arme und ihr Gesicht waren dunkler, voller Sommersprossen von der Sonne, während ihre Brüste und Oberkörper eine blasse, makellose Pfirsichfarbe hatten.

Sie öffnete ihre Augen und fing seinen Blick ein, hielt ihn fest. Sie brachte ihr Haar mit Shampoo zum Schäumen, kreierte Rinnsale von Schaum, die zwischen ihren Brüsten und darüber hinweg rannen, dann an ihrem Bauch herab und in das kleine Dreieck dunkler Locken, das er mit seinem Finger und seiner Zunge erkunden wollte.

Sie griff nach unten, um sich selbst zu berühren und sein Blick flog zu ihrem zurück. Sie lächelte und trat in dem ohnehin schon engen Raum einen Schritt auf ihn zu. Ihre Brüste streiften gegen seine Brust.

„Berühr mich. Bitte. Ich will − ich brauche − deine Hände auf meiner Haut."

Sie hätte nicht direkter sein können. Er ließ eine Hand an ihrer Seite herabgleiten, umschloss kurz ihre Brust, bevor er sie weiter nach unten schob, um ihren Hintern zu umschließen und sie eng an sich zu ziehen.

Als Antwort berührte sie auch ihn, ließ ihre Hände über seine Schultern gleiten, an seinen Armen entlang, um seine Taille herum zirkeln und dann über seinen Rücken. „Dein Körper ist wunderschön, Cal. Ein Kunstwerk."

„Es ist harte Arbeit. Ich weiß nichts von Kunst."

Sie lachte. „Ein Meisterwerk. Ich liebe es, dich beim Workout auf der Basis zu beobachten. Du hast diesen intensiven Fokus. Das war die einzige Zeit, in der ich dich ansehen durfte, weil du nichts anderes um dich herum wahrnimmst und dich einzig und allein auf deine Aufgabe konzentrierst."

Ihre Worte trafen ihn wie ein Hieb in den Magen. Es war

nicht ihre Absicht gewesen, aber er spürte es dennoch. „Es tut mir leid. Ich habe zwischen uns Barrieren aufgebaut, weil du mir Angst machst.“

Ihre Lippen zuckten. „Ein Soldat der Spezialeinheit hat Angst vor mir?“ Ihre Lippen erblühten in einem vollen Lächeln. „Das gefällt mir.“

Er hob sie hoch, und der Schmerz in seinem Bauch entspannte sich etwas. „Oh, Freya, du bist die furchteinflößendste Frau, die mir je begegnet ist. Vom ersten Moment an, als ich dich kennenlernte, wollte ich dich besitzen.“

Sie schlang ihre Beine und seine Hüften. Dieses Mal war nichts zwischen ihnen. Nur ihr nasser glitschiger Körper und seine immer mehr anschwellende Erektion.

„Du hättest mich dann haben können. Du kannst mich jetzt haben.“ Sie schlang ihre Arme um seinen Hals und küsste ihn. Ihr Mund war offen und heiß, ihre Zunge nahm seine, und sie gab ihm die Absolution für seine Worte und Handlungen.

Trotz allem wollte sie ihn. Anhand der Art, wie sie ihn küsste, konnte er glauben, dass sie ihn brauchte, dass sie das hier brauchte – genauso sehr, wie er es tat.

Sein Verlangen war tief. Verzweifelt. Und nicht nur nach ihrem Körper. Himmel, er wusste nicht einmal genau, was er brauche – er wollte sich einfach nur in diesen Moment sinken lassen. Er wollte jegliches Gefühl für Zeit und Ort vergessen und einfach nur die Perfektion dieser Frau, deren Nachnamen er nicht einmal kannte, ganz in sich aufnehmen.

Er küsste sie, und sein Mund nahm alles, was sie ihm anbot, und mehr. Tief und wild und so geil, seine Erektion tendierte auf der Mohs-Skala in Richtung Diamanten. Er hob seinen Kopf und sah in ihre Augen. Wassertropfen landeten auf ihren Wimpern, und er wischte sie fort, damit sie sehen konnte. „Bist du dir sicher, dass du das willst, Freya?“

Ihre wunderschönen Lippen öffneten sich und entblößten eine Reihe weißer Zähne, mit nur einem Eckzahn, der leicht hervorstand. Ein liebenswerter Makel, weil er ihn nur dann sehen konnte, wenn sie lächelte. „Liebe mich, Cassius.“

Sein nur selten benutzter Name auf ihren Lippen war so verdammt heiß.

Er stellte das Wasser ab und trat aus der Dusche, ignorierte die Handtücher und trug sie direkt zum Bett.

Sie brauchten das hier beide. Morgen würden sie sich auf den Rückweg nach Camp Citron machen. Heute Nacht mussten sie dem entfliehen – in einem kurzen Moment der Verbundenheit, in dem er Cassius und sie Freya sein konnte.

Er setzte ihren glitschigen nassen Körper aufs Bett und türmte über ihr, starrte auf sie herab. Ihre blasse Haut stand in krassen Kontrast zum bunten geometrischen Muster der Baumwolldecke. Nach allem, was sie in den letzten Tagen durchgemacht hatten, war dies nun das erste Mal, dass er sie vollkommen nackt sah. Er war begierig darauf, ihre Beine zu spreizen und alles von ihr zu sehen.

Er wollte sie kosten. Sie berühren. Sie heftig und schnell kommen lassen und dann noch einmal langsamer und länger. Mehr als alles andere wollte er mit ihr eine Verbindung spüren – nicht nur körperlich. Er wollte, dass sie ihre Körper miteinander teilten, und dies die emotionale Verbindung war, die sie beide brauchten.

Sie lächelte, ließ ihren schiefen Zahn aufblitzen und setzte sich vor ihm am Fußende des Bettes auf. Sie ließ ihre Hand über seinen Körper gleiten und hielt inne, als sie seine Erektion erreichte. Sie leckte ihre hübschen Lippen und umschloss mit ihren Händen seine Länge, streichelte ihn vom Ansatz bis zur Spitze.

Er beobachtete ihre Hände, genoss den Anblick genauso sehr wie die Berührung. Ihre hellen Finger im Kontrast zu seinem dunklen Penis. Ihr Blick war auf dieselbe Stelle fixiert, wo sie ihn berührte. „So schön", murmelte sie. Sie beugte sich nach vorn, als ob sie ihn ihren Mund nehmen wollte.

Er hielt sie auf. „Nicht … jetzt."

Sie zog eine Augenbraue hoch. „Du magst keinen Oralsex?"

Er zog ihren Körper zu sich hoch, damit sie Brust an Brust standen. „Ich liebe es. Aber … all die Dinge, die ich über deinen Mund sagen musste – ich habe es gehasst, dich so zu behandeln.

Es ist eine Sache, wenn ich selbst über eine Frau fantasiere, auf die ich seit Monaten scharf bin, aber eine ganz andere Sache, geschmacklose Dinge über deine Lippen zu sagen, als wäre es mein Recht, dich zu erniedrigen und mit deinen ‚Talenten‘ vor Arschlöchern zu prahlen, die Frauen missbrauchen und benutzen.“

Sie umschloss sein Gesicht. „Du hast nicht über mich gesprochen. Mani hat über Jamie gesprochen. Keine dieser Personen ist echt. Ich wusste, dass das nicht von *dir* kam.“

„Das ist gut. Aber trotzdem … heute Nacht … ist das hier für dich. Ich will dir alles geben. Lass mich deinen Körper so anbeten, wie du es verdienst. Lass mich dir zeigen, dass ich nicht dieser Kerl bin. Das Einzige, was ich von deinem Mund will, ist, dass du deinen Orgasmus herausschreist. Und dich küssen. Weil ich deinen Geschmack liebe.“

Sie lehnte sich gegen ihn, ihre Brüste berührten seine Brust, und sie schlang ihre Arme um seinen Hals. Ihr Mund war dicht vor seinem. „Ich liebe deinen Geschmack auch.“ Sie ließ ihre Zunge in seinen Mund gleiten.

Er erwiderte jeden ihrer Züge mit seiner eigenen Zunge. Er streichelte ihren Körper, ließ seine Hände an ihrem Rücken herabgleiten, umfasste ihren Hintern. Ihre Haut an seiner zu spüren war besser als in seinen Fantasien.

Sie rutschte rückwärts aufs Bett zurück und er folgte ihr, während sein Körper über ihren glitt. Er küsste sie und berührte sie. Er war kurz davor, zu explodieren, als er ihre Hände auf sich spürte. Er gab ihren Mund frei, um ihre Brüste zu küssen. Um ihre Nippel zu lecken und an den Spitzen zu saugen. „Was magst du, Freya?“, fragte er.

„Dich.“

„Aber was willst du, das ich tue? Wo willst du berührt werden?“

Sie nahm seine Hand und zog sie zwischen ihre Schenkel herunter. Sie legte seine Finger auf ihre Klitoris. Er grinste und streichelte die empfindliche Knospe. Dann folgte er dem Pfad seiner Hand mit seinem Mund. Endlich erreichte er ihre gespreizten Beine. Er trank ihren Anblick förmlich in sich, bevor er seinen Kopf herunterbeugte und über ihren Kitzler leckte. Er ließ sich Zeit, als ob sie seine Lieblings-Eiscreme-Sorte wäre.

Er spürte, wie die Spannung in ihrem Körper nachließ. Sie sank in die Matratze und entspannte sich bei seinem sinnlichen Streicheln. Er streifte mit seinen Zähnen über ihr empfindliches Nervenbündel, und sie zuckte mit einem lustvollen Aufkeuchen zusammen. Dann leckte er sie erneut, während seine Finger den Rest von ihr erkundeten, über ihre Labia streichelten, sie spreizte und dann mit einem Finger hineintauchte. Sie war feucht und heiß und gierig auf ihn.

Er war hart und bereit, doch er hatte mit seiner Erkundungstour gerade erst begonnen. Seine Zunge glitt tiefer, dorthin, wo seine Finger waren. Er tauchte in sie ein, und sie machte ein Geräusch, das ihn sogar noch steifer werden ließ.

Er leckte sie langsam, tief und mit langen Zügen. Kostete die Ekstase, die er ihr gab, voll aus. Er genoss das Gefühl ihrer Fingernägel auf seiner Kopfhaut, während er sie leckte und an ihr saugte und sie damit bis zum Abgrund ihrer Erlösung trieb. Als er sich sicher war, dass sie es nicht mehr länger aushalten konnte, hob er seinen Kopf und bewegte sich. Seine Haut glitt über ihre, als er sich so positionierte, um ihnen beiden endlich das zu geben, was sie brauchten.

Sein harter Schwanz saß vor dem Eingang zu ihrer Scheide, und er reizte sie mit seiner Eichel. Er hatte schon seit Jahren keinen Sex ohne Kondom gehabt, und er hatte es nie ohne getan, solange er nicht in einer ernsthaften Beziehung gewesen war, was die Intimität dieses Augenblicks auf eine ganz neue Stufe anhob. Er beobachtete sie, während er mit ihr spielte, sich nur ein kleines Stück weit in sie hineinschob, während sie sich um ihn verkrampfte und aufkeuchte. Er zog sich zurück, bevor er sie ganz ausfüllte. Reizte sie beide bis zu einem schmerzhaften Punkt.

Er zog sich zurück und leckte sie erneut, streichelte ihren Kitzler mit seiner Zunge. Und dann, in einer fließenden Bewegung, kam er wieder hoch und schob seinen Schwanz tief in sie hinein, drang in einem einzigen harten Stoß so weit in sie ein, wie sie ihn aufnehmen konnte. Sie stöhnte und keuchte und umklammerte ihn mit ihren inneren Muskeln, und er war verloren. Tief in dieser Frau vergraben und endlich so tief miteinander verbunden, wie zwei Menschen es nur sein konnten.

Er rollte sich auf den Rücken und sie saß rittlings auf ihm. Und er blickte zu ihr auf, während sie auf ihm ruckte, ihn ritt, mit hüpfenden Brüsten und geschlossenen Augen. Wieder rollte er sie herum und sie lag unter ihm. Er stieß mit einem langsamen, lustvollen Rhythmus in sie hinein, verlängerte den Aufbau und trieb die Intensität höher.

Ihre Schenkel schlangen sich um seine Hüften, und sie machte leise, tiefe Geräusche, die drohten, ihn beinahe über den Abgrund zu treiben. Sie war einfach nur unglaublich schön, wie sie ihren Körper mit ihm teilte. Sie nahm alles, was er ihr gab, und keuchte nach mehr.

Er beschleunigte den Rhythmus, und sie stieß ein leises Geräusch tief in ihrer Kehle aus, während ihre inneren Muskeln sich um ihn verkrampften. Sein Körper spannte sich zum Orgasmus an, doch er würde ihn nicht zulassen, bevor sie gekommen war. Er schob eine Hand zwischen ihre Körper und streichelte ihren Kitzler mit seinem Daumen. Sie packte seine Schultern. Ihr keuchender Atem wurde zu einem Wimmern, dann zu einem lustvollen Stöhnen, als ihr Körper erbebte und zitterte.

Er hielt sich nicht länger zurück, stieß nun schnell und hart in sie. Sein Körper vibrierte, als sein Orgasmus durch ihn hindurch pulsierte. Intensiv – genauso wie alles andere, was sie betraf.

Er brach über ihr zusammen und rollte sich – immer noch in ihr – auf die Seite. Er hielt sie fest an sich gedrückt, während sich sein Herzschlag verlangsamte. Dann zog er sich aus ihr heraus, während er sie küsste, verließ ihren Körper, doch blieb Haut an Haut zusammengepresst.

Auf gar keinen Fall war er bereit, sie loszulassen. Er ließ Küsse auf ihr Gesicht herabregnen, während er ihren Rücken streichelte.

Sie hatte ein verträumtes Lächeln auf dem Gesicht, als sie ihre Augen öffnete und sagte: „Danke. Ich brauchte das.“

Er küsste ihren Hals. „Ich auch. Und ich bin noch nicht fertig. Ruhe mich nur aus.“

Sie lachte und ihre Augen fielen zu. „Das ist gut, denn jetzt bin ich dran, dafür zu sorgen, dass du dich gut fühlst.“

Er küsste ihre Schläfe. „Das hast du bereits, Freya.“

Nach ein paar Minuten stand er auf, wusch sich im Bad und ging dann durch das kleine Haus mit nur einem Schlafzimmer, schaltete alle Lichter aus und versicherte sich, dass alles gut verschlossen war. Er schnappte sich die Tasche mit ihren Waffen und brachte sie ins Schlafzimmer.

Geräusche vom Badezimmer sagten ihm, dass Savvy wieder unter der Dusche war. Er prüfte die Handfeuerwaffen und legte je eine auf die beiden Nachttische.

Savvy kam ins Schlafzimmer zurück. Ihr Gesicht war frei von Makeup, und ihr Haar roch nach einer Spülung mit Teebaumöl. Sie machten es sich im Bett gemütlich. Er zog ihren nackten Körper an sich heran, umschloss sie von hinten mit seinem in dem dunklen Raum. Sie lagen lange Zeit schweigend da, bevor ihre Atmung gleichmäßig wurde und sie eingeschlafen war. Cal war immer noch hellwach. Der Sex hatte ihn aufgeheizt. Er war so unglaublich intim gewesen – auf eine Weise, die er nicht erwartet hatte. Es war Jahre her … vielleicht eine Ewigkeit, dass er solchen Sex gehabt hatte. Es war nicht im Geringsten das kopflose Vögeln gewesen, das er sich einst mit dieser Frau vorgestellt hatte.

Sie bedeutete ihm etwas. Mehr als er es wollte. Und nachdem er sie in Aktion in ihrem Job gesehen hatte, jagte ihm ihre Berufung eine Höllenangst ein.

Kapitel Zwölf

Ein Bett mit Sergeant First Class Cassius Callahan zu teilen – nachdem sie endlich Sex gehabt hatten – war eine lebensverändernde Erfahrung. Savvy beobachtete diesen großen, schönen nackten Mann, während er schlief. Um vier Uhr morgens war der Strom ausgefallen, und sie hatten in dem zunehmend heißer werdenden Zimmer ihre Decken von sich gestoßen, wodurch Cals Körper nun ihrem gierigen Blick ausgeliefert war.

Stromausfälle waren in Tansania normal, wo nur ein Drittel aller Haushalte überhaupt Elektrizität hatte. Sie und Cal waren beide durch die plötzliche Stille aufgewacht, nachdem die Klimaanlage nicht mehr lief. Sie schaute kurz auf ihrem Handy nach und fand heraus, dass es ein Problem mit dem Stromnetzwerk war und nichts, worüber sie sich selbst Sorgen machen mussten. Es wurde erwartet, dass die Stadt in acht bis zwölf Stunden wieder Elektrizität haben würde. Sie waren wieder eingeschlafen – nachdem sie in der stillen Dunkelheit nochmals miteinander geschlafen hatten.

Nun war der Tag angebrochen, und das helle Sonnenlicht brach durch die Vorhänge und streichelte seine glatte kastanienbraune Haut. Sie hatte noch nie zuvor solch einen schönen Körper gesehen. Dass er zu diesem Soldaten gehörte, der der Inbegriff von Ehre und Stärke war, sorgte dafür, dass sich ihr

Herz zusammenzog. Sie könnte sich – würde das mit Sicherheit – in ihn verlieben. Aber sie wussten beide, dass es für sie keine wirkliche Zukunft gab. Nicht, solange sie als SAD im Ausland stationiert war und weitere Missionen wie diese haben würde, während er als Soldat der Spezialeinheit zwar in Fort Campbell basiert sein würde, aber mit jedem Einsatz Monate in irgendeinem Gefahrenherd verbringen musste – wo immer die Armee ihn hinschickte. Alles, was sie haben konnten, was das Hier und Jetzt.

Aber sie würde sich ohne zu zögern und ohne Reue mit dem Hier und Jetzt zufriedengeben.

Sie würde ihre Erinnerung an diese Nacht mit ihm für den Rest ihres Lebens hüten. Sie wusste, wie zerbrechlich Erinnerungen sein konnten, wie sie sich verändern oder im Wirbel einer Emotion verloren sein konnten. Aber letzte Nacht war auch für ihn etwas Tiefergreifendes gewesen. Er musste es nicht sagen, denn sie wusste auch so, dass es wahr war. Ein Mann machte keine Liebe wie er, wenn ihm die Frau nichts bedeutete. Und sie würde an diesem Wissen für immer festhalten, egal was geschah, sobald diese Mission hinter ihnen lag.

Sie streckte ihre Hand aus und berührte ihn, streichelte mit ihrer Hand über seine Brust, an seinen Bauchmuskeln herab. Sein Schwanz schwoll an, und sein Mund verzog sich zu einem Lächeln, doch er öffnete seine Augen nicht. Sie beugte sich vor und leckte seine Brustwarze, die sofort hart wurde. Sein Lächeln wurde breiter.

Sie folgte dem Pfad ihrer Hand mit ihrer Zunge. Bis sie seinen Penis erreichte, war der prall und hart. Sie beobachtete sein hübsches Gesicht, als sie ihn in beide Hände nahm und seinen Schaft streichelte. „Wirst du es mir jetzt erlauben?", fragte sie.

Er machte ein Geräusch tief in seiner Kehle und nickte.

Sie beugte sich herunter, um seine Spitze in ihren Mund zu nehmen und seine Augen flogen auf. Sie hielt seinem Blick stand, während sie ihre Zunge um seine Eichel kreisen ließ, bevor sie ihren Mund öffnete und ihn so tief in sich aufnahm, wie sie konnte. Sie saugte an ihm, während sie seine Basis streichelte. Er war hart und glatt und perfekt. Und sie liebte es, ihm diese Lust zu schenken. Sie strich mit ihrer Zunge an seinem Schaft entlang, von der Basis bis zur Spitze, saugte wieder an ihm und hielt den Augenkontakt, während sie das tat.

Heiße braune Augen starrten zu ihr zurück. Er ließ seine Finger durch ihr Haar gleiten. „Es ist so schön, so deinen Mund auf mir zu sehen, Freya. So sexy."

Sie ließ ihn aus ihrem Mund gleiten, hielt aber ihre Hand an seinem Glied und streichelte ihn weiter, als sie sagte: „Du solltest mich nicht so nennen."

Er schüttelte leicht seinen Kopf, während er seinen Daumen über ihre Unterlippe gleiten ließ. „Ich weigere mich, dich im Bett irgendetwas Anderes zu nennen. Du bist nicht Jamie. Ich habe keinen Sex mit Savvy. Ich mache Liebe mit Freya, der Person, nicht der Agentin."

Sie könnte argumentieren, dass Freya die Geheimagentin war. Savvy war nur ein Deckname und veränderte nicht, wer sie war.

Aber dann erinnerte sie sich an die wahre Bedeutung ihres Aliases, und sie war froh, dass er seinen Körper nur mit Freya teilen wollte. Sie strich wieder mit ihrer Zunge über seinen Schwanz, bevor sie sagte: „Okay, Cassius, aber nur im Bett."

Sie fing wieder an, ihm einen zu blasen, und er wickelte seine Finger in ihr Haar. Seine Hüften stießen aufwärts und er presste sich so tief in ihren Mund, wie sie ihn aufnehmen konnte. „Wie ist dein Nachname?", fragte er mit rauchiger Stimme, während sie ihn befriedigte.

Sie benutzte die Ausrede, einen vollen Mund zu haben, um ihm die Antwort schuldig zu bleiben. Es war nicht ihr Fehler, dass er überhaupt ihren Vornamen erfahren hatte, aber sie würde ihren Schwur nicht brechen und ihm ohne guten Grund ihren Nachnamen nennen.

Sie ließ ihn aus ihrem Mund gleiten und setzte sich rittlings auf ihn drauf. Er drang mit Leichtigkeit in sie ein, und die Lust schoss in Wellen durch sie hindurch. Sie ritt ihn, benutzte ihre Knie, um die Stöße zu kontrollieren. Er saugte an ihren Nippeln und streichelte ihren Kitzler. Lust wirbelte von den Kontaktpunkten durch sie hindurch, und sie kam heftig, erbebte und stöhnte mit einem scharfen, machtvollen Orgasmus.

Er rollte sie auf ihren Rücken, noch während ihr Körper pulsierte, und stieß in sie hinein, wodurch er sie sogar noch höher trieb, während er seinen eigenen Orgasmus erreichte. Die Fenster waren geschlossen, und das Zimmer war erdrückend heiß. Sie waren beide verschwitzt und rochen nach Sex, und sie war so unglaublich happy. Sie lachte vor reinster Freude.

Sie waren ein super Team – im Bett und auch sonst.

Er küsste sie, während sich sein Atem normalisierte. „Du hast soeben eine meiner Fantasien erfüllt."

„Welche?"

„Zu Oralsex aufzuwachen."

Sie lächelte. Sie hatte sich versichert, dass er wach war, bevor sie damit anfing, aber das war wohl nahe genug. Jetzt, da sie wusste, dass es eine Fantasie von ihm war, würde sie morgen vielleicht dreister sein, immer vorausgesetzt, dass sie noch hier waren.

Mist. Sie musste ihn jetzt zum Camp Citron zurückschicken, damit sie die Mission zu Ende bringen konnte. Außer, dass sie es vielleicht nicht konnte, da sie kompromittiert worden waren. Es könnte nicht sicher sein, ihn jetzt nach Dschibuti zurückzuschicken.

Mit einem Mal verpuffte ihre gute Laune.

Sie hatte gehofft, ihm die Wahrheit vorenthalten zu können, um ihm die Möglichkeit zu geben, jegliches Wissen glaubhaft abstreiten zu können, aber sie musste ihm alles sagen. Jetzt sofort.

◆

Cal fühlte sich so entspannt und glücklich, wie sich ein Soldat fühlen konnte, der auf einer geheimen Mission in einem afrikanischen Land unterwegs war, wo es seinen Tod bedeuten konnte, falls sie gefunden wurden. Doch dann veränderte sich Freyas Verhalten. Es war subtil, aber so eng an ihn gepresst, wie sie war – nackt und entblößt, war das nicht etwas,

was ihm entgehen konnte. Auch nicht in seinem post-orgasmischen, benebelten Zustand.

„Was ist los?", fragte er. Er hörte die Anspannung in seiner eigenen Stimme und wusste, dass er – trotz allem, was sie geteilt hatten – immer noch ein klein wenig Misstrauen besaß, wenn es um Savannah James ging.

In einen blitzartigen Augenblick war Freya, seine Liebhaberin, verschwunden. Sie war Savvy. War immer Savvy gewesen. Jeglicher kurze Eindruck von Freya war wahrscheinlich nur reinste Einbildung gewesen.

Dieser Gedanke löste einen Schmerz in ihm aus. Es war nicht ihre Schuld, dass er etwas gesehen hatte, dass nicht echt gewesen war.

Sie stand vom Bett auf und ging zu ihrem Koffer. Sie zog eine Seidenrobe heraus, die sie für ihre Rolle als Jamie, die Kurtisane, gekauft hatte. „Ich muss Lubangas Dateien runterladen, um zu sehen, was wir haben."

„Kein Strom."

„Ich habe einen voll aufgeladenen tragbaren Satelliten-Hotspot."

„Du hast letzte Nacht gesagt, dass wir vielleicht kompromittiert wurden. Warum?"

„Als ich Lubangas Dateien hochgeladen habe, sah ich eine Datei mit dem Namen Zagreus."

Cal spürte, wie ihm das Blut aus dem Gesicht wich. Er konnte sich vorstellen, dass er eine kränkliche graue Farbe angenommen hatte. „Was zur Hölle? Wie ist das möglich?"

„Entweder das Sonderkommando oder die CIA haben ihm die Informationen gegeben."

„SOCOM würde niemals …"

„Es würde dich überraschen, was die tun würden. Aber ich bin in dieser Sache deiner Meinung. Ich glaube nicht, dass es von SOCOM kam."

„Wie viele Leute kannten den Codenamen?"

Sie zuckte die Schultern. „Nicht viele. Übrigens kam der von mir. Der Name ist einzigartig. Relativ unbekannt." Sie wurde rot. „Meine Mutter war eine griechische Gelehrte. Sie hat einen

Artikel über Zagreus geschrieben. Ich habe den Namen ihretwegen ausgewählt."

Er runzelte seine Stirn. War diese Mission für sie auf eine Art persönlich, die sie ihm nicht mitgeteilt hatte? „Hat Lubanga irgendetwas mit deiner Familie zu tun?"

Ihre Augen weiteten sich. „Nein. Die CIA würde das niemals erlauben. Es ist nur … Es sollte mich daran erinnern, warum ich diesen beschissenen Job angenommen habe. Meine Eltern waren beide Akademiker. Mein Vater hatte die Wikinger studiert – daher mein Name. Mein Vater hat mir diesen Namen gegeben. Meine Mutter gab meinem Bruder seinen Namen – Apollo. Aber es gibt keine Verbindung zwischen meinen Eltern und dieser Mission."

Sie hatte einen Bruder. Eltern. Es hätte ihn nicht überraschen sollen, tat es aber trotzdem. Sie schien so unglaublich allein zu sein. Als ob sie schäumenden Wellen entsprungen und zum Leben erwacht wäre – wie Aphrodite. „Was ist mit ihnen geschehen? Warum *hast* du diesen beschissenen Job angenommen?"

Sie schüttelte den Kopf. Er wusste, dass sie sich weigern würde, zu antworten, wollte es aber wenigstens versuchen.

„Also hat man uns kompromittiert." Er stand vom Bett auf. „Und was tun wir jetzt?"

„Ich muss mir die Dateien ansehen, um sicherzugehen. Aber du musst Tansania verlassen. Gehe zurück nach Kenia oder nimm einen Flug von Daressalam zurück nach Dschibuti."

„Wir", sagte er. „Wir werden zusammen abreisen."

„Ich kann nicht gehen."

„Warum nicht?"

Sie hielt seinen Blick für einen langen Moment gefangen. Schließlich sagte sie: „Das hängt davon ab, was ich in den Dateien finden werde, aber … vorerst ist meine Mission offiziell noch nicht beendet."

„Deine Mission war, die Dateien von Lubanga zu kopieren. Das hast du getan."

Ihr Kiefer spannte sich an. In ihren Augen blitzte etwas auf … Reue?

Sein Magen zog sich zusammen. „Was hast du mir verschwiegen, Savvy?"

„Es tut mir leid, Cal. Die Mission wurde geändert, nachdem ich dich rekrutiert hatte. Ich wusste nichts von dieser Änderung, bis Seth und Harry ankamen. Dann hat Harry ..."

„Spar dir die Entschuldigungen und komme endlich zum verdammten Punkt."

„Lubangas Aufstieg in der Macht ist eine Bedrohung für die Stabilität der Demokratischen Republik Kongo. Amerika will ihn als einen Spieler entfernen."

„Entfernen? Wie?"

„Ich wurde beauftragt, ihn zu töten."

Kapitel Dreizehn

Cal fixierte Savannah James mit einem harten Blick. Ihm drehte sich der Magen um. Die Mission war eine Attentatsmission, und sie hatte es nicht für nötig befunden, es ihm während all der vergangenen Tage, als sie zusammen unterwegs gewesen waren, mitzuteilen? Sein Zorn machte ihn sprachlos, aber in seinem Kopf schrie er.

Er blickte sich um, suchte nach etwas, dass er treten oder schlagen konnte, aber das hier war nur gemietet. Sicher. Wenn ihr Vermieter hören würde, wie er Möbel zerbrach oder die durchtriebene Frau anschrie, die er eben erst die ganze Nacht gevögelt hatte, würde er sie augenblicklich rauswerfen.

Seine Hände zitterten mit dem Drang, etwas zu zerschlagen. Schließlich brachte er es fertig, etwas zu sagen, und die Worte trieften mit zurückgehaltenem Ärger. „Warum. Zum Teufel. Hast du. Mir nichts gesagt?"

Sie trat einen Schritt vor, als ob sie ihn berühren wollte. Er zuckte zurück und wich ihr aus.

Ihre Augen weiteten sich alarmiert, als ob sie glaubte, dass er sie schlagen könnte.

Das machte ihn nur noch wütender. Es hatte ihm gestern Abend beinahe die Eingeweide zerrissen, dass es für ihn notwendig gewesen war, sie zu schlagen – und sie wusste das. Er würde niemals in Wirklichkeit so seine Kontrolle verlieren. Das war Mani gewesen, eine Figur die sie erfunden hatte, und die er hatte spielen müssen. Er atmete tief durch die Nase ein, um seine Wut in Schach zu halten. Er atmete langsam und gleichmäßig wieder aus.

„Es tut mir leid", flüsterte sie. „Ich ... ich habe es dir nicht gesagt, weil du die Mission vielleicht abgelehnt hättest und Harry an deiner statt mitgekommen wäre."

Er verstand, warum sie nicht mit Harry zusammenarbeiten konnte, aber das war keine Entschuldigung dafür, dass sie es ihm nicht erzählt hatte. Dass sie ihm in dieser Sache keine Wahl gelassen hatte. „Wenn man uns erwischt, wird die USA jegliche Kenntnis über uns verleugnen. Meine Jahre im Militärdienst wären bedeutungslos. Man würde meiner Familie erzählen, dass ich ein Verräter wäre. Man würde meiner Mutter sagen, dass ich hier gewesen sei, um einen Deal für den Schmuggel von kongolesischen Diamanten abzuschließen. Weißt du eigentlich, wie viele Familienmitglieder sie in den Kriegen verloren hat? Es würde sie umbringen, wenn sie glaubte, dass einer ihrer Söhne sich den Männern angeschlossen hätte, die ihr Heimatland plündern und zerstören."

„Es war meine Absicht, dich nach Camp Citron zurückzuschicken, bevor ich ihn töte. Du kannst immer noch gehen. Dies ist meine Mission. Nicht deine."

„Hattest du vor, Lubanga gestern Abend zu töten?"

„Nein. Mein Befehl lautete, ihn zu töten, aber ich wollte zuerst seine Festplatte kopieren."

Er wich einen Schritt zurück. „Es war nicht unsere Mission, die Dateien zu kopieren? Wir haben unser Leben für ... *nichts* riskiert?"

„Nicht für nichts! Meine ursprüngliche Mission war es, die Festplatte zu kopieren. Als Seth das Ziel der Mission änderte, entschied ich mich dazu, beides zu tun. Ich meine, wie konnten wir diese Gelegenheit für diese Art von Intel sausen lassen? Und die ursprüngliche Mission war nicht abgesagt worden. Sobald er erledigt wurde, wird jemand anderer an seine Stelle treten und seine Operationen leiten. Wir müssen alle Spieler kennen. Wie sie operieren. Also habe ich so entschieden. Dateien zuerst.

Dann hatte ich vor, dich nach Camp Citron zurückzuschicken und danach den Auftrag der CIA zu befolgen."

„Es fällt dir so leicht zu lügen, nicht wahr?"

Sie erblasste. „Ich lüge für meinen Job, aber jetzt belüge ich dich nicht." Ihre Augen füllten sich mit Tränen. „Ich habe versucht, dich zu beschützen. Wenn du nichts von dem Attentatsbefehl gewusst hättest, gäbe es für dich keine Schwierigkeiten, es zu verneinen."

Er bezweifelte, dass ihre Tränen echt waren. War irgendetwas, das in diesen letzten paar Tagen zwischen ihnen geschehen war, echt gewesen?

War die letzte Nacht echt gewesen?

„Du hast es mir also deshalb nicht gesagt, weil Harry dich vergewaltigen würde. Okay, das kann ich akzeptieren. Aber du hast es mir danach immer noch nicht gesagt, weil du mich *beschützen* wolltest? Das ist meiner Meinung nach Bullshit. Du hast nur dich selbst beschützt und niemanden sonst."

„Zuerst habe ich mich selbst geschützt, ja. Und es ergab Sinn, es dir nicht zu sagen, bis wir die Einladung zur Party bekommen hatten, denn falls wir nicht eingeladen worden wären, wäre deine Rolle ohnehin nutzlos gewesen. Aber als wir dann eingeladen wurden, konnte ich … ich konnte dich nicht auf diese Weise in Gefahr bringen. Wenn der Strom nicht ausgefallen wäre, wenn wir nicht von jemandem in der CIA kompromittiert worden wären, dann würde ich dich jetzt bereits zum Flughafen fahren."

Aus irgendeinem Grund machte ihn die Vorstellung, dass sie erwartete, er würde sie einfach so zurücklassen, während sie sich erneut in die Höhle des Löwen wagte, sogar noch wütender. Sie hatte ihm mit keinem Aspekt dieser Mission vertraut. „Aber jetzt, da wir kompromittiert wurden, wäre es zu gefährlich unter dem Namen Mani Kalenga oder Cassius Callahan von hier wegzufliegen. Weil wir nicht wissen, was sie von mir wissen."

„Ja."

„Also stecke ich jetzt hier fest. Mit dir. Und wenn man uns findet – was immer wahrscheinlicher wird, weil wir verdammt nochmal *kompromittiert* wurden – wird man mich zusammen mit dir verleugnen und jegliche Kenntnis ablehnen. Das hast mich auf eine verdeckte Operationsmission mitgenommen, ohne mich darüber zu informieren, dass es eine verdeckte Operation ist."

Sie nickte. „Du hättest eine Wahl in dieser Sache verdient. Es tut mir leid. Ich hasse mich selbst dafür, dass ich es nicht habe kommen sehen und dass ich dich nicht gewarnt habe."

„Damit bist du nicht allein."

Sie zuckte zurück, und eine Träne rollte über ihre Wange. „Ich hatte Angst davor, mit Harry herzukommen. Er hätte mich wieder vergewaltigt. Und ich wäre nie dazu in der Lage gewesen, Anzeige zu erstatten, weil es Teil der Mission gewesen *wäre*. Niemand in Langley hätte etwas dagegen unternommen."

„Ist dir jemals in den Sinn gekommen, dass du die Mission ablehnen könntest? Dass du in Camp Citron hättest bleiben und Harry herschicken können, um das Attentat zu verüben?"

„Das konnte ich nicht. Er hätte es ruiniert. Er weiß nicht, wozu Lubanga fähig ist. Außerdem wollte ich es für Zola tun."

„Wer ist Zola."

„Sie ist Lubangas Tochter. Ein Flüchtling, die nun in Äthiopien lebt." Savvy erzählte ihm die furchtbare Geschichte von der Vergewaltigung und dem Mord an ihrer jüngeren Schwester, wodurch ihre unmögliche Situation sogar noch hässlicher wurde.

Verdammt. Savvy hatte recht. Er wollte, dass Lubanga erledigt wurde, aber das entschuldigte nicht ihr Fehlverhalten und die Tatsache, dass sie ihm den wahren Grund ihrer Mission vorenthalten hatte. „Ich habe immer gewusst, dass du gewillt bist, jeden jederzeit brennen zu lassen, solange du das bekommst, wonach du suchst. Ich hatte befürchtet, dass du dasselbe mit mir tun würdest. Ich hatte nur nicht erwartet, dass das sogar schon vor dem Beginn der Mission geschehen würde."

Er rieb sich mit der Hand übers Gesicht. Sein Bart war voller, als es ihm lieb war – weil sie es von ihm verlangt hatte. Sogar sein eigenes Gesichtshaar war ihm unangenehm. „Wie soll ich überhaupt glauben, dass du nicht vorhattest, Lubanga letzte Nacht zu töten?"

„Ich wollte es erst tun, nachdem du abgereist bist. Ich schwöre es."

„Die Sache mit professionellen Lügnern ist, dass dir solche Sprüche wie ‚ich schwöre es' niemand glauben wird, Savvy."

„Ich lüge für die Mission. Ich belüge Leute wie Anton und Jean Paul Lubanga. Aber dich belüge ich nicht – und habe es vorher nicht getan."

Er zog eine Augenbraue hoch. „Ach wirklich? Dann hast du mir also schon vor Tagen gesagt, dass dies eine verdeckte Operation für eine Attentatsmission ist und mir ist das nur nicht aufgefallen?"

„Das war keine Lüge. Ich habe es nur nicht erwähnt."

„Von meinem Standpunkt aus – kompromittiert und hier in Tansania festsitzend – fühlt sich das verdammt nochmal wie dasselbe an." Die Wut, die ihn erfüllte, wer gefährlich nahe daran, überzukochen. Himmel. Er hatte wiederholt mit ihr geschlafen. Er hatte angefangen zu glauben, dass er vielleicht mehr mit ihr wollte.

Er hatte geglaubt, dass er sie all die Monate falsch eingeschätzt hatte, doch seine Vermutungen waren alle absolut korrekt gewesen. „Wie willst du ihn umbringen?"

„Keine Ahnung. Ich hatte gehofft, dass er mich als seine Mätresse annehmen würde, aber er hat mich nicht zweimal angesehen. Der Wachmann, der mich in Lubangas Kabine gefunden hat, sagte, dass Lubanga nicht mit Huren schläft. Wenn man sein Desinteresse an der Sexshow bedenkt, scheint das zu stimmen. Vielleicht werde ich einfach auf der Yacht auftauchen und mich Gorev anbieten. Ich könnte ihm sagen, dass ich dich in die Wüste geschickt habe, weil du zu grob mit mir warst. Ich werde mir etwas ausdenken, dass dich aus allem rauslässt."

Sein Magen zog sich bei dem Gedanken zusammen, dass sie wieder auf diese Yacht gehen und sich erneut als Opfer Gorev anbieten würde. „Du müsstest ihn ficken, wenn du lange genug dortbleiben willst, um Lubanga zu ermorden."

Sie zuckte mit den Schultern. „Nicht mein Lieblingsplan, aber ich bin dazu bereit, es durchzuziehen."

„Ist es das, worum es letzte Nacht ging? Hattest du gehofft, mich dafür weich zu machen, wenn du mir dann die Wahrheit erzählen wolltest? Gehörte mich zu ficken auch zu dem Job dazu?"

Sie zuckte zurück, als ob er sie geschlagen hätte. „Du bist ein Arschloch."

Das konnte er nicht leugnen. Und Gott, die Art wie sie zurückgezuckt war. Gestern Abend hatte sie versucht, vor ihm wegzukrabbeln, nachdem er sie vor allen geschlagen hatte, und er hatte sie an ihren Haaren hochgezogen. Mitten in der Nacht hatte er sie festgehalten und den Duft desselben frischgewaschenen Haares eingeatmet.

„Also, was passiert jetzt? Ich werde dir nicht helfen, ihn zu töten. Ich bin kein Mörder."

„Ich bin auch keine Mörderin. Und du hast weitaus mehr Männer für den Staat getötet als ich."

„Im Krieg. Mit Einsatzregeln."

„Du bist in Lager eingedrungen und hast getötet. Sich mitten in der Nacht an Söldner anzuschleichen und ihnen die Kehle durchzuschneiden ist so anders? Lubanga handelt mit Kindern und Drogen. Durch sein legales Geschäft – die Bergbaurechte zu verwalten – bekommt er jedes Jahr Millionen in Boni, und wer weiß, was sonst noch alles. Er hat es verdient, was auf ihn zukommt."

„Und du bist jetzt sein alleiniger Richter?"

„Nein. Ich bin der Scharfrichter. Der Richter und die Jury ist die amerikanische Regierung. Attentatsbefehle werden niemals leichtfertig erteilt, und sie kommen immer von ganz oben. Es ist nicht mein Job, meine Befehle zu hinterfragen, genauso wenig, wie du deine von SOCOM hinterfragst."

„Hast du jemals zuvor ein Attentat auf jemanden verübt?"

Er erwartete keine Antwort. Sie würde sagen, dass es streng geheim wäre, und es dabei belassen. Doch sie überraschte ihn und sagte: „Nein. Ich habe zu meiner Selbstverteidigung getötet. Einmal. Man hat mir noch nie zuvor eine verdeckte Operationsmission wie diese zugeteilt."

„Wie hast du diesen Befehl erhalten? Wie ist das Protokoll?"

Sie rieb sich über ihre Arme. „Es war verbal. Von Seth. Das ist der Grund, warum er nach Dschibuti geflogen ist. Er hatte eine gute Ausrede, da er gekommen war, um mir für meine gute Arbeit mit Drugov zu gratulieren. Die perfekte Tarnung, um den Befehl zu überbringen – und einen Partner für die geheime Mission gleich mit."

„Seth hat dir den Befehl erteilt. Und du hast ihn von niemand anderem bestätigen lassen?"

Sie starrte ihn an. „Ich hatte vor unserer Abreise von Camp Citron eine kodierte Kommunikation mit Langley. Ich bin kein Idiot."

„Aber die war kodiert. Also sagte die nicht direkt ‚Kill Lubanga'."

„Worauf willst du hinaus?", sagte sie. Ihre Tränen waren nun getrocknet, da sie mit ihm argumentierte.

„Ich will darauf hinaus, dass der gute alte Seth dich mit dem Mann auf deine erste Attentatsmission schicken wollte, der dich vergewaltigt hat. Er ist in der CIA, somit konnte er mit Sicherheit arrangieren, dass du die Bestätigung für den Attentatsauftrag bekommen würdest, den er dir freundlicherweise persönlich aufgetragen hat. Ich will damit sagen, dass du Lubangas Codenamen auf dem Computer dieses Arschlochs gesehen hast. Diese Operation wurde von der CIA kompromittiert, und eine schlaue Agentin sollte mal ein Auge auf ihren Boss werfen und sich fragen, warum er ihr eine Falle gestellt hat."

◆

Savvy verschwendete keine Zeit und rannte schnurstracks zur Toilette, wo sie ihren gesamten Mageninhalt erbrach. Allerdings hatte sie seit gestern Abend vor der Party nichts mehr gegessen, somit war da nicht viel zu erbrechen.

Sie ließ sich gegen die Wand sinken und wischte sich den Schweiß von der Stirn.

Sie wollte Cals Verdacht abstreiten, aber das konnte sie nicht. Irgendetwas an Seths plötzlichem Auftauchen war seltsam gewesen. Und die Tatsache, dass er Harry mitgebracht hatte …

das hatte sie abgekühlt. Als Harry zu Seths Einheit transferiert worden war, hatte sie gedacht, dass Seth endlich etwas wegen der Vergewaltigung unternehmen würde, über die sie ihn Jahre zuvor unterrichtet hatte. Doch stattdessen hatte er ihr versprochen, dass sie niemals mit Harry auf einer geheimen Mission würde arbeiten müssen. Dann hatte er dieses Versprechen gebrochen, indem er den Mann nach Dschibuti gebracht hatte.

Sie wäre jetzt mit Harry hier, wenn Cal nicht gewesen wäre. Sie schuldete ihm so viel und er hasste sie. Erneut.

Mit einem leeren Magen hatte sie nun nur noch Tränen übrig. Sie gab sich ihnen hin und weinte mehr wegen Cals Abneigung als um Seths Verrat. Die Trauer über Seths Verrat würde sie später treffen, das wusste sie. Doch jetzt, in diesem Augenblick, war sie dabei, sich in Cassius zu verlieben, und sie hatte ihn hinters Licht geführt. Sie hatte sein Leben und seine Reputation in Gefahr gebracht, um sich selbst zu retten. Er würde ihr niemals verzeihen. Warum sollte er das? Sie hatte nichts getan, um seine Vergebung zu verdienen.

Sie stand vom Badezimmerboden auf, nachdem sie sich ihr Gesicht trockengewischt und ihre Nase mit Toilettenpapier geputzt hatte. Sie musste sich zusammenreißen und herausfinden, was hier vor sich ging. Sie und Cal befanden sich in echten Schwierigkeiten. Es spielte keine Rolle, was er für sie empfand, sie mussten zusammenarbeiten, damit sie nach Camp Citron zurückkehren konnten. Sobald sie dort waren, konnte er nach Hause gehen und sie … sie konnte feststellen, ob sie noch für die CIA arbeitete.

Sie würden sich niemals wiedersehen.

Sie unterdrückte den Schmerz. Später. Sie konnte in Dschibuti zusammenbrechen, nachdem Cal abgereist war.

Sie trat aus dem Badezimmer und sah, dass das Cottage leer war. Eine Notiz auf der Küchenablage sagte, dass Cal zum Markt gegangen war, um Lebensmittel zu besorgen. Guter Plan. Dieses Haus war sicher und anonym. Sie könnten und sollten für ein paar Tage hierbleiben.

Da Cal gegangen war, sprang sie kurz unter die Dusche. Nach dem stundenlangen Stromausfall war das Wasser lauwarm, aber es war schwül und heiß in dem abgeschlossenen Häuschen, somit war die Temperatur angenehm. Wahrscheinlich könnten sie die Fenster öffnen, aber sie entschied sich für Sicherheit über Komfort. Es war schon schlimm genug, dass sie und Cal getrennt waren, während er nach Essbarem suchte. Sie zog sich ihre Yogahose an und ein T-Shirt, und es war das erste Mal seit Tagen, dass sie etwas Bequemes anziehen konnte. Sie war froh, dass sie das Cottage heute nicht verlassen musste.

Sie zog ihren Laptop hervor, weil sie sich die Dateien ansehen wollte, doch sie knirschte mit den Zähnen als ihr bewusstwurde, dass die Batterie leer war. Auch gut. Wenn sie sich nicht Lubangas Dateien ansehen konnte, würde sie einen Notizblock benutzen und alles aufschreiben, was sie über Seth Olsen und Harrison Evers wusste.

◆

Cal saß im Sedan und hielt das kleine Satellitentelefon in der Hand, dass SOCOM ihm mit der Anweisung gegeben hatte, es vor Savvy zu verstecken. Schließlich sollte er sie für SOCOM ausspionieren. Sie wollten wissen, warum sie so viel Macht – oder Autonomie – innerhalb der Direktion der Operationen hatte. Hätte SOCOM gewollt, dass er diese Mission annahm, wenn sie gewusst hätten, dass es sich dabei um ein angeordnetes Attentat handelte?

Vielleicht.

Hätte er den Auftrag angenommen?

Vielleicht.

Veränderte das seine Gefühle bezüglich ihrer Verheimlichung?

Nicht im Geringsten.

Doch in diesem Augenblick blieb seine wirkliche Frage: War dieser Mordauftrag tatsächlich von ganz oben gekommen? Vielleicht war dies überhaupt keine Attentatsmission. Zumindest kein Attentat auf Lubanga. Was, wenn Seth Olsen Savvy hierhergeschickt hatte, um sie loszuwerden? War das der Grund gewesen, warum er Harry als ihren Partner ausgewählt hatte?

Es bestanden keine Zweifel daran, dass Harrison Evers Savvy aus dem Gleichgewicht brachte und sie dadurch unkonzentriert wäre.

Und Lubanga kannte seinen eigenen Codenamen. Verdammt, sie mussten dieses Dokument lesen. Er sollte wahrscheinlich damit warten, diesen Anruf zu tätigen, aber er bezweifelte, dass er hiernach lange genug von Savvy wegkommen würde, um anzurufen. Und er war nicht bereit, ihr zu gestehen, dass er ein Satellitentelefon hatte. Ganz besonders nicht jetzt.

Er entschloss sich, Pax anzurufen. Er wollte seine Fragen nicht offiziell stellen. Wollte herausfinden, was sein Team über diesen kleinen Ausflug mit Savannah James wusste.

Das Bild von letzter Nacht, wie sie unter ihm lag, blitzte in seinen Gedanken auf. Wie ihr Körper um seinen geschlungen war, während er in sie hineinstieß. *Fuck.*

Er schüttelte den Kopf, um die Erinnerung loszuwerden. Vor Stunden hatte er sich gefragt, ob er mehr als nur eine Affäre wollte. Dummer, dummer Idiot.

Er verstand, warum sie es ihm zu Beginn nicht gesagt hatte. Himmel, er hatte sie ja erst wieder gesehen, nachdem er bereits das Flugzeug bestiegen hatte. Von dem Moment, als er Evers geschlagen hatte, hatten sie keine Zeit gehabt, miteinander zu sprechen. Aber sie hätte es ihm in der ersten Nacht im Hotel sagen können. Hatte sie wirklich vorgehabt, ihn nach Camp Citron zurückzuschicken, um ihn zu beschützen?

Er wusste nicht, was er glauben sollte, was seine Wut innerlich zum Kochen brachte. Himmel, seine Gefühle für sie gingen tiefer, als er es gewollt hatte, was in ihm eine Feindseligkeit auslöste, die ihm den Atem raubte. Jedes Mal, wenn er daran dachte, sie eng an sich zu drücken und tief in ihren Körper zu gleiten, war es wie ein Tritt in die Eier.

Er gab Pax' Handynummer ein. Sie würden heute Morgen mit den Auszubildenden beim Training sein, somit war es unwahrscheinlich, dass er antworten würde, aber er konnte eine Nachricht hinterlassen, und sie konnten reden, sobald Cal die Lebensmittel besorgt hatte.

Doch das Glück war auf seiner Seite, und Pax antwortete. „Ich habe schon auf deinen Anruf gewartet", sagte er ohne große Einleitung.

„Woher wusstest du, dass ich es bin?", fragte er. Das hier war ein neues Satellitentelefon, und er hatte niemandem die Nummer gegeben.

„Captain Oswald hat sich gedacht, dass du mich zuerst anrufen würdest. Sagte, dass ich mein Handy jederzeit bei mir haben sollte."

Ein ungutes Gefühl breitete sich in seinem Magen aus. „Warum? Was ist passiert?"

„Uns wurde heute Morgen mitgeteilt, dass Savvy Drugovs Geld auf ein privates Konto überwiesen hat."

„Und? Sie hat gesagt, dass die Mission so finanziert worden ist."

„Wir reden hier von einer halben Milliarde Dollar."

„Was zur Hölle?"

„Ja. Eine halbe Milliarde von der russischen Mafia, und dann ist sie nach Tansania abgehauen – mit dir."

Kapitel Vierzehn

Savvy fing mit dem Datum 3. Juni oben an der Seite an. Sie starrte auf die Nummer, als die Bedeutung langsam einsank. Ein weiteres Jahr war vergangen. Sie war so auf ihren Job konzentriert gewesen, dass sie es aus ihrem Kopf verdrängt und nicht bemerkt hatte, dass ein weiterer dritter Juni bevorstand.

Sie atmete tief ein. Das Datum war irrelevant. Zunächst zitterte ihre Hand, aber als sie von ihrem ersten Zusammentreffen mit Harrison Evers schrieb, ließ das Beben nach. Es war längst überfällig, dass sie das hier tat.

Sie hatte einige Seiten in chronologischer Reihenfolge vollgeschrieben, als sie zur Vergewaltigung kam. Sie war kein großer Fan von Alkohol, aber in diesem Moment wünschte sie sich, dass sie ein Schnapsglas mit irgendetwas Starkem hätte, das ihre brüchigen Emotionen etwas aufweichen könnte. Diese Erfahrung noch einmal im Geiste erleben zu müssen – noch dazu am 3. Juni von allen Tagen – wenn sie ohnehin schon voller Selbsthass war, weil sie jegliche Chance für eine Beziehung mit Cal sabotiert hatte, war vielleicht zu viel für sie.

Aber sie musste sich dem stellen. Es war ihr eigener verdammter Fehler, dass sie es bis jetzt nie zu Papier gebracht und dokumentiert hatte. Also erlebte sie es erneut, beschrieb das Hotelzimmer in Savannah, im US-Staat Georgia, bis hin zum ekelhaften Gestank von Harrys Schweiß und der sadistischen Begeisterung, die er angesichts ihrer Machtlosigkeit gezeigt hatte.

Tränen tropften von ihren Wangen auf den Notizblock. Ein Wagen fuhr an das Cottage heran. Sie erkannte den Sedan mit Cal am Steuer, also schrieb sie weiter. Er kam herein, als sie die Beschreibung ihrer Vergewaltigung beendete. Als Nächstes würde sie aufschreiben müssen, wie sie Seth davon berichtet hatte, aber das konnte warten.

Sie wischte sich übers Gesicht, als sie auf Cals Blick traf. „Ich habe gerade meine Seite der Vergewaltigung aufgeschrieben", sagte sie, damit er nicht glaubte, dass die Tränen seinetwegen waren. Diese Tränen waren vor einer Stunde getrocknet.

Sie stand von ihrem Sitz auf, um ihm beim Ausladen des Wagens zu helfen. Er sagte nichts, worüber sie froh war. Sie fühlte sich zu wund. Sie half ihm, die Lebensmittel wegzupacken, während sie an einer Baguettestange knabberte. Ihr Magen war aufgewühlt, aber sie musste etwas essen. Das weiße Brot war wie Watte in ihrem Mund, doch sie kaute es gewissenhaft und schluckte es herunter.

Die Küche war winzig, aber Cal achtete darauf, dass genug Abstand zwischen ihnen war, während sie zusammen arbeiteten. Sie berührte ihn nicht, aber sie konnte ihn riechen. Konnte Sex auf seiner Haut riechen.

Erinnerungen an die vergangene Nacht ersetzten die Aufgabe, die sie soeben erledigt hatte. Es war besser, an Cal zu denken als an Harry.

Für einige kurze Stunden hatte Cassius ihr gehört. „Es tut mir leid", flüsterte sie, wohlwissend, dass die Worte unzureichend waren.

Er starrte sie an, sein Gesicht emotionslos. Schließlich sagte er: „Was hast du getan, Savvy?"

Die Art, wie er das sagte, ließ sie zurücktreten. „Was meinst du damit?"

„Für was entschuldigst du dich? Ist es, weil du mir nichts von deinem Bullshit-Attentatsbefehl gesagt hast, oder ist da noch etwas anderes, was du mir nicht gesagt hast?"

Was erwartete er? Was sollte sie sagen? Alles, was sie hatte, war die Wahrheit. „Ich entschuldige mich dafür, dass ich dich in diese Mission hineingezogen habe, ohne dir von dem Attentatsauftrag zu erzählen. Dafür, dass ich geschwiegen habe, anstatt dir die Wahrheit zu sagen und wie ich dich aus allem raushalten wollte."

Sein Kiefer war angespannt. Er hielt ihrem Blick für einen langen Moment stand und sagte dann. „Okay." Nach einer langen Pause fügte er hinzu: „Ich könnte es vielleicht akzeptieren, wenn du gesagt hättest, dass der Befehl streng geheim gewesen wäre, aber du hast diese Ausrede nicht benutzt."

Sie zuckte mit den Schultern. „Streng geheim oder nicht, wenn ich vorgehabt hätte, dich an meiner Seite zu haben, wenn ich ihn töte, hätte ich es dir gesagt. Ich hätte dich nicht einer solchen Gefahr ausgesetzt, ohne dich davor zu warnen."

„Und doch sind wir nun hier. Kompromittiert. Gestrandet. Und du hast mich nicht gewarnt."

Sie nickte und stellte den Eierkarton in den Kühlschrank. Sie packten alle Lebensmittel weg. Ihr Magen rebellierte immer noch. Nachdem sie diese Aufgabe erledigt hatten, wandte sie sich wieder ihrem Notizblock zu.

„Warum benutzt du nicht den Computer?"

„Batterie ist leer. Die Steckdose, die ich zum Aufladen im Hotel benutzt hatte, muss wohl kaputt gewesen sein." Elektrizität in Tansania war eine prekäre Sache – wobei der derzeitige Stromausfall ein perfektes Beispiel dafür war.

Sie starrte auf den Notizblock, aber sie sah weder das noch irgendetwas anderes im Cottage. Was hatte Cal damit gemeint, als er sie gefragt hatte, wofür sie sich entschuldigte? Hatte er SOCOM angerufen, während er draußen war? Hatte er ihren Standort kompromittiert?

Das würde er nicht tun. Sein Leben stand hier genauso auf dem Spiel wie ihres.

Sie brauchte einen Moment, bevor ihr auffiel, dass der Kühlschrank summte, und dann bemerkte sie, dass die Klimaanlage wieder angesprungen war. Endlich Strom. Es würde einige Minuten dauern, bis alles wieder eingeschaltet war, aber wenigstens konnte sie jetzt endlich online gehen und herausfinden, was sich in Lubangas Dateien befand.

◆

Cal wusste nicht, was er glauben sollte. War sie nichts weiter als eine – höchst erfolgreiche – Diebin? Oder versuchte Seth, ihr etwas anzuhängen? Warum hatte sie ihn mitgenommen, wenn das hier eigentlich nur ein brillanter Raubzug war? Sicher, sie hatte vor ihrer Abreise von Camp Citron gewusst, dass er sie attraktiv fand, aber sie wäre irre, wenn sie glaubte, dass er ihren Diebstahl blindlings akzeptieren und mit ihr in den Sonnenuntergang davonreiten würde.

Die Spezialeinheit war sein Leben. Sein Team war seine zweite Familie. Er würde niemals sein Land, seine Karriere und alles, was er war, für Sex und Geld aufgeben. Und sie kannte ihn gut genug, um sich das denken zu können.

All das ergab keinen Sinn.

Nun befand er sich in dieser Situation. Pax hatte ihn gewarnt, dass man ihn als AWOL, also Fehlen ohne offizielle Erlaubnis, einstufen würde, wenn er SOCOM keinen Bericht erstatten würde. Falls SOCOM dieses Telefon zurückverfolgen konnte, würden sie wissen, dass er Pax angerufen hatte. Pax hatte gesagt, dass er Fragen beantworten würde, falls welche kämen, aber er würde die Information, dass Cal angerufen hatte, nicht selbst weiterleiten. Es war eine beschissene Sache, seinen besten Freund da mit reinzuziehen, aber Cal brauchte mehr Informationen, bevor er SOCOM anrufen wollte. Das hier konnte ein Versuch der CIA sein, über SOCOM an Savvy heranzukommen und sie in eine Falle zu locken.

Nachdem er das Gespräch beendet hatte, zog er die Batterie aus dem Telefon. Er befand sich meilenweit weg von ihrem Airbnb. Ihr Standort war sicher.

Die Ironie, dass er Pax gebeten hatte, Informationen vor SOCOM geheim zu halten – wo dies doch genau der Grund für seine Wut auf Savvy war – entging ihm nicht. Aber er und Savvy mussten sich Lubangas Dateien anschauen, wovon viele wahrscheinlich in Lingala verfasst waren, um herauszufinden, was hier vor sich ging.

Sie brauchte ihn, während die CIA wirklich extrem hart daran arbeitete, sicherzustellen, dass sie scheiterte. Wie sehr hatte sie Seth einen Strich durch seine Rechnung gemacht, als sie Harry Cal zuliebe einfach hatte fallen lassen?

Sie arrangierte ihren Computer und tragbaren Hotspot auf dem kleinen Esstisch, der die Küche vom Wohnzimmer trennte.

Er beobachtete sie, als sie das Kennwort in ihren geheimen Cloudspeicher eingab, was ihn daran erinnerte, dass er nun genauso in diese Sache verwickelt war, wie sie selbst, und er ohne ihre Hilfe keine Chance hätte, *seine* eigene Reputation wiederherzustellen.

„Ich will all deine Kennwörter wissen", sagte er.

Sie drehte sich mit einem neugierigen Ausdruck zu ihm um. „Du weißt, dass ich das nicht tun kann. Ich bin in der CIA. Ich kann dir nicht einfach geheime Informationen zur Verfügung stellen, die von der CIA gesammelt worden sind."

„Ich habe beim Sammeln geholfen."

„Na und? SEALs haben Dateien aus bin Ladens Versteck sichergestellt. Heißt das jetzt, dass sie das Recht hatten, sich diese Dateien anzuschauen?"

Er erinnerte sich daran, dass sie nicht wusste, dass sie – und damit auch er selbst – beschuldigt wurden, eine halbe Milliarde Dollar von einem toten Oligarchen gestohlen zu haben. Aber er war nicht dazu bereit, ihr das zu verraten. Noch nicht. Sie mussten zuerst die Dateien lesen. Er musste zuerst sicher sein, dass sie nicht einer größeren Operation angehörte. Dass das hier keine Sexfalle war, um ihn zu erledigen.

Sein Vater arbeitete für das Außenministerium und hatte schlechte Erfahrungen mit der CIA gemacht. Was wäre, wenn man Cal nicht deshalb ausgewählt hatte, weil er Lingala sprach, oder weil Savvy mit ihm und einem Haufen Bargeld entfliehen wollte – sondern wegen seines Vaters?

„Du brauchst mich, damit ich die Dokumente in Lingala lese."

Sie nickte. „Aber dafür brauchst du meine Passwörter nicht."

Er seufzte. „Wenn du Beweise findest, dass Seth Olsen dich verraten hat, wirst du *alles* teilen. Inklusive deiner Passwörter. Ich habe das Recht auf diese Information, wenn man bedenkt, dass hier mein Arsch genauso auf dem Spiel steht wie deiner."

Sie gab ihm ein scharfes Nicken, wobei ihre vollen Lippen zu einer harten dünnen Linie verzogen waren. „Das ist fair." Sie wandte sich wieder ihrem Computer zu. „Es wird eine Weile dauern, bis ich Lubangas Dateien heruntergeladen habe. Mein Satelliten-Hotspot ist eine billige Ladenversion – keine CIA-Technologie – und langsam."

Cal war begierig darauf, sich diese Dateien anzusehen, aber er wusste, dass es besser war, langsam vorzugehen, als ein Modem zu benutzen, dass die CIA zur Verfügung gestellt hatte. „Ich mache uns etwas zu Essen." Ihm war aufgefallen, dass Savvy nur ein kleines Stück Brot runtergewürgt hatte, welches sie sich vom Ende eines Baguettes abgerissen hatte. Sie mussten beide etwas essen.

Es war Monate her, seit Cal für sich selbst gekocht hatte. Dies war eine Aufgabe, der er nach einer langen Stationierung normalerweise freudig entgegensah. Heute Morgen war er mit Savvys Mund auf seinem Körper aufgewacht, und er war ungeduldig gewesen, Lebensmittel zu besorgen, um ihr ein großes Postsex-Frühstück zuzubereiten, wie er das immer tat, wenn er in den Staaten war und seine jeweilige Freundin bei ihm übernachtet hatte.

Ein großes Frühstück nach dem Sex war seine Lieblingsart, einen Morgen am Wochenende zu verbringen.

Doch Fantasien von Speck und French Toast im Bett - und davon, so lange mit dem Sirup zu spielen, bis sie beide klebrig und süß waren – waren von der Realität zerstört worden. Nun betrachtete er ihr Profil, während er ihnen Thunfisch-Sandwiches machte. Sie saß mit stocksteifer Wirbelsäule vor dem Computer.

Konnte er ihr vergeben?

Er verstand, warum sie es ihm nicht gesagt hatte. Himmel,

sie war von Harrison Evers vergewaltigt worden. Cal müsste ein herzloses Arschloch sein, die furchtbare Position nicht zu verstehen, in der sie sich befunden hatte. Und er musste zugeben, dass ihr Plan, ihn zurückzuschicken, sobald er ihr den Zutritt verschafft hatte, den sie brauchte, zwar wie ein Schlag in die Magengegend war, ihn aber von den Nachwirkungen ihrer Mission geschützt hätte.

Er konnte nicht anders und fragte sich, ob sie hergeschickt worden war, um zu scheitern. Um von Lubanga ermordet zu werden. Die Tatsache, dass sie es geschafft hatte, Evers loszuwerden und sich mit Cal zusammenzutun, könnte der einzige Grund dafür sein, dass sie noch am Leben war und hier am Computer saß.

Dieser Gedanke drehte ihm den Magen um. Er wollte nicht in einer Welt ohne Freya Ohne-Nachname leben. Und das beantwortete alle Fragen, die er in Bezug darauf hatte, ob er ihr vertrauen konnte oder nicht. Wie ein Vollidiot wollte er zu ihr gehen, sie in seine Arme ziehen und sie küssen.

Himmel, er wollte mehr, als sie nur zu küssen. Aber sie hatte sein Vertrauen missbraucht. Wie konnten Zorn und Verlangen gleichzeitig in ihm existieren? Allerdings hatte Savvy schon immer die stärksten Emotionen in ihm hervorgerufen.

Er unterdrückte sein Mitgefühl. Sie hatten einen Job zu erledigen.

Sobald die Sandwiches und der Salat fertig waren, ließ er sich auf den Stuhl neben sie fallen. „Schon was gefunden?"

„Noch nicht." Ihr Fokus war auf dem Bildschirm, aber er konnte die Reaktion sehen, die seine Nähe in ihr auslöste.

Sie hatten es nie wirklich fertiggebracht, ihre körperliche Anziehungskraft zueinander unter Kontrolle zu bringen. Zumindest hatte es sie gestern Abend nicht verraten. Wenn überhaupt, war es zu ihrem Vorteil gewesen und hatte Mani einen extra Grund gegeben, sich über Jamies geplanten Betrug aufzuregen.

„Das erste Paket ist heruntergeladen", sagte sie, „aber ich konnte die Zagreus-Datei nicht darin finden. Ich hoffe, die ist im nächsten Download." Sie fixierte ihn mit einem starren Blick.

„Hast du irgendjemanden angerufen, während du weg warst? Weiß SOCOM, wo wir sind?"

Er war froh über die zweite Frage. Die konnte er beantworten. „SOCOM weiß nicht, wo wir uns aufhalten."

Der Computer piepte auf. Das zweite Bündel an Dateien war fertig heruntergeladen. Sie klickte auf den Dateibaum.

Er scannte die Namen. Einige waren in Lingala. Er übersetzte die Namen und sie markierte diejenigen, die interessant aussahen. Sie scrollte bis nach unten weiter und da war es. Zagreus.

Sie öffnete die Datei und offenbarte eine Liste mit zwei Abschnitten.

Zagreus / Jean Paul Lubanga – Daressalam
Pastor Abel Fitzsimmons – Lynchburg, Virginia
Senator Albert Jackson – Washington, DC
Jeffery Prime, Jr. – Daressalam
Mikhail Petrykin / Harrison Evers – Daressalam

Jamie Savage / Savannah James / Freya Lange –
    Daressalam
Sergeant First Class Cassius Callahan, US-Army
    Sondereinheit – Daressalam
US-Generalstaatsanwalt Curt Dominick –
    Washington, DC
Senator Alec Ravissant – Gaithersburg,
    Maryland
Chief Warrant Officer Sebastian Ford, US-Army
    Sondereinheit – Camp Citron
Gabriella Prime / Brie Stewart – Fort Campbell

Cal schob sein Sandwich beiseite. Er konnte jetzt nichts essen. „Dein Nachname ist Lange?"

Sie traf seinen Blick und ihr Gesicht verlor jegliche Farbe. „Ja."

„Was hat das zu bedeuten?"

„Ich weiß es nicht. Warum sind unsere Namen in einem

Dokument zusammen mit Pastor Fitzsimmons? Was macht Harry in Daressalam?“

„Ist Mikhail Petrykin sein Alias?“

„Ja. Er sollte einen russischen Geschäftspartner von Drugov spielen, aber er hat diesen Alias noch nie benutzt – nicht einmal für seinen Flug nach Dschibuti – was bedeutet, dass zwei, höchstens drei Personen von dem Namen wussten, der ihm zugeteilt worden war.“

„SOCOM würde nichts davon wissen. Dieses Dokument musste von der CIA kommen.“

Sie starrte auf den Bildschirm. „Ich frage mich … der Name der Datei. Es ist das erste Wort in dem Dokument – die Standardeinstellung für Namen, wenn man ein Dokument in Word speichert.“

Als sie letzte Nacht den Namen gesehen hatte, war Savvy aufmerksam geworden. War es möglich, dass einzig faules Speichern dieser Datei sie davor bewahrt hatte, letzte Nacht in ihrem Hotel oder heute Morgen am Flughafen in eine Falle zu laufen? Dem Flughafen, wo laut Pax höchstwahrscheinlich russische Bratva nach ihnen beiden gesucht hatten.

„Warum befindet sich mein Alias nicht auf der Liste?“

Sie rieb sich mit ihrer Hand übers Gesicht. „Ich habe Seth nie die Namen mitgeteilt, die ich für dich vorbereitet hatte.“ Sie berührte den Bildschirm. „Warum sind Bastian und Brie auf dieser Liste?“

„Das könnte bedeuten, dass Brie in Gefahr ist.“ Die Tatsache, dass man wusste, dass sie sich in Kentucky befand, war alarmierend. „Wir müssen Bastian anrufen. Ihn warnen.“

Sie nickte. Wenigstens waren sie sich in diesem Punkt einig. „Was hat der US-Generalstaatsanwalt mit uns zu tun? Oder Senator Ravissant, wo wir schon dabei sind?“

„Ravissant ist der neue Senator von Maryland. Meine Eltern haben für ihn gestimmt.“ Cal hätte ihn ebenfalls gewählt, aber er hatte seinen Wohnsitz vor ein paar Jahren nach Kentucky verlegt.

Mit mehr als dreißig Jahren im Außenministerium hatte Cals Vater mittlerweile die meisten der Hauptspieler in

Washington DC kennengelernt. Zudem hatte er noch einen Sitzplatz in der ersten Reihe gehabt, als der damals zuständige Außenminister in einen Skandal verwickelt gewesen war, der beinahe zum Mord an Curt Dominick geführt hatte, bevor der US-Generalstaatsanwalt wurde.

Sein Vater besaß tief fundierte politische Ansichten, und wann immer Cal zu Besuch nach Hause kam, folgten lange Diskussionen über Politik – örtlich und national – wodurch Cal eine weitaus tiefergreifende Kenntnis über den Generalstaatsanwalt besaß. „Dominick und Ravissant sind befreundet. Es gibt Fotos vom Senator und dessen Freundin, wie sie mit dem Generalstaatsanwalt und dessen Frau kurz vor den Wahlen im November zusammen zu Abend gegessen haben – nach dem Skandal mit Ravissants militärischem Trainingslager in Alaska. Auf diese Weise hat der Generalstaatsanwalt gezeigt, dass er dem Kandidaten vertraute, ohne ihn offiziell zu unterstützen."

„Ich erinnere mich daran. Eine öffentliche Unterstützungserklärung hätte man als einen Verstoß gegen das Hatch Act Gesetz ansehen können."

„Genau. Laut meinem Vater ist Dominick ein rechtschaffener Mann. Der Kerl lebt für das Gesetz."

Savvy stand von ihrem Stuhl auf und wanderte im Raum auf und ab. „Was zur Hölle hat diese Liste zu bedeuten? Warum ist der Standort jeder Person angegeben? Glaubst du, dass dein Vater in Bezug auf den Generalstaatsanwalt falsch liegen könnte?"

Cal zuckte mit den Schultern. Er hatte genauso wenige eine Antwort darauf wie sie selbst.

Sie beugte sich herunter und tippte auf den Bildschirm. „Wir sollten oben anfangen – mit dem Televangelisten. Was hat er mit Lubanga und Gorev zu tun? Er hatte einen Deal mit Drugov vereinbart – ich glaube, dass er etwas für Brie Stewarts Menstruationsunterwäsche-Projekt spenden wollte."

„Ist es möglich, dass er wusste, was Drugov dort geplant hatte?" Cal verzog sein Gesicht zu einer Grimasse, als er an den Völkermord dachte, der vereitelt worden war. „Es könnte sich um eine ehrliche wohltätige Spende handeln."

Savvy seufzte. „Die Tatsache, dass er mit zwei Oligarchen assoziiert ist, sieht für mich weder unschuldig noch wohltätig aus. Bevor ich Camp Citron verließ, sagte Seth, dass Fitzsimmons es darauf abgesehen habe, ein geistliches Oberhaupt im Kongo zu werden, falls Lubanga an die Macht kommen sollte. Jetzt taucht sein Name in derselben Gruppe wie JJ Prime auf – von dem wir wissen, dass er Verbindungen zu Drugov hatte und jetzt mit Gorev herumhängt.“

„Der Generalstaatsanwalt und Senator Ravissant passen da nicht rein, es sei denn, mein Vater irrt sich – was möglich wäre.“

Sie runzelte ihre Stirn. „Aber sie sind in der unteren Gruppe. Zusammen mit uns. Ich weiß, dass Drugov es auf den Generalstaatsanwalt abgesehen hatte, weil das Justizministerium eine potenzielle Preisfixierung zwischen Druneft und Prime Energy untersuchte. Albert Jackson war ebenfalls darin verwickelt. Du hast gesagt, dass der Senator und der Generalstaatsanwalt befreundet sind. Vielleicht sieht derjenige, der diese Liste geschickt hat, Alex Ravissant als einen Weg, um an den Generalstaatsanwalt ranzukommen? Ravissant wäre durch den Alaska-Skandal verwundbar. In der Geheimdienst-Community heißt es, dass da in der Wildnis noch sehr viel mehr geschehen sein soll. Vielleicht waren die DIA und Russland involviert.“

„Das könnte also ihre Namen auf der Liste erklären. Dann ist der untere Teil also eine Abschussliste?“

Sie biss sich auf ihre Lippe. „Vielleicht. Jemand könnte versuchen, ein paar ungeklärte Probleme zu lösen. Wir müssen uns alle Dateien anschauen. Wir übersehen hier etwas. Alles, was wir haben, sind wilde Spekulationen.“

Er nickte. „Aber zuerst muss ich Bastian anrufen und ihm sagen, dass er und Brie auf dieser Liste stehen.“

„Okay. Aber nicht von hier. Falls man den Anruf zurückverfolgt …“

„Ich weiß.“ Er war noch nicht bereit, ihr von dem Satellitentelefon zu erzählen, also sagte er stattdessen: „Ich werde eins der Wegwerfhandys benutzen und zum Geschäftsdistrikt fahren, um den Anruf zu tätigen.“

Sie nickte. „Ich werde mir Lubangas Dateien ansehen, während du weg bist.“

Er hob die Schlüssel von dem Tisch neben der Tür auf.

„Sei vorsichtig, Cal. Fahre eine vollständige Überwachungsentdeckungsroute. Gehe kein Risiko ein, und beschütze dich selbst um jeden Preis.“

Sein Instinkt drängte ihn, sie zum Abschied zu küssen. Jedes Mal, wenn sie sich trennten, war es ein Risiko. Dies könnte das letzte Mal sein, dass er sie sah. Für ihn wäre ein Kuss nun die natürlichste Sache der Welt.

Nur, dass er es nicht tun konnte.

„Mache ich.“ Er trat nach draußen und blickte nicht zurück.

Kapitel Fünfzehn

Das winzige Haus war geradezu schmerzhaft still, nachdem Cal gegangen war, und ein Teil von Savvy fragte sich, ob er zurückkehren würde. Dies war seine Chance, abzuhauen. Er könnte zum Flughafen fahren und sich in einen Flieger nach Dschibuti setzen – frei und sauber.

Sie konnte es ihm nicht wirklich übelnehmen, falls er das tat. Sie hatte seine Loyalität nicht verdient. Er hatte keinen Grund zu glauben, dass sie tatsächlich geplant hatte, ihn zurückzuschicken, um ihn vor den Konsequenzen zu schützen, falls die Mission scheitern sollte. Trotzdem bereitete der Gedanke, dass er sie verlassen könnte – egal wie verdient – ihr Schmerzen.

Sergeant First Class Cassius Callahan war alles, was sie in einem Mann und Partner wollte, aber er war auch derjenige, von dem sie gewusst hatte, dass sie nie mehr als nur eine kurze Affäre mit ihm haben würde. Bis er auf eine Weise mit ihr geschlafen hatte, die sie glauben ließ, dass er vielleicht mehr wollte.

Dann hatte ihre Verschleierung all seine Gefühle im Keim erstickt – schneller als eine Kugel mit Überschallgeschwindigkeit.

Sie schüttelte den Kopf, um ihre Gedanken zu ordnen. Sie musste sich Lubangas Dateien vornehmen. Ob Cal zurückkehrte oder nicht – sie hatte eine Aufgabe zu erledigen, und sie musste herausfinden, wer Freund und wer Feind war.

Sie schob die Dateien, die in Lingala verfasst waren, in einen Ordner, den Cal durchlesen konnte. Die französischen konnte sie selbst übersetzen, aber sie war am meisten an den Englischen interessiert, weil dies die gemeinsame Sprache zwischen Gorev, Lubanga und Fitzsimmons war.

Eine antike Uhr auf einem Sideboard zählte tickend die Minuten in einem ansonsten stillen Raum, während sie die Dateien nach Referenzen zu dem evangelischen Televangelisten durchsuchte. Aber sie konnte nicht einfach nur die Namen und Begriffe suchen, da - wie sie sehr schnell feststellte - viele der Dokumente in JPEG-Dateien umgewandelt worden waren. Damit waren alle Bilder und kein suchbarer Text. Eine extra Schutzschicht eines äußerst vorsichtigen Mannes. Dabei hatte sein Laptop nicht einmal eine Wi-Fi-Verbindung oder einen LAN-Anschluss.

Schließlich hatte sie Glück und öffnete eine Image-Datei, in der Fitzsimmons erwähnt wurde. Und sie selbst.

Versailles métro – 5 Juin
<u>revenu</u>
A Fitzsimmons
N Drugov

<u>dépense</u>
militaire
R Gorev
F Lange
C Dominick
A Ravissant

Revenu und *dépense* waren einfach: Einkommen und Ausgaben. Die Namen waren offensichtlich. Dies mussten die Anweisungen für jemanden sein, der für seine finanziellen Transaktionen verantwortlich war. Der 5. Juni war in zwei Tagen. „Versailles métro", was sich auf die Pariser Untergrundbahn bezog, war da schon etwas verwirrender. Würde am Fünften etwas in Frankreich geschehen? Soweit sie es wusste, hatte die Stadt Versailles keine U-Bahn.

Sie starrte auf ihren Namen. Geschrieben in „Times New Roman". Es war unglaublich vertraut und doch vollkommen rätselhaft. Warum gehörte sie zu den finanziellen Ausgaben? Bezahlte er jemanden, um sie auszuschalten?

Ein Geräusch an der Tür ließ sie aufschrecken. Sie hatte nicht gehört, dass Cal die Einfahrt hinaufgefahren war und erwartete, dass er sehr viel länger unterwegs sein würde, wenn man die Zeit mit einberechnete, die es dauern würde, um die notwendige Überwachungserkennungsroute, die *surveillance detection route*, oder kurz SDR, zu fahren. Sie blickte zur Tür. Ihr Körper sprang auf, als wenn sie von einem Blitz getroffen worden wäre, als sie Harry in der Tür stehen sah.

Nachdem Cal zwanzig Minuten lang die Überwachungserkennungsroute abgefahren war und keine Verfolger bemerkt hatte, drängte sich ein nagender Punkt in seinen Gedanken nach vorn.

Harrison Evers war in Daressalam.

Man hatte Savvy gesagt, dass Harry zusammen mit Seth nach Amerika zurückfliegen würde. Aber das hatte der Agent nicht getan. Stattdessen war er nach Tansania gekommen. War es, um seine Mission zu Ende zu bringen und den Minister zu erledigen, oder hatte er ganz andere Befehle, nach denen er handelte?

Dass Seth Savvy bezüglich Harrys Rückreise in die USA angelogen hatte, war nur ein weiterer Hinweis darauf, wer der Maulwurf innerhalb der CIA war. Es war ebenfalls interessant, dass sich Seths Name auf keiner der Listen befand. Allerdings war Cal sich bereits sicher, dass er derjenige gewesen war, der sie geschrieben hatte. Er hatte Kenntnis über die Aufenthaltsorte jeder dieser Personen, inklusive Brie Stewarts. Die Agentur hatte diesen für Nachfolgeinterviews benötigt.

Cal bog in eine Seitenstraße ein und parkte. Er hatte ein schlechtes Gefühl dabei, Savvy zu lang allein zu lassen. Er hatte keine Zeit für eine langwierige Überwachungserkennungsroute. Er musste wieder zu ihr zurück, und zwar schnell.

Aber er schuldete Bastian ebenfalls einen Anruf.

Er wählte dessen Nummer, doch sein Anruf landete auf der Voicemail. „Bas, ich habe deinen und Bries Namen auf einer Liste auf Jean Paul Lubangas Computer gesehen. Sie enthielt euren Aufenthaltsort und zeigte an, dass Brie in Kentucky ist. Es könnte nicht schaden, wenn Brie für eine Weile untertaucht, bis wir wissen, was das alles bedeutet. Vielleicht kann sie ihren Bruder Rafe dazu bringen, für einen Bodyguard zu bezahlen. Sie könnte ehemalige Soldaten der Spezialeinheit einstellen. Ich glaube, Martinez arbeitet für jemanden in Cincinnati. Ich muss jetzt los. Sorry, dass ich das so ohne weitere Info auf dir ablade, aber mehr wissen wir auch noch nicht. Ich rufe dich wieder an, sobald ich kann."

Er drückte auf den roten Hörer und warf das Handy auf den Sitz. Sein Soldateninstinkt sagte ihm, dass er sofort wieder zu ihrem angemieteten Haus zurückkehren musste.

Savvy sprang auf und stieß den Stuhl um. Sie bewegte sich schnell, aber Harry hatte das Überraschungsmoment auf seiner Seite. Außerdem war er der einzige Mann auf diesem Planeten, der sie aus der Fassung brachte, was wiederum ihre Reaktionszeit verlangsamte. Sie stolperte über die Stuhlbeine, als er sich mit voller Wucht auf sie stürzte.

Ehe sie wusste wie ihr geschah, hatte er sie neben dem Sofa auf dem Boden festgepinnt. Sie schaffte es, ihr Knie hochzuziehen und ihn von sich zu stoßen, bevor sie sich auf ihn stürzte und ihn gegen die Wand drängte. Eine Lampe auf dem Seitentisch fiel um und zersplitterte auf dem Boden. Sie ergriff eine Glasscherbe und hielt sie an Harrys Kehle.

Seine Augen weiteten sich vor Angst. Wahrscheinlich, weil er wusste, dass sie nicht zögern würde, ihn aufzuschlitzen. Sie hatte eine Million Fragen, aber in diesem Augenblick war nur eine wichtig. „Wie hast du mich gefunden?"

Als er nicht antwortete, trieb sie die rasierscharfe Kante an seinem Kiefer entlang, was einen tiefen Schnitt öffnete, bevor sie die Scherbe wieder an seine Schlagader hielt. „Wie hast du mich gefunden?", wiederholte sie.

„Dein Computer", sagte er und bewegte dabei kaum den Mund, um nicht gegen die Scherbe zu stoßen. „Ich habe im Camp Citron ein Programm installiert."

Oh, verdammt. Sie hatte gedacht, dass der Computer sauber wäre, weil sie ihn nur wenige Tage vor der Mission abgeholt hatte. Er war nicht einmal auf ihrem Schreibtisch gewesen, als Harry und Seth dort gewesen waren. Er musste ihn in der Tasche in ihrem Büro gesehen haben.

Und er musste das Programm installiert haben, als sie sich mit Seth zu einem Drink im *Barely North* getroffen hatte. Der Schmerz dieses Verrats machte sie schwindelig. Sie versuchte, ihre Reaktion zu verbergen.

„Ich dachte, dass du das herausgefunden hast, als das Signal gestern Morgen plötzlich verschwand. Ich war überrascht, als es vor einer Stunde plötzlich wieder sendete."

Aber natürlich, es hatte nur deshalb aufgehört ein Signal zu senden, weil die Batterie leer gewesen war. Sonst hätte er sie und Cal schlafend vorgefunden. Sie waren von einer leeren Batterie gerettet worden.

Harry bewegte sich mit der Geschwindigkeit einer Schlange und drückte ihre Hand mit der Scherbe zusammen, wodurch sie sich selbst schnitt. Blut sickerte durch ihre Finger, bevor er ihre Hand losließ, die scharfe Waffe entfernte und sie quer durch den Raum warf.

Sie hatte ihre Oberhand verloren, also zielte sie mit ihren langen Fingernägeln auf Harrys Augen. Er stieß sie zurück. Sie rollten auf den Boden, durch die zerbrochene Lampe, die ihr den Rücken zerschnitt. Sie prallte gegen den Tisch, und der Computer, der sie verraten hatte, fiel zu Boden.

„War der Green Beret im Bett besser als ich, *Savannah*?" Eine von Harrys Händen umschloss ihre Handgelenke, drückte sie über ihrem Kopf am Boden fest.

Sie trat ihm in den Schritt, doch er blockte ab. „Warum bist du hier? Was ist deine Mission?"

Blut tropfte von seinem Kinn auf ihr Gesicht. „Um dich zu töten, natürlich. Und ich werde es so aussehen lassen, als hätte dein lieber Green Beret es getan."

„Für wen arbeitest du?" Harry war auf keinen Fall der Drahtzieher, der sich diese Scheiße ausgedacht hatte.

„Süße, ich bin hier der Boss."

„Ja sicher. Du bist nichts weiter als ein Arschkriecher."

Er schlug ihr fest mit dem Handrücken ins Gesicht, traf damit auf die Prellung, die sie am Vorabend von Cal bekommen hatte, und in ihrem Kopf verschwamm alles, als der Schmerz durch ihren Schädel pulsierte.

Er starrte auf sie herunter und Schadenfreude funkelte in seinen Augen. Er genoss es, Schmerzen zuzufügen. Mochte es, sie gefangen zu halten und ihr Angst zu machen. „Es ist wirklich schade, dass ich nicht mehr Zeit habe, um das hier langsam zu tun."

Sie schaffte es einzuatmen, während der Schmerz in ihrem Kopf zu einem dumpfen Dröhnen wurde. „Warum hasst du mich so sehr?"

„Es ging dabei nie um dich, Süße. Freya Lange oder deine Mission, deine Familie zu rächen, interessieren mich einen Scheißdreck."

„Ich will meine Familie nicht …"

Er kniff und verdrehte ihren Nippel, und der Schmerz strahlte von ihrer Brust nach außen. „Auch egal. Das alles ist mir scheißegal. Du hättest das Training für die Operations-Spezifikationen nicht bestanden. Du wusstest, dass es alles nur ein Test war. Du konntest nicht in deiner Rolle bleiben, weil du wusstest, dass dein Leben nicht wirklich davon abhing. Also habe ich dein Training auf die nächste Stufe angehoben. Es war nicht länger ein Spiel ohne echtes Risiko. Du musstest dich unterwerfen oder alles verlieren. Ich habe Savannah erschaffen.

Ich habe dir deine Schwäche gezeigt. Dir deine Stärke verliehen. Ohne mich wärst du ein Nichts."

Sie wehrte sich gegen seinen Halt. „Du wirst nicht eine Unze von dem beanspruchen, wer ich heute bin."

„Oh doch, das tue ich." Mit seiner freien Hand streichelte er ihre Wange. „Eines meiner Spezialgebiete ist es, weibliche Agentinnen auf die nächste Stufe zu bringen. Seth hat mir schon immer die schwierigen Fälle zugeteilt."

Der Schmerz in ihrem Kopf war nichts im Vergleich zu der Galle, die in ihrer Kehle hochstieg. Das Schlimmste – schlimmer noch als die Keramikscherbe, die sich in ihren Rücken bohrte, schlimmer als der Mann, der über ihr thronte und ihre Handgelenke wie in einem Schraubstock festhielt – war die Angst, dass da ein winziges Körnchen Wahrheit in seinen Worten lag.

War sie kurz davor gewesen, in ihrer Ausbildung zu scheitern? Hatte die Vergewaltigung sie zu einer *besseren* Agentin gemacht?

Wohl kaum.

Selbst, als sie schreien wollte, schossen ihr Erinnerungen durch den Kopf, wie Seth genau das in den vergangenen Jahren angedeutet hatte. Sie hatte seine unterschwelligen Worte als die Ansicht eines älteren Mannes verdrängt, der sich unmöglich in ihre Lage versetzen und sie verstehen konnte. Sie hatte ihm seine frauenfeindliche Ansicht durchgehen lassen, weil er ihr Mentor war.

Schmerz brauste auf, und ihr ganzer Körper verkrampfte sich in Rage. Seth hatte hinter der Attacke gesteckt und seine geistige Position ausgenutzt, sie dazu zu bringen, die Vergewaltigung zu akzeptieren und diese nicht anzuzeigen.

Seine unterschwellige Nachricht – vor der sie ihre Augen und Ohren fünf lange Jahre verschlossen hatte – war: Sie war selbst schuld an der Vergewaltigung, weil sie der männlichen Welt der Elite-Spezialagenten beitreten wollte.

„Du warst eine meiner größten Erfolgsgeschichten", sagte Harry. „Zu schade, dass ich dich erledigen muss."

Sie wehrte sich gegen ihn, doch er hielt sie fest. „Warum? Warum willst du mich umbringen?"

„Du hast deine Kommandokette umgangen, als du SOCOM davon überzeugt hast, sich Drugov zu schnappen."

Sie versuchte, ihre Atmung zu kontrollieren. Sie musste sich beruhigen. Solange sie ihre Emotionen unter Kontrolle hatte, würde sie Harry bekämpfen können. Sie musste dazu in der Lage sein, klar zu denken. Es war kein Wunder, dass man ihr Harry hinterhergeschickt hatte. Seth wusste, was es ihrem Verstand antat, wenn er in der Nähe war.

„Du bist wertlos, wenn man dich nicht kontrollieren kann." Er zerrte an ihrem Hosenbund und zog ihre Yogahose herunter. „Also werde ich dich jetzt erledigen, während ich dich ficke." Er schob ihre Beine auseinander, rammte ein Knie zwischen ihre Oberschenkel und spreizte ihre Beine weit, obwohl der Hosenbund an ihren Knien feststeckte.

Sein Griff um ihre Handgelenke verstärkte sich weiter. Anstatt sich zu wehren, zwang sie ihren Körper dazu, sich zu entspannen – selbst als sie spürte, wie er seinen Hosenschlitz öffnete.

Sie wartete. Nachgiebig. Gefangen von ihrer Kleidung, seinem Gewicht und seiner Hand auf ihren Handgelenken. Sein Griff lockerte sich um ihre Gelenke, beinahe unmerklich, aber sie hatte darauf gewartet. Ihr gesamter Oberkörper schoss hoch und sie befreite ihre Hände. Sie rammte ihre Handgelenke in den Schnitt an seinem Kiefer.

Der Schlag warf ihn aus seinem Gleichgewicht und ermöglichte ihrer Faust einen offenen Schlag auf seine Eier. Sein Körper rollte sich zusammen, wodurch sein Gewicht mit voller Wucht auf sie fiel und eine ihrer Hände zwischen ihren Körpern einklemmte. Mit ihrer freien Hand ergriff sie den Hautfetzen, der von seinem Kiefer abstand, und bohrte ihre Fingernägel hinein, damit die glitschige blutige Haut nicht durch ihre Finger wegrutschen konnte – und zog daran.

Er heulte vor Schmerzen auf und bäumte seinen Rücken nach hinten, wodurch sie ihre Hand befreien konnte. Sie suchte am Boden nach irgendetwas, womit sie ihn schlagen konnte, und fand eine weitere Lampenscherbe. Savvy rammte sie in Harrys Kehle.

Schock ersetzte den Schmerz auf seinem Gesicht, als das Blut aus seiner geöffneten Arterie auf ihr Gesicht und ihren Hals spritzte. Sie stieß ihn zur Seite und kroch unter ihm hervor, während er versuchte, den Blutfluss mit seinen Fingern zu stoppen.

Doch es war zu spät. Als sie sich endlich von seinem Gewicht befreit hatte, lag er wehrlos auf dem Boden, und der Blutverlust war so stark, dass er nichts weiter tun konnte als zu ihr aufzustarren, mit schlaffem Schwanz und gequältem Ausdruck, bis seine Augen glasig wurden.

Kapitel Sechzehn

Cal stand in der Tür. Sein Herz schlug ihm bis zum Hals, während er die Szene vor sich aufnahm. Savvy saß mitten im Raum, neben dem toten Körper von CIA SAD-Agent Harrison Evers. Ihr T-Shirt war voller Blut. Ihre Yogahose hing an ihren Oberschenkeln. Evers Hose war bis um seine Knie heruntergezogen, und sein schlaffer Penis bewies eindeutig, was er versucht hatte, als Savvy die Oberhand über ihn gewonnen und ihm die Schlagader aufgeschnitten hatte.

Cal durchquerte den Raum und zog sie in seine Arme. Himmel, wenn er doch nur ein paar Minuten schneller gewesen wäre. „Es tut mir so leid." Er murmelte die Worte in einer endlosen Schlaufe von leisen Entschuldigungen.

Sie sagte nichts, legte nur ihre Arme um seine Taille und hielt ihn fest. Wenigstens konnte er ihr das geben. Nachdem sie vergewaltigt worden war, war niemand für sie da gewesen, um sie zu trösten, und nach Harrys Angriff auf der Basis war er nicht dazu in der Lage gewesen, sie festzuhalten.

Allerdings mussten sie von hier verschwinden, bevor jemand auftauchte, um nach Harry zu suchen. Er ließ sie zögernd los. „Es tut mir leid Savvy, aber wir müssen von hier weg."

Sie nickte, ihre Augen immer noch glasig.

„Zieh dich um", sagte er. „Ich werde unsere Sachen in den Wagen packen."

Sie schüttelte den Kopf.

„Du hast überall sein Blut an dir. Du solltest wahrscheinlich duschen gehen. Aber beeil dich."

Wieder schüttelte sie ihren Kopf.

„Ich werde mich um alles kümmern, während du dich wäschst. Ich werde Harry in den Kofferraum legen."

Sie zog ihre Yogahose hoch, ihr Blick war immer noch wie benebelt, doch dann sprach sie endlich. „Nein."

„Wir können ihn nicht hierlassen."

Sie schüttelte noch einmal den Kopf, und dieses Mal erwiderte sie seinen Blick. Er konnte Vernunft in ihren Augen sehen, wenn auch hinter dem Dunst des Schocks dieses Angriffs. „Wir müssen seinen Wagen finden. Ihn in seinen Kofferraum legen. Wahrscheinlich hat er irgendwo in der Nachbarschaft geparkt."

Sie war von absolutem Schock zu vollem Agentenmodus gesprungen, und Cal hätte nicht dankbarer sein können. „Klingt wie ein guter Plan."

Sie klopfte Evers' Taschen ab und hielt die Schlüssel und einen USB-Speicherstick hoch. „Wenn wir Zeit haben, werden wir das in meinen Computer stecken und sehen, was so wichtig war, dass er es mit sich herumtrug." Blitzschnell verschwand der Hauch eines triumphierenden Lächelns wieder. „Fuck! Mein Computer." Sie hob ihn vom Boden auf, ging damit in die Küche, und schlug ihn dann – sehr zu seinem Schock – auf die Marmorarbeitsfläche.

„Was …"

„Er hat uns durch ein Programm verfolgt, das er auf meinen Computer heruntergeladen hatte. Er muss es nach dem Meeting in meinem Büro getan haben. Ich war zum *Barely North* gegangen – um dich zu finden – und Seth war mir gefolgt und überredete mich zu einem Drink. Somit hatte Harry mehr als genug Zeit, mit meinem Laptop herumzuspielen." Der Computer hatte einen Riss, war aber noch nicht zerbrochen. Sie presste das offene Gelenk gegen ihr Knie und brach den Bildschirm von der Tastatur ab. „Jemand könnte auch jetzt noch Zugriff auf die Festplatte haben. Ich kann die Batterie nicht entfernen, also ist es das Beste, die Festplatte zu zerstören. Ich sollte darauf schießen. Und sie verbrennen. Das ist der einzige Weg, um sicherzustellen, dass die CIA die Daten nicht bekommt."

„Du kannst in dieser Nachbarschaft keine Waffe abfeuern."

Sie nickte, rannte dann aber trotzdem in Schlafzimmer und kehrte mit ihrer Pistole zurück.

„Savvy!"

Sie entfernte das Magazin, das auf den Boden fiel, und prüfte dann das Lager, bevor sie die Kugel darin herausholte. Dann schlug sie mit dem Griff der entleerten Waffe auf die Tastatur. Sie wiederholte die Hiebe auf die Tastatur, bis es ihr möglich war, die Festplatte herauszubrechen.

Sie hielt die Diskette hoch – triumphierend, schwitzend und mit Blut bedeckt. „Wir müssen einen neuen Computer kaufen. Ich kann Lubangas Dateien noch einmal von der Cloud herunterladen."

„Hatte die CIA nicht bereits Zugang zu Lubangas Dateien? Du hast ein CIA-Gerät benutzt, um sie in den Cloudspeicher hochzuladen."

„Das Gerät zum Hochladen ist nur ein Werkzeug – ein Überträger, der den Computer mit dem Cloudspeicher verbindet. Ich habe die Einstellungen für die Datenspeicherung vor unserer Abreise von Camp Citron konfiguriert. Ich habe keinen offiziellen CIA Onlinespeicher benutzt, weil die Authentikationsprotokolle zum Einloggen … nun, es ist die CIA. Man kann sowas nicht auf die Schnelle einrichten, und ich musste schnell sein, um Lubangas Dateien herunterladen zu können. Ich habe ein temporäres Speicherkonto eingerichtet, und nur ich kenne die Zugangsdaten dafür."

Er nickte. Falls die CIA nicht wusste, wo sich Lubangas Dateien befanden, dann könnten sie ihre nachfolgenden Downloads nicht benutzen, um ihren Standort zurückzuverfolgen. Gut. „Du solltest unter die Dusche springen. Und wir müssen die Leiche loswerden. Dann müssen wir schnellstens aus Daressalam verschwinden und herausfinden, wie wir nach Camp Citron zurückkommen können."

„Ich kann nicht nach Camp Citron zurückkehren. Er hat …

Ich bin mir ziemlich sicher, dass er für Seth gearbeitet hat." Sie rieb sich mit ihrer Hand über ihr Gesicht. „Fuck. Ich habe einen Kollegen, einen CIA SAD-Agenten ermordet. Niemand wird mir glauben, dass es Selbstverteidigung war. Nicht ohne Beweise, dass Harry hier war, um mich umzubringen, und dass er der Verräter ist."

„Du hast mich. Ich werde es bezeugen."

„Du warst nicht hier."

Sie hatte recht. Tatsächlich hatte er nicht die geringste Ahnung davon, was in diesen vier Wänden vorgefallen war. Er wusste nur, dass er sie vorgefunden hatte, wie sie vor einem toten Körper kniete. Das Chaos im Raum deutete an, dass Harry und sie gekämpft hatten. Ihre Hose war runtergezogen gewesen, Harrys Genitalien waren entblößt. Cal konnte sich logischerweise ausrechnen, dass nichts die CIA davon abhalten würde, zu behaupten, dass Savvy Harry in die Falle gelockt hatte. „Wir sollten uns um die Leiche kümmern und dann unseren nächsten Schritt planen."

„Benutze die Fernbedienung zum Wagen, um das Auto zu finden. Fahre es durch das Tor. Wir werden ihn im Kofferraum verstauen. Wir können in die Wüste rausfahren und sie – ihn – dort zurücklassen."

„Du gehst duschen. Ich suche den Wagen."

Sie nickte, und er schnappte sich den Schlüssel.

Er hielt an der Tür inne, drehte sich um und zog sie erneut in seine Arme. Dieses Mal küsste er sie, bevor er sein Gesicht an ihren Hals presste. Er konnte ihren Puls an seiner Wange spüren. Sie roch nach Blut und Schweiß und Seife von ihrer vorherigen Dusche. Ihre Brust streifte bei jedem ihrer Atemzüge gegen seine.

Freya Lange lebte und atmete mit laut schlagendem Herzen – aber nicht wegen ihm. „Du wirst für diese Sache nicht die Verantwortung tragen. Ich werde das nicht zulassen."

„Harry sagte, dass er es so aussehen lassen wolle, als ob du mich umgebracht hättest."

Er hob seinen Kopf und nickte resigniert. Er hatte das erwartet. Er ließ einen Finger über die dicke Prellung an ihrer

Wange gleiten. Sie war schlimmer, als sie es zuvor gewesen war. Evers hatte sie wohl an derselben Stelle geschlagen. Wut und Beschützerinstinkt kochten in ihm hoch. Er blickte auf die Leiche auf dem Teppich. „Besteht die geringste Chance, dass er allein gearbeitet hat?"

„Nein. Harrison Evers war ein Mitläufer, ein Gefolgsmann, kein Anführer. Ich glaube, dass Seth die Befehle erteilt hat."

Er streifte mit seinen Lippen über ihre. „Dann wird Seth Olsen das sehr bereuen. Niemand fasst das an, was mir gehört."

Die Worte klangen eher wie die eines Neandertalers und schienen lächerlich, wenn man bedachte, dass Savvy sich selbst gerettet hatte, bevor Cal auch nur einen Finger rühren konnte, aber sie waren aus den besitzergreifenden Tiefen seines Inneren hervorgeschossen, wo Savannah James scheinbar schon seit Monaten einen festen Platz besetzte, auch wenn er das nicht hatte zugeben wollen.

Aber was noch besser war – seine kindischen Worte brachten sie zum Lächeln. Er würde sich zu einhundert Prozent in einen Neandertaler zurückverwandeln, wenn sie das nach dem Trauma, das sie soeben durchgemacht hatte, zum Lachen brachte.

Sie küsste seine Wange. „Danke."

„Schließ die Tür hinter mir ab und behalte dein Handy und die Waffe in Reichweite der Dusche. Ich werde dich anrufen, bevor ich zum Cottage zurückkomme."

Sie nickte. Ihre Lippen streiften seine. Er erwiderte ihren Kuss, und der Augenblick dauerte länger an, als er beabsichtigt hatte. Draußen atmete er dann tief die schwüle Luft ein. Schock, Rage, Angst und Beschützerinstinkt kämpften allesamt um die Topposition seiner Emotionen.

Hatte Evers sie heute vergewaltigt? Nicht, dass es irgendeinen Unterschied machte. Sie war so oder so verletzt worden, selbst wenn der Mann nicht in sie eingedrungen war.

Er wünschte sich, dass er dem Arschloch noch im Camp Citron die Fresse poliert hätte, als er die Chance dazu gehabt hatte. Wenn er im Krankenhaus gelegen hätte, wäre es Harry nicht möglich gewesen, Savvy nachzujagen. Er ging durch das

Tor und scannte die Straße in der Nachbarschaft, wobei er den Knopf an der Fernbedienung für das Auto drückte. Stille. Er nahm an, dass Evers den Wagen an der Hauptstraße abgestellt hatte, wo auch andere Autos parkten, und machte sich auf den Weg dorthin. Er hatte Glück und fand Evers' blauen Sedan zwischen zwei anderen Wagen an der geschäftigeren Straße. Er fuhr das Auto durch das Eingangstor des Airbnbs und bemerkte, dass das Fahrzeug des Grundstückseigentümers nicht in dessen Garage geparkt war.

Er hoffte inständig, dass jeder im Haupthaus für den heutigen Tag ausgegangen war und niemand irgendetwas von dem gehört hatte, was in dem kleinen Cottage vorgefallen war. Er rief Savvy an und warnte sie, dass er zurückgekommen war.

„Okay. Bin in der Dusche. Hab ein Geschenk für dich im Wohnzimmer."

Im Haus fand er Evers' Körper in den Teppich eingerollt, auf dem er gestorben war. Savvy hatte ihn zusammengebunden und die Überreste der zerbrochenen Lampe und des zerstörten Laptops weggeräumt. Alles, was fehlte, war eine hübsche Schleife. Er hob den Teppich auf und verstaute den Körper im Kofferraum, wobei er froh war, dass ihr Vermieter nicht ausgerechnet in diesem Moment die Einfahrt hinauffuhr, während er eine Leiche versteckte und seinen sehr schönen Teppich stahl. Er würde eine Menge Geld auf der Küchenablage liegen lassen, um für den Verlust der Lampe und des Teppichs sowie die anderen Schäden zu bezahlen.

Er ging ins Cottage zurück, und Savvy war mit ihrer Dusche fertig und zog sich an. Sie trat ins Wohnzimmer, noch während sie sich ein sauberes Shirt über den Kopf zog. „Ich habe nachgedacht. Wir können hier weder den Flughafen noch den Zug benutzen. Wahrscheinlich werden beide bereits überwacht. Unsere beste Möglichkeit wäre, zum Flughafen in Kigoma am Tanganyika-See zu fahren. Es ist eine lange Fahrt, aber dort wird niemand nach uns suchen. Du kannst einen Flug nach Nairobi chartern und von dort aus nach Dschibuti zurückfliegen."

Er versteifte sich bei ihren Worten. „Und wo willst du hin?"

„In den Kongo. Kurz bevor Harry auftauchte, habe ich ein Dokument gefunden, in dem eine Referenz zu Versailles, einer U-Bahn und dem 5. Juni auftauchte. Ich frage mich, ob damit Versailles im Dschungel gemeint war."

„Mobutus Palast", sagte Cal. „Die legendären Ruinen."

„Ja. Befinden sich dort nicht Tunnel unter dem Palast? Vielleicht ist es das, worauf sich das Wort *métro* bezieht."

„Das könnte sein. Ich weiß nicht viel über Mobutus Versailles."

„Ich werde einen neuen Computer brauchen, um die Dateien noch einmal herunterzuladen und um zu sehen, ob ich weitere Informationen herausfinden kann. Aber es ist ein Ausgangspunkt. Der 5. Juni ist schon in zwei Tagen."

„Du wirst nicht allein in den Kongo gehen", sagte Cal. Er öffnete seinen Koffer und schnappte sich ein sauberes Shirt. Er hatte Blut an sich, nachdem er sie umarmt hatte. Das hier war das zweite Shirt in zwei Tagen, das er wegwerfen musste, weil es mit Blut vollgesaugt war. „Wir werden einen Computer kaufen, Vorräte für den Kongo, und uns auf den Weg machen."

„Nachdem wir Harrys Wagen irgendwo abgestellt haben."

Er nickte und schnappte sich die am leichtesten transportierbaren Lebensmittel, die er zuvor gekauft hatte. Brot, Erdnussbutter, Früchte, Proteinriegel. Er verstaute diese und ein paar andere Dinge zusammen mit ihren Koffern hinten in ihrem Sedan.

Weniger als fünfundvierzig Minuten, nachdem er Savvy neben Harrys totem Körper vorgefunden hatte, waren sie wieder unterwegs. Savvy fuhr ihren Wagen, Cal Harrys Auto. Es dauerte weitere dreißig Minuten, bis sie die Randgebiete der Stadt erreichten. Er fuhr das Fahrzeug von der Straße ab, folgte einem sich windenden Pfad, der sich durch die Steppe schlängelte, und versteckte ihn zwischen ein paar Bäumen, wo man den Wagen von der Hauptstraße aus nicht sehen konnte. Sie waren hier nicht vollkommen in der Wildnis. Es gab genug Verkehr und menschliche Aktivitäten. Das Auto konnte in einem Tag oder einem Monat gefunden werden. Falls Harry einen Tracker an seinem Fahrzeug hatte, noch schneller.

Aber selbst, wenn man ihn heute Nacht noch finden sollte, wären sie längst über alle Berge.

Er kehrte zu ihrem Sedan zurück, und Savvy rutschte auf den Beifahrersitz, während er sich hinter das Lenkrad setzte. „Benutze dein Handy und finde uns ein Geschäft für Sportwaren", sagte er.

„Wir werden Basketball spielen?"

„Das nicht. Aber wenn wir in den Kongo gehen, müssen wir auf alles vorbereitet sein. Außerhalb der großen Städte gibt es dort keine Hotels oder so etwas in der Art. Wir brauchen ein Zelt, Schlafsäcke. Eine grundlegende Survival-Ausrüstung."

Sie fanden ein Einkaufszentrum mit einem Elektroladen und einem Geschäft für Campingzubehör. Sie kauften alles, was sie finden konnten, und bezahlten in Bar mit Gorevs Geld. Von dort machten sie sich auf den Weg. Cal hatte die Route bereits in seinem Navigationsgerät nachgeschaut. Sie hatten mindestens einundzwanzig Stunden Fahrt vor sich, auf denen sie sich abwechseln würden, damit sie nur für möglichst kurze Ruhepausen anhalten mussten.

Es verging eine ganze Stunde, bis sie weit genug von der Stadt entfernt waren, dass die Anspannung in Cals Brust etwas nachließ. Er griff über die Mittelkonsole und nahm Savvys Hand in seine. Sie warf ihm einen Seitenblick zu und drückte seine Finger.

„Es tut mir nicht leid, dass ich ihn umgebracht habe", sagte sie leise.

„Mir auch nicht. Aber es tut mir leid, dass ich nicht dort war, um dir zu helfen."

„Ich glaube, dass er gewartet hat, bis du gegangen bist. Er war nicht dumm genug, um uns beide zusammen zu konfrontieren." Sie drückte erneut seine Finger. „Er hat mich dieses Mal nicht vergewaltigen können. Er hatte es beabsichtigt, aber ich konnte ihn aufhalten."

„Darüber bin ich froh. Aber es tut mir so verdammt leid, dass er dir überhaupt jemals wieder so nah gekommen ist. Ich hätte nicht gehen sollen. Die Tatsache, dass in dem Dokument stand, dass er sich in Dar aufhielt, hätte mich alarmieren sollen.

Das hat es schlussendlich, denn ich bin deswegen so schnell zurückgekommen – es war nur zu spät, um dir zu helfen.“

„Die CIA wird es als Mord bezeichnen.“

„Die Tatsache, dass wir nicht angerufen und den Vorfall gemeldet haben, wird nicht gut aussehen.“

„Aber wenn ich anrufe …“ Sie atmete tief durch. „Seth hat Harry geschickt, um mich zu töten.“ Sie ließ seine Hand los. Sie machte ein Geräusch tief in ihrer Kehle und murmelte: „Ich frage mich, ob Tante Kim weiß, was er ist.“

„Tante Kim?“

„Seths Frau.“

Mist. Wenn sie für Savvy „Tante Kim“ war … Seths Verrat würde ihr so oder so wehtun, aber das hier ging noch tiefer, als er es sich vorgestellt hatte.

„Ich will, dass du nach Camp Citron zurückkehrst“, sagte sie. „Harry war nicht deinetwegen dort. Du befindest dich nicht in Gefahr, wenn du zurückgehst.“

Ihr Angebot war nicht viel anders, als ihr Plan, ihn fortzuschicken, damit sie den Minister beseitigen konnte, aber sie brauchte seine Hilfe. Und er würde ein Teammitglied in Not niemals im Stich lassen. Himmel, wie lange wäre sie dort in dem Wohnzimmer zur Salzsäule erstarrt geblieben, wenn er nicht gekommen wäre?

Und wer wusste schon, was sie in der Demokratischen Republik Kongo erwartete?

„Du sprichst kein Lingala“, sagte er.

Sie zuckte mit den Schultern. „Ich werde jemanden finden, der das kann. Ich habe Geld. Mehr als genug.“

Er erinnerte sich wieder an Drugovs halbe Milliarde. Nein. Sie hatte das Geld nicht gestohlen. Er konnte das nicht glauben. Würde es niemals glauben. Das hatte man Savvy angehängt.

Aber aus irgendeinem Grund machte es ihn erneut stinkwütend, dass sie ihn wegschicken wollte. „Schätzchen, glaubst du wirklich, dass du mich so leicht ersetzen kannst?“

„Natürlich nicht. Aber falls dir irgendetwas zustoßen sollte – ich … ich könnte nicht damit leben. Das hier ist meine Schuld. Mein Problem. Es hat nichts mit dir zu tun. Ich habe dich da mit reingezogen, weil ich jemanden brauchte, der Lingala spricht. Aber hier geht es nicht um dich. Geh zurück nach Camp Citron. Kehre zu deinem Team zurück. Bringe deine Stationierung zu Ende und lebe ein gutes Leben. Ich entlasse dich hiermit aus dieser Mission."

„Das kannst du nicht."

„Doch, tatsächlich kann ich das. Das hier ist meine Operation."

„Sicher. Aber du bist nicht der Grund, warum ich hier bin."

Sie runzelte ihre Stirn und sagte dann: „Achte auf die Straße, Callahan."

Er wandte sich wieder der Straße zu und sah, dass sie sich einer Kurve näherten. Er sollte für diese Konversation anhalten, weil er ihr Gesicht sehen wollte, aber sie hatten zu viele Meilen vor sich, um Zeit damit zu verschwenden, sich am Straßenrand zu streiten. „Ich habe diese Mission nicht angenommen, weil du nach mir gefragt hast."

Sie verschränkte ihre Arme vor ihrer Brust. „Ach wirklich?"

„Wirklich. Mein Boss hat mir befohlen, sie anzunehmen. SOCOM will wissen, warum du scheinbar so viel Macht und Autonomie hast. Sie wollten, dass ich herausfinde, wo einiges deines Intels herkommt. Du hast gesagt, dass die Mission in Jemen vor einem Jahr erfolgreich gewesen sei, obwohl sie für mein Team gescheitert ist. Himmel, sie hatte sogar eine Kluft zwischen Pax und Bastian hervorgerufen, die die beiden nur durch eine weitere Krise bewältigen konnten."

„Jemen ist passiert, bevor ich nach Camp Citron geschickt wurde. Ich hatte nichts damit zu tun."

Er zuckte mit den Achseln. „Dein Vorgänger besaß ebenfalls eine ungewöhnliche Autonomie. Ich glaube, dass SOCOM genauso sehr an dir wie an deiner Kommandokette interessiert ist." Er räusperte sich und fügte einen Verdacht hinzu, der nicht von seinen Kommandanten erwähnt worden war, welcher nun aber umso mehr in den Vordergrund gerückt war. „SOCOM will auch wissen, ob du dir das Geld zur Bezahlung von Informanten in die eigene Tasche gesteckt hast. Man hat mir befohlen, diese Mission zu akzeptieren, damit ich dich ausspionieren und Bericht erstatten kann."

„Hat man dir ebenfalls befohlen, mich zu ficken, damit ich meine Geheimnisse preisgebe?"

„Nein!"

Sie stieß ein leises Lachen aus. „Es wäre nur fair, wenn sie das getan hätten, wenn man bedenkt, dass ich Bastian aufgetragen hatte, genau das mit Brie zu tun."

„Ich habe nicht mit dir geschlafen, weil ich Befehle von SOCOM habe."

„Warum hast du dann mit mir geschlafen?"

Seine Hände verkrampften sich um das Lenkrad. „Weil ich es wollte." Himmel, und wie sehr er das gewollt hatte. Und er wollte es wieder tun. Er hatte von vornherein damit recht gehabt, dass Sex mit Savvy die Hitze zwischen ihnen nur noch weiter schüren würde. Das Gegenteil von ‚etwas hinter sich zu bringen‘. Jetzt, da er einen Vorgeschmack bekommen hatte, wollte nur noch mehr. Was gleich doppelt beschissen war, wenn er daran dachte, was sie heute durchgemacht hatte.

„Und jetzt?"

„Was ich jetzt will, ist irrelevant."

„Weißt du", sagte sie. „Ich könnte dich als Heuchler bezeichnen, dass du so angepisst warst, weil ich dir nicht eher von den Änderungen der Mission erzählt habe, wenn der einzige Grund, warum du überhaupt hier bist, der ist, dass du mich ausspionieren solltest."

Er nickte. Das war fair.

„Warum bist du immer noch hier? Du kannst gehen. Geh zurück nach Camp Citron."

„Ich habe dir doch gerade gesagt, dass ich meine Befehle habe. Lubanga mag deine Mission sein, aber du bist meine."

„Und jegliches Quäntchen an Macht, das ich je innerhalb der CIA besaß, ist nun verschwunden. Ich habe soeben einen Arbeitskollegen ermordet und mein Mentor – ein Mann, der für mich wie eine Vaterfigur war – ist mit ziemlicher Sicherheit derjenige, der mir all das anhängen will und mich verraten hat. Meine Karriere ist vorbei. Es gibt keinen Grund mehr für

SOCOM, jetzt noch irgendetwas über mich in Erfahrung bringen zu wollen. Wenn du gehst, wirst du damit deine Befehle nicht verletzen."

„Ich werde dich nicht verlassen, Freya."

„Nenn mich nicht so."

„Warum nicht? Du wurdest kompromittiert. Dein echter Name steht auf dieser Liste. Wenn du versuchen würdest, Freya zu sein, könnten wir vielleicht einen Ausweg aus diesem Chaos finden."

„In diesem Chaos gibt es kein ‚wir'. Das betrifft nur mich." Sie lehnte sich gegen die Beifahrertür und rutschte so weit von ihm weg, wie es ihr möglich war. „Willst du wissen, warum mein Alias Savannah ist?"

„Ein Name, den du offensichtlich nicht ausstehen kannst? Ja."

„Weil Harry mich in einem Hotelzimmer in Savannah, Georgia, vergewaltigt hat. Und Seth behauptete, dass ich diese Erfahrung dazu benutzen sollte, stärker zu werden. Ein Scheibchen von dem ‚Was dich nicht umbringt …'-Scheiß, dabei ist die wahre Scheiße in alledem, dass ich ihm *geglaubt* habe. Er sagte mir, dass ich Savannah James sein würde – Savannah, weil mich dieser Name daran erinnern sollte, dass ich auf mich allein gestellt war und mir niemand den Rücken deckte, und James für meinen Onkel James, ein Führungsoffizier, der im Dienst gestorben ist, um mich an die Ehre, die Opfer und die Gefahren in diesem Job zu erinnern. Und ich habe seinen Scheißdreck geglaubt, dass ich diesen Namen brauchen würde, um mich stärker zu machen. Wenn es in Wahrheit nur ein fieser Zug von ihm war, mich zu erniedrigen. Damit ich mich jeden verdammten Tag daran erinnerte, dass alles von mir der CIA gehörte – selbst meine Fähigkeit ‚nein' zu sagen. Willst du wissen, was Harrys letzte Worte waren?"

Cal traute sich nicht zu fragen, aber sie musste diese Geschichte loswerden, und somit musste er sie sich anhören. „Verrate es mir."

„Er sagte: ‚Du bist wertlos, wenn man dich nicht kontrollieren kann. Also werde ich dich jetzt erledigen, während ich dich ficke.' Er und Seth hatten sich meine emotionelle Folter gemeinsam ausgedacht. Jedes Mal, wenn er mich Savannah nannte, betonte er den Namen mit einer fiesen Schärfe, um sicherzugehen, dass ich niemals vergesse, was dieser Name zu bedeuten hatte. Es war ein Mindfuck von dem Mann, der mich vergewaltigt hat, und von dem Mann, der als meine einzige ‚Familie' zu meinem College-Abschluss gekommen war."

„Du kennst Seth Olsen schon so lange?"

„Ich habe schon als Studentin mein Praktikum bei der CIA gemacht. Seth hatte mich mehr oder weniger rekrutiert, als ich neunzehn Jahr alt war." Sie legte ihre Stirn auf ihre geschlossenen Hände. „Somit bin ich mir ziemlich genau bewusst, wie durchgeknallt und allein ich in dieser Welt tatsächlich bin. Und ich will, dass du wieder nach Camp Citron zurückkehrst und dein glückliches Leben mit deinen Freunden wiederaufnimmst, die mich alle aus dem einzigen Grund hassen, weil ich meiner Arbeit ergeben bin. Lass es mich auf meine Weise machen."

Cal parkte am Straßenrand. Sie hatten den Punkt längst überschritten, wo er dazu in der Lage war, zu fahren und zuzuhören – und noch weniger, mit ihr zu sprechen. „Pax und Bastian hassen dich nicht."

Sie zuckte mit den Schultern. „Zwei Männer von zwölf hassen mich nicht. Ich Glückspilz."

„*Ich* hasse dich nicht."

„Klar. Du hast heute Morgen gesagt, dass du mich hasst."

„Habe ich nicht."

„Ich sagte, dass ich mich selbst dafür hasse, dich nicht gewarnt zu haben, und du hast gesagt: ‚Damit bist du nicht allein'."

„Ich war wütend. Himmel, ich hatte gerade erst herausgefunden, dass du mir lebenswichtige Informationen über unsere Mission vorenthalten hattest."

„*Meine* Mission. Das hier ist meine Mission. Nicht deine."

„Warum bemühst du dich so sehr, mich loszuwerden?"

„Weil ich nicht will, dass auch du dir die Finger verbrennst? Ich bin *erledigt*, Cal. Es gibt für mich keinen Weg, sauber aus dieser Sache herauszukommen. Ich habe einen anderen Agenten ermordet.“

„Er hat dich angegriffen. Zwei Mal. Drei Mal.“

„Ja, und die einzige Person, die meine Seite der Geschehnisse bezüglich der Vergewaltigung vor fünf Jahren bezeugen kann – ist Seth. Er könnte die Story, die er Captain O'Leary erzählt hat, revidieren und behaupten, dass ich ihn angelogen habe. Du weißt, wie man alles verdrehen kann. Sie werden behaupten, dass ich Harry in die Falle gelockt habe. Und du … du wirst dann auch nicht sauber aus dieser Sache rauskommen. Wenn du mir den Rücken decken und es bezeugen willst, werden sie dir die Eingeweide rausreißen. Man wird dich aus dem Team der Spezialeinheit rauswerfen. Wer weiß, was man dir anhängen wird? Du brauchst nicht mit mir zusammen unterzugehen.“

Er könnte ihr sagen, dass man ihn bereits ebenfalls verdächtigte, aber das würde ihr Argument nur noch verstärken. Falls sie von dem russischen Geld wusste, würde sie ihn mit Sicherheit erst recht wegschicken.

Er nahm ihre Hand und zog sie an seine Brust. „Ich werde nirgendwo hingehen, Freya. Nicht ohne dich. Wir stecken zusammen in diesem Dilemma, bis zum bitteren Ende. Aber du musst mir etwas versprechen.“

Sie sah ihn auf eine Weise an, als ob sie sagen wollte, dass er sich nicht in der Position befand, irgendwelche Ansprüche zu stellen – aber das tat er.

Weil sie nicht wollte, dass er ging. Himmel, sie *brauchte* ihn.

Und nicht nur, weil er Lingala sprach.

Sie brauchte einen Partner. Jemanden, der ihr den Rücken deckte. Nichts war offensichtlicher, als dabei zu helfen, eine Leiche zu verstecken, um ihr klarzumachen, in welch großer Gefahr sie sich befunden hatte. Wenn sie Camp Citron mit Harrison Evers verlassen hätte, wäre sie wahrscheinlich tot gewesen, bevor sie Daressalam erreicht hätten. Er war wieder ganz am Anfang und nun sogar dankbar dafür, dass sie ihn belogen hatte, damit er die Mission annehmen würde.

„Was soll ich versprechen?“, fragte sie.

„Versprich mir, dass du nach einem Ausweg aus dieser Sache suchst, bei dem du dich nicht aufopfern musst. Versprich mir, dass du nicht aufgeben wirst. Dass du für das hier kämpfen wirst."

„Selbstverständlich", sagte sie und ihre Augenbrauen waren verwirrt zusammengezogen. „Warum glaubst du, dass ich nicht alles tun werde, um zu überleben?"

„Weil du versuchst, deinen besten Pluspunkt loszuwerden – jemanden, der fließend Lingala spricht, der die Spieler kennt und das Land. Ich war bereits im Kongo. Ich bin in der Spezialeinheit. Munitionsexperte. Besser als jeder durchschnittliche Scharfschütze." Er lächelte, weil es ihm unmöglich war, nicht zu scherzen. „Sensationell im Bett."

Sie belohnte ihn mit einem Lachen.

Emotionen trafen ihn in der Magengegend. Er konnte sie – nach allem, was sie soeben durchgemacht hatte – immer noch zum Lachen bringen. Das hatte etwas zu bedeuten. Er räusperte sich und wurde wieder ernst. „Mich wegzuschicken ist ein sicherer Weg, deine Mission zu sabotieren. Warum willst du mich also loswerden?"

Sie senkte ihren Blick und starrte auf ihre Füße, die in der Kuhle unter dem Handschuhfach steckten. „Weil es – wenn du jetzt gehst, nachdem ich es dir gesagt habe – weniger wehtun wird, als später im Stich gelassen zu werden."

Er legte einen Finger unter ihr Kinn und hob ihr Gesicht, damit sie ihn ansehen musste. „Ich werde dich niemals im Stich lassen." Er lehnte sich zu ihr hin und küsste sie. Er würde sich nicht vor der Veränderung in ihrer Partnerschaft drücken. Er wusste nicht, ob sie weiterhin ein Liebespaar sein würden, aber er würde nicht so tun, als wäre es nicht geschehen.

Er zog sich zurück und blickte in ihre Augen. Er sah eine Verletzlichkeit, die sie normalerweise versteckte, allerdings wäre es schlimmer, wenn sie nach allem, was in den vergangenen vierundzwanzig Stunden passiert war, jetzt in ihre Rolle als Savannah James zurückfallen würde.

Die Prellung an ihrer Wange hatte sich bereits lila verfärbt. Sie hatten damit sowohl in dem Elektronikladen als auch dem

Campinggeschäft die Blicke auf sich gezogen. Er ließ seine Fingerspitzen vorsichtig über den Rand der Schwellung gleiten, wobei er darauf achtete, nicht auf die geschwollene lilafarbene Haut zu drücken. Sie hatte auch einige Schnitte am Rücken. Bevor sie das Cottage verlassen hatten, hatte er eine antibiotische Salbe aufgetragen und drei Schnitte, die nicht zu tief waren, bandagiert. Und dann war da noch der Einschnitt in ihre Handfläche, der quer durch ihre Lebenslinie verlief. Er hatte ihn mit Wundkleber verschlossen und in Verband umwickelt.

Ihre vollen Lippen zuckten, als er jede ihrer Verletzungen betrachtete. „Du solltest den anderen Typen sehen."

Seine Augen weiteten sich, als die Bedeutung ihrer Worte einsank, und er konnte nicht anders – er musste lachen. Er schüttelte den Kopf, lehnte sich vor und küsste sie noch einmal, schnell und nur auf die Lippen, bevor er seine Stirn an ihre lehnte. „Geistige Notiz: Leg dich nicht mit Freya Lange an."

„Ich habe Angst, Cassius." Ihre Stimme war leise. Tief. Ein Tonfall, den er nie zuvor von der selbstbewussten und extrem fähigen SAD-Agentin gehört hatte.

„Ich auch", gab er zu. Er hatte keine Angst vor Lubanga, Gorev oder selbst Seth Olsen. Er hatte Angst davor, dass Freya – die Frau im Inneren der Agentin – vielleicht in ihrem bevorstehenden Kampf verloren gehen könnte. „Wir schaffen das schon. Wir werden diese Schlacht gewinnen. Diesen Krieg gewinnen. Zusammen."

Sie küsste seine Wange und lehnte sich zurück. „Danke."

Sein Herz zog sich zusammen, als er den Blick sah, den sie ihm zuwarf. Es war vollkommen anders als jeglicher Ausdruck, den Savannah James zeigte.

Cassius Callahan, darf ich dir Freya Lange vorstellen.

Der Name Freya hatte in seinem Kopf nicht zu ihr gepasst, als er ihn das erste Mal gehört hatte, doch jetzt passte es dazu, wie er von ihr dachte. Er konnte die Person sehen und die Ränder ausmachen, wo Savannah aufhörte und Freya anfing.

Und jetzt, seit er wusste, was dieser Name bedeutete – wollte er sie niemals wieder Savannah nennen. Kein Wunder, dass sie es vorzog, dass man sie Savvy oder James nannte. Er erinnerte sich daran, was sie über James gesagt hatte. „Dein Onkel war in der CIA?"

„Ja. Der Bruder meines Vaters."

„Habt ihr euch gut gekannt?"

„Er starb ein paar Monate nach meiner Geburt. Er ist einer der Sterne auf der Gedenkwand in Langley."

Er erinnerte sich an das Foto in ihrem Büro. Die Wand war für jeden wichtig, der in der CIA arbeitete, und es überraschte ihn nicht, dass sie ein Bild davon hatte. Doch jetzt wusste er, dass es für sie tiefer ging als nur Stolz auf die Agentur.

Himmel, würde Harrison Evers einen Stern bekommen?

Er schwor sich stillschweigend, alles in seiner Macht Stehende zu tun, um das zu verhindern.

Kapitel Siebzehn

„**D**as hier ist interessant", sagte Freya, als sie ein Dokument auf dem neuen Computer las. „Fitzsimmons hat Lubanga zur Häufigkeit von Kleinbergbaubetrieben im Kongo und dem Schutz für Minenrechte befragt."

Sie waren seit einigen Stunden auf der Straße unterwegs, und sie hatte ihren Satelliten-Hotspot dazu benutzt, Lubangas Dateien auf den neuen Computer herunterzuladen. Nun konnte sie sich die Dateien ansehen, während Cal fuhr, und nach Hinweisen zu Fitzsimmons suchen.

Kleinbergbaubetriebe waren nicht regulierte Bergbauunternehmungen – in manchen Fällen Diebstahl durch ein Individuum oder eine kleine Gruppe – was oft Hand in Hand mit Kinderarbeit und extrem gefährlichen Bedingungen ging. In Kleinbergbauberieben und kleinen Minen – die im allgemeinen als ASM bezeichnet wurden, was für „Artisinal and Small Scale Mining" stand –, wurde oft von Bergarbeitern mit Handwerkszeug gearbeitet. Da dies illegal war, arbeiteten sie zumeist in Schutzgebieten, wodurch sie geschützte wilde Tiere und sich selbst in Gefahr brachten. In der Demokratischen Republik Kongo wurden durch diese ASMs Diamanten, Cobalt, Coltan und sogar Uranium gewonnen.

„An welcher Art von Kleinbergbau ist er interessiert?", fragte Cal. „Diamanten? Coltan?"

„Das steht hier nicht." Sie las das Dokument noch einmal durch. Darin war nicht viel Material zu finden. Keine Daten, bis auf das Datum, an dem die JPEG-Datei erstellt worden war: vor drei Monaten. Keine Ortsangaben. Nichts Konkretes, das man dem Ministerium zuordnen könnte. „Es erwähnt nicht einmal die Schule, die er angeblich finanzieren soll." Sie hatte die Dateien nach dem Standort der Schule durchsucht, aber bis jetzt hatte sie unter den verschlüsselten Dateien auf Englisch und Französisch, die sie erst noch entziffern musste, den undurchsuchbaren JPEG-Dateien und den Dokumenten in Lingala noch nichts gefunden. „Es ist seltsam", sagte sie. „Als Amerikanerin kann ich mir nicht vorstellen, wie es möglich ist, eine Schule zu verstecken. Aber in der Demokratischen Republik Kongo …"

„Ja. Du musst dir die Ideen von Infrastruktur aus dem Kopf schlagen. Die Lücken zwischen organisierten Städten und Dörfern sind weitläufig. Man kann in diesen Gegenden dazwischen sehr viel verstecken, selbst wenn das nicht beabsichtigt ist. Wenn man sich nur ein klein wenig bemüht, kann man unsichtbar bleiben."

„Ich werde weitersuchen, aber bisher ist unsere beste Spur ‚Versailles *métro*'. Es ist ein Anfangspunkt." Was sogar noch besser war – es war bekannt, dass unter Mobutus afrikanischem Versailles Tunnel existierten. Zwar wurde keine U-Bahn erwähnt, aber vielleicht sollte diese Referenz mehr auf Untergrunddurchgänge und Passagen hinweisen. Sie hatte den Standort des Palastes, welcher nur noch eine Ruine war, im Dschungel herausgefunden. Sie war erleichtert gewesen, als sie sah, dass die Großstadt Gbadolite einen Flughafen besaß. Sie könnten einen Flug chartern und wären vielleicht sogar in der Lage, den Zoll zu umgehen – oder mit Schmiergeld durchzukommen. Sie hatten einige Gegenstände, von denen sie nicht wollte, dass irgendjemand sie sich zu eingehend betrachtete. Sogar Satellitentelefone konnten verdächtig erscheinen, wenn man in die Demokratische Republik Kongo einreisen wollte. Ihr Satelliten-Hotspot würde äußerst verdächtig wirken. Und es wäre schön, wenn sie ihre Handwaffen und ein paar andere

Annehmlichkeiten, die sie mitgebracht hatte, behalten könnten.

Ein Straßenschild zeigte ihnen an, dass sie sich Morogoro näherten, einer großen Stadt mit einigen Möglichkeiten, ihre Lebensmittel und den Tank aufzufüllen. „Wir sollten den Wagen und die Benzinkanister füllen. Soweit ich es voraussagen kann, werden die Tankstellen nach Morogoro immer weiter voneinander entfernt sein, und sie werden auch nicht vierundzwanzig Stunden lang geöffnet sein." Sie schloss den Laptop und legte ihn auf den Boden. „Ich werde fahren, und du kannst die Dokumente in Lingala durchlesen. Vielleicht können wir darin etwas mehr über Fitz herausfinden – oder was am 5. Juni in Versailles passieren soll."

Cal nickte und nahm die Ausfahrt. Sie entdeckten einen Feldweg, der parallel neben der Hauptstraße verlief, und einigten sich darauf, sich nach dem Auftanken etwas die Beine zu vertreten. Sie hatten eine lange Nachtfahrt vor sich. So sehr sie auch so schnell wie möglich aus Tansania verschwinden wollte, ein Spaziergang und frische Luft würden ihr guttun.

Nachdem sie getankt hatten, schnappten sie sich einen Snack aus ihrem Lebensmittelvorrat und wanderten den Pfad entlang. So weit im Landesinneren war die Luft sehr viel schwüler, ohne die Brise des indischen Ozeans, und die warme Luft war wie eine Umarmung. Der Feldweg war an diesem schwülen Abend voller Fußgänger und Fahrradfahrer. Ein paar der Leute, mit denen sie den Pfad teilten, waren weiß, somit stach Freya nicht allzu sehr hervor, wie sie das in anderen ländlicheren Gegenden von Tansania tun würde. Cal berührte ihre Hand, ließ sie dann aber wieder los. „Händehalten und andere öffentliche Liebesbekundungen sind hier nicht wirklich akzeptiert, aber im Kongo ist Händchenhalten erlaubt. Definitiv kein Küssen in der Öffentlichkeit – hier oder dort."

Sie nickte. Sich in der Gegenwart von Gorevs Geschäftspartnern aufzuhalten war nicht dasselbe, wie sich unter Tansaniern zu bewegen.

„Wir brauchen ein Cover", sagte er leise. „Es ist nicht notwendig, dass du im Kongo eine Hure oder Kurtisane spielst."

„Hast du irgendeine Idee?"

„Ehepaar. Ich bringe dich zum ersten Mal zu Besuch ins Land meiner Mutter." Bis auf den verheirateten Teil stimmte das sogar, wodurch es ihnen leichtfallen sollte, dieses Cover aufrechtzuhalten.

„Klingt gut. Woher kommen wir?"

„Wir sollten am besten so nahe an der Wahrheit bleiben, wie es uns möglich ist. Ich bin in Washington DC aufgewachsen. Du kennst DC von deiner Zeit in Langley. Also DC, Maryland oder Virginia. Such dir eins aus."

„Washington DC. Wir sind wohlhabend genug, dass wir für diese Urlaubsreise Flüge chartern können und uns im Kongo, soweit das möglich ist, einen gewissen Luxus leisten können, also würde ich sagen, dass wir beide Rechtsanwälte sind?"

„Du bist Rechtsanwältin. Ich könnte meine Tarnung nicht mit rechtlichen Begriffen aufrechterhalten. Ich arbeite für einen Rüstungskonzern. Meine Firma bietet Diplomaten Privatschutz." Und da sein Vater im Außenministerium tätig war, kannte er sich in dieser Welt sogar ein wenig aus.

„Perfekt. Wie lange sind wir schon verheiratet?"

„Ich würde sagen, knapp ein Jahr", sagte er. „Deine Mutter nörgelt uns ständig vor, dass sie Enkelkinder haben will, also haben wir uns entschieden, diese Reise jetzt zu unternehmen, weil wir das nicht mit Kindern tun wollen, zumindest nicht so lange, bis sie nicht viel, viel älter sind."

Sie wollte ihre Augen schließen und sich der Fantasie eines ruhigen Lebens mit Cal hingeben. Sie hatte nie den Wunsch nach Kindern gehabt, aber die Vorstellung, ein Kind mit ihm zusammen großzuziehen, verursachte ein Verlangen, das ihr neu war. Sie hatte das Gefühl, dass er ein großartiger Vater sein würde.

Die Fantasie dient nur zur Flucht. Du willst weder Cal noch Kinder. Es dient nur dazu, aus diesem Alptraum herauszukommen. Um in Sicherheit zu sein. Um weniger allein zu sein.

Doch dann blickte sie zu dem Mann an ihrer Seite auf und wusste, dass es auch Cassius Callahan war. Sie fühlte sich zu ihm hingezogen, als wäre er ein Magnet, und sie hatte dieses Gefühl schon seit dem ersten Mal, als sie zusammen in einem SOCOM-Meeting gesessen hatten und sie seinem Blick begegnet war. Sie erinnerte sich an den exakten Augenblick, als der Schauer durch sie hindurch geschossen war. Sein Blick war neugierig und interessiert gewesen. Später hatte er sich verändert, als er herausgefunden hatte, dass sie in der CIA war.

Diese Veränderung hatte sie dazu veranlasst, sich seine Dienstakte anzusehen – sie hatte Zugriff zu den Informationen aller Teams der Spezialeinheiten – und sie hatte herausgefunden, dass seine Mutter aus der Demokratischen Republik Kongo kam, was ihr einen Hinweis auf seine Abneigung ihr gegenüber gab.

Ihr wurde klar, dass sie ihm nun endlich die Frage stellen konnte, die damals schon an ihr genagt hatte. „Die CIA hatte Belgien dabei unterstützt, Lumumba zu beseitigen, was wiederum den Weg für Mobutu freimachte, die Macht im Kongo an sich zu reißen. Ist das der Grund, warum du die CIA so sehr hasst?"

„Zum Teil."

Und jetzt hatte sie ihn in eine weitere CIA-Attentatsmission hineingezogen – gegen einen anderen kongolesischen Mann. Oder zumindest hatte sie geglaubt, dass dies ihre Mission sei. Jetzt war sie sich da nicht mehr so sicher.

Unabhängig davon waren ihre Emotionen immer noch zu roh, um all die Hintergründe in Erfahrung zu bringen, aus denen er sie nicht mochte, und sie bereute es, das Thema angeschnitten zu haben. „Ich habe noch mehr Reisepässe mit verschiedenen Namen. Wir werden kein Problem haben, in das Land einzureisen."

„Wer sind wir jetzt?"

„Die Namen sind nicht so wichtig. Wir werden sie nur an den Checkpoints benutzen. Ich habe deine Initialen beibehalten – also bist du Charlie Carson. Ich bin Sandy Jones."

„Dann hast du also nicht meinen Namen angenommen, als wir geheiratet haben."

„Ich könnte sagen, dass du meinen auch nicht angenommen hast."

Er lächelte. Oh, wie sehr sie sein Grinsen liebte. „Stimmt. Cassius Lange klingt tatsächlich ziemlich cool. Aber dann würde sich jeder wundern, warum mich alle Cal nennen."

Sie wusste, dass er nur herumalberte, aber aus irgendeinem Grund verspürte sie ein Flattern im Bauch, als er ihre echten Namen benutzte und diese locker als Ehepartner miteinander kombinierte. „Nun, das könnten deine Initialen sein. Wie ist dein zweiter Vorname?" Sie bemerkte, dass sie im Geiste hoffte, es wäre Andrew oder so etwas, was das A in CAL einsetzen würde.

„Rishi. Nach dem Vater meiner Mutter."

„Richtig. Das hatte ich vergessen. Ich schätze, dass du dann deinen Namen behalten solltest."

Wieder lächelte er. „Bist du bereit zurückzugehen?"

Sie nickte und sie gingen zu ihrem Wagen zurück, wobei sie ihre neue Coverstory besprachen und die notwendigen Details entschieden, um sich auf ihre Einreise in die Demokratische Republik Kongo vorzubereiten.

◆

Freya schlief, als sie sich nach etwas mehr als vierundzwanzig Stunden seit ihrer Abreise von Daressalam der Stadt Kigoma am Ufer des Tanganyika-Sees näherten. Cal stupste sie an, um sie zu wecken. „Wir sind fast da, Liebling." Sie hatten entschieden, dass sie statt Namen so oft es ging Koseworte benutzen wollten, da es ihm schwerfallen würde, sich jetzt – nachdem er sich so lange Jamie eingeprägt hatte – an Sandy zu gewöhnen.

Es half zudem auch, dass dieses Kosewort ganz natürlich klang. Etwas, was er sowohl als alarmierend als auch als angenehm empfand.

Ihre Augen flatterten auf, und sie nahm ihre Umgebung wahr. Ihm fiel auf, dass sie wie ein Soldat aufwachte. Bereit zu kämpfen. Allerdings war sie auf fast dieselbe Weise ausgebildet worden wie er selbst. Sie war selbst eine hervorragende Elite-Agentin. Der einzige Unterschied war, dass sein körperliches

Training täglich fortgesetzt wurde, da seine Arbeit die Ausbildung anderer involvierte, während ihr Job größtenteils am Schreibtisch stattfand, während sie SOCOM beriet und ihre Expertise in der Informationsbeschaffung und Analyse einsetzte.

Im Fitnessstudio konnte sie absolut mit ihm mithalten und – das wusste er jetzt – ihre Libido war seiner im Schlafzimmer ebenso gewachsen. Sie könnte die ideale Frau für ihn sein, und zum ersten Mal, seit er sie kennengelernt hatte, jagte ihm dieser Gedanke keine Angst ein.

Aber das sollte es. Angesichts ihrer Situation? Das sollte es definitiv.

Sie fuhren direkt zum Flughafen. Es war früh am Nachmittag, und sie hofften, dass sie einen Piloten finden würden, der sie nach Gbadolite, dem Stammsitz von Mobutu Sese Seko fliegen würde. Zu seinem Versailles im Dschungel.

Der erste Pilot, mit dem sie sprachen, hatte bereits einen anderen Flug geplant und war erst wieder am folgenden Tag verfügbar. Der Pilot des zweiten Flugzeugs hatte wegen eines mechanischen Problems Startverbot. Der Dritte war dann tatsächlich derjenige, der sich als ihr Glücksfall herausstellte – für den richtigen Preis, der ziemlich hoch ausfiel. Glücklicherweise stellte Geld auf dieser Mission kein Problem dar.

Sie schnappten ihr Gepäck vom Auto, inklusive eines neuen Rucksacks, der dieselbe Größe hatte wie seine normale Kampfausrüstung, die er während Einsätzen trug, nur dass dieser neonorange und grün war, was nach einem Campingenthusiasten und weniger militärisch aussah.

Der östliche Teil der Demokratischen Republik Kongo war voller verschiedener Militantengruppen, die versuchten, das Land in ihre Gewalt zu bringen. Jegliche Zugehörigkeit zum Militär würde ihre Chancen ruinieren, und nicht einmal Schmiergeld würde ihre Einreise dann noch ermöglichen.

Freya hatte einen speziellen Rucksack, in dem sie ihre Spionageausrüstung versteckte, und sie sollte problemlos an den Kontrollen vorbeikommen können. Cals Rucksack war mit ihrer Campingausrüstung und den grundlegenden, allgemeinen elektronischen Spielzeugen vollgepackt, inklusive Ferngläsern mit Nachtvision, die er in dem Campingwarenladen gefunden hatte.

Diese waren nicht ansatzweise so fortgeschritten wie militärische, aber sie würden ausreichen, falls es notwendig sein sollte, und sie würden damit durch den Zoll kommen. Freya hatte Nachtsichtbrillen in ihrer Ausrüstung, aber die hatten keine Vergrößerungsgläser. Das einzige Gerät in seinem Rucksack, das militärischem Standard entsprach, war sein Navigationsgerät, aber im Kongo würde ein allgemein erhältliches Navigationsgerät niemals ausreichen. Da ihre gesamte Ausrüstung – inklusive des Navis – immer noch sehr neu aussah, erweckten sie den Eindruck, Touristen zu sein, die sich für ihr Abenteuer die besten Geräte gekauft hatten.

Glücklicherweise war die Kontrolle am Zoll eher oberflächlich, was zum Teil etwas mit dem Bargeld zu tun hatte, das Cal dort hinterließ, um den Vorgang zu beschleunigen, doch sie hatten die perfekte Ausrede – sie mussten augenblicklich abfliegen, wenn sie dem Sturm ausweichen wollten, der für diesen Abend für Gbadolite vorausgesagt worden war. Solange sie das Unwetter vermieden, würde der Flug etwas weniger als zwei Stunde dauern.

Eine Stunde, nachdem sie in Kigoma angekommen waren, setzten sie sich auf ihre Plätze im hinteren Teil des kleinen Flugzeugs. Cal ergriff über seine Armlehne hinweg Freyas Hand und umschlang ihre Finger mit seinen, während sie die Startbahn hinunterrasten.

Sie flogen in einer Schleife über den Flughafen und erreichten ihre Flughöhe, als sie die Grenze zwischen Tansania und Kongo über dem See erreichten. Es dauerte nicht lange, bis er aus dem Fenster schaute und unter sich das Heimatland seiner Mutter vorbeifliegen sah.

Der Kongo. Er war auf dem Weg zurück in den Kongo.

Er war mit den Geschichten seiner Mutter aufgewachsen – über das Bergbaudorf, in dem sie bis zu ihrem dreizehnten Lebensjahr gewohnt hatte. Ihre Geschichten über den Dschungel und den Fluss waren wild und wundervoll gewesen.

Selbst ihre Geschichten über Kinshasa während ihrer Zeit als Teenager hatten einen speziellen Zauber besessen.

Sie hatte das Land bewusst verlassen, aber das bedeutete nicht, dass sie ihr Heimatland nicht zu schätzen wusste. Sie hatte sich eben in einen Mann verliebt und eine andere Möglichkeit für ihre Kinder gesehen.

Er hatte viele Male gesehen, wie sie geweint hatte, als ihr Land vom Krieg geschunden worden war. Als ihre Schwestern und Nichten vergewaltigt und ihre Neffen zwangsverpflichtet wurden. Seine Mutter wurde von Schuldgefühlen heimgesucht, dass sie selbst geflohen war und überlebt hatte.

Als es endlich sicher genug gewesen war, um das Land zu besuchen, hatte sie Cal und seine Brüder hierhergebracht, und sie hatten die Magie und den Horror gesehen, die den Kongo ausmachten, und es hatte ihn gefesselt. Jetzt raste sein Herz, und Begeisterung und Furcht rasten durch seine Adern.

Der Kongo war nicht seine Heimat. Würde niemals seine Heimat sein, doch trotzdem beanspruchte er einen Teil seines Herzens, und er war stolz auf seine kongolesische Herkunft. Dieser Stolz hatte ihn und seine Brüder dazu angespornt, Lingala zu lernen, zu lesen und zu schreiben, obwohl es weitestgehend eine gesprochene Sprache war.

Er hatte seine kongolesische Seite nicht nur anerkannt, er hatte sie zu einem Teil seines Selbst gemacht. Hatte sie geehrt.

Und jetzt kehrte er zurück und hoffte, Informationen über einen korrupten Regierungsbeamten herauszufinden, der einen Staatsstreich geplant hatte, damit sie ihn aufhalten konnten. Er wüsste nicht, was seine Herkunft besser würdigen konnte als das.

Freya drückte seine Finger. „Die Berge sind so schön."

Er rieb mit dem Daumen über ihre umschlungenen Hände, was ihn an ihren Flug von Dschibuti nach Nairobi erinnerte. Er hob ihre Knöchel an seine Lippen − etwas, was er bei dem ersten Flug nicht getan hatte. Sie lächelte und lehnte sich zu ihm hin. Er konnte nicht anders und legte seinen Arm um ihre Schultern. Es half ihrer Tarnung − obwohl der Pilot sie von seinem verschlossenen Cockpit aus nicht sehen konnte − aber was noch wichtiger war, es fühlte sich richtig an.

Auf dieselbe Weise, wie es sich richtig anfühlte, in den Kongo einzureisen.

Diese Sache mit Freya – sie war wie das Wasser, das in einem Bergstrom dahinfloss. Es war natürlich und wurde von der umliegenden Landschaft geformt. Es konnte wild sein, mit seichten rauen Stromschnellen, aber es konnte genauso gut langsam in ein tiefes Reservoir fließen – ruhig und friedlich.

Dieser Moment war die Ruhe zwischen den Stromschnellen, das wusste er, aber er war damit zufrieden.

Das Flugzeug war klein und laut und sie verfielen in Schweigen, während sie über Berge und Regenwälder flogen. Nach so vielen langen Stunden im Auto verging der Flug vergleichsweise schnell. Und als sie die Landebahn in Gbadolite anflogen, streifte Cal mit seinen Lippen über Freyas Schläfe, um sie auf die Rollen einzustimmen, die sie zu spielen hatten, sobald sie gelandet waren.

Für heute Nacht würden sie sich im ehemals prachtvollen Motel Nzekele ein Zimmer nehmen. Das war nun heruntergekommen, mit einem leeren Swimmingpool und zerstörtem Theater, aber man hatte ihnen versichert, dass es immer noch Gäste akzeptierte, die es wagten, zum einst luxuriösen Palast zu wandern. Sie würden mit den Einheimischen sprechen, um ein Gefühl für die Gegend zu bekommen – wobei Cals sprachliche Fähigkeiten ihnen den zerfurchten Weg ebnen und es ihnen erleichtern würden, Intel zu sammeln. Doch fürs Erste plante er nichts weiter, als zu schlafen, nachdem sie sich ein Zimmer gesichert hatten. Sie hatten während ihrer Fahrt von Daressalam nach Kigoma nur jeweils in zweistündigen Schichten geschlafen. Sie hatten beide eine gute Nachtruhe verdient.

Morgen wäre der 5. Juni, und sie würden mit der tatsächlichen Arbeit beginnen, um herauszufinden, was genau an diesem Tag in Versailles vor sich gehen würde.

Auf dem Asphalt des alten Flughafens mit seiner einzigen, langen Start- und Landebahn, die extra so lang gebaut worden war, um Mobutus gecharterte Concorde-Flüge zu ermöglichen, bezahlte Cal dem Piloten Trinkgeld und bedankte sich bei ihm für einen angenehmen, leichten Flug. Regentropfen klatschten auf den brüchigen Asphalt. Sie waren dem Sturm nur um wenige Minuten zuvorgekommen.

Die Stadt Gbadolite war eine von wenigen Ausnahmen in der Demokratischen Republik Kongo, da sie dank eines hydroelektrischen Dammes in einem nahegelegenen Fluss Elektrizität besaß. Mobutu hatte ihn konstruieren lassen, um sein Versailles mit Strom zu versorgen. Ein Großteil der Demokratischen Republik Kongo besaß so gut wie keine Infrastruktur, doch hier gab es Straßen und Ruinen. Sicher, der Dschungel machte sich daran, diese Straßen zurückzuerobern, und die Ruinen waren das traurige Denkmal eines furchtbaren Kleptokraten, aber die Gegend war einzigartig, weil es hier Licht und Elektrogeräte gab. Die Art von Vorrichtungen, die er jeden Tag als selbstverständlich ansah – sogar in Dschibuti.

Aufgrund dieses Reichtums neigten die Einheimischen dazu, sich auf eine liebevoll-naive Weise an Mobutu zu erinnern. Diese Oase im Dschungel war der einzige Ort gewesen, an dem Mobutu Arbeit und Wohlstand geschaffen hatte. Sein Palast hatte hunderte von Menschen beschäftigt, und für viele Jahre war dies ein florierendes Paradies gewesen.

Dann war Mobutu abgesetzt worden, Laurent Kabila hatte seinen Platz eingenommen, und der Palast wurde all seiner Pracht beraubt. Jetzt, zwanzig Jahre und ein paar Wochen nach Mobutus Flucht aus diesem Land, war sein Heimatort nur noch eine Hülle von dessen ehemaligem Ruhm, während sich der Dschungel Versailles zurückholte.

Besucher gab es nur selten, und die meisten Flüge nach Gbadolite kamen von Kinshasa, nicht von Tansania, somit wurde ihre Ankunft von den Einheimischen voller Erwartung begrüßt. Drei von ihnen hatten sich bereits eingefunden, um ihnen eine Fahrt vom Flughafen zu ihrem Reiseziel anzubieten, wo immer das sein mochte. Sie wurden schnurstracks zum Motel Nzekele gebracht, und die Notbesetzung des heruntergekommenen ehemaligen fünf-Sterne Hotels war ebenso begierig darauf, ihnen ein Zimmer zu vermieten.

Schlussendlich waren sie dann nach zwei anstrengenden Tagen allein in einem privaten Zimmer. Vor achtundvierzig

Stunden waren sie auf Gorevs Yacht gewesen. Vor vierundzwanzig Stunden waren sie in einem Auto unterwegs gewesen, um aus Daressalam zu fliehen.

Nun befanden sie sich an einem Ort, der sich eher wie ein Nirgendwo anfühlte. Wie eine seltsame, abgelegene Attraktion am Straßenrand. Sie konnten sich für ein paar Stunden entspannen und endlich Schlaf nachholen.

Der Zoll auf dieser Seite war nur oberflächlich gewesen – was wiederum ein Vorteil eines Flughafens war, in dem keine internationalen und nicht einmal tägliche planmäßige Flüge landeten. Niemand in der Welt wusste, wo sie waren. Damit irgendjemand in Lubangas Kreisen dieses Ziel erahnen konnte, hätten sie wissen müssen, welche Dateien Freya heruntergeladen und gelesen hatte, bevor sie dann mit dieser Information den geistigen Sprung nach Gbadolite machen müssten. Es war wahrscheinlicher, dass man sie in Kinshasa oder wieder zurück in Nairobi vermutete.

Kurz gesagt, sie waren in Sicherheit, und alles, was Cal tun wollte, war schlafen. Nun ja, er wollte auch Freya, aber alles, was er bekommen würde, war Schlaf. Sie hatten mittlerweile zu viele Dinge miteinander zu klären, um einfach dort weiterzumachen, wo sie gestern Morgen aufgehört hatten. Trotzdem schliefen sie in demselben Bett, und die Hitze ihrer Körper erwärmte den bereits staubig-schwülen Raum noch mehr.

Ihm machte die Hitze nichts aus, und ihr Duft erfüllte seine Sinne, wodurch er sie trotz der hohen Luftfeuchtigkeit eng an sich heranziehen wollte. Es war nicht überraschend, als er mitten in der Nacht aufwachte, und Freya sich dicht an seine Seite gekuschelt hatte.

Er stellte sich vor, sie mit seinem Mund zu wecken – wie sie das zuvor für ihn getan hatte. Dieser Gedanke allein ließ ihn hart werden. Er wünschte sich, dass er sich selbst einen runterholen könnte, aber das Badezimmer, das an ihr Zimmer angrenzte, verfügte weder über fließendes Wasser noch eine Tür. Er würde aufstehen und dann den Korridor entlang zu dem einzigen funktionierenden Badezimmer in dieser Etage gehen müssen, nur um sich im Stillen einen runterzuholen.

Er könnte genauso gut wieder im Camp Citron sein, wo er sich ein CLU mit Pax teilte, und er nur die öffentlichen Waschräume und Toiletten zur Verfügung hatte, die allen dort Stationierten mit CLUs ohne Nasszelle dienen mussten.

Er lauschte ihrem gleichmäßigen Atem in dem dunklen stillen Zimmer. Er hatte ihr im Geiste schon bald, nachdem sie Evers die Scherbe in den Hals gerammt hatte, verziehen. Doch selbst davor noch hatte er verstanden, dass sie sich in einer unmöglichen Situation befunden hatte. Cal war ihre beste Hoffnung und die richtige Wahl gewesen.

Wenn Cal nicht mit ihr gegangen wäre, wäre sie jetzt tot. Denn wenn sie mit Evers als ihrem Partner abgereist wäre, hätte der sie irgendwann getötet, während sie schlief. So, wie sie jetzt mit ihrem warmen weichen Körper an Cals Seite schlief.

Er zog sie enger an sich heran, und seine Lippen fanden ihren Hals. Himmel. Sie wäre tot. Er wollte nicht in einer Welt ohne Freya Lange leben – einer Frau, die er erst noch richtig kennenlernen musste.

Er schlief langsam wieder ein und erwachte, als das Sonnenlicht eine Stunde nach Sonnenaufgang auf seine Haut fiel. Freya lag noch immer in seinen Armen, aber dieses Mal war sie wach und seine Morgenlatte war mehr als offensichtlich. Er wurde sofort hellwach und zog sich langsam von ihr weg. So sehr er sich jetzt in ihr vergraben wollte, war das keine gute Idee.

Sie rollte sich auf die Seite und hielt seinem Blick stand. Ihre Hände ruhten auf der Matratze zwischen ihnen. Eine bewegte sich, als ob sie vorhatte, über seine nackten Brustmuskeln zu streicheln. Er liebte es, ihre Hände auf sich zu spüren. Er wollte, dass sie ihn berührte. Er wollte, dass sie seinen Körper erkundete. Er wollte dabei zusehen, wie sie seinen harten Schwanz mit ihren Händen und Fingern umschloss und ihn massierte. Er wollte ihren Mund auf sich spüren. Er wollte die feuchte Hitze ihrer glitschigen Scheide. Er wollte sie besitzen, wollte sie kommen lassen.

Und ihre Augen sagten, dass sie genau dasselbe wollte.

Aber das würde es ihm unmöglich machen, sie nach dem Ende dieser Mission zu verlassen. Und er wollte Freya Lange nicht in seinem Leben. Sie würden als ein Paar niemals funktionieren.

Es hatte nicht das Geringste mit seiner Hautfarbe zu tun – Himmel, er selbst war ein Mischling mit einem weißen Vater und einer schwarzen Mutter. Seine Eltern und seine Community würden sie mit offenen Armen willkommen heißen. Bis auf die Sache mit der CIA. Seine Eltern waren keine großen Fans der Agentur, nachdem sie vor all den Jahren seine Mutter durch die Mangel genommen hatten. Nicht zu vergessen den Schaden, den die CIA im Kongo angerichtet hatte. Aber seine Eltern würden sie wegen ihres Arbeitgebers wahrscheinlich nicht so sehr verurteilen, wie Cal das getan hatte.

Niemand konnte sagen, wie es jetzt um den Kongo stehen würde, wenn die CIA bei dem Attentat an Lumumba nicht mit Belgien zusammengearbeitet hätte, aber es bestand durchaus die Möglichkeit, dass das Land Mobutu keine zweiunddreißig Jahre lang hätte erdulden müssen.

Natürlich war nichts von alledem Freyas Schuld. Das war geschehen, bevor sie geboren worden war. Aber ihre Hingabe zur Agentur und ihre Methoden hatten ihn immer alarmiert. Sie verkörperte die Einstellung der CIA, dass sie ‚am besten wüsste, was gut für alle war‘, und sie war gewillt, andere auf dem Altar ihrer selbstgefälligen Unfehlbarkeit zu opfern, um die Welt so zu formen, wie sie glaubte, dass sie sein sollte.

Zumindest hatte er das noch im Camp Citron geglaubt. Und dann … sie hatte immerhin bezüglich Drugov recht gehabt.

Er war sich durchaus bewusst, dass die CIA wichtige Arbeit leistete. Himmel, sie hatten bin Laden gefunden. Und Freya hatte bewiesen, dass sie zu den Guten gehörte und die Art Agentin war, die sie brauchten. Die Art, die die Computer-Dateien *vor* dem Attentat herunterlud.

Aber das machte sie immer noch nicht zu einer guten Wahl als Lebenspartnerin. Er wollte eine Frau, die nicht alles für den Job riskierte. Eine Frau, die nicht log oder manipulierte. Eine Frau, die ihn nicht opfern würde.

Eine Frau, die sich nicht selbst opfern würde.

Er rutschte weiter zurück und brachte damit noch mehr Abstand zwischen sie beide. Ehre bedeutete ihm alles. Er würde sie nicht anlügen, was er in dieser Sache zwischen ihnen sah. „Ich will Sex mit dir haben, aber es gibt für uns keine Zukunft, sobald das hier vorbei ist, und ich will dir nicht wehtun."

Das Licht in ihren Augen verblasste, und sie zeigten den Schmerz, den er ihr nicht zufügen wollte. Aber was hatte er erwartet? Er hatte sie abgewiesen. Natürlich würde das zwangsläufig wehtun.

Sie räusperte sich. „Ich weiß, dass du nie dazu in der Lage sein wirst, mir zu verzeihen, und ich verstehe das. Es war furchtbar von mir, dass ich es dir nicht gesagt habe. Ich dachte nur, dass du es jetzt, da du weißt, was Harry war, wenigstens verstehen würdest."

„Ich verstehe es. Und ich verzeihe dir."

Ihre Augen weiteten sich. „Wirklich?" Tränen füllten ihre Augen. Dies war die echte Freya, denn Savannah James hätte ihm auf gar keinen Fall jemals Tränen gezeigt.

„Ja. Wirklich. Ich verzeihe dir einhundert Prozent. Aber das bedeutet nicht, dass wir einfach weiter Sex haben können." Er befand sich in vollem Rückzug. Sie wussten beide, dass das, was sie in Daressalam geteilt hatten, mehr als nur Sex gewesen war. Das war das Problem. „Da ist so Vieles zwischen uns – wir haben den Punkt von *reinem* Sex längst überschritten. Aber das ist alles, was ich von dir will. Vögeln und mehr nicht."

Sie stand vom Bett auf und ging zum Fenster, starrte auf das Gras und die Ruine hinaus.

Die Fensterscheibe hatte einen Sprung, war aber sauber und das Licht fiel hindurch. Alles an diesem Ort war heruntergekommen und ungepflegt, aber sauber. Das Personal in diesem Hotel war stolz auf seine Arbeit, und sie hielten ein paar Zimmer für die seltenen Gäste bereit.

Die Morgensonne zog blasse Strähnen durch ihr dunkles Haar. Ihre Haut strahlte, doch die Prellung an ihrer Wange blieb im Schatten und unsichtbar, als er ihre Silhouette betrachtete. „Ich glaube, dass ich mich in dich verliebt habe", sagte sie. Ihr Blick war auf die Szenerie draußen fixiert.

Er würde sich für immer an diesen Augenblick erinnern, wie schmerzhaft schön sie war, wie sie dort am Fenster stand und Worte zu ihm sagte, die er nicht verdiente. Er wollte vom Bett aufspringen und sie in seine Arme ziehen, mit ihr gegen die Wand Liebe machen. Doch stattdessen rollte er seine Hand in eine Faust zusammen und tat das Richtige. „Deshalb kann ich keinen Sex mit dir haben. Nicht, wenn du mehr willst, als ich dir geben will."

Sie nickte. „Danke."

Er stand vom Bett auf und ging zur Tür. „Ich werde duschen gehen." Er musste sie für eine Weile allein lassen, und er musste diese verdammte Erektion loswerden, bevor er etwas Dummes tat.

Kapitel Achtzehn

Sie taten das, womit jeder Tourist anfangen würde und heuerten einen Fahrer an, der sie zu den Ruinen von Mobutus Palast bringen sollte. Freya hatte das Wichtigste ihrer Habseligkeiten – Computer, Reservebatterien, mobiler Hotspot, Wegwerfhandys und Satellitentelefon – in einen Rucksack eingepackt, der so entworfen worden war, dass er diese wertvollen elektronischen Geräte verstecken würde.

Cal packte ihr Bargeld und andere Annehmlichkeiten in seinen eigenen Rucksack und ließ ihre Campingausrüstung zurück. Sie hatten vor, zu diesem Hotel zurückzukehren, und es wäre seltsam, wenn sie sich mit all ihren Habseligkeiten auf dem Rücken auf den Weg machen würden. Von jetzt an wollten sie die allerwichtigsten Dinge jederzeit bei sich haben, allerdings in vernünftigem Rahmen.

Ihr Fahrer bot ihnen an, sie als ihr Führer durch die Stadt zu begleiten. Sie akzeptierten sein Angebot, sie für diesen Tag herumzufahren, lehnten jedoch ab, mit ihm zusammen als Übersetzer die jeweiligen verschiedenen Attraktionen zu besuchen. Cal antwortete ihm in Lingala, und der Fahrer strahlte ihn an – überrascht und erfreut, dass er einen lang verlorenen Sohn des Kongos gefunden hatte, wie er es formulierte.

Die beiden Männer sprachen während der fünfzehn-minütigen Fahrt zu den Ruinen in Kawele in Lingala, und ihre

Stimmen klangen freudig, als ob sie alte Freunde wären. Es war schlichtweg bezaubernd, zu beobachten, wie Cal und der Fahrer sich unterhielten. Er lächelte und lachte und sie wusste, dass dies – trotz seines falschen Namens und der vorgespielten Karriere – der echte Mann war. Das hier war der freundliche, gelassene Sergeant First Class Cassius Callahan. Im Camp Citron war er jedermanns bester Freund.

Selbst als Pax und Bastian ihre Probleme hatten, war Cal ohne Vorurteile mit beiden befreundet gewesen. Das war der Mann, den sie seit ihrem ersten Meeting attraktiv gefunden hatte – und der Mann, der er sehr zu ihrer Enttäuschung bei ihr noch nie gewesen war.

Jeder sah sie als kalt und unnahbar an, während Cal das genaue Gegenteil war. Bevor ihre Eltern gestorben waren, war sie selbst warm und offen gewesen. Danach war es ihr Ehrgeiz gewesen, der ihr von einem Tag zum nächsten geholfen hatte. Das Mädchen Freya, das ursprünglich davon geträumt hatte, Wildbiologin zu werden, war verblasst, als eine neue härtere, kältere Frau zum Vorschein kam.

Aus irgendeinem Grund schaffte Cal es, der ehrgeizige, knallharte und coole Soldat zu sein, ohne dabei seine warme Natur zu verlieren. Nach Feierabend konnte er mit seinem Team lachen und scherzen, doch im Einsatz war er immer professionell und sorgte dafür, dass der Job erledigt wurde.

Cal mochte so sein, wie sie sich selbst zu sein wünschte, aber sie wusste, dass es für sie bereits zu spät war. Sie wusste nicht mehr, wie sie ihre Schutzwälle senken konnte.

Nun, außer bei ihm.

Sie verspürte keine Scham oder Reue, dass sie ihm gestanden hatte, ihn zu lieben. Es war das erste Mal in ihrem Leben, dass sie diese Worte überhaupt gebraucht hatte. Und sie war froh, dass sie den Mut gehabt hatte, sie zu sagen, obwohl es ihm nur einen weiteren Grund gegeben hatte, sich von ihr zurückzuziehen. Sie könnten während dieser Mission sterben. Sie würde nicht mit der Reue sterben, gewisse Dinge nicht gesagt zu haben.

Sie wusste auch, dass sie ihm etwas bedeutete. Es mochte

keine Liebe sein, aber sie war ihm wichtig genug, dass er ihr gegenüber ehrlich gewesen war. Über die Tatsache, dass der Sex zwischen ihnen mehr gewesen war, als er bewältigen konnte. Eine emotionale Verbundenheit, die er nicht wollte. Das erleichterte den Schmerz der Ablehnung etwas. Ein wenig. Er hatte sie nicht abgelehnt, weil sie ihm nichts bedeutete. Ganz im Gegenteil.

Sie respektierte seine Ehrlichkeit, obgleich die Einsamkeit schmerzte, mit ihm zusammen zu sein, ihn aber nicht haben zu können.

Sie erreichten den Palast, und der Fahrer sagte auf Englisch: „Es ist schade, dass Sie den größeren Palast nicht sehen können, aber das Militär benutzt ihn, um dort Soldaten unterzubringen. Wir haben nicht viele Touristen hier in Kawele und Gbadolite. Ich glaube, wir würden mehr Touristen sehen, wenn sie beide Paläste besuchen könnten.“

Freya nahm an, dass es weniger mit den fehlenden Sehenswürdigkeiten zu tun hatte, sondern eher der Zugänglichkeit, aber der Mann hatte recht. Sie betrachtete die bewachsene Einfahrt. Es war schwer zu glauben, dass Mobutus Niederlage erst zwanzig Jahre her war. Dies waren keine uralten Ruinen. Dies war übertriebener Wohlstand, der auf dem Rücken der Massen genossen worden war, und welcher nun nur noch vor sich hinbröckelte.

Sie mochte auf einer geheimen Mission hier sein, aber sie war genauso begierig wie jeder andere Tourist auch, zu sehen, wie sich der Dschungel dieses Monument der Gier und Kleptokratie zurückholte.

Sie öffnete die Tür des alten, zerschundenen Wagens und betrachtete das zerfallene braun-goldene Tor mit Diamantenmotiv im Metall und dem Rahmen. Hinter diesem Tor befand sich eine lange, überwucherte Einfahrt. Der Fahrer stellte ihnen einen Mann, der beim Tor wartete, als das Oberhaupt des Dorfes Kawele vor.

Das Oberhaupt lächelte. „Eintritt ist zwanzig Dollar“, sagte er in Englisch.

So verlockend es auch war, mehr zu bezahlen – diese Leute

hatten so wenig – so war es dennoch unklug, die Aufmerksamkeit als großzügige Geldausgeber auf sich zu ziehen. Sie und Cal hatten das diskutiert, bevor sie sich auf den Weg gemacht hatten, und er hatte zugestimmt, nur die Grundrate zu bezahlen. Nachdem er das Geld überreicht hatte, bezahlte Cal den Fahrer dafür, mit dem Auto auf ihre Rückkehr zu warten.

Das Oberhaupt schloss das Tor auf und drückte es nach innen. Die Scharniere quietschten, was den zerfallenden Wänden noch mehr Atmosphäre verlieh. Sie gingen durch die Öffnung und betraten das Grundstück. Sie waren nicht allein, als sie die lange Einfahrt entlangliefen. Kinder und Erwachsene hielten sich in den Ruinen auf. Freya nahm an, dass einige von ihnen zum Personal gehörten, während andere dort waren, um ihre Dienstleistung als Führer anzubieten.

Sie erreichten einen Tunnel, der mit groben roten Ziegelsteinen ausgekleidet war, und auf der anderen Seite konnte sie die einst prächtige Fontäne sehen, die zu Mobutus Glanzzeit Gäste begrüßt hatte. Der Springbrunnen ganz im Stil des französischen Versailles hatte einst Musik gespielt. Nun war das gigantische Becken knochentrocken, und Unkraut wucherte darin.

Ein Torbogen lockte Besucher hinter die Fontäne, wo sie augenscheinlich von einem zweiten Springbrunnen begrüßt wurden. Zwei Löwenstatuen standen dort Wache, aber es war offensichtlich, dass zwei weitere Löwen von ihren Podesten fehlten. Die Steinarbeit und der Marmor waren gebrochen und abgesplittert, und in den Rissen wuchsen grüne Sprösslinge.

„Ist es komisch, dass mir das hier gefällt?", fragte sie leise. Sie hatte während ihrer langen Fahrt genug Artikel über diesen Ort gelesen, um zu wissen, dass die meisten Einheimischen von Gbadolite und Kawele über diesen Verfall traurig waren. In diesem kleinen Teil des Kongo war es ihnen unter Mobutu gut gegangen.

Aber Mobutu hatte sein Land und dessen Volk zerstört. Die Liste seiner Sünden gegen die Menschen von Kongo war endlos, und während dieser Zeit hatte er selbst im Luxus in seinem Versailles gelebt, für das er mit dem Geld bezahlte, das ursprünglich für die Bildung, Krankenversorgung, Straßen und Telefone des Landes vorgesehen war. Selbst die grundlegendste Infrastruktur hätte Leben retten und verbessern können.

„Nicht im Geringsten", sagte Cal. „Er beraubte und schlachtete dieses Land aus, damit er sich selbst dieses Monument bauen konnte, und es hat ihn nicht einmal einen Monat nach seinem Niedergang überlebt. Das hier ist sein Vermächtnis – diese heruntergekommene Verschwendung. Nichts Grandioses." Er sprach ebenfalls mit leiser Stimme, weil er es vermeiden wollte, die Einheimischen zu beleidigen.

Sie gingen den Korridor entlang, der sie zum ehemaligen Schlafzimmer Mobutus brachte. Freya hatte gelesen, dass er mit seinem Zimmer anzugeben pflegte, indem er einen Schalter umlegte, welcher dann bewirkte, dass sich Paneele auseinanderschoben und sein Bett enthüllten, das aus dem Boden emporstieg.

Während sein Volk hungerte, und Kinder zur Arbeit gezwungen wurden.

Sie fanden die Nische, in der sein Bett einst gewesen war, und sie lächelte, als sie nichts weiter als grünlichen Schleim vorfand. Passend.

Der Palast hatte kein Dach mehr. Verschwunden waren die Malereien, Kronleuchter, das Buntglas und die Möbel im Stil von König Louis XIV. Der Marmor war zerbrochen oder gestohlen worden. Nun befand sich Graffiti an den Wänden. Worte in Lingala und Französisch, die Cal übersetzte. Zeichnungen von Menschen und Tieren. Symbole, die sie nicht verstand.

Sie erkundeten die dachlosen Räume, obwohl sich der Himmel öffnete, und es anfing zu regnen. Sie verließen das Innere, um sich den längst nicht mehr prächtigen Swimmingpool anzusehen, dessen unterschiedliche Becken terrassenförmig über zwei Stockwerke gebaut worden waren. Vor langer Zeit musste das großartig ausgesehen haben.

Während sie das Grundstück auskundschafteten, suchte sie nach einer Tür oder einem Eingang zum Keller. Irgendetwas, das ein Eingang zu den Tunneln unterhalb des Palastes sein könnte. Die Online-Informationen zu diesen Tunneln waren nur spärlich gewesen, doch Mobutu hatte mit seinem Atombunker geprahlt und es wurde spekuliert, dass ein Tunnel bis über die Grenze in die Zentralafrikanische Republik hineinreichte, die nur etwa zehn Meilen nördlich lag.

Sie hatten sich darauf geeinigt, dass sie nicht sofort nach den Tunneln fragen würden – sie wollten warten, ob man ihnen eine Tour anbieten würde – doch allem Anschein nach gehörte der Bunker nicht zum normalen Tourangebot.

Da der Regen zunahm, befanden sich weniger Leute auf dem Grundstück. Falls sie Einheimische befragen wollten, würden sie später noch einmal zurückkommen müssen, nachdem der Regen aufgehört hatte.

Doch es gab eine Einheimische, die sie von Anfang an verfolgt hatte, und sich auch nicht von dem Regen abschrecken ließ: ein junges Mädchen – sie konnte kaum älter als sieben oder acht Jahre sein – mit großen, wunderschönen Augen und hübschen hüpfenden Locken.

Freya schenkte ihr ein Lächeln und fragte sie auf Englisch, ob sie einen Ort kannte, der sie vor dem Regen schützen würde.

Das Mädchen runzelte die Stirn. „Lingala? *Français*?"

Bevor Freya ihre Frage in Französisch wiederholen konnte, kniete Cal sich nieder und sprach mit ihr in Lingala. Das Mädchen strahlte und nickte und sagte etwas zur Antwort. Dann blickte sie sich um und lächelte wieder, bevor sie erneut antwortete.

Zu Freya sagte Cal: „Ich habe mich entschlossen, sie direkt zu fragen, ob sie weiß, wie man zu den Tunneln gelangen kann. Du willst aus dem Regen, und ich habe gehört, dass es hier einen coolen Bunker gäbe. Sie sagte, dass es Touristen normalerweise nicht erlaubt ist, die Tunnel zu sehen, aber da niemand hier ist, wird sie uns für zehn Dollar dorthin bringen."

Freya lächelte. Sie hatte vergessen, dass sie bei einem Kind direkt sein konnten, denn sie würden bei der Frage nicht sofort misstrauisch werden, wie das bei Erwachsenen der Fall wäre. Sie war es so gewohnt, Rollen zu spielen, dass sie etwas verkomplizierte, das eigentlich ganz einfach war.

Cal bezahlte das Mädchen, das beim Anblick der Zehn-Dollar-Note erstrahlte. Sie ging zu einer Treppe voraus, die zu einer tieferliegenden Terrasse führte, und von dort folgten sie ihr einen Pfad entlang zu einer Tür, die scheinbar in einen unteren Teil des Gebäudes führte, welcher in den Hügel hineingebaut worden war. Wenn sie so weit herumgekommen wären, hätten sie diesen Eingang selbst entdeckt. Aber es war besser, einen Führer zu haben. Vor allem, weil sie dann feststellen mussten, dass die Tür verschlossen war. Das Mädchen gab ihnen rapide Anweisungen, bevor sie dann wie der Blitz um die Seite des Hauses und außer Sichtweite verschwand.

„Sie sagte, dass wir hier warten sollen. Es gäbe ein kleines Fenster, durch das sie hindurchkriechen könne, um die Tür von innen aufzuschließen."

Einen Moment später öffnete sich die Tür, und das Mädchen stand mit einem breiten Grinsen vor ihnen. Sie folgten ihr in den schummrigen Vorraum. Ein langer dunkler Tunnel erstreckte sich in eine Richtung. Auf der gegenüberliegenden Seite befand sich ein kurzer Korridor. Tageslicht filterte hindurch und deutete auf das Fenster hin, durch das das Mädchen wohl geklettert war. Das Mädchen führte sie in den Korridor.

Die Touristin in Freya wollte einfach nur so aus Spaß den Ort auskundschaften. Die Agentin in ihr war äußerst wachsam. Sie befanden sich − dank dieses niedlichen Mädchens − in dem Keller, der zu den Tunneln führen musste. Das Mädchen sagte etwas, über das Cal lächeln musste.

„Was hat sie gesagt?", fragte Freya.

„Dein Haar ist platt vom Regen."

Freya lächelte. Ihr Haar war von der Luftfeuchtigkeit zuerst kraus geworden, bevor sie sich in eine durchnässte Ratte verwandelt hatte, als der Regen heftig auf sie niedergeprasselt war. Sie hätte ihr Haar heute Morgen flechten sollen, um es aus ihrem Gesicht fernzuhalten. Sie zog die feuchten Strähnen zurück und kniete sich zu dem Mädchen herunter, um auf ihrer Augenhöhe mit ihr zu sprechen. „Wir haben nicht alle das Glück, Locken zu haben, die dem Regen standhalten können."

Das Haar des Mädchens war einfach wunderschön. Sie trug es länger, als die meisten Kinder, die Freya in den vergangenen Tagen gesehen hatte, welche ihr Haar oftmals bis dicht an die Kopfhaut kurzgeschoren hatten. Die dunklen Locken dieses Mädchens standen in lebendigen, breiten Strähnen hervor.

„Wie ist dein Name?", fragte Freya auf Französisch.

„Amelie."

Freya streckte ihre Hand aus. „Freut mich, dich kennenzulernen, Amelie. Mein Name ist Sandy. Danke, dass du uns aus dem Regen gebracht hast, auch wenn es zu spät war, um mein Haar zu retten."

Amelie schüttelte Freyas Hand und antwortete auf Französisch. „Wollen Sie mehr von den Tunneln sehen?"

„Sehr gern", sagte Freya. Sie nickte Cal zu.

Er zog eine Zwanzig-Dollar-Note hervor und bot sie Amelie an. „Falls du Ärger bekommen solltest, weil du uns hierhergebracht hast", sagte er auf Französisch, damit Freya es verstehen konnte.

Das Mädchen lächelte und wollte gerade nach dem Geldschein greifen, hielt aber dann inne. „Wir haben kein Licht. Die Tunnel sind sehr dunkel."

Freya zog ihr Handy hervor, während Cal den Geldschein in Amelies Hand drückte und dann ein weiteres Handy hervorzog. „Geh voraus."

Sie folgten dem Mädchen in den Tunnel, wobei der Boden sich langsam nach unten neigte, je tiefer sie in die Erde eindrangen. Als sie zu einer Kreuzung kamen, bemerkte Freya Graffiti-Symbole über oder neben den verschiedenen Passagen, die den Weg markierten. Amelie führte sie durch die Korridore, die mit einer Spirale gekennzeichnet waren, und etwas, das wie das Zeichen für Nummer oder vielleicht wie ein Hashtag aussah. Tic-Tac-Toe? Doch das Zeichen verlief in der Vertikalen etwas länger. Als sie tiefer kamen, erschien ein Zeichen in der Form eines Diamanten, in das ein Kreuz gezeichnet worden war – was wie das Gerüst eines Drachens ohne Schnur aussah – jeweils neben einigen der Passagen. Freya fragte Amelie, was diese Zeichen zu bedeuten hätten.

„Die sind neu“, sagte sie und deutete damit auf das Drachensymbol. „Mama sagt, dass ich diese Passagen ohne einen Erwachsenen nicht erkunden darf.“ Sie lächelte. „Aber heute bin ich mit Erwachsenen zusammen.“ Sie gingen weiter den Korridor hinunter und kamen zu einem weiteren Tunnel, wo sie auf die runde Spirale und das Hashtagsymbol zeigte. „Diese sind unsere Freunde. Man kann sich nicht verirren, wenn man dem freundlichen Kreis folgt.“

„Und das hier?“, fragte Freya, indem sie auf das Hashtagsymbol zeigte. „Was bedeutet das?“

„Das ist ein altes Zeichen. Schon seit Ewigkeiten hier. Ich weiß nicht, wer das gemacht hat oder ob sie noch hier sind.“

Bedeuteten diese Symbole verschiedene Fraktionen? Die Demokratische Republik Kongo hatte viele verschiedene Fraktionen, einige waren sich einig, andere nicht. Kämpfe fanden heutzutage hauptsächlich an den Grenzen, nahe Uganda und Ruanda statt, und dort befanden sich dutzende von Fraktionen. Die Karte, wem dieses Territorium gehörte, wechselte wöchentlich.

Es war nicht gerade überraschend, dass sich in dieser Gegend – die so ziemlich die einzige Gegend in der Demokratischen Republik Kongo war, welche gute Erinnerungen an Mobutu hatte – eine ganze Menge an versteckten Antiregierungsgruppen tummeln konnten.

Welche Fraktion unterstützte Lubangas Wunsch nach Macht? Die Spirale oder das Diamantenkreuz? Unterstützten die Menschen von Kawele und Gbadolite Lubanga, oder sahen sie nur die Fassade, die er präsentierte – die einer Puppe des Präsidenten? Lubanga hatte dem Präsidenten lange genug vorgespielt, ihm treu ergeben zu sein, bis dieser es ihm glaubte. Reichte diese Fassade bis zur unstabilen Region im Osten?

Die Passagen unter dem Palast waren ein weitreichendes Netzwerk von Tunneln, die durch Räume unterbrochen wurden. Einige davon mussten einst Lagerräume gewesen sein, die nun nichts Wertvolles mehr enthielten. Sie und Cal würden heute Nacht zurückkommen und es sich genauer ansehen, ohne Amelie als ihre Führerin. Das Hashtagsymbol wurde immer prominenter, die vertikalen Linien ständig länger als die horizontalen.

Freya war neugierig darauf, wo Amelie sie hinführte, denn sie erweckte den Eindruck, als ob sie ein definitives Ziel vor Augen hatte, während sie sie durch den Irrgarten dieser Tunnel führte. Freya merkte sich die Route. Die Symbole machten das leicht.

Als sie in einen weiteren Tunnel einbogen, bemerkte Freya ein Hashtagsymbol, das einen dritten horizontalen Strich besaß. Sie hielt inne, um es sich anzusehen und dann schoss es ihr blitzartig durch den Kopf. Kein Hashtagsymbol … Bahngleise.

Konnte damit also sprichwörtlich eine „Untergrundbahn" gemeint sein? „Amelie, gibt es hier unten eine Eisenbahn? Könnte dieses Symbol bedeuten, dass es hier unten Bahngleise gibt?"

Das Mädchen runzelte ihre Stirn. „Mama hat mir nie von einer Eisenbahn erzählt. Mein Bruder und ich haben alle diese Tunnel ausgekundschaftet und wir haben nie einen Zug gesehen."

Dann war es also vielleicht doch nicht sprichwörtlich. Oder vielleicht waren die Bahngleise geraubt worden, als der Palast geplündert worden war.

„Komm. Hier entlang", sagte Amelie. „Wir sind schon fast da."

Meinte sie mit „da" den Atombunker? War es das, was das Mädchen begeisterte? Schlussendlich führte Amelie sie zu einer verschlossenen Stahltür. „Ich weiß nicht, was hinter dieser Tür ist. Mein großer Bruder und ich haben schon seit Monaten versucht, das Schloss zu knacken. Er glaubt, dass da noch ein weiterer Thron aus Diamanten hinter der Tür steht. Ich glaube, dass er aus Gold ist. Wer würde schon gern auf Diamanten sitzen? Er hat gesagt, dass ich dumm sei, und die Diamanten wären in Metall eingebettet. Ich sagte, dass das beweist, dass ich recht habe. Gold ist ein Metall. Mama sagt, dass keine Reichtümer übriggeblieben wären, und dass es nur zu einem Bunker führt. Mama versteht diese Tür nicht."

Freya lächelte, und es erfüllte sie mit Freude, zu sehen, dass der Zauber der Kindheit, die Neugierde über geheimnisvolle Türen, sogar tief im Herzen des Dschungels noch überlebte. Natürlich lebte dieses Mädchen neben einer heruntergekommenen Palastruine, die die Fantasie eines jeden Kindes beflügelt hätte. Woanders im Kongo hatten Kinder diesen Luxus nicht. Die Kinder im Osten wurden dazu verpflichtet, zu kämpfen, oder sie waren der Hungersnot und Krankheiten ausgesetzt, während sie vor den verschiedenen Fraktionen flohen.

Doch hier, selbst inmitten eines Irrgartens von Untergrundtunneln, die vielleicht von zwei verschiedenen Fraktionen beansprucht wurden, durfte das Mädchen ein Kind sein.

Sie wollte sie umarmen und ihr sagen, dass sie so bleiben solle. Doch sie tat es nicht, weil sie sie nicht durch die unerwartete Berührung einer Fremden verängstigen wollte.

„Vielleicht befindet sich hinter dieser Tür eine Menagerie?", fragte Freya. „Vielleicht führt sie in einen Zoo oben an der Oberfläche, der im Dschungel versteckt ist. Kein Mensch kann ihn finden, weil sie den Schlüssel verloren haben."

„Du verstehst die Tür", sagte Amelie feierlich. Sie schürzte ihre Lippen. „Die Löwen und Elefanten müssten lernen miteinander auszukommen, wenn sie sich in demselben Gehege im Dschungel befinden, oder sie haben sich schon vor Jahren aufgefressen und totgetrampelt."

„Vielleicht haben die Schimpansen Frieden gestiftet. Sie sind ganz natürliche Diplomaten. Ich wäre nicht überrascht, wenn einer von ihnen zum König ernannt worden wäre."

„Präsident", sagte Cal. „Es ist schließlich eine Demokratie."

Amelie lächelte. „Mir gefällt die Idee." Sie blickte wieder in den Tunnel zurück. „Wir sollten gehen. Meine Mama wird nach mir suchen."

Sie folgten der kleinen Koboldin die Korridore entlang und verfolgten ihren Pfad zurück. Wie Amelie fragte sich auch Freya, was sich hinter dieser Metalltür befand. Wahrscheinlich hatte Amelies Mutter recht, und sie führte einfach nur zu dem Atombunker, auf den Mobutu so stolz gewesen war, aber ihr waren drei Dinge aufgefallen, als sie bei der Tür gestanden waren: Die Scharniere und das Schloss bestanden aus Messing und passten

nicht zum Rest der Ausstattung, was darauf hindeutete, dass sie
relativ neu waren. Kabel, welche oberhalb der Tür an die
Decke montiert waren, deuteten darauf hin, dass das, was auch
immer sich hinter der Tür befand, Elektrizität hatte. Und ein
winziges Drachensymbol war hoch oben in der linken Ecke der
Tür eingeritzt worden, direkt neben dem Hashtag- oder Bahn-
gleissymbol.

Kapitel Neunzehn

In Gbadolite gab es nicht gerade Firmen, die Autos vermieteten, aber so wie das Motel Nzekele noch immer Zimmer an besonders eifrige Reisende vermietete, war es ihnen möglich, einen Wagen von einem Hotelangestellten zu mieten. Das Fahrzeug war notwendig, da sie kaum einen Fahrer bezahlen konnten, um sie gegen Mitternacht wieder zum Palast zurückzufahren. Das würde viel zu viele Fragen aufwerfen.

Sie verbrachten den Nachmittag damit, ihren nächtlichen Raubzug vorzubereiten. Freya suchte nach irgendwelchen noch so kleinen Hinweisen, die sie zum Diamantensymbol finden konnte, und zog Cals Aufmerksamkeit auf sich, als sie begeistert aufschrie, weil sie das gesuchte Symbol während eines im Fernsehen übertragenen Interviews mit Pastor Abel Fitzsimmons auf einem verstaubten Fahrzeug entdeckt hatte, das hinter ihm parkte, und auf das jemand genau dieses Symbol in den Schmutz gezeichnet hatte. Zu dem Zeitpunkt war der Televangelist in Kinshasa gewesen und hatte Spenden für seine Missions-Schule gesammelt.

Offiziell oder inoffiziell − dies war die Verbindung, nach der sie gesucht hatten. Sie befanden sich auf der richtigen Spur.

Cal überließ Freya ihrer Recherche und begab sich stattdessen in die Lobby, wo er die Einheimischen bearbeitete. Als Tarnung benutzte er die Ausrede, dass Freya − oder eher Sandy

– die lokale Küche nicht so gut bekommen war, und er sie in Ruhe schlafen lassen wollte, während sich ihr Magen wieder beruhigte.

Nach zwei Stunden kehrte er mit der Neuigkeit zu ihrem Zimmer zurück, dass soeben ein Flug von Daressalam gelandet war. Heute war das Datum, das in dem Dokument angegeben war. Hatte dieser ankommende Flug etwas damit zu tun? Da er von Daressalam gekommen war, musste das so sein. War Lubanga hier?

Da sie die Antworten nicht kannten, blieb ihnen nichts anderes übrig, als mit ihrem Plan fortzufahren und die Tunnel unter dem Palast in der Nacht auszukundschaften.

Sie hatten die Nachtaktion sorgfältig geplant und vorbereitet, und ihre Rucksäcke waren voll bepackt. Sie planten, zum Motel Nzekele zurückzukehren, falls sie das konnten, aber sie würden sich auf einer mitternächtlichen Aufklärungsmission befinden, ohne eine Ahnung davon zu haben, was sie vorfinden würden. Es war möglich, dass sie nicht zu dem heruntergekommenen ehemaligen fünf Sterne Hotel zurückkehren konnten.

Eine Stunde, nachdem es dunkel geworden war, machten sie sich mit einem Korb voller Lebensmittel, die sie in der Stadt gekauft hatten, auf den Weg. Cal hatte mit dem Concierge in Lingala gesprochen und ihn darüber in Kenntnis gesetzt, dass sie vorhatten, den hydroelektrischen Damm am Ubangi Fluss zu besuchen und dort ein Picknick unter den Sternen zu genießen.

Der Hotelportier hatte sie gewarnt, dass Licht und Nahrungsmittel Insekten anlocken würden, die dieses Picknick weniger romantisch gestalten– und die Gefahr von Malaria erhöhen würden – doch Cal hatte seine Bedenken abgetan. Er hörte, wie der Mann leise etwas über ‚dumme Amerikaner' vor sich hin murmelte und unterdrückte ein Lächeln, als er Freyas Hand nahm, und sie das Hotel verließen.

Sie fuhren zum Damm, wie sie es angedeutet hatten, stiegen aus dem Auto aus und suchten den Fluss ab, um einen geeigneten Ort für das Picknick zu finden. Sie spazierten Hand in Hand, was sich natürlicher anfühlte, als es sich wahrscheinlich anfühlen sollte.

Es erinnerte ihn an das Hotelzimmer in Kenia, wo sie beide geübt hatten, sich gegenseitig zu berühren. Wie weit waren sie seither gekommen. Sie war dabei, sich in ihn zu verlieben, und er … sie war ihm sehr wichtig geworden.

Mehr als es ihm lieb war.

Sie löste einen natürlichen Beschützerinstinkt in ihm aus. Er würde bei jeder Frau in Rage geraten, wenn er mitansehen müsste, wie man sie missbrauchte, doch auf Gorevs Party war seine Raserei tiefgreifend und instinktiv gewesen, als Anton sie angegriffen hatte.

Er hatte die Hiebe nicht einmal gespürt, die ihm der Sicherheitsmann verpasst hatte. Sein Fokus hatte einzig und allein auf Freya gelegen – und darauf, sie vor Anton zu beschützen. Er hatte eine ähnliche düstere Rage und den Drang, sie zu beschützen, verspürt, als er sie vorgefunden hatte, wie sie neben Harrison Evers' Leiche saß. Er war zu spät gewesen, um ihr zu helfen, und sein Körper war auch jetzt noch mit einer Anspannung für einen Kampf aufgewühlt, der nie stattgefunden hatte.

Sie entschieden sich für eine Stelle, die so weit weg wie möglich von den Lichtern des Damms entfernt war, breiteten ihre Decke aus und dann ihre Lebensmittel. Die Insekten fanden sie, aber es war nicht so schlimm, als wenn sie im direkten Licht gesessen hätten. Sie nahmen beide während ihrer Mission täglich Antimalariatabletten und noch eine ganze Reihe von anderen Medikamenten gegen Krankheiten.

Da sie Zeit totzuschlagen hatten, erzählte ihr Cal Geschichten von der Kindheit seiner Mutter. Sie war in einem kleinen Dorf aufgewachsen und im Alter von dreizehn mit ihrer Mutter und ihren Geschwistern nach Kinshasa umgezogen, als die Hartgestein-Diamantenmine, in der ihr Vater gearbeitet hatte, zusammenbrach und ihn und zwanzig andere Bergbauarbeiter verschüttete und tötete. Er hatte das Dorf seiner Mutter vor einigen Jahren besucht und dort zum ersten Mal Onkel und Tanten kennengelernt, die zu dem Dorf zurückgekehrt waren, als der Bergbaubetrieb nach dem zweiten Krieg im Kongo wiederaufgenommen worden war. Ein Onkel – und Ehemann seiner Tante – war der Aufseher in einer nun im Tagebau betriebenen kleinen Diamantenmine. Diese war eine der wenigen kontrollierten und offiziellen Diamantenminen im Kongo, denn sie war etabliert worden, bevor Lubanga sich den Minensektor unter den Nagel gerissen hatte.

Nachdem sie gegessen hatten, packten sie ihre Mahlzeit wieder ein und streckten sich auf der Decke aus, um in den Nachthimmel hinaufzustarren. Freya benutzte Cal als Kissen. Wolken rollten heran, was für ihre Mission optimal war, da der zunehmende Halbmond mehr als zur Hälfte erleuchtet war. Sie konnten jede Wolke gut gebrauchen, die ihren Pfad verdunkeln würde. Obwohl sie entspannt erschienen, konnte Cal die Anspannung in ihrem Körper und die zurückgehaltene Energie spüren, als sie neben ihm lag.

Er wusste, dass sie in Gedanken alle möglichen Szenarien durchging und plante, wie sie in das Grundstück des Palastes eindringen konnten. Freya war eine Planerin – bis zum allerletzten Detail. Genauso, wie sie extra Fahrzeug und Bankkonten organisierte. Sich auf diese Reise zu begeben, ohne irgendwelche Sicherheitsnetze parat zu haben, musste für sie furchtbar beängstigend sein, und trotzdem stellte sie sich jeder Aufgabe mit unerschütterlicher Entschlossenheit. Allerdings hing auch ihrer beider Leben davon ab.

Er hatte ihr immer noch nichts davon erzählt, dass man sie des Diebstahls von Drugovs Geld beschuldigen wollte. Sein ursprünglicher Grund, warum er es ihr nicht erzählt hatte, war nun hinfällig. Er glaubte genauso sehr an ihre Unschuld wie daran, dass die Erde rund war. Er hätte es ihr jetzt gesagt, doch er wollte, dass sie sich auf ihre bevorstehende Aufgabe konzentrierte. Er würde es ihr also später mitteilen, wenn sie wieder sicher zurück im Hotel waren und sie diese Neuigkeit besser verarbeiten konnte, ohne dabei ihren Glauben an die Organisation, der sie ihr Leben gewidmet hatte, weiter zu zerstören.

Er starrte zu den Sternen hinauf, die durch die Wolken hindurch schienen. Diese Mission war so ganz anders als jeder Einsatz, auf dem er sich zuvor befunden hatte. Er hatte es dem Kampf immer vorgezogen, Einheimische auszubilden und genoss es, die Fähigkeiten von eifrigen jungen Männern zu verbessern, die begierig darauf waren, ihre Gemeinden zu beschützen. Dabei war er nie davor zurückgeschreckt, auf seinen Missionen die notwendige Gewalt anzubringen. Sein Team war nach Dschibuti geschickt worden, um dschibutische Soldaten auszubilden, aber sie waren während dieser Monate auf einige wichtige Operationen geschickt worden – Inlands-Missionen, welche Frauen und Kinder davor bewahrt hatten, in die Sklaverei verkauft zu werden – und er war verdammt stolz auf seine Arbeit, die er in diesen vergangenen Monaten für sein Vaterland geleistet hatte.

Aber das hier, Informationen über einen Mann einzuholen, der das Land seiner Mutter plünderte, der die Menschen des Kongo zu Opfern gemacht hatte – das hier fühlte sich wie eine Mission an, für die er geboren worden war. Falls er Jungen davor bewahren konnte, wie seine Cousins zwangsverpflichtet zu werden, oder Mädchen wie Amelie davor retten konnte, vergewaltigt zu werden, verhungern zu müssen oder zur Arbeit in den Minen gezwungen zu werden, dann könnte er seiner Mutter mit Stolz gegenübertreten.

Es war ihm nicht bewusst gewesen, wie er sich auf einer geheimen Mission im Kongo fühlen würde. Wie befriedigend es sein würde. Vielleicht hätte er sich für die Delta Force anstatt die Spezialeinheit entscheiden sollen, doch bis jetzt hatte er Geheimdienstoperationen verabscheut.

Genauso, wie er Freya verabscheut hatte.

„Du hast mir noch nicht erzählt, was mit deinen Eltern passiert ist", sagte er leise.

Sie schwieg für einen Moment. Schließlich sagte sie: „Sie waren auf einer akademischen Konferenz in Griechenland. Meine Mutter hielt ein Referat über …", sie hielt inne und atmete tief ein, „Zagreus."

Er nahm ihre Hand in seine und drückte sie.

„Ich hätte diese Mission niemals so persönlich benennen dürfen. Das war mir eine gute Lehre." Ihre Finger umschlangen meine und hielten ihn fest. „Mein älterer Bruder war zu der Zeit Student in Paris. Er reiste nach Athen, um sie zu sehen. Ich ging noch zur High-School und hatte nur noch einen Monat bis zu meinen Abschlussprüfungen. Ich wollte nach Griechenland kommen, entschied mich aber dann dazu, zuhause zu bleiben und mich auf meine Prüfungen vorzubereiten. Ich war auf dem besten Weg, zweitbeste Absolventin meines Jahrgangs zu werden, und wollte das nicht vermasseln.

Es war ein sonniger Tag im Frühling. Sie waren auf einem Markt, schwänzten die Konferenz und genossen es, Touristen zu sein. Ein Selbstmordattentäter stand kaum einen halben Meter neben meinem Bruder, als er die Bombe detonierte. Mein Bruder starb auf der Stelle, mein Vater ein paar Stunden später. Meine Mutter lag für einige Wochen im Koma. Sie war höchstwahrscheinlich gehirntot, doch ich konnte nicht … Ich wusste nicht, was ich tun sollte. Der Tag meines Schulabschlusses war mein achtzehnter Geburtstag. Wir hatten eine riesige Abschluss- und Geburtstagsparty geplant, doch stattdessen saß ich in Griechenland am Bett meiner Mutter. Es sollte meine Entscheidung sein, ob und wann die lebenserhaltenden Maßnahmen abgestellt werden würden, doch sie starb an meinem Geburtstag um 05:22 Uhr morgens und nahm mir diese Entscheidung ab.“

Er legte einen Arm um sie und zog sie eng an sich heran. „Das tut mir so leid.“ Er hatte gehört, wie ihre Stimme gestockt hatte. Die coole, immerzu beherrschte Agentin konnte diese Geschichte nicht ohne Tränen erzählen, und er war froh, dass sie nicht gelernt hatte, diese Emotion zu unterdrücken oder zu verstecken. Er hatte sie harsch für ihre Berufswahl verurteilt, und jetzt fühlte er sich wie ein Arschloch. „Du hast dich wegen der Art, wie sie umgekommen sind, für den Geheimdienst entschieden.“

Er spürte ihr Nicken an seiner Brust. „Der Selbstmordattentäter … er war eine bekannte Gefahr. Der griechische Geheimdienst hatte ihn auf der Beobachtungsliste, aber sie beobachteten ihn nicht wirklich. Wahrscheinlich gab es nichts weiter, dass man hätte tun können, aber trotzdem … Ich muss es versuchen. Um andere davor zu schützen, ihre Familien zu verlieren, wie ich meine verlieren musste.“

Er drückte seine Lippen an ihre Stirn. „Dein Geburtstag ist im Juni? Welches Datum?“

„Ich hasse meinen Geburtstag.“

„Verständlich. Aber wann ist er?“ Falls sie an ihrem Geburtstag wieder zurück im Camp Citron waren, würde er sie zum Dinner ausführen. Etwas unternehmen, irgendetwas, um ihr zu zeigen, dass sie nicht so allein war.

„Es ist der dritte Juni“, sagte sie leise.

Er schloss seine Augen, als eine Welle des Horrors über ihn hinwegrollte. Vor zwei Tagen. „Harry hat versucht, dich noch einmal an deinem Geburtstag zu vergewaltigen.“

„Ja. Und ich habe ihn umgebracht.“ Sie schwieg für einen Augenblick und fügte dann hinzu: „Ich hasse meinen Geburtstag *wirklich*.“

Er hatte an ihrem Geburtstag mit ihr geschlafen. Er konnte sich damit trösten, zu wissen, dass sie an diesem Tag etwas Besonderes geteilt hatten. Aber sie hatten sich auch gestritten und er hatte sie weinend im Badezimmer zurückgelassen. Nicht, dass es nicht berechtigt gewesen war. Aber trotzdem … Himmel!

„Wenn wir wieder zum Camp Citron zurückkehren, werde ich dich zum Abendessen einladen. Wir werden dann richtig feiern.“ Als ob eine Nacht im *Barely North* ihren Horror erleichtern könnte, aber das war alles, was er ihr anbieten konnte.

„Ich werde wahrscheinlich nicht zum Camp Citron zurückkehren, aber trotzdem danke.“

„Du hast mir etwas versprochen. Du wirst versuchen, deinen Namen reinzuwaschen. Wir werden beweisen, dass Harry in Dar aufgetaucht ist, um dich zu ermorden. Ich werde das für dich bezeugen.“

„Aber du warst nicht dort. Du hast nichts gesehen. Und die Tatsache, dass wir ein Liebespaar sind, ändert die Dinge.“

„Du hast versprochen, dass du kämpfen wirst.“

„Das werde ich. Ich werde diese Bastarde erledigen. Aber ich bin auch eine Realistin. Ich habe in meinen vierunddreißig Jahren einiges gelernt.“

Er hob ihr Kinn und brachte ihren Mund nahe an seinen. „Und ich habe etwas in meinen einunddreißig Jahren gelernt.“

„Was wäre das?“

„Dass Freya Lange ein Rückgrat aus Stahl hat. Und obwohl sie will, dass jeder von ihr glaubt, sie habe ein Herz aus Eis, so ist es in Wahrheit blaues Feuer. Es brennt hell und heiß und leuchtet wie ein Diamant."

Sie schüttelte ihren Kopf. „Es ist nur ein Organ."

„Wir sind alle nur Menschen."

„Ich will keiner sein. Ich will nicht leiden müssen. Ich will nicht lieben. Ich will, dass mir alles egal ist."

Er streichelte mit seinem Daumen über ihre volle Unterlippe. Ein körperliches Merkmal, das ihm schon bei ihrem ersten Treffen aufgefallen war. Er hatte den Mund gesehen, aber nicht die Person. Dann hatte er erfahren, dass die Person eine Spionin war, und er hatte sich der Anziehungskraft widersetzt. Hatte aufgehört, nach ihr Ausschau zu halten. Er hatte ihr nie eine Chance gegeben.

Jetzt konnte er seine Emotionen nicht länger zurückhalten. Er war schon nicht mehr dazu in der Lage gewesen, bevor sie miteinander geschlafen hatten. „Aber ich bin froh, dass dir nicht alles egal ist, und dir Dinge wichtig sind. Ich bin froh, dass du ein menschliches Herz aus Feuer hast. Du bist wichtig. Du bist mir wichtig." Er wollte sie küssen. Himmel, er wollte mit ihr Liebe machen. Doch das würde eine Tür öffnen, die er in den letzten beiden Tagen mühsam verbarrikadiert hatte.

„Danke", sagte sie. Der Schmerz in ihren Augen war verschwunden und durch die Wärme ersetzt worden, die sie zuvor versteckt hatte. Das blaue Glühen eines Blitzschlages.

Wie hatte er jemals glauben können, dass sie die personifizierte Kälte war?

Licht blitzte in der Ferne auf, gefolgt von dem Grollen eines Donners. Der Sturm würde sie bald erreichen. Sie seufzte. „Es ist jetzt dunkel genug. Wir sollten uns auf den Weg zum Palast machen, bevor der Sturm losgeht."

Er nickte und wusste es zu schätzen, wie schnell sie ihre Haltung wechseln konnte. Sie war eine Agentin – durch und durch. Sie hatten eine Mission zu erfüllen. Er konnte seine widersprüchlichen Gefühle danach aussortieren.

Kapitel Zwanzig

Sie versteckten den Wagen abseits der Straße, etwa eine Meile vom Tor zum Palast entfernt. Sie hatten sich beide umgezogen und trugen hautenge, vollkommen schwarze Kleidung. Freya bewunderte Cal in seinem Catsuit. Der Stoff umschmiegte seine Muskeln auf eine Art und Weise, die ihn wie einen Superhelden aussehen ließ. Der *Black Panther* in Fleisch und Blut und mindestens genauso scharf, wie der Schauspieler, der ihn gespielt hatte.

„Hast du Farbe für dein Gesicht?", fragte er.

Sie nickte. Sie hätte eine Maske getragen, doch das wäre in den Tunneln zu heiß, die dank der abgestandenen Luft ohnehin zu schwül waren. Sie zog sich eine Kapuze über den Kopf, um ihr braunes Haar zu verstecken. Dann schmierte sie sich schnell schwarzes Öl auf all ihre sichtbaren Hautstellen. Cal bedeckte eine Stelle, die sie vergessen hatte, beugte sich dann zu ihr herunter und küsste sie, wobei seine Lippen einen Herzschlag länger als bei einem lockeren Kuss an ihren haften blieben.

„Ich weiß, dass das hier gefährlich ist, aber es ist so viel besser, als sich auf Gorevs Party vorzubereiten. Ich habe es gehasst, zusehen zu müssen, wie du deinen Körper bei diesen Dreckskerlen als Währung einsetzen musstest."

Sie schenkte ihm ein schiefes Lächeln. „Und ich fühle mich

bei der Art von Operation wohler als bei dieser hier. Ich mochte unbewaffnet gewesen sein, aber ich wusste, was mich erwartete. Das hier …" Sie verstummte und räusperte sich dann. Sie musste sich selbst und ihre Ausbildung Cal gegenüber nicht länger beweisen. Sie konnte ehrlich sein. „Das Unbekannte jagt mir eine Höllenangst ein."

„Und ich fühle mich wohler hier als mit Anzügen und dem Verhandlungsbullshit."

Sie zog eine kleine Pistole aus ihrem Rucksack und schob sie in eine genau dafür vorgesehene Tasche an ihrem Bund an ihrer Taille. Cal tat dasselbe mit seiner Handwaffe. „Du bist bei Beidem großartig", sagte sie. „Wenn du mehr Geheimdienstarbeit leisten willst, könnte dich Delta bei einigen Missionen einsetzen. Besonders hier unten, mit deinen Sprachkenntnissen."

Er blickte über die dunkle Landschaft. Sie hatten in einem dichten Wäldchen geparkt, das sie vor dem leichten Regen schützte. „Ich könnte mir vorstellen, hier zu arbeiten. Diesen Menschen zu helfen. Aber es gibt so viele Fraktionen. Es ist schwer festzustellen, welche von ihnen tatsächlich Gutes tun wird. Die USA hat eine beschissene Erfolgsbilanz, wenn es darum geht, einheimische Anführer zu wählen. Beweisstück A: Mobutu."

Das stimmte. Und Mobutu war auf der Bildfläche aufgetaucht, nachdem der Freistaat Kongo bereits von Belgien brutalisiert worden war. König Leopolds Gier hatte den ersten Völkermord des zwanzigsten Jahrhunderts heraufbeschworen. Während der Kolonialzeit als Belgisch-Kongo verbesserten sich die Dinge ein wenig, doch erst nach der Unabhängigkeit hatte die Republik Kongo eine echte Chance gehabt. Allerdings war dann das rechtmäßige Oberhaupt mit Hilfe der CIA und des belgischen Geheimdienstes beseitigt worden, was wiederum Tür und Tor für Mobutu geöffnet hatte.

„Du solltest trotzdem darüber nachdenken. Der Plan für die Demokratische Republik Kongo ist weniger, ein neues Oberhaupt zu wählen, sondern eher die Männer zu entfernen, die sich diesen Job an Land ziehen wollen und genauso schlecht oder schlimmer als Mobutu wären. Lubanga wäre da Beweisstück B."

„Glaubst du wirklich, dass dieser Attentatsauftrag legitim war? Glaubst du, dass es tatsächlich dein Auftrag war, Jean Paul Lubanga zu töten?"

Sie zuckte mit den Schultern. „Keine Ahnung. Hat Lubanga Seth in seiner Tasche? Wurde ich geschickt, um dieses Attentat zu versauen? Oder hat Seth sich diesen Befehl ausgedacht, um seinen Puppenspieler durch mich zu beseitigen? So oder so hätte es mein Ende bedeutet. Entweder tot und/oder verleugnet."

Sie reichte Cal eine kleine Nachtsichtbrille. Sie war nicht wie die Nachtsichtgeräte, die er von seinen Einsätzen in der Spezialeinheit gewohnt war. Diese waren für Spionagezwecke vorgesehen und passten in ein Sonnenbrillen-Etui. Sie waren nicht so kraftvoll wie die militärische Version, aber sie besaßen einen Infrarot-Illuminator, um sich in Tunneln ohne jegliche Beleuchtung zurechtzufinden, was genau das war, was sie heute Nacht brauchten.

Zusätzlich zu der Nachtsichtbrille und den Pistolen hatten sie Knockout-Gasscheiben, Betäubungspfeile und Blasrohre dabei. Dies war eine Aufklärungsmission, und solange sie nicht wussten, ob die Menschen, denen sie begegnen würden, freundlich oder feindlich gesinnt waren, würden sie ihnen keinen Schaden zufügen. Sie steckte sich das kleine Blasrohr mit einem bereits eingesteckten Pfeil in eine speziell entworfene Tasche für schnellen Zugriff, die sich an ihrem Catsuit direkt über ihrer Brust befand, bevor sie Cal seins reichte, damit er dasselbe tun konnte. Die Gasscheiben wurden zur einfachen Handhabung in den Außentaschen ihrer Rucksäcke verstaut. Diese waren nur in kleinen Räumen effektiv und wären in dem Netzwerk der Tunnel unter dem Palast nutzlos.

Sie hatte ihren eigenen Rucksack sorgfältig mit ihren elektronischen Geräten bestückt. Ihr neuer Computer war dünn und kompakt und war in einer speziell dafür vorgesehenen Tasche verstaut, in der er vor Wasser und anderen Gefahren geschützt war – was durchaus wichtig war, da sie nicht wussten, was sie in den Tunneln vorfinden würden. Sie hätte genauso gut darauf hoffen können, ein Einhorn zu finden, denn sie suchte nach Intel, das sie an CIA-Analytiker weiterleiten konnte.

Sie würde ihren Namen nicht reinwaschen können, indem sie die Männer, die sie verraten hatten, umbrachte. Das konnte sie nur erreichen, wenn sie Intel fand, das deren Verrat enthüllte. Sie hatte viel Zeit zum Nachdenken gehabt, seit sie Harry in Daressalam gegenübergestanden hatte, und sie war zu einem Schluss gekommen: Ihr tiefes Eintauchen in Drugovs Geschäfte war der Schlüssel. Wenn sie die Zeit gehabt hätte, diese Spuren weiter zu verfolgen und tiefer zu graben, anstatt sich auf diese Mission zu begeben, hätte sie dann eine Verbindung zwischen Seth und Drugov herausgefunden?

Seth hatte sie in eine Falle gelockt und Harry geschickt, um sie zu töten. Sie hatte ihn jetzt im Visier, und sie hoffte inständig, dass er sich in diesem Augenblick in Langley vor Angst in die Hosen machte und sich fragte, ob sie mit ausreichend Beweisen aus dem Kongo zurückkehren würde, um ihn zu zerstören. Seth hatte nicht damit gerechnet, dass sie einen Green Beret an ihrer Seite hatte, der fließend Lingala sprach. Er hatte sie unterschätzt, genauso wie Harry.

Vielleicht wäre ihre Reputation am Ende dieser Operation nicht vollkommen intakt, aber sie freute sich trotzdem schon auf ihre Konfrontation mit Seth. Und wenn es nach ihr ginge, wäre Cal bis dahin längst verschwunden, und sie wäre allein tief im Herzen der Finsternis.

Sie ließ ihre Hände über ihre Ausrüstung gleiten, um sich zu versichern, dass alles sicher verstaut war und bei einer lockeren Durchsuchung unauffindbar bleiben würde. Ihre verschiedenen Reisepässe waren ebenfalls in der Polsterung ihres Rucksacks versteckt, welcher alle äußeren Untersuchungen und sogar ein Röntgen überstehen würde. Aber man könnte sie in einer besonders eifrigen Suche mit einem Messer finden. Das verbliebene Geld, das sie von Gorev bekommen hatten, war auf ihre beiden Rucksäcke verteilt und nicht versteckt worden. Falls sie das Geld aufgeben mussten, dann war das nun mal so.

Sie zog die Schulterriemen an ihrem Rucksack straff. „Fertig?", fragte sie.

„Los geht's."

Sie umgingen die Hauptstraße, und es dauerte zehn Minuten, um vom Wagen zu der Umgrenzung des Palastes zu gelangen. Die Leute in der Stadt bemühten sich nicht besonders, das Grundstück zu bewachen, aber das bedeutete nicht, dass es in den Ruinen keine Wachen gab. Und in den Tunneln könnte sich jeder aufhalten.

Es dauerte weitere zehn Minuten, um das Grundstück zu überqueren und die Tür zu erreichen, die Amelie ihnen zuvor gezeigt hatte. Freya hatte den Riegel bereits herausgezogen, als sie gegangen waren, somit brauchten sie jetzt nur noch die Tür aufzudrücken und einzutreten.

Sie und Cal hielten inne und lauschten. Da war nichts als Stille. Eine Minute später hörte sie leises Trippeln. Wahrscheinlich Nagetiere. Sie hatte bei ihrem Besuch während des Tages deren Kot gesehen. Die Hitze in dem schmalen Gang war erdrückend. Was nicht überraschend war, wenn man bedachte, dass sie gerade mal dreihundert Meilen nördlich vom Äquator entfernt waren.

Welch anderes Getier bewohnte dieses Untergrundnetzwerk? Wenn man davon ausging, dass sich dieser Ort im Dschungel befand, war es nicht zu weit hergeholt, zu glauben, dass ihnen exotische Tiere begegnen könnten. Sie befanden sich am nördlichen Rand der Ökoregion des nordöstlichen kongolesischen Tieflandwaldes, und die Liste der Tiere, die in diesem tropischen Laubwald gediehen, war extrem lang. Der Dschungel, der Gbadolite umgab, wurde von Okapi, verschiedenen Fledermausspezies, Eulenkopfmeerkatzen, Sumpfratten und dutzenden von anderen Rattenspezies bewohnt. Östliche Flachlandgorillas lebten ebenfalls in diesem Biom, obwohl diese Affen eher im Südosten zu finden waren.

Vor dem Tod ihrer Eltern hatte sie vorgehabt, Wildbiologie zu studieren. Sie hatte davon geträumt, die nächste Biruté Galdikas, Dian Fossey oder Jane Goodall zu sein. Nun war sie hier im Kongo, und es war in diesem Augenblick, als ihr zum ersten Mal klar wurde, dass sie endlich ihren Kindheitswunsch erfüllte – den Lebensraum von großen Affen zu besuchen. Oder zumindest annähernd.

Sie gingen den langen Korridor entlang, ihre Schritte waren aufgrund ihrer weich besohlten Schuhe und weil sie besonders darauf achteten, wo sie hintraten, geräuschlos, während sie durch den Müll navigierten, der sich im Laufe der Jahre seit Mobutus Fall angesammelt hatte. Sie verschwendeten keine Zeit damit, die anderen Korridore auszukundschaften, an denen sie am Tag vorbeigekommen waren. Das würde später geschehen. Zunächst wollte sie direkt zu der verschlossenen Metalltür gehen. Die war ein ebenso guter Ausgangspunkt, wie alles andere auch, und dort befanden sich diese geheimnisvollen elektrischen Leitungen. Elektrizität bedeutete hier alles.

Im leergeräumten Palast gab es keinen Strom, wohl aber in den Tunneln? Das hatte etwas zu bedeuten. Und sie und Cal würden herausfinden, was.

Schließlich erreichten sie die Tür nach einer langsameren Reise als am Tag, weil es notwendig war, leise zu gehen. Obwohl das Fehlen von Wachmännern ihr Vorwärtskommen erleichterte, erfüllte es sie auch mit Enttäuschung. Man hätte doch sicherlich Wachen aufgestellt, wenn es hier etwas gäbe.

Wurden diese Tunnel nicht länger benutzt? Das ergab keinen Sinn, denn Kawele und Gbadolite besaßen eine Infrastruktur, die es so im restlichen Kongo größtenteils nicht gab. Ein Grund für die Niederlagen der verschiedenen sich bekämpfenden Fraktionen im Osten war, dass sie keine Infrastruktur oder Technologie hatten, mit denen sie ihren Krieg hätten führen können. Falls jemand die Demokratische Republik Kongo wahrhaftig übernehmen wollte – oder sie befreien, wie die Rebellen es nennen würden, dann wäre dies der ideale Ort, um seine Operation von hier aus zu starten. Die Einheimischen waren wohlwollend, verfügten über zuverlässige Elektrizitätsversorgung, eine halbwegs vernünftige Start- und Landebahn und sogar Untergrundbunker und eine Fluchtroute, welche direkt in die Zentralafrikanische Republik führte – alles Dank Mobutu.

Die Straßen waren passabel und ermöglichten es, von

Gbadolite die knapp einhundertdreißig Kilometer zur Hafenstadt von Businga zu fahren. Von Businga aus konnte man auf dem Mongala Fluss zum Kongo Fluss weiterreisen, oder einfach nur durchreisen und weitere zweihundert Kilometer auf der Straße nach Lisala und zum Kongo Fluss fahren. Grundsätzlich war Gbadolite für jemanden, der einen Staatsstreich plante, also der perfekte Ausgangspunkt.

Ihr Herz schlug ihr bis zum Hals, als sie ihr Dietrichset hervorzog und den Mechanismus an der Tür in Windeseile knackte, was durch ein leises Klicken angedeutet wurde.

Cal beugte sich zu ihr herunter und flüsterte direkt in ihr Ohr. „Gute Arbeit."

Sein Atem an ihrem Ohr ließ einen kleinen Schauer durch sie hindurch schießen. Er berührte sie selbst jetzt noch, als ihr Herz raste, und sie ins Unbekannte traten.

Diese Anziehungskraft war verrückt. Und gefährlich.

Sie trat zurück und deutete auf den Türknauf. Sie hatten sich darauf geeinigt, dass er zuerst eintreten würde. Er hatte diese Art von blindem Eindringen schon viel öfter erlebt als sie. Dies war auch der Moment, in dem sie sich wünschte, dass sie ihre Körperpanzerung nicht in Dschibuti zurückgelassen hätten. Sie war davon ausgegangen, dass sie, sollten sie überhaupt in eine derartige Situation kommen, vorher auf jeden Fall den Zoll hätten passieren müssen, wo man diese Art von Gegenständen beschlagnahmt hätte und unnötige Fragen aufgeworfen worden wären. Sie konnte die kleinen Nachtsichtbrillen als Sonnenbrillen durchgehen lassen, aber Körperpanzerung und M4s waren da schon um einiges komplizierter. Wie die Dinge standen, konnten sie froh sein, dass sie ihre Handwaffen ins Land hatten schmuggeln können.

Cal drückte still die Tür nach innen auf. Gut geölte Scharniere machten nicht das geringste Geräusch. Gut. Aber das bedeutete auch, dass jemand bei dieser Tür sehr vorsichtig war.

Cal schlüpfte durch die schmale Öffnung, und Freya folgte, wonach sie still die Tür hinter sich verschloss, nachdem sie einen dunklen leeren Korridor vor sich sah.

Sie befanden sich in unbekanntem Territorium. Sie ging tief

gehockt weiter und folgte Cal. Es war schon lange her, dass sie sich auf solch einer Mission befunden hatte, und sie war gefährlich eingerostet – ganz anders als die Scharniere an der Tür. Zwar quietschte sie nicht, aber sie befürchtete, dass man ihren Herzschlag mindestens genauso gut hören konnte.

Die Spezialeinheiten waren insofern klug, als dass sie weiterhin trainierten, selbst wenn sie stationiert waren. An jedem Tag, an dem sie keine Einheimischen ausbildeten oder sich auf irgendeinem Einsatz befanden, übten und trainierten sie. Tagein, tagaus hatte sie SEALs, Soldaten der Spezialeinheiten und Agenten der Delta dabei beobachtet, wie sie ihre Trainingsabläufe absolvierten, um ihre ohnehin schon messerscharfen Fähigkeiten weiter zu verbessern.

Cal war in perfekter Form, als er den Weg durch die Dunkelheit vorausging. Sie hatte mit ihren Fähigkeiten nicht übertrieben, als sie ihre Mission zum ersten Mal mit ihm besprochen hatte, aber sie musste anerkennen, dass sie durch ihre Arbeit im Camp Citron nicht in dem Maße für eine Mission einsatzbereit war, wie sie es hätte sein sollen. Zumindest nicht für das hier. Sie hatte die notwendige Schauspielerei auf Gorevs Yacht ohne Probleme liefern können. Das hier war anders.

Der gepflasterte Boden verwandelte sich in Lehm, und es dauerte nicht lange, bis es eindeutig war, dass es abwärts ging. Die Luft war erdrückend heiß, und Schweiß rann an ihrem Nacken entlang und sammelte sich zwischen ihren Brüsten.

Ein PVC-Rohr verlief die Decke entlang. Eine Leitung für die elektrischen Kabel. Das PVC war die gelbe Steinstraße, die sie – genau wie Dorothy im Zauberer von Oz - zur Smaragdstadt bringen würde.

Sie und Cal vermuteten beide, dass die Tür zu Mobutus berühmtem Atombunker oder dem Tunnel zur Zentralafrikanischen Republik führte – möglicherweise beidem – doch keiner von ihnen hätte Geld darauf verwettet, dass sie hier unten einen Zug vorfinden würden. Der abwärts führende Korridor bestätigte diesen Pessimismus nur. Es fühlte sich an, als ob sie in eine Mine hinabstiegen.

Soweit sie es wusste, gab es in diesem Teil des Kongo keine solchen Mineralablagerungen, wie man sie weiter östlich und im Süden vorfand. Allerdings besaß der Kongo einen riesigen Reichtum an unterirdischen Ressourcen, sodass es nicht unmöglich war, dass die Arbeiter beim Bau des Palastes vielleicht auf eine wertvolle Erzader gestoßen waren. Es war sogar möglich, dass sie diesen Fund nicht gemeldet hatten, weil sie diese Ressource selbst anzapfen wollten. Schließlich waren kleine Bergbauunternehmungen in der Demokratischen Republik Kongo normal, und nur wenige der Mineralien wurden legal durch die Regierung verkauft.

Ein Großteil der Coltanreserven des Landes wurde durch Ruanda und Burundi verkauft, während Diamanten durch die Zentralafrikanische Republik und die Demokratische Republik Kongo verkauft wurden.

Hatten die Einheimischen ohne Mobutus Wissen Minen angelegt, oder war dies ein privater Bergbaubetrieb von Mobutu?

Es war möglich, dass diese Tunnel sogar angelegt worden waren, während Mobutu oben im Palast Papst Johannes Paul den Zweiten und den Televangelisten Pat Robertson unterhalten hatte. Aber hatten diese Bergbauer für den Diktator gearbeitet – oder gegen ihn? In Anbetracht der Einstellung der Einheimischen zu dem Despoten ging sie davon aus, dass sie für ihn gearbeitet hatten. Doch seit der Glanzzeit des Palastes hatte sich alles verändert.

Sie erreichten eine Kreuzung, die mit einer Reihe von Symbolen und Worten markiert war. Cal studierte diese. Er sprach leise und unterbrach damit ihr operatives Schweigen. „Einer der fortlaufenden Tunnel ist zusammengestürzt. Vorsichtig weitergehen.“

„Ich will weitergehen.“ Sie zeigte auf die PVC-Leitung. „Wir folgen der Elektrizität.“

Sie bereitete sich auf eine Auseinandersetzung vor, doch Cal nickte.

Sie folgten dem Pfad, entlang dessen die PVC-Rohre verliefen, welcher sie durch die tiefe Decke dazu zwang, geduckt weiterzugehen. Ihre Rucksäcke erschwerten es ihnen, durch schmälere Durchgänge zu gehen. Riskierten sie alles für nichts?

Nach einer Reihe von sich schlängelnden Kurven verbreiterte sich der Gang, und die Decke wurde wieder höher. Der Korridor mündete in einen weiteren Tunnel, der breiter und höher war und sich in beide Richtungen weit in die Dunkelheit ausstreckte. Und in der Mitte befanden sich die Schienen für eine Schmalspurbahn.

Operatives Schweigen war die Regel, aber in ihrem Kopf jubelte sie und war vielleicht auch ein wenig überrascht.

Ein alter Minenwagen, dem die vordere Achse fehlte, stand neben den Schienen, doch diese selbst waren sauber. Der Bereich enthielt einen schwachen Abgasgeruch, als ob hier heute im Laufe des Tages ein Motor gelaufen wäre.

Amelie hatte nichts von diesem Zug gewusst, weil sich dieser tief unten, weit hinter der verschlossenen Tür befand, die ihre Fantasien beflügelte. Freya hoffte, dass das Mädchen niemals durch diese Tür trat, denn ihre Mutter hatte recht: Sie sollte den Drachensymbolen nicht ohne einem Erwachsenen folgen.

Der Tunnel verschwand in jeweils zwei Richtungen. Ein Blick auf den Kompass zeigte, dass er zumindest für diesen Bereich der Gleise von Norden nach Süden verlief. Als sie Richtung Süden blickte, präsentierte ihr ihre Nachtsichtbrille ein klareres Bild. Vor ihnen befand sich eine Lichtquelle, etwa zehn Meter von ihnen entfernt. Sie marschierten auf diese Lichtquelle zu, wobei sie über die Gleise gingen, um den Trümmern und Abfällen auszuweichen, die an der Wand entlang lagen.

Die Quelle des Lichtes wurde deutlich. In einem flachen Alkoven befand sich eine Tür mit eingesetztem Fenster. Licht fiel durch das Fenster und man konnte das Surren einer Klimaanlage hinter der Tür hören.

Sie gingen in die Hocke, außer Sichtweite von dem Fenster. Cal schob einen Spiegel an einer teleskopischen Stange voraus, um in den Raum zu spähen. Sie entfernt ihre Nachtsichtbrille, um das Spiegelbild erkennen zu können. Eine Computerbank – uralte Modelle, die eine gesamte Wand einnahmen – befand sich in einem klimatisierten Raum. Aber noch wichtiger war ein Mann, der mit Kopfhörern vor einem modernen Desktop-Computer saß und Knöpfe drückte, während er auf einen riesigen Bildschirm starrte.

C al zog eine Knockout-Gasscheibe hervor. Er hoffte, dass dieser Raum klein genug war, und sich das Gas nicht allzu schnell verteilen würde – das Fenster war nur schmal und bot keine besonders gute Einsicht ins Zimmer.

Die Scheibe war zu dick, um sie unter der Tür durchschieben zu können, aber da der Boden aus Lehm bestand, schnitt er eine kleine Einkerbung hinein, wobei er stillschweigend darauf hoffte, dass die Kopfhörer des Mannes äußere Geräusche unterdrückten, oder die Klimaanlage sein Gekratze übertönte, oder man das Scharren als Nagetieraktivitäten missverstehen würde. Jegliche Entschuldigung war willkommen.

Er aktivierte das Gas und schob die Scheibe mit seinem Messer durch die Einkerbung. Er zog sich einen Handschuh aus und stopfte damit das Loch wieder zu, bevor er dann aufstand und durch das Fenster blickte. Das Gas füllte den Raum mit weißem Nebel, der sich relativ schnell wieder verzog und die Sicht auf den Mann freigab, der zusammengesackt auf seinem Schreibtisch lag.

„Super", flüsterte Freya.

Sie warteten die notwendigen neunzig Sekunden ab, bis sich das Gas aufgelöst hatte, bevor sie den Türknauf umdrehten. Falls der Raum groß war, und sich andere dort aufhielten, könnte ihnen auf der anderen Seite möglicherweise jemand begegnen, der bei Bewusstsein – und äußerst wütend – war.

Er zog seine Waffe und betrat den Raum. Freya überkreuzte in einem geübten Manöver, das in der Strafverfolgung eingesetzt wurde, hinter ihm ins Zimmer, um seinen Rücken zu decken, während er sich den unbekannten Raum vornahm.

Er wusste, dass sie ausgebildet war, aber Augenblicke wie

diese, in denen es klar wurde, dass sie nicht miteinander kommunizieren mussten, ließen ihn anerkennen, wie sehr er sie unterschätzt hatte.

Der Raum war klein und bis auf den bewusstlosen einsamen Mann leer. Cal näherte sich dem Computermonitor von der Seite und vergewisserte sich, dass er sich nicht in Sichtweite einer eingebauten Kamera befand. Er zog dem Mann die Kopfhörer ab und setzte sie sich selbst auf, wobei er erleichtert feststellte, dass er nur kongolesische Rumbamusik hörte. Der Mann hatte sich also nicht online mit einer anderen Person unterhalten.

Freya klebte ein Stück Klebeband über die Kamera und schaltete das Mikrofon aus, während Cal den Mann von dessen Stuhl herunterzog und ihn fesselte und knebelte. Er würde mindestens fünfundvierzig Minuten lang bewusstlos bleiben, aber sie wollten kein Risiko eingehen, falls er früher aufwachen sollte.

Während Freya den Computer bearbeitete, kehrte Cal in den Tunnel zurück. Der Korridor und dessen Schienen erstreckten sich in nord-südlicher Ausrichtung weit in die Dunkelheit. Er würde vor der offenen Tür zu dem Computerraum Wache halten. Niemand würde sich so an sie heranschleichen, wie sie sich an den gefesselten Mann, der in der Ecke schlief, angeschlichen hatten.

Ein leichtes Geräusch von Freya zog seine Aufmerksamkeit auf sich, und er kam wieder in den Raum, stellte sich hinter sie, doch sein Blick sprang zwischen dem Tunnel und dem Bildschirm hin und her, während er auf irgendeine Bewegung auf den Gleisen achtete. Soweit er es sehen konnte, lud sie Dateien in ihren Cloudspeicher, wie sie es von Lubangas Computer getan hatte. „Funktioniert alles?", fragte er in einem Flüstern.

Sie sagte nichts. Ihr Blick war auf den Bildschirm fixiert, also las er den Text, wobei er jedoch regelmäßig zurückblickte und seine Aufmerksamkeit zwischen dem Computer und dem Tunnel aufteilte. Er brauchte einen Moment, bis ihm klar wurde, was er mit jedem kurzen Blick las.

Die Datei, die auf dem Computer geöffnet war, war ein

Dokument mit Anweisungen für Geldüberweisungen. Ähnlich wie die Datei, die Freya mit den Einkommen- und Ausgabe-summen gefunden hatte, war dies nun eine Liste von Anweisungen, aber mit weitaus mehr Details. Das andere Dokument war wahrscheinlich nur ein grober Entwurf gewesen, bevor Lubanga die Dollarbeträge gehabt hatte, die er eintragen wollte. Hier war eine Liste von Überweisungen von russischen zu deutschen Banken. Eine riesige Zahlung – eingehend – von einem Konto, das „Missionsschulenkonto" benannt worden war, sollte in Bitcoin umgewandelt werden. Die Schule war also nur eine Täuschung – was nicht überraschend war, bis auf die Tatsache, dass es so offensichtlich war. Falls diese Spenden von Fitzsimmons Gemeinde kamen, um eine Schule zu finanzieren, war es dann möglich, dass der Priester nicht wusste, dass die Schule nicht existierte?

Dabei war diese gefälschte Stiftung nicht das, was Freya so wütend machte. Sie hatte die ganze Zeit vermutet, dass diese Schule Betrug war. Er las weiter und kam zu dem wichtigen Teil.

Millionen von Dollar flossen durch mehrere verschiedene Konten. Das Geld musste schnellstens verteilt werden, um die Spur zu verwischen. Dutzende von Überweisungen waren notwendig, um dieses Geld zu bewegen. Cal nahm an, das man es tat, damit die russische Bratva es nicht finden würde, denn dies mussten Drugovs fehlende Millionen sein.

Die gesamte Summe von einer halben Milliarde Dollar war auf ein einziges Konto transferiert worden, von wo aus das Geld dann verteilt wurde. Freya hatte erklärt, wie Lubanga seine Finanzen umherschob. Die sicherste Methode war der Transfer des Geldes via USB-Speicher. Man konnte das Geld nicht ohne diesen tatsächlichen USB-Speicher und das passende Kennwort überweisen. Manchmal waren sogar biometrische Sicherheitsvorkehrungen wie ein Daumenab-druck erforderlich. Es war gut möglich, dass der Flug, der heute Abend gelandet war, einen solchen USB-Speicher trans-portiert hatte, der eine halbe Milliarde Dollar enthielt und nur darauf wartete, das Geld auf Lubangas Konten zu überweisen, von wo es dann auf dutzende weitere Konten weiter aufgeteilt würde.

Laut der Anweisungen auf dem Bildschirm sollten zehn Millionen dieses Geldes auf ein Konto in Kinshasa überwiesen werden. Der Name des Kontos: Freya Lange.

◆

Freya starrte auf den Bildschirm. Sie hatte Cals Frage gehört, doch die Gedanken in ihrem Kopf überschlugen sich und ihre Haut glühte. Sie konnte sich exakt fünf Sekunden erlauben, um auszuflippen, bevor sie sich an die Arbeit machen musste. Sie prüfte das Internetportal. Es war eine Bank. Der Mann, der am Computer gesessen hatte, überwies die Gelder wie angewiesen auf verschiedene Bankkonten.

Er hatte das gesamte Bündel auf dutzende von Konten verteilt und war nun damit beschäftigt gewesen, diese Eingänge weiter zu verteilen. Es sah aus, als ob … 350 Millionen bereits verteilt, gewaschen oder in Bitcoins umgewandelt worden waren. Dieser Typ war schwer beschäftigt gewesen, während sie und Cal sich den Sternenhimmel angesehen hatten und dann durch die Tunnel gewandert waren.

Doch wo war das Geld hergekommen? Sie sah sich ein Dokument mit Anweisungen an – die glücklicherweise auf Französisch verfasst waren – und fand die Quelle. Es war dieselbe, die sie vor zwei Tagen in dem Dokument gefunden hatte, das sie hierhergeführt hatte: *A. Fitzsimmons* und *N. Drugov*. Zum Zeitpunkt seines Todes hatte sich mehr als eine halbe Milliarde Dollar auf Drugovs Konten befunden. Dies war Bratva-Geld. Russische Mafia.

Ihr wurde schwindelig, als all die Puzzleteile zusammenfielen. Sie hatte das Geld gefunden, als sie seine Dateien durchsucht hatte, und dann sofort einen Bericht an Seth geschickt. Er hatte sie autorisiert, einhunderttausend Dollar zu überweisen, um die Mission zu finanzieren und Mani Kalengas Tarnung als erfolgreicher Söldner, der aufsteigen wollte, zu gewährleisten. Das war keine Standardprozedur, aber auch nicht unbedingt beispiellos. Und es war ein schneller Weg, eine Operation zu finanzieren, wenn man nicht genug Zeit hatte. Sie hatte mindestens ein Dutzend Formulare ausgefüllt, in denen sie erklärt hatte, woher dieses Geld kam, wofür es eingesetzt wurde und wie.

In der Zwischenzeit hatte sie Drugovs Geld auf eine Art Lagerkonto überwiesen – damit Drugovs Bratva-Freunde es nicht finden und zurückverlangen konnten. Sie würde alles darauf wetten, dass, falls sie sich nun die Überweisungen für dieses Konto ansah, dieses Geld bis zum letzten Penny verschwunden war, und ihre Fingerabdrücke auf jedem einzelnen dieser Transfers zu finden war.

Sie atmete tief ein. Es war zu spät, alle Bargelder von Drugov zurückzubekommen, aber wenigstens konnte sie dieses Ausbluten stoppen und versuchen, ihren eigenen Namen reinzuwaschen.

Sie sah sich die Liste derjenigen an, die große Summen erhalten sollten. Darunter befanden sich JJ Prime, Senator Jackson, Senator Ravissant, der US-Generalstaatsanwalt und Soldaten der Demokratischen Republik Kongo, die in Gbadolite und anderswo stationiert waren. Letzteren sollte der größte Teil des Geldes zufließen, um das Militär des Kongos zu schwächen.

Lubanga benutzte Drugovs Geld – das er von Seth Olsen bekommen haben musste – um seinen Coup zu finanzieren. Schlimmer noch, Gorev hatte Lubanga in seiner Tasche. Falls Lubanga es schaffte, den Kongo an sich zu reißen, dann würde Russland die Bodenschätze der Demokratischen Republik Kongo kontrollieren. Dann hätten sie Diamanten, Cobalt, Coltan und sehr viel unangezapftes Uran. Yellowcake würde seinen Weg nach Syrien und in den Iran finden.

Und es wäre für die amerikanische Regierung zu spät, um irgendetwas dagegen zu tun.

Was zur Hölle hatte Seth vor? Die meisten Verräter waren auf Geld aus. Benedict Arnold. Aldrich Ames.

Aber das hier … Falls Russland den Kongo kontrollierte, würde sich die Macht gewaltig verschieben. Ein Großteil von Afrika war bereits in die kongolesischen Kriege verwickelt, welche Millionen von Leben gekostet hatten. Wenn man dann noch Syrien und den Iran in den Mix warf, würde alles sehr schnell eskalieren. Diese Bargeldspritze, die Lubangas Staatsstreich finanzierte, könnte sprichwörtlich der erste Schritt zum dritten Weltkrieg sein.

Kapitel Einundzwanzig

Freya schloss die Augen und atmete tief ein. Es war noch nicht zu spät. Ein dritter Weltkrieg war noch nicht ‚unvermeidbar‘. Denn niemand war davon ausgegangen, dass Freya eben nicht blind Befehle befolgen würde. Nein, sie hatte sich die Hilfe eines knallharten Green Beret verschafft, und zusammen könnten sie dem hier ein Ende setzen.

Sie knackte ihre Fingerknöchel. Jetzt oder nie. „Bewache den Tunnel“, sagte sie zu Cal, während sie sich auf den Bildschirm konzentrierte.

„Was hast du vor?“

„In Bitcoin investieren.“ Sie hatte schon vor der Mission etwas von Drugovs Geld in Bitcoin umgewandelt, somit waren die Konten bereits eingerichtet, und der USB-Schlüssel, um auf diese zugreifen zu können, befand sich in ihrem Rucksack. Sie schnappte sich den Schlüssel und steckte ihn in den Anschluss. Sie würde das Geld in dutzende von Transaktionen aufteilen, allesamt für verschiedene Summen, sodass niemand das Geld bei einer einfachen Suche nach passenden Transfers finden konnte.

Mehrfache Überweisungen wie die, die sie durchführte, würden den Preis und Wert der bestehenden Bitcoins hochtreiben. Niemand, der bereits darin investiert hatte, würde sich

deswegen beschweren. Sie machte dadurch jeden reicher. Trotz
der Klimaanlage tropfte ihr der Schweiß in den Nacken. Sie zog
sich ihre Kapuze herunter, die ihr Haar verdeckte, und arbeitete
weiter.

Dutzende von Bitcoinadressen wurde generiert und in ihrer
Bitcoin-Geldbörse gespeichert. Diese elektronische Geldbörse
war wiederum auf dem USB-Schlüssel gespeichert. Sobald diese
Transaktionen in die Blockchain eingetragen waren, konnte
man nur noch mit diesem USB-Speicher auf das Geld zugreifen. Ein 350-Millionen-Dollar-USB-Stick.

Es würde Zeit brauchen, bis all diese Überweisungen und
Transaktionen abgewickelt waren – idealerweise hätte sie dies
im Verlauf einiger Tage getan – aber sie war jetzt nicht wähle-
risch. Wenigstens konnten alle Dateien in die Cloud hochgeladen werden, während diese Transfers verarbeitet wurden.
Dieser Computer war höchstwahrscheinlich das Herz von
Lubangas Operation. Dies war der Ort, an dem er seine Transaktionen durchführte. Sie könnte hiermit die Hauptader aller
finanziellen Daten von Lubangas gesamter Organisation in
Händen halten. Es war sogar noch besser als das, was sie von
seinem Laptop in Dar heruntergeladen hatte.

Lubangas extreme Vorsicht bezüglich seiner Online-
Kommunikationen und finanziellen Überweisungen begründete
diesen abgelegenen Posten. Für das Zentrum seiner Operationen benötigte er einen Computer mit einer zuverlässigen und
unbegrenzten Stromzufuhr, eine sehr gute Satellitenverbindung
– welche Mobutu durch seinen Damm und eine Reihe von
Satellitenantennen ermöglichte – und Leute mit den techni-
schen Fähigkeiten, sich in der finanziellen Welt und im Dark
Web, mit Kryptowährungen und Kryptosicherheiten zurechtzufinden.

Die CIA überwachte diese Region auf SIGINT – Signal
Intelligence – doch diese Gegend war eher so etwas wie ein
schwarzes Loch, was Radio- oder Satellitensignale betraf. Bei
diesem Aufbau mussten einige höchst effektive Signalblocker im
Einsatz sein – welche wohl aus Russland stammten, wie sie
annahm.

Heute Nachmittag musste ein Kurier mit einem USB-Speicher, der das Geld und diese Anweisungen enthielt, mit diesem Flugzeug eingereist sein. Dies war nicht etwas, was man der normalen Post anvertraute.

Sie durchsuchte den Schreibtisch nach einem tragbaren Speichergerät und fand einige davon in einer Schublade. Sie steckte all diese USB-Sticks in die Geheimtasche, die ihre Reisepässe enthielten, machte dann eine Bildschirmkopie und fügte dieses Bild zu den Dateien hinzu, welche in den Cloudspeicher hochgeladen wurden. Sie würde alles in ihrer Macht Stehende tun, um zu vermeiden, dass man sie für diesen Bullshit-Diebstahl verantwortlich machte. Der US-Generalstaatsanwalt wäre bestimmt daran interessiert, seinen Namen auf der Liste der Zahlungsempfänger zu sehen. Das allein könnte ihre Rettung bedeuten – oder ihren Niedergang, falls er korrupt war und das hier vergraben wollte.

Als Nächstes durchsuchte sie die Taschen des bewusstlosen Mannes und fand einen weiteren USB-Speicher. Sein privates Laufwerk? Vielleicht, aber es war trotzdem einen Versuch wert. Dieser Typ spielte in derselben Liga wie der Mann, der Afrika und den Mittleren Osten noch weiter destabilisieren könnte. Lubanga war kein Anführer von Rebellen, kein Befreier. Er war gierig, geizig und bis in den Kern verdorben.

Verfluchter Seth. Was zur Hölle könnte verdammt nochmal sein Motiv sein? Sie hatte keine Zweifel daran, dass er jegliche Dokumente zerstört hatte, die zeigten, dass sie das Geld offiziell beantragt hatte, und dann den Rest innerhalb der CIA weitergeleitet. Sie würde das Geld zurückbringen, aber wer würde ihr schon glauben, dass sie es gar nicht erst gestohlen hatte?

Die Dateien auf diesem Computer könnten entscheidend sein, um ihre Unschuld zu beweisen. Seth könnte der Eigentümer eines dieser Nummernkonten auf der Verteilungsliste sein. Wie viel bekam man für Hochverrat? Was bewegte einen Mann, der sein Leben der CIA verschrieben hatte, dazu, zur dunklen Seite überzuwechseln?

Während diese Gedanken durch ihren Kopf rasten, veranlasste sie die letzten Überweisungen und Transfers. Sie nahm

Geld, das für Soldaten und einen Staatsstreich vorgesehen war, und verwandelte die Dollar in Bitcoin. Sie beobachtete anhand des Fortschrittsbalkens, wie die Transaktionen langsam verarbeitet und das Geld von einem Cyberkonto auf ein anderes verschoben wurde und schließlich alles auf ihren Bitcoin-Schlüssel übertrug.

Cal kam zurück in den Raum. „Wir müssen uns beeilen. Ich habe etwas im nördlichen Ende des Tunnels gehört. Es könnte jemand herkommen."

Sie nickte. „Ich bin hier fast fertig."

Er ging wieder hinaus in den Tunnel.

Der Hochlade-Fortschrittsindikator stand bei fünfundachtzig Prozent. Die Geschwindigkeit, mit der diese Dateien hochgeladen wurden, bewies, dass die Internetverbindung weitaus schneller war als alles, was es im Camp Citron gab. Der Fortschrittsbalken erreichte hundert Prozent, und sie steckte sich das USB-Hochladegerät ein. Was das Intel betraf, hatten sie alles, weswegen sie hergekommen waren, aber jetzt war sie ebenfalls in der Lage, Schaden zuzufügen. Sie steckte einen anderen USB-Stick in den Anschluss und startete ein Programm, das die Online-Backup-Dateien des Computers finden und zerstören würde.

Während der Virus Lubangas Cloudspeicher angriff, kalkulierte sie schnell die Summen für die letzten Bitcoin-Einkäufe und startete die Transaktionen. Diese wurden immer noch prozessiert, aber sie konnten abgeschlossen werden, ohne dass sie eingeloggt sein musste. Dasselbe galt für den Virus. Jetzt, da er aktiviert worden war, würde er die Dateien auch dann noch vernichten, wenn der Computer abgestellt wurde. Sie hatte die Bitcoin-Adressen in ihrem Cyber-Wallet und das war alles, was sie brauchte. Sie zog den Virus aus dem ersten USB-Anschluss heraus und ihren Schlüssel aus dem zweiten, bevor sie beide in ihrem Rucksack mit den anderen USB-Sticks versteckte. Es war zu schade, dass dieser Bitcoin-Schlüssel zu groß war, um ihn herunterzuschlucken.

Cal erschien wieder in der Tür. „Jemand ist definitiv auf dem Weg hierher."

Sie stand auf und hielt inne. Sie starrte auf den CPU. Ein Hacker, der so gut war, wie dieser bewusstlose Typ sein musste, könnte nachverfolgen, was sie getan hatte. Vielleicht hatte er sogar ein Programm laufen, dass die Tastenanschläge aufzeichnete.

Sie musste den Prozessor zerstören. Das würde Lärm verursachen, aber es war bereits jemand auf dem Weg, und dies war die einzige Möglichkeit, um sicherzustellen, dass niemand sofort nachverfolgen konnte, was sie getan hatte.

Sie zog ein Messer aus ihrem Rucksack und stach in das Gehäuse, woraufhin sie die Vorderseite abriss. Sie zerrte die Festplatte heraus, zog dann ihre Pistole und schoss sechs Mal in gleichmäßigen Abständen auf die Diskette.

„Bist du vollkommen verrückt geworden?" Cal schrie diese Worte, aber nach den Schüssen war es ohnehin nicht länger notwendig, still zu sein.

Das war nicht gut genug. Die CIA konnte trotzdem noch Daten von einem zerschossenen Laufwerk abziehen. Lubanga könnte sein eigenes Team besitzen, das genauso fähig war. Es würde einige Zeit dauern – Tage, vielleicht Wochen – aber es könnte trotzdem möglich sein. Sie musste es verbrennen. „Ich brauche Aerosol. Und ein Feuerzeug."

Er packte ihren Arm. „Wir müssen von hier verschwinden."

Sie schnappte sich die Festplatte und stopfte sie in ihren Rucksack. Sie würde sie später verbrennen.

Sie stolperte, als sie Cal die Gleise entlang Richtung Süden in die Dunkelheit des Tunnels folgte. Sie war ohne ihre Nachtsichtbrille blind.

Er fluchte, während er sie tiefer in die Dunkelheit zog. Er trug sein Nachtsichtgerät ebenfalls nicht. Sie hörte, wie er an seinem Rucksack herumfummelte. Dann ergriff er ihre Hand, und seine Schritte wurden sicherer.

Hinten ihnen erklangen Rufe. Es war schwer zu schätzen, wie viele Männer es waren, da die Stimmen von den Wänden im Tunnel widerhallten.

„Von allem dummen Bullshit ..." Sein Flüstern wurden von dem Rufen hinter ihnen übertönt. „Verdammt. Ich wusste, dass du jeden opfern würdest, aber ich hätte nicht gedacht, dass du es auf diese Weise tun würdest. Verfluchte Scheiße. Was hast du dir dabei gedacht?"

„Ohne diese Festplatte ist Lubanga lahmgelegt. Gorev ist lahmgelegt. Es könnte all ihre finanziellen Daten enthalten. Ich habe die Datensicherung mit einem Virus vernichtet. Vielleicht können sie ein paar der Dateien retten, aber das wird Zeit brauchen. Es ist möglich, dass wir sie soeben finanziell ruiniert haben." Sie schaffte es, ihre Nachtsichtbrille aus der Seitentasche zu ziehen, während sie weiter rannte.

„Hättest du nicht damit warten können, darauf zu schießen?"

Da sie jetzt dazu in der Lage war, zu sehen, beschleunigte sie ihre Schritte und rannten über die Gleise. Es musste irgendwo entlang dieser Schienen einen Ausweg geben. Sie wollte nicht daran glauben, dass dies eine Sackgasse war, aber es war diese Angst, die sie dazu veranlasst hatte, zu reagieren und auf die Festplatte zu schießen. „Nein. Nicht, solange man uns gefangen nehmen könnte. Wenn die Festplatte noch intakt wäre, würden sie sie wieder zurückbekommen und wären innerhalb von wenigen Stunden wieder voll im Geschäft." Und sie hätten ihren Bitcoin-Schlüssel.

„Dank der Schüsse werden sie uns jetzt vielleicht einfangen." Seine Worte waren tief und wurden von keuchenden Atemzügen betont, während sie rannten.

„Falls sie uns einfangen", sie atmete flach ein, und die Notwendigkeit, schnell zu rennen erschwerte das Reden, „ist die Festplatte beschädigt. Es würde einige Zeit dauern, bis sie wieder Zugriff auf die Daten hätten – und auch nur, solange sie die notwendigen Fähigkeiten dafür besitzen."

Sie rannten an Alkoven und Haufen von Müll und Trümmern vorbei und sie fragte sich, ob sie sich lieber verstecken oder weiter rennen sollten. Allerdings bedeutete ein Anhalten, dass man sie gefangen nehmen könnte, nur Weiterrennen bot ihnen die Hoffnung, entkommen zu können.

Das Geräusch eines Motorrads hinter ihnen alarmierte sie. *Fuck.* Sie hatte darauf gehofft, dass ihre Verfolger wie sie selbst zu Fuß unterwegs waren. Sie hatte kein Motorrad im Tunnel gesehen, aber eine Menge an Bergbautrümmern häuften sich die Wände entlang auf. Das Motorrad – oder die Motorräder, wie es sich anhörte – konnten in den Haufen bei dem gebrochenen Minenwagen gelegen haben, und sie hätte sie nicht bemerkt.

Cal fluchte und tauchte in einen tiefen Alkoven. Er zog sie zurück an die Wand und in die Dunkelheit – kurz bevor Licht die Öffnung des Tunnels erreichte. Die Scheinwerfer des Motorrads wären direkt auf sie gefallen, wenn sie auf den Gleisen geblieben wären.

Das Motorengeräusch kam näher und Cal stürzte sich in den Tunnel. Ihre Nachtsichtbrille glühte von dem zusätzlichen Licht der Scheinwerfer auf, während Cal den Fahrer mit seinem Schwung vom Fahrzeug warf. Das Motorrad überschlug sich und schlitterte davon, während Cal mit dem Mann kämpfte. Ein weiteres Bike kam zu einem abrupten Halt, kurz bevor es die beiden Männer überfahren hätte. Der Fahrer des zweiten Motorrads sprang vom Fahrzeug und stürzte sich auf sie, wobei er seine Waffe zog.

Sie hatte noch zwei Kugeln in ihrem Magazin. Diese sollte sie gezielt einsetzen. Sie feuerte einen Schuss ab. Der Mann fiel zu Boden. Sie hatte ihn mitten in die Körpermitte getroffen.

Sie trat in den Haupttunnel hinaus und sah, dass Cal den ersten Fahrer im Schwitzkasten hatte und die Hand des Mannes, die eine Waffe hielt, war unter Cals Knie festgeklemmt. Sie drehte sich zum zweiten Motorrad um und feuerte ihre letzte Kugel in den Tank, damit das Benzin herauslaufen konnte.

Der alte Motorradsitz war abgewetzt und entblößte den Polsterschaum darunter. Mit ihrem Messer schnitt sie ein dickes Stück davon heraus und schlitzte es seitlich auf. Sie zog die Festplatte aus ihrem Rucksack heraus und hielt sie unter dem Strom des herausfließenden Benzins, benetzte sie auf allen Seiten, wobei sie darauf achtete, dass es auch in die Schusslöcher floss und die Diskette im Inneren gut bedeckte. Dann steckte sie die

Festplatte in den Schaumschlitz und legte das Bündel unter das Leck im Tank.

Sie hätte Streichhölzer dabeihaben sollen. Warum hatte sie keine Streichhölzer dabei? Cal hatte welche in seinem Rucksack, doch der war beschäftigt.

Sie wandte sich dem Körper des Mannes zu, den sie erschossen hatte und durchsuchte dessen Taschen. Der Computerraum hatte nach Zigarettenrauch gestunken, was ihr die Hoffnung gab, dass auch diese Männer Raucher waren.

Cal ließ den Mann los, mit dem er gekämpft hatte. Der fiel vornüber, entweder bewusstlos oder tot.

Als ihre Finger ein Feuerzeug fanden, richtete Cal das erste Motorrad auf und stieg auf. „Komm schon", sagte er.

„Eine Sekunde." Sie schnappte sich eine Zigarette aus der Tasche des Mannes, zündete sie an, hustete und fühlte sich leicht schwindelig, als sie daran zog. Sie hasste Zigaretten, aber sie würde länger brennen und sicherstellen, dass das Benzin in Flammen aufgehen und damit die Diskette vollkommen zerstören würde.

Sie kletterte hinter Cal aufs Motorrad und warf dann die Zigarette. Die landete mitten in der Benzinpfütze. Einen Herzschlag später fing erst die Flüssigkeit und dann der verflüchtigende Dampf mit einem befriedigenden ‚Fump‘ Feuer.

Cal gab Gas und sie schossen in den Korridor. Die Hitze des Feuers strich über ihre Wange, als sie über ihre Schulter blickte, um sicher zu gehen, dass die Festplatte verbrannte. Ihre Nachtsichtbrille leuchtete hell auf und sie schob sie hoch zu ihrem Haaransatz, um die Flammen klarer sehen zu können.

Die Stichflamme erstarb, doch der Polsterschaum brannte mit einer orange-blauen Flamme weiter. Sie umklammerte Cal fester, während sie durch den dunklen Tunnel rasten. Nach einer langgezogenen Kurve befand sich hinter ihnen nur noch Dunkelheit. Sie wandte sich nach vorn. Cal hatte den Scheinwerfer ausgeschaltet und navigierte nur noch mit seiner Nachtsichtbrille. Da sie ihre eigenen NSB hochgeschoben hatte, konnte sie in der nicht enden wollenden Finsternis nichts sehen. Sie würde sie in einem Moment wieder aufsetzen, doch in diesem Augenblick lehnte sie ihre Stirn gegen Cals Rucksack und schloss die Augen. Sie atmete tief ein. Die erste Salve in der Schlacht gegen Lubanga und dessen Machtübernahme war abgefeuert worden.

Nun rasten sie hier durch einen finsteren Tunnel, der möglicherweise keinen Ausgang hatte.

Kapitel Zweiundzwanzig

Cal gab Vollgas und hoffte, dass der Tank voll war. Die Anzeige war kaputt, was ihn bei dem demolierten Zustand des Motorrads nicht überraschte. Transportmittel im Kongo waren niemals makellos oder hübsch.

Zusätzlich zu ausreichend Benzin hoffte er auch, dass es vor ihnen einen Ausgang gab, den er mit dem Bike bewältigen konnte. Nun, er würde jede Art von Ausgang nehmen, aber da sie nicht nach Gbadolite zurückkehren konnten, wäre es nett, wenn sie ein Fahrzeug hätten. Seine letzte Hoffnung war, dass sich im Falle eines einzigen Ausgangs dieser wenigstens an ihrem Ende befinden würde – und nicht auf der entgegengesetzten Seite hinter ihnen.

Diese Mission hatte sich zu Beginn wie ein James Bond Film angefühlt, doch jetzt war daraus eher ein Indiana Jones Horrorfilm geworden. Würden sie einen unterirdischen Raum voller versklavter Kinder mit einem Monster vorfinden, das Herzen herausriss?

Eine Sache war sicher. Freya war keine Jungfrau in Nöten. Sie hatte sich eine winzige Pause erlaubt, um tief durchzuatmen, nachdem sie entdeckt hatte, dass man ihr einen gewaltigen Diebstahl angehängt hatte. Und dann hatte sie sich an die Arbeit gemacht und etwas dagegen unternommen.

Es war ein Schock gewesen, als sie auf die Festplatte

geschossen hatte, aber er musste zugeben, dass die Vorstellung, dass sie alle finanziellen Aufzeichnungen von Lubanga zerstört haben könnte – und vielleicht sogar Zugriff auf sein Geld bekommen hatte – großartig war, und er grinste von einem Ohr zum anderen. Und sie hatte die verbrannten Überreste der Festplatte zurückgelassen, damit Lubangas Männer sie finden konnten und genau wussten, wie beschissen ihre Lage tatsächlich war.

Es war eine geniale Idee gewesen, die Dollar in Bitcoin umzuwandeln. Er kannte sich nicht besonders gut mit Kryptowährungen aus und wusste nur, dass man dafür einen Code brauchte, also einen Schlüssel, normalerweise in Form eines USB-Sticks. Er hatte gesehen, dass sie alle USB-Speicher von dem Computerraum mitgenommen hatte. Jeder von ihnen könnte Bitcoin oder andere Kryptowährungen enthalten. Indem sie diese Laufwerke mitgenommen hatte – war Lubanga nun plötzlich bankrott?

Cal hatte in Jean Paul Lubangas Augen gesehen und mit ihm über die Provisionen für Bergbaurechte verhandelt, wobei verhungernde Frauen und Kinder die Arbeit leisten würden, während Opfer des Sexhandels im Hintergrund eine Show abgeliefert hatten. Lubanga war seelenlos. Er war pure Gier und hungrig nach Macht, und er könnte die Kriege im Kongo erneut aufleben lassen.

Durch die Tatsache, dass Freya vielleicht seine Finanzen zerstört hatte, war all das, was bisher geschehen war und was sie hierhergebracht hatte, es wert gewesen.

Die Zerstörung von Lubangas Finanzen würde ihn auf eine Weise lähmen, die schlimmer wäre als ein Attentat. Ein Attentat machte nur Sinn, wenn man davon ausging, dass nicht noch jemand Schlimmeres darauf wartete, den freien Platz einzunehmen. Aber Möchtegern-Diktatoren mussten ihre Armeen bezahlen. Sie musste die Aufseher bezahlen, die ihre Sklaven verprügelten. Falls Lubanga pleite war, dann war das ein gewaltiger Sieg für das Team Demokratie – und das mit nur acht abgefeuerten Schüssen.

Jegliche Zweifel, die vielleicht noch in seinem Hinterkopf

über Freya herumgelungert hatten, waren wie weggeblasen. Diese Frau war eine verrückte Soldatin – durch und durch – und sie war willig, alles zu riskieren.

Sie waren mindestens fünf Meilen weit gefahren, als ihm eine kaum merkliche Veränderung in der Lage der Schienen auffiel. Sie fuhren aufwärts. Er hatte sich ausgerechnet, dass sie am Tiefpunkt mindestens drei oder vier Stockwerke weit unter der Erde gewesen waren, sodass sie noch eine weite Strecke zurücklegen mussten, um wieder an die Erdoberfläche zu gelangen, aber dies war ein gutes Zeichen.

Er blickte auf seinen Kompass. Wie erwartet, fuhren sie Richtung Süden. Befand sich am gegenüberliegenden Ende dieser Gleise eine Fluchtroute in die Zentralafrikanische Republik? Vor den Schüssen hatte er die Männer auf den Gleisen gehört. Sie waren vom Norden her gekommen, aus der Richtung der Zentralafrikanischen Republik. In Anbetracht der Infrastruktur und Tunnel war Gbadolite der beste Ausgangspunkt für einen Staatsstreich. Keine der Fraktionen, die im Osten kämpften, hatten es geschafft, Gbadolite mit dessen Garnison an Soldaten, die im anderen Palast stationiert waren, einzunehmen, somit hatte Lubanga sich entschieden, die Allianz der Soldaten zu erkaufen.

Doch Freya hatte dem nun einen Strich durch die Rechnung gemacht.

Der Tunnel wurde schmaler, je weiter er anstieg. Freyas Griff an seiner Hüfte wurde fester. Vor ihnen lag nichts als Finsternis, keine Definition des Weges. Näherten sie sich einer Sackgasse? Er drosselte das Motorrad. „Ich werde den Scheinwerfer einschalten. Die Nachtsichtbrille ist nicht so gut zum Vorausssehen." Er schob seine Brille hoch und stellte das Licht an, woraufhin er die langgezogene, tiefe Kurve sehen konnte.

Er bereitete sich auf das Unbekannte vor. Sie könnten hier auf ein Bataillon von Lubangas Männern treffen. Oder niemanden.

Falls der Eingang unter dem Palast nicht bewacht war, was bedeutete das dann für diese Seite – mehr als acht Meilen südlich? Aber die Männer, die sie verfolgt hatten, waren von den Gleisen gekommen, nicht von den Tunneln unterm Palast.

„Schnapp dir meine Waffe", sagte er zu Freya, da er wusste, dass sie bisher noch keine Möglichkeit gehabt hatte, ihre Pistole nachzuladen. Er würde seine Hände am Gasgriff und der Bremse halten und ihr das Schießen überlassen.

Sie zog seine Handwaffe hervor. Sie presste ihre Knie an seine Hüfte, während sie sich darauf einrichtete, sich mit einer Hand an ihm festzuhalten.

Er lehnte sich in die Kurve und hoffte, dass der Scheinwerfer jeden blenden würde, der dahinter wartete, aber es war möglich, dass an diesem Ende des Tunnels niemand wusste, dass sie kamen. Er hatte dem Mann das Genick gebrochen, mit dem er zuvor im Tunnel gekämpft hatte, und Freyas Schuss war tödlich gewesen, wodurch nur noch der bewusstlose, gefesselte Mann im Computerraum lebend zurückgeblieben war, um die anderen zu warnen.

Vielleicht waren sie in Sicherheit.

Der Knall eines Schusses vernichtete diese Fantasie. Es war bei dem Echo im Tunnel unmöglich abzuschätzen, woher er kam, doch Freya trug noch immer ihre Nachtsichtbrille mit Hitzesensor, denn sie feuerte in dem Augenblick in die Dunkelheit, als das Scheinwerferlicht auf einen geduckten Mann in einem Alkoven fiel.

Der Kopf des Mannes flog nach hinten und er sackte zu Boden, als sie an ihm vorbeirasten. Cal fuhr mit erhöhter Geschwindigkeit um die nächste Kurve und schlingerte, um mehreren massiven Minenwagen auszuweichen, die auf den Schienen aufgereiht waren und ihren Weg blockierten. Freya rollte hinten vom Motorrad herunter, das ins Schleudern kam. Er drehte sich um hundertachtzig Grad und sah, dass sie zwei weitere Schüsse abfeuerte und damit zwei Männer mit Maschinengewehren tötete, die wahrscheinlich von dem Scheinwerferlicht geblendet worden waren. Sie hatten auf sie gefeuert, und eine Kugel zischte gefährlich nahe an Cals Kopf vorbei.

Ein dritter Mann stand dem Motorrad neben den Gleisen im Weg. Cal rollte nun selbst vorwärts, zog sein Messer hervor und lenkte das Bike direkt auf den Mann zu. Einen Moment später hatte er den Mann unter dem Motorrad eingeklemmt und hielt ihm die Klinge an die Kehle.

„Für wen arbeitest du?", fragte er auf Französisch.

Der Mann spuckte ihm ins Gesicht und wehrte das Messer ab.

Mist. Cal würde ihn töten müssen.

Okay.

Cal schlug dem Mann mit seiner anderen Hand ins Gesicht. Sie rollten sich. Der Kerl war muskulös und kräftig gebaut – und er wusste, wie man kämpfte. Er erwischte Cal im Gesicht, als er nach oben trat, wodurch er seinen Gegner abschütteln konnte.

Cal rollte zur selben Zeit auf die Füße wie sein Gegner. Der stürzte sich auf Cal, und dann schlug das Herz des Mannes ein letztes Mal. Cals Messer drang tief in dessen Brust ein.

Cal drehte sich zu Freya um. Er atmete schwer, aufgeputscht vom Adrenalin. Sie stand mit ihrem Profil zu ihm und beleuchtete mit ihrer Taschenlampe einen Alkoven.

„Irgendjemand dort?", fragte Cal.

„Nein. Aber ich habe Werkzeuge gefunden und … Benzinkanister." Sie hob einen Kanister und schüttelte ihn. „Fünf insgesamt. Und sie sind voll."

Gott-sei-Dank.

Er hob das Motorrad auf und klappte den Ständer herunter. Während sie den Tank auffüllten, schnappte sie sich Macheten, einen Hammer, einen Schraubenschlüssel und ein paar Schraubenzieher aus der Werkzeugkiste, bevor sie die Kalaschnikows der drei Männer einsammelte, die sie erschossen hatte.

„Sie dir das an", sagte sie und hielt eines der Gewehre hoch.

Dies waren keine AK-47. Diese waren das AKS74U-Modell – Sturmgewehre mit verkürztem Lauf. Diese Form und der klappbare Gewehrschaft machten es einfacher, die Waffen zu verstecken, während sie durch den charakteristischen dreieckigen offenen Schaft leichter waren als andere Sturmgewehre. AKS74Us-Modelle waren selten, besonders in Afrika.

„Die hier waren vielleicht ein Geschenk von Gorev", sagte er. Terroristengruppen hatten eine Vorliebe für russische

Gewehre, seit Osama bin Laden mit einem fotografiert worden war.

„Genau das denke ich auch."

„Wenn das hier vorbei ist, werden wir Gorev eine Dankeskarte schicken." Nun sah alles etwas besser aus. Sie hatten ein Motorrad, Treibstoff, leicht versteckbare Maschinengewehre und höllisch viel Geld.

Er band zwei volle Benzinkanister hinten am Motorrad fest, das für eben diesen Zweck mit einer Plattform ausgestattet war. In einem Land, in dem Straßen schmal und nicht asphaltiert waren − oder gar nicht erst existierten − waren Motorräder die zuverlässigsten und besten Fortbewegungsmittel, die man finden konnte, und dieses Motorrad war für genau solch eine Fahrt ausgerüstet worden.

Sie hatten nun genug Benzin, um Linsala oder Gemena zu erreichen, von wo aus sie ihre nächsten Schritte planen konnten. Er band seinen Rucksack auf die beiden Benzinkanister, damit es für Freya bequemer war, ohne die sperrige Ausrüstung zwischen ihnen mitfahren zu können.

Er stieg auf, während sie die Macheten befestigte und die Gewehre zusammenfaltete und in ihrer Ausrüstung verstaute, bevor sie hinter ihm aufstieg und ihre Oberschenkel an seine Hüfte presste. Sie fuhren los, wieder an den Gleisen entlang und um die Kurve herum, wo sie sich einem Flachbettwagen gegenüber sahen, der mit 200-Liter-Stahlfässern beladen war und ihnen den Weg versperrte, und etwas, das wie ein riesiges Metalltor schien, unter dem Gleise hindurchliefen.

Über das Motorengeräusch hinweg konnte er Regen gegen die Metalltür prasseln hören. Sie hatten den Ausgang erreicht.

Er fuhr um den Wagen herum und hielt das Motorrad neben der Handkurbel an, mit der man das Tor hochziehen konnte − es war kein Strom erforderlich. Freya sprang vom Bike, doch sie ging nicht zur Kurbel. Stattdessen ging sie zu dem Wagen, an dem sie vorbeigefahren waren.

Nach ihrem Handsignal stellte er den Motor aus und stieg ab.

„Ich brauche den Hammer", sagte sie, ihr Blick auf die Fässer fixiert.

Er holte das Werkzeug aus ihrer Ausrüstung und näherte sich. „Du willst sehen, was sich darin befindet?"

„Ja. Ich vermute, dass die Männer etwas abliefern sollten, als sie das Motorrad hörten – oder vielleicht hat sie jemand vom anderen Ende angerufen – und sie haben das hier zurückgelassen, um sich im Tunnel zu verstecken und uns zu überfallen."

Der Wagen hatte einen eigenen Motor – was wiederum den Vorrat an Benzin erklärte – und transportierte drei Stahlfässer, die dunkelgrün gestrichen waren. Er benutzte die Klaue des Hammers, um die Schnalle an der Ringklemme der Tonne aufzubrechen. Sie entfernte den Ring und hob den Deckel. Er leuchtete seine Taschenlampe in den Container, in dem sich ein gelbes Pulver befand.

Er erkannte den Inhalt in dem Augenblick, als Freya es laut aussprach.

„Konzentriertes Uranoxid. Auch bekannt als Yellowcake."

Kapitel Dreiundzwanzig

Freya starrte in das Fass, und ihre Gedanken überschlugen sich mit den Implikationen. Yellowcake. Gottverdammtes Uran, bereit zur Anreicherung. „Wie kommt Uran so weit nach Norden? Die Shinkolobwe-Mine befindet sich am anderen Ende des Landes. Der Uran-Schmuggel verläuft durch Sambia."

Shinkolobwe war die bekannteste Uranmine des Landes, die den Treibstoff für das Manhattan-Projekt geliefert hatte und, soweit sie wusste, lagen alle Uranvorkommen im Süden.

„Das sind mindestens tausend Meilen von hier", sagte Cal.

Und zwar Kongo-Meilen, die, ähnlich wie Hundejahre, mehrfach zählten. Der Weg, um Waren zu schmuggeln, war lang und schwierig.

„Vielleicht hat sich die Sicherheit nach Sambia verbessert. Allem Anschein nach ist dies hier Lubangas Operationszentrum. Und es hat zusätzlich zu einem Tunnel zur Zentralafrikanischen Republik auch gleich einen unkontrollierten Flughafen. Mit einem Frachtflieger wäre das ein Leichtes."

War ein zweites Flugzeug gelandet, während sie im Tunnel waren? Das erste Flugzeug war von Daressalam gekommen, nicht aus dem Süden der Demokratischen Republik Kongo.

Freya schloss den Deckel. Anhand von einigen Berichten war Yellowcake noch nicht so maßgeblich radioaktiv – das passierte später bei der Anreicherung. Aber es einzuatmen, konnte tödlich sein.

Schweiß tropfte über ihre Wange. Die dichte schwüle Luft des Tunnels wurde erdrückend, sobald sie nicht mehr hinten auf einem Motorrad fuhr. Sie mussten endlich hier raus. Sie hatten keine Ahnung, ob da draußen bereits Verstärkung auf sie lauerte, oder ob sie ihnen durch den Tunnel von hinten folgen würden.

„Niemand verschickt Yellowcake auf diese Weise, wenn es für ein legitimes Atomkraftwerk vorgesehen ist", sagte Cal. „Falls sie das täten, dann würden sie es in Sambia zusammen mit den anderen Kleinbergbauunternehmen verkaufen."

Sie nickte. Dieses Uran war für eine Terroristengruppe oder einen feindlichen Staat vorgesehen. ISIS. Syrien. Al Qaeda. Boko Haram. Al-Shabaab. Es gab zu viele Möglichkeiten, und sie alle waren furchterregend. Sie konnten es nicht mitnehmen, und sie konnten es nicht hierlassen.

„Lass uns das Fass wieder verschließen, den Wagen da raus rollen und die Fässer in den Dschungel werfen. Man wird sie wiederfinden, aber wenigstens werden wir sie dafür arbeiten lassen."

Sie nickte. Zudem war es das Einzige, wozu sie genug Zeit hatten, wenn man davon ausgehen konnte, dass Männer sie sogar schon jetzt durch den Tunnel verfolgen könnten.

Er legte die Ringschnalle um den Rand.

„Warte!", sagte sie, als ihr eine Idee kam. „Ich habe Tracker."

Cal hob den Ring. „Die Art, die man an Objekten anbringen kann und die dann den Standort via GPS übertragen?"

„Ja. Sie sind klein und übertragen die Standortinformationen via Satelliten. Man überwacht sie mit einer URL."

„Wie lange hält die Batterie?"

„Wenn ich sie so einstelle, dass sie nur alle zwölf Stunden ein Signal senden, dann ungefähr zehn Tage."

„Willst du einen in diese Tonne werfen, damit die CIA das Signal nachverfolgen kann?"

„Ja." Sie nahm ihren Rucksack ab und suchte in der versteckten Tasche herum, bevor sie einen Tracker hervorzog, der wie eine Münze aussah und die Größe und Form eines dicken amerikanischen Nickels besaß. Er war von einem blassen, reflektierenden Plastik umgeben, das sich dem gelben Puder anpassen würde. Sie stellte ihn so ein, dass er nur zweimal pro Tag sendete und aktivierte ihn.

„Gib ihn mir", sagte Cal. Sie blickte auf und sah, dass er sich ein T-Shirt um Mund und Nase gebunden hatte. In der einen Hand hielt er eine lange Metallstange, die er in den Trümmern im Tunnel gefunden haben musste.

Seine beschützende Geste berührte sie auf eine seltsame Weise, obwohl sie argumentieren wollte, dass es ihre Sache sei, dieses Risiko auf sich zu nehmen. Allerdings hatten sie keine Zeit zum Streiten, also reichte sie ihm die kleine Diskette.

Er hob den Deckel, wandte sein Gesicht von dem offenen Fass ab, und warf den Tracker hinein. Er benutzte die Metallstange, um ihn tiefer ins Fass zu drücken, bevor er dann langsam die Stange herauszog, um das Puder nicht zu sehr zu bewegen und zu verhindern, dass sich eine Wolke mit giftigem Staub bildete.

Sobald er die Stange herausgezogen hatte, verschloss er den Deckel wieder. Freya befestigte den Schnallenring, während er die Stange vor die Wand legte und sich das T-Shirt abzog, das sein Gesicht bedeckt hatte, bevor er es bei der Stange liegen ließ.

Er kehrte zu ihr zurück. „Ich werde den Motor am Wagen starten. Du öffnest das Tor."

Die Kurbel war gut geölt, doch die Tür war schwer, und sie schwitzte kräftig, bis sie das Tor weit genug hochgezogen hatte, dass der Wagen und das Motorrad darunter hindurchpassten.

Draußen empfing sie nicht nur ein Regensturm, sondern ein regelrechter Wolkenbruch. Cal fuhr den Wagen, und sie schob das Motorrad nach draußen, bevor sie das Tor wieder schloss. Der Dschungel reichte an beiden Seiten bis zu den Gleisen, doch die Schienen lagen frei soweit sie sehen konnte, und sie fragte sich, wie weit diese Bahn wohl reichte.

„Lass uns weiterfahren. Suche nach einer Stelle, wo wir die

Fässer einen Abhang hinunterrollen können. Je anstrengender für sie, desto besser", rief Cal über den prasselnden Regen.

Sie nickte. Sie würden nicht so schnell vermuten, dass ein Tracker angebracht worden war, wenn sie sich anstrengen mussten, um die Fässer zu finden.

Sie folgte ihm auf dem Motorrad, während er den Wagen fuhr. Nach etwa einer Meile entlang der Gleise begann der Boden zu ihrer Rechten abzufallen, während der Dschungel immer dichter zu werden schien. Schließlich hielt Cal den Flachbettwagen an.

Sie stieg vom Motorrad, während er das erste Fass vom Wagen rollte. Die Tonne rollte davon und wurde schnell von der Vegetation verschluckt. Freya rollte das nächste Fass, das dem ersten in den Busch folgte. Cal kippte das dritte Fass, bevor er den Wagen wieder startete und ihn dann via Autopiloten unbemannt das Gleis entlangfahren ließ.

Freya kletterte in den Busch und bedeckte die abgeflachten Spuren, die die Fässer hinterlassen hatten, mit breiten Blättern und Gestrüpp. In dem dichten Gebüsch und dem heftigen Regen war es erstaunlich leicht, drei 200-Liter-Fässer voller konzentriertem Uranoxid zu verstecken.

Sie wandte ihr Gesicht dem Himmel entgegen. Sie war sich sicher, dass sie nichts von dem giftigen Puder abbekommen hatte, aber sie war trotzdem froh über den reinigenden Regen. Morgan hatte sich beschwert, dass sie bei ihrer Feldarbeit auf giftige Schlangen gestoßen war. Freya freute sich bereits darauf, sie mit dieser Story zu übertrumpfen.

Cal zog sein militärisches Navigationsgerät hervor. „Ich werde diese Koordinaten speichern." Sie trat neben ihn, als er sich die Karte ansah, bevor er das Gerät wegsteckte. „Wir werden den Gleisen für ein oder zwei weitere Meilen folgen – solange sie befahrbar sind. Dann werden wir in den Dschungel einschneiden und in den Regenwald gehen. Auf diese Weise werden wir unsere Verfolger am besten abschütteln."

Sie nickte und stieg auf den hinteren Teil des Motorrads. Er hielt kurz vor ihr inne, schob eine Hand hinter ihren Kopf und küsste sie. Heftig. Voll, mit offenem Mund. Gierig.

Der Regen prasselte auf sie herab. Donner grollte in der Ferne. Blitze zuckten auf und sie erwiderte seinen Kuss. Dieser Kuss verschwendete wertvolle fünf Sekunden, aber er war es wert.

Er ließ sie los, ließ ein Grinsen aufblitzen und stieg dann – ohne ein Wort – vor ihr auf das Motorrad. Sie ergriff seine Hüfte und sie fuhren in die Dunkelheit. Sie folgten den Gleisen durch einen schmalen Pfad, der in diesen Laubwald hineingeschnitten worden war.

Sie hatten den Flachbettwagen schnell eingeholt und fuhren daran vorbei. Der Dschungel wurde immer dichter und wuchs bis direkt an die Gleise. Sie befanden sich unter einem vollen Blätterdach, das die Gleise vor den Satelliten verbarg. Es wurde schnell deutlich, warum Macheten benutzt wurden, wenn man den Schienen folgen wollte. Das Motorrad kam relativ gut durch, doch der unbemannte Wagen würde schlussendlich steckenbleiben.

Freya blickte zum Blätterdach hinauf. Regen filterte durch die Blätter und klatschte auf ihre Haut. Er konnte die schwarze Ölfarbe nicht wegwaschen, mit der sie ihr Gesicht getarnt hatte, doch in ihrem Geiste reinigte diese Sturmflut sie. Es wie eine Taufe der Natur, die Uran und Blut, Benzin und Rauch abwuschen.

Sie hatten Lubanga einen Tiefschlag verpasst. Vielleicht waren sie nun in der Lage, dieses Yellowcake zu verfolgen. Und gut verstaut in ihrem Rucksack trug sie 350 Millionen Dollar aus Bratva-Beständen.

Nicht schlecht für eine Aufklärungsmission in nur einer Nacht.

Sie umklammerte Cals Taille fester und legte ihre Wange gegen seinen Rücken, schloss ihre Augen und war dankbar dafür, dass er die schwierige Aufgabe übernommen hatte, das Motorrad über den überwucherten Pfad zu navigieren. Sie war unendlich dankbar dafür, dass er hier bei ihr war und ihr dabei half, für dieses weite, fremde, wilde und wundervolle Land zu kämpfen.

S obald Cal eine Öffnung in der dichten Vegetation entdeckte, verließen sie die Bahngleise. Sie kamen nur noch langsam vorwärts, und einige Male mussten sie kurz umkehren, weil der Weg vor ihnen unbefahrbar wurde, doch schlussendlich brachen sie durch und erreichten einen älteren Baumbestand des tropischen Regenwaldes, wo das Blätterdach so dicht war, dass auf dem Waldboden kein Gestrüpp wuchs.

Cal hatte mit seiner Mutter äquatoriale Regenwälder besucht, als sie ihn östlich von Kinshasa zu dem Dorf gebracht hatte, wo sie aufgewachsen war. Dieser Wald war sehr ähnlich mit seinen hohen, immergrünen breitblättrigen Laubbäumen, welche von dreieckigen Brettwurzeln gestützt wurden. Diese Wurzeln, die breit und flach über dem Boden wuchsen, waren für die Bäume lebensnotwendig, damit sie in dieser Umgebung gedeihen konnten. Dicke, holzige Lianen hingen von den Bäumen herab und verbanden diese miteinander. Diese Lianen fingen als kleine Büsche auf dem Boden an, die dann ihre Ranken nach jungen Bäumchen ausstreckten. Beide wuchsen zusammen in die Höhe und formten das Blätterdach des Regenwaldes, das Freya und ihn vor dem schweren Regenguss über ihnen beschützte.

Diese Wälder waren von zahlreichen Tieren bewohnt, und es hätte ihn nicht überrascht, wenn ihnen eine giftige Schlange oder ein Okapi – eine seltsam schöne Kreatur, die ebenfalls als Zebra-Giraffe bekannt war – begegnete. In der Unterschicht, der Waldebene zwischen dem Boden und den Baumkronen, könnten ihnen Leoparden sowie hunderte von Vogelarten, Insekten und Reptilien begegnen.

Hier waren alle Tiere frei, aber wahrscheinlich hatte sie das Geräusch des Motorrads verscheucht, während er und Freya Richtung Süden fuhren, und sie jetzt, da der Boden frei von all dem Gestrüpp war, in der Dunkelheit gut vorankamen.

Das Licht veränderte sich, was ihm sagte, dass über den Baumkronen die Morgendämmerung angebrochen war. Nur zwei Prozent des Sonnenlichts erreichte den Boden eines Regenwaldes wie diesem, was erklärte, warum die Dörfer außerhalb des Regenwaldes lagen, und in solchen permanenten Siedlungen nur sehr selten Ureinwohner – die in dieser Gegend als die Twa bekannt waren – gefunden wurden.

Das Volk der Twa sprach Bantu-Sprachen, zu denen auch Lingala gehörte. Falls sie irgendwo liegenbleiben sollten und Hilfe benötigten, wäre er vielleicht in der Lage, mit ihnen zu kommunizieren.

Am späteren Vormittag hielt er das Motorrad an. Er brauchte eine Pause und vermutete, dass es Freya ebenso ging. Sie waren seit Stunden unterwegs und hatten sich ihren Weg durch den Dschungel gehackt, um es bis hierher zu schaffen. Sie hatten so viele raue und verdrehte Meilen zwischen sich und dem Tunnel zurückgelegt, dass es ein Wunder wäre, wenn sie irgendjemand so schnell so weit verfolgt hätte. Sie konnten sich problemlos dreißig Minuten gönnen, ohne etwas befürchten zu müssen.

Er erleichterte seine Blase und wechselte dann in Kleidung, die normaler wirkte und sie wie dumme Touristen aussehen ließ, die ohne einen Führer den Regenwald auskundschafteten. Er verstaute die Gewehre in einer extra Tasche, die er in seinem Rucksack trug, um sie zu verbergen, und band die Tasche dann hinten auf die Benzinkanister.

Falls sie auf eine Stadt oder ein Dorf treffen sollten, wollten sie keine Fragen aufwerfen, indem sie in Ninja-Outfits und mit im Wind wehenden Sturmgewehren auftauchten.

Freya tat dasselbe und zog sich leichte Hiking-Shorts und eine Bluse in demselben feuchtigkeitsableitenden Stoff über. Nicht, dass das in einem schwülen Regenwald helfen würde. Es war schwer zu sagen, ob die Feuchtigkeit in der Luft vom Regen verursacht wurde, oder nur die normale Luftfeuchtigkeit war. Das Blätterdach blockte den Regenfall genauso wie das Sonnenlicht.

Nachdem sie sich umgezogen hatte, benutzte Freya Reinigungstücher, um sich die schwarze Tarnfarbe vom Gesicht zu wischen. Er half ihr, indem er nach Streifen suchte, die man nicht als normale Schmutzflecke hätte abtun können. Er nahm das Tuch aus ihrer Hand und wischte letzte Reste aus ihrem Gesicht. Dann beugte er sich zu ihr herunter und drückte einen langanhaltenden Kuss auf ihre Lippen. Er hob den Kopf und konnte gerade noch sehen, wie sie in dem dimmen Licht lächelte.

Er konnte nicht anders, schob eine Hand in ihren Nacken und küsste sie noch einmal, dieses Mal tiefer. Er nahm von ihrem Mund Besitz. Er nahm, was sie gab, und verlangte mehr.

Sie antwortete mit ihrem Mund und ihrer Zunge, bot ihm alles. Alles von ihr. Es war genau das, was er wollte. Er handelte, ohne nachzudenken, und überließ sich ganz seinem wilden Urinstinkt. Er war immer noch aufgeputscht vom Adrenalin, von dem Duft ihrer Haut und von dem Gefühl ihres Körpers an seinem.

Er hob sie hoch und presste ihren Rücken gegen eine flache Brettwurzel, die eher einer Wand als einem Baum ähnelte. Er spürte, wie ihre Knöchel zusammenkamen, als sie seine Hüften und seinen Hintern mit ihren Beinen umschlang. Seine Erektion rieb gegen ihre Mitte, und sie stöhnten beide, als ihre Zungen aufeinandertrafen und sie sich gegenseitig mit gleicher Dring-lichkeit umschlungen.

Er sollte sich bremsen. Sie sollten reden und planen. Doch in diesem Augenblick wollte er sie einfach nur besitzen. Wollte die feurige Energie, dem Tode in der vergangenen Nacht mehr als einmal entkommen zu sein, ausnutzen, und sie an diesem Baum im schwülen Regenwald vögeln.

Ihre Hand an seinem Hosenschlitz sagte ihm, dass sie dasselbe wollte. Er zog sich zurück, erlaubte ihr Zugang, und sie befreite seinen Schwanz. Sie streichelte ihn vom Ansatz bis zur Spitze, und er schloss seine Augen.

Heilige Scheiße, das fühlte sich gut an.

Dieser Moment hatte eine extreme Dynamik. War wie voll aufgedreht. Die Luft war dicht, roch nach Erde und dem süßen Duft einer blühenden Ranke. Und Freya war geil und scharf und streichelte ihn bis zum Wahnsinn.

Er ließ sie los und setzte sie gerade lange genug ab, dass er ihren Slip und ihre Shorts über ihre Beine und ihre leichten

Wanderschuhe herunterziehen konnte. Er warf sie über eine Ranke und hob Freya erneut hoch. Er zögerte für den kleinsten Bruchteil einer Sekunde, seine Augen in dem dimmen Licht des Waldes auf ihre gerichtet. Dann drang er in sie ein, glitt mit einem einzigen Stoß tief in sie hinein, während sich ihre Beine wieder um ihn schlangen.

Diese Kein-Kondom-Sache war verdammt großartig. *Sie* war verdammt großartig.

Sie küsste ihn und ihre Zunge tat mit seinem Mund das, was sein Schwanz mit ihr tat. Sie war heiß und feucht, und ihre Vereinigung war drängend und so unglaublich und verdammt perfekt. Dank der hohen Luftfeuchtigkeit, der Dringlichkeit und der Anstrengung des wilden Sex war er nassgeschwitzt.

Sie waren dem Tod entkommen, und nun holten sie sich ihre Belohnung. Sie gehörte ihm. Jetzt. Gestern. Morgen. Immer.

Ihr Körper verkrampfte sich, und ihre Atmung veränderte sich. Sie löste sich von seinem Mund und legte ihren Kopf zurück, um ihn an den Stamm des Baumes zu lehnen, wodurch sie ihren Hals für seinen Mund entblößte. Er küsste ihre Kehle, während er in sie hineinstieß. Dann hob er seinen Kopf und beobachtete, wie die Ekstase ihr Gesicht in diesem grauen Licht zum Leuchten brachte. Er tat das für sie. Sie gab ihm dasselbe zurück. Sie schrie auf, und es klang fast so wie der raue Schrei einer Wildkatze des Regenwaldes.

Dieses sexy Geräusch, der sinnliche Ausdruck auf ihrem Gesicht, das wilde Gefühl ihrer inneren Muskeln, die sich um seinen Schwanz festklammerten, stießen ihn über den Abgrund. Ein kraftvoller Orgasmus schoss durch ihn hindurch, und das Gefühl war so intensiv, dass seine Knie schwach wurden. Er lehnte sich an den Baum, klemmte sie zwischen dem harten Holz und seinem erschlafften Körper ein, als Wellen der Befriedigung über ihn hinwegrollten, und es weiterhin von dort aus pulsierte, wo ihre Körper vereint waren.

Sie hatten kaum ein Wort gesprochen, seit er das Motorrad abgeschaltet hatte, und jetzt spürte er, wie ein heftiges Lachen in seiner Brust aufstieg. Keine Worte, nur Lachen, weil er tief in ihr vergraben war, während sie in einem kongolesischen Regenwald auf der Flucht waren.

Als er sich der Armee angeschlossen hatte, hatte das zu einigen interessanten Erfahrungen geführt, und diese hier würde er bis zu seinem letzten Tag in sich tragen. Wenn er fünfundneunzig Jahre alt war, würde er seine Augen schließen und an diesen Augenblick denken. Wie sie sich anfühlte. Wie sie roch. Den Ausdruck auf ihrem wunderschönen Gesicht, als sie kam.

Sein Lachen brach aus ihm hervor, und sie schloss sich ihm an. Ihr Körper bebte, und ihre inneren Muskeln spannten sich um seinen Penis an. Er küsste sie, während er lachte und sich aus ihrem Körper herauszog. Er hörte lang genug auf zu lachen, um „Du bist großartig" sagen zu können, dann küsste er ihre Nase und ließ sie immer noch kichernd los.

„Das bist du auch." Sie schnappte sich ihre Shorts von der Ranke, wo er sie hingeworfen hatte, und beugte sich dann, um nach ihrem Slip zu suchen, der heruntergefallen sein musste.

Er packte sich selbst ein, beobachtete ihren Hintern und liebte den Anblick. „Wir sind weit genug gekommen, dass wir versuchen können ein Dorf zu finden. Vielleicht können wir dort für ein paar Stunden ein Bett mieten und das noch einmal tun – aber konventionell."

Sie richtete sich auf, mit ihrem Slip in der Hand, den sie dann ausschüttelte, um ihn von den Kreaturen des Waldes zu befreien. Er hatte versucht, das zu vermeiden, indem er sie auf die Ranke gehängt hatte, doch er war zu begierig gewesen, in sie einzudringen, um mehr darauf zu achten und es richtig zu tun.

„Unkonventionell war ziemlich geil." Sie trat in ihren Slip. „Und ich glaube nicht, dass wir zu lange an einem Ort bleiben sollten. Ich habe während der Fahrt darüber nachgedacht, dass wir nach Linsala fahren und dort versuchen sollten, einen Flug aus der Stadt zu nehmen. Fitzsimmons bezahlt Lubanga für eine Schule. Ich will versuchen, sie zu finden."

„Wahrscheinlich ist das eine Diamantenmine oder eine andere Bergbauoperation. Die Bezahlung könnte Schmiergeld für Bergbaurechte sein."

„Ja. Und deshalb mache ich mir Sorgen. Was ist, wenn

Kinder darin involviert sind? Was ist, wenn die Kinder in den Minen arbeiten?"

Dieser Gedanke war ihm auch schon mehr als einmal gekommen. „Das würde die Schule zur perfekten Tarnung machen und es wäre ein guter Weg, Kinder als Arbeiter zusammenzutreiben."

„Genau."

„Die meisten Diamantenminen sind im Süden, aber es gibt einige – wie die in dem Dorf meiner Mutter, als sie noch ein Kind war – die sich in der Nähe von Kinshasa befinden." Er überlegte, wie ihre Optionen aussahen. Bevor sie versuchen konnten, nach einer nichtexistierenden Schule zu suchen, mussten sie zunächst aus dieser Gegend verschwinden. Im Kongo war das Reisen selten einfach. „Wie du habe auch ich nachgedacht. Der Flughafen in Linsala ist winzig. Falls irgendjemand nach uns sucht, dann werden sie das dort tun. Aber wir könnten auf einem Frachtschiff mitfahren. Touristen fahren da manchmal mit, somit fällt es weniger auf, falls man uns sehen sollte, und es erscheint nicht so fremd. Mein Lingala und dein Französisch werden uns dabei helfen, uns unauffällig unter die Leute zu mischen. Wir können entweder den Fluss rauf nach Kisangani oder runter nach Mbandaka fahren. Die Flughäfen dort sind größer. Von dort aus könnten wir nach Kinshasa fliegen – oder raus aus dem Kongo."

„Das Frachtschiff – in beide Richtungen – würde wie lange dauern? Fünf Tage?"

Er nickte. „Wahrscheinlich länger."

Sie neigte den Kopf zur Seite. Er liebte diesen Anblick. Er wettete, dass sie sich dutzende von verschiedenen Szenarien durch den Kopf gehen ließ und wie ein Schachspieler die jeweiligen Chancen zum Gewinn oder Verlust abwog. Schließlich sagte sie: „Werden auf den Frachtschiffen die IDs geprüft?"

„Ich glaube, sie tun das an einigen Häfen auf dem Weg. Unsere gefälschten Reisepässe werden ausreichen. Soweit ich weiß, ist jede Kontrolle nur oberflächlich. Eine Art, um Gebühren – Schmiergelder – einzubeziehen. Niemand meldet die Namen der Passagiere flussauf- oder abwärts, es sei denn, es gibt Probleme."

Sie runzelte ihre Stirn. „Können wir uns fünf Tage oder mehr als Reisezeit erlauben?"

„Ich glaube nicht, dass wir eine Wahl haben. Ich kann kaum SOCOM anrufen und um einen Heli bitten. Selbst wenn ich das täte, würden sie in die Republik Kongo fliegen – wahrscheinlich Brazzaville – und erwarten, dass wir sie auf dem Fluss treffen."

Brazzaville war die Hauptstadt der Republik Kongo und lag direkt am Fluss gegenüber von Kinshasa. Solange sie es also nicht bis dorthin schaffen würden, wo der Fluss die beiden Kongos voneinander trennte, war es nutzlos, um Hilfe zu bitten.

„Aber ein Flug würde uns Tage ersparen."

Freya dachte in US-Zeit, wo es einfach war, ein paar tausend Meilen einfach zu überspringen. Das hier war der Kongo, wo es Wochen dauern konnte – manchmal sogar länger als einen Monat – um von Kisangani nach Kinshasa zu gelangen.

„Der Flughafen ist ein zu großes Risiko." Er trat vor und zog sie in seine Arme. „Ich will nicht, dass du wieder so etwas Selbstmörderisches tust, wie auf die Festplatte zu schießen." Er küsste sie, um sie wissen zu lassen, dass er nicht wütend war – zumindest nicht mehr. „Und sich kopfüber in eine Falle zu stürzen ist Selbstmord. Egal wie sehr du glaubst, sie austricksen zu können."

Sie nickte. „Es tut mir leid – dass ich auf die Festplatte geschossen habe, ohne dich zuerst zu warnen. Es war eine Entscheidung, die ich im Bruchteil einer Sekunde getroffen habe. Ich hätte dich warnen sollen, aber es war das Richtige."

Er wusste das. Als ehemalige Analytikerin und derzeitige Agentin wusste sie, wie wichtig diese Dateien waren. Ihre Ausbildung beschäftigte sich in erster Linie damit, sich selbst und Dateien zu beschützen, doch er zweifelte nicht daran, dass sie sich selbst zu schützen als zweitrangig ansah.

Für ihn als Soldaten standen Menschen an erster Stelle. *Sie* stand an erster Stelle.

In diesem Moment wurde alles kristallklar. Sie würde für ihn immer an erster Stelle stehen.

Er stellte sich vor, wie er fünfundneunzig Jahre alt war und sich an wilden Sex an einem Baum im äquatorialen Regenwald im Kongo erinnerte, und wie er dann zu seiner Rechten Freya an seiner Seite sah, die diese Erinnerung mit einem frechen Grinsen mit ihm teilte.

Und verdammt – jetzt wollte er das.

Kapitel Vierundzwanzig

Nachdem sie Proteinriegel gegessen und den Tank aufgefüllt hatten, machten sie sich wieder auf den Weg. Freya klammerte sich an Cassius' Rücken und hatte ihre Wange an dessen Wirbelsäule gepresst, während sie durch den Wald fuhren. Das hier war ein Regenwald der Fantasie und Märchen. Schwül, wild und beinahe schmerzhaft schön.

Es war schade, dass sie die natürlichen Geräusche des Waldes nicht über den Lärm des Motors hinweg hören konnten, aber sie waren keine Touristen, die darauf hofften, den Ruf eines exotischen Vogels oder einer Wildkatze einzufangen. Es war unwahrscheinlich, dass sie in diesem Wald Tieflandgorillas vorfinden würden – diese befanden sich in den Regenwäldern weiter östlich – aber trotzdem erfüllte dies einen lang vergessenen Traum. Dass sie mit Cassius Callahan hier war, machte dieses Erlebnis umso schöner.

Es spielte keine Rolle, dass sie auf der Flucht waren, oder dass die russische Mafia wahrscheinlich hinter ihr her war, weil sie eine halbe Milliarde Dollar gestohlen hatte. In diesem Augenblick erlaubt sie es sich selbst, zu vergessen, dass Seth sie betrogen hatte. Sie würde sich später mit diesem Alptraum befassen.

Jetzt hielt sie sich an Cassius fest und atmete seinen Duft ein. Wenn sie ihr Gesicht etwas mehr an ihn presste, roch sie die

Auspuffgase des Bikes nicht allzu sehr, und es waren nur sie beide in einem weiten, wilden Regenwald.

In diesen Wäldern lebten Ureinwohner, das wusste sie. Jäger und Sammler, die schon seit tausenden von Jahren hier lebten. Sie waren von der Statur her eher klein, dunkelhäutig, und manchmal boten sie ihren Dienst als Führer durch den Wald an. Es war unwahrscheinlich, dass ihnen auf dieser rapiden Reise irgendwelche Twa begegnen würden, aber sie fragte sich, ob einige von ihnen in der Nähe waren, aufgeschreckt von dem lauten Motorrad, die sie auf ihrer Durchreise beobachteten.

Falls dem so war, dachten sie wahrscheinlich, dass sie beide ein närrisches Paar waren, weil sie ohne Führer den Wald durchquerten. Und sie konnten recht haben, bis auf die Tatsache, dass Cal ein Green Beret und nicht nur im Überleben ausgebildet war, sondern auch darin, in dieser Hitze, in der Dunkelheit und im Gelände zu kämpfen. Und ihr Training war seinem sehr ähnlich. Falls sie das Motorrad verlieren sollten und zu Fuß weitergehen mussten, könnten sie das tun, aber es wäre nicht einfach. Sie wollte nicht arrogant und den Gefahren des Waldes gegenüber respektlos sein.

Sie erreichten den Rand des älteren Waldes, und der Boden war erneut mit dichterem Gestrüpp bewachsen, das teilweise undurchdringlich war. Der Regenwald verwandelte sich in einen dicht bewachsenen Dschungel. Sie einigten sich darauf, weiterzufahren, suchten nach einer passablen Route durch den Wald und waren gezwungen, das Motorrad zu schieben und sich mit den Macheten einen Pfad frei zu hacken.

Der Wald wurde heller, da mehr Sonnenlicht einfiel, was wiederum das Wachstum der Pflanzen am Boden begünstigte. Insektenschwärme attackierten jede entblößte Stelle ihrer verschwitzten Haut. Sie erkämpften sich stundenlang ihren Weg durch das Gebüsch und sprachen nur wenig – hauptsächlich, um zu entscheiden, wann sie weiterhacken und wann sie wieder umkehren sollten, um eine einfachere Route zu finden.

Striemen und Beulen bedeckten Freyas Arme und Gesicht von den Insekten und dem Peitschen der Zweige. Sie ignorierte die Schmerzen, als sie von ihrer Wasserflasche trank, die sie dann Cal reichte. Sie hatten kaum noch genug Wasser und würden es am nächsten Bach auffüllen. Es war verlockend, ihre Wasserflaschen einfach mit dem in den Breitblättern aufgefangenen Regenwasser aufzufüllen, aber diese kleinen statischen Pools enthielten höchstwahrscheinlich Moskito- und andere Insektenlarven. Falls sie keine andere Wahl haben sollten, würden sie darauf zurückgreifen. Sie hatten Wasserreinigungstabletten dabei. Nach dem Regen der vergangenen Nacht gab es keinen Mangel an Wasser.

Stunden später brachen sie aus dem Dschungel hervor. Freya empfand eine neugefundene Wertschätzung für die Leichtigkeit, mit der sie in den Regenwald hineingefahren waren, allerdings hatte der Pfad der alten Bahnlinie durch den dichtesten Teil des Dschungels geschnitten, und sie hatten sich durch einen nur relativ dünnen Streifen kämpfen müssen, bevor sie den älteren Waldbestand erreicht hatten.

Ab dort war es das reinste Dschungelhacken gewesen. Ihre Arme taten weh, ihre Haut juckte, und ihre Kehle war trocken. Jetzt aber war sie regelrecht aufgekratzt, als sie endlich aus dem Dschungel auf eine Lichtung traten und in der Ferne eine Straße entdeckten.

Der Himmel war von Wolken bedeckt, da sich ein weiterer Sturm ankündigte, doch sie war von warmer, schwüler Luft umgeben. Sie verspürte einen neuen Energieschub.

Sie hatten den Dschungel zwar nicht gerade bezwungen, aber sie hatten ihn überlebt. Zudem waren sie Gbadolite entkommen, hatten sich Millionen von Dollar zurückgeholt, Yellowcake gefunden und versteckt und Lubanga einen hoffentlich vernichtenden finanziellen Tiefschlag verpasst.

Sie sah das als einen Gewinn.

Sie streckte ihre Hände nach Cal aus, der genauso verschwitzt, schmutzig und zerkratzt war wie sie selbst, und legte ihre Arme um seinen Nacken, wobei sie darauf achtete, keine ihrer beider Wunden zu reizen. Sie grinste zu ihm auf. „Ich habe das Gefühl, dass wir so etwas wie ein Dschungel-Macheten-Bushwhacker-Pfadfinder-Abzeichen oder sowas in der Art verdient haben.“

Er lachte und drückte einen seichten Kuss auf ihre Lippen. „Meine Mutter näht. Sie kann uns ein solches Abzeichen machen, wenn wir nach Amerika zurückkehren."

Sie lachte und ihr gefiel der Gedanke, seine Mutter kennenzulernen. „Deal. Jetzt lass uns zu dieser Straße fahren und dann – auf nach Lisala."

Sie hatten ihre Route durch den Dschungel mit Hilfe von Cals Navigationsgerät gewählt und waren mehr oder weniger dort ausgekommen, wo sie es erwartet hatten. Lisala besaß einen riesigen Hafen auf dem Fluss Kongo und lag nur fünfundsechzig Kilometer, also knapp vierzig Meilen entfernt im Süden. Wenn sie die Straße benutzten, konnten sie den Ort in etwas mehr als einer Stunde erreichen.

Ihr Hintern schmerzte von dem endlosen Fahren über holpriges Gelände, doch ihre Arme waren dankbar für die Pause vom Buschhacken, und die Straße fühlte sich nach dem Waldboden glatt wie Seide an. In kürzester Zeit hatten sie die Randgebiete der Stadt erreicht und fuhren in Richtung Fluss.

Lisala hatte durch den Verlust der Infrastruktur in den vergangenen zwanzig Jahren gelitten. Der Ort war eine Mischung von traditionellen Gebäuden mit Strohdächern und Zementkonstruktionen mit Dächern aus Blechen. Alles war abgenutzt und ramponiert, und die Natur holte sich viele der einst gepflasterten Straßen zurück.

Cal parkte das Motorrad in der Nähe des Flusses, wo einige Gebäude zusammenstanden, und ein Markt sich nach einem weiteren schwülen und heißen Tag dem Ende näherte. Der Regen hatte aufgehört, doch die Luftfeuchtigkeit war immer noch extrem hoch.

Sie stiegen beide vom Motorrad, um sich die Beine zu vertreten. Er rollte seine Schultern aus, die wahrscheinlich angespannt waren, weil er das Bike auf der rutschigen, matschigen Straße hatte steuern müssen und schneller gefahren war, als es die Bedingungen eigentlich zuließen.

Bei dem Duft von gegrilltem Fisch zog sich Freyas Magen vor lauter Hunger zusammen. Sie ging direkt auf die Verkäuferin zu – eine Frau, die aussah, als wäre sie Mitte zwanzig, mit zwei Kindern, eineiigen Zwillingen, die im Dreck neben ihrem Grill spielten.

Mit dem ersten Bissen einer frischen, heißen Mahlzeit stieß Freya ein genießerisches Stöhnen aus. Sie konnte sich nicht daran erinnern, wann sie das letzte Mal so hungrig gewesen war. „Das ist der beste Fisch, den ich je gegessen habe", sagte sie mit vollem Mund.

Cal lachte über ihre undeutliche Aussprache und brachte ihr dann mehr Fisch von der Frau, womit er ihren gesamten Grill leerräumte, sodass sie einpacken konnte. „Vom Fluss direkt auf den Grill. Es gibt keinen frischeren Fisch als das."

Freya aß ihr erstes Stück auf und stürzte sich sofort auf das zweite. Nachdem sie ihren ursprünglichen Hunger halbwegs gestillt hatte, sagte sie: „Wir sollten uns nach den Frachtschiffen erkundigen." Sie nickte in die Richtung eines Schiffes, das etwas weiter den Fluss hinunter sichtbar war. „Fährt das Schiff da hinten heute Nacht noch los oder morgen?", fragte sie die Frau auf Französisch.

„Das Schiff sollte morgen losfahren", sagte die Frau. „Es ist gestern angekommen und hat den ganzen Tag alles abgeladen und neue Fracht aufgeladen."

„Wohin wird es fahren?", fragte Cal.

„Kinshasa. Falls Sie nach Kisangani wollen, wird morgen oder am nächsten Tag ein Frachtschiff eintreffen."

Cal gab der Frau ein Trinkgeld für die Information, und sie aßen schnell ihren Fisch auf. Dann sprangen sie wieder aufs Motorrad und beeilten sich, zu dem Frachtschiff zu gelangen, das angedockt war.

Weniger als eine Stunde später hatte Cal den Skipper bezahlt, um ihren Platz auf dem Frachtschiff zu sichern, und bezahlte für das Motorrad, damit es mit dem Rest der Fracht aufgeladen wurde. Ihr Platz auf dem Deck war nur ein winziger Bereich, welcher kaum größer als ein Quadratmeter war, aber er würde für die nächsten fünf Tage ihnen gehören, bis sie in Mbandaka, dem nächsten großen Hafen, das Schiff verließen.

„Viele der Paare, die zusammen reisen, schlafen nachts am Ufer, wenn sie das können", sagte Cal. „Campen am Fluss. Wir haben das Zelt und die Schlafmatten, die wir in Dar gekauft haben. Das wird bequemer sein, als auf dem Deck des Frachters zu schlafen, und im Zelt sind wir vor Insekten und vor dem Regen geschützt."

„Klingt gut." Falls sie auf dem Schiff schlafen mussten, hätten sie nur eine Plane als Schutz vor dem Regen, denn sie hatten nicht einmal genug Platz, um ein kleines Zwei-Personen-Zelt aufzustellen.

In einem Laden in der Nähe des Docks kauften sie Lebensmittel und andere Vorräte ein – je eine Schüssel und Gabel. Einen Eimer, um Flusswasser zum Waschen und Trinken einzufangen. Seil, weil man das immer gebrauchen konnte. Einen besseren Rucksack, um die Gewehre darin zu verstauen und besser verstecken zu können. Während sie einkauften, kroch die Erschöpfung tief in Freyas Knochen. Es war mehr als sechsunddreißig Stunden her, dass sie das letzte Mal geschlafen hatte, und diese vergangenen Stunden waren ziemlich … aktiv gewesen, um es milde auszudrücken. Das Adrenalin ließ nach. Sie konnte sehen, dass auch Cal müde war. Wenn es nötig wäre, könnten sie weitermachen – sie waren dafür trainiert worden – aber es war nicht notwendig. Sie hatten geplant, den Laptop hochzufahren und heute Nacht zu arbeiten, aber sie hatte auf dem Frachtschiff genug Zeit, sich den Computer vorzunehmen. Jetzt – mehr als alles andere – brauchte sie Schlaf.

Bis sie das Zelt aufstellten, war es bereits vollkommen dunkel geworden. Die Taschenlampe, die sie benötigten, um die Anleitung zu lesen, zog beißende Insekten an, also warf Cal die laminierte Karte zur Seite. „Wir kriegen das schon hin."

„Du musst es zuerst feststecken", sagte sie, als sie damit anfing, die Stangen durch die Schlaufen zu ziehen.

Sie nörgelten weiterhin aneinander herum. Cal machte alles falsch und musste korrigiert werden. Er stieß ein frustriertes Knurren aus, als es anfing zu regnen. Blitze erhellten den Nachthimmel in der Ferne.

Einer ihrer Mitreisenden kicherte und fragte auf Französisch: „Wir lang seid ihr schon verheiratet?"

„Zu lange", sagte Cal.

Freya lachte und breitete den Regenschutz über das Zelt aus. „Eine Ewigkeit", fügte sie hinzu. Cal fixierte auf seiner Seite die Riemen an den jeweiligen Enden des Regenschutzes an die Eckpfosten, während sie dasselbe auf ihrer Seite tat. Damit war das Zelt aufgebaut.

Sie wünschten ihrem amüsierten Nachbarn eine gute Nacht und krochen hinein, wobei sie ihre Rucksäcke und die Tasche mit den Gewehren mit sich hineinzogen. Die Blitze häuften sich, als Cal sie an sich zog und ihren Mund mit seinem bedeckte. Sie kreischte auf, als sie gegen die Seite des Zeltes stieß, es umkippte und auf die Seite rollte.

„Ha. Ich schätze, wir hätten es feststecken sollen", murmelte er, als er sie auf ihrem Rücken festpinnte und damit das Zelt wieder aufrecht rollte. Er packte ihre Hände, zog sie über ihren Kopf und hielt sie dort mit einer Hand fest, während er mit seiner anderen ihr T-Shirt hochschob. Er zog ihren BH runter und sein Mund fand ihren Nippel.

Sie hatte gedacht, dass sie zu erschöpft war, doch sein Mund auf ihrem Körper erweckte alle wichtigen Körperteile. Wieder ein Blitz, gefolgt von einem grollenden Donner.

In der absoluten Dunkelheit des Zeltes war das Bild, wie er an ihrer Brust saugte, in ihr Gedächtnis eingebrannt. Sie versuchte, ihre Hände zu befreien – sie wollte ihn berühren – doch er hielt sie fest. Er bewegte sich aufwärts, bis seine Lippen an ihr Ohr gepresst waren. „Willst du es, Freya?", flüsterte er.

Regen prasselte auf das Zelt. Sie waren in einem dunklen Kokon eingeschlossen. Vor dem Regen geschützt. Ein Paar inmitten einer ganzen Reihe von Zelten. Sie hatte sich seit ihrer Zeit im Camp Citron nicht mehr so sicher gefühlt – bevor Harry dort aufgetaucht war.

Niemand in der Welt wusste, wo sie waren.

Es gab so vieles zwischen ihnen, das sie klären mussten, aber eine Wahrheit war, dass er sie wollte. Sie bedeutete ihm etwas. Das hier mochte eine Affäre sein, aber es fühlte sich nicht so an. Sie dachte, dass der Sex im Regenwald ein Impuls gewesen war, nicht unbedingt der Beginn von etwas.

„Ich will dich immer, Cal", flüsterte sie zurück. „Aber können wir zuerst die Schlafmatten ausbreiten?"

Er lachte. „Erteilst du immer noch Anweisungen für den Zeltaufbau?!"

„Hey, ich hatte recht mit den Pfosten, und Wasser dringt durch den Boden durch. Für einen Green Beret scheinst du dich überraschend wenig mit Campen auszukennen."

Sie spürte, wie sein Körper vom Lachen bebte. „Natürlich kenne ich mich aus. Aber es macht höllisch Spaß, mit dir zu spielen."

Und ihr gefiel die Art, wie er mit ihr spielte. Das hier war der Mann, den sie mit jedem anderen im Camp Citron beobachtet hatte. Verspielt. Freundlich. Warmherzig. Lustig. Und so unglaublich sexy.

Er ließ ihre Hände los und zog die dünnen Schlafmatten aus seinem Rucksack. Er blies eine auf, während sie die andere aufpustete. Sie boten nicht besonders viel Polsterung, aber sie würden sie vom feuchten Boden trennen und dienten gleichzeitig als Isolierung.

Sobald sie die Betten gemacht hatten, machte er Liebe mit ihr – stillschweigend, um die Nachbarn nicht zu stören. Sie konnte ihr lustvolles Keuchen nicht zurückhalten, als er sie mit seiner dicken glatten Perfektion penetrierte. Der Regen übertönte das Geräusch ihrer Körper, wie sie mit jedem seiner Stöße schnell und heftig aufeinander klatschten.

Sie schlang ihre Beine um ihn, liebte das Gefühl seiner Haut an ihrer. Sie verlor sich in dem Gefühl von ihm, seinem Stoßen und Gleiten.

So gut. So perfekt.

Er war alles, was sie sich je gewünscht hatte. Dieser Augenblick war jede Fantasie, die wahr wurde. Er war ihr Cassius. Ihr Soldat. Ihr Partner.

Sie schrie auf, als sie kam. Sein Mund bedeckte ihren und brachte sie zum Schweigen, als sie spürte, wie auch sein Körper mit seinem eigenen Orgasmus erbebte.

Danach zog sie sich wieder an – sie mussten angezogen schlafen, bereit zu fliehen – und er zog sie wieder an seine Brust, umschloss ihren Körper von hinten, und sie schliefen beide erschöpft ein.

◆

Eine Stunde nach Anbruch der Dämmerung legte das Frachtschiff ab und begann die Reise nach Kinshasa. Das Schiff war mit Leuten überladen – mindestens zweihundert Menschen – von denen die meisten schon in Kisangani an Bord gekommen waren. Am hinteren Ende befand sich Platz für einige Ziegen und ein paar Affen. Im Zentrum des Schiffes befanden sich die Kisten mit den Gütern, welche mit einer Plane abgedeckt waren. Zu den Waren, die flussabwärts verschifft wurden, gehörten Palmöl, Getreide, Second-hand Kleidung und allem Anschein nach … zwei Geländewagen. Ihr eigenes Motorrad war inmitten der Fracht unter den bunten Planen verstaut.

Die volle Fahrt von Kisangani nach Kinshasa dauerte oft drei Wochen oder länger. Von wo sie sich angeschlossen hatten, könnte es zehn oder vierzehn Tage dauern, bevor sie Kinshasa erreichten. Falls sie in den kommenden Tagen auf ihrer Route nichts Neues erfahren sollten, planten sie, in Mbandaka das Schiff zu verlassen. Von dort aus würden sie entweder nach Kinshasa oder Brazzaville fliegen. Der Kapitän schätzte, dass sie Mbandaka in fünf Tagen erreichen würden.

Obwohl es eine Erleichterung war, Linsala endlich hinter sich zu lassen, bedeutete das dennoch nicht, dass sie nun nicht mehr Gefahr liefen, gefunden zu werden. Sie würden im ständigen Kontakt mit den Menschen in den Dörfern entlang des Flusses stehen. Jede Piroge, die ans Schiff gerudert kam, könnte voll mit Lubangas Männern sein, die nach einer weißen Amerikanerin und ihrem schwarzen Gefährten suchten.

Aber dennoch, trotz dieser Sorge, schlug ihr Herz mit einem Gefühl von … *Abenteuer*. Einem Gefühl, das so ganz anders war als das Adrenalin oder die Angst, die sie bei geheimen Missionen verspürte.

Dies war der Kongo aus den alten Geschichten, das tatsächliche ‚Herz der Finsternis‘, das vor fast einhundertzwanzig Jahren von Joseph Conrad beschrieben worden war. Die Verfilmung seines Buches *Heart of Darkness* hatte den wilden Fluss, aber auch die Ausbeutung und Grausamkeit gezeigt, die den Kongolesen durch die Europäer angetan wurden, welche hinter dem Gummi und Kupfer – zu der Zeit Kongos wertvollste Ressourcen – her waren.

Der Fluss war trotz all der Technologie, die in den nachfolgenden Jahren an Fortschritt hinzugekommen war, größtenteils unverändert geblieben. Die Ausbeutung und Grausamkeiten gingen ebenso weiter. Einiges davon wurde von eigenen Staatsoberhäuptern der Demokratischen Republik Kongo begangen, doch dahinter verbargen sich ausländische Unternehmen, welche nun vom Gummi zu Diamanten, Cobalt, Coltan und so vielen andere Beständen gewechselt hatten.

Trotz allem blieb der Fluss unverändert. Ungezähmt. Die Inga-Dämme befanden sich zwischen Kinshasa und dem Atlantik. Dieser obere Teil des Flusses strömte genauso frei, wie er es zu Conrads Zeiten getan hatte. Und die hundert Jahre davor, bevor die Europäer eingefallen waren, Kolonien gegründet hatten, plünderten und mordeten.

Ein Schauer der Begeisterung schoss durch sie hindurch – ähnlich wie die Aufregung, die sie verspürte, wenn sie in Cals Nähe war. Aber das hier war eine andere Art von Anziehungskraft. Dieses Kribbeln hatte etwas damit zu tun, in diesem Moment lebendig zu sein – auf einem überfüllten, lauten, engen, stinkenden Frachtschiff, das von einem Schlepper flussabwärts über den breiten Fluss der Träume gezogen wurde.

Das hier war Romantik und Abenteuer, in all seiner befleckten und schmutzigen Pracht. Es gab eine Toilette auf dem Schiff – was schlichtweg eine Holzbox mit einem Loch war, das direkt in den Fluss abführte – und keine Betten oder Kojen oder irgendetwas, das etwas Komfort bot. Und trotzdem fühlte sich dieses Schiff wie das Großartigste an, was sie jemals erlebt hatte.

Trotz der Belastung durch die Fracht und all diese Menschen bewältigte dieser Kahn es, sich über Wasser zu

halten. Einige Passagiere richteten sich zwischen den aufgesta-
pelten Kisten häuslich ein, während der Rest so ziemlich jeden
Quadratzentimeter auf dem offenen Deck beanspruchte. Sie
und Cal hatten Glück gehabt, dass sie noch einen Platz
gefunden hatten. Cal hatte ein paar der Passagiere mit seinem
Lingala überreden können, ein wenig zur Seite zu rutschen und
Platz zu machen – obwohl sie das wohl eher dem Geld zu
verdanken hatten, das er ihnen zugesteckt hatte, anstatt seinen
Worten.

Sie mussten sich ums Essen keine Sorgen machen, da andere
Passagiere kleine Grille aufstellten, um Fisch zu braten und
während der Fahrt zu verkaufen. Hinzu kamen noch die Pirogen, in denen Leute heranruderten, um ihre Waren zu
verkaufen.

In verwitterten Buchstaben hatte man in Französisch auf die
Seite des Schiffes „Keine Passagiere" aufgemalt, doch es hatte
sich eine gesamte Ökonomie um diese Flussreise aufgebaut, und
die Schiffskapitäne verdienten nun einen Großteil ihres Einkom-
mens damit, zusätzlich zu den Frachten auch Menschen
mitzuführen.

Das hier war der Kongo. Der wahre Kongo. Nicht die
verblasste Pracht von Gbadolite. Das hier war die Realität, wie
ein Großteil der Kongolesen lebte, deren Leben mit dem Fluss
verbunden war, der ihnen Nahrung, Transport und Waren
brachte. Im Kongo gab es Berge, einen Vulkan, Regenwald,
Dschungel und einen kleinen Küstenabschnitt zum Atlantik,
doch das auffälligste Merkmal war wohl der breite Fluss, der
sich durch das gesamte Land zog. Beinahe dreitausend Meilen,
also über 4.800 Kilometer lang, schlängelte er sich fast durch die
gesamten tausend Meilen Durchmesser des Landes.

Der Fluss Kongo war eine Geschichte von Zweien und
zweiten Plätzen. Der Fluss kreuzte den Äquator zweimal. Er
war der zweitlängste Fluss in Afrika – der Nil war der längste –
und er hatte den zweithöchsten Wasserfluss aller Flüsse in der
Welt, da er nur knapp vom Amazonas in Südamerika überholt
wurde. Zwei nationale Hauptstädte lagen an seinen Ufern –
Kinshasa und Brazzaville. Der Fluss hatte zwei Namen: Kongo

und Zaire. Und er floss durch kongolesischen Regenwald, welcher hinter dem Regenwald des Amazonasbeckens der zweitgrößte Regenwald der Welt war.

Sie hatte bei der Vorbereitung auf ihre Reise all diese Fakten im Camp Citron gelesen. Aber sie hatte nie wirklich erwartet, dass sie eine Fahrt auf dem Fluss erleben würde. Sie hatte nicht einmal erwartet, dass sie in die Demokratische Republik Kongo einreisen würde.

„Dir gefällt es", sagte Cal mit einem Grinsen.

„Ich liebe es sogar", sagte sie und grinste zurück.

„Ich auch. Meine Mutter hat mir so viele Geschichten vom Fluss erzählt, als ich noch ein Kind war, und trotzdem war ich überrascht, als ich zum ersten Mal die Stromschnellen sah – die verrückten, nahe Kinshasa. Und hier draußen, wo der Fluss Millionen von Nebenflüssen und Inseln hat … Von oben sieht das aus wie verworrenes Garn – es ist wunderschön. Machtvoll. Wild." Sein Mund verzog sich zu einem Lächeln. „So wie du."

Seine Finger umschlangen ihre, die einzige Art von Zuneigung, die sie in der Öffentlichkeit auf diesem äußerst öffentlichen Frachter teilen durften. „Allerdings habe ich eine Vorahnung, dass sich diese Begeisterung schnell ändern wird, wenn wir heute Abend versuchen wollen, zu schlafen, falls wir nicht an Land campen können. Oder wenn wir uns in der Schlange zur Toilette anstellen müssen, wenn jemand Dysenterie hat."

„Stimmt." Sie lehnte ihren Kopf an seine Schulter und wünschte sich, dass sie ihn küssen könnte. „Aber jetzt ist dies der einzige Ort in dieser Welt, an dem ich sein möchte."

Er lehnte sich an den Stapel von Kornsäcken an, welche in den nächsten Tagen ihre Rückenlehne sein würden. „Ich auch", antwortete er.

Sie würde später ihren Computer anfeuern und damit fortfahren, die Dateien zu durchsuchen, die sie Lubanga gestohlen hatte, und dann die neuen, die sie während ihrer Aufklärungsmission in Gbadolite mitgenommen hatte – doch jetzt wollte sie zunächst diese Erfahrung in sich aufnehmen. Die Konversationen ihrer mitreisenden Passagiere, den Geruch von auf

Feuerschalen gegrilltem Fisch, das sanfte Fließen des Wassers und die verschiedenen Kanäle, die von dutzenden von Inseln aufgeteilt waren.

Lärmend, stinkig, überfüllt, heruntergekommen und schwelend in der Morgensonne, war das Frachtschiff einfach herrlich. Cal begann eine Konversation mit einem anderen Passagier auf Französisch, wobei er erfuhr, dass der Mann nach Kinshasa reiste, um dort Arbeit zu finden. Andere Reisende schifften Korn oder andere Waren nach Mbandaka, um sie dort zu verkaufen. Sie würden dann ein anderes Frachtschiff zurücknehmen, das flussaufwärts nach Kisangani fuhr.

Einige verkauften ihre Waren an die Leute in den Pirogen, die jeden Tag ans Schiff heranfuhren, und würden schon nach einer kurzen Fahrt wieder nach Hause zurückkehren. Es war ihr Job, Dinge von Frachtschiffen aus zu verkaufen. Sie waren nicht auf der Reise an ein bestimmtes Ziel, sie befanden sich auf einem schwimmenden Markt.

Cal kaufte Fisch zum Frühstück. Sie aßen, während sie auf dem Frachter entlangliefen, wo sie anderen Reisenden begegneten und sich die verschiedenen Güter anschauten, die zum Verkauf angeboten wurden. Freyas Auge fiel auf einen durchkreuzten Diamanten – wie das Drachensymbol, das sie in den Tunneln von Gbadolite gesehen hatten. Sie stieß Cal an und deutete auf die Kiste, die mit dem Symbol markiert war.

Er hob die Plane, um mehr von der Kiste zu entblößen, doch da waren keine anderen Markierungen. Er drehte sich zu einem Passagier um und fragte auf Französisch nach dem Symbol. „Ich habe das schon einmal gesehen. Weißt du, was es bedeutet?“

Ein junger Mann um die Zwanzig zuckte mit den Schultern, aber eine Frau, die mit einem kleinen Kind unterwegs war, antwortete. „Es ist das Symbol für die Missionsschule. Wahrscheinlich sind das Vorräte für die Schüler.“

Die Symbole, die sie in den Tunneln gesehen hatten, waren für Fitzsimmons Schule? Er hatte also mehr mit Lubanga zu tun, als ihnen bewusst gewesen war. „Die Missionsschule?“, fragte Freya.

„Es ist ein Internat in der Nähe von Mbandaka", sagte die Frau. „Wird von irgendeinem reichen amerikanischen Priester finanziert. Sie haben Elektrizität. Computer für jeden Schüler."

Cal betrachtete das Kleinkind der Frau. „Du willst deine Tochter dort hinschicken?"

Sie strahlte und berührte das hübsche wilde Haar des kleinen Mädchens. „Ja. Sie wird einmal Doktor sein. Oder sie kann Lehrerin sein und dann zu unserem Dorf zurückkommen und uns alle etwas lehren. Ich werde lesen. Das wird mir meine eigene Tochter beibringen."

Freyas Augen wurden feucht, als sie die Entschlossenheit in der Stimme der Frau hörte. So wenigen hier war eine Bildung vergönnt. Und Abel Fitzsimmons nutzte dieses Bedürfnis schamlos aus – wahrscheinlich, um verdammte Diamanten abzubauen.

„Ich habe noch nie etwas von dieser Schule gehört. Wie lang ist sie schon in Betrieb?"

„Ein Jahr. Vielleicht mehr? Wir haben in unserem Dorf erst vor sechs Monaten davon gehört, als die Missionare durchgereist sind, um Kinder zu rekrutieren. Zwei Kinder waren im richtigen Alter und haben den Test bestanden, also wurden sie ausgewählt."

„Wie alt waren sie?"

„Neun und zehn."

Freya spürte, wie ihr die Galle hochkam. Neun Jahre alt. War das das perfekte Alter für die Arbeit in den Minen? Alt genug, um zu arbeiten, zu jung, um zu kämpfen? Fitzsimmons missbrauchte die Träume dieser Menschen für ihre Kinder.

Sie kehrten zu ihrem Platz auf dem Frachter zurück, und sie zog ihren Computer hervor. Ihre Begeisterung über diese Reise war verschwunden, sobald die Realität dessen, warum sie hier war, wieder einsetzte. Ihre Pause war vorbei. Es wurde Zeit, dass diese Hurensöhne ausgeschaltet wurden.

Kapitel Fünfundzwanzig

Wenn die Schule sich in der Nähe von Mbandaka befand, schätzte Cal, dass sie im Südosten liegen müsste. In der Nähe des Ruki-Flusses, der bei Mbandaka in den Kongo floss. Es war immer noch ein großes Gebiet, das sie absuchen mussten, aber sie hatten zumindest einen Ausgangspunkt. Cal starrte auf die Karte, die Freya ihm auf dem Computer zeigte. Da das Gebiet sich auf dem Äquator befand, gab es dort kaum Straßen. Nur eine Menge Dschungel und Sumpfwälder.

Vielleicht würden sie sie nicht finden können, denn sie waren sich beide sicher, dass falls ihre Vermutungen sich als wahr erwiesen, niemand Touren anbieten würde, um die „Schule" zu besuchen.

„Gibt es irgendjemanden in der CIA, den du kontaktieren könntest?", fragte er. „Um deine Seite der Geschichte rauszubringen? Du musst jemanden wegen des Geldes informieren."

„Ich habe auch schon darüber nachgedacht. Es gibt ein paar Analytiker, die vielleicht zuhören würden. Und vielleicht der Führungsoffizier in Dschibuti, aber sie könnten zu weit von Langley entfernt sein, um wirklich helfen zu können."

„Du meinst Kaylea Halpert", sagte Cal. Er wusste, dass er in Bezug auf Kaylea recht gehabt hatte.

Freya lachte. „Das kann ich wirklich nicht sagen."

„Natürlich ist es Kaylea. Ich habe euch das eine Mal zusammen im Barely North gesehen. Bei ihr bist du so entspannt, wie du es bei den meisten anderen Leuten nicht bist. Ich nehme an, dass du an den Abenden, wenn du nicht auf der Basis bist, mit ihr in Dschibuti rumhängst."

Sie lächelte. „Ich mag Kaylea. Sie lässt sich nichts gefallen, von niemandem."

„Wahrscheinlich, weil sie in der CIA ist."

Freya rollte mit ihren Augen.

„Schicke deinen Kontakten und Kaylea eine E-Mail", sagte Cal. „Berichte ihnen von den Fässern. Gib ihnen die URL für den Tracker. Erzähle ihnen von dem Geld. Von Harry. Alles."

Sie nickte. „Ich muss zuerst einen Bericht erstellen. Meine Gedanken sortieren. Wir werden nur eine einzige Möglichkeit haben. Ich könnte damit unseren Standort verraten."

„Das ist ein Risiko, das wir eingehen müssen."

„Sie könnten genauso gut denken, dass ich mich aus dem Staub gemacht habe. Seth wird wahrscheinlich behaupten, dass ich das Geld benutzt habe, um meine Spuren zu verwischen. Einhundertfünfzig Millionen fehlen immer noch."

„Aber dieses …", er blickte auf, um sicherzustellen, dass ihnen keiner der anderen Passagiere zuhörte, „… Pulver muss doch für etwas gut sein."

„Nur, wenn Lubangas Männer es finden und es sich bewegt, um ihnen etwas zu geben, was sie mit dem Tracker verfolgen können."

„Ich muss SOCOM anrufen." Sie hatten das nicht besprochen, aber es war längst überfällig, dass er sich meldete. Er bereitete sich auf einen Streit vor.

Sie überraschte ihn, als sie nickte. „Aber Bastian oder Pax. Nicht Captain Haverfeld oder Oswald."

„Ich kann nicht von Pax oder Bastian verlangen, vor unserem Kommandanten Informationen zurückzuhalten. Das wäre echt beschissen, ihnen das anzutun."

„Ich weiß. Sie werden nichts zurückhalten, aber du wirst erst wieder direkten Kontakt zu SOCOM herstellen, wenn wir wissen, wie dein Status dort ist."

Das war fair. Cal musste wissen, ob nach ihm gefahndet wurde. Außerdem musste er sie darüber informieren, dass Freya den größten Teil des Geldes, dessen Diebstahls sie beschuldigt wurde, zurückgeholt hatte.

Er schnappte sich das Satellitentelefon aus seinem Rucksack. Sie betrachtete das Telefon und er reichte es ihr. Sie untersuchte es, bevor sie den hinteren Teil aufklappte und das leere Batteriefach sah. Sie grinste und sagte: „Gott, ich liebe es, wie gut wir aufeinander eingespielt sind."

Sein Herz schlug schneller, beruhigte sich dann aber wieder, als sie den Satz zu Ende sprach. Hatte er gehofft, dass sie etwas anderes sagen würde?

Er konnte nicht verleugnen, dass er Gefühle für sie hatte. Er wusste nur nicht, welcher Art sie waren und wollte sie wirklich nicht weiter analysieren. Das hier war ein wildes Abenteuer im Kongo. Eine separate Realität.

Freya Lange war ihm wichtig. Wahrscheinlich mehr, als er zugeben wollte. Aber er sah auch nicht wirklich eine Zukunft für sie beide. Er musste sich selbst fragen, ob er dasselbe in der wirklichen Welt für sie empfinden würde, wenn all das Adrenalin nachließ? Oder lag all das an dem Rausch und der Energie dieser Mission?

Waren sie beide überhaupt dazu in der Lage, ein stabiles Leben zu führen, wenn sie mit einem nüchternen heimeligen Dasein konfrontiert wurden? Er griff in seinen Rucksack, um die Batterie herauszuholen. Das wäre ein Problem für einen anderen Tag. „Ich dachte mir, dass sie uns mit diesem Telefon verfolgen wollten."

„Dessen bin ich mir sicher." Sie runzelte ihre Stirn. „Du solltest nachfragen, ob Seth das vorgeschlagen hat."

Er nickte und reichte ihr die Batterie. „Das ist möglich. Man hat mir dieses Telefon eine Stunde vor unserer Abreise ausgehändigt. Ich glaube, dass Olsen sich an dem Morgen mit meinem XO getroffen hat."

„Das hat er." Sie strich sich mit ihrer Hand über ihr Gesicht und zuckte zusammen. „Er hatte darauf bestanden, dass ich ihm deine Dienstakte zeige." Sie runzelte ihre Nase. Sie hatte wirklich eine perfekte Nase, selbst als sie von der Sonne gerötet war. Und die Kratzer auf ihrem Gesicht von ihrem gestrigen Hacken im Dschungel machten sie auch nicht weniger attraktiv. „Seth weiß alles über dich."

Das war nichts Neues – das hatte er sich ohnehin schon gedacht – aber die volle Bedeutung dessen sank ein und ließ all die blumigen Gedanken an Nasen und Lippen und andere Tangenten, die er am besten ignorieren sollte, abrupt verschwinden. Freya war hier nicht die einzige Zielperson. Er saß genauso tief in der Scheiße.

„Es tut mir leid", sagte sie leise.

Er zuckte mit den Achseln. Er war genau dort, wo er sein wollte – sein musste. Ihm mochte nicht jeder Schritt dieser Reise gefallen, aber er war trotzdem dankbar, dass er hier war. „Wir werden das wieder geradebiegen."

„So einfach ist das nicht."

„Sicher ist es das. Seth Olsen mag meinen Ruf ruiniert haben, aber ich werde ihn mit absoluter Sicherheit *zerstören*."

„Gott, du bist scharf, wenn du so redest."

Er lächelte und wünschte sich, dass sie nicht auf einem Frachtschiff von hunderten von Leuten umringt wären. „Und du bist scharf, wenn du atmest." Heute Morgen hatte sie sich mit Seifenpuder und einem Eimer Regenwasser gewaschen. Ihre Haut roch nach Seife und Regen und Fluss und schwüler Hitze.

Er hatte schon immer die Jahreszeiten im Norden von Virginia der dicken, saisonlosen Luft von Zentralafrika vorgezogen. Aber die Art, wie die Hitze alles einschloss, die Art, wie sie ihn mit einem leichten Film von Schweiß auf ihrer erröteten Haut ansah – könnte seine Meinung ändern.

Sein Blick fiel wieder auf das Telefon. „Camp Citron wird unseren Standort herausfinden, wenn ich anrufe. Bist du darauf vorbereitet? Sie könnten es der CIA mitteilen."

Cal genoss ein hohes Ansehen bei den hohen Köpfen, was ihnen beiden hier durchaus helfen könnte. Er war ein guter Soldat, der seine Aufgaben gut und ohne Beschwerden erledigte. Als Pax und Bastian sich gegenseitig an die Kehle gegangen waren, war er der Stoßdämpfer gewesen, der durch seine ausgleichende Art dafür gesorgt hatte, dass das Team weiterhin reibungslos funktionierte, und sein XO wusste das.

Aber es gab immer noch eine Kommandokette, und diejenigen weiter oben kannten ihn nicht so gut, und wahrscheinlich würden sie einen Dreck um ihn geben, wenn da auch nur ein Hauch eines Flüsterns kursieren sollte, dass man Cal bestochen hätte. Und das hier war weitaus lauter als nur ein Flüstern.

„Schreibe deinen Bericht an die CIA", sagte er. „Lass ihn mich lesen, dann kann ich mir genau überlegen, was ich Pax sagen werde. Wir wollen sichergehen, dass die Wahrheit ans Licht kommt, bevor wir unseren Standort bekanntgeben – falls SOCOM mir nicht glauben und Olsen kontaktieren sollte."

„Guter Plan."

Es fing an zu regnen, und sie zogen eine Plane über sich, um den Computer vor den Tropfen zu schützen, während sie arbeitete. Das Prasseln auf der Plane erinnerte ihn an die Woche, die er letzten Monat in Südsudan verbrachte hatte, als eine Sturmflut die Straßen in nur wenigen Stunden unpassierbar gemacht hatte. Er hatte während dieser Mission in Südsudan immer wieder an Savannah James denken müssen – teilweise, weil er sie um Hilfe gebeten hatte, um ein paar Kinder zu retten, aber selbst damals war da mehr gewesen.

Jetzt hatte er einen Vorgeschmack von ihr bekommen, und das Letzte, was er jetzt wollte, war, sie aus seinen Gedanken zu vertreiben. Trotzdem blieb die unterschwellige Angst vor dem, was und wer sie war. Freya Lange würde für eine Mission alles riskieren – und jeden. Er hatte geglaubt, dass dies bedeutete, sie würde ihn opfern, doch jetzt war das seine geringste Sorge. Die Person, die den meisten Schutz vor Freya benötigte, war Freya selbst.

✦

Sechs Stunden, nachdem sie Linsala verlassen hatten, fuhr der Frachter auf eine Sandbank auf. Einige Passagiere stöhnten und motzten, doch die meisten zuckten nur die

Achseln. Verzögerungen beim Reisen waren hier normal. Nachdem der Schlepper zwei Stunden lang versucht hatte, den Frachter freizuziehen, kündigte der Kapitän an, dass sie über Nacht hierbleiben würden. Ein weiterer Schlepper sei bereits auf dem Weg flussabwärts und würde ihnen morgen helfen, freizukommen.

Freyas Computerbatterie war schwach, und der Kapitän erlaubte ihr, sie aufzuladen. Glücklicherweise hatte sie ein separates Aufladegerät und eine extra Batterie dabei, sodass sie den Laptop nicht im Steuerhaus lassen musste.

Sie entschieden sich, am Ufer zu übernachten und bezahlten eine Einheimische, sie in ihrer Piroge an Land zu bringen. Das ausgehöhlte Kanu war schmal und lang und in der Hitze des Tages war das spritzende Wasser über dem Rand willkommen.

Ein Drittel der Passagiere entschied sich ebenfalls dazu, an Land zu übernachten, und so entsprang in dem hohen Gras, das den Fluss säumte, ein Mini-Dorf. Der Regen hörte auf, und Freya und Cal suchten sich eine Stelle, wo sie ihr Zelt aufschlagen wollten, wobei sie einen Ort wählten, der nahe genug bei den anderen war, um sich sicher zu fühlen, aber dennoch weit genug weg, dass ihre Privatsphäre nicht allzu sehr gestört wurde.

Es dauerte nicht lang, bis Grille entlang des Ufers aufgestellt waren, und der frisch gefangene Fisch über Kohlen röstete. Mahlzeiten waren hier kein Problem, und Freya hatte bereits einen Lieblings-Donut-Verkäufer gefunden, nachdem sie dort einen zum Mittag gegessen und genossen hatte.

Sie überließ es Cal, das Zelt allein aufzubauen, während sie durch das Zeltdorf wanderte. Ein paar Ziegen fraßen im Gras, doch die Affen blieben in ihren Käfigen auf dem Frachter.

Sie betrachtete die Taschen, Zelte und Planen und suchte nach dem Drachensymbol, wobei sie sich fragte, ob wohl einer der Mitreisenden auf dem Weg zu dieser sogenannten Schule war, oder ob jemand für den Priester arbeitete.

Sie konnte das Symbol nirgends auf den Habseligkeiten

ihrer Mitreisenden sehen. Sie kaufte gegrillten Fisch und mehr Donuts und kehrte zu Cal und ihrem Zelt zurück.

Er hatte sich in der Hitze sein T-Shirt ausgezogen, und sie hielt inne und bewunderte seinen muskulösen Rücken. Ihr Bauch begann wieder zu flattern, so wie sie es seit dem ersten Mal verspürt hatte, als sie ihn oben ohne im Fitnessstudio gesehen hatte. Sie kannte mehr als genug wirklich gut trainierte Männer im Militär und in der CIA. Cal war muskulöser als einige und wiederum weniger als andere. Sie hatte auch auf die anderen Männer reagiert, aber Cal war der Einzige, der auch weiterhin ihren Bauch zum Flattern brachte – selbst Monate nach ihrer ersten Begegnung.

Bei den meisten Männern verschwand die Anziehungskraft, sobald sie sie näher kennenlernte. Nicht, dass sie sie nicht mochte. Pax, Bastian und Leutnant Randall Fallon – ein besonders attraktiver Navy SEAL – waren allesamt gute Männer, innen wie äußerlich. Doch Fallon brachte ihren Bauch nicht zum Flattern. Und sie hatte ihr Interesse an Pax und Bastian lange vor dem Erscheinen von Morgan und Brie verloren. Da waren ein paar Delta-Agenten, mit denen sie gearbeitet und zu denen sie sich ursprünglich hingezogen gefühlt hatte, und mindestens einer war an ihr interessiert gewesen, aber sie hatte mit ihnen eine Arbeitsbeziehung aufgebaut, die auf Respekt basierte. Diese Anziehungskraft war also nichts, was man weiterverfolgen konnte, und somit war auch dies schnell verblasst.

Aber nicht bei Cal. Nie bei Cal. Es hatte immer im Vordergrund gestanden, egal wie unbequem es war. Egal, wie sehr er sie verabscheut hatte.

Aber vielleicht war das der Grund, warum es nicht verblasst war. Er war eine Herausforderung gewesen. Nur ergab auch das keinen Sinn, denn da waren einige im Camp Citron, die sie nicht leiden konnten – inklusive attraktiver SEALs und Agenten der Delta Force.

„Ihr Gatte ist ein gutaussehender Mann", sagte eine Frau auf Englisch mit einem französischen Akzent.

Freya drehte sich lächelnd zu ihr um. „Ich habe sehr großes Glück."

Die Frau runzelte ihre Stirn. „Er ist nicht …" Sie ließ ihre Stimme zu einem Flüstern sinken. „FDLR?"

Damit sprach die Frau eine der letzten Fraktionen der ruandischen *Génocidaires* – Völkermörder – an, welche noch immer im Kongo aktiv waren. FDLR stand für *Forces démocratiques de libération du Rwanda* oder auf Deutsch: Demokratische Streitkräfte für die Befreiung von Ruanda. Obwohl sie wusste, dass Cals militärische Stellung Fragen aufwerfen könnte, war das hier alarmierend. „Oh nein. Er ist kein Rebell. Er ist Amerikaner. Wir sind im Urlaub hier."

„Aber er ist ein Soldat. Ja?"

Sie nickte. „Ehemaliges Militär. Aber noch einmal: Amerikanisches – nicht ruandisch. Wir sind noch nie in Ruanda gewesen."

„Einige Amerikaner haben sich den Kämpfen angeschlossen. Besonders Männer wie er, die hier Familie haben."

„Seine Familie kommt aus dem Kongo. Nicht Ruanda. Er ist kein Militant. Er zeigt mir das Heimatland seiner Mutter. Das ist alles." Da sie wusste, dass die Leute sehen würden, wie sie am Computer arbeitete und sie Satellitentelefone und andere teure technische Geräte dabei hatten – jedoch auf einem Frachter unterwegs waren – fügte sie hinzu: „Ich bin Reiseschriftstellerin und schreibe für eine amerikanische Zeitschrift über den Kongo. Wir wollten diese Reise schon lange machen, also habe ich es meinem Boss vorgeschlagen. Jetzt sind wir hier." Sie neigte ihren Kopf zur Seite und sah die Frau an, die etwa Mitte dreißig war. „Würden Sie sich für den Artikel interviewen lassen?"

Die Frau trat einen Schritt zurück und warf Freya einen misstrauischen, wenn auch nicht feindseligen Blick zu. „Was wollen Sie wissen?"

Freya erkannte ihren Akzent nicht gleich, aber aufgrund der Befürchtungen dieser Frau versuchte sie es mit raten. „Kommen Sie aus Ruanda? Waren Sie eine der Flüchtlinge?"

Die Augen der Frau verdunkelten sich und sie nickte. „Ja. Als Kind."

Somit hatte diese Frau den ruandischen Völkermord überlebt nur um sich dann im Kongo im ersten und zweiten kongolesischen Krieg wiederzufinden. Kein Wunder, dass sie Angst hatte, Cal könnte einer Gruppe angehören, die darauf versessen war, einen Krieg weiterzuführen, der offiziell bereits in 2003 geendet hatte.

Freya kannte die Statistiken. Neun afrikanische Länder hatten im zweiten kongolesischen Krieg mitgekämpft. Der Krieg und dessen Nachwirkungen hatten über fünf Millionen Menschen das Leben gekostet – die meisten durchs Verhungern und Krankheiten – was ihn weltweit zum tödlichsten Konflikt seit dem Zweiten Weltkrieg machte. Einige sahen den zweiten kongolesischen Krieg in Anbetracht dessen Größe und Verlust an Leben als den dritten Weltkrieg an.

„Ich verspreche Ihnen, mein Ehemann ist nicht in der FDLR. Er liebt dieses Land." Sie blickte zur Familie der Frau hinüber, die in der Nähe ihr Lager aufgeschlagen hatten. „Vermissen Ihre Kinder während Ihrer Reise die Schule?"

„Darum sind wir auf dem Fluss. Wir gehen nach Kinshasa, damit die Kinder zur Schule gehen können. In unserem Dorf gibt es keine Schule."

„Ich habe gehört, dass es in der Nähe von Mbandaka eine Missionsschule gibt. Dort gibt es Computer für alle Schüler." Sie hasste es, das zu sagen. Das Letzte, was sie in dieser Welt wollte, war, dass irgendjemand seine Kinder zu dieser „Schule" schickte, aber sie brauchte die Informationen.

Die Frau verzog ihr Gesicht. „Unsinn. Kinder gehen zu dieser Schule, aber sie kommen nicht zurück."

Es war eine Erleichterung, zu wissen, dass wenigstens einige Kinder durch solche mündlichen Warnungen gerettet wurden. Und bis sie Kongo verlassen würde, wäre diese Schule für immer geschlossen, um zu vermeiden, dass noch mehr Kinder von hoffnungsvollen Familien, die sich nichts weiter als eine Bildung für ihre Kinder wünschten, in die Sklaverei geschickt wurden.

Freya bedankte sich bei der Frau und fragte, ob sie sie am nächsten Tag interviewen durfte. Die Frau nickte mit einem weiteren misstrauischen Blick in Cals Richtung, aber sie schien akzeptiert zu haben, dass er keiner dieser *Génocidaires* war.

Freya näherte sich Cal und hielt ihm den frisch gegrillten Fisch und die Donuts entgegen, die sie gekauft hatte. „Ich habe uns Dinner besorgt", sagte sie.

Er nahm den Fisch, und sie ließ sich auf eine viereckige Plane nieder, die er ausgebreitet hatte, damit sie sich nicht auf den nassen Boden setzen mussten. Er setzte sich zu ihr auf die Matte. „Worüber habt ihr gesprochen?", fragte er leise.

„Sie macht sich Sorgen, dass du in der FDLR sein könntest." Sie erzählte ihm zwischen ihren Bissen vom Fisch alles, worüber sie sich unterhalten hatten. Sie hatte eine Vorahnung, dass sie bis zum Ende dieser Reise weniger enthusiastisch aufs Fischessen reagieren würde. Aber von Donuts würde sie nie genug bekommen.

„Ich frage mich, wie viele Kinder zu dieser Schule geschickt worden sind", sagte Cal.

„Ich bezweifle, dass wir das je wissen werden. Es ist nicht so, dass Familien sich melden und gezählt werden können, wenn es keine Nachrichten, kein Radio und keinen vernünftigen Informationsfluss zu einigen der Dörfer gibt."

„Eine der Schwestern meiner Mutter ist in den 90ern nach Kisangani gezogen. Zwei meiner Cousins wurden während des zweiten kongolesischen Krieges zwangsverpflichtet", sagte Cal. „Meine Tante weiß nicht, was mit ihnen geschehen ist. Sie waren jung. So alt wie ich." Er sah auf den Boden. „Meine Tante und ihre Töchter wurden vergewaltigt, als die Männer kamen, um sich die Jungen zu holen. Gruppenvergewaltigung. Ein Soldat nach dem anderen."

Der östliche Teil des Kongo war zum Vergewaltigungszentrum der Welt benannt worden. Der Grund dafür waren Geschichten wie diese.

Er fuhr fort: „Meine Cousins könnten überlebt haben. Sie könnten derselben Rebellen-Gruppe angehören, die sie mitgenommen haben. Sie könnten anderen Familien dieselben Grausamkeiten angetan haben. Meine Tante weiß nicht, was ihr lieber wäre – dass ihre wunderbaren Jungen noch am Leben sind, aber zu Monstern wurden, oder dass sie im Krieg gestorben sind, bevor man ihren Verstand ruinieren konnte." Er hob seinen Kopf und traf Freyas Blick. „Was für eine furchtbare Wahl – sich den Tod der eigenen Kinder zu wünschen, damit sie keine lebenden Monster sind."

„Ich kann mir so etwas nicht einmal vorstellen", sagte sie. Und das konnte sie nicht. Es war zu viel. Ein Chaos, das so viel weiter über die Verluste hinaus reichte, die sie durchgemacht hatte. Aber das, was sie hier taten, hatte nichts mit Cals Tante oder dem zweiten kongolesischen Krieg zu tun. Sie waren dabei, den Diktator aufzuhalten, der das Yellowcake schmuggelte, was durchaus einen dritten kongolesischen oder einen dritten Weltkrieg verursachen könnte.

So war es.

Sie beendeten ihre Mahlzeit und zogen sich dann ins Zelt zurück. Sie mussten ihren Bericht für die CIA-Analytiker besprechen, und er musste seinen Anruf an Pax planen. Das Zelt gab ihnen eine dünne Schicht an Privatsphäre, aber es war sehr heiß darin. Heißer, als auf dem Frachter in der Mittagssonne.

Cal war oben ohne, und Freya dachte darüber nach, ebenfalls ihr Oberteil auszuziehen, aber das wäre zu komisch. Sie saß nicht herum und arbeitete halbnackt, es sei denn, sie befand sich auf einer Mission wie der auf Gorevs Yacht. Und dann war sie so sehr auf ihre Rolle fokussiert, dass ihr scheißegal war, wie be- oder entkleidet sie war.

Aber trotzdem wusste sie Cals nackte Brust zu schätzen. „Ich denke immer wieder, dass ich mir eingebildet haben muss, wie gut gebaut du bist, aber dann sehe ich dich wieder und ich verschlucke fast meine Zunge. Du hast einen Wahnsinnskörper, Cassius."

Hitze flammte in seinen Augen auf. Sie hatten sich den ganzen Tag professionell verhalten. Sie hatten den notwendigen Abstand gehalten, wie das im Kongo üblich war, aber jetzt hatten sie Wände um sich herum, auch wenn diese dünn wie Papier waren.

Er lehnte sich zu ihr rüber und küsste sie am Hals. „Ich liebe es, wenn du meinen richtigen Namen benutzt. Niemand außerhalb meiner Familie nennt mich noch Cassius." Er sprach leise.

Seine tiefe Stimme klang so, wie ihre dunkle Lieblingsschokolade schmeckte – süß, geschmeidig und mit einem Hauch von Schärfe. „Es fühlt sich intim an. Anders."

Es überraschte sie, dass er die Konversation nicht von der Intimität weg, sondern eher dorthin lenken wollte. „Warum haben dich deine Eltern Cassius genannt?"

„Nicht lange, nachdem meine Mutter nach Kinshasa umgezogen war, fand dort die Box-Weltmeisterschaft im Schwergewicht mit Muhammad Ali und George Foreman im ‚*Rumble in the Jungle*' statt. Das war ein entscheidender Moment in ihrem Leben, nachdem sie erst kurz zuvor ihren Vater bei einem Bergbauunglück verloren hatte. Und es war ausschlaggebend für Kinshasa und Zaire." Cal senkte seinen Blick. „Sie war dreizehn Jahre alt und trauerte, und sie war größtenteils verantwortlich für ihre acht jüngeren Geschwister, während ihre Mutter arbeitete. Sie sagt, dass Ali ihr Idol war, schon bevor er den Kampf gewann. Beide Männer trainierten einige Monate zur Vorbereitung in Kinshasa, und Alis Prahlen kam bei den Einheimischen gut an." Er lächelte. „Dabei steht sie nicht einmal aufs Boxen. Aber sie liebte Muhammad Ali. Wie dem auch sei – als ich geboren wurde, wollte sie mich für seinen Triumph über das Notleiden nach ihm benennen. Nach dem Aktivisten und Pazifisten, der sich geweigert hatte, der Armee beizutreten und sich sprichwörtlich seinen Weg zurück an die Spitze erkämpfen musste.

Aber sie war als Christin erzogen worden, somit hätte der Name Muhammad nicht funktioniert. Mein Vater schlug Cassius vor, seinen ursprünglichen Namen. Ali sagte, dass Cassius Clay sein Sklavenname sei, aber sie dachten beide, dass sich das eher auf seinen Nachnamen Clay bezog, als auf seinen Geburtsnamen Cassius, somit empfanden sie es nicht als respektlos, ihn auf diese Weise zu ehren." Er zuckte mit den Schultern. „Außerdem gefiel der Name ihnen beiden."

„Gefällt dir der Name Cassius?"

„Das tut er. Als Kind nannten mich die Lehrer Cassius und meine Freunde nannten mich Cash. Aber das Militär benutzt nur die Nachnamen, und Cal folgte als natürliche, einfache

Abkürzung, somit fielen Cassius und Cash immer mehr zur Seite. Es macht mir nichts aus, Cal genannt zu werden, aber ich mag es, meinen richtigen Namen von dir zu hören, weil es dann absolut klar ist, dass wir keine Rollen spielen. Es gehört nicht zur Mission. Dann sind wir Freya und Cassius."

Er streifte mit einem Finger über ihre Lippen. „Wenn ich in dir bin, bin ich Cassius – nicht Mani oder Charlie, oder welche Rolle auch immer ich spielen soll. Und du bist Freya. Nur Freya."

Ihr Herz pochte bei seiner Berührung. Wollte er damit sagen, dass das hier mehr als nur eine Affäre war? Galt dies nun als eine Beziehung?

Sie hatte keine Beziehung mehr begonnen, seit sie nach ihrem College-Abschluss von der CIA angeheuert worden war. Beziehungen waren in ihrer Art von Beruf nahezu unmöglich. Ganz zu schweigen von den Sicherheitsprüfungen, die die Männer, mit denen sie ausging, bestehen mussten, um als Partner durchzugehen. Selbstverständlich besaß Cal diese Sicherheitsfreigabe bereits, und er wusste genau, was sie war. Es gäbe bis auf ihren Job keine weiteren Hürden – wobei sie diesen Job nach dieser Mission wahrscheinlich nicht länger haben würde.

Das warf eine weitere Frage auf: Wer würde sie ohne die CIA sein?

Sie hatte nur sehr wenige Freunde und nur entfernte Verwandte als Familie.

Sie neigte dazu, sich von Menschen fernzuhalten, um einen schützenden Abstand zu wahren. Es ersparte ihr den Herzschmerz, wenn sie sie manipulieren musste, wie sie es bei Brie Stewart getan hatte.

Brie war ein guter Mensch. Eine Entwicklungshelferin, die ihr Leben dafür opferte, anderen in Not zu helfen. Aber Brie hätte Savannah James niemals all die Dinge über ihre Familie verraten, wie sie es gegenüber Bastian getan hatte. Und die CIA hatte keine Möglichkeit, Informationen über JJ Prime zu sammeln, da er ein amerikanischer Bürger war. Somit hatte Savvy Bastian dazu benutzt, Brie zum Reden zu bringen, und dann hatte sie die Frau auf eine Mission geschickt, bei der die Entwicklungshelferin hätte umkommen können. Brie war nicht ausgebildet – nicht einmal in der Art, wie Morgan Adler es gewesen war. Brie nach Marokko zu schicken, war ein gewaltiges Risiko gewesen – und Savvy hatte das gewusst.

Tief in ihrem Inneren, war ihr deswegen speiübel gewesen. Aber sie würde es niemals wagen, irgendjemandem in SOCOM ihre wahren Gefühle zu offenbaren.

Und dann war da noch Morgan. Savvy mochte Morgan wirklich. Sie hatte Verstand, Schönheit, Energie und Feuer. Sie war lustig und mutig und ehrlich – auf eine Weise, wie Savannah James es nicht sein konnte. Es war verdammt faszinierend zuzusehen, wie diese Frau Master Sergeant Pax Blanchard in die Knie gezwungen hatte. Freya hatte Tränen gelacht, als ihr klargeworden war, dass der Tracker, der mitten in der Nacht losgegangen war, bedeutete, dass Morgan es endlich geschafft hatte, Pax ins Bett zu kriegen. Himmel, sie hatte die Frau fragen wollen, wie sie das angestellt hatte, denn die einzige Aufmerksamkeit, die Cal ihr entgegenbrachte, war negativ gewesen.

Natürlich wusste sie auch, dass es von Morgans Seite keine weiblichen Hexenkünste gegeben hatte, um Pax einzufangen – es war ein einfacher Fall von Schicksal gewesen, denn diese beiden Menschen waren schlichtweg füreinander bestimmt. Pure Anziehungskraft.

Sie hatte sich vor Morgan zurückgehalten, hatte sich nicht auf die Gespräche unter Frauen eingelassen, nach denen sie sich immerzu sehnte, aber nicht, weil Morgan ihr nicht bei Cal helfen konnte. Nein, ihr Grund war viel einfacher gewesen. Morgan war in Gefahr gewesen, und Savvy konnte den Gedanken nicht ertragen, dass sie eine Freundin verlieren könnte.

Sie hatte an ihrem achtzehnten Geburtstag Schutzwälle um ihr Herz hochgezogen, denn sie kannte keinen anderen Weg, um mit allem klarzukommen. Ihre Verwandten waren erleichtert gewesen, dass sie legal erwachsen war und genug geerbt hatte, um es durchs College zu schaffen und sich eine Wohnung leisten zu können. Niemand hatte sich um sie kümmern *müssen*. Also hatte es niemand getan.

Sie hatte sich selbst eingeredet, dass sie es so haben wollte, und schlussendlich hatte sie angefangen, es selbst zu glauben.

Jetzt war sie hier, teilte auf einer Mission ein Zelt mit einem Mann, von dem sie befürchtete, dass sie sich in ihn verliebte, und nun sagte er, dass diese verrückte Sache zwischen ihnen auch ihm etwas bedeutete. Aber sie hatte Angst, zu hoffen. Angst davor, die letzte verschlossene Ecke ihres Herzens ganz zu öffnen.

Denn falls Cassius sie verließ – aus eigener Entscheidung oder durch einen Vorfall – bezweifelte sie, dass sie sich jemals wieder davon erholen würde.

Sie zog ihren Computer aus ihrem Rucksack. „Zuerst müssen wir meinen Bericht an die CIA überprüfen."

Er warf ihr einen vielsagenden Blick zu. „Was ist hier gerade passiert? Dein Gesicht hat eine ganze Reihe von Ausdrücken angenommen. Habe ich etwas Falsches gesagt?"

Sie schüttelte den Kopf. „Nein." Sie wollte mehr sagen, konnte aber nicht die richtigen Worte finden. Er hatte nicht gesagt, dass er eine Beziehung wollte. Er hatte nur gesagt, dass er gern in ihr war. Allerdings wusste sie das bereits. Sie hatte sich von ihren Gedanken mitreißen lassen – etwas, wofür sie jetzt keine Zeit hatten.

Cal starrte sie für einen langen Moment an. Dann ergriff er den Computer. „Lass mich deinen Bericht lesen."

„Der Abschnitt mit dem Geld ist kompliziert. Ich war ehrlich mit allem, aber verdammt – sogar *ich* glaube, dass ich schuldig aussehe, wenn ich es lese." Sie rieb ihre Arme, als sie in dem schwülen Zelt einen kalten Schauer verspürte. Die Erinnerung an den Schock allein, den sie in dem Tunnel empfunden hatte, ließ ihr Herz rasen.

Ihr Mentor hatte ihr einen unfassbaren massiven Diebstahl angehängt, wobei er sichergestellt hatte, dass nicht nur die russische Mafia hinter ihr her sein würde, sondern dass niemand in der CIA ihr jemals glauben würde. Das kam einem Schießbefehl gleich. Und sie schickte diese Information geradewegs zur

CIA zurück. Kontakt aufzunehmen könnte ihr Todesurteil bedeuten.

„Wenn ich nur von dem Diebstahl gewusst hätte, bevor wir in den Kongo eingereist sind. Die Tatsache, dass wir geflohen sind, nachdem wir Harrys Leiche versteckt haben … Das macht alles nur noch schlimmer. Vielleicht, wenn ich Langley damals schon kontaktiert hätte …“

„Was hätte das schon groß geändert?“ Da war eine Schärfe in seiner Stimme.

Sie zuckte mit den Schultern. „Keine Ahnung. Aber vielleicht hätten sie mir die Sache mit dem Geld geglaubt, wenn ich nicht sofort abgehauen wäre.“ Sie traf seinen Blick. Ihr Magen zog sich zusammen, aber dieses Mal war es nicht auf die gute Art. Da war kein Flattern, wie vor wenigen Augenblicken.

Ihre Superkraft war es, Menschen lesen zu können. Sie wusste, wenn sie solides Intel bekam und wann es Bullshit war. Sie wusste, wie sie die Punkte miteinander verbinden musste.

Sie hatte aus allen falschen Gründen versucht, Cassius Callahan seit ihrer allerersten Begegnung zu lesen. Wegen dieser falschen Gründe war sie nicht in der Lage gewesen, seine Körpersprache zu entziffern. Aber im Verlauf dieser Mission hatte sie es endlich geschafft, seinen Code zu knacken. Oder zumindest hatte sie das geglaubt. Doch jetzt wurde ihr klar, dass sie in ihrem benebelten Zustand nach ihrer Auseinandersetzung in Dar etwas übersehen hatte.

In dem Airbnb hatte sie etwas bemerkt, nachdem er mit den Einkäufen zurückgekommen war und sie fragte, was sie getan hatte. Doch dieses Etwas hatte sie, nachdem sie Harry getötet hatte, in ihren Gedanken vergraben.

Jetzt aber konnte sie Cal lesen, als wäre er eine nummerierte Liste, und sie erstarrte, als die Wahrheit durch sie hindurch schoss. „Du verdammter Hurensohn.“ Die Worte waren ein leises Flüstern. Sie hielt sich die Hand vor den Mund, um ein gequältes Aufstöhnen wegen dieses Verrats zu unterdrücken.

Seine Augen weiteten sich. Schuld zeichnete sein Gesicht. Er hätte seinen Verrat genauso gut zugeben können.

„Du hast es gewusst. Diese ganze Zeit hast du von dem

Diebstahl von Drugovs Geld gewusst." Der Schmerz traf sie in ihrem Bauch, als hätte er sie getreten. Dann folgte die Wut. *Er hatte es gewusst.*

„Nicht die ganze Zeit …"

„Seit Dar. Seit dem Airbnb. Du hast es verdammt nochmal gewusst. Und du hast nicht ein einziges gottverdammtes Wort gesagt."

„Zuerst wusste ich nicht, ob es stimmte …"

„Wie praktisch. Und was ist deine Entschuldigung *jetzt?*"

„Du warst zerbrechlich und wir hatten eine Mission zu …"

„Zerbrechlich? Jetzt bin ich auf einmal *zerbrechlich?*" Sie hielt ihre Stimme gesenkt, obwohl sie schreien wollte. Sie war die verdammte Königin der Selbstkontrolle. „Seit wann? Seit ich die Kabale eines Oligarchen infiltriert habe? Erfolgreich einen Vergewaltiger und Beinahe-Mörder abgewehrt habe? Seit ich ein System gehackt und über 350 Millionen Dollar zurückgeholte habe?"

Sie fixierte ihren Blick auf ihn und ließ ihn das Feuer in ihren Augen sehen. „Ich habe eine Kraft, die du nicht einmal ansatzweise verstehen kannst. Gegen Harry anzukämpfen war furchtbar, aber ich bin nicht daran zerbrochen. Wenn überhaupt, bin ich dadurch stärker."

Sie lachte bitter. „Auf eine Art hatte Seth wenigstens recht, Savannah als meinen Namen auszusuchen. Jedes Mal den Alptraum neu zu durchleben, wann immer man diesen Namen erwähnte, *hat* mich stärker gemacht. Ich wurde aus Stahl geschmiedet und im Feuer geschärft. Wie ich es bereits zuvor gesagt habe – ich kann alles tun, was du tun kannst, rückwärts und in High-Heels. Du kannst dir deinen erhabenen Bullshit für deine beschissenen Ausreden, warum du mir nichts gesagt hast, also sonst wohin stecken."

Das grasgrüne Zelt verlieh Cals dunkler Haut einen grünlichen Schimmer. Zu schade, dass dies nur ein Trick des Lichtes war. Sie wollte, dass ihm genauso übel war, wie ihr.

Er hatte es gewusst.

„War es aus Rache? Weil ich dir Informationen vorenthalten

hatte, musstest du mir dasselbe antun? Was hast du mir sonst noch alles verschwiegen?"

So etwas wie Schuldgefühle zog über sein Gesicht. „Bitte, Freya. Ich bin nicht so kleingeistig oder solch ein Arschloch. Ich habe mir ehrlich Sorgen gemacht. Um dich. Was es dir antun würde, zu wissen, dass Seths Verrat noch weiterreichte. Ich hatte vor, es dir nach unserer Aufklärungsmission in den Tunneln zu sagen. Aber dann hast du es selbst herausgefunden."

„Du hattest mehr als genug Gelegenheiten, es mir mitzuteilen, seit wir die Tunnel verlassen haben, aber du hast nicht genug Respekt vor mir, um mir die Wahrheit zu sagen."

Sie hatte geglaubt, dass es wehtun würde, wenn er sie verließ. Sie hätte niemals geglaubt, dass es sogar noch mehr wehtun würde, ihn neben sich zu haben und zu wissen, dass er ihr nicht vertraute.

Waren all seine hübschen Worte eine Lüge gewesen, um sie in seiner Nähe zu behalten? Vielleicht kannte sie ihn überhaupt nicht. Sie wollte aus ihrem Zelt fliehen und sich allein durchschlagen, doch unabhängig davon, was er von ihr hielt – in diesem Moment gab es keinen Ausweg mehr. Sie hingen zusammen fest.

Kapitel Sechsundzwanzig

Freya saß in dem winzigen Zelt – mit erhobenem Kopf und kerzengeradem, stocksteifem Rücken. Sie war reine Stärke und Schönheit, und jedes Wort, das sie gesagt hatte, war die Wahrheit. Als Cal sie nun ansah, fragte er sich, wie er sich selbst davon überzeugt hatte, dass sie bei den Neuigkeiten über Seths nicht enden wollenden Verrat zusammenbrechen würde.

Sie starrte wütend auf den Eingang des billigen Zeltes, und Cal konnte ihre Gedanken nachvollziehen. Aber er wusste auch, dass sie zu professionell war, um zu fliehen. Sie würde niemals ihre Mission abbrechen, und Cal war ein wichtiger Teil davon. Egal, wie sehr sie ihn nun in seiner eigenen Scheiße sitzen lassen wollte, sie würde es nicht tun. Also richtete sie ihren Ärger gegen die Zeltklappe, die sie nicht benutzen würde. Sie war zwischen ihrer Pflicht und den Umständen gefangen.

Donnergrollen ertönte in der Ferne. Ein weiterer Sturm rollte heran. Hielt sie hier ebenso gefangen.

Vor ein paar Tagen hatte sie ihm gebeichtet, dass sie sich in ihn verliebte. Letzte Nacht hatten sie in diesem Zelt Liebe gemacht, und gestern hatte er sie gegen einen Baum gevögelt. In dem Regenwald hatte er angefangen, sich eine Zukunft vorzustellen, die sie miteinschloss.

Jetzt wollte sie nichts mit ihm zu tun haben. Waren ihre

Gefühle für ihn gestorben? Hatte er sie in einem Augenblick abgetötet? Oder befanden sie sich in einem Koma, aus dem sie neu erwachen und wiederbelebt werden konnten?

So oder so, er hatte es verdient. Und es fühlte sich an, als ob man ihm die Eingeweide herausgerissen hatte – zu wissen, dass er sie verletzt hatte.

Es war keine Rache gewesen, ihr nichts von dem Geld zu erzählen. Es war sein … dummes Ego gewesen. Sich selbst als ihren Beschützer anzusehen und sie vor dem Wissen zu bewahren, von dem er glaubte, dass es sie schwächen würde.

Freya Lange brauchte keinen Beschützer. Sie brauchte einen Partner. Er streckte seine Hand nach ihr aus, doch sie zuckte zurück. „Fass mich nicht an!"

Die erwartete Abweisung war trotzdem schmerzhaft. „Es tut mir leid." Dies waren die einzigen Worte, die er hatte. Und sie waren ehrlich und wurden tief empfunden.

„Ich habe dir in Dar die Wahrheit über unsere Mission gesagt." Sie sprach leise. „Von dem Moment an habe ich dir über alles die Wahrheit gesagt, habe dir sogar geheime Details verraten, die ich dir hätte vorenthalten können. Es wäre nett gewesen, wenn du mir denselben Respekt entgegengebracht hättest."

„Ich hätte es dir sagen sollen. Ich habe es zunächst nicht getan, weil ich nicht wusste, was ich glauben sollte." Er sprach ebenfalls leise. „Wie ich dir bereits gesagt habe – ich habe diese Mission angenommen, weil SOCOM wollte, dass ich dich ausspioniere. Sie wollten wissen, warum du innerhalb deiner Organisation so viel Autonomie besitzt. Als Pax mir dann mitteilte, dass man dich verdächtigte, eine halbe Milliarde Dollar gestohlen zu haben, konnte ich das nicht einfach so verwerfen. Ich wollte absolut sicher sein, dass du unschuldig bist, und – ehrlich gesagt – ich war es nicht. Zu dem Zeitpunkt noch nicht. Aber ich habe dich so weit beschützt, dass ich unseren Standort geheim hielt."

Er riskierte es noch einmal, sie zu berühren, und legte seine Hände auf ihre Schultern, als sie sich nicht vor ihm zurückzog. „Pax warnte mich, dass man mich als AWOL einstufen würde, wenn ich mich nicht melde. Ich habe meine Position in meinem Team aufgegeben. Mir steht genauso das Gefängnis wie dir bevor. Ich riskiere für diese Mission alles. Für dich."

Sie zuckte mit den Schultern. „Deine Vorgesetzten werden dich beschützen. Sie haben dir befohlen, mit mir zusammen zu arbeiten. Dein Arsch ist sicher."

Das könnte stimmen, aber SOCOM könnte ihm genauso gut den Garaus machen. Er hatte sich einem Befehl widersetzt. Auch wenn der von Pax überliefert worden war, es war trotzdem ein Befehl.

„Unabhängig davon, was du von mir denkst", sagte Cal. „Wir stecken hier beide drin. Wir müssen immer noch zusammenarbeiten, wenn wir lebend aus diesem Schlamassel rauskommen wollen."

„Ich hatte versucht, dich in Dar zurückzulassen. Du hättest zum Camp Citron zurückfliegen können und wärst jetzt bei deinem Team."

„Aber ich bin es nicht. Ich habe mich entschlossen bei dir zu bleiben. Du brauchst mich."

„Nein. Was ich brauche, ist ein Partner, der mir alles erzählt. Jemanden, der nicht glaubt, dass ich zerbrechlich bin. Denn jetzt ist das Einzige, was mich bricht, das Wissen, wie wenig du mich respektierst."

„Wie wenig ich dich respektiere? Süße, ich finde dich großartig. Ich bewundere – und habe auch ein klein wenig Angst davor – wie viel du zu riskieren bereit bist. Ich bin hier der Feigling, weil ich Angst davor habe, was ich für dich empfinde. Angst vor dem, was du mir bedeutest. Angst davor, dich zu lieben. Weil du – verdammt – für dich gibt es nur alles oder nichts, und die Mission ist alles. Die Mission ist dein erster und letzter Gedanke. Für dich gibt es nur diese Mission. Und ich würde durchdrehen, wenn dir irgendetwas passiert."

„Bitte. Fang jetzt nicht mit den Lügen an. Wir wissen beide, dass du mich nicht leiden kannst, weil ich – lass mich deine Worte zitieren – ,lüge, manipuliere und Leute meinem Willen beuge'. Sicher, du wolltest mich vögeln, aber du hast auch gesagt, dass es dir nichts bedeuten würde, wenn wir während dieser Mission ficken."

Er hatte in dem Moment, als er sie ausgesprochen hatte, gewusst, dass er diese Worte bereuen würde. „Ich habe damals dich und mich selbst belogen. Jetzt lüge ich nicht."

„Ach was, willst du jetzt etwa behaupten, dass du mich liebst? Bitte. So naiv bin ich nicht."

„Es ist mir Ernst. Ich weiß nicht, was ich für dich empfinde, aber es ist mehr als Lust. Mehr als eine Freundschaft mit gewissen Vorzügen." Das war die Wahrheit. Seine Gefühle verwirrten ihn genauso, wie Quantenphysik es tat. Er fand das Konzept der Quantum-Theorie faszinierend, aber es war ihm unmöglich, diese zu erklären, egal wie oft sein Bruder versucht hatte, es ihm verständlich zu machen. Sein Gehirn war anders verkabelt als das seines Bruders. Der mochte dazu in der Lage sein, anhand der Mathematik beweisen zu können, warum sich Welt jedes Mal, wenn er mit Freya zusammen war, lebendiger, intensiver und realer anfühlte – aber er selbst würde diese Geometrie nicht verstehen können.

Allerdings benötigte er keinen mathematischen Beweis, um zu wissen, dass das, was er für sie empfand, bedeutend war. „Meine Brust schmerzt, weil ich weiß, dass ich das hier ruiniert habe. Weil ich weiß, dass ich dir wehgetan habe. Und wann immer dieses Gefühl nicht schmerzt – in meiner Brust und meinem Kopf – dann fühlt es sich an, als ob ich fliege. Ich denke an dich und ich fliege. Es ist wie ein High. Wenn ich mit dir zusammen bin, summt mein Körper auf eine Weise, die ich nicht erklären kann – besonders wegen der Situation, in der wir uns befinden. Wie zur Hölle kann ich so etwas fühlen, während wir auf der Flucht sind – in einem Regenwald, vor Söldnern und Rebellengruppen und der russischen Mafia, und wer weiß, vor wem sonst noch?!

Wie konnte ich zufrieden sein, als wir Gorevs Yacht verließen? Aber ich hatte dich an meiner Seite, also war ich es. Du warst in Sicherheit und stark und clever und fantastisch." Er legte seine offene Handfläche auf ihren Hinterkopf und er zog sie näher zu sich heran, damit sie zu ihm aufschauen musste, um in seine Augen zu sehen. „Ich weiß einfach nur, dass ich voller Energie bin, wie von einer elektrischen Begeisterung aufgeladen werde, wenn ich mit dir zusammen bin. Das ist wie ein Kribbeln, das ich nur dann verspüre, wenn du bei mir bist. Und wenn ich in dir bin, spüre ich eine Verbindung. Mehr als Sex. Tiefer. Intensiver. Mehr als ich erwartet habe. Mehr als ich will. Du machst mich auf eine Art und Weise süchtig, die mir Angst einjagt. Du bist wie eine Droge, von der ich nie genug bekomme. Ich will das Kribbeln. Diese Intensität. Den Thrill, mit dir zusammen zu sein. In dir zu sein. Und es jagt mir eine Heidenangst ein, wenn ich daran denke, welche Risiken du eingehst.“

Eine Träne rollte über ihre Wange.

Er wischte sie mit seinem Daumen weg, hielt weiter ihren Kopf. Dann beugte er sich herunter. „Es ist mir Ernst. Ich will nach Langley gehen und Seth Olsen für alles, was er dir angetan hat, kastrieren. Ich wünschte, ich wäre früher zurückgekommen und hätte dir erspart, Harry selbst umbringen zu müssen.“

„Verdammt, Cassius. Ich will wütend auf dich sein, damit ich mein Herz aus dieser Sache raushalten kann. Auf diese Weise wird es später nicht so sehr wehtun.“

„Dafür ist es zu spät. Für uns beide. Nach dem Kuss in dem verdammten Fahrstuhl gab es für uns beide kein Zurück mehr. Kein Zurück, nachdem wir in Kenia übten, uns zu berühren. Kein Zurück, nachdem wir in dem Fitnessstudio zusammen trainiert haben, und ich dich nicht schlagen konnte – weil es mir unmöglich war, dich *nicht* als die Frau anzusehen, die ich schon seit unserer ersten Begegnung in dem Meeting im SOCOM Hauptquartier haben wollte.“ Seine Lippen streiften über ihre. „Für mich gibt es kein Zurück, Freya. Ich weiß das, weil ich bis jetzt versucht habe, dagegen anzukämpfen. Aber jetzt sind wir hier, und für mich gibt es nur noch dich – voll und ganz.“

Sie schlang ihre Arme um seinen Nacken und lehnte ihre Stirn an seine Brust. Sie blickte nach unten, damit er ihr Gesicht nicht sehen konnte. Sein Herz hämmerte in seiner Brust, während er auf ihre Antwort wartete, dabei schuldete sie ihm keine Antwort, nur weil sie seine Gefühle akzeptierte. Falls sie nicht länger im Einklang waren, war das seine eigene verdammte Schuld, weil er in Gbadolite nichts getan hatte, als sie ihm sagte, dass sie sich in ihn verliebte.

„Ich habe das Gefühl, als ob ich jetzt in tausend Stücke zerbrechen könnte", sagte sie schließlich. „Somit hast du wohl recht, und ich bin tatsächlich zerbrechlich."

Er legte seine Arme um sie, zog sie fest an sich heran, schloss die Augen und liebte das Gefühl, sie in seiner Umarmung an seinem Körper zu spüren. „Liebling, du bist härter als ein Diamant und tausendmal wertvoller. Du bist die stärkste Person, die ich kenne. Entschlossen. Leidenschaftlich. Aber falls du zerbrechen solltest, werde ich dich so lange halten, bis du wieder ganz bist."

Sie hob ihren Kopf und sah ihm ins Gesicht. „Mache Liebe mit mir, Cassius. Lasse mich auf eine gute Art zerbrechen."

Er wollte es. Gott, wie sehr er das wollte. Aber sie würden es beide bereuen, die Mission aus den Augen verloren zu haben. Ihre Verantwortungen vergessen zu haben. „Später werde ich dir alles geben, was du willst. Aber jetzt müssen wir zuallererst die CIA und SOCOM kontaktieren."

Ihr Gesicht errötete, und sie ließ ihre Stirn an seine Schulter sinken. „Mist. Du hast recht. Himmel. Ich war noch nie zuvor so inkompetent." Sie zog sich von ihm zurück. „Was zur Hölle tue ich hier? Wir haben Yellowcake gefunden und ich bin am …"

Er unterbrach ihre Selbstvorwürfe mit einem heftigen Kuss auf ihre Lippen. „Hör auf. Das hier ist nicht gerade eine normale Mission. Sie ist auf eine Weise persönlich, die wir beide nicht voraussehen konnten. Du bist das Opfer von Jean Paul Lubanga und Seth Olsen. Du wurdest von einem Kollegen angegriffen. All das ist abgefuckt. Wir haben uns bisher an keinem sicheren Ort befunden, von wo wir Vorgesetzte kontaktieren konnten – aber jetzt können wir das."

Sie nickte. Sie reichte ihm den Computer mit ihrem Bericht, den sie vervollständigt hatte, während der Frachter flussabwärts gefahren war. „Lass mich wissen, was du davon hältst."

Das Zwei-Personen-Zelt war eine schmale Halbkugel und

erlaubte nur ein paar Zentimeter Platz zwischen ihnen, als er mit dem Computer auf seinem Schoß neben ihr auf den Matten saß, während sie neben ihm lag.

Er erreichte die Stelle, in der sie beschrieb, wie sie das Geld gefunden und zurücküberwiesen hatte. Die Anzahl der Nullen traf ihn erneut. 150 Millionen waren verschwunden.

Mit dieser Art von Geld auf seinen Konten benötigte Lubanga keinen Coup. Er würde sich damit irgendwo einen Haufen Land erkaufen und ganz neu anfangen können. Doch der Kongo hatte so viel mehr. Er konnte sich nicht mehr daran erinnern, auf welchen Betrag der Reichtum der Bodenschätze des Kongos geschätzt worden war, aber er musste sich in den Trillionen bewegen.

Er blickte zu Freya. Sie verfolgte diese Arten von Statistiken. „Wie viel Reichtum in Bodenschätzen befindet sich im Kongo im Boden?"

„Die am häufigsten genannte Zahl ist vierundzwanzig Trillionen Dollar. Aber diese Schätzung liegt schon ein paar Jahre zurück. Die meisten Mineralien sind seither nur noch wertvoller geworden."

Ja. Das war die Motivation für Lubanga, auch bei solch einer Bezahlung weiter mitspielen zu wollen. Cal studierte die Zahlen auf dem Bildschirm. „Ich habe die Verlockung extremen Reichtums nie verstehen können – ich meine, wenn ich an einem der ärmsten Orte der Welt in einem Zelt glücklich sein kann, wozu brauche ich dann mehrere hundert Millionen Dollar?"

„Du bist jetzt glücklich?"

„Ich weiß, dass im Augenblick alles gegen uns gerichtet ist. Jetzt sind wir hier für wer weiß wie lange gestrandet. Aber wir sind in Sicherheit. Wir sind zusammen. Wir haben zu essen und ein Dach überm Kopf. Ja, ich bin glücklich." Er traf ihren Blick. „Ich wäre noch glücklicher, wenn das hier ein echter Urlaub wäre. Ein wenig Freizeit, um den Kongo zu erkunden. Dich unter einem Wasserfall im Regenwald lieben zu können." Er lächelte, und sein Blick streifte über ihren ganzen Körper. Später. Später würde er alles von ihr haben können.

Sie streichelte seinen Oberschenkel mit ihrer Hand. „Wie schade, dass wir nicht ein paar Millionen behalten und einfach verschwinden können. Nachdem wir die Regenwälder und Wasserfälle erkundet haben, könnten wir auf eine private tropische Insel flüchten.“

„Für einen Urlaub wäre das super, aber wir würden uns beide nach zwei Wochen langweilen.“

„Stimmt. Du bist so ein geselliger Mensch, es würde dir fehlen, die Einheimischen zu trainieren, und du würdest dein Team vermissen. Ich würde es vermissen, dem Geheimdienst anzugehören und Rätsel zu lösen.“ Sie setzte sich auf und lehnte sich an ihn. „Als ich ganz am Anfang dem Geheimdienst beitrat, vermisste ich es, Analytikerin zu sein. Ich dachte, dass es mir da draußen gefallen würde, Intel zu sammeln. Aber es war das Rätsel, das ich danach lösen musste, was mir am besten gefiel. Sich all die Puzzleteile anzusehen und zu versuchen herauszufinden, was es zu bedeuten hat. Mich der SAD anzuschließen und mit SOCOM zusammen zu arbeiten, hat dabei geholfen. Die Missionen basierten auf geheimen Informationen, sie waren die Reaktion auf Intel, das gesammelt worden war. Und manchmal, zum Beispiel für solche Missionen wie die, auf die Bastian und Brie in Marokko geschickt wurden, musste ich schnelle Analysen zusammenstellen – es gab nicht genug Zeit, darauf zu warten, dass Langley diese Situationen monatelang überdachte – um dann die richtige Vorgehensweise zu entscheiden.

Ich weiß, dass meine Rolle in der CIA vorbei ist. Ich kann mich glücklich schätzen, wenn ich nicht ins Gefängnis muss. Aber ein Teil von mir hat diesen Traum, dass ich – wenn alles abgeschlossen und vorbei ist – als Analytikerin bleiben darf. Ich bin wirklich gut darin. Ich hätte diese Rolle niemals aufgeben dürfen.“

„Hier draußen bist du auch sehr gut“, sagte er. „Sieh nur, wie weit du uns gebracht hast – auf einer Mission, die ursprünglich nur vorgesehen hatte, eine Computerfestplatte in Daressalam zu kopieren.“

„Aber vergiss nicht, was ich übersehen habe. Mir ist Seths

Verrat nicht aufgefallen. Mit all meinen vielgerühmten Fähigkeiten, Menschen lesen zu können, habe ich das nicht kommen sehen."

„Seth hat Harry als Schild benutzt, um dich zu blenden. Du warst so darauf fokussiert, was Harry tun würde, dass du nicht auf Seth geachtet hast. Er wusste, wie er dich hintergehen konnte, weil er schon sehr viel länger in diesem Geschäft tätig ist als du. Außerdem ist er derjenige, der dich ausgebildet hat."

Sie nickte. „Wahrscheinlich hast du recht." Sie seufzte. „Was hältst du also von dem Bericht? Soll ich ihn abschicken?"

Er las die letzten Abschnitte über die Spekulation, dass Fitzsimmons die Schule als eine Tarnung für den Abbau von Diamanten missbrauchte. Er runzelte seine Stirn. „Gibt es eine Verbindung zwischen Olsen und Fitzsimmons?"

„Das weiß ich nicht. Aber die CIA wird das wissen. Ihre Hintergrundprüfungen sind anders als alles andere, was du je gesehen hast, und sie sind fortlaufend. Falls Seth irgendwelche Geschäfte mit Fitzsimmons macht, wird es jemand herausfinden."

„Falls sie dir genug glauben, um überhaupt danach zu suchen."

„Ja. Ich glaube, dass sie das tun werden, falls das Yellowcake gefunden wird. Falls nicht, dann bin ich in Schwierigkeiten."

„Dann sind wir beide in Schwierigkeiten."

Sie schüttelte ihren Kopf. „Ich werde nicht zulassen, dass du mit mir zusammen untergehst, Cal. Ich werde gestehen und behaupten, dass ich das Geld gestohlen habe, wenn es sein muss. Nur, um sie davon zu überzeugen, dass du unschuldig bist."

Angst schoss durch ihn hindurch. „Das wirst du nicht."

„Du hast in dieser Sache keine Wahl."

„Himmel, natürlich habe ich das. Und du wirst nicht lügen, um mich zu schützen. Niemals."

„Ich werde nicht zulassen, dass Seth auch dich zerstört."

Er konnte es in ihren Augen sehen, dass es ihr Ernst war. Seine größte Angst war, dass er sie nicht vor sich selbst würde retten können.

Freya atmete tief ein und klickte auf ‚Senden‘. Sie hatte ein VPN – Virtual Private Network – eingerichtet, um ihren Standort zu verbergen, aber sie hatte keine Zweifel daran, dass die CIA trotzdem herausfinden würde, wo sie waren. Sie hoffte nur, dass es einige Tage lang dauern würde. So oder so, sie hatte es nun getan. Sie hatte der CIA gesagt, dass sie Harry umgebracht und seinen Körper in der afrikanischen Savanne zurückgelassen hatte.

Savanne – Savannah. Irgendwie passend, wenn sie darüber nachdachte. Sie hatte sich selbst von dem Horror dieses Tages abgeschnitten. Von dem Blick in seinen Augen, als er sie über seine Absichten informiert hatte, sie noch einmal zu vergewaltigen und dann umzubringen. Sie schob den Computer beiseite und zog die Knie an ihre Brust, entschlossen das Schluchzen zu unterdrücken. Sie würde nicht jetzt zusammenbrechen.

Cal zog sie in seine Arme und an seine Seite. „Es ist okay, wenn du weinen musst. Es war falsch von mir, dich zerbrechlich zu nennen. Und weinen macht dich nicht zerbrechlich.“

Sie lehnte sich an ihn an, umklammerte ihre Beine noch fester und umarmte sich selbst, während sie ihren Körper an seinen schmiegte. „Ich habe Angst davor, jetzt und hier in den Horror einzutauchen. Als ob ich mich vielleicht nicht mehr daraus zurückziehen könnte. Ich darf jetzt nicht die Kontrolle verlieren. Später, wenn wir zuhause sind, kann ich mich gehen lassen.“

„Ich wäre gern dabei, um dich zu halten, wenn das passiert.“

Sie hob ihre Stirn von ihren Knien und sah ihn an. „Nein. Ich ... will nicht, dass du oder irgendjemand das mitansieht.“

Er schwieg lange Zeit und sie nahm an, dass er sich ein Argument zurechtlegte, warum sie ihn nicht ausschließen sollte, und ihr Herz sank ein wenig, als sie daran dachte, dass sogar ihr mentaler Zusammenbruch nach seinen Wünschen geschehen sollte.

Sie war so überhaupt nicht gut darin – was Beziehungen betraf.

„Okay", sagte er leise. „Ich will nur, dass du gut auf dich selbst Acht gibst. Ich hoffe, dass du mich einschließen wirst – damit ich für dich da sein kann – aber wenn du Freiraum brauchst, dann ist das okay."

Es war sein Verständnis, das sie schlussendlich brach. Einfach so. Wie ein Damm, der von Flutwassern überwältigt wurde, konnte sie den Schutzwall, den sie um ihr Herz hochgezogen hatte, nicht länger aufrechterhalten. Er zerbröckelte und entblößte das klopfende Organ dem Missbrauch.

Cassius Callahan befand sich nun innerhalb ihres Schutzwalles. Sie war ihm schutzlos ausgeliefert.

Sie legte ihm ihre Hand in den Nacken, zog ihn zu sich herunter und küsste ihn mit einer rohen Leidenschaft, die sie versucht hatte, zurückzuhalten. Seine Zunge drang in ihren Mund und nahm von ihr Besitz, als ob er schon sein ganzes Leben lang auf diesen Augenblick gewartet hätte.

Geräusche draußen vor ihrem Zelt drangen nur langsam zu ihnen durch, doch sie bemerkte, dass der Ton der Worte, die von ihren Nachbarn gesprochen wurden, alarmiert klang. Sie unterbrachen ihren Kuss und starrten beide zu der verschlossenen Zeltklappe.

Sie presste ihre Lippen an sein Ohr und flüsterte: „Was ist da los?"

„Soldaten. Sie suchen nach jemandem."

Es war bereits dunkel draußen, aber sie konnten den Lichtschein durch den dünnen Zellstoff sehen. Die Soldaten waren weiter unten am Ufer, näher am Fluss.

Sie griff in ihren Rucksack und zog die Reisepässe hervor, die sie für diesen Teil ihrer Reise benutzten. Sie würden nicht viel helfen, wenn sie nach einer weißen Frau suchten. Freya war die einzige weiße Frau auf dem Frachtschiff.

Cal hörte auf die Rufe draußen und runzelte seine Stirn. „Sie suchen nach einem FDLR-Spion."

Mist. Hatte die Frau, mit der sie zuvor gesprochen hatte, Cal an die Behörden verraten? Oder hatten andere auf dem Frachter ihn verdächtigt, ein Hutu-Nationalist zu sein?

Oder es könnte eine Ausrede sein und dies waren wirklich Lubangas Männer, die nach ihnen suchten.

Sie verstaute den Computer wieder in ihrer Tasche. Ihr Herz klopfte wie wild in dem schwülen Kokon. Die Soldaten näherten sich ihrem Zelt und schrien Befehle. Die Leute antworteten, einer nach dem anderen, gaben ihre Namen und Destinationen – Worte, die sie unabhängig von der Sprache, die gesprochen wurde, verstehen konnte.

Bald wären sie an ihrem Zelt. Sie würden herauskommen und sich einer Untersuchung stellen müssen. Sie ergriff Cals Hand und verschlang ihre Finger mit seinen. Sie waren zu weit gekommen, um jetzt aufzugeben. Sie blickte auf ihren Rucksack, wo sie ihre Handwaffe in der versteckten Tasche verborgen hatte. Sobald die Soldaten den Reißverschluss an ihrem Zelt aufzogen, könnte sie schießen. Angriff war möglicherweise das Einzige, was sie retten könnte.

Aber falls sie aufgrund eines Hinweises ihrer Mitreisenden nach Cal suchten, dann waren sie nur Soldaten, die ihren Job erledigten und die Bewohner der Demokratischen Republik Kongo vor einer Organisation beschützten, die für wiederholte Terroristenanschläge im östlichen Teil des Landes verantwortlich waren.

Sie konnten die Soldaten nicht einfach kaltblütig erschießen. Sie waren nicht ihr Feind.

Wie weit entfernt waren sie? Wie viele Camper mussten sie noch untersuchen? Cal und sie befanden sich am Rande des Zeltdorfes. Sie befanden sich im letzten Zelt vor dem hohen Gras, bevor dies in den Dschungel überging. Sie schnappte sich ein Messer, bereit dazu, den hinteren Teil des Zeltes aufzuschneiden. Sie könnten sich durch das dichte Gestrüpp wegschleichen. Sich hinter den Büschen verstecken. Wenigstens hätten sie ihre Rucksäcke dabei.

Aber kein Zelt. Keine Lebensmittel. Kein Motorrad. Von hier zu fliehen war ihr letzter Ausweg.

Ein Mann sagte etwas in einer Sprache, die sie nicht

erkannte. Mehr lautes Rufen wurde von einem schmerzhaften Grunzen und dem Aufschrei einer Frau begleitet.

Cal verkrampfte sich neben ihr. Es ging gegen seine Natur, sich zu verstecken, während einer Frau wehgetan wurde. Schlugen sie sie?

Aber genauso, wie sie es Daressalam getan hatten, als die arme junge Frau vergewaltigt werden sollte, konnten sie nichts tun. Sie erinnerte sich an die Fässer voller Yellowcake. Den geplanten Staatsstreich. Das hier war größer als das Leiden einer einzigen Frau, und wenn sie sich nun einmischen und ihr helfen würden, könnten sie sehr viel mehr verlieren.

Die Soldaten brüllten mehr Befehle, doch ihre Stimmen wurden leiser, als sie weggingen. Die Schreie der Frau verwandelten sich in leises Weinen.

„Was ist passiert?", flüsterte Freya.

„Sie haben ihren Mann gefunden. Die Frau schrie, dass ihr Mann kein Hutu ist. Zumindest glaube ich, dass sie das sagt. Es ist eine Bantu-Sprache, wahrscheinlich ein Ruanda-Rundi-Dialekt."

Das Camp beruhigte sich wieder. Die Atmosphäre eines Straßenfestes, die dieses spontane Zeltdorf umgeben hatte, war verdorben, und diejenigen, die sich unten am Fluss unterhalten hatten, wurden still und gingen wahrscheinlich schlafen.

„Jetzt ist es zu still, um Pax anzurufen", sagte Cal. „Ich werde in ein paar Stunden, wenn jeder tief und fest schläft, ein wenig am Fluss entlanggehen und ihn dann anrufen."

Das war ein guter Plan. Pax würde ebenfalls schlafen – sie waren zwei Stunden hinter Dschibuti – aber das würde sich zu ihrem Vorteil erweisen, denn er wäre allein in seinem CLU, den er normalerweise mit Cal teilte.

Freya hatte genauso viel Angst davor, SOCOM zu kontaktieren, wie sie es bei der CIA hatte. Allerdings nicht um sich selbst. In diesem Moment war Cals Karriere wie Schrödingers Katze. Bis sie SOCOM anriefen, konnten sie sich einreden, dass alles okay war. Aber sobald sie die Wahrheit erfuhren, wäre es möglich, dass er ihr niemals vergeben könnte, ihn in diesen Alptraum einer Mission hineingezogen zu haben.

Kapitel Siebenundzwanzig

Pax Blanchard erwachte schlagartig, als sein Handy vibrierte. Morgan wusste, dass sie ihn nicht mitten in der Nacht anrufen sollte – nicht, solange er auf einen Anruf von Cal wartete. Somit war dieser Anruf entweder von SOCOM oder von seinem vermissten CLU-Mitbewohner.

Die Anruferkennung zeigt ihm das, was er zu sehen gehofft hatte, und er presste den grünen Hörer, um zu antworten. „Was gibt's, Alter?", sagte er, falls der Anrufer nicht Cal war. Falls jemand Cals Telefon geklaut und die zuletzt gewählte Nummer angerufen hatte, wollte er nichts verraten.

„Pax." Cals Stimme. Kraftvoll. Fest.

Erleichterung schoss durch ihn hindurch. Er hatte sich nicht mehr solche Sorgen um einen Teamkollegen gemacht, seit Bastian vor einem Monat in Südsudan auf dem Weg zu einem Treffpunkt verloren gegangen war. Und Cal befand sich in einer weitaus gefährlicheren Situation – etwas, das nicht möglich sein sollte, aber so war es nun mal.

Die meisten Teammitglieder waren wie Brüder, aber Cal war Pax' bester Freund. Er hatte Pax dabei geholfen, seine Fassung nicht zu verlieren, als Morgan vermisst wurde, und er hatte Pax nicht verurteilt, als er beinahe zusammengebrochen war. „Verdammt, Mann. Ich habe mir Sorgen gemacht."

„Ja, ähm … Das tut mir leid. Es war mir nicht wirklich

möglich, dich anzurufen. Nach unserem letzten Gespräch ging alles den Bach runter."

„Ja, ich weiß. Der CIA-Agent, dem du eine verpasst hast, wird in Daressalam vermisst."

„Scheiße. Ich hatte gehofft, dass das immer noch verheimlicht würde."

„Es läuft in allen Nachrichten."

„Verflucht. Irgendwelche Meldungen über F- … Savvy oder mich in den Nachrichten?"

„Nein. Die offizielle Story ist, dass ein amerikanischer Geschäftsmann in Dar vermisst wird. Es wird die russische Bratva im Zusammenhang mit Drugov verdächtigt. Wir wissen, dass es der Kerl von der CIA war, weil die BBC und CNN sein Foto gezeigt haben. Wir haben ihn alle im *Barely North* gesehen. Das ist definitiv dieser Typ."

„Wahrscheinlich hat die CIA der Presse einen Tipp gegeben, um Savvy unter Druck zu setzen."

„Was läuft da bei euch, Cal? Was ist mit dem CIA-Arschloch passiert?"

„Er ist tot. Freya hat ihn umgebracht, als er versucht hat, sie zu vergewaltigen und zu töten."

„Heilige Scheiße."

„Ja."

„Wie geht es … Freya?" Freya musste wohl Savvys richtiger Name sein. Was hatte es zu bedeuten, dass Cal nun ihren richtigen Namen benutzte?

„Fuck. Vergiss, dass ich sie so genannt habe. Savvy geht es gut. Sie hat ein paar Prellungen abbekommen und wird einen Haufen Therapie brauchen, wenn dieser ganze Scheiß vorbei ist, aber sie ist stark wie ein Ochse. Wirklich beeindruckend, wenn du mich fragst."

Und das beantwortete Pax' stumm gestellte Frage: Cal und Savvy waren zusammen. Er hätte sich für sie gefreut – Himmel, sie hatten sich monatelang wie Geier umkreist – aber derzeit wurde Savvy wegen Hochverrats, Diebstahl und wahrscheinlich einem Dutzend weiterer ernsthafter Verbrechen gesucht.

Fuck, sie hatte einen anderen CIA-Agenten getötet. Wie konnte das nur je gut für sie ausgehen?

„Sei vorsichtig, Mann." Beschissener Ratschlag, aber es war alles, was er hatte.

„Zu spät", war Cals Antwort.

Pax wollte ihn unterstützen. Das wollte er wirklich. Aber verdammt – was wäre, wenn Savvy tatsächlich schuldig war? Sein Bauchgefühl sagte nein, aber sie war in der CIA. Sie war dazu ausgebildet worden und höchst qualifiziert, ein falsches Image zu präsentieren.

Er räusperte sich. „Man fahndet wegen dem fehlenden Geld nach ihr. Captain Haverfeld wird dir den Rücken decken, aber du lässt dich da in etwas reinziehen."

„Das weiß ich bereits." Cal erzählte ihm von der Aufklärungsmission, und dass Savvy einen Großteil des Geldes retten und in Bitcoin umwandeln konnte.

Pax stieß ein leises Pfeifen aus. „Und jetzt sind Söldner hinter euch her?"

„Bisher gibt es keine Anzeichen einer Verfolgung, aber wahrscheinlich ja."

Pax sagte nicht, was er dachte – dass Cal sich selbst und möglicherweise auch Savvy retten konnte, wenn er ohne sie zum Camp Citron zurückkehrte. „Wo bist du jetzt?"

„Kann ich nicht sagen. Wir versuchen, den Standort dieser Missionsschule herauszufinden. Ich hatte gehofft, dass du für uns dort ein paar Nachforschungen anstellen könntest. Wir brauchen mehr Info zu Fitzsimmons und seiner Allianz zu Lubanga. Und dann ist da noch diese … ähm, andere Sache. Wir haben drei Fässer voller Yellowcake in den Tunneln unter Gbadolite gefunden."

„Was zum Teufel?!"

„Ja. Wir haben die Fässer im Dschungel versteckt, aber man wird sie wohl bald finden. Savvy hat in einem davon einen GPS-Tracker versteckt. Ich werde dir die URL geben, um die Daten herunterzuladen, damit du verfolgen kannst, ob es bewegt wurde. Sie hat es heute Nachmittag gecheckt, und es wurde noch nicht fortbewegt."

„Du hattest eine stressige Woche."

Cal stieß ein Grunzen aus, das wohl ein Lachen sein sollte. „Wird SOCOM diesen Anruf zurückverfolgen?"

„Wahrscheinlich."

„Sag ihnen: Savvy ist nicht der Feind."

„Werde ich. Aber ich weiß nicht, ob sie mir glauben werden. Seth Olsen hat sie ans Kreuz genagelt, und wenn er herausfindet, dass sie einen Kollegen getötet hat …"

„Wir verfolgen alle möglichen Spuren, die wir finden können, die eine Verbindung zwischen Olsen und Kongo zeigen", sagte Cal. „Sie werden ihr glauben müssen, wenn wir Olsen bloßstellen können."

„Glaubst du, dass Olsen etwas mit dieser Schule und den Diamantenminen zu tun hat?"

„Entweder das, oder er hat Verbindungen zu Gorev und Lubanga. Olsen hat Savvy beauftragt, ein Attentat auf Lubanga zu verüben. Das ist eine Tatsache. Wir glauben, dass er Lubanga den Code-Namen unserer Mission verraten und ihm Drugovs halbe Milliarde gegeben hat. Jemand hat Harry geschickt, um sie zu töten – und Olsen ist die einzige logische Wahl. Ich vermute, dass sie kurz davor war, herauszufinden, dass Olsen korrupt ist, als sie Drugovs Dateien durchsuchte – somit musste Olsen sie sabotieren."

„Hat sie irgendwelche dieser Informationen an die CIA geschickt?"

„Ja. An ein paar Analytiker, denen sie vertraut. Wir wissen nicht, ob es irgendetwas Gutes bewirken wird, aber sie musste ihre Version der Dinge irgendwie rüberbringen. Offensichtlich erzähle ich dir all diesen Scheiß, der höchst geheim ist. Dinge, die sie niemandem sonst sagen darf, außer ihren Arbeitskollegen in der Agentur."

Pax verstand, was Cal meinte. Savvy hielt sich an den Schwur der Geheimhaltung, den sie der CIA geleistet hatte, obwohl Seth Olsen versuchte, sie systematisch zu zerstören. Er war froh, dass Cal nicht so skrupellos war, weiterhin zu schweigen – allerdings galt Cals Schwur der Armee und seinem

Team, nicht der CIA. Er durfte reden, besonders dann, wenn er zusammen mit Savvy unter Verdacht stand.

„Okay. Ich werde mit SOCOM reden und sehen, ob wir dir ein paar weitere Tage besorgen können. Nur, dass du es weißt, Captain Oswald ist auf deiner Seite."

„Sieh zu, dass du ihn dort hältst."

„Werde ich." Pax legte auf und starrte auf sein Handy. Er musste diesen Anruf an SOCOM melden. Er hatte sich schon beim letzten Anruf von Cal Ärger eingehandelt, weil er den nicht sofort gemeldet hatte. Aber er machte sich Sorgen. Seth Olsen war machtvoller, als jeder von ihnen es vermutet hatte. SOCOM hatte sich gewundert, warum Savvy mit solcher Autonomie arbeiten konnte, und die Antwort war ihr direkter Vorgesetzter.

Doch jetzt hatte sich dieser Mann gegen sie gestellt, und er benutzte all seine Macht und seinen Einfluss dazu, sie zu zerstören. Es war klar, dass Cal sie nicht im Stich lassen würde, was wiederum bedeutete, dass er mit ihr zusammen untergehen würde. Es sei denn, sein A-Team konnte einen Weg finden, sie beide zu retten.

Cal kehrte zum Zelt zurück, in dem Freya auf ihn wartete. Er hatte selbst diese kurze Distanz zwischen ihnen gehasst – sie mussten sich gegenseitig den Rücken decken – aber sie hatten sich darauf geeinigt, dass einer von ihnen im Zelt bleiben sollte. Der Vorfall mit den Soldaten, die nach einem Rebellen suchten, hatte ebenfalls verdeutlicht, dass sie zu jeder Zeit wachsam sein mussten – besonders jetzt, nachdem Freya Leuten innerhalb der CIA eine E-Mail geschickt hatte.

Sie hatte für das Senden dieser E-Mail ein VPN benutzt, um ihren Standort zu verbergen, aber sie wusste auch, dass die Agentur alle zur Verfügung stehenden Ressourcen darauf verwenden würde, um dieses VPN zu knacken. Sie konnten sich nicht darauf verlassen, dass ihr Standort ein Geheimnis bleiben würde. Sobald die Agentur herausfand, dass sie sich auf dem

Fluss befanden, würden sie nach dem Frachtschiff suchen. Mit so vielen Inseln und Kanälen und Frachtschiffen wäre das nicht einfach, aber das Risiko blieb trotzdem.

Er berichtete ihr alles, was Pax gesagt hatte, und ermutigte sie, weiterzuschlafen. Seine Schicht zum Schlafen würde in zwei Stunden beginnen. Was ihm besonders daran gefiel, mit einem Profi zusammenzuarbeiten war, dass sie nicht diskutierte. Sie rollte sich einfach zur Seite und schlief ein.

Zwei Stunden später weckte er sie, und sie übernahm die Wache, während er für fünf Stunden schlief, bevor es an der Zeit war, zusammenzupacken und zum Frachter zurückzukehren. Glücklicherweise traf der zweite Schlepper eine Stunde nach der Dämmerung ein, und sie waren um neun Uhr am Morgen von der Sandbank befreit.

Sie kehrten zu ihrem Platz an Deck zurück, und ihnen fiel auf, dass die Stimmung der anderen Passagiere nach der Razzia in der vergangenen Nacht nun verhalten war. Niemand schien verärgert darüber zu sein, dass ein Mann von der Gruppe entfernt worden war. Der Ärger war gegen Mann selbst gerichtet und die Idee, dass er der FDLR angehören könnte.

Die *Génocidaires* von Ruanda hatten so viele Leben zerstört – selbst eine geflüsterte Affiliation reichte aus, um sie als schuldig anzusehen. In diesem zentralen Teil der Demokratischen Republik Kongo kamen die Kämpfe und Terroristenanschläge, die den östlichen Teil des Landes plagten, nicht so oft vor, und die Einheimischen würden alles dafür tun, dass es dabei blieb.

Hatte die Frau, mit der Freya gestern gesprochen hatte, das Camp nach potenziellen *Génocidaires* abgesucht? Hatte sie den Mann gemeldet, der mitgenommen worden war? Oder war er eine ernsthafte Bedrohung gewesen?

Dies war ein Problem, um das sich Cal derzeit keine Sorgen machen konnte, doch trotzdem tat er es. Die Zukunft der Demokratischen Republik Kongo blieb weiterhin unbeständig, solange die Menschen ihre Regierung nicht unter Kontrolle bekamen und all dem Konflikt, der mit dem ruandischen Völkermord 1994 begonnen hatte, ein für alle Mal ein Ende setzten.

Leichter gesagt als getan.

Diese Gedanken schwirrten in seinem Kopf herum, während sie mit einer Geschwindigkeit von etwa zehn Meilen pro Stunde flussabwärts geschoben wurden. Das Deck des Frachters röstete in der Juni-Hitze. Sie näherten sich immer mehr dem Äquator. Der Tag war heiß, um die dreißig Grad Celsius, aber durch die schwüle Luft und das flache Metalldeck fühlte es sich noch viel heißer an.

Der Kapitän kündigte an, dass sie die Nächte durchfahren würden, um die verlorene Zeit auf der Sandbank aufzuholen. Angeblich waren sie auch schon vor dem Desaster einige Tage verspätet. Aber was galt schon als Verspätung, wenn eine angebliche Zehn-Tages-Reise von Kisangani nach Kinshasa regelmäßig einen ganzen Monat dauern konnte?

Nicht, dass Cal sich darüber beschwerte, in dieser Nacht nicht an Land übernachten zu können. Sie mussten schnellstmöglich nach Mbandaka gelangen. Er und Freya schliefen ohnehin in abwechselnden Schichten, somit konnte er ihr beide Plätze anbieten, um sich auszustrecken, während er sich einen Sitzplatz in der Fracht suchte und die schlafenden Passagiere bewachte.

Sie kehrte von der einzigen Schiffstoilette zurück und ihre Augen strahlten vor Aufregung.

„Was ist los?", fragte er.

Sie lehnte sich nahe genug an ihn heran und flüsterte leise genug, dass man es nicht über den allgemeinen Lärm des überfüllten Frachters hören konnte. „Ich habe weitere Kisten mit dem Drachensymbol gefunden. Sie befinden sich in einem Cluster von anderen Gütern, die für Mbandaka bestimmt sind. Wenn wir einen Tracker an einer dieser Kisten anbringen, können wir sie verfolgen."

Seine Begeisterung reflektierte ihre, aber sie waren immer noch mindestens drei Trage von der Stadt am Äquator entfernt. „Es wäre besser bis eine Stunde vor der Ankunft am Hafen abzuwarten, bevor wir die Kisten mit dem Tracker versehen, damit die Batterie frisch ist, und um uns nicht zu verraten, falls die CIA die URL knacken sollte."

Freya hatte ihm erklärt, dass die URLs für alle Tracker noch im Camp Citron erstellt hatte, aber keinen aktiviert hatte, bis sie den Tracker in dem Yellowcake versteckt hatten. Sobald sie ihren Kontakten in der Agentur die URL für den Yellowcake-Tracker geschickt hatte, konnten sie die URLs theoretisch auch für die anderen Tracker in ihrem Besitz benutzen. Es war keine Sicherheit, aber das Risiko bestand trotzdem. Was bedeutete, dass es am besten wäre, wenn sie einen Tracker, in dessen Nähe sie sich aufhielten, nicht eher als notwendig aktivierten.

Sie nickte. „Dann müssen wir nur noch den Brotkrümeln folgen und werden hoffentlich Beweise dafür finden, dass Fitzsimmons jedenfalls keine Schule finanziert."

Wenigstens hatten sie einen Plan.

Solange sie vermeiden konnten, dass man sie vor ihrer Ankunft in Mbandaka gefangen nahm, wären sie auf dem besten Weg.

Drei Tage, nachdem sie von der Sandbank befreit worden waren, hatte Freya offiziell genug vom Fisch. Sie hatte auch genug von der Sonne und dem Regen, aber nicht vom Fluss selbst. Sie liebte die felsigen Inseln und die vielen Kanäle. Den Dschungel, der bis ans Ufer wuchs. Die kleinen Dörfer, an denen sie vorbeifuhren und die Pirogen, die immer wieder an den Frachter gerudert kamen. Der Einblick in diese Lebensweise faszinierte sie immer noch, auch wenn die Reise selbst anstrengend war.

Dieser Trip würde für immer als etwas Besonderes und eines der großartigsten Dinge, die sie je in ihrem Leben erlebt hatte, in ihrem Gedächtnis eingebrannt bleiben – dabei war dies für die meisten Mitreisenden das alltägliche Leben. Ihre Stärke angesichts dieser harten Umstände ließ sie vor Bewunderung staunen, und sie wünschte sich nichts mehr, als dass die Menschen nicht aus der Notwendigkeit heraus gezwungen wären, diese Stärke zu entwickeln.

Der Kolonialismus war für ganz Afrika verheerend gewesen,

doch der Kongo war vom belgischen König Leopold als dessen persönliches Eigentum beansprucht worden und hatte mehr als andere Länder leiden müssen – wenn man eine Skala der Grausamkeiten aufstellen wollte. Die Welt, in der diese Menschen lebten, war voll und ganz von dem Alptraum seiner Herrschaft geprägt – gefolgt von einem Jahrhundert von korrupten Staatsoberhäuptern. Die Demokratische Republik Kongo des einundzwanzigsten Jahrhunderts war nicht viel besser dran als die Version des zwanzigsten Jahrhunderts, aber sie versuchten es, und wenn die ausländischen Regierungen und Unternehmen damit aufhören würden, sich in alles einzumischen, und mehr tun, um zu helfen, dann hätte dieses Land ausreichende Ressourcen, um zu einer Weltmacht heranzuwachsen.

Vierundzwanzig Billiarden Dollar konnten eine Menge an Infrastruktur finanzieren.

Sie lehnte sich gegen die Fracht zurück, die ihre Rückenlehne war, und beobachtete das Treiben auf dem Schiff. Ein Mann spielte Gitarre, während ein anderer trommelte, und zusammen spielten sie einen lebendigen kongolesischen Rumba. Ein paar Kinder tanzten. Einige Passagiere wuschen ihre Kleidung, wrangen ihre Kleidungsstücke über dem Rand des Frachters aus und breiteten diese dann zum Trocknen auf den Planen aus, die die Fracht abdeckten.

Da sie seit ihrer Befreiung von der Sandbank fast ununterbrochen unterwegs waren, wurde vorausgesagt, dass das Frachtschiff irgendwann am späten Abend des folgenden Tages den Hafen von Mbandaka erreichen würde. Sie würden das Schiff mit allen anderen Passagieren am Morgen darauf verlassen. Eine Stunde vor Sonnenaufgang würden sie einen Tracker an einer der Kisten anbringen.

Es war möglich, dass sie übermorgen Abend die „Schule" finden und die Beweise sichern könnten, die sie brauchten, um zu zeigen, dass der Televangelist kein Christ war. Auch wenn sie ihren eigenen Namen nicht wieder reinwaschen konnte, würde sie sich damit trösten können, zu wissen, dass sie durch ihre Arbeit versklavte Kinder befreit, und einen falschen Propheten entblößt hatte.

Cal sank auf den freien Platz neben ihr und reichte ihr eine Wasserflasche. Das Wasser darin war mit Aktivkohle gefiltert, abgekocht und mit Tabletten gereinigt worden. Es konnte sein, dass auch das immer noch nicht ausreichte, aber wenigstens hatten sie ihre Antimalariatabletten und Antibiotika dabei, falls sich eine Infektion einstellen sollte. Krankheiten waren für einige Mitreisende ein Problem, und Cal und Freya waren anfälliger als die meisten hier, da ihr Immunsystem im Laufe der Jahre nicht regelmäßig mit den Flussparasiten in Kontakt gekommen war.

Sie trank einen langen Schluck aus der Wasserflasche. Sie hatte in der Hitze so viel geschwitzt, dass sie ihren Flüssigkeitshaushalt wieder aufstocken musste, auch wenn es riskant war. „Danke", sagte sie.

Seine Finger umschlangen ihre – der einzige körperliche Kontakt, den sie seit dem Kuss im Zelt gehabt hatten. Es erinnerte sie daran, wie er ihre Hand auf dem Flug vom Camp Citron gehalten hatte. Eine einfache Berührung, die so viel ausgesagt hatte.

Sie hatte seit diesem Flug die Übersicht über die Tage verloren. Wie viele Meilen sie gereist waren. Den Horror, den sie mitangesehen hatte. Aber sie konnte sich an jeden Augenblick dieser Berührung erinnern. Daran, wie sie das Öffnen ihres Herzens ausgelöst hatte. Die Hoffnung, die sie heraufbeschworen hatte. Und jetzt bedeuteten ihre verschlungenen Hände sogar noch mehr. Er war mit ihr zusammen – auf lange Sicht. Er hatte alles für sie riskiert, um jetzt an ihrer Seite zu sein.

Er hatte nicht gewusst, was er riskierte, als er sich zu Beginn für diese Mission bereiterklärt hatte, aber er hatte es mit Sicherheit gewusst, als sie in den Kongo eingereist waren. Trotzdem war er hier. Und das bedeutete ihr alles.

Sie würde es nicht zulassen, dass ihn dieser Auftrag zerstörte. Falls nur einer von ihnen der Falle dieser Mission entkommen konnte, dann wäre das Sergeant First Class Cassius Callahan.

Kapitel Achtundzwanzig

Der Dschungel um Mbandaka war genauso wie die anderen Dschungel, die sie erkundet hatten, nur hatten sie dieses Mal ein Signal, dem sie folgen konnten. Und einen tatsächlichen Plan. Nicht zu vergessen, dass sie zum ersten Mal eine relativ gute Vorstellung davon hatten, was sie vorfinden würden, wenn sie dort ankamen.

Nachdem sie den Frachter mit ihrem Gepäck und Motorrad verlassen hatten, kauften sie sich Frühstück von einem Straßenverkäufer und setzten sich ans Flussufer, um zu essen, während sie beobachteten, wie die Kisten von dem Schiff abgeladen wurden.

Flussaufwärts lagen rostige Flussschiffe auf einer Sandbank – Überreste der Kolonialzeit und eine tote Flotte. Falls Freya als Touristin hier wäre, würde sie Fotos machen. Also tat sie das, doch sie lenkte ihre Aufmerksamkeit auf das Frachtschiff zurück und schoss weitere Fotos von dem einzelnen Mann, der die Kisten mit dem Drachensymbol in Empfang nahm. Er lud sie hinten auf einen Pickup-Truck, welcher ebenfalls in ihrer Fotosammlung landete.

Sie prüfte das Signal für den Tracker auf ihrem Computer. Die Signalübertragung war perfekt. Um in dem winzigen Gerät Batterie zu sparen, war es so eingestellt worden, dass es alle dreißig Minuten die Position aktualisierte. Mit solch einer regelmäßigen Übertragungsrate würde die Batterie höchstens ein paar Tage halten.

Der Tracker, den sie im Yellowcake versteckt hatten, war so eingestellt worden, dass er alle zwölf Stunden ein Signal sendete, wodurch die Lebensdauer der Batterie auf zehn oder mehr Tage ausgedehnt werden konnte. Die Hälfte dieser Tage war nun bereits vergangen, doch gestern war er bewegt worden. Die Tonne war eine Meile Richtung Norden transportiert worden, bevor sie das Signal verloren hatten – wahrscheinlich, weil sich das Fass nun im Inneren des Tunnels befand, wo der Transmitter keine Verbindung mit den Satelliten herstellen konnte.

Cal ließ sie am Fluss zurück, um den Tank des Motorrads und die leeren Benzinkanister aufzufüllen, während Freya den Truck mit den Kisten im Auge behielt. Als der Fahrer das geparkte Fahrzeug verließ und zu einem kleinen Lebensmittelgeschäft ging, folgte sie ihm. Sie und Cal würden Vorräte brauchen, und sie hatte keine Ahnung, wie lang ihr nächster Trip dauern würde.

Sie kaufte geräucherten Fisch, getrocknetes Rindfleisch und einen kostbaren Block Käse. Sie legte Brot in den Korb und Dosen mit Bohnen und Gemüsen. Es war genug, um ihnen wenigstens ein paar Tage zu reichen.

Bis der Truck die Stadt verließ, war es bereits Mittag. So sehr sie fürchtete, das Fahrzeug aus ihrem Blick verschwinden zu lassen, so musste sie doch der Technologie vertrauen, dass sie es nicht spurlos würde verschwinden lassen. Auf die nächste Übertragung zu warten, brachte sie in der äquatorialen Sonne noch mehr zum Schwitzen.

Sie war erleichtert, als die Daten eintrafen und die volle Route enthielten, die der Tracker zurückgelegt hatte. Er hatte alles aufgezeichnet. In den Minuten, seit der Truck vom Flussufer losgefahren war, hatte er zweieinhalb Meilen Richtung Süden zurückgelegt und befand sich nun exakt auf dem Äquator. Sie würden weitere dreißig Minuten warten, bis die nächste Übertragung einging, bevor sie sich auf den Weg machten. Das Motorrad konnte auf den löchrigen Feldwegen sehr viel schneller fahren als der beladene Truck. Sie mussten dem Lastwagen einen soliden Vorsprung überlassen, damit man sie nicht bemerken würde, wie sie ihm folgten.

Dreißig Minuten später erhielten sie ihre Wegbeschreibung. Der Truck fuhr weiterhin Richtung Süden. Sie folgten der Route, wobei sie langsam fuhren und Pausen einlegten, um sicherzustellen, dass sie den Abstand von dreißig Minuten beibehielten. Es war spät am Nachmittag, als sich die gekennzeichnete Kiste nicht weiter bewegte. Nach zwei weiteren Signalen ohne Bewegung näherten sie sich und versteckten dann ihr Bike zwei Kilometer von den letzten Koordinaten entfernt im Dschungel.

Sie gingen zu Fuß weiter. Als sie einen Kilometer von ihrem Ziel entfernt waren, versteckten sie sich in dem Gestrüpp des Dschungels und warteten. Es wurde Nacht. Die Insekten wurden lauter, als die Vögel stiller wurden. In der Ferne machte eine große Katze oder eine andere Kreatur ein Geräusch.

Sie zogen sich ihre hautengen Night-Ops Anzüge an, und Cal half Freya, die dunkle ölige Farbe auf ihre Haut aufzutragen. Seine Lippen streiften über ihre, und er beugte sich vor, um ihr ins Ohr zu flüstern. „Wenn wir wieder im Camp Citron sind, will ich, dass du dir diesen Anzug anziehst, nur damit ich dich wieder herausschälen und dich dann wie wild ficken kann."

Sie lächelte und küsste ihn, sagte aber nichts. Was konnte sie schon sagen? Sie bezweifelte, dass sie als irgendetwas anderes als eine Gefangene zum Camp Citron zurückkehren würde.

Cal war mit Adrenalin aufgepumpt, während sie bis Mitternacht warteten, um die sogenannte Schule näher in Augenschein zu nehmen.

Er und Freya hatten sich geeinigt, dass es an der Zeit war, Captain Oswald anzurufen und seinem XO genau mitzuteilen, was hier vor sich ging. Er erläuterte die Situation und gab die GPS-Koordinaten der Kiste an. SOCOM konnte sich auf diese Informationen stürzen und ein Team schicken, um die

Kinder zu befreien, falls sich ihre Vermutungen bewahrheiten sollten.

Vielleicht würden sie jemanden schicken, um Freya und ihn zu verhaften, aber sie würden das Risiko eingehen.

Bevor er auflegte, fragte Cal: „Was sagt die CIA?"

„Kein Wort. Ich habe Seth Olsen umgangen, aber niemand in der Befehlskette will mit mir reden."

„Mist."

„Sind Sie sicher, dass sie die Wahrheit sagt? Über das Geld? Über den toten Agenten?"

Cal blickte zu Freya. Oder zumindest blickte er in die Richtung, wo er wusste, dass Freya war. Sie hatten kein Licht und trugen ihre Nichtsichtbrillen noch nicht, denn sie wollten die Batterien für die Aufklärungsmission heute Nacht sparen. In der beinahe absoluten Finsternis konnte er ihren Gesichtsausdruck nicht erkennen. Sie konnte die Worte seines XO am anderen Ende der Leitung nicht hören, aber sie konnte es sich denken.

Er wusste, dass Captain Oswald diese Frage stellen musste, aber das bedeutete nicht, dass es ihm gefiel. „Ja. Sie ist unschuldig. Ich bin unschuldig. Wir reißen uns hier draußen den Arsch auf, um zu versuchen, einen Coup zu verhindern und ein paar Kinder zu retten."

„Ich hoffe, Sie haben recht, Sergeant."

„Das habe ich, Sir."

„Ich will einen Bericht, sobald Sie die Schule gefunden haben. Wir brauchen Bilder. Vorzugsweise Video. Falls dieses Arschloch Kinder missbraucht, werden wir ihn erledigen."

„Jawohl, Sir."

◆

Es war schwierig, sich einem Ort im Dschungel stillschweigend zu nähern. Freya wusste, dass Spezialeinheiten aus allen Zweigen des Militärs dies oft übten. Sie hatte diese Fähigkeiten selbst erlernt, als sie für die SAD ausgebildet worden war, aber sie war aus der Übung. In Dschibuti gab es nicht allzu viel, das einem Dschungel gleichkam, und vor ihrer

Stationierung hatte sie sich eher in einem Zementdschungel befunden.

Tief verwurzelte Lektionen kamen wieder zu ihr zurück, als sie versuchte, sich mit der Geschmeidigkeit eines Panters zu bewegen. Schließlich erreichten sie den Rand des Lagers. Drei lange Zelte aus Segeltuch – alte militärische Truppenzelte, die wahrscheinlich bis zum koreanischen Krieg zurückdatiert werden konnten – waren nebeneinander aufgestellt. Etwas weiter zurück befand sich noch eine andere Struktur in den Bäumen versteckt. War das die „Schule"?

Im Lager herrschte Stille, doch sie hielten ihre Augen nach Wachposten auf. Sie trennten sich, um die Zelte zu umkreisen. Blasrohrpfeile bereit, falls ihnen eine Patrouille über den Weg laufen sollte. Sie waren beide schnell und still und erreichten den Truck, der die Kisten abgeliefert hatte, am gegenüberliegenden Ende des Lagers zur selben Zeit.

Ein Hauch von Zigarettenrauch sagte ihr, warum sie keinen Wachmann angetroffen hatten. Cal deutete ihr mit einem Handsignal an, dass er den Duft ebenfalls bemerkt hatte und sich darum kümmern würde.

Nur ein Wachmann im Dienst, und er gönnte sich eine Pause? Allerdings war dieser Ort so abgelegen, dass sie wahrscheinlich glaubten, bis auf fliehende Kinder nichts weiter befürchten zu müssen.

Cal war einen Moment später wieder an ihrer Seite. „Hast du ihn betäubt?", flüsterte sie.

Er nickte und zeigte ihr den benutzten Betäubungspfeil, bevor er ihn wegsteckte. „Ich habe ihn gegen die Stoßstange angelehnt. Er wird glauben, dass er während seiner Pause eingeschlafen sei."

„Perfekt." Sie wollten nicht, dass irgendjemand bemerkte, dass sie hier gewesen waren. Es war das Beste, die Wachen nicht zu verschrecken, damit sie den Kindern nicht vielleicht noch etwas Drastisches antaten, bevor ein Team eintraf, um die Kinder zu befreien.

Falls das hier das war, was sie vermuteten.

Und falls sie vollkommen falsch lagen und das hier wirklich

eine Schule war? Nun, dann wollten sie trotzdem nicht, dass irgendjemand wusste, dass sie hier gewesen waren.

Der Wachmann würde mindestens eine halbe Stunde bewusstlos sein. Zuerst durchsuchten sie die Truppenzelte, wobei sie jeweils von den gegenüberliegenden Seiten eintraten. Ein erwachsener Mann schlief auf einer Liege vor der Tür. Ein in den Hals geschossener Betäubungspfeil stellte sicher, dass er nicht während ihrer Suche aufwachen würde. Sie zog den Pfeil wieder heraus, blickte quer durchs Zelt und sah, dass Cal ebenfalls über eine Liege vor dem Eingang gebeugt war.

Sie schlich sich leise den mittleren Gang entlang – zwischen Reihen von Liegen, die wie Etagenbetten aufeinandergestapelt waren. In jeder Liege lag entweder ein schlafender Junge oder ein Mädchen. Sie schätzte sie im Alter von acht oder neun bis zu vierzehn Jahren.

Dies könnte tatsächlich eine Schule sein. Sie mussten das Gebäude auf der anderen Seite der Bäume erkunden, wo sich wahrscheinlich weitere Wachmänner befinden würden. Cal schoss mit einer Infrarotkamera Fotos der schlafenden Kinder. Sie würden sie wieder löschen, falls sie sich geirrt hatten und dies wirklich eine Schule war.

Sie lugten in die anderen Truppenzelte und sahen dort einen ähnlichen Aufbau wie im ersten. Dies waren Baracken, nichts weiter. Sie signalisierte Cal, den Weg durch die Bäume zu dem Haus auf der anderen Seite vorauszugehen. Dort befanden sich keine Wachen um das Gebäude herum, das – wie sich herausstellte – eine Fabrik war.

Obwohl es sie nicht überraschte, verdrehte der Anblick ihr trotzdem den Magen. Die Kinder wurden nicht nur zum Bergbau gezwungen, sondern auch gleich zur Arbeit in einer Fabrik. Bevor sie das Gebäude betraten, mussten sie zunächst die Umgebung auskundschaften. Ein weiterer offener Bereich nicht weit von den Bäumen entfernt zog ihre Aufmerksamkeit auf sich.

Sie näherten sich vorsichtig der Lichtung. Allem Anschein nach hatte es als Tagebau begonnen, sich aber nun in Tunneln zum Bergbau verwandelt. Cal ging voraus in die offene Mine, während sie seinen Rücken deckte. Im Loch fanden sie mehrere Minentunnel, die in die Erde gegraben worden waren. Die Decke war niedrig, die Öffnung schmal – gerade groß genug für ein Kind.

Er schoss mehr Fotos mit der Infrarotkamera, wie er zuvor die Kinder fotografiert hatte. Dann wechselte er die Einstellung auf Video und schilderte flüsternd, was er aufzeichnete, während er die Mine aufnahm und sich niederkniete, um die ersten Meter im Tunnel zu filmen.

Freya frage sich, ob sie morgen hierher zurückkommen konnten, um die Kinder dabei aufzuzeichnen, wie sie in die Mine verschwanden und wieder herauskamen. Bessere Beweise gäbe es nicht.

Sie kehrten zur Fabrik zurück und betraten das Gebäude, wobei sie einen Wachmann aufschreckten, der im Dienst eingeschlafen war. Ein weiterer Betäubungspfeil von Cal und der Mann war bewusstlos. Hoffentlich würde er sich nicht an diese Begegnung erinnern, oder - falls er es tat - glauben, dass es nur ein Traum gewesen war.

Im Inneren entdeckten sie die Pressen und Zerkleinerungsmaschinen, gefolgt von riesigen Fässern. Es war am hinteren Ende des Raumes, als ihnen plötzlich alles klar wurde.

Feines Pulver war auf flachen Tabletts ausgebreitet worden, um zu trocknen.

Sie wurde vom Horror gepackt, als sie realisierte, was sie sah.

Diese Kinder gruben keine Diamanten aus. Das Pulver war gelb – wie Senf. Diese Kinder gruben nach Uran.

Kapitel Neunundzwanzig

Stunden später waren sie weit von dieser furchtbaren Schule entfernt, und Cal war kotzübel, weil er die Kinder dort hatte zurücklassen müssen. Dies war das dritte verdammte Mal, dass er mit der Versklavung von Kindern direkt konfrontiert worden war, allerdings hatte er bei den anderen Malen etwas dagegen *tun* können. Die Kinder waren befreit worden. Und er hatte dabei geholfen.

Heute Nacht war er gezwungen gewesen, sie zurückzulassen. Morgen wäre wieder ein ganz normaler Tag in den Uran-Minen. Sprichwörtlich.

Verfluchte Scheiße.

Sie hätten alle Erwachsenen erledigen können, die die Kinder dort festhielten. Sie hätten die Kinder befreien können.

Aber dann gäbe es keine Beweise zur Verwicklung von Fitzsimmons. Keine Beweise, was dieses Arschloch tatsächlich tat. In ein paar Tagen würde ein Team kommen, die Kinder befreien, die Anführer verhaften und die gesamte Operation zerstören.

Wie Freya es ihm nach der Mission in Südsudan gesagt hatte: Sie mochten fünfzig Kinder gerettet haben, aber da war nichts, was den Markt davon abhielt, erneut zu entstehen. Solange die Männer nicht hochgenommen wurden, die den

Markt leiteten, könnten wenige Wochen später fünfzig neue Kinder versklavt werden.

Freya glaubte daran, *alle* Kinder zu befreien – nicht nur diejenigen, die jetzt versklavt wurden, sondern auch diejenigen, die morgen versklavt würden. Manchmal musste man dafür Opfer bringen. Das bedeutete, diese Kinder nicht in diesem Moment zu retten, sondern mit einem Plan zurückzukehren.

Cal verstand das jetzt auf eine Weise, die er zuvor nicht hatte sehen wollen. Sicher, er hatte es in seinem Kopf verstanden, aber er war nicht dazu in der Lage gewesen, sein Herz davon zu überzeugen. Und er hatte Freya wegen ihrer Einstellung als herzlos abgestempelt.

Nun wusste er, so sehr sein Herz auch schmerzte, dass sie das Richtige getan hatten, indem sie die Kinder dort zurückließen. Und er wusste, dass Freya genauso sehr darunter litt, wie er es tat.

Es war eines der schwersten Dinge, die er wohl jemals hatte tun müssen. Diese Kinder arbeiteten in Minen, die nicht einmal belüftet waren, und bauten verdammt nochmal *Uran* ab. Sie atmeten es die ganze Zeit ein.

Er atmete tief ein. Die Luft war schwer von der hohen Luftfeuchtigkeit. Dschungelluft. Es roch nach Erde und Ranken und Blättern und Regen. Aber es war *Luft*. Nicht Uraniumstaub.

Er wusste, dass sie die Kinder zurücklassen mussten, aber es war ihm zutiefst zuwider.

Freya saß neben ihm in der Dunkelheit. Sie hatten ihr Zelt in dem abgelegenen wilden Dschungel aufgestellt, aber sie waren noch nicht dort hineingekrochen.

Sie trugen beide ihre Nachtsichtbrillen und benutzten kein Licht, das ihren Standort verraten würde. Er konnte ihre Körpersprache lesen und wusste, dass sie mit denselben Dämonen zu kämpfen hatte.

Vor einem Monat war er nicht dazu in der Lage gewesen, sie zu lesen. Oder vielleicht hatte er es einfach nicht gewollt. Doch jetzt konnte er es, und er wusste, dass sie denselben mentalen Preis bezahlte, wie er es tat. Er zog ihre beiden Nachtvisionsbrillen ab und küsste sie, bevor er sein Gesicht an ihren

Hals schmiegte. „Ich habe dich falsch verurteilt, als wir über den Sklavenmarkt diskutiert haben. Ich verstehe es jetzt. Es tut mir leid."

„Danke", flüsterte sie.

„Ich dachte, dass du kalt und kalkulierend bist. Ich hatte mir selbst eingeredet, dass du kein Herz haben kannst, wenn du gewillt bist, solche Entscheidungen zu treffen. Ich habe dich in dieselbe Gruppe von Agenten gesteckt, die meiner Mutter das Leben zur Hölle gemacht hatten. Die versucht hatten, sie für irgendein Gemeinwohl zu opfern, das für niemanden gut gewesen ist."

„Wovon redest du? Die CIA hat etwas mit deiner Mutter zu tun?"

„Ich dachte, du wüsstest davon. Dass es in meiner Akte stand."

„Die CIA hat keine Akte über dich. Wir überwachen keine amerikanischen Bürger. Das dürfen wir nicht. Die einzige Akte, die ich von dir gesehen habe, war deine Dienstakte von SOCOM."

„Die CIA hat eine Akte über meine Mutter, aus der Zeit als sie mit meinem Vater zusammen war, bevor sie in die USA gezogen ist. Sie haben sie noch lange nach meiner Geburt überwacht."

„Falls eine solche Akte existiert, hat sie niemand mit mir geteilt. Sie ist jetzt eine amerikanische Bürgerin. Die CIA kann ihr nichts anhaben."

„Das heißt nicht, dass sie es nicht versucht haben." Er musste wieder zum Anfang zurückkehren und ihr die ganze Geschichte erzählen. „Ich war davon ausgegangen, dass du wusstest, dass mein Vater in der CIA war. Seine Arbeit für die amerikanische Botschaft in Kinshasa war seine Tarnung."

Er spürte, wie sich ihr Körper versteifte, doch dann entspannte sie sich an ihm. „Ich komme mir so dumm vor, dass ich das nicht erraten habe. Es kam mir nicht einmal in den Sinn, dass dein Vater in der CIA gewesen sein könnte. Sein Hintergrund wurde in deiner Dienstakte nicht erwähnt."

„Er ist vor meiner Geburt aus der Agentur ausgestiegen.

Schlussendlich arbeitete er für das Außenministerium in einem Job, der zu seiner vorherigen Tarnung in der CIA passte, somit hat er die CIA nie in seinem Lebenslauf erwähnt. Er war nicht gerade glücklich mit der Agentur, als er ging. Die Leute im Ministerium wussten von seiner Erfahrung. Er musste es nicht an die große Glocke hängen."

Die Insekten brummten, und ein Moskito summte um sein Gesicht herum. „Lass uns ins Zelt gehen", sagte er. „Dann werde ich den Rest erklären."

Sie kroch hinein, und er folgte ihr, bevor er ihr kleines Versteck gründlich verschloss. Sie rollten ihre Schlafmatten aus, pumpten sie auf und legten sich hin. Sie war an der Reihe, ein paar Stunden zu schlafen, doch er würde ihr zuerst seine Geschichte erzählen. Es war längst überfällig, dass er ihr erklärte, warum er sie vor all diesen Monaten so schlecht behandelt hatte, als er erfuhr, dass sie in der CIA war.

„Mein Vater hat meine Mutter bei einer Veranstaltung in einem Hotel in Kinshasa kennengelernt, als sie dort gearbeitet hat. Es war eine politische Sache, aber zu der Zeit befand sich Mobutu so ziemlich am Höhepunkt seiner Macht, somit war das Ganze eine Versammlung von Kleptokraten und dergleichen. Dad war auf der Suche nach Informanten. Mom war eine Managementassistentin und versuchte, das Personal davon abzuhalten, irgendjemanden zu vergiften und damit einen internationalen Vorfall heraufzubeschwören. Dad sah, dass ihr irgendein Kerl in den Hintern kniff und ihr dann folgte, als sie die Party verließ, um nach dem Personal im Servicebereich zu sehen. Mein Vater war besorgt, also folgte er dem Typen und schlug ihn dann zusammen, als der bei meiner Mutter etwas zu handgreiflich wurde. Und ein paar Tage später ist sie dann mit selbstgemachter Erdnussbuttermousse als Dankeschön in der Botschaft aufgetaucht. Sie gingen zusammen aus, verliebten sich, und etwa ein Jahr später entschied die CIA, ihn zurück nach Hause zu holen und der Beziehung ein Ende zu setzen.

Doch Dad hatte seine eigenen Ideen, und er hatte meine Mutter gebeten, ihn zu heiraten und in die Vereinigten Staaten zu ziehen. Sie zögerte. Sie hatte einen guten Job in Zaire – sie sprach fließend Englisch, Französisch, Lingala, und andere Bantu-Sprachen gut genug, um in einem Hotel als Übersetzerin anzufangen, und als sie Talent für organisatorische Führungsaufgaben zeigte, arbeitete sie sich in den Rängen nach oben. Es war für Frauen in Zaire schwer, solche Jobs zu ergattern, und noch schwieriger, wenn man nur einen High-School-Abschluss hatte. Sie wusste, dass es ihr schwerfallen würde, in den USA überhaupt einen Job zu finden, noch weniger im Management. Aber sie liebte meinen Vater und wusste, dass sie nicht bleiben konnte. Sie hatte nicht gewusst, dass er in der CIA war. Himmel, es war nicht vorgesehen, dass er sich ernsthaft mit einer Ausländerin einlassen würde. Und noch weniger, dass er sie als seine Ehefrau mit zurück bringen würde.

Mom sagte schließlich ja, und Dad reichte alle notwendigen Papiere ein, damit sie eine Greencard und alles weitere bekommen konnte. Er hatte seine Vorgesetzten bereits über seine Beziehung informiert, doch sie alle ignorierten es, bis er seinen Boss davon in Kenntnis setzte, dass er sie heiraten wollte. Daraufhin holte man ihn in die Staaten zurück."

Cal schloss die Augen und dachte daran, wie seine Eltern diese Geschichte erzählten. Die Art, wie seine Mutter lachte, und sein Vater wütender wurde. Seine Mutter war unter einem Diktator aufgewachsen und erwartete, dass die Regierung beschissen sein würde, während Dad Idealen gefolgt war – als Cal nun darüber nachdachte, war das ziemlich verrückt, wenn man bedachte, dass er in der CIA gewesen war – aber irgendwie war sein Idealismus intakt geblieben, bis die CIA versucht hatte, die Liebe seines Lebens zu zerstören.

„Mit anderen Worten, sie zerrten ihn wieder zurück in die USA und versuchten ihn davon zu überzeugen, dass Mom eine Sexfalle wäre. Sie taten alles, um ihn davon abzuhalten, sie nach Washington DC zu bringen, doch er hatte etwas getan, mit dem sie nicht gerechnet hatten – er hatte sie vor seiner Abreise aus Kinshasa geheiratet. Und – das war klar – sie war dann sogar noch schwanger. Mit mir."

Freya lehnte sich im Dunkeln an seine Schulter. Ihre Lippen streiften über seinen Hals und er fragte sich, ob das, was er nun fühlte, ähnlich gewesen war, wie das, was sein Vater vor all diesen Jahren empfunden hatte, als man ihn von seiner schwangeren Frau weggezerrt hatte, und seine Arbeitgeber dann eine Kampagne starteten, um ihn davon zu überzeugen, dass sie eine Spionin Mobutus war, die sich einen erstklassigen Platz in Washington DC ergattern wollte, damit sie über die CIA-Operationen Bericht erstatten konnte.

„Nun, ich weiß, dass im Allgemeinen die Vermutungen der CIA nicht unbedingt unbegründet waren. Ja, es gab Sexfallen da draußen, die es auf grüne Agenten abgesehen hatten. Aber mein Vater war nicht grün und meine Mutter war keine Sexfalle. Sie hatte absolut keine Verbindungen innerhalb der Regierung. Meine Eltern waren ganz einfach verrückt aufeinander und total ineinander verliebt. Mein Vater gab schlussendlich seinen Job auf. Wie gesagt, hat er dann für das Außenministerium gearbeitet. Seine Arbeitskollegen dort halfen ihm mit all dem legalen Gerangel, um meine Mutter endlich in die Vereinigten Staaten zu holen – nur drei Wochen vor meiner Geburt. Mein Vater fand später heraus, dass einer der Gründe, warum die CIA dagegen gewesen war, dass er meine Mutter heiratete – außer der Tatsache, dass sie schwarz und er weiß war, was ebenfalls mehrmals zur Sprache gekommen war – tatsächlich der gewesen war, dass sie *ihn* als eine Sexfalle für eine ostdeutsche Frau einsetzen wollten. Sie hatten geplant, ihn nach Berlin zu schicken, sobald er seinen Auftrag in Zaire beendet hatte.

Mein Vater hat die letzten dreißig Jahre und länger damit verbracht, sich darüber aufzuregen, dass sich die CIA einen Dreck darum schert, wie sie die Leute missbrauchen. Mir wurde eine konstante Diät von ‚Individuen zählen nicht‘ und ‚die opfern jeden, ohne einen Gedanken zu verschwenden‘ verfüttert. Zusammen mit seiner Wut und dem Scheiß, den die CIA an Orten wie diesem angerichtet hat, bin ich mit einer … etwas verdrehten Ansicht über die Agentur aufgewachsen.“

Er hatte es noch nie zuvor wirklich in Worte gefasst, hatte sich seinen Vorurteilen nie wirklich stellen müssen – bis zu dem Tag, an dem ihm Savannah James begegnet war, und er eine sofortige Anziehung verspürt hatte. Dann hatte er erfahren, dass sie in der CIA war, was ihn mit einer erschütternden Enttäuschung erfüllt hatte. Was er dann prompt an ihr ausgelassen hatte, als ob es ihre Schuld gewesen wäre. „Ich bin wirklich ein Arschloch. Es tut mir leid."

Sie war still geblieben, während er sprach. Nur ihre Berührung in der absoluten Dunkelheit des Zeltes gab ihm einen Hinweis auf ihre Reaktion – kleine Küsse und das Reizen ihrer Fingernägel auf seiner Haut. Nun streichelte ihre Hand seine Brust.

„Weißt du, ich habe das knisternde Sparring mit dir genossen. Du konntest es genauso wenig verstecken, dass du dich zu mir hingezogen gefühlt hast, wie ich es konnte. Du warst nicht so schlimm, wie du glaubst. Und ich war selbst auch nicht gerade nett zu dir. Es war beidseitig."

Er lächelte. „Wahrscheinlich, weil ich dich jedes Mal, wenn ich dich sah, gegen die Wand pressen und küssen wollte. Und dann würdest du etwas Provokatives sagen und ich wollte dich nur noch mehr besitzen."

„Und ich wollte an die Wand gepresst werden und dir gehören."

Er war steinhart und scharf wie sonst was. Aber beim letzten Mal, als sie sich geküsst hatten, waren sie so ineinander verschlungen gewesen, dass sie zu langsam reagiert hatten, als Soldaten ins Camp gekommen waren. Soweit sie wussten, waren sie hier sicher. Aber es war ein Risiko, das sie nicht eingehen konnten. „Sobald wir wieder zurück im Camp Citron sind, werde ich mindestens achtundvierzig Stunden in deinem CLU damit verbringen, dich an diverse Wände zu pressen und zu besitzen."

Sie lachte. Er liebte ihr Lachen. Es war warm und voller Freude. Wie hatte er sich je davon überzeugen können, dass sie kalt und gefühllos war, wenn sie so lachen konnte?

Er schob eine Hand unter ihr Oberteil und umschloss eine Brust. Er würde hier stoppen können. Er war kein Süchtiger. Er streichelte ihren Nippel zu einer harten Knospe und ihre Atmung veränderte sich. Himmel – und das hier war nur ein

Streicheln ihrer Brust. Wenn er seine Hand in ihre Hose gleiten lassen würde …

Er zog sich zurück und atmete tief ein. „Du solltest schlafen. Ich werde meinen XO anrufen und ihm berichten, was wir hier heute Nacht gefunden haben."

„Sage ihm, dass wir morgen nach Mbandaka zurückkehren und das Modem aufladen werden. Dann werde ich die Fotos und das Video hochladen können."

Sie hatte das in dem Moment versucht, als sie angehalten hatten, um ihr Zelt aufzuschlagen, hatte dann jedoch festgestellt, dass der Akku im Modem leer war. Sie hatte die Bilder und das Video auf ihren Computer und einen USB-Stick aufladen können. Somit waren sie abgesichert.

Morgen würde die Welt sehen, was Fitzsimmons' Pfarramt den Kindern in der Demokratischen Republik Kongo antat.

Morgen wären sie einen Schritt näher, diese Mission abzuwickeln und ihr Leben ins Reine zu bringen. Um eine neue Zukunft zu beginnen.

Dad hatte immer gesagt, dass er sich im kongolesischen Dschungel verliebt hatte. Nun konnte Cal nicht aufhören sich zu fragen, wie sehr er in den Fußstapfen seines Vaters folgte.

◆

Mit einer Bevölkerung von dreihundert Tausend war Mbandaka, die Hauptstadt der Equatorialprovinz, die größte Stadt, die Freya im Kongo besucht hatte. Die Stadt besaß mehr Infrastruktur als die meisten anderen, und zusätzlich zum Flughafen und einer Universität gab es hier sogar ein paar Hotels und andere Dienstleistungen für Reisende.

Es gab genug Hotels hier, dass sie sich entschlossen, es zu riskieren und mit einem von Cals falschen Reisepässen ein Zimmer zu mieten. Freya konnte es kaum erwarten, richtig zu duschen, und einige der Hotels boten private Badezimmer an. Das allein war Grund genug, das Risiko einzugehen, einen der Bonus-Reisepässe zu benutzen.

Sie wartete in einem Café, während Cal ihnen in einem der

größeren Hotels, von dem man den Fluss überblicken konnte, ein Zimmer organisierte. Später betrat er das Hotel dann durch die Lobby, ließ sie jedoch durch eine Seitentür in das Hotel hinein. Das Personal würde sich eher an eine weiße Frau erinnern, während ein Lingala sprechender schwarzer Mann überhaupt nicht auffiel.

Das Erste, was sie tat, sobald sie im Zimmer ankam, war, alle Geräte, die sie hatten, ans Stromnetzwerk anzuschließen. Alle Batterien waren nun leer oder befanden sich in der roten Zone. Sie würde die Batterien aufladen, während sie ihren Körper mit einer wunderbaren heißen Dusche auftankte.

Sie wünschte sich, Cal würde sich unter dem Wasserstrahl zu ihr gesellen, doch Vorsicht stand an erster Stelle. Einer von ihnen musste zu jeder Zeit Wache halten. Erfrischt und wiederbelebt trat sie aus dem Badezimmer und überließ Cal die Dusche.

Während er duschte, packte sie das Video und die Fotos in eine Datei und schickte einen Download-Link an Cals XO. Sie rang mit sich, ob sie die CIA-Analytiker noch einmal kontaktieren sollte, und entschied sich dagegen. Sie hatten nicht auf ihren vorherigen Bericht reagiert. Falls sie das VPN geknackt hatten, könnten sie glauben, dass sie sich noch immer auf dem Fluss befand. Es half ihr nicht weiter, sie wissen zu lassen, dass sie in Mbandaka war.

An diesem Punkt war klar, dass sie ihre Namen nicht via der CIA-Kanäle würden reinwaschen können. Sie und Cal richteten ihre Hoffnungen nun auf SOCOM.

SOCOM würde ihr helfen, Fitzsimmons und Lubanga auszuschalten.

Trotzdem gab es eine Person in der Agentur, die sie kontaktieren konnte. Trotz Cals Drängen hatte sie sich nicht bei Kaylea Halpert gemeldet. Zu der Zeit hatte es nicht viel gegeben, was Kaylea hätte tun können, um ihr von ihrer Position in Dschibuti aus in der CIA zu helfen. Doch jetzt verließen sie sich nicht mehr auf Langley, um Unterstützung zu finden – sie verließen sich auf Camp Citron und Kaylea war dafür die perfekte Person.

Vor Monaten hatten sie und Kaylea ein Gmail-Konto eingerichtet, um außerhalb der Regierungskanäle miteinander kommunizieren zu können. Sie verschickten keine E-Mails von diesem Konto, sondern sie verfassten E-Mails, die sie dann als Entwürfe speicherten, welche die andere Person dann einsehen konnte, wenn sie sich anmeldete, und die sie nach dem Lesen löschten. Es war eine einfache Methode, die Geheimagenten in der ganzen Welt benutzten, und manchmal teilten Kaylea und Freya Informationen über Informanten, die sie nicht in den offiziellen Kanälen erwähnen wollten. Außerdem konnten sie sich hin und wieder für eine Nacht in Dschibuti City verabreden, ohne dass die Leute in der Botschaft herausfanden, dass sie mehr als nur lockere Bekannte waren.

Sie hatte sich täglich in diesem Gmail-Konto angemeldet, aber nie etwas gefunden. Entweder wusste Kaylea nichts von dem, was hier vor sich ging – was durchaus möglich war, da sie nicht für die SAD arbeitete und wahrscheinlich Harrys Bild in den Nachrichten nicht wiedererkennen würde – oder sie hatte sich entschlossen, darauf zu warten, dass Freya sie kontaktierte. Natürlich wäre die dritte Option, dass sie Freya als schuldig ansah und sich von ihr distanzierte, was Freya ihr in diesem Fall nicht einmal übelnehmen würde. *So* eng befreundet waren sie auch wieder nicht.

Sie meldete sich im Gmail-Konto an und spürte eine Welle der Überraschung gemischt mit Besorgnis in sich aufsteigen, als sie die „1" neben dem Entwurfsordner sah. Zeit, herauszufinden, ob Kaylea immer noch auf ihrer Seite war. Als sie Nachricht las, wurde sie von Erleichterung und Dankbarkeit überwältigt.

Heilige Scheiße! Ich habe es gerade gehört. Was zur Hölle ist passiert? Schicke mir KEINE E-Mails an meine Arbeitsadresse, ich werde überwacht – schon seit letzter Woche, wusste nur nicht warum – bis heute. Ich schreibe dies von einem Wegwerfhandy. Ich weiß nicht, ob ich helfen kann, aber ich werde es versuchen.

Freya löschte die Nachricht und schrieb ihre eigene: Die

Nachricht, die sie vor Tagen an die Analysten geschickt hatte und die Updates, die sie an SOCOM gesendet hatte, inklusive der Links, um sich die hochgeladenen Videos anzusehen, und die URL für den Yellowcake-Tracker. Sie schickte Kaylea auch den Link zu ihrem Cloud-Speicher, wo alle Dateien von Lubanga gespeichert waren. Freya hatte es nicht gewagt, diesen an die Analysten weiterzuleiten, falls sie die Dateien löschen sollten, aber während der langen Tage auf dem Frachtschiff hatte sie die Möglichkeit gehabt, einen zweiten Cloud-Speicher einzurichten, in den sie die Dateien kopiert hatte. Somit war sie abgesichert. Sie klickte auf Speichern und meldete sich vom Gmail-Konto ab.

Es war möglich, dass die Nachricht von Kaylea nur ein Köder gewesen, und sie darauf hereingefallen war, aber tief in ihrem Innersten glaubte sie nicht daran. Konnte es nicht glauben. Es gab gute Leute in der CIA, und Kaylea war eine von ihnen.

Cal trat aus dem Badezimmer und ließ sich neben sie auf das Sofa fallen. Sie erzählte ihm von Kayleas Nachricht.

„Ich *wusste*, dass sie in der CIA ist." Er grinste.

Sie lächelte. „Ja, du bist sehr schlau."

Er lachte und küsste sie. „Und wie." Er blickte auf den Computer. „Was sollen wir jetzt tun? Fitzsimmons recherchieren?"

Sie nickte. Sie hatte die USB-Speicher, die sie aus dem Tunnel mitgenommen hatte, schon auf dem Frachter durchgesehen. Es würde einen Finanzsachverständigen benötigen, um die Finanzen voll und ganz zu entziffern und mögliche Straftaten und die Reichweite von Lubangas Organisation aufzudecken, aber sie hatte, was die USA benötigte, um die wichtigsten Punkte zu verbinden, und nun besaß Kaylea diese Information ebenfalls.

Eines war klar: Lubanga arbeitete für Gorev. Das bedeutete – falls Lubanga die Kontrolle über die Demokratische Republik Kongo an sich reißen sollte, hätte Russland Kongos Reichtümer in seiner Tasche. Freya hatte das bereits vermutet, aber das Geld bestätigte es.

Fitzsimmons' Verbindung war etwas unklarer. Sie hatte angenommen, dass die Schule nur ein Vorwand für Diamantenminen war, und der Mann aus purer Gier handelte, doch sie hatten mit ihren eigenen Augen gesehen, was die „Schüler" abbauten.

Wie passte das hinein? Offensichtlich war das Motiv immer noch Profit, doch illegaler Yellowcake wurde eher dazu benutzt, nukleare Bomben zu füllen, als Atomkraftwerke zu versorgen, und man bewaffnete Leute nicht mit Atombomben, wenn da kein größeres Ziel geplant war. Was nützte all das Geld, wenn die Welt in einem nuklearen Holocaust zerstört worden war?

Die Sache mit Schwarzmarkt-Yellowcake war, dass die Käufer zu der Sorte gehörten, die tatsächlich planten, es einzusetzen. Man würde es nicht dazu benutzen, einen Gleichstand herbeizuführen, welcher dann in einem Unentschieden einen zerbrechlichen Frieden unterstützte. Nein. Wer auch immer dieses Uranoxid-Konzentrat kaufte, war auf den großen Knall aus – entweder, um damit eine verheerende Zerstörung herbeizurufen, oder damit sie sich in der Welt als nukleare Macht präsentieren konnten.

Es gab eine ganze Reihe von gefährlichen Staaten, die hinter Yellowcake her waren, doch es schien unwahrscheinlich, dass diese eine Allianz mit einem evangelikalen Priester geschlossen hatten. Warum also verkaufte Fitzsimmons nukleares Material an eine Gruppe, die ihm vordergründig feindlich gesinnt war?

Sicher, es wartete eine fette Bezahlung, aber eine Lizenz zum Diamantenabbau von Lubanga könnte rentabler sein - und wäre es wahrscheinlich - mit weniger Risiko, erwischt und ruiniert zu werden. Was war Fitzsimmons' Langzeitplan? Drugovs Dateien enthielten nur äußerst wenige Informationen über den Televangelisten. Bevor sie sich auf diese Mission begeben hatte, hatte sie sich so viel wie möglich über Gorev und Lubanga gemerkt. Es war Zeit, herauszufinden, was es mit dem ehrwürdigen Abel Fitzsimmons auf sich hatte.

Sie öffnete den Browser und begann mit einer grundlegenden Recherche. Neben ihr duftete Cal nach *Irish Spring*-Seife.

Sie wollte ihn einatmen und ihre Hände über seine Kopfhaut, seinen Hals, Rücken und Hintern gleiten lassen.

Aber verdammt, sie hatten einen Job zu erledigen.

Sie öffnete die Webseite des Televangelisten und klickte sich durch dessen Profil, das er der Welt von sich präsentierte. Danach folgten Nachrichten und Meldungen, die weniger positiv klangen und seine Investitionen in Drugovs Operationen im Südsudan ansprachen – zusammen mit seiner Behauptung, dass es kein Investment, sondern eine karikative Spende zur Unterstützung von Hygieneprodukten für Mädchen gewesen sei.

Sie klickte auf einen Link, um sein tägliches Kabelprogramm anzuschauen, wobei sie erstaunt feststellte, dass er nicht mitten in einer dieser Megakirchen mit einem Megapublikum hinter einem vergoldeten Podium stand. Seine Predigt wurde von einem schockierend einfachen hölzernen Podium geliefert.

„Er muss sein Geld verstecken", sagte sie, als sie weiter ins Internet eintauchte und nach Informationen zu den Finanzen seines Pfarramtes suchte.

Es war der CIA nicht erlaubt, amerikanische Bürger zu überwachen. Das war die Aufgabe des FBIs. Freya hatte keine Zweifel daran, dass das FBI eine armdicke Akte über diesen Mann und dessen Pfarramt besaß, aber selbst wenn sie mit ihrem Arbeitgeber noch ein gutes Verhältnis hätte, könnte oder würde niemand in der FBI Info teilen, und sie hatte weder die Zeit noch die Ressourcen, um die notwendige Kleinarbeit zu leisten, die sie bei solchen Nachforschungen anstellen müsste. Sie prüfte öffentliche Berichte zum Stiftungszweig innerhalb der Organisation.

Auf den ersten Blick sah es so aus, als ob das Pfarramt ein fettes Bankkonto besaß. Eine große Portion der Ausgaben war für Missionsarbeiten in Afrika vorgemerkt – wovon ein Großteil in die Demokratische Republik Kongo abgezweigt wurde. Das war nicht überraschend.

Sie kehrte zu den Videos zurück. Fitzsimmons ging sprichwörtlich in Feuer und Schwefel auf, wie er da hinter seinem einfachen Podium stand. Sie verbrachte nicht gerade viel Zeit damit, evangelikalen Priester zuzuhören, somit wusste sie nicht, wie er im Vergleich zu anderen stand. Er besaß mit Sicherheit einen gewissen Eifer, wenn er vom kommenden Ende der Welt sprach. Leidenschaft mit einem Hauch Sehnsucht.

„Glaubst du, dass er echt ist?", frage Cal. „Die Finanzen der Organisation sehen sauber aus. Jeder Artikel der Stiftung, jeder Link, der detailliert, wo das Geld hingeht, alles bis auf die Schule scheint legitim zu sein. Er fährt keinen protzigen Wagen. Wohnt nicht in einer Villa. Vielleicht will er wirklich ein spirituelles Oberhaupt des Kongo werden. Es ist möglich, dass er nichts davon weiß, was wirklich in der Schule passiert."

„Das würde bedeuten, dass er nie in dem Camp gewesen ist und nicht gesehen hat, was seine Spenden finanzieren." Sie runzelte die Stirn und betrachtete das Foto auf dem Bildschirm, während sie über diese Idee nachdachte. „Das mag auf den Priester zutreffen, aber das passt nicht zu dem, was wir über Lubanga wissen. Ihm ist die religiöse Führung im Kongo scheißegal, was bedeutet, dass da etwas für ihn drin sein muss, wenn er erlaubt, dass Fitzsimmons die Stimme des Christentums in der DRK werden soll."

„Stimmt", sagte Cal. „Ich glaube nur, falls sein Ziel das Geld wäre, würde sich das zeigen. Er würde irgendwo einen Fehler machen, und es gäbe eine Spur zu einer Yacht oder einem versteckten Ferienhaus. Etwas, das aufzeigen würde, warum er überhaupt das Geld abzweigt. Warum zur Hölle würde ein Mann, der seiner Religion so ergeben und nach außen hin so verdammt vorsichtig ist, eine bescheidene Fassade zu präsentieren, Terroristen mit Atombomben bewaffnen wollen?"

Sie blickte wieder auf den Bildschirm zurück und drehte die Lautstärke hoch. Nach dem, was sie über den Priester gelesen hatte, entsprach diese aufgezeichnete Predigt seinem Lieblingsthema.

„Und wie wir es im Buche Lukas 17 gelernt haben", sagte Fitzsimmons mit televangelikalem Eifer. *„An dem Tag, als Lot von Sodom fortging, regneten Feuer und Schwefel vom Himmel herab und zerstörten sie alle – so wie es an dem Tag sein wird, wenn der Menschensohn offenbart wird.' Jawohl, meine Kinder, es wird Feuer von den Himmeln regnen! Wenn*

Jesus zurückkehrt, wird die Menschheit in zwei Gruppen aufgeteilt werden: Diejenigen, die nur für sich selbst leben, die ohne Respekt vor Gott leben, die sich nicht Seinem Reich unterworfen haben – und diejenigen, die den Lehren Gottes treu ergeben sind.

Die selbstsüchtigen, gottlosen Seelen werden unter Seinem Urteil fallen. Sie werden in einem Feuersturm umkommen! Einem Regen aus Feuer und Schwefel, wie an dem Tag, als Lot aus Sodom fortging! Einem Festmahl für die Aasgeier. Die zweite Gruppe, die Gläubigen – ihr, meine Kinder. Ihr. Ihr, die ihr euer Leben dem Reich von Jesus Christus unterworfen habt – ihr werdet Seinem Urteil entkommen. Ihr, die ihr nicht nur für dieses Leben lebt und Objekte sammelt, um Wohlstand und Habgier zur Schau zu stellen. Protzige Häuser. Teure Autos. Diamanten und Schmuck. Diese sind die Eigentümer der Gottlosen. Die Fallen des Teufels. Die Gläubigen, die wahrhaftig glauben, die den weltlichen Gütern entsagt haben, um sich einen Platz in Jesus' Königreich zu sichern – Ihr seid diejenigen, die Seinem Urteil entkommen werden. Am Ende aller Tage werden wir, die Gläubigen, im Reiche unseres Herrn aufgenommen werden."

Oberflächlich betrachtet erklärte diese Predigt, warum der Mann so vorsichtig mit seinem öffentlichen Image war. Man würde seine Frau kaum mit Diamanten geschmückt herumlaufen sehen, wenn das hier sein Hauptverkaufspunkt war. Dann fuhr er fort, seine Gefolgschaft darum zu bitten, was immer sie geben konnten, der Kirche zu spenden – so, wie Jesus es wollte.

Und viele Tausende taten genau das.

Sie ging noch einmal zur Mitte der Predigt zurück, beobachtete sein Gesicht mit heruntergedrehter Lautstärke und versuchte, ihn zu lesen.

„Sie werden in einem Feuersturm umkommen! Einem Regen aus Feuer und Schwefel, wie an dem Tag, als Lot aus Sodom fortging!"

Sie stoppte das Video mit der Großaufnahme seines Gesichts, seine Worte hallten in ihrem Kopf wider.

Sie erinnerte sich an einen Text, den sie auf der Webseite des Pfarramtes gesehen hatte, und klickte auf das Fenster, um es aufzurufen. Ein Banner füllte den oberen Teil der Seite mit einem Zitat aus dem Neuen Testament.

Dann sagte er zu ihnen: „Ein Volk wird sich gegen das andere erheben, und ein Königreich gegen das andere; es wird große Erdbeben geben und an verschiedenen Orten Hungersnöte und Plagen; und es wird Schreckliches geschehen, und es werde große Zeichen vom Himmel kommen." Lukas 21: 10-11

Nach einigen Sekunden wechselten die Worte zu einem anderen Zitat des Neuen Testaments.

Wenn ihr Jerusalem von Heeren umringt seht, dann wisset, dass seine Zerstörung nahe ist. – Lukas 21: 20

„Dies sind beides Referenzen zum Weltende, oder nicht?", sagte Cal. „Mein Wissen ist ein wenig vage, wenn es um Bibelzitate geht."

„Meine Eltern waren beide Geisteswissenschaftler und haben meinen Bruder und mich in den grundlegenden religiösen Texten unterrichtet. Wir haben uns nicht besonders tief mit Lukas beschäftigt, aber ich glaube, dass dies der Teil ist, wo Lukas erzählt, was Jesus über seine Wiedergeburt gesagt hat. Einige religiöse Sekten glauben, dass es wie eine Art Liste ist. Anweisungen, um den jüngsten Tag herbeizuführen. Jesus wird erst dann zurückkehren, wenn Jerusalem von Armeen umringt ist. Es muss einen Krieg geben und Hungersnot und Plagen …" Ihre Stimme verstummte, als sie die Wahrheit verstand.

Fitzsimmons war *tatsächlich* echt. Sie hatte ihn nicht genug recherchiert, um einen professionellen analytischen Bericht schreiben zu können, doch ihr Bauchgefühl – das von den besten Analytikern ausgebildet und trainiert worden war, die die CIA zu bieten hatte – versicherte ihr, dass Fitzsimmons ein wahrer Gläubiger war.

Krieg und Hungersnot und Seuchen. Hungersnot und Kriege waren in Südsudan, im Kongo, in Jemen und in so vielen anderen Gegenden Afrikas und dem Mittleren Osten ein Problem. Drugov hatte versucht, in Südsudan einen massiven Ausbruch von Ebola auszulösen, was mit Sicherheit als eine

Plage durchgegangen wäre. Das musste Fitzsimmons' Verbindung zu Drugov sein – die Verbreitung einer Seuche.

Aber das war nicht alles. Fitzsimmons glaubte daran, dass Jerusalem von Armeen umringt sein musste, damit Jesus zurückkehrte.

Sie starrte auf den Bildschirm, und die Worte seiner Predigt hallten in ihrem Kopf wider. *„Sie werden in einem Feuersturm umkommen!"*

Ihr Körper wurde kalt, als ihr sein Motiv klar wurde. „Er ist nicht hinter Geld oder Macht her. Fitzsimmons will das Uran, damit er das Ende der Welt heraufbeschwören kann."

Kapitel Dreißig

Drei Stunden später, nach einer erschöpfenden Online-Recherche, war Cal am Telefon mit seinem XO und leitete Freyas Theorie weiter, während sie für SOCOM eine Analyse schrieb. Es fühlte sich an, wie ein logischer Gedankensprung, aber immerhin war sie einst eine Analytikerin gewesen, und dies war genau die Art von Meinungsbildung, zu der sie ausgebildet worden war. Anhand vorhandener Tatsachen überlegte sie, was die möglichen Motive, Handlungsweisen und Resultate waren.

Sein Bauchgefühl sagte ihm, dass sie recht hatte. Sie hatte auch schon bei Drugov recht gehabt, und ihr Instinkt hatte einen Völkermord verhindert. Nun sahen sie sich dem dritten Weltkrieg gegenüber.

Dem Ende der Welt, dem Jüngsten Gericht. Er wusste, dass es Evangelisten gab, die diesen Tag unbedingt herbeiführen wollten, aber er hätte nie gedacht, dass irgendjemand so weit gehen und in eine Uran-Mine investieren würde, damit das geschah.

Er beendete sein Telefonat mit Major Haverfeld und Captain Oswald. Beide Männer würden versuchen, SOCOM davon zu überzeugen, ein Team der Spezialeinheit zu schicken, um die Mine zu schließen und die Kinder zu befreien, aber die Situation war durch Freyas Rolle kompliziert. Die CIA würde nichts abzeichnen, das sie involvierte – somit durften sie sie nicht erwähnen.

Er wollte gar nicht wissen, welche Verdrehungen sie vornehmen mussten, um die relevante Information an die richtigen Kanäle weiterzuleiten, ohne dabei Cal oder Freya als die Informationsquellen preiszugeben. Er würde wetten, dass dieses Detail nicht einmal außerhalb von Camp Citron geteilt wurde. Solange Seth Olsen nicht entlarvt war, war der CIA nicht zu trauen.

Die Community des Geheimdienstes war im letzten Jahr durch mehrfache interne und externe Anschläge kompromittiert worden. Was hatte es zu bedeuten, dass Seth Olsen, der ausgeprägte Macht im Directorate of Operations innehielt, ein Hochverräter war?

Und dann war da noch Fitzsimmons. Woher stammte sein Plan für Armageddon? Hatten sie zuerst das Uran gefunden, und dann den Plan einer unechten Schule aufgestellt? Oder hatte Fitzsimmons einfach nur das Geld geschickt, und Lubanga hatte den Rest erledigt?

Jetzt war klar, warum das Uran durch den Tunnel unter Mobutus Palast transportiert wurde. Es war nicht in der südlichen Spitze der Demokratischen Republik Kongo abgebaut worden und auch nicht über Land oder via Flugzeug transportiert worden. Wahrscheinlich war es auf einem Frachtschiff flussaufwärts verschifft worden.

Noch alarmierender war, dass eine neue Uranquelle gefunden worden war. Sobald sie es geschafft hatten, die Kinder zu retten, würden Kleinbergbauunternehmen an ihre Stelle treten. Das war in Shinkolobwe ebenfalls so geschehen. Die Mine war jahrelang geschlossen gewesen, doch Einheimische brauchten ein Einkommen und hatten trotzdem weiter abgebaut.

Freya schob sich vom Computer zurück und stand auf. Sie rollte ihre Schultern aus. „Ich habe noch nie zuvor eine Analyse mit so wenig Info geschrieben, aber vorerst ist das alles, was ich habe. Ich habe auch noch nie zuvor eine Analyse geschrieben, in der ich ein Video eines Sklavenlagers anhängen konnte, das ich mit meinen eigenen Augen gesehen habe. Das ist schon etwas."

Er kam zu ihr und stellte sich vor sie. Er legte eine Hand in ihren Nacken und beugte sich herunter, um ihre Stirn zu küssen. „Hast du es an SOCOM geschickt?"

Sie nickte. „Was hat Captain Oswald gesagt?"

„Er und Haverfeld werden versuchen einen Weg zu finden, ein Team rauszuschicken, ohne für die Mission bezahlen zu müssen. Falsch abgelegte Akten, ein Transport zu einer Forward Operating Base in der Republik Kongo. Es gibt Mittel und Wege, das abzuwickeln. Aber es wird wahrscheinlich ein paar Tage dauern. Die CIA hat die Suche nach dir intensiviert. Das ist wahrscheinlich der Grund, warum Kaylea davon gehört hat. Haverfeld glaubt, dass man dich bald öffentlich benennen und an den Pranger stellen wird."

Das war die allgegenwärtige Gefahr. Dass sie Freyas Namen und ihr Foto in aller Welt öffentlich machten. Sie als eine Geheimagentin identifizierten. Und nicht nur irgendeine Art von Agentin. Special Activities Division. Diejenige, die möglicherweise für Attentate eingesetzt wurde … und Coups organisierte. Black-Ops, geheime Missionen.

„Fuck", sagte sie leise.

„Ja."

„Was ist mit dir? Wird die CIA als Nächstes auch dir hinterherjagen?"

Er zuckte mit den Schultern. „Das können sie versuchen. Mein XO wird das nicht zulassen."

Sie lächelte zu ihm auf. „Glückspilz."

Er küsste sie auf die Nase und packte ihren Hintern. „Stimmt." Hinter ihr pingte der Computer. „E-Mail?", fragte er.

Sie nickte und stellte den Computer an. „Das könnte von meinem Kontakt in der CIA sein. Endlich."

Sie klickte auf ein paar Tasten. „Ich lasse eingehende Nachrichten durch einen Scan laufen, um sicherzugehen, dass es kein Trojaner ist oder sonst irgendeine Art Falle. Scheint okay zu sein." Sie öffnete die Nachricht.

Nach einem Augenblick keuchte sie auf.

Sie trat vom Bildschirm zurück und schlug ihre Hand vor den Mund. Ihr Gesicht war kreidebleich. Ihre Augen waren vor Schock weit aufgerissen. „Es tut mir so leid, Cal. So leid."

Er runzelte die Stirn und näherte sich dem Computer. „Was ist los?"

„So verdammt leid."

Er trat noch einen Schritt näher an den Computer heran und Grauen kribbelte in seiner Wirbelsäule. Er klappte den Bildschirm weiter nach hinten, um ihn von oben lesen zu können. „Oh, mein Gott."

„Es tut mir so leid. Seth bestand darauf, deine Dienstakte einzusehen. Er muss den Namen deines Vaters gesehen und sich erinnert haben. Ich schätze … die CIA hat Daten über deine Mutter, bevor sie in die USA gezogen ist. In den Achtzigern mussten sie das Dorf besucht haben, wo sie aufgewachsen war, und dann ihre Geschwister gefunden haben."

Cal stolperte rückwärts, als der Horror ihn erfasste. Nach allem, was seine Tanten und Onkel während des zweiten kongolesischen Krieges durchgemacht hatten, stand ihnen nun das hier bevor.

Er las noch einmal den Text auf dem Bildschirm. Es war im Grunde genommen eine Lösegeldforderung. Vermutlich von Lubanga.

In zwei Tagen, um 12 Uhr mittags, sollten Freya Lange und Sergeant Cassius Callahan den USB-Speicher mit den 350 Millionen Dollar in dem Dorf abliefern, in dem Cals Mutter aufgewachsen war. Falls sie nicht dort auftauchen sollten, würden Rebellen der FDLR jeden Mann, jede Frau und jedes Kind in dem Dorf ermorden. Angefangen mit Cals Tante Patrice und ihrem zehn Jahre alten Sohn Samuel.

Kapitel Einunddreißig

„Wie zum Teufel hat Lubanga diese E-Mail-Adresse herausgefunden?" Cals Frage war eher ein Schreien.

Freya wanderte in dem kleinen Hotelzimmer auf und ab, ihre Gedanken überschlugen sich. „Mein Geständnis, dass ich Harry umgebracht habe, war eine Wildcard. Man muss Seth davon in Kenntnis gesetzt haben. Er sah die E-Mail, hatte damit die Adresse, und hat sie an Lubanga weitergeleitet."

Es musste Lubanga gewesen sein, der die E-Mail geschickt hatte. Der Mann wollte sein Geld zurück, und er hatte die perfekten Geiseln in CIA-Akten gefunden. Cals *Familie*.

Das war ihre Schuld. Sie hatte ihn in all das hineingezogen.

Sie konnten einem potenziellen Diktator keine 350 Millionen Dollar geben, damit er seine Armee finanzieren und den Kongo an sich reißen konnte, aber sie konnte auch nicht zulassen, dass ein ganzes Dorf voller Männer, Frauen und Kinder abgeschlachtet wurde.

Sie zweifelte keine Minute daran, dass Lubanga seine Drohung wahrmachen würde. Er drohte, *Génocidaires* einzusetzen. Terroristen. Kinder zu töten, stand in ihrem Namen.

„Es tut mir so leid, Cal." Dieses Mal flüsterte sie die Worte. Sie halfen nicht. Sie wusste das. Aber das war es, was sie fühlte.

„Es ist nicht deine Schuld, Freya."

„Doch, das ist es. Ich bin diejenige, die dich in diese Mission reingezogen hat. Nichts von dem hier wäre geschehen, wenn ich einfach mit Harry gegangen wäre, wie Seth das gewollt hat."

„In dem Fall wärst du jetzt wahrscheinlich tot."

Sie zuckte mit den Schultern. „Deine Cousins wären in Sicherheit."

„Ja, aber niemand hätte das Yellowcake gefunden. Oder die Kinder und die Mine. Diese Kinder werden gerettet werden. Unseretwegen. Weil wir zusammen hergekommen sind."

Er versuchte, ihr die Last der Schuld zu nehmen, aber das funktionierte nicht. Eine Träne rollte über ihre Wange. Sie wischte sie weg. „Wie viele Menschen leben in dem Dorf?"

„Was soll das jetzt? Zahlen abwägen, um zu entscheiden, wen wir eher retten sollten? Die Kinder oder das Dorf?"

„Wie viele?", wiederholte sie.

„Keine Ahnung. Zweihundert? Vielleicht mehr. Wir *können* sie retten."

„Das können wir nicht! Wir sind nur zu zweit. Nach allem, was wir wissen, könnte Lubanga eine ganze Armee haben."

„Ja, aber er kann sie nicht bezahlen", sagte er.

„Das werden sie erst wissen, nachdem sie jeden im Dorf abgeschlachtet haben. Es gibt aus dieser Situation keinen Ausweg. Wir können das Dorf nicht retten, und wir können Lubanga das Geld nicht zurückgeben."

„Es ist eine Falle. Wir wissen, dass es eine Falle ist. Lubanga weiß, dass es eine Falle ist. Und wir werden wissentlich in diese Falle treten."

„Du hast mir in Linsala gesagt: ‚Kopfüber in eine Falle zu rennen ist Selbstmord, egal wie sehr man glaubt, sie überlisten zu können.‘ Hast du deine Meinung jetzt geändert?"

„Wir werden nicht kopfüber hineinrennen. Wir werden es sorgfältig planen und fliehen, bevor die Falle zuschnappt." Er zog sie in seine Arme. „Hör zu. Ich werde meinen XO anrufen und ihm diese neueste Entwicklung melden. Du wirst anfangen, diese E-Mail zurückzuverfolgen und sehen, ob du beweisen kannst, dass sie von Lubanga verschickt worden ist."

Sie nickte. Was sollte sie sonst tun? Immer einen Fuß vor

den anderen setzen, auch wenn man auf eine Falle zuging. Sie zog Cals Kopf herunter und küsste ihn, ließ ihre Zunge in seinen Mund gleiten. Sie brauchte diese Intimität mit ihm.

Denn in nur zwei Tagen würden sie sterben.

Cal beendete das Gespräch. Freya hatte die E-Mail weitergeleitet und sie hatten sich am Telefon mit Major Haverfeld und Captain Oswald abgewechselt, während sie ihren Plan zusammenstellten. Das Dorf befand sich im Süden, zwischen Mbandaka und Kinshasa. Es lag nördlich des Flusses Kwa am Rande eines unbenannten Dschungels und wurde von einem Nebenfluss des Kwa versorgt.

Es war abgelegen und isoliert und eine Bergbau-Siedlung gewesen – bis zu dem Einsturz, bei dem Cals Großvater umgekommen war. Beinahe zwei Jahrzehnte später hatte man den Bergbau wiederaufgenommen, und zwei seiner Tanten und einer seiner Onkel waren in das Dorf ihrer Kindheit zurückgekehrt. Sie waren zur selben Zeit aus Kinshasa entkommen, als dessen Bevölkerung nach dem Niedergang von Mobutus Herrschaft pilzartig wucherte. Sie lebten immer noch dort, mit ihren Familien. Zwölf Cousins ersten Grades und drei Cousins zweiten Grades, sowie seine Tanten, Onkel und deren Ehepartner – sie alle lebten in dem Dorf, zusammen mit über zweihundert weiteren Männern, Frauen und Kindern, mit denen er nicht blutsverwandt oder durch Heirat verbunden war.

Er starrte auf die Karte und versuchte herauszufinden, wie er das Dorf am besten beschützen konnte. Die Originalmine, die eingestürzt war, hatte aus hartem Felsen bestanden. Die moderne Abbauunternehmung war ein offener Tagebau. SOCOM arbeitete daran, aktuelle Satellitenbilder zu bekommen.

Es war offensichtlich, warum man ihnen zwei Tage gegeben hatte, um dort hinzukommen. Dies war der Kongo, und es gab keine Flüge dorthin. Außerdem hatte Lubanga keine Ahnung, wo sie waren und wie weit sie würden reisen müssen. Wahrscheinlich hatte er darauf gesetzt, dass sie nahe genug waren, um in zwei Tagen hinkommen zu können, wohlwissend, dass sie – falls sie in Kisangani oder weiter weg wären – alles tun würden und einen Flug nach Kinshasa nehmen, um das Dorf rechtzeitig zu erreichen.

Der Mann brauchte den tatsächlichen USB-Speicher, aber sobald er das Dorf angriff, könnte er sich von dem Geld verabschieden. Also hatte er Cal und Freya genug Zeit gegeben, dorthin zu gelangen – aber nicht so viel, als dass sie Verstärkung aus Camp Citron anfordern konnten. Diese zwei Tage bedeuteten auch, dass Lubanga ausreichend Zeit hatte, eine Armee zusammenzutrommeln, die die Geiseln in Schach halten konnte.

Es wäre für Cal und Freya unmöglich, mehr als ein paar Stunden früher dort anzukommen. Nicht ohne einen Hubschrauber. SOCOM konnte diese Art von Erlaubnis nicht bekommen, ohne weiter oben in der Kommandokette anzufragen, und dem stand die CIA im Weg. Sie konnten den internen Feinden ihre Karten nicht offenlegen.

Somit waren sie mehr oder weniger am Arsch. Sie hatten ein paar Stunden, um zu planen und sich vorzubereiten, und würden sich dann kurz vor Sonnenaufgang auf den Weg machen.

Er dachte an seine Mutter, stellte sich vor, wie sie in ihrem Zuhause in Arlington, Virginia, aufwachte. In dem Haus, in dem Cal als der älteste von drei raufboldigen Jungen aufgewachsen war. Sie würde sich ihren Kaffee kochen und dann die Tasse füllen, die sein Bruder im Alter von acht Jahren bemalt hatte. Sie würde die neuesten Tagesmeldungen auf dem iPad lesen, das Cal ihr vor Jahren zu Weihnachten geschenkt hatte, damit sie sich via Video-Chat unterhalten konnten, wann immer und wo immer er auch stationiert war.

Sie würde ihren Tag so verbringen, wie sie es immer tat – ohne zu wissen, dass ihre Geschwister und deren Kinder in Gefahr waren. Ohne zu wissen, dass ihr ältester Sohn der Grund dafür war.

Er hatte gesehen, wie sich während des ersten und zweiten kongolesischen Krieges die Sorgenfalten auf ihrem Gesicht vertieft hatten. Er wusste von der Angst, die sie um ihre Mutter und ihre Geschwister hatte. Um deren Kinder. Um das Land, das sie liebte. Er hatte sie weinen sehen, als man seine Cousins zwangsverpflichtet hatte. Er war zehn Jahre alt gewesen und hatte nichts von den Vergewaltigungen gewusst, von dem Alptraum, den seine Tante und seine Cousinen überlebt hatten.

Seine Mutter machte sich Sorgen um Cal, wenn er im Einsatz war. Alle Mütter taten das. Er wollte nicht daran denken, was sie durchmachen würde, wenn Cal sie nun im Stich lassen sollte.

Er schloss den Computer und stand auf. Er verschwendete nie einen Gedanken ans Scheitern, und nun war nicht der richtige Moment, damit anzufangen.

Freya reinigte eins der Gewehre.

Cal hob ein zweites auf und tat dasselbe. Er war ein Waffen-Sergeant. Er kannte sich besser mit Waffen aus als irgendjemand sonst in seinem Team. „Drei AKs reichen nicht aus."

„Wir haben unsere Pistolen. Messer. Fünf Blasrohrpfeile. Zwei Gasdisketten", sagte sie. Die Gegenstände waren in einer sauberen Reihe auf dem Couchtisch ausgelegt worden.

Er betrachtete das lächerliche Arsenal. „Um es mit einer Armee aufzunehmen."

Sie zuckte mit den Schultern. „Wir wissen nicht, wie vielen wir gegenübertreten werden."

Er wünschte, sie hätten letzte Nacht die Waffen aus dem Lager gestohlen, aber das wäre aufgefallen. Er und Freya diskutierten, wie sie es angehen wollten. Cal hatte das Dorf mit seiner Mutter besucht. Er kannte den Grundriss. Sie hatten diesbezüglich einen gewissen Vorteil. Sie erinnerte ihn daran und lenkte seinen Fokus, stellte genau die richtigen Fragen und zog damit Erinnerungen aus seinem Kopf in den Vordergrund.

Sie stellten einen Plan zusammen, wie sie die Kinder retten würden. Der war kaum ideal, aber besser als nichts.

Sie könnten es schaffen. Er und Freya gaben ein beeindruckendes Team ab.

Er beobachtete sie, als sie ihre Rucksäcke für die bevorstehende Reise vorbereitete. Sie hatten noch fast eine ganze Nacht, bevor sie sich auf den Weg machen würden. Alles musste komplett aufgeladen werden, und sie konnten tagsüber schneller fahren. Sie mussten die Straße nehmen – sie hatten nicht genug Zeit, sich den Weg auf ihrem Bike durch den Dschungel zu hacken – und am Tag würden sie sich wenigstens unter die anderen Reisenden mischen können.

Sie hatten noch ein paar Stunden.

Sie schob sich eine Haarsträhne hinter ihr Ohr – etwas, bei dem er sie in Camp Citron tausende Male beobachtet hatte. Und jedes Mal hatte er sich vorgestellt, seine Finger durch ihr Haar gleiten zu lassen und eine Locke zwischen seinen Daumen und Zeigefinger zu schlängeln, um zu sehen, ob es tatsächlich so weich war, wie es aussah.

Nun hatte er die Chance gehabt, das herauszufinden. Ihr Haar war feiner als es ihm bewusst gewesen war. Seine Finger waren ganz leicht durch ihre weichen Strähnen geglitten. Sie waren wie Seide.

Sie hatten noch ein paar Stunden.

Er atmete tief ein und dann glitten Worte über seine Lippen, die schon seit Tagen am Rande seines Bewusstseins herumgelungert hatten. „Ich liebe dich.“

Als Freya seinem Blick begegnete, schoss Erregung durch sie hindurch. Nun fiel es ihr leicht, ihn zu lesen, und ihr Herz quoll über, als sie sah, dass er es ernst meinte. Sie senkte ihren Blick und atmete tief ein. Sie hatte akzeptiert, was sie zu tun hatte. Er machte es ihr nicht leicht.

Er rutschte über den Boden zu ihr hin, nahm die Pistole, die sie reinigte, aus ihrer Hand und legte sie auf den Couchtisch. Er umschloss ihre Wange mit seiner Hand und hob ihr Gesicht an, damit sie ihn ansehen musste. „Ich liebe dich“, wiederholte er.

Sie lächelte und küsste ihn. Wiederholte seine Worte im Geiste. Ihr Kuss war dringlich, seiner war langsam und verführerisch.

Sie wusste genau, was er dachte. Sie konnte ihn mittlerweile so viel besser lesen. Sie hatten Zeit. Mindestens einige Stunden. Dann würden sie sich auf eine Selbstmordmission begeben. Er plante eine Nacht, an die sie sich erinnern würden – nur, dass sie nicht lange genug leben würden, um sich daran zu erinnern.

Aber sie konnte eine andere Wahl treffen. Eine, die weder ihn noch seine Familie opfern würde. Eine, durch die er noch viele Jahrzehnte länger leben würde und sich an diese eine Nacht erinnern könnte.

Sie wollte sich in die verführerische Weichheit seines Mundes, seiner Berührung sinken lassen, doch in ihrem Kopf hatte sie ein anderes Ziel vor Augen, bei dem sie ihm all die Leidenschaft und das Feuer, das sie spürte, auf einmal geben wollte. Heftig. Schnell. Mit der Intensität einer Flutwelle.

Die Regenmenge eines ganzen Monats in dreißig Minuten.

Die Leidenschaft eines ganzen Lebens in einer Nacht.

Ihre Zunge strich gegen seine, während ihre Finger in seinen Hosenbund glitten. Sie umschloss seine dicke Erektion mit der Hand und streichelte ihn. Sein Körper erbebte bei ihrer Berührung, und er stieß ein leises Stöhnen aus.

Sie verschwendete keine weitere Minute. Sie zog den Reißverschluss an seiner Hose auf und befreite ihn von seinen Boxershorts. Sie rutschte an seinem Körper herab und nahm ihn in ihren Mund. Wie sie es in Daressalam getan hatte, hob sie ihren Blick zu seinem, beobachtete ihn, wie er sie beobachtete, während sie ihm einen blies.

Er stöhnte, als sie ihn tief in sich aufnahm. Sein Blick war weich und heiß, und er hatte so wunderschöne braune Augen, in die sie stundenlang starren könnte. Sein Schwanz war so hart, sie stöhnte leise, als sie ihn an ihrer Zunge spürte und sich vorstellte, wie gut er sich in ihr anfühlen würde.

Er ließ seine Hand über ihren Bauch gleiten und dann in ihren Hosenbund. In ihren Slip. Seine Finger fanden ihre heiße, nasse Mitte und er stöhnte erneut. „Du bist so feucht für mich.“

Sie leckte mit ihrer Zunge über seinen Schwanz und nahm ihn tief in ihrer Kehle auf, während er einen Finger in sie hineinschob, um ihn wieder herauszuziehen und dann mit einer nassen Fingerspitze ihren Kitzler zu streicheln.

Sie stieß selbst ein Stöhnen aus. Er fühlte sich in ihrem Mund so gut an, während er sie auf so intime Weise berührte. Sie würde nicht viel brauchen, um zu kommen, doch diese Erinnerung musste für ihn ein Leben lang anhalten.

Sie rutschte zurück, aus seiner Reichweite, während sie weiterhin sein Glied leckte und saugte. Dann ließ sie ihn los und stand auf. „Ausziehen", befahl sie, als sie sich selbst auszog. Er lag einfach nur da, beobachtete sie und sie lächelte. Ließ ihn die Show genießen.

Sie stand nackt vor ihm, dann drückte sie eine Brust und kniff in den bereits harten Nippel.

„Meins", sagte er.

Sie nickte und drückte die andere. Dann schob sie ihre Finger zwischen ihre Oberschenkel und reizte sich dort ebenfalls.

„Auch meins", sagte er, setzte sich auf, packte sie am Hintern und zog sie an seinen Mund heran.

Sie liebte diese besitzergreifende Seite an ihm wirklich.

Seine Zunge fand ihren Kitzler und sie ruckte ihm entgegen, als ein scharfer lustvoller Blitz durch sie hindurch schoss. Er schob zwei Finger in sie, während er ihre Klitoris leckte. Sie war so kurz davor zu kommen. Sie trat zurück und außerhalb seiner Reichweite. „Ausziehen", wiederholte sie.

Dieses Mal gehorchte er, und einen Augenblick später war sein wunderschöner Körper vor ihrem Blick entblößt. Sie trank seinen Anblick in sich auf. All die dunkle Haut und harten Muskeln. Sie erinnerte sich an all die Stunden, die sie im Fitnessstudio auf der Basis damit verbracht hatte, ihn zu beobachten. „Meins", sagte sie voller Zufriedenheit.

Er nahm seinen Schwanz in seine Hand und streichelte seinen Schaft. „Deins", sagte er.

Sie leckte ihre Lippen. Sie wollte ihn in ihrem Mund. Sie wollte ihn in ihrer Scheide. Sie wollte ihn ganz einfach mit einer Dringlichkeit, die sich nicht bremsen lassen wollte.

Cal übernahm die Kontrolle. Er sprang auf die Füße, hob sie in seine Arme und ging schnurstracks zur Wand. Seine Dicke glitt in dem Moment tief in sie hinein, als sich ihr Rücken gegen die kühle Wand presste. Sie verkrampfte sich um ihn, erregt von der rohen Lust seiner Invasion.

„Ich kann dir nicht sagen, wie oft ich davon geträumt habe, dich an einer Wand zu ficken." Seine Worte klangen heiß und atemlos. „In meinem CLU. Im Fitnesszentrum. In deinem Büro. Fuck, sogar im SOCOM-Hauptquartier."

Sie hatte dieselben Fantasien gehabt. „Du hast mir einmal während eines Meetings einen Blick zugeworfen", keuchte sie, während er tief in sie hineinstieß, „und ich vergaß komplett, worüber dein Kommandant gesprochen hatte. Er stellte mir eine Frage und mein Kopf war verdammt nochmal *leer*. Das war mir so peinlich."

Seine Stöße ließen auch dann nicht nach, als er lachte. „Ich habe mich mehr als einmal so gefühlt. Ich musste während der Meetings aufhören, dich anzusehen."

Er packte ihren Hintern, zog sich heraus und glitt dann tief in sie hinein. Sein Rhythmus veränderte sich, und sie verlor die Fähigkeit zu denken oder zu sprechen. Sie küsste ihn, während er sie an die Wand nagelte. Ihre Augen waren geschlossen, als ihr Orgasmus durch sie hindurch pulsierte, doch sie zwang sie auf, weil sie Cals Gesicht sehen wollte, als er mit derselben Intensität kam.

Ihrer. Er gehört ihr.

Sein Orgasmus ebbte ab, und er lehnte sich schlaff an sie, während er heftig atmete. Sie küsste seinen Hals, speicherte das Gefühl seiner Haut an ihrem Gesicht in ihr Gedächtnis ein. Wie sich sein harter Körper an ihren presste.

„Ich liebe dich", sagte er noch einmal und sein Atem klang nun harsch und abgehackt.

Er verfestigte seinen Griff um sie, als er sich aufrichtete, sich umdrehte und sie dann zur Couch trug. Sie streckten sich beide darauf aus, und sie lag schläfrig an ihn gelehnt. Seine Hand streichelte ihren Rücken, bevor sie tiefer rutschte und er ihren Hintern umschloss.

Sie schloss die Augen und erlaubte es sich, diesen einen Moment zu genießen. Sie küsste seinen Hals, rieb ihre Wange an seinem rauen Bart.

Sie hob ihren Kopf an und öffnete die Augen. Alles, was sie je in seinen Augen hatte sehen wollen, war direkt vor ihr. Sie küsste ihn noch einmal, während sie hinter sich griff und die Gegenstände auf dem Couchtisch betastete. Ihre Finger fanden, wonach sie suchte und sie löste sich von seinem Mund.

„Ich liebe dich auch", sagte sie.

Dann stach sie ihn mit einem Betäubungspfeil.

Kapitel Zweiunddreißig

Cals Kopf pochte schmerzhaft, und seine Augenlider waren schwer. Er war desorientiert, und ihm war ein wenig übel. Seine Zunge fühlte sich dick an. War er krank? Er wollte seinen CLU-Mitbewohner Pax fragen, ob sie das Getränkelimit von zwei Drinks im *Barely North* überschritten hatten. Dabei dachte er, dass er schon seit Tagen nicht mehr in der Bar gewesen war. Vielleicht seit Wochen? Er versuchte, die Augen zu öffnen.

Versuchte es. Und scheiterte.

Seine Augen zu öffnen, sollte nicht so anstrengend sein. Er konzentrierte sich darauf. Wollte einen Finger benutzen, um ein Augenlid hochzuschieben. Aber er konnte seine Arme nicht bewegen.

Schlafparalyse? Nein. Er konnte seine Finger bewegen. Mit seinen Zehen wackeln. Er konnte seine Beine bewegen, nur nicht getrennt voneinander.

Adrenalin pumpte in sein System, und er schaffte es, seine Augen zu öffnen. Der Raum war pechschwarz. Doch er erkannte anhand des Gefühls in diesem Raum, der Art des Lichts, dass er sich nicht in seinem CLU befand.

Er atmete tief ein und mit dem Geruch in der Luft – dem Duft von Sex und tropischer Hitze – kam alles wieder zu ihm zurück.

Das Hotel in Mbandaka. Die Drohung gegen seine Familie. Wie er mit Freya Liebe machte. Ihre letzten Worte, bevor er bewusstlos geworden war.

Sie musste ihn mit einem dieser verdammten Pfeile betäubt haben. Er lag auf seiner Seite, in die Couch hineingerollt. Er bewegte sich. Er musste ihr hinter.

Fuck. Sie hatte ihn gefesselt. Seine Hände waren vor ihm festgebunden, und sie hatte seine Ellenbogen mit einem Seil an seiner Taille fixiert. Seine Beine waren gefesselt. Und *Fuck*, sie hatte seine Hände an seinen Beinen festgebunden.

Verdammt! Sie hatte gesagt „*Ich liebe dich*", ihn mit Betäubungsmittel vollgepumpt und dann wie ein Spanferkel verschnürt.

Sie war bestimmt auf dem Weg Richtung Süden, um sich Lubanga allein zu stellen. Trotz des Nebels seiner Wut verkrampfte sich sein Herz. Sie opferte sich selbst, um ihn zu retten. Um seine Familie zu retten.

Verfluchte Scheiße. Sie marschierte direkt in die Falle, ohne irgendwelche Absichten, sich selbst zu retten.

Und so gefesselt, wie er es nun war, konnte er verdammt nochmal nichts dagegen tun.

Er rollte von der Couch. Sie hatte beabsichtigt, ihn aufzuhalten, nicht ihn umzubringen. Er würde sich befreien können. Dann würde er ihr hinterherjagen und sie für diesen beschissenen Zug bezahlen lassen.

Freyas Liebesaffäre mit dem Kongo war offiziell vorbei. Sie hatte genug vom Motorrad. Genug von dem zerrütteten matschigen Weg, der als Straße durchging. Genug von den Insekten. Genug von der Hitze.

Sie wäre zufrieden, wenn sie niemals wieder eine Ranke oder ein Blatt sehen müsste.

Und mehr als alles andere hatte sie genug vom Regen, der die Straße zerstört hatte, die Insekten fütterte und die Hitze sogar irgendwie noch dicker – noch erdrückender – machte, und weil er dafür sorgte, dass sich das Motorrad kaum noch lenken ließ.

Nur wenige Stunden, nachdem sie sich auf den Weg gemacht hatte, war ein Sturm angerollt, und die ohnehin schon fürchterliche Straße hatte sich in Suppe verwandelt. Sie verstand nun, warum so viele auf den Frachtschiffen auf dem Fluss reisten, wenn die Reise über Land nicht besser war als das hier.

Sie bewunderte Cal dafür, dass er sich nie darüber beschwert hatte, als er das Bike unter ähnlichen Umständen gesteuert hatte – und noch dazu mit ihr hinten drauf. Sie könnte fast glauben, dass der Mann ein Heiliger war, wenn sie nicht ganz genau wüsste, dass er allzu menschlich war.

Er war jetzt bestimmt stinksauer. Sie hatte es gehasst, ihn so gefesselt zurückzulassen. Hasste es, wie beschissen er sich fühlen würde, wenn er aufwachte. Aber wenigstens würde er aufwachen. Heute Nacht. Morgen und an so vielen weiteren Tagen in der Zukunft.

Er würde leben.

Seine Familie würde leben.

Das war alles, was zählte.

Das Motorrad landete in einem weiteren Straßenloch, und sie flog beinahe über die Lenkstange. Sie grunzte, als sie sich wieder richtig hinsetzte und weiter Gas gab. Sie sollte für eine Weile anhalten, bis der Regen nachließ. Doch sie konnte nicht anhalten. Nicht, wenn sie früh genug zu dem Dorf gelangen wollte, um die Opposition auszukundschaften und diese ausweglose Situation zu beenden, bevor sie überhaupt begann.

***

Wenigstens war sie so nett gewesen, ihn anzuziehen, bevor sie ihn gefesselt hatte. Denn wenn Cals A-Team in Mbandaka aufgetaucht wäre und Cal nicht nur gefesselt, sondern auch nackt vorgefunden hätte, würde er seinen geplanten Antrag vielleicht noch einmal überdenken.

Wie die Dinge nun standen, würde er ihr vielleicht niemals Pax' Lachanfall verzeihen, oder dass Espinosa sich die Tränen wegwischen musste, nachdem er sich vornüber gebeugt und wie ein Esel gewiehert hatte.

Bastian hingegen stand nur an der Seite und grinste.

Cal warf ihm einen Blick zu, der eindeutig besagte: Bring deinen Arsch endlich hier rüber und binde mich los, oder ich werde jedem erzählen, was in der Nacht in Neapel passiert ist.

Es war nicht überraschend, dass Bastian vortrat und sein Messer aus der Tasche zog. „Ich wette, du könntest jetzt gut so eins gebrauchen."

Espi fing wieder an, lachend aufzujaulen.

Cal warf dem Sergeant einen grimmigen Blick zu. „Fickt euch alle ins Knie", sagte er.

Goldberg zog sein Handy hervor. „Warte, Chief. Wir brauchen ein Gruppenfoto. Alle zusammen aufstellen."

Ripley, Pax, Bastian und Espi teilten sich rechts und links von der Stelle auf, wo Cal auf dem Boden lag. Er konnte nichts Besseres tun, als für die Kamera zu grinsen. Solange er lachte, würden sie vielleicht nicht das gesamte Fitnesszentrum in Fort Campbell mit diesem Foto tapezieren. Es war nur geeignet, ihn lächerlich zu machen, wenn er stinkig aussah.

Goldberg schoss das Foto, dann zerschnitt Bastian das Seil, das Freya in solch einem komplizierten Knoten zusammengebunden hatte, dass er ihn selbst nach stundenlangen ernsthaften Versuchen nicht hatte lösen können. Er hatte angefangen, sich Sorgen darüber zu machen, was er tun konnte, als die Tür aufgeflogen war, und sein halbes A-Team hereingestürmt war.

Als seine Hände und Füße endlich befreit waren, stand er auf und rieb sich die Handgelenke. Seine Gelenke kribbelten, als das Blut nach Stunden in derselben Position endlich wieder frei zirkulieren konnte. Er fragte sich träge, ob Freya vielleicht auf Bondage stand. Falls ja, könnte er sich einige Arten ausdenken, wie er es ihr zurückzahlen würde.

„Wie zur Hölle seid ihr so schnell hierhergekommen?"

„Wir befanden uns bereits auf einem Transportflug nach Brazzaville, als du mit Captain Oswald am Telefon über die Lösegeldforderung gesprochen hast", sagte Bastian. „Komische Sache. Kaylea Halpert tauchte im SOCOM-Hauptquartier auf, und sie und Haverfeld und Oswald und die anderen Offiziere ganz oben in der Nahrungskette verschwanden allesamt in ein privates Meeting. Im nächsten Moment wurde die Hälfte des Teams losgeschickt, um die Kinder aus der Mine zu befreien – quasi *unterm Tisch*."

„Der Captain hat kein Wort gesagt", antwortete Cal.

„Er vertraut Savvy nicht. Er war gewillt, die Mission zu unterstützen, aber er wollte nicht, dass sie wusste, dass wir kommen."

Cal wurde wütend. „Sie ist unschuldig …"

„Ja?! Wo ist sie denn dann?", fragte Ripley. Sein Blick durchsuchte das Hotelzimmer. „Und wo ist der USB-Speicher mit dem Geld?"

„Sie ist gegangen. Sie will sich selbst für mich opfern, um mich zu retten. Um meine Familie zu retten. Um die Welt zu retten." Er dachte an Fitzsimmons und den Tag des Jüngsten Gerichts, und ihm wurde klar, dass er damit nicht einmal übertrieb.

„Bist du dir da sicher?", fragte Pax.

Cal nickte. „Ich vermute, dass sie davon ausgeht, wenn sie den USB-Stick vor Lubanga zerstört, wird er wissen, dass er das Geld nicht mehr zurückbekommen kann. Dass er verloren hat."

„Und dann wird er sie töten."

„Ja. Aber er wird keinen Grund haben, die Dorfbewohner umzubringen."

„Aber vielleicht wird er es trotzdem tun."

„Vielleicht wird er das", stimmte Cal zu.

„Ein ziemlich dummer Plan", sagte Espi gedankenverloren, und plötzlich war all der Humor aus seinem Gesicht verschwunden.

„Ja, aber das ist der einzige Weg, um sicherzustellen, dass er das Geld nicht in die Finger bekommt, und die einzige Chance, dass er die Dorfbewohner verschont. Und mich verschont. Es gab nur uns beide, und wir hatten nur drei AKs und ein paar Munitionsmagazine."

Bastian ließ sich mit einem wölfischen Grinsen aufs Sofa fallen. „Nun, jetzt gibt es sechs von uns, und wir haben einen ganzen Vogel voller Maschinengewehre, Granaten und anderer Spielzeuge."

Besser noch als die Waffen, war die Tatsache, dass Cal sein Team bei sich hatte: Assistant Detachment Commander Ford, Operations Sergeant Blanchard, Communications Sergeant Ripley, Medical Sergeant Goldberg, und Engineering Sergeant Espinosa. Zum ersten Mal, seit er die Lösegeldforderung gelesen hatte, erblühte wahre Hoffnung in seiner Brust.

„Sieben", sagte er. „Es gibt sieben von uns. Freya gehört zum Team dazu."

Kapitel Dreiunddreißig

Freya duckte sich hinter einem Felsvorsprung auf einem Hügel oberhalb des Dorfes. Sie hatte noch ungefähr zwei Stunden, bevor die Dämmerung das Tal erhellen würde. In acht Stunden sollte sie dann mit dem USB-Stick erscheinen.

Sie suchte das Tal unter sich mit Cals Nachtsichtbrille ab. Auf der anderen Seite des Flusses sammelten sich Lubangas Streitkräfte. Dutzende von Männern waren sichtbar und es konnten noch weitere Hunderte im Dschungel warten. Sie entdeckte einen Späher und merkte sich dessen Ausrüstung. AK-47, Tarnkleidung und … sonst nichts.

Nicht einmal ein Fernglas.

Sie würde nicht einmal dabei ins Schwitzen kommen, diese Söldner auszuschalten, allerdings waren da Hunderte von ihnen. Hunderte von Männern mit Maschinengewehren und ohne Gewissen – das war eine erhebliche Streitkraft für nur eine Person. Obwohl sie zwei AKs hatte. Sie hatte die Dritte bei Cal gelassen, weil es sich nicht richtig angefühlt hatte, ihn unbewaffnet zurückzulassen. Falls er es irgendwie schaffen sollte, sich zu befreien und dann doch noch rechtzeitig hier aufzutauchen, dann bräuchte er eine Waffe.

Es war ganz schön beschissen von ihr gewesen, alles andere mitzunehmen – inklusive seines Fernglases. Sie hatte sich vergewissert, dass sich nichts Scharfes in seiner Reichweite befand –

trotz der Art, wie sie ihn gefesselt hatte – um die Seile durchzuschneiden. Wenn er um Hilfe rief, würde man ihn früher oder später befreien, aber sie wollte wetten, dass er sich zuerst eine lange Weile um die Knoten bemühen würde, bevor er seine Nachbarn störte. Lange genug, um sicherzustellen, dass es ihm unmöglich wäre, rechtzeitig hierher zu kommen. Ganz besonders ohne ihr Motorrad.

Sie suchte noch einmal das Tal ab und entdeckte einen weiteren Späher. Sie drehte das Fernglas zurück zum Dorf auf dieser Seite des Flusses. Alles war still. Die Bewohner hatten nicht die geringste Ahnung, dass sich auf der anderen Seite des flachen Flusses in der Nacht eine ganze Streitmacht versammelt hatte.

Dann steckte sie das Fernglas weg und kletterte den Hügel herab. Sie musste Cals Tante aufwecken. Er hatte aus der Erinnerung eine Karte des Dorfes aufgezeichnet. Die war bestimmt nicht ganz korrekt, aber sie war vielleicht in der Lage, abzuschätzen, welche Hütte Tante Patrice gehörte.

Laut Cal sprach Patrice Beya Französisch, Lingala und Englisch wie seine Mutter. Freya wusste genug von seiner Familie, dass sie die Frau würde überzeugen können, sie anzuhören. Mit ihrer Hilfe könnten sie jeden – oder wenigstens die Kinder – davon überzeugen, sich in der alten Mine zu verstecken. Wenn es nach ihr ginge, würde niemand zurückbleiben, den die Rebellen bedrohen könnten.

Freya würde eine Kamera aufstellen, um den Eingang zur Mine zu bewachen. Sie hatte ihren voll aufgeladenen Satelliten-Hotspot dabei und würde ihn so einstellen, dass das Video automatisch hochgeladen wurde. Falls Lubangas Männer versuchen sollten, die Mine in die Luft zu sprengen, um die Dorfbewohner darin einzuschließen, hätten die Nachrichtenstationen BBC und CNN das Video dieser Gräueltat. Man würde die Dorfbewohner retten, und Lubangas Angriff auf ein friedliches Dorf wäre in der gesamten Welt bekannt.

Der Plan war nicht großartig, aber er war immer noch besser als kaltblütig erschossen zu werden. Oder Schlimmeres. Es gab noch so vieles, was so viel schlimmer wäre, und die

Menschen im Kongo wussten das. Cals Tante wusste das. Eine ihrer Schwestern hatte es erlebt und ihre Geschichte erzählt.

Die Mine war nach dem Einsturz, bei dem Cals Großvater ums Leben gekommen war, neu ausgegraben und verstärkt worden. In 2004 hatte man versucht, den Bergbau wiederaufzunehmen, doch dann hatte das Unternehmen, das die Wiederbevölkerung des Dorfes unterstützt hatte, etwa ein Jahr später die Richtung geändert und sich für den einfacheren, sicheren offenen Tagebau entschieden. Somit war die alte Mine nun verlassen. Die Dorfbewohner konnten sich im verstärkten Bereich verstecken. Sie würden überleben.

Freya würde es allerdings nicht so gut ergehen. Ihr einziger Trumpf war, dass Lubanga sie lebend brauchte, um das Geld zu überweisen. Ihm einfach nur den USB-Speicher zu überreichen, würde nicht reichen. Ihre Bitcoin-Brieftasche befand sich auf einem Schlüssel, der eine zweifache Autorisierung benötigte, wovon eine ihr *lebendiger* Daumenabdruck war. Er konnte nicht einfach ihren Daumen abschneiden und hoffen, dass ein Computerprogramm ihr Passwort mit siebzehn Buchstaben und Zahlen knacken könnte.

Sie würde dies als Schutzschild zu ihrem Vorteil nutzen. Sie würde die Speicherplatte zerstören, die alle achtundvierzig privaten Schlüssel enthielt, die sie in dem Tunnel unter dem Palast kreiert hatte. Ohne diese Privatschlüssel, die zu dem öffentlichen Schlüssel passen mussten, wäre das Geld unerreichbar. Für immer verloren.

Lubanga würde sie sicherlich umbringen. Aber es würde ihm nichts bringen, wenn er sich an den Dorfbewohnern auslassen würde. Das würde nur seine Brutalität enthüllen.

Sie hörte einen Motor in der Ferne. Die Straße zu dem Dorf war fürchterlich, aber sie hatte gesehen, wie Trucks noch schlimmere Straßen in diesem Land befuhren, und Lastwagen belieferten das Bergbauunternehmen und die Dorfbewohner mit Lebensmitteln und Vorräten.

Es war unglaublich, wie widerstandsfähig die Menschen im Kongo waren. Wie sie ihre Frachtschiffe und Trucks überluden. Sogar ihre Fahrräder. Wann immer jemand irgendetwas irgendwohin brachte, trugen sie mehr, als es aus menschlicher Sicht möglich war.

Das Motorengeräusch blieb, doch sie konnte das Fahrzeug auch mit ihrer Nachtsichtbrille nicht sehen. Es war außerhalb ihres Blickwinkels vom Dschungel verdeckt.

Sie duckte sich und kletterte hinter dem Hügel den Abhang herab. Sie musste sich diesen Truck ansehen, um herauszufinden, womit sie es hier zu tun hatte.

Falls Lubanga Truppen zum Dorf geschickt hatte, wäre sie geliefert.

So sehr Cal Freya finden wollte, er musste zuerst mit seinen Tanten und seinem Onkel sprechen. Ford und Espinosa würden nach Freya suchen. Sie hatten die Spur des Motorrads bei ihrer Ankunft entdeckt. Sie war hier. Ihre Spur sollte in dem Matsch leicht zu finden sein – allerdings war sie eine ausgebildete Agentin, somit war das nicht so sicher.

Er näherte sich der Hütte seiner Tante unter der Deckung des Dschungels, der sich bis ans Dorf schmiegte. Höchstwahrscheinlich waren auf der anderen Seite des Flusses Späher aufgestellt worden, die das Dorf beobachteten und sofort Alarm schlagen würden, falls sie ungewöhnliche Aktivitäten im Dorf bemerken sollten.

Er hielt hinter der Hütte inne, von der er glaubte, dass sie seiner Tante gehörte, und lauschte. Gedämpfte Stimmen drangen aus dem Inneren. Sein Onkel wunderte sich mit verschlafener Stimme über das Motorengeräusch. Sie waren so nahe an das Dorf herangefahren, wie sie es wagten, da sie wussten, dass das Geräusch sie verraten würde, doch die Zeit rannte ihnen davon, und wenn sie aus meilenweiter Entfernung hierher gewandert wären, hätten sie damit den einen Vorteil verloren, früher hier zu erscheinen. Außerdem hatten sie Ausrüstung im Truck – mehr als irgendeiner von ihnen auf dem Rücken schleppen wollte, solange das nicht notwendig war.

Er signalisierte Blanchard, Goldberg und Ripley. Sie kamen

an der Vorderseite der Hütte zusammen und achteten darauf, leise aufzutreten, um niemanden im Dorf zu alarmieren, bevor er eine Chance hatte, mit seiner Familie zu sprechen und ihnen die Situation zu erklären.

Freya ging tief in die Hocke. Sie hatte ein Geräusch zu ihrer Rechten gehört, aber niemanden gesehen. Es schoss ihr durch den Kopf, dass sich Green Berets wie Schatten durch diese Art von Vegetation bewegen konnten. Sie hatte mehrmals gesehen, wie Cal es getan hatte. Aber es war nicht Cal. Sie würde seinen Duft erkennen, oder seine Schritte, oder seine Atmung, oder was auch immer dieses Kribbeln in ihrem Nacken verursachte, wann immer er in ihrer Nähe war.

Wer auch immer dieses Geräusch verursacht hatte, war nicht Cal.

Es war ein flüchtiger Gedanke gewesen – die Vorstellung, dass das Motorengeräusch signalisierte, wie Cal und sein Team auf magische Weise eingetroffen wären. Sie wagte es, sich auf ihren Zehen hochzustrecken und durch die Blätter zu schauen, als sich eine Hand über ihren Mund legte.

Ihr Instinkt hielt sie davon ab, zu schreien. Sie wollte die Dorfbewohner nicht erschrecken. Stattdessen stieß sie wem-auch-immer mit ihrem Ellenbogen in die Rippen. Er stieß ein schmerzvolles Grunzen aus, doch sein Griff blieb fest. Sie ließ ihre Hand sinken und zielte auf seine Eier ab.

Er blockte und knurrte: „Savvy. Lass das." Die Worte waren ein tiefes zischendes Geräusch.

Bastian.

Sie entspannte sich. Oder zumindest hörte sie auf, ihm wehzutun. Er ließ sie los, und sie drehte sich zu ihm um. „Chief Ford, was tust du hier?"

Vielleicht war Magie doch echt.

„Deinen Arsch retten."

Sie betrachtete ihn und Espinosa, der neben Bastians Seite erschien. Sein Gesicht war mit Dschungelfarben getarnt. „Ich glaube, Cal würde sich gern mit dir unterhalten", sagte Espinosa. „Er schien nicht allzu happy zu sein, als wir ihn gefunden haben. Gefesselt. Wie ein Tier."

Sie bedeckte ihr Gesicht mit ihrer Hand. „Oh, Scheiße."

„Jep", sagte Bastian.

„Keine Angst. Goldberg hat ein Foto mit uns allen geschossen. Für die Nachwelt."

„Oh, Fuck."

„Jep", sagte Bastian erneut.

„Wenn es euch Jungs nichts ausmacht, werde ich euch diese Sache hier überlassen und jetzt wieder nach Camp Citron zurückkehren."

„Ähm, … nein." Das kam von Espinosa. „Uns mag es egal sein, aber Cal, der will mit dir sprechen."

„Oh, Scheiße." Sie war so gut wie tot.

„Na komm, Sav", sagte Bastian. „Wird Zeit, dich wieder mit deinem Partner von dieser Mission zusammenzubringen." Er ergriff ihren Arm und zog sie in Richtung Straße.

Es gab kein Entkommen. Sie sollte es also besser einfach hinter sich bringen. „Wie viele von euch sind hier? Das ganze Team?"

„Nur das Halbe. Das hier ist nicht gerade … offiziell zugelassen worden. Die andere Hälfte ist zurückgeblieben, um mit der Ausbildung fortzufahren. SOCOM wollte nach außen hin ganz normal weitermachen, da es jemandem in der CIA vielleicht auffallen könnte, wenn niemand Dschibutier trainiert."

Sie hätte gefragt, warum Haverfeld Cal nicht davon in Kenntnis gesetzt hatte, dass sie auf dem Weg waren, aber die Antwort war offensichtlich: Weil ihr CO ihr nicht vertraute. Damit konnte sie leben. Vertrauen oder nicht, er hatte Cals Team geschickt. Sechs Green Berets gegen eine Armee von Rebellen? Sie hatte sie in schlechteren Situationen mit geringeren Chancen gesehen, und sie würde ihr Geld trotzdem auf die Spezialeinheit setzen. Jedes Mal.

Guerillakämpfe – eine kleine Gruppe gegen eine viel größere traditionelle Streitkraft – das war es, was diese Männer am besten konnten.

Sie erinnerte sich daran, wie sie Cal zu Beginn ihrer Mission gesagt hatte, dass keine Kavallerie kommen würde. Allem Anschein nach hatte sie da falschgelegen.

Während sie durch den Dschungel schlichen, murmelte Bastian etwas in sein Radio. Sie vermutete, dass es ein Codewort war. Wahrscheinlich ließ er Cal wissen, dass sie sie gefunden hatten. Sie bereitete sich mental darauf vor, ihm gegenüberzutreten.

Sie betraten eine kleine Lichtung, und sie entdeckte den Truck. Sie fragte sich, wo sie ihn herbekommen hatten, denn es war kein Militärfahrzeug. Sie mussten einem Einheimischen eine heftige Summe bezahlt haben, um ihn sich für ein paar Tage zu ‚borgen‘.

Espi lehnte sich an den Kotflügel.

„Was passiert jetzt?“, fragte sie.

„Wir warten“, sagte Espi.

„Seid ihr beide hier, um zu babysitten?“, fragte sie. „Das ist pure Zeitverschwendung. Wir müssen die Dorfbewohner in die Mine bringen.“

„Cal spricht mit seiner Tante“, sagte Bastian. „Er braucht eine Minute, bevor er dich sehen kann. Wir brauchen seine Tante und seinen Onkel, um jeden davon zu überzeugen, sich in der Mine zu verstecken.“

Sie gab auf und würde mit ihren beiden Babysittern auf ihren Untergang warten.

„So … Irgendeine Chance, dass du bei Kaylea für mich ein gutes Wort einlegen kannst?“, fragte Espinosa.

Sie neigte ihren Kopf. „Warum glaubst du, dass ich da Einfluss habe?“

„Keine Ahnung“, sagte Espi. „Hat vielleicht etwas damit zu tun, wie sie ins Hauptquartier gestürmt kam und dann eine Privatkonferenz mit Haverfeld und Oswald hatte. Und im nächsten Moment reißen wir uns die Ärsche auf, um in den Kongo zu fliegen.“

Emotionen überwältigten sie. Es war keine Magie, die das Team hierhergebracht hatte, sondern es war Kaylea gewesen, die alles riskiert hatte, indem sie mit SOCOM anstatt mit ihren

Vorgesetzten in der CIA gesprochen hatte. Sie war eine bessere Freundin, als Freya es sich je ausgemalt hätte. „Sicher, Espi. Aber sie ist etwas ganz Besonderes.“

„Ja, das ist sie.“

Espi und der Rest des Teams waren ebenfalls etwas Besonderes. Sie waren hier, und sie war dankbar. „Ich habe zwei Späher von dem Hügel aus gesehen“, sagte sie. „Sie hatten AKs, sonst nichts. Keine Ahnung, wie viele Rebellen sich auf der anderen Seite des Flusses befinden.“

„Blanchard und Espi werden eine Aufklärungs-Op durchführen und es herausfinden.“ Bastian zog einen Ausdruck von Satellitenbildern vom Tal hervor und breitete ihn auf der Motorhaube des Trucks aus. „Wo waren die Späher?“

Sie zeigte Espinosa deren Standorte, und er nickte. „Danke.“

„Wie seid ihr an die Karte gekommen?“, fragte sie. „Ihr müsst bereits unterwegs gewesen sein, bevor die Lösegeldforderung einging. Bevor ihr wusstet, dass wir hier sein würden.“

„Wir waren auf dem Weg zur Forward Operating Base in der Republik Kongo. Major Haverfeld schickte die Koordinaten zur Basis. Die hatte diese für uns ausgedruckt, bevor wir dort landeten.“

Sie presste ihre Hände gegeneinander. „Bitte sagt mir, dass das bedeutet, dass ihr andere Ausrüstung dabeihabt – wie zum Beispiel einen Raketenwerfer oder irgendwelche schwere Artillerie?“

„Leider nicht. Keine Artillerie, aber wir haben Schusswaffen und Granaten.“

Sie schmollte. Sie hatten selbst Schusswaffen. *„Große* Schusswaffen?“

„M4, ein paar Granatenwerfer. Eine M2.“

„M2? Ein fünfzig Kaliber schweres Maschinengewehr?“ Das war groß.

„Jep. Und wir haben Cals M107.“

Als Senior Weapons Sergeant des A-Teams war Cal der technische Waffenspezialist, wenn es um die Feuerkraft ging. Er war ebenfalls ein ausgezeichneter Scharfschütze. Ob er nun mit dem fünfzig Kaliber Maschinengewehr oder dem fünfzig

Kaliber Scharfschützengewehr bewaffnet war – Cal würde damit unter der sich versammelnden Armee gehörigen Schaden anrichten können.

„Das klingt schon besser."

Sie studierte die Karte, die viel größer war und eine bessere Auflösung als der kleine Computerbildschirm hatte, an dem sie und Cal sich in ihrem Hotelzimmer eine Strategie ausgedacht hatten.

Cal. Das Hotelzimmer.

Sie schloss die Augen. Sie würde dem nicht ausweichen können. Sie musste sich ihm stellen. Die Hitze wurde erdrückend, während sie in dem abgestandenen Dschungel saßen. Kein Wind. Kein Regen. Nur dicke Luft, während sie auf ihr Ende wartete.

Dann hörten sie endlich Schritte, und ihr Herz begann wild zu pochen. Sie hatte Cal betäubt und ihn gefesselt. Sie konnte sich kaum vorstellen, wie wütend er sein würde.

Er betrat die Lichtung, wobei er von den anderen drei Mitgliedern seines Teams flankiert wurde. Wenigstens konnte er sie vor so vielen Zeugen nicht umbringen.

Das Licht des Dreiviertelmondes erhellte die Lichtung und enthüllte sein dunkles Gesicht. Es war unerhört, wie gut er aussah.

Und es war beängstigend, wie sehr sie ihn liebte.

Sein Blick fixierte sich auf sie, als er die kurze Distanz zum Truck zurücklegte. Er packte ihre Schultern und drängte sie zurück. Sie stieß gegen den Kühler. Ihr Körper war zwischen ihm und dem Truck eingeklemmt.

Sein Mund landete auf ihrem und er küsste sie. Da war absolut nichts milde oder zurückhaltend an diesem Kuss. Er war heiß, tief und vielleicht nur ein ganz klein wenig wütend.

„Ähm, … das habe ich so nicht erwartet", flüsterte Espi. „Wer hat auf ‚Cal küsst sie' gewettet?"

„Ich", sagte Pax. „Ich gewinne den Pott."

„Mist. Als sein Mitbewohner hattest du Insiderinfo." Das kam von Goldberg.

„Dich hat keiner zum Wetten gezwungen."

Das Geplapper verblasste in den Hintergrund, als Cals Finger durch ihr Haar fuhren. Schließlich hob er seinen Kopf an und sagte: „Was war das, was du sagtest, bevor du mich betäubt hast?“

Ihr stockte der Atem, und sie streichelte mit ihren Fingern über seine glatte Kopfhaut. „Ich sagte, ich liebe dich.“

„Fuck. Hat irgendeiner auf ein ‚Ich liebe dich‘ von ihr gewettet?“, fragte Espi.

„Ich wollte es“, sagte Bastian.

„Es zu wollen zählt nicht“, entgegnete Pax. „Der Pott gehört immer noch mir.“

Ein Lachen blubberte in Freyas Brust auf, und Cal schlang seine Arme um sie, während sie lachte. Als sie wieder sprechen konnte, legte sie ihren Kopf zurück, um seinen Blick zu erwidern. „Ich habe versucht, dein Leben zu retten.“

„Ich weiß“, sagte er. „Und wenn du jemals wieder solch einen Scheiß abziehst, werde ich deinen Hintern in die Wüste schicken. Wir sind *Partner*. Dieses Mal verzeihe ich dir.“

Sie streifte ihre Lippen über seine. „Also gut. Lass uns die Zivilisten in die Mine bringen. Dann werden wir den *Génocidaire*-Arschlöchern einheizen.“

Cal nickte. „Wird Zeit, dass wir uns an die Arbeit machen.“

Kapitel Vierunddreißig

Cals Tante und Onkel gingen von Hütte zu Hütte und erklärten allen, dass sie sich in der alten Mine verstecken mussten. Sobald am Himmel die Morgendämmerung anbrach, waren alle Kinder dort drin untergebracht. Sie umklammerten Decken und ihre Lieblingsgegenstände. Die Eltern versuchten ihr Bestes, um sie davon zu überzeugen, dass es sich um ein großes Abenteuer handelte, aber selbst die Jüngsten unter ihnen schienen zu wissen, dass etwas nicht stimmte. Schließlich war ihnen jeder Zugang zu der verlassenen Mine bisher immer strengstens verboten worden.

Eine Art Notbesetzung von Minen- und Mühlenarbeitern war im Dorf zurückgeblieben. Sie würden alltägliche Dinge tun, als würden sie ihren Arbeitstag beginnen, damit das Dorf so geschäftig wie immer wirkte. Sie würden sich mit den anderen in die Mine zurückziehen, sobald Cal das Signal gab.

Cals Team hatte sich in der Fabrik flussabwärts vom Dorf versammelt. Zunächst blieben die Generatoren still. Eine kurze Untersuchung zeigte, dass sie genug Treibstoff und Diesel hatten, um einen Teil von Cals Plan in die Tat umzusetzen.

Pax Blanchard und Carlos Espinosa teilten ihnen von ihrer Aufklärungstour via Funkgerät mit, dass sich mindestens vierhundert Soldaten auf der anderen Seite des Flusses eingefunden hatten. Freya wurde bei dieser Anzahl kreidebleich.

„Wie hat Lubanga so schnell so viele Soldaten zusammentrommeln können?", fragte Cal. „Ich dachte, seine treuesten Männer befänden sich im Osten in der Nähe der Grenze."

Sie runzelte ihre Stirn. Sie hatte dasselbe gedacht. „Er scheint mit seinem Plan für den Coup schon weitaus fortgeschrittener zu sein, als es uns bewusst war."

Sie warteten auf die Rückkehr von Blanchard und Espinosa, damit sie ihren nächsten Zug planen konnten. Sie wollten vor dem Mittag zuschlagen, doch mit nur sieben gegen vierhundert mussten sie sich ihren Plan sorgfältig zurechtlegen.

Beide Soldaten betraten die Fabrik mit breitem Grinsen auf dem Gesicht. „Gute Nachrichten", sagte Espi. „Auf unserem Rückweg kam ein Fahrzeug angefahren. Wir haben es fotografiert." Er hielt die digitale Kamera hoch. „Kommt euch dieses hässliche Gesicht bekannt vor?"

Freya starrte auf den Bildschirm und ihr wurde schwindelig. Sie verspürte Schock, Erleichterung und Rechtfertigung. Sie alle wirbelten gleichzeitig durch sie hindurch. „Lubanga", sagte sie, und all ihre Reaktionen waren offen zu sehen.

Wahrscheinlich wirkte sie auf das A-Team wie irgendeine Art Anfängerin mit all ihren offensichtlichen Emotionen und ihrem Rehaugenblick für Cal. Sie war nicht mehr die kühle Agentin, um deren Image sie sich bemüht hatte, als sie mit SOCOM arbeitete. Aber wie Cal es vor wer weiß wie vielen Tagen gesagt hatte – diese Mission war nun zu etwas Persönlichem geworden. Wie konnte man von ihr verlangen, die reservierte kaltherzige Savannah James zu sein, wenn Lubanga Cals Cousins und Cousinen bedrohte?

Sie hatte befürchtet, dass Jean Paul Lubanga nicht auftauchen würde. Allerdings waren 350 Millionen Dollar eine ziemlich gute Motivation. Er musste sicherstellen, dass diese Transaktion funktionierte, und er konnte damit keinem seiner Handlanger vertrauen. Das letzte Mal, als er das getan hatte, hatte er all das Geld verloren.

„Seine Armee ist ihm nicht gerade treu, und ihr Training ist wertlos", sagte Blanchard. „Sie sind bewaffnet, aber bis auf ihre

Gewehre haben sie keine große Ausrüstung, und ich bin mir ziemlich sicher, dass einige dieser Typen noch nie zuvor ein Maschinengewehr in der Hand hatten. Wir sind nicht sieben gegen vierhundert. Ich würde eher sagen, dass wir sieben gegen ungefähr fünfzig sind. Aber in Wirklichkeit ist es eher ein Schachspiel. Um zu gewinnen, müssen wir uns den König schnappen. Lubanga hat Sicherheitsleute, also ist es sehr wahrscheinlich, dass wir hier im schlimmsten Fall sieben gegen gerade mal zehn sind."

„Sieben *Soldaten der Spezialeinheit* gegen zehn", wandte Espinosa ein.

Der Soldat erntete dafür, dass er sie mitgezählt hatte, ein Nicken. Sie wusste, dass sich die Männer im Klaren darüber waren, dass sie in der SAD war, aber das hieß nicht, dass sie sie automatisch als gleichwertig ansehen würden. Und trotzdem taten sie das. „Mit solchen Chancen kann ich leben", sagte sie.

„Ich habe schwierigeren Herausforderungen gegenübergestanden, als ich meine Kinder zu McDonald's gebracht habe", sagte Ripley.

Alle lachten.

„Wir können die zirka fünfzig fähigen Kämpfer nicht komplett vergessen", sagte Cal. „Diese Kerle werden *Génocidaires* sein. Die befinden sich schon seit Ewigkeiten im Krieg und haben ihre Seelen vor Jahren verloren. Ihre einzigen Kampfregeln sind vergewaltigen und töten. Wir dürfen sie nicht an uns vorbei oder in die Mine hineinlassen."

„Wir werden dich nicht enttäuschen, Cal", versprach Ford.

„Die werden auf gar keinen Fall an uns vorbeikommen", versicherte Espi.

Jeder sonst machte seiner Zustimmung Luft.

„Also? Was ist der Plan?", fragte Freya.

Als Assistant Detachment Commander war Chief Warrant Officer Sebastian Ford technisch gesehen der Leiter der Mission, doch niemand wandte sich ihm zu. Das hier war Cals Mission. „Wir brauchen ein Ablenkungsmanöver", sagte Cal, „um die grünen Truppen durcheinander zu bringen."

Ford nickte. „Um unsere Chancen auf sieben gegen fünfzig runterzubringen."

„Der Hügel oberhalb der Truppen ist porös vom Regen", sagte Espi. „Ich wünschte, wir hätten C-4 Sprengstoff. Wir könnten einen Erdrutsch gut gebrauchen, um den Berg auf sie niederzubringen." Espinosa war der Senior Engineering Sergeant des Teams. Seine Spezialitäten waren Bau und Demolition, was der Grund war, warum sie ihn mit Blanchard auf die Aufklärungsmission geschickt hatten.

„Das Bergbauunternehmen hat Sprengstoff", sagte Cal. „Mein Onkel ist der Vorarbeiter. Er kann das für uns vorbereiten. Irgendwelche Risiken für die Mine, falls wir das tun?"

„Nein. Gegenüberliegende Seiten des Flusses, ziemlich weit voneinander entfernt. Die Explosionen, die sie in der Tagebaumine vornehmen, sind gefährlicher für die alte Mine, und das tun sie schon seit Jahren."

„Dann lasst es uns tun", sagte Cal. „Du kannst dich mit meinem Onkel absprechen, wo ihr den Sprengstoff anbringen wollt."

„Verdammt", sagte Espi. „Das wird funktionieren."

„Okay. Wir werden die Rebellen damit erschrecken, dass wir den Hügel runterkommen lassen. Was dann?", fragte Freya.

Sie hatten ihre Karten auf einem Tisch ausgebreitet. Cal zeigte auf verschiedene Punkte an der Dorfseite des Flusses. „Ich will Rip hier mit einem Granatenwerfer aufstellen. Er hätte einen guten Winkel auf die Truppen, die in diese Richtung fliehen, und kann jedem den Weg abschneiden, der versucht, herumzukommen und zur Mine zu gelangen."

Ripley nickte.

„Ford, ich will dich mit der M2 hier drüben. Du wirst einen guten Winkel auf den Fluss haben, und die Reichweite stimmt auch. Niemand überquert den Fluss südlich von hier."

„Alles klar", sagte Ford.

Als Waffen-Sergeant war das hier Cals Spezialität – zu entscheiden, wo die Munition positioniert werden musste und die Schussrichtungen zuzuordnen. „Ich bin hier oben mit meiner M107." Er hatte sich eine Position ausgewählt, von der aus er mit seinem Scharfschützengewehr bewaffnet den Fluss überblicken konnte.

„Du willst Lubanga von dort ausschalten?", fragte sie.

Er nickte. „Aber erst, wenn die Armee abgeschwächt ist. Denn sobald der Anführer tot ist, weiß man nie, was die Soldaten tun werden."

„Wie bekommen wir den Rest in den Griff?", fragte sie.

Er grinste und blickte zurück in Richtung Fabrik. „Ich denke, dass wir mit den Gegenständen, die hier verfügbar sind, ein paar mehr Waffen improvisieren können. Blanchard und Goldberg, ihr bewaffnet euch mit denen."

Espi wäre damit beschäftigt, den Sprengstoff mit Cals Onkel anzubringen. Somit blieb nur noch sie übrig – ohne Waffe und ohne Rolle. Hatte Cal vor, sie außen vor zu lassen?

„Blanchard und Goldberg werden den Feuersturm bringen", sagte Cal. Er blickte zu ihr und lächelte. *„Ein Festmahl für die Aasgeier."* Er sprach diese Worte mit demselben Bombast aus, wie der Televangelist es getan hatte, und fügte dann hinzu. „Dann sind es nur noch sieben zu zehn."

„Ich nehme mir die Extras vor. Ich kann mindestens drei ausschalten", sagte Espinosa.

Goldberg stieß ihn in die Rippen. „Mann, Savvy ist vergeben. Hör auf, sie beeindrucken zu wollen."

Sie rollte mit den Augen und sah Cal an. „Was ist mit mir? Wo werde ich sein?"

Er grinste und drückte ihr einen Kuss auf die Stirn. Es war so gar kein professionelles Missions-Verhalten, aber Goldbergs lahmer Joke verlangte es praktisch, dass er seinen Anspruch klarstellte, und ihr machte seine Geste überhaupt nichts aus. Tatsächlich hatte sie sich danach gesehnt, der körperlich betonte Typ zu sein, doch bisher hatte sie nie einen Mann getroffen, mit dem sie taktil sein wollte. Wer hätte gedacht, dass es weniger mit ihrer Persönlichkeit und mehr mit der Beziehung selbst zu tun hatte?

„Ich brauche dich, um Lubanga und seine besten Soldaten hervorzulocken", sagte Cal.

Sie neigte den Kopf. „Sergeant Callahan, wollen Sie damit sagen, dass ich den Lockvogel spielen soll?"

„Jep. Bist du dazu bereit?"

Sie grinste und nickte. „Ich dachte, du würdest nie fragen."

Kapitel Fünfunddreißig

Der Countdown lief. Sie hatten sich darauf geeinigt, neunzig Minuten vor der Zeit, die Lubanga angegeben hatte, zuzuschlagen, um ihn mit absoluter Sicherheit wissen zu lassen, wer hier die Kontrolle hatte. In zwei Minuten und achtundzwanzig Sekunden würde Cals Onkel oberhalb des Rebellen-Camps den Hügel in die Luft sprengen. Das würde eine große Anzahl der Truppen beschäftigen, während Espi dann Explosionen entlang der Lagergrenze hochgehen ließ, was die Männer in Richtung Fluss treiben würde, um dem zusammenbrechenden Hügel zu entfliehen.

Cal konnte nur hoffen, dass der Rest sich so abspielen würde, wie er es geplant hatte.

Das Timing war sehr knapp bemessen. Es sah so aus, als ob die Soldaten sich mobilisierten, um das Dorf einzunehmen. Zehn Minuten später würden sie bereits massenweise den Fluss überqueren, um ihre Geiseln zusammenzutreiben.

Dreißig Sekunden bevor es losging, meldeten sich alle von ihren Funkgeräten, dass sie bereit waren. Onkel Frederic meldete sich zuerst, Cal zuletzt. Sie waren so weit.

Der Countdown zählte bis Null runter, und eine Explosion donnerte in der Ferne. Militärisches Timing, von einem Zivilisten ausgeführt, überwältigte Cal mit feurigem Stolz auf seine Familie.

Er blickte durch sein Hochleistungsfernglas und zoomte näher an den Hügel heran. Der Hügel bebte, brach aber nicht zusammen. Genauso, wie Onkel Frederic das vorausgesagt hatte. Dieser Mann kannte seinen Job, und Espi war ebenso gut in seinem. Eine zweite Explosion ging hoch, und dieses Mal gab der Hügel nach. Zuerst kam der Schlamm, dann die Felsen und Bäume. Der Erdrutsch kam in Schwung, als entwurzelte Bäume den Abhang hinunterrollten. Trümmer flossen wie eine Flüssigkeit, eine massive Welle aus weicher Erde, harten Felsen und einem verworrenen Durcheinander an entrissener Vegetation.

Schreie hallten über den Fluss. Zuerst als Warnung, dann aus Angst. Von Cals Aussichtspunkt oberhalb des Flusses konnte er alles sehen. Einige Männer zerrten ihre Kameraden aus der Gefahrenzone, während andere nach rechts oder links aus dem direkten Pfad des Erdrutsches flohen.

Espis zweite Explosion ging hoch und lenkte die fliehenden Männer in Richtung Fluss – genau in den Pfad des Schlamms und der rollenden Baumstämme, die an Geschwindigkeit zunahmen.

Auf ihrer Seite des Flusses trat Freya aus der Deckung des Dschungels hervor und näherte sich dem sanften Abhang des Flussufers. Auf der gegenüberliegenden Seite schrien die Männer und rannten auf sie zu.

Lubanga hatte mit Sicherheit strikte Befehle erteilt, Freya nicht zu erschießen. Ohne sie hätte er keinen Zugriff auf den Bitcoin-Schlüssel. Falls man auf sie schoss, und der Schlüssel in den Fluss fiel … Lubanga konnte das nicht riskieren.

Das hier mochte nur ein kleiner flacher Fluss sein, doch der traf auf einen weitaus größeren, der in den Kongo floss. Falls sie den Schlüssel fallen ließ, würde der bis zu den Inga-Stromschnellen davongetragen werden und wäre in den größten und tödlichsten Wildwassern der Welt für immer verloren.

Dass Freya das Geld absolut egal war, war ein weiteres Risiko für Lubanga. Sie konnte den USB-Stick einfach fallen lassen, ohne auch nur eine Träne wegen der verlorenen Millionen zu weinen. Lubanga musste hier sehr vorsichtig vorgehen, wenn er das Geld zurückhaben wollte, was das drastische Ultimatum erklärte, ein ganzes Dorf gefangen nehmen zu wollen. Und er hatte nicht nur irgendein Dorf ausgewählt, sondern Cals Familie.

Cal hätte jede Gemeinde beschützt, überall – mit derselben wilden Entschlossenheit. Doch die Tatsache, dass dies hier seine Familie war, die seinetwegen angegriffen wurde … Ja. Dafür würde dieses Arschloch mit seinem Leben bezahlen.

Freya trug Körperpanzerung und einen Kevlarhelm, während sie auf den Fluss zu marschierte. Cals Herz zog sich zusammen, als er sie so entblößt dort stehen sah, aber er konnte ihr nicht wirklich sagen, dass sie sich in die Ecke setzen sollte, während die Männer die Arbeit erledigten. Es gab dutzende von Gründen, warum sie diese Rolle übernehmen sollte, und nur ein Gegenargument, das ihm einfiel: Weil er sie liebte.

Aber sie liebte ihn ebenso, und sie hatte diese Karte nicht gegen ihn eingesetzt, um ihn zu überreden, sich rauszuhalten. Ihr Job jagte ihm eine Heidenangst ein, aber seiner war mindestens genauso gefährlich. Falls diese Beziehung funktionieren sollte – und das würde sie – musste er ihre Arbeit genauso akzeptieren, wie sie seine akzeptierte.

Nun stand sie dort, in der verwundbarsten Position, und wartete darauf, dass Lubanga sein hässliches Gesicht zeigte.

Freya trug ein Mikrofon, aber er brauchte es nicht, um den zusammenbrechenden Hügel und die Schreie auf Französisch, Lingala und einem halben Dutzend anderer kongolesischer Sprachen zu hören. „Das ist sie!", rief ein Mann und Cal sah, wie eine Gruppe von Männern am Flussufer Freya beäugte.

AKs wurden hochgehoben und auf sie gerichtet, doch ein Mann legte seine Hand auf den Lauf des Mannes neben ihm und drückte das Gewehr herunter. „Wenn wir sie erschießen, wird uns der General umbringen."

Lubanga hatte sich selbst also einen Rang verliehen. Kaum überraschend. Das war es, was Möchtegern-Diktatoren taten.

Freya hob das Megafon, das sie von dem Tagebauunternehmen bekommen hatte, und ihre Stimme schallte durch das Tal. „Jean Paul Lubanga, tritt vor, wenn du meinen Bitcoin-Schlüssel haben willst."

Sie hob ihre Hand. An ihrem Finger baumelte der höchstwahrscheinlich wertvollste USB-Speicher der Welt. Sie hatten daran gedacht, einen anderen USB-Stick als Köder zu benutzen, doch Freyas Stick war insofern unverwechselbar, als er einen eingebauten Daumenabdruckleser enthielt. Professionelle Güteklasse. Lubanga könnte misstrauisch reagieren, wenn er einen billigen Schlüsselanhänger in der Form einer Comic-Buch-Figur sähe.

Lubangas Männer zoomten wahrscheinlich jetzt gerade auf den USB-Stick ein, fotografierten ihn und registrierten, dass er Hightech war und eine zweifache Authentifizierung benötigte.

Ein Mann löste sich von der Gruppe von Soldaten und trat ans Flussufer, direkt gegenüber von Freya. Sie waren weniger als zehn Meter voneinander entfernt. Sein Rufen hallte über den Fluss zu ihrem Mikrofon. „Gib mir den Stick, *Savannah*." Die Stimme und die Art, wie er ihren Namen betonte, veranlasste Cal, mit seinem Fernglas heranzuzoomen.

Schock schoss durch ihn hindurch. Er hätte nie gedacht, dass Seth Olsen hier auftauchen würde. Das ergab keinen Sinn. Er hatte seine Tarnung aufgegeben. Jetzt würde es für ihn kein Zurück mehr geben.

War es möglich, dass die CIA diesen Coup *unterstützte*?

Als ob Freya Cals Gedanken lesen konnte, flüsterte sie übers Funkgerät: „Ich bin *sowas von* gefeuert."

Er erkannte Fords Lachen. Ripley war da etwas langsamer, allerdings konnte er von seiner Position nicht sehen, wer am Flussufer stand. „Was ist los?"

„Freyas Boss ist hier", antwortete Cal. „Das könnte bedeuten, dass wir gegen …" *Fuck.* „… die CIA kämpfen?"

„Was zur Hölle?!", meldete sich Goldberg.

„Ja! Fuck", sagte Blanchard.

„Die CIA will Lubanga?", fragte Ford. „Haben die denn *gar nichts* von Hussein und Mobutu gelernt? Und … einem Dutzend anderer Arschlöcher?"

„Frey- …", sagte Cal. Es war fremd, ihren Vornamen zu benutzen, wenn er bei allen anderen zum militärischen Protokoll übergegangen war, aber für ihn war sie nicht ‚Lange‘, und sie war für ihn auch nicht mehr länger ‚James‘. Er hoffte, dass sie verstand, dass er damit nicht respektlos sein wollte. „Glaubst du, dass Evers den Auftrag für diese Mission bekommen hat, damit er einen USB-Stick mit CIA-Geld an Lubanga überliefern konnte? Könnte die CIA versucht haben, ihn von Russland erledigen zu lassen?“

„Das ist möglich.“

Natürlich, aber falls das der Fall war, warum zum Teufel hatte Olsen ihr dann aufgetragen, Lubanga zu ermorden?

Was war der wirkliche Auftrag – die Festplatte zu kopieren, den Mann zu töten oder den Coup zu finanzieren?

„Sind amerikanische Agenten da draußen?“, fragte Ripley. „SAD, wie James … äh, Freya?“

„Ich glaube nicht“, sagte Freya.

„Hast du etwas mehr als dein Bauchgefühl, um das zu beurteilen?“, fragte Blanchard.

„Nein.“

„Es spielt keine Rolle, ob die CIA involviert ist“, sagte Cal. „Wir mögen keine offiziellen Einsatzregeln befolgen, aber vergesst nicht, dass diese Arschlöcher es auf Zivilisten abgesehen haben. Kinder. Babys. Lubanga hat vierhundert Soldaten hier angeschleppt. Wenn wir nicht zuerst zugeschlagen hätten, wären die in das Dorf marschiert und hätten jeden hier als Geisel genommen.“

„Brennt sie alle nieder“, knurrte Espi.

Die anderen schlossen sich seiner Meinung an.

Seth Olsen rief über den Fluss. „Gefechtsbereitschaft aufheben. Die CIA steht hinter mir. Steht hinter dem General.“

Cal beobachtete, wie Olsen langsam durch den Fluss watete und sich Freya immer mehr näherte.

„Die USA unterstützt keinen Uranabbau, um es an Syrien zu verkaufen“, antwortete sie. Sie trat einen Schritt vom Ufer zurück und hielt inne. Cal vermutete, dass ihr klar wurde, dass sie sich zurückzog und sie deshalb innehielt. Dieses Arschloch hatte Freya über Jahre manipuliert und glaubte wahrscheinlich, dass er sie programmiert hatte, seinen Befehlen zu folgen. Es würde Jahre dauern, bis sie alles verarbeitet und vollständig verstanden hatte, auf welch vielfältige Weise Seth Olsen sie benutzt hatte. Und Cal wäre direkt an ihrer Seite und würde ihre Hand halten, während sie die harte emotionale Arbeit machte.

„Die Agentur wird das durchgehen lassen", sagte Olsen, der sich nun in der Mitte des Flusses befand. „Da hier mehr als zwanzig Billiarden zu haben sind, bleibt ihnen nichts anderes übrig."

„Nichts ist zu haben. Es gehört dem Kongo."

Er zuckte mit den Schultern. „Das derzeitige Regime beschützt die Ressourcen nicht. Also sind sie zu haben."

„Du sprichst von der CIA, als wäre es eine einzelne Person. Als ob *du* das wärst. Aber ich kenne dutzende von Agenten, Analytikern und Direktoren, die deine Art von Korruption bekämpfen werden."

„Diese Leute verlassen den Geheimdienst massenweise. Es ist so einfach, die Idealisten aus der Geheimdienst-Community zu vertreiben. Diejenigen, die bleiben, sind leicht zu manipulieren. Alles, was man mit ihnen tun muss, ist, den Trainern zu sagen, dass sie sie angreifen sollen. Ihnen die Kontrolle über ihren Körper nehmen."

Olsen stand nur noch knapp sieben Meter von Freya entfernt. Der seichte Fluss reichte ihm bis zu den Waden. „Dann lässt man sie sich ausheulen. Aber jeder weiß, dass eine Frau, die sich nicht wehrt – ganz besonders eine, die dazu ausgebildet wurde, mit ihren bloßen Händen zu töten – später kaum behaupten kann, dass sie vergewaltigt worden sei."

Sie trat einen Schritt auf ihn zu. Cal konnte sehen, dass Olsen sie aus dem Konzept brachte. „Man hat mir gedroht, dass ich alles verlieren würde, wofür ich gearbeitet hatte. Ich habe mein ganzes Leben der CIA gewidmet."

Cal konnte Ohlsens gemeines Grinsen durch sein Fernglas sehen. „Eine Frau mit deiner Kraft? Du hättest dich gewehrt. Offensichtlich hast du den Vorteil darin gesehen, ihn zu ficken, aber du wolltest nicht, dass es öffentlich bekannt wurde, dass du dir in deiner Ausbildungsgruppe deinen Weg nach oben gevögelt hast. Also hast du behauptet, er hätte dich vergewaltigt. Du hättest mich beinahe überzeugt, bis du dir Harry geschnappt und ihn ausgeschaltet hast, weil er deine Lügen hätte enthüllen können."

Dies musste die Story sein, die Olsen der CIA erzählt hatte, nachdem er sie bei Captain O'Leary im Camp Citron gedeckt hatte. Wie sie es erwartet hatten, war er zurückgegangen und hatte die Geschichte verändert, um Harrison Evers wie das Opfer aussehen zu lassen.

„Fick dich, Seth." Freyas Stimme zeigte Verärgerung, aber nicht die Art von rasender Wut, die Olsen ganz offensichtlich bei ihr hervorrufen wollte. Sie hatte sich für einen Moment verleiten lassen, hatte sich verteidigen wollen, doch nun war seine Macht über sie verschwunden.

Das ist meine Frau. Aus Stahl geschmiedet. Härter als ein Diamant.

„Was glaubst du, was dir das hier bringen wird?", fragte sie. „Du bist der Strohmann für eine beschissene Armee von untrainierten Rebellen. Was hast du ihnen versprochen?" Sie wedelte mit dem USB-Schlüssel. „Denn ohne das hier wird niemand bezahlt."

„Du kannst nicht gewinnen", sagte Olsen. „Glaubst du etwa, dass wir nicht wissen, dass du hier allein bist?" Er nickte zu dem Chaos hinter sich. Dutzende von Soldaten hatten es bis zum Fluss geschafft, aber man hatte ihnen wohl befohlen, nicht einzugreifen, während Freya und Olsen verhandelten. „Nettes Feuerwerk, aber das explosive Schauspiel ist nun vorbei. Du hast dir also ein paar Sprengsätze von den Bergbauarbeitern besorgt. Na und? Es seid trotzdem nur ihr beide gegen ein ganzes verdammtes Bataillon."

Es war nicht überraschend, dass Olsen nicht realisierte, dass sie und Cal Verstärkung hatten. Olsen glaubte, dass er ihren Namen so dermaßen durch den Dreck gezogen hatte, dass SOCOM keine Hilfe schicken würde. Tatsächlich hatte SOCOM sichergestellt, dass die CIA nichts davon wusste, dass Cals A-Team geschickt worden war.

Gegenüber von Freya standen die trainierten Soldaten in einer Reihe. Sie hielten ihre Waffen in ihren Händen, doch diese zeigten gen Himmel. Bereit anzugreifen, während die untrainierten Männer herumzappelten, ihre Waffen mit lockeren Fingern hielten – oder das Gegenteil – steif wie Statuen waren und ihre Gewehre so fest umklammerten, dass ihre weißen Knöchel hervortraten. Sie schnaubte verächtlich. „Es sind zwei gegen fünfzig echte Soldaten, wenn überhaupt."

„Zwei gegen fünfzig. Zwei gegen eintausend. Ihr seid trotzdem nur zwei."

Sie bewegte sich. Etwas in ihrer Haltung veränderte sich. Es war nur sehr subtil, aber es zeigte Niedergeschlagenheit, obwohl sie weiterhin kerzengerade stehenblieb.

Cal konnte nicht anders und musste grinsen. Sie zeigte Olsen die richtigen Signale, um ihn zu locken. Verdammt, sie war so unglaublich gut. Wie sie es in Camp Citron gesagt hatte, sie würde niemals ihre Rolle brechen. Er hatte das seit dem Beginn dieser Mission mehrfach mitangesehen, und nun sah er eine weitere Schicht ihres Talents. Allerdings kannte sie die Triggerpunkte ihres Mentors genauso gut wie er ihre.

„Hat die CIA Lubangas Attentat befohlen?", fragte sie.

Olsen sagte nichts.

Nicht überraschend. Er war kein dummer Mann. Er vermutete, dass sie das hier aufzeichnete. Olsen wusste, dass sie Beweise für seine Lügen brauchte. Ein Geständnis wäre so wunderbar.

Schließlich sagte er: „Deine Befehle kamen von oben. Wenn du ein Problem mit ihnen hast, solltest du dich an meine Vorgesetzten wenden."

„Irgendwie habe ich meine Zweifel, dass ich lange genug überleben werde."

„Ehrlich gesagt bezweifle ich das auch." Er streckte seine Hand aus. „Gib mir den Schlüssel Freya. Wir können einen Deal machen."

„Wer hat dich in der Tasche, Seth? Lubanga oder Gorev?"

Cal fixierte sein Fernglas auf Olsens Gesicht. Keine Reaktion.

„Ich denke, Gorev", fuhr Freya fort. „Tatsächlich glaube ich, dass du ursprünglich Drugov gehört hast. Was ich nicht so ganz entscheiden kann ist, ob du froh über seinen Tod bist, weil ich deinen Puppenspieler beseitigt habe, oder ob du beschlossen hast, mir all das anzuhängen und mich umzubringen, weil du Angst hast, dass ich die Wahrheit in Drugovs Dateien finden werde."

Olsens Blick flackerte leicht nach unten. Es war subtil, aber da war eine Veränderung. Sie hatte offensichtlich mit ihrer Drugov-Verbindung einen Nerv getroffen. All das reichte zurück bis zu dem Tod des Oligarchen im vergangenen Monat in Marokko.

Falls das der Fall war, dann unterstützte die CIA Lubangas Coup nicht. Dann war das ein Bluff vonseiten Olsens.

„Genug mit dem Gerede. Gib mir den Stick."

Sie schüttelte ihren Kopf. „Nur Lubanga bekommt den Speicher. Wenn du auch nur einen Schritt näherkommst, verbrenne ich ihn." Mit ihrer freien Hand schnappte sie sich einen Propangasbrenner, den sie sich an ihrem Rücken an ihrem Gürtel festgeschnallt hatte, und schnipste den Trigger. Sie hatten die Düse so justiert, dass sie eine fast metergroße knallorange Flamme in die Luft abfeuern würde, bevor sie sich auf einen etwa zwanzig Zentimeter langen blauen Flammenstrom einstellte.

Olsen trat einen Schritt auf sie zu und Cal feuerte einen Warnschuss mit seiner M4 – die fünfzig Kaliber M107 war sehr viel lauter, aber sie wollten ihre Feuerkraft nicht gleich preisgeben. Die Kugel flog nur knapp an Olsens Schulter vorbei und landete im Fluss hinter ihm.

„Du hast Cals Akte gelesen", sagte sie ruhig. „Du weißt, dass er nur dann nicht trifft, wenn er es so will."

Das war eine leichte Übertreibung. Aber nur leicht.

„Das war deine einzige Warnung", fuhr sie fort. „Ich werde die Speicherplatte Lubanga geben. Und nur Lubanga." Sie blickte über den Fluss. „Ist der große Mann zu feige, um einer kleinen Frau gegenüberzutreten?"

Einem Mann wie Lubanga, der sich leicht von seinem Ego manipulieren ließ, würde das nicht gefallen.

„Ich glaube, ich bin auch verliebt", murmelte Goldberg.

„Klappe, Goldie! Sie gehört mir", antwortete Cal. „Vergiss nicht, ich treffe nur nicht, wenn ich es so will."

Ford lachte.

„Du hast sie wirklich schön eingewickelt", sagte Blanchard.

„Am besten verrät ihr keiner von Mosul", meldete sich Espi.

Verdammt, er war so froh, dass er sein Team zur Verstärkung hatte. Wie konnte Freya so allein arbeiten, wie sie es tat? Kein Wunder, dass sie immer so unglücklich schien.

„Oh, ich weiß alles über Mosul", sagte Freya, und ihr Flüstern drang sanft und weich über die Funkgeräte. Sie verdeckte ihren Mund mit einer Hand, damit Olsen nicht ihre Lippen lesen und sich ausrechnen konnte, dass sie mit anderen als nur Cal sprach. „Ihr Boys habt keine Ahnung, welche Art von Info ich von SOCOM bekommen habe. Und Espi, ich würde nicht zu laut reden. Nur ein Wort: Kandahar."

Cal lachte. „Ich liebe dich *wirklich*."

„Ich weiß. Jetzt lasst uns diese Arschlöcher erledigen."

„Jawohl, Boss", sagte sein Team, beinahe gleichzeitig.

„Lubanga", rief sie. „Komm zu mir oder ich werde den Schlüssel verbrennen." Sie feuerte die Brennfackel noch einmal an.

Der Erdrutsch war zum Stillstand gekommen, als er in einer Art Kuhle aufgefangen wurde, bevor er den Fluss erreichen konnte. Espinosa und Cals Onkel hatten das vorausgesagt. Weniger als einhundert Soldaten blieben übrig, die sich auf dem dünnen Stück Land zwischen dem Erdrutsch und dem Fluss versammelt hatten.

Sieben gegen einhundert. Keine schlechten Chancen, aber diese Hundert mussten erfahrene Männer sein. Soldaten, die bereits im Osten gekämpft hatten. Einige von ihnen mussten die *Génocidaires* sein, mit denen Lubanga gedroht hatte.

Die Aufstellung der Soldaten entlang des Flusses veränderte sich. Es sah so aus, als ob die erfahrenen Kämpfer den unerfahrenen Anweisungen gaben, herumzukommen.

„Ford. Wenn die auf deiner Seite auch nur einen Fuß in den Fluss setzen, ziehst du eine Linie", sagte Cal. „Wenn sie diese überschreiten, eröffnest du Feuer."

„Roger!"

„Wo hast du die Dorfbewohner versteckt, *Savannah?*" Olsen sprach den Namen mit gefletschten Zähnen aus und versuchte offenbar, die Kontrolle zurück zu erlangen. „Glaubst du, dass wir nicht vermutet hätten, dass du sie in der Mine verstecken würdest? Das vereinfacht es nur, sie alle umzubringen. Weißt du, wie viele Giftstoffe sich in der Luft der Mine befinden? Sie könnten bereits tot sein."

Die Dorfbewohner hatten aus genau diesem Grund Generatoren aufgestellt, um Ventilatoren laufen zu lassen, aber die Gefahr bestand trotzdem. Diese Situation musste in ein paar Stunden enden, sonst könnten unschuldige Menschen sterben.

Cal musterte die abgehärteten Soldaten. Es war möglich – egal, wie minimal die Chancen auch standen, es blieb trotzdem eine Möglichkeit – dass er in der entgegensetzten Streitmacht einen Cousin in seinem Alter hatte. Aber das änderte nichts an der Situation.

Die Männer, die nicht vor dem Erdrutsch geflohen waren, waren geblieben, um Lubanga zu beschützen. Sie taten dies für das Geld oder aus ideologischen Gründen, aber egal was es war, sie bedrohten unbewaffnete Zivilisten. Kinder. Selbst Babys. Dieser Angriff war ein Verbrechen.

Freya hob das Megafon an ihren Mund und sprach auf Französisch, bevor sie dieselben Worte in Lingala wiederholte, so wie Cal es ihr beigebracht hatte, und dann noch einmal in Englisch. „Verlasst dieses Tal. Lubanga kann euch nicht bezahlen. Wenn ihr dieses Dorf angreift, werdet ihr brennen."

Männer schrien zurück, nannten sie eine Lügnerin und beschimpften sie als Hure. Sie stand dort und wiederholte ihre Aussage in allen drei Sprachen.

Sie konnten nicht behaupten, dass sie sie nicht gewarnt hätte.

Olsen zog sich zurück. Freya stand auf ihrer Seite des Flusses, wie eine Königin, die ihr Reich beschützte.

Eine Gruppe von Männern auf der südlichen Seite brachen auf und wateten in den Fluss. Ford schoss eine Linie mitten durch den Fluss. Die Männer hielten abrupt an und starrten schockiert auf den Hügel, auf dem Ford sich versteckt hielt.

Olsen trat erneut hervor und dieses Mal war Lubanga hinter ihm, umgeben von seinen Männern. Nun wussten sie, wer die echten Soldaten waren.

„Du hast es also geschafft, dir ein fünfzig Kaliber Maschinengewehr zu besorgen", sagte Olsen. „Gut gemacht, Savannah. Aber dein Soldat kann nicht überall gleichzeitig sein."

„Ford, zwei kurze Schüsse."

Einen Moment, nachdem das Maschinengewehr stoppte, schoss Cal einen Warnschuss von seiner Position ab. Der Beweis, dass sie mindestens zu zweit waren.

Olsen betrachtete die Hügel und war nun eindeutig nervös. „Und? Dann hast du also einem Einheimischen beigebracht, zu schießen. Zu schade, dass du deine Munition verschwendest."

Freya feuerte den Brenner erneut an. „Ich habe keine Lust mehr auf dieses Rumgelaber. Jean Paul, willst du dein Geld? Komm und hole es dir."

Bevor irgendjemand antworten konnte, ertönte nördlich eine Explosion. „Rip, was ist los?", fragte Cal.

„Acht Männer versuchen, um die Kurve über den Fluss zu schleichen. Fünf kommen noch. Die Lunte brennt."

Eine weitere Explosion donnerte auf. Ripley hatte den Granatenwerfer, um irgendwelche Versuche zu vereiteln, falls die Gegner den Fluss hinter der Kurve überqueren wollten, was der Rest des Teams nicht sehen konnte. Er konnte damit fast eine viertel Meile weit schießen. Die effektive Entfernung mochte kürzer sein, aber Furcht würde die untrainierten Truppen an ihre Grenzen treiben und sie von Verstärkung abschneiden, falls sie versuchten, den Fluss zu überqueren.

„Zwei ziehen sich zurück", sagte Ripley.

„Die anderen?", fragte Ford.

„Verletzt. Die gehen nirgendwo hin."

Cal fixierte sein Fernglas auf Lubangas Gesicht. Zum ersten Mal erkannte er auf dem Gesicht dieses Mannes Angst. Seine geplante Besetzung verlief nicht so gut. Er sagte etwas zu Olsen, und sein Gesicht war vor Wut verzerrt.

Sie konnten sich Lubanga so lange nicht vornehmen, bis die Kamera, die sie aufgestellt hatten, um diese Operation aufzuzeichnen, brauchbares Belastungsmaterial gegen den großen Mann aufgenommen hatte. Lubanga musste den Männern befehlen, das Dorf anzugreifen. Sie brauchten Beweise, dass dieser Kerl es auf Zivilisten abgesehen hatte. Sie hatten die Lösegeldforderung, aber ein Video wäre schwieriger zu ignorieren.

Lubanga blickte verärgert auf den seichten Fluss. „Komm her", rief er.

Freyas Stimme klang kalt und ruhig. „Nein."

Sie wackelte mit ihren Fingern, ließ den USB-Stick aufblitzen. „Du willst dein Geld, dann wirst du kommen und es dir holen müssen. Bringe einen Computer, damit ich die Überweisung veranlassen kann."

Das war genau der Punkt, an dem Lubanga in der Klemme saß. Er brauchte das Geld. 350 Millionen Dollar würden ihm zwanzig Billiarden erkaufen. Aber nichts von alledem war einfach. Freya hatte all das Geld an sich gebunden. Zweifache Authentifizierung. Notwendiger Daumenabdruck.

Lubanga musste nachgeben, wenn er an das Geld herankommen wollte. „Dein Green Beret wird mich erschießen."

„Und damit riskieren, dass deine Armee dieses Dorf zerstört? Seine Cousins umbringt? Du hast diesen Ort ausgewählt. Du weißt, dass er seine Familie nicht in Gefahr bringen wird."

Komm schon, Arschloch. Hör auf sie. Sie sagt die Wahrheit.

Cal würde das Dorf nicht in Gefahr bringen. Einhundert – oder auch nur fünfzig – Soldaten waren zu viele. Aber wenn sie Lubanga von seinen Männern trennen konnten, dann war er tot.

Aber. Verdammt, da war immer ein *aber*.

Spezialeinheiten durften nicht zuerst zuschlagen. Nicht, ohne einen internationalen Vorfall. Lubanga musste etwas tun, das unbestreitbar war. Die Kamera musste es aufzeichnen. Und dann traten alle Gefechtsregeln in Kraft – oder waren außer Gefecht, je nachdem.

„Bringe den Stick zu mir und ich werde die Dorfbewohner verschonen. Das ist unser Deal."

„Die CIA weiß, warum Abel Fitzsimmons Uran kauft. Vergiss die Lügen, die Seth dir erzählt hat. Niemand in der CIA wird dich unterstützen, wenn sie wissen, dass du Yellowcake an Terroristen verkaufst."

Lubanga zuckte mit den Schultern. „Amerika will Kongos Mineralien. Der einzige Weg, diese zu bekommen, ist durch mich."

„Wusstest du, dass Seth dir mit dem ursprünglichen USB-Stick mit Drugovs Geld einen Trojaner mitgeschickt hat? Der Trojaner gab ihm Zugriff auf den Computer in Gbadolite – damit er dein Geld stehlen konnte. Es war dieser Trojaner, der deine Backup-Dateien zerstört hat – gleich nachdem er alles kopiert hat."

„Sie lügt!", sagte Olsen.

„Er hat dir gesagt, dass ich das gewesen sei, nicht wahr, Jean Paul?", fragte sie. „Seth hier hat dich die ganze Zeit belogen und in eine Falle gelockt, damit er dich ausnehmen kann, sobald dein Coup scheitert."

Cal wusste, dass Freya diejenige gewesen war, die Lubangas Dateien zerstört hatte, aber ihr Bluff schien zu funktionieren, denn Olsen wurde immer unruhiger und Lubangas Ausdruck immer misstrauischer.

„Verdammt, sie ist gut", flüsterte jemand über Funk. Cal konnte nicht einmal genau sagen, wer. Er war zu sehr auf die Konversation am Fluss konzentriert.

„Und du wirst scheitern, denn ohne die Unterstützung der CIA hast du nicht die geringste Chance." Sie neigte den Kopf. „Du solltest wirklich vorsichtiger sein, wen du dir als Verbündeten aussuchst, Jean Paul. Manchen Männern kann man einfach nicht trauen."

„Sie lügt", wiederholte Olsen. „Ich bin hier auf Befehl des DDO."

„Ach wirklich? Dann wird sich der Direktor des Departments of Operations freuen, wenn er das Video sieht, das in diesem Augenblick live hochgeladen wird – wie du zusammen mit einer Gruppe von Militanten ein friedliches Bergbaudorf bedrohst." Sie hakte den Gasbrenner an ihren Gürtel, zog eine kleine Diskette aus ihrer Tasche und hielt sie hoch. „Tatsächlich wird es ihn noch viel mehr freuen, wenn er diese Trackerdaten sieht, die ebenfalls als Beweis dafür hochgeladen werden, dass das Video, das er sich ansieht, in Echtzeit übertragen wird, und sich der Standort genau dort befindet, wo ich ihn angegeben habe. Ich habe vor dreißig Minuten dem gesamten Directorate of Operations die URL für das Video und für den Tracker zugeschickt. Ich nehme an, dass jeder in Langley uns nun zusieht. Falls du also tatsächlich auf Befehl des DDO hier bist, dann sollte das kein Problem darstellen. Lächle in die Kamera Seth. Mach Tante Kim stolz."

Olsen stürmte durch den Fluss und zog seine Waffe. Er zielte auf Freya.

Cal zog den Abzug an seiner M107.

Olsen fiel ins Wasser. Cal nahm an, dass er Körperpanzerung trug, aber das hier war eine Kugel von fünfzig Kaliber. Er war erledigt. Wahrscheinlich könnte Cal seinen Arm durch das Loch in Olsens Brust stecken.

Lubanga scannte die Hügel und suchte nach Cal. Er zeigte auf eine Stelle rechts von Cal. „Dort", schrie er.

Ein Mann neben Lubanga hob sein Gewehr.

„Erschieß ihn!", befahl Lubanga.

Der Mann schoss auf den Hügel.

Lubanga lenkte seinen Fokus auf Freya, als ob die Bedrohung durch den Scharfschützen beseitigt worden wäre. Dieser Kerl war kein General. Was war es nur mit diesen Möchtegern-Diktatoren, die nicht die geringste Kampferfahrung hatten? Es war offensichtlich, dass er dachte, es hätte einzig und allein etwas mit den Zahlen zu tun: Tauche mit einer großen Armee auf und mache bedrohliche Aussagen. Er hatte absolut keine Ahnung, dass es beim Krieg um Strategien ging. Die Größe einer Armee spielte keine Rolle, wenn man nicht wusste, wie man sie einzusetzen hatte.

„Du bist die Hure von Gorevs Party", sagte Lubanga. Seine Stimme klang überrascht.

„Hat Seth dir das nicht gesagt?"

Lubanga blickte auf die Leiche im Fluss und zuckte mit den Schultern. „Gib mir meinen Schlüssel oder meine Männer werden den Fluss stürmen. Du kannst uns nicht alle erschießen."

„Ich glaube, wir können das."

„Wenn du mir nicht den Schlüssel gibst, werde ich meinen Männern befehlen, die Minen mit allen Leuten darin in die Luft zu jagen. Wir haben auch Sprengstoff."

Sie wedelte mit dem USB-Stick. „Komm und hol ihn dir. Wie der Hund, der du bist."

Lubanga signalisierte seinen Männern, sie anzugreifen. Vier taten es. Cal und Goldberg erschossen sie.

„Du", sagte sie. „Nur du."

„Dann werde ich ebenfalls erschossen."

„Ich gebe Euch mein Ehrenwort als Spanier."

Blanchard lachte.

„Unfassbar", sagte Espi.

Cal sah von seinem hoch liegenden Versteck zu und schüttelte seinen Kopf über diesen Witz, obwohl ihm der Schweiß über seine Augenbraue lief. Es würde nicht zu schwer sein, den Mann von seiner Armee zu trennen. Nicht, wenn er so gierig darauf war, seinen Coup zu finanzieren.

Lubanga sprach mit einem Mann an seiner Seite und verschwand dann in dem Cluster von Soldaten hinter ein paar anderen.

„Ich habe keine Lust mehr zu warten, Jean Paul", rief Freya.

Lubanga hatte keine Absichten, den Fluss zu überqueren, aber er brauchte eine lebende, atmende, sprechende Freya, um Zugriff auf den Bitcoin-Schlüssel zu erlangen.

Dies war ein Alles oder Nichts Moment und Cal wusste genau, was der Mann tun würde. Er würde sie alle gleichzeitig über den Fluss stürmen lassen, was ihn effektiv von seinen Sicherheitsmännern trennen würde. Er war sich so sicher, dass alle Feuerkraft darauf fokussiert wäre, Freya zu beschützen, und dass niemand auf ihn schießen würde.

Als ob Cal das Drehbuch geschrieben hätte, stürmten alles

hundert Männer, die am Flussufer aufgereiht standen, gleichzeitig los.

„Blanchard, Goldberg! Los geht's!"

Die Soldaten waren nördlich und südlich mit Schläuchen positioniert, welche an Hochleistungspumpen zum Auspumpen angeschlossen waren. Aber anstatt das Wasser vom Fluss abzusaugen, hatten sie die Pumpen an Tanks angeschlossen, welche mit einer Mischung aus Benzin und Dieselkraftstoff gefüllt waren. Beide Männer öffneten ihre Schläuche und setzten die herausschießende Flüssigkeit in Brand. Feuer schoss weit über dreißig Meter aus den Schläuchen hervor und erzeugte einen regelrechten Feuerregen, der sich über die Länge des Flusses neigte.

Angreifende Männer rannten in die Flammen, stürzten und schrien. Die Soldaten hinter ihnen stolperten über ihre gefallenen Kameraden und stürzten ebenfalls in den Feuersturm.

Und hinter alledem war Lubanga allein und zog sich von dem brennenden Fluss zurück.

Sie hatten ausreichend Treibstoff, um den flammenden Regen etwa dreißig Sekunden andauern zu lassen, bevor sich die Pumpen abschalten würden, um zu verhindern, dass Luft in die Treibstoffleitung gelangte, was gefährlich wäre. Aber das reichte aus. Cal hatte Lubanga bereits im Visier und drückte ab.

Der Möchtegern-Diktator fiel. Kopfschuss.

Der Feuerregen stoppte, doch das Chaos auf dem Fluss ging weiter.

Freya hob das Megafon an ihre Lippen. „Euer General ist tot. Verschwindet, bevor die UN-Truppen hier eintreffen und euch festnehmen."

Die Männer zogen sich langsam zurück. Einige schleppten Kameraden aus dem Fluss.

Goldberg würde sich um jeden Verwundeten kümmern, der sich ergab, aber sie bot das nicht offiziell an, da sonst zu viele das Angebot annehmen würden.

„Deckt mich", sagte Freya ins Funkgerät. „Ich schnappe mir Seth."

Der CIA-Agent war knappe sieben Meter flussabwärts

getrieben, bevor er an irgendetwas im seichten Wasser hängen geblieben war.

„Hab dich", sagte Ford.

Sie griff nach dem Körper und drehte ihn auf den Rücken, was das riesige Loch in seiner Brust entblößte. Sie senkte den Kopf, während sie an ihm zog, um ihn von dem zu befreien, woran er festhing.

Zwei Soldaten lösten sich aus dem Chaos im Fluss und stürmten auf Freya zu. Cals Herz, das ohnehin schon raste, überschlug sich fast.

Schüsse hallten, und die Männer fielen.

Freya blickte auf und sah die gefallenen Soldaten nur wenige Schritte entfernt. „Danke, Bastian."

Ja, danke, Bastian.

„Jederzeit", antwortete er glatt. „Du solltest dich selbst und diesen Gazillionen-Dollar-Schlüssel endlich in Sicherheit bringen. Lass Blanchard die Leiche holen."

Sie ließ Seths Arm fallen und zog sich zurück. „Roger!"

Sie verschwand aus Cals Sicht und zog sich in den Dschungel zurück, der das Dorf flankierte.

Cal beobachtete den Fluss und wie die Männer sich zurückzogen, wobei er seinen Herzschlag in seinen Fingerspitzen fühlen konnte. Sie war in Sicherheit. Und sobald sie all diese Männer aus diesem Tal vertrieben hatten, wäre auch das Dorf in Sicherheit.

Sie hatten Lubanga und Olsen ausschalten können und ein gesamtes Bataillon dezimiert.

„Cassius?" Ihre Stimme ertönte hinter ihm, nicht über das Funkgerät.

Er sprang auf seine Füße und drehte sich zu ihr um. Sie war nass vom Waten im Fluss, aber ansonsten absolut perfekt. Er zog sie an sich und verschloss ihren Mund mit seinem.

„Äh, Freyas Mikrofon ist noch an", meldete sich Espinosa. „Keiner von uns will das hören."

„Bitte hört auf", sagte Ripley.

Cal löste sich von ihrem Mund und riss sich den Funk-Kopfhörer weg, während Freya sich den Kevlarhelm mit dem Mikrofon abzog.

Ihre Augen leuchteten mit einem warmen Licht. „Du hast es geschafft.“

Er zog sie wieder an seine Brust. „Wir haben es geschafft.“

„Nur, dass du es weißt – hinsichtlich einer Sache habe ich gelogen, als ich dich fragte, mit mir auf diese Mission zu kommen.“

Er zog eine Augenbraue hoch. „Und was wäre das?“

„Du warst absolut meine erste Wahl.“

Kapitel Sechsunddreißig

Fünf Tage später saß Freya an ihrem Schreibtisch im SOCOM Hauptquartier und fühlte sich wie benebelt, als sie auf ihren Computerbildschirm starrte. Sie hatte so vieles gründlich durchsehen müssen, um herauszufinden, wer wirklich wofür verantwortlich und wer schuldig war. Dies war eine Aufgabe, die sie normalerweise liebte, aber im Moment hatte sie dafür keine Geduld. Ihre Seite der Geschehnisse in einem Bericht mit Belegen zusammenzuschreiben, war erschöpfend gewesen.

Sie hatten Seth aus dem Fluss gefischt und seine Leiche mit dem Rest des Teams im Navy-Osprey-Hubschrauber zum Camp Citron zurückgebracht. Lubangas Leiche war von seinen Soldaten weggeschleppt worden. Die offizielle Geschichte im Kongo besagte, dass Jean Paul Lubanga für einen Coup eine Armee aufgestellt hatte, dann jedoch von einem seiner Soldaten getötet worden sei – von einem Mann, der in Wirklichkeit ein Spion für die FDLR gewesen sei.

Der Angriff auf das Dorf wurde nicht erwähnt. Kein einziger Dorfbewohner war zu Schaden gekommen, und es waren Vereinbarungen getroffen worden, die Vorräte, die sie zur Verteidigung verbraucht hatten, zu ersetzen. Das kongolesische Militär hatte mehrere Trucks geschickt, um die Leichen und die Trümmer aus dem Dschungel auf der anderen Seite des Flusses zu entfernen, und damit jegliche Beweise einer versammelten Armee ausgelöscht.

Nach den Männern, die sich Lubangas Streitkräften angeschlossen hatten, wurde wegen Hochverrat gefahndet, und die Situation im Kongo war unter Kontrolle.

Freyas Situation war ebenfalls unter Kontrolle … größtenteils. Die CIA hatte sie ursprünglich in eins ihrer geheimen Gefängnisse verschleppen wollen, um sie dort zu befragen, aber Major Haverfeld – gesegnet sei dieser Mann – hatte sich für sie eingesetzt und gesagt, dass SOCOM Olsen schon seit längerer Zeit der schmutzigen Geschäfte verdächtigt hatte und Freya beauftragt worden war, die Spuren zurückzuverfolgen, die sie in Drugovs Dateien gefunden hatte, und darin nach Olsen Fingerabdrücken zu suchen.

Das war zwar nicht genau so, wie es passiert war, aber doch nahe genug, und sie war die einzige Person, die die Wahrheit ans Licht bringen konnte. Da nun SOCOM hinter ihr stand, und mit den Beweisen in dem Video, den Bitcoin und dem Uran – das man vor drei Tagen in der Zentralafrikanischen Republik wiedergefunden hatte –, hatte sie ihren Namen weitestgehend reinwaschen können. Da waren noch ein paar lose Enden, die sie zusammenfügen musste, was zu diesem Zeitpunkt Monate dauern würde, aber wenigstens würde sie diese Zeit nun nicht im Knast verbringen, bis alles geklärt war.

Sehr zu ihrer Erleichterung hatte sie erfahren, dass Seth allein gehandelt hatte. Die CIA hatte sich mit dem Gedanken beschäftigt, Lubanga in dessen Versuch, die Macht an sich zu reißen, zu unterstützen – Dank des Intels, dass Seth ihnen hatte zukommen lassen – doch sie hatten es schlussendlich abgelehnt, weil der kongolesische Minister zu unberechenbar war. Man hatte keinen Attentatsbefehl erteilt. Soweit es die hohen Köpfe im Directorate of Operations wussten, war Freyas Mission gewesen, Lubangas Festplatte zu kopieren – was sie ja auch getan hatte.

Seth Olsen und Harrison Evers hatten ihre eigenen Seitendeals laufen, und die Antworten dazu befanden sich in Drugovs Dateien. Seth war seit langer Zeit in der Tasche der russischen

Mafia gewesen. Mitte der Neunziger hatte er eine Mission verhauen und die Identitäten zweier Amerikaner enthüllt, die Undercover in Moskau arbeiteten. Man hatte die Agenten getötet, und das war alles, was Nikolai Drugov benötigte, um ihn zu erpressen.

Soweit sie die Puzzleteile anhand von Seths Kommunikationen bereits zusammensetzen konnte, fand sie heraus, dass nach Drugovs Tod JJ Prime zu Radimir Gorev rannte – und Dateien mitbrachte, die er Drugov gestohlen hatte – welche wiederum Dateien waren, die die Beweise von Drugovs Erpressung gegen Seth enthielten. Als das geschah, bekam der Hund Seth ein neues russisches Herrchen.

Als Freya vorschlug, Dateien von Lubangas Computer zu kopieren, bot das Seth die perfekte Möglichkeit, seinem neuen Herrchen eine Zahlung zu überbringen, wobei er gleichzeitig Freya loswerden wollte, bevor sie seinen Hochverrat aufdecken konnte.

Der Televangelist Abel Fitzsimmons wurde in den USA intensiven Befragungen vom FBI unterzogen. Am Tag nach dem Showdown am Fluss – noch bevor Lubangas Tod bekannt gemacht wurde – war ein Team von SEALs an der Uranmine gelandet und hatte die Kinder befreit.

Fitzsimmons hielt an seiner Story fest, dass das Geld, das er Drugov und Lubanga geschickt hatte, Spenden gewesen wären. Doch im Hinblick auf die Tatsache, dass Drugov einen Völkermord geplant hatte, während Lubanga den Abbau von Uran finanzierte – und Freya die Kommunikationen zwischen Fitzsimmons und Lubanga kopiert hatte – war es eher unwahrscheinlich, dass er dem Gesetz entkommen würde.

Es gab noch sehr vieles, was geklärt werden musste, aber das Bild wurde immer klarer. Die besten und schlauesten Köpfe innerhalb der CIA würden sich mit Freude auf diese Dateien stürzen, die sie von Lubanga und Drugov bekommen hatte, inklusive Seths Kommunikationen. Das FBI würde Fitzsimmons auseinandernehmen. Das FBI würde ebenso Lubangas Absichten untersuchen, aus denen er Gelder auf die Konten des amerikanischen Generalstaatsanwalts und eines US-Senators überweisen wollte. Freya hatte es fertiggebracht, in Drugovs Dateien Beweise dafür zu finden, dass er aktiv Anstrengungen unternommen hatte, um den Generalstaatsanwalt zu kompromittieren, weil dessen Justizbehörde aggressiv die Bratva verfolgte, sowie Drugovs und Prime Energys Ölpreisabsprachen untersuchte. Sie hatte bereits mit AG Dominick telefoniert und würde ihn wahrscheinlich in den kommenden Monaten persönlich treffen.

Sie hatte alles getan, was sie von hier aus tun konnte. An dieser Stelle war sie aus allem raus. Fertig. Sie hatte dazu beigetragen, Drugov, Lubanga und Olsen auszuschalten. Himmel, sie hatte sogar Dinge gefunden, die sie JJ Prime anhängen konnte, der derzeit in Tansania festgehalten wurde und seine Auslieferung in die USA erwartete.

Sie war stolz auf ihre Arbeit für die CIA und unendlich erleichtert zu wissen, dass sie Lubanga nicht unterstützt hatte – wie Seth es behauptet hatte –, aber für sie war die Sache nun trotzdem beendet. Sie war ausgebrannt. Nach allem, was sie als Seths Protegé durchgemacht hatte, konnte sie sich nicht mehr vorstellen, zu ihrem Job zurückzukehren.

Obwohl sie wusste, dass es nicht die Schuld der CIA gewesen war – die Tatsache, dass seine Manipulation so lange unkontrolliert geschehen konnte, war extrem beunruhigend. Wie könnte sie dort jemals wieder irgendjemandem – außer Kaylea – trauen? Wie viele andere Frauen waren Seth und Harry zum Opfer gefallen? Bisher hatte eine andere Frau sich gemeldet. Freya vermutete, dass noch mehr kommen würden.

Sie saß an ihrem Schreibtisch und starrte auf ihren Computer. Das Leben eines Menschen konnte sich in einem Augenblick verändern. Sie hatte das im Alter von siebzehn erlebt, als auf dem Markt in Griechenland eine Bombe explodiert war, und sie ihren Bruder, ihren Vater und ihre Mutter verloren hatte. Menschen verloren Familien in Autounfällen, in Bränden. Durch Krankheiten. Massenschießereien.

Sie blickte zu dem Bild der CIA Gedenkwand auf und dachte an ihren Onkel James.

Es gab eine Million Arten zu sterben.

Doch jetzt war es an der Zeit, dass Freya lebte. Für sich selbst, nicht für eine Berufung.

Sie nahm einen tiefen Atemzug und tippte die Worte, gegen die sie angekämpft hatte, seit sie in dem Motelzimmer in Savannah, Georgia, vergewaltigt worden war.

Sehr geehrter Direktor des Directorate of Operations,
Ich kündige.
Mit freundlichen Grüßen,
Freya Lange

Sie klickte auf Absenden und erlaubte sich nicht einmal einen Augenblick, sich über ihre Wortwahl Gedanken zu machen. Die Weisheit dieser Handlung in Frage zu stellen. Sie hatte Geld gespart. Sie würde sich ein paar Monate über Wasser halten können.

Und Cal und sein Team würden Ende der Woche wieder zurück in die Staaten fliegen. Ihre Stationierung war vorbei. Camp Citron wäre ohne den Green Beret, der ihre Aufmerksamkeit schon am ersten Tag ihres Jobs auf sich gezogen hatte, nicht mehr dasselbe.

Es gab nichts, was sie hier zurückhielt. Nicht mehr.

Sie schloss ihren Laptop und stand auf. Sie nahm auf dem Weg nach draußen das Bild von der Gedenkwand ab.

Epilog

Kentucky
Einen Monat später

Mädelsabend. Freya hatte ein paar solcher Nächte im College erlebt, aber selbst damals war sie ein Außenseiter gewesen. Morgan und Brie beherrschten jedoch beide die Kunst, Freundschaften zu schließen, und waren entschlossen, ihr die Nuancen weiblicher Freundschaften beizubringen.

Es war interessant, denn die Frauen waren so unterschiedlich. Morgan war offen und freundlich. Eine blonde Sexbombe, die sich in ihrer eigenen Haut wohlfühlte. Sie sah andere Frauen nicht als Bedrohung an, obwohl Freya sehen konnte, dass sie in ihrer Vergangenheit von anderen Frauen beleidigt worden war, die sie nach nur einem Blick sofort als die Böse abschrieben. Oder eine dumme Kuh. Allerdings war Dr. Morgan Adler keins von beidem, und jene schlechten Erfahrungen hatten sie nicht dagegen verschlossen, Freundschaften zu schließen.

Brie war anders. Eine andere Art von hübsch. Eine andere Art von freundlich. Etwas reservierter – wobei Freya ja genau wusste, warum sie sich von anderen etwas zurückzog – aber sie war gut darin, oberflächliche Freundschaften zu pflegen. Sie wusste, wie sie mit den Mädels abhängen und Spaß haben konnte. Sie lernte, sich mehr zu öffnen und mehr sie selbst zu sein, wenn sie von Menschen umgeben war.

Freya passte zu keiner von beiden, aber sie hatten ihr ihre Freundschaft angeboten, als sie sich entschlossen hatte, nach Kentucky zu ziehen, um mit Cassius zusammen zu sein. Und die eine Sache, die Freya in dieser Welt brauchte, waren Freunde.

Heute Abend waren sie in einer Bar für ihren Mädelsabend, und Freya genoss jeden Augenblick. Sie war einst dieses Mädchen gewesen, bevor ihre Familie gestorben war. Sie hatte Freunde gehabt. Sie hatte sich in Jungen verknallt und davon geträumt, Jane Goodall zu sein.

Sie war sich wegen des Jane Goodall Traums nicht so sicher, aber der Rest … Sie könnte wieder dieses Mädchen sein. Nun, jetzt war sie eine Frau, aber im Kopf war sie die Gleiche.

Der Kellner brachte ihnen eine zweite Runde Drinks – Soda für Brie, Bier für Morgan und Vodka Martini für Freya – als Ripleys Frau Amira ankam. „Tut mir leid, dass ich so spät bin. Der Babysitter hatte das falsche Datum in ihren Kalender eingetragen, und ich musste kurzfristig jemand anderen finden, denn ich brauche unbedingt einen *verdammten* Mädelsabend.“

Das Team befand sich auf einem mehrtägigen Trainingsausflug mit Übernachtung, was die Frauen dazu gebracht hatte, den Mädelsabend zu planen, und es war nur natürlich, dass sie Amira einluden, die sich in den vergangenen Monaten, während das Team im Ausland stationiert war, als Single Mutter um ihre und Ripleys drei Kinder gekümmert hatte. Ihr Sohn war acht, und sie hatten zwei Töchter, fünf und drei Jahre alt. Der Achtjährige litt unter Alpträumen – besonders, wenn sein Vater stationiert war – und wenn irgendjemand eine Nacht in einer Bar brauchte, dann war das Amira Ripley.

Amira war wunderschön mit langem, dichtem dunklem Haar, großen braunen Augen, kurviger Figur und warmer brauner Haut. Sie hatte ein lautes Lachen, das jeden Raum sofort erhellte.

Der Kellner brachte Amiras Drink und ließ sie wissen, dass ein Mann an der Bar ihre Rechnung bezahlt hatte. Sie alle lehnten es als Gruppe ab. Sie waren nicht hier, um diese Abschleppspielchen zu spielen, doch der Kellner sagte, dass es bereits bezahlt worden sei.

Freya spürte ein Kribbeln in ihrem Nacken. „Die Jungs sind hier", sagte sie, stand auf und suchte mit den Augen den Raum ab.

„Das kann nicht sein. Die sind irgendwo und spielen Kommando oder sowas", sagte Brie.

„Nein, sie sind definitiv hier."

Das Lied wechselte, und Freya erkannte die Eröffnungstrommeln des Liedes „Africa" von Toto. Sie lächelte und wartete. Mit derselben verblüffenden Fähigkeit, sich unsichtbar im Dschungel zu bewegen, materialisierten sich die Männer plötzlich und traten hinter und zwischen den anderen Gästen in der vollgepackten Bar hervor. Als wären sie Nebel gewesen und hätten nun ihre menschliche Form angenommen.

„Wow", sagte Morgan, als Pax hinter sie trat und ihren Hals küsste. „Wie *machst* du das?"

„Das ist Können", antwortete er.

„Nicht du. Freya. Sie wusste, dass ihr alle hier seid."

Freya musste über Pax' Enttäuschung lachen, dass Morgan nicht von seinem Trick beeindruckt war, aber sie gab eine ehrliche Antwort. „Ich kann immer spüren, wenn Cal in der Nähe ist. Und dann ..." Sie nickte zum Lautsprecher in der Decke. „Das Lied."

„Ich hab dir doch gesagt, dass uns das verraten wird", sagte Bastian.

„Du hast es bereits vor dem Lied gewusst", sagte Brie zur selben Zeit.

Cal grinste auf sie herab, und ihr Herz tat wieder dieses Flattern. „Tanzt du mit mir?"

Sie nickte. Sie hatte noch nie zuvor getanzt. Es war passend, dass dieses Lied ihr erstes sein sollte.

Die anderen folgten. Sie waren die einzigen vier Paare auf

der Tanzfläche. Es war nicht wirklich ein Ort, an dem getanzt wurde, wenn keine Livemusik spielte. Aber ihr war das egal. Sie war in Cals Armen. Und es war so süß, wie Amira ihren Mann nach zehn Jahren Ehe anstrahlte.

Freya lenkte ihre Aufmerksamkeit zu dem Mann, der sie hielt, und sie wusste, dass sie ihn auf eine ähnliche Weise anstrahlte. „Was macht ihr hier?", fragte sie. „Ich dachte, ihr wärt noch mindestens einen Tag fort."

„Wir sind früher fertig geworden. Dachten, dass es cool wäre, euch zu überraschen. Aber wenn ihr euren Mädelsabend haben wollt, können wir gehen. Ich wollte nur diesen einen Tanz."

„Bleibt. Ich bin mir sicher, den anderen geht es genauso." Es würde noch unzählige Mädelsabende in der Zukunft geben, wenn die Männer wieder neu stationiert wurden. Jetzt, da sie alle aus Dschibuti zurück waren, wollte keiner von ihnen einen Moment der Zeit verschwenden, die sie zusammen verbringen konnten.

Sie schloss die Augen und genoss das Gefühl, an ihn gepresst zu sein. Der Beat wurde schneller und der Refrain lauter, und sie befand sich in Cassius' Armen – und sie hatte immer noch keine Ahnung, was sie mit ihrem Leben anfangen sollte – aber in diesem Augenblick war sie genau dort, wo sie sie sein wollte.

Das Lied endete, aber sie blieben auf der Tanzfläche. Sie hielt ihn fest an sich gedrückt und atmete seinen Duft ein. Ein Lied von George Michael spielte als nächstes, und Cal sagte: „Bastian hat das ausgesucht."

Sie lächelte. „Brie sagte, dass er die Daten für ihre Hochzeit eingereicht hat. Wird das ganze Team die Woche frei bekommen?"

„Ja. Wurde erst heute bestätigt."

„Gut." Bastians Großmutter – eine der Ältesten in seinem Stamm – war krank und hatte darum gebeten, dass Bastian und Brie ihre Hochzeit vorverlegten. Ursprünglich hatten sie vorgehabt, im nächsten Frühling zu heiraten, aber auf den Wunsch seiner Großmutter hin hatten sie sich beeilt, die Hochzeit für den nächsten Monat zu organisieren. Sobald sie sich entschieden hatten, zu heiraten, spielte das Datum keine Rolle mehr.

Die meisten von Bries Freunden lebten in der Gegend von Seattle, und das Reservat, wo die Zeremonie stattfinden würde, befand sich auf der Halbinsel Olympic, somit war die Reise für die meisten Gäste kein Problem. Das Hauptproblem war gewesen, sicherzustellen, dass das Team dort sein konnte. Bastian hatte Cal gebeten, sein Trauzeuge zu sein.

„Ich kann es kaum erwarten, dich in deiner Ausgehuniform zu sehen", grinste sie.

„Und ich kann es kaum erwarten, auf der Hochzeit mit dir zu tanzen." Er zog sie noch näher an sich heran. „Wenn du so weit bist, werde ich dich bitten, mich zu heiraten."

„Ich weiß. Und wenn das geschieht, werde ich ja sagen." Sie hatten sich darauf geeinigt, Hochzeitsgespräche so lange zu verschieben, bis sie herausgefunden hatte, was als Nächstes kommen würde. Sie hatte Monate vor sich, in denen sie sich mit der CIA auseinandersetzen musste, nachdem sie ein Jahrzehnt lang mit hochgeheimem Material gearbeitet hatte. Sie wollte frei von allen legalen Komplikationen sein, bevor sie ihn an sich band.

Das Lied endete, und alle vier Paare kehrten an ihren Tisch zurück.

Morgan konnte vor lauter Freude kaum stillsitzen, jetzt, da Pax hier war. Sie war an dem Tag, als die Trainingstage angekündigt wurden, niedergeschlagen gewesen, weil sie sich gerade erst in ihrem Zuhause einlebten.

„So ... Da wir nun alle hier sind", sagte Morgan, „da ist etwas, das ich mit euch allen besprechen wollte." Morgan hatte angedeutet, dass da etwas Wichtiges auf sie wartete. Das hier musste es sein.

„Mein Vater ... der sich mal wieder − wie üblich − einmischen musste, hat mir eine Ausschreibung für ein Vorhaben zugeschickt, das ihm rein zufällig aufgefallen ist."

„Nein", sagte Pax, bevor sie weitersprechen konnte, lachte aber dann, um zu zeigen, dass er scherzte.

Jeder wusste, dass Morgans Beziehung mit ihrem Vater

kompliziert war. Die Dinge hatten sich verbessert, aber sie hatten noch einen langen Weg vor sich, bis sie sich wahrlich versöhnen konnten. Es würde Jahre dauern und viel Arbeit benötigen, ihre Beziehung neu aufzubauen.

„Ja", sagte Morgan. „Es wird dir nicht gefallen."

„Dann nein. Diesmal ernsthaft."

Sie bedeckte seine Hand mit ihrer und drückte sie. „Ihr wisst sicher, dass die Armee während des Zweiten Weltkrieges eine Gruppe von Männern losgeschickt hat, um Kunstwerke und Artefakte zu finden und zurückzuholen, die die Nazis gestohlen hatten?"

„Nein", wiederholte Pax. „Ich meine, ja, das weiß ich. Und nein, es gefällt mir nicht, auf was das hier hinausläuft."

Sie fuhr fort: „Wir ihr alle wisst, hat Syrien ein großes Problem mit dem Diebstahl von Antiquitäten. Dem Schmuggel. All das finanziert Terrorismus und die Armee ..."

„Ja. Auf gar keinen Fall. Du bist keine Soldatin."

Morgan lächelte. „Aber Freya schon."

Neben Freya versteifte sich Cal, aber er sprach seine Widersprüche nicht laut aus. Pax' Einsprüche *waren* begründet. Cals Einsprüche, wenn er welche hätte, wären es nicht.

Morgan zuckte mit den Schultern. „Grundsätzlich heißt das, dass die Armee eine Ausschreibung für eine Analyse eingereicht hat – was gestohlen wurde, was zerstört wurde, wer es kauft und wer es verkauft. Es ist ähnlich wie meine Arbeit mit dem Professor an der William & Mary University. Mein Dad glaubt, dass ich mich dafür bewerben sollte. Sie könnten ein paar Experten zusammen mit einem Delta-Team oder so etwas zum Schutz mitschicken, um den Schwarzhandel zu verfolgen, die Dealer zu identifizieren, die Käufer zu finden. Der Verkauf von Antiquitäten finanziert Terrorismus. Wenn sie den Geldfluss stoppen können, wird das die Organisationen schwächen." Sie sah Freya an. „Ist das nicht das, was du im Kongo getan hast? Den Geldfluss stoppen?"

„Du willst nach Syrien gehen?", fragte Pax, und sein Gesicht war voller Horror.

„Nein. Nicht ich. Ich bin zu auffällig. Aber meine Firma

könnte die notwendige Ausbildung für die Person, die gehen wird, übernehmen. Und es wird wahrscheinlich eher die Türkei oder der Irak sein." Sie murmelte beide Landesnamen, wahrscheinlich, weil sie wusste, dass Pax das auch nicht beruhigender finden würde.

„Ich würde wahrscheinlich den europäischen Teil des Jobs übernehmen", fuhr sie fort. „Viele der Artefakte landen in den Händen von wohlhabenden europäischen Sammlern. Wie dem auch sei, ich denke darüber nach, mich dafür zu bewerben, aber ich brauche dich in meinem Team, Freya. Und Brie, deine Expertise mit USAID wäre ebenfalls hilfreich. Sie infiltrieren Hilfsorganisationen. Und … die Stiftung, die du aufstellen willst, wird höchstwahrscheinlich ein Ziel für Terroristen werden. Dein Anliegen ist die Bildung für Mädchen … und das ist genau die Art von Hilfeleistungen, die ISIS und ähnliche Gruppen aufhalten wollen." Sie wandte sich an Amira. „Ich habe auch einen Job für dich."

„Nein", sagte Ripley. „Es reicht, dass einer von uns in der Gefahrenzone ist. Die Kinder …"

„Es ist hier in Kentucky. Ich brauche dich für Übersetzungsarbeiten und wegen deiner unglaublichen Fähigkeiten am Computer."

Amira sprach fließend Arabisch – ihre Eltern waren syrische Einwanderer – und sie arbeitete von zuhause aus als Softwareentwicklerin. Freya hatte keine Ahnung, wann diese Frau schlief – mit drei kleinen Kindern, einem dreißig-Stunden-Job und einem Ehemann, der monatelang im Ausland stationiert war. Amira lehnte sich vor. „Klingt interessant. Wie viele Stunden pro Woche?"

„Falls ich den Auftrag überhaupt bekomme, dann zunächst nur ein paar."

Morgan blickte sich am Tisch um. „Es wird Monate dauern, bevor die Armee diesen Auftrag erteilt, und falls ich ihn bekommen sollte, könnte es Monate dauern, bevor es endlich losgeht." Sie blickte zu Pax. „Ich habe absolut keine Absichten, jemals in ein Kriegsgebiet zu gehen. Aber ich könnte für Freya kein solches Versprechen geben." Sie traf Freyas Blick. „Ich muss wissen, ob du interessiert bist, oder ob ich jemand anderen mit deinen einzigartigen Fähigkeiten finden soll. Es ist nicht nötig, dass du mir heute Abend antwortest. Ich will nur, dass du darüber nachdenkst."

„Du willst ein Team von Monuments Frauen bilden?", fragte sie, womit sie auf den Film *Monuments Men – Ungewöhnliche Helden* anspielte.

Morgan lächelte. „In gewissem Sinne, ja."

Freya lehnte sich zurück und sah Cal an. Sie wusste, dass ihm ihre Arbeit bei der CIA eine Heidenangst eingejagt hatte. Das hier wäre nicht viel besser. Tatsächlich wäre es schlimmer, weil es bedeuten würde, dass sie in Syrien, der Türkei, im Irak, im Jemen und wer weiß wo sonst noch Undercover arbeiten müsste.

Aber es war nicht die CIA und es war trotzdem Arbeit, um den Terrorismus zu stoppen.

Sie nahm Cals Hand und zog ihn von der Gruppe weg, damit sie sich unterhalten konnten, ohne dass jeder mithörte. Sie blickte zurück und bemerkte, dass alle zu ihnen rüber sahen, bevor sie ihn tiefer in die Menge zog.

„Was hältst du davon?", fragte sie.

Er umschloss ihr Gesicht und sah mit einem Blick auf sie herab, der sie weich wie Wachs werden ließ. „Ich habe Todesangst, weil ich weiß, wie viel du zu riskieren gewillt bist. Aber ich weiß auch, dass du ausgezeichnet bist." Er streifte mit seinen Lippen über ihre. „Ich liebe dich, Freya. Und ich werde dich niemals davon abhalten, das zu tun, was du tun willst."

Emotionen überwältigten sie. „Gott, ich liebe dich." Sie zog seinen Kopf für einen tieferen Kuss zu sich herunter. Dann presste sie ihre Stirn an seine Brust, spürte seinen gleichmäßigen Herzschlag durch sein Hemd. Seine Arme waren um sie geschlungen, und er drückte sie fest an sich.

Schließlich blickte sie auf. „Bist du dir sicher?"

Er nickte. „Einhundertprozentig. Du wirst großartig sein."

Sie küsste ihn noch einmal, nahm seine Hand und zog ihn zu Tisch zurück. Alle – besonders Morgan – starrten sie erwartungsvoll an.

Sie grinste. „Ich bin dabei." Sie hob ihren Drink. „Auf die Monuments Frauen."

Morgan kreischte begeistert auf und sie alle hoben ihre Gläser, bevor sie gemeinsam sagten: „Auf die Monuments Frauen."

Für Leser, die mehr über die Demokratische Republik Kongo erfahren wollen, gibt es viele faszinierende und herzzerreißende Bücher und Dokumentationen.

Für Dokumentationen empfehle ich, mit *Mission Congo* und *Wenn die Elefanten kämpfen* anzufangen. Um mehr Details zum Zusammenbruch von Zaire und dem ersten und zweiten Kongo Krieg zu erfahren, ist das Buch von Jason Stearns: *Tanzen im Ruhm der Monster: Der Zusammenbruch des Kongo und der Große Krieg von Afrika* ein umfangreicher Bericht. Für einen Einblick zu dem Verfall von entstehenden Regierungen in Korruption und Kleptokratie empfehle ich das Buch von Sarah Chayes: *Staatsdiebe: Warum Korruption die globale Sicherheit bedroht.*

Die oberirdische Beschreibung des Palastes von Mobutu Sese Seko basiert auf Fotos und Nachrichtenmeldungen. Obwohl es Berichte über den Tunnel und einen Atombunker unterhalb des Palastes gibt, ist die Beschreibung dieser Tunnel in diesem Buch fiktional.

Ein riesiges Dankeschön an Lola Famure, die beim Lesen dieses Manuskripts speziell ein Auge auf die Sensibilität geworfen hat, die das Schreiben eines Charakters mit einem anderen ethnischen Hintergrund als mein eigener und des Austragungsorts in einem Land, das vom Kolonialismus und von Kriegen zerstört wurde, voraussetzt. Jegliche Fehler, Missverständnisse oder falsche Repräsentationen in diesem Bereich sind allein meine Schuld.

Über den Autor

USA Today Bestsellerautorin Rachel Grant arbeitete für über ein Jahrzehnt als professionelle Archäologin und lässt ihre zahlreiche Erfahrung gekonnt in ihre Geschichten und Handlungsorte einfließen. Diese können so unterschiedlich sein, wie die Ausgrabung eines Friedhofs unter einem historischen Kunstmuseum in San Francisco, die Vermessung und Aushebung von mehreren prähistorischen Fundstätten der amerikanischen Ureinwohner im pazifischen Nordwesten, die Erforschung eines historischen Betonhauses in Virginia, sowie die Kartographierung einer spanischen und niederländischen Festung aus dem 17. Jahrhundert auf der Insel von Sint Maarten in den Niederländischen Antillen.

Rachel lebt im pazifischen Nordwesten, zusammen mit ihrem Ehemann und Kindern.
Man findet sie im Internet auf
www.Rachel-Grant.net.

www.ingramcontent.com/pod-product-compliance
Lightning Source LLC
Chambersburg PA
CBHW050955210726
48287CB00004B/1240